Contos e novelas reunidos

Samuel Rawet

Contos e novelas reunidos

Organização
André Seffrin

CIVILIZAÇÃO BRASILEIRA

Rio de Janeiro
2004

CAPA
Evelyn Grumach

ILUSTRAÇÃO DE CAPA
Samuel Rawet; cedida gentilmente pela família Rawet

PROJETO GRÁFICO
Evelyn Grumach e João de Souza Leite

CIP-BRASIL. CATALOGAÇÃO-NA-FONTE
SINDICATO NACIONAL DOS EDITORES DE LIVROS, RJ.

Rawet, Samuel, 1929-1984
R212c Contos e novelas reunidos / Samuel Rawet; organizador, André Seffrin. – Rio de Janeiro: Civilização Brasileira, 2004.

Apêndice
Inclui bibliografia
ISBN 85-200-0643-4

1. Conto brasileiro. 2. Novela brasileira. I. Seffrin, André. II. Título.

CDD – 869.93
04-1892 CDU – 821.134.3(81)-3

Direitos desta edição adquiridos pela
EDITORA CIVILIZAÇÃO BRASILEIRA
um selo da
DISTRIBUIDORA RECORD DE SERVIÇOS DE IMPRENSA S.A.
Rua Argentina 171, 20921-380 Rio de Janeiro, RJ – Tel.: 2585-2000

PEDIDOS PELO REEMBOLSO POSTAL
Caixa Postal 23.052, Rio de Janeiro, RJ – 20922-970

Impresso no Brasil
2004

Sumário

Os sete sonhos (1967)

O terreno de uma polegada quadrada (1969)

Samuel Rawet: fiel a si mesmo

"O que há de belo no homem é a capacidade
de sonhar um ideal.
De trágico, a de confrontá-lo com o real.
— Quando realmente sonha e confronta!"

Samuel Rawet

"Eu mesmo sou a matéria do meu livro."

Montaigne

Sob o impacto da leitura do poeta Vicente Huidobro, Samuel Rawet escreveu que "a visão" das obras completas de um autor não o atraía, ele que não gostava de livros volumosos: "Gosto de catar entre os volumes isolados o que me oferece em cheiro, tato e visão a garra do monstro." A imagem é boa e ecoa curiosamente nesta reunião de sua ficção. Nas últimas três décadas, ele foi lido muito a seu gosto, em volumes isolados, geralmente garimpados em sebos, ou em pequenas antologias, tão raras e difíceis de encontrar como a maioria dos seus livros.

Quais seriam as características básicas de sua obra? Em linhas gerais, personagens imersos na angústia da inadaptação e da incomunicabilidade, a condição ambígua do imigrante (cindido entre dois mundos, duas linguagens), a experiência dramática do exílio (a condição judaica), a desagregação social, a marginalidade, a alienação. Nesse sentido, poucos escritores brasileiros terão enfrentado tão frontalmente essa condição — na vida, na literatura —, naquele plano que Kazantzakis definiu como identidade profunda (da raça), não como idéia abstrata, mas como uma realidade de sangue e carne. Não por acaso Samuel Rawet se fixou, em mais de um momento, na obra e na figura de Cruz e Sousa, seu igual. A certa altura de *O terreno de uma polegada quadrada*, diz o narrador: "Judeu é isso, é aquilo, qualquer coisa parecida com o que enfrentara pessoalmente em sua condição de mulato, e mulato é negro, e negro é isso, é aquilo. Nenhuma violência, nenhum obstáculo, concreto, um estado de espírito, apenas, a criar barreiras, um incômodo feito de miudezas que moem, trituram, dilaceram e exacerbam pequenos impulsos, sonhos. (...) Pensara acaso alguma vez na dor de Farias Brito, na dor de Cruz e Sousa, na dor de Lima Barreto?"

Quase nunca lembrado pela maioria dos historiadores literários, visto como um antípoda ou um excêntrico, incompreendido, estigmatizado, Rawet foi gradualmente se afastando da luta literária, passando a viver e publicar seus livros à margem do circuito literário. Edições precariamente distribuídas, pagas pelo próprio bolso e esquecidas em salas de pequenos editores ignorados e inescrupulosos, como observou Fausto Cunha. Assim, começou a ser lido anonimamente, cultuado em silêncio, distante do burburinho das festas e badalações do chamado mundo da literatura.

Samuel Urys Rawet nasceu em Klimontow, pequena aldeia próxima de Varsóvia, Polônia, a 23 de julho de 1929. Naturalizado brasileiro em 1936 ("Aqui cheguei quando tinha sete anos, aqui começou minha vida de imigrante", escreve em *Devaneios de um solitário aprendiz da ironia*), criado no subúrbio carioca, de acordo com a entrevista concedida a Flávio Moreira da Costa em 1969 — "Até os vinte e poucos anos morei nos subúrbios da Leopoldina. Sou fundamentalmente suburbano, o subúrbio está muito ligado a mim. Aprendi o português na rua, apanhando e falando errado — acho até que este é o melhor método pedagógico em todos os sentidos. Aprendi tudo na rua." Entre 1949 e 1951, sob a liderança de Dinah Silveira de Queiroz, integrou o grupo Café da Manhã, ao lado de Fausto Cunha, Renard Perez, Jones Rocha, Luiz Canabrava e Nataniel

Dantas, entre outros. Por essa mesma época, passou também a colaborar com a *Revista Branca*, de Saldanha Coelho. Engenheiro formado pela antiga Escola Nacional de Engenharia (1949-1953), a partir de 1957 trabalhou como calculista de concreto armado na equipe de Oscar Niemeyer, Lúcio Costa e Joaquim Cardozo. Ajudou a construir Brasília, calculou sozinho o prédio do Congresso Nacional e, no Rio, o Monumento aos Mortos da Segunda Guerra. Em Israel, durante um ano acompanhou Niemeyer no projeto da Universidade de Haifa. Ainda em *Devaneios de um solitário aprendiz da ironia*: "No fundo, bem no fundo de meu desespero, tinha meus sonhos. (...) Eu não precisava de drogas para delirar. Eu delirava." Fascinado pelo teatro e pelo ensaísmo, em ambos os gêneros deixou vasta produção, em grande parte inédita em livro. Residiu sobretudo no Rio de Janeiro. Em Brasília, permaneceu de 1962 a 1969 e de 1974 a 1984, ano em que, na última semana de agosto, foi encontrado morto em casa, na cidade satélite de Sobradinho. Para Antonio Carlos Villaça, Rawet isolara-se, talvez cansado, ou desiludido. De 1956 a 1981, publicou doze livros. Entre 1967 e 1972, a fase mais intensa: sete livros novos e duas reedições (vendeu um apartamento em Brasília para isso), sem falar nas suas edições artesanais, entre elas, *Devaneios de um solitário aprendiz da ironia*. Ele não podia esperar: "Percebo que não preciso de respostas para prosseguir. Preciso de perguntas."

Com a morte, chegou o momento do oblívio e, posteriormente, das inevitáveis exumações literárias. História arrastada que eventualmente se agrega a aspectos dolorosos da sua vida, da sua personalidade explosiva, da sua inadequação. Essas exumações quase sempre tomam como ponto de partida ou chegada o ensaio "Kafka e a mineralidade judaica ou a tonga da mironga do kabuletê" (*Escrita*, n. 24, set. 1977), no qual Rawet rompe com os judeus, numa atitude resultante, segundo Moacyr Scliar, de auto-ódio judaico. Assis Brasil, todavia, toca a ferida mais de perto: "A família foi o principal motivo da sua libertação." Sob este ponto de vista, o ensaio *Angústia e conhecimento* é desmistificador, bem como a observação de Gilda Salem Szklo, que considerou esse rompimento com as raízes judaicas um "ato de transfiguração" dentro do seu "itinerário espiritual". De acordo com uma bela imagem de Isaac Deutscher, ele parecia estar, ao mesmo tempo, dentro e fora do judaísmo. O que equivale a dizer que Samuel Rawet foi fiel a si mesmo até o fim.

Sob o impacto da morte, Alberto Dines assinalou a esse respeito: "Mudaram tanto assim os judeus para que seu inventor na moderna literatura brasileira fosse designado como antijudeu? Aquele que optou pelo despojamento, pela humildade, pela singeleza de viver, aquele que era todo pensamento, um despossuído — tal e qual os profetas — dedicado apenas a compreender o mundo, aquela ternura pelo bicho solitário e marginal poderia ser anti-semita? Duvido. Viveu em silêncio, morreu em silêncio, deixou-se destroçar pela vida como se tivesse muitas para desperdiçar. Eis um heroísmo e uma generosidade que não se tem notícia nas páginas literárias de hoje em dia, iluminadas pelas lantejoulas da amizade e da empulhação. Rawet não encontrou proteção na prancheta de engenheiro, nem nas pensões baratas da rua do Catete onde morou no Rio."

Ultrapassando o aspecto polêmico, Rosana Kohl Bines, no excelente estudo "A prosa desbocada do ilustre escritor estrangeiro", tocou num ponto que me parece crucial: "Uma identidade hifenizada de judeu-brasileiro, que se traduz como linguagem partida. Entre a palavra chula e a palavra filosófica, não há mediação, só atrito. Não se vislumbra a via do diálogo. O hífen marca antes um abismo entre duas figuras, duas condutas, duas gramáticas que se tomam por irreconciliáveis. De um lado, Rawet, o judeu imigrante, educado no *cheder*, afeito aos livros e à indagação intelectual, ávido leitor e escritor sofisticado. De outro, Rawet, o carioca suburbano, educado na pedagogia das ruas, boêmio, malandro e desbocado, para quem o palavrão se torna sinônimo de 'prosa saborosa, brasileira'. O embate entre estas duas polaridades se trava em linguagem e é feroz. (...) A voz narrativa sustenta uma veemência que beira o insuportável. A palavra soa como grito e como grito nos compele a uma espécie de escuta forçada a ferro e fogo, da qual saímos sempre 'chamuscados'."

É certo que a temática judaica, adensada ou rarefeita, nunca o abandonou. E, dos *Contos do imigrante* aos últimos contos, no volume *Que os mortos enterrem seus mortos*, ou do "poema sinfônico" *Abama* às páginas de *Viagens de Ahasverus à terra alheia em busca de um passado que não existe porque é futuro e de um futuro que já passou porque sonhado*,

Rawet terminou o seu périplo tal como em si mesmo transformado. Pouco a pouco, e sobretudo depois de *Os setes sonhos*, a matéria que o anima passa a alimentar uma via de mão dupla que o leva da ficção ao ensaio e vice-versa. Na intenção de libertar-se "de algumas idéias obsessivas" (*Consciência e valor*), começa a dedicar-se ao ensaio propriamente dito e, ao freqüentar os dois gêneros simultaneamente, num entrecruzar de indagações éticas e estéticas, ele observa em *Alienação e realidade*: "Hoje a palavra mudou para mim. É pura ambigüidade em relação ao real, e os dois extremos experimentados me convencem ainda mais: delírio e ironia." Logo mais, em *Eu-tu-ele*, chega a admitir que "a literatura para *mim* agora é uma forma de autoconhecimento. Apenas."

É sintomático que Almeida Fischer tenha preferido ver hermetismo e dificuldades de leitura em *O terreno de uma polegada quadrada*. Não atentou para o *nonsense*, a ironia e a violenta crítica social e moral, o radicalismo de seu imaginário. Hélio Pólvora, contudo, não se enganou: é o livro mais espontâneo de Rawet. O recorte ensaístico, como em grande parte dos contos de *Os sete sonhos*, está presente, e os pequenos detalhes autobiográficos deixam de atuar como fundo de palco apenas (como em *Contos do imigrante* ou em *Diálogo*), uma vez que ensaio e conto, circulando em espaços limítrofes, liberam a passagem para a evasão memorialística. Talvez destoem deste conjunto "Madrugada seca" e "O pão de nossa miséria", um flerte de Rawet com o que seria a moda da época. Nesses contos, ele não parece estar em seu elemento. Mas sem dúvida está em seu elemento em alguns contos extraordinários — "O terreno de uma polegada quadrada", "Reinvenção de Lázaro", "Lisboa à noite", "Johny *Golem*", assim como estava plenamente em seu elemento em "Os sete sonhos", "Fé de ofício", "Sôbolos rios que vão", "Kelevim" e "Crônica de um vagabundo", de *Os sete sonhos*, principalmente ao evocar um universo em constante desagregação, emblemático de sua literatura. Nesse contexto, "Crônica de um vagabundo" é passo inaugural para o encantatório, para o ímpeto de celebração do cotidiano alcançado em *O terreno de uma polegada quadrada* e, mais adiante, para a áspera iluminação de *Viagens de Ahasverus*... Nesse passo, não será difícil vislumbrar em "Crônica de um vagabundo" sinais que prenunciam as *Viagens de Ahasverus*...: "Galopa teus sonhos e revive-os exatamente nessa estrada de asfalto e poeira. Ou então retém a visão de um segundo que te custou anos de trabalho e de esforço. O instante em que pela primeira vez te deslumbraste com um entardecer metálico de uma franja vermelha na crista dos montes e uma chapa rósea se esbatendo em roxo, azul, cinza e noite. Quem sabe desgraçaste tua vida apenas para conquistar esse instante, que nunca mais se repetiu, nem te interessa mais."

Novamente em *Devaneios de um solitário aprendiz da ironia*: "Sou eterno imigrante; parto de mim para mim mesmo, de meu corpo para meu corpo, mutável." Na famosa entrevista à Farida Issa, em *O Globo*, seu depoimento também é veemente e provocador: "Acho que sempre falta tudo ao homem, daí a sua grandeza. Ele tem que conquistar a cada momento a sua realidade. O problema é que ignora isso. Falta-lhe a consciência de que sua consciência é permanente criadora de realidade, entre os limites de nascimento e morte. Falta-lhe a consciência de sua insignificância no mundo, para ter realmente o direito de conquistar um significado. Falta-lhe a consciência da própria morte, para diante dela afirmar seus valores fundamentais, e afastar, repugnado, os valores eternos que lhe oferecem. O homem ainda não existe, ele está sempre no futuro. Daí a grandeza de seu presente. E a miséria." Tudo isso converge para um livro densamente construído, que em certa medida concentra todas as suas preocupações formais e existenciais, como percebeu logo de início Assis Brasil — *Viagens de Ahasverus*... É como se Rawet procurasse canais de respiração em meio à angústia ("um sentimento que de tão familiar lhe era agradável"), como se pudesse enfim libertar-se dos grilhões de sua intermitente máquina de pensar, agora deliberadamente onírico, criador "permanente de realidades singulares". No metamorfismo simbólico de Ahasverus, ele se acerca da "exigência interna do ser", e estabelece "um sentido pessoal de ética". O que talvez lhe permita, por alguns momentos, respirar mais solto, como em *Consciência e valor*: "Gostaria de finalizar com um sonho. Eu vivo sob os signos dos sonhos. Provavelmente um dia sonharei que estou morrendo e ao acordar... acordar?"

Em suma, a obra de Rawet, como escreveu em 1967 Anatol Rosenfeld a respeito da obra de Kafka, pode ser considerada toda ela "uma epopéia da frustração, da procura baldada de integração e ajustamento". Dos *Contos do imigrante*, nos quais se travam lutas ferozes de adaptação ao desconhecido, até chegar à mitologia do cotidiano insólito dos contos de *Os sete sonhos*, de *O terreno de uma polegada quadrada*, de *Que os mortos enterrem seus mortos*, em tudo que escreveu, Rawet desce à raiz de um "sofrimento triturado" que se traduz em desejo de aproximação com o outro, com o diferente, detalhe que não escapou ao olhar emotivo de Gilda Salem Szklo: "Seus contos tratam as personagens de forma fragmentária, insatisfatória, incompleta, que não deixa de ser o modo com que elaboramos o conhecimento de nossos semelhantes." Já em *Diálogo*, o narrador adverte: "Um homem é sempre um estranho diante do outro."

É ainda Gilda Szklo quem sugere o melhor diálogo do leitor com a obra de Rawet: "Na realidade, a melhor maneira de ler Rawet não é racionalmente; não é intelectualizar. Devemos entrar na obra quase telepaticamente, penetrar na sua essência através da sua linguagem, dos movimentos, das pausas, dos gestos que são sinais e evidências das motivações das personagens. Requer de nós uma empatia natural, aquilo que Goethe chamou de 'afinidades eletivas'." Em outras palavras, só a empatia profunda pode nos aproximar de um autor, nessa confluência de acasos que é o encontro do leitor com o autor e vice-versa. Isso porque Samuel Rawet, como Machado de Assis, Clarice Lispector ou Dalton Trevisan, na esfera dos escritores que valem realmente, exige o leitor razoavelmente preparado, familiarizado com a selva escura da condição humana. Assim: pronto para catar o que lhe oferece em cheiro, tato e visão a garra do monstro.

André Seffrin
Rio, julho de 2004.

CONTOS

Contos do imigrante
(1956)

A

Dinah Silveira de Queiroz

e

Prudente de Morais, Neto.

A

Helena e Renard Perez,

a segunda edição.

Para evitar equívocos ou mal-entendidos declaro que, tal como o protagonista deste romance não é autobiográfico, da mesma forma a Sicília que o enquadra e acompanha só é Sicília por mero acaso; apenas porque o nome Sicília me soa melhor que o nome Pérsia ou Venezuela. De resto creio que todos os manuscritos se encontram numa garrafa.

ELIO VITTORINI
Gente da Sicília

O profeta

Todas as ilusões perdidas, só lhe restara mesmo aquele gesto. Suspenso já o passadiço, e tendo soado o último apito, o vapor levantaria a âncora. Olhou de novo os guindastes meneando fardos, os montes de minérios. Lá embaixo correrias e línguas estranhas. Pescoços estirados em gritos para os que o rodeavam no parapeito do convés. Lenços. De longe o buzinar de automóveis a denunciar a vida que continuava na cidade que estava agora abandonando. Pouco lhe importavam os olhares zombeteiros de alguns. Em outra ocasião sentir-se-ia magoado. Compreendera que a barba branca e o capotão além do joelho compunham uma figura estranha para eles. Acostumara-se. Agora mesmo ririam da magra figura toda negra, exceto o rosto, a barba e as mãos mais brancas ainda. Ninguém ousava, entretanto, o desafio com os olhos que impunham respeito e confiavam um certo ar majestoso ao conjunto. Relutou com os punhos trançados nas têmporas à fuga de seu interior da serenidade que até ali o trouxera. Ao apito surdo teve consciência plena da solidão em que mergulhava. O retorno, única saída que encontrara, afigurava-se-lhe vazio e inconseqüente. Pensou, no momento de hesitação, ter agido como criança. A idéia que se fora agigantando nos últimos tempos e que culminara com a sua presença no convés, tinha receio de vê-la esboroada no instante de dúvida. O medo da solidão aterrava-o mais pela experiência adquirida no contato diário com a morte. Em tempo ainda.

— Desçam o passadiço, por favor, desçam!...

A figura gorda da mulher a seu lado girou ao ouvir, ou ao julgar ouvir, as palavras do velho.

— O senhor falou comigo?

Inútil. A barreira da língua, sabia-o, não lhe permitiria mais nada. O rosto da mulher desfigurou-se com a negativa e os olhos de súplica do velho. Com exceções, o recurso mesmo seria a mímica e isso lhe acentuaria a infantilidade que o dominava. Só então percebeu que murmurara a frase, e envergonhado fechou os olhos.

— Minha mulher, meus filhos, meu genro.

Aturdido mirava o grupo que ia abraçando e beijando, grupo estranho (mesmo o irmão e os primos, não fossem as fotografias remetidas antes ser-lhe-iam estranhos, também), e as lágrimas que então rolaram não eram de ternura, mas gratidão. Os mais velhos conhecera-os quando crianças. O próprio irmão havia trinta anos era pouco mais que um adolescente. Aqui se casara, tivera filhos e filhas, e casara a filha também. Nem recolhido às molas macias do carro que o genro guiava cessaram de correr as lágrimas. Às perguntas em assalto respondia com gestos, meias-palavras, ou então com o silêncio. O corpo magro, mas rijo, que apesar da idade produzira trabalho, e garantira sua vida, oscilava com as hesitações do tráfego, e a vista nenhuma vez procurou a paisagem. Mais parecia concentrar-se como que respondendo à avalanche de ternura. O que lhe ia por dentro seria impossível transmitir no contato superficial que iniciava agora. Deduziu que seus silêncios eram constrangedores. Os silêncios que se sucediam ao questionário sobre si mesmo, sobre o que de mais terrível experimentara. Esquecer o acontecido, nunca. Mas como amesquinhá-lo, tirar-lhe a essência do horror ante uma mesa bem posta, ou um chá tomado entre finas almofadas e macias poltronas? Os olhos ávidos e inquiridores que o rodeavam não teriam ouvido e visto o bastante para também se horrorizarem e com ele participar dos silêncios? Um mundo só. Supunha encontrar aquém-mar o conforto dos que como ele haviam sofrido, mas que o acaso pusera, marginalmente, a salvo do pior. E consciente disso partilhariam com ele em humildade o encontro. Vislumbrou, porém, um ligeiro engano.

O apartamento ocupado pelo irmão ficava no último andar do prédio. A varanda aberta para o mar recebia à noite o choque das ondas com mais furor que de dia. Ali gostava de sentar-se (voltando da sinagoga após a prece noturna) com o sobrinho-neto no colo a balbuciarem ambos coisas não sabidas. Os dedos da criança embaraçavam-se na barba e às vezes tenteavam com força uma ou outra mecha. Esfregava então seu nariz duro ao arredondado e cartilaginoso e riam ambos um riso solto e sem intenções. Entretinham-se até a hora em que o irmão voltava e iam jantar.

Nas primeiras semanas houve alvoroço e muitas casas a percorrer, muitas mesas em que comer, e em todas revoltava-o o aspecto de coisa *curiosa* que assumia. Com o tempo, arrefecidos os entusiasmos e a curiosidade, ficara só com o irmão. Falar mesmo só com este ou a mulher. Os outros quase não o entendiam, nem os sobrinhos, muito menos o genro, por quem principiava a nutrir antipatia.

— Aí vem o "Profeta"!

Mal abrira a porta, a frase e o riso debochado do genro surpreenderam-no. Fez como se não tivesse notado o constrangimento dos outros. Atrasara-se no caminho da sinagoga e eles já o esperavam à mesa. De relance, percebeu o olhar de censura do irmão e o riso cortado de um dos pequenos. Só Paulo (assim batizaram o neto, que em realidade se chamava Pinkos) agitou as mãos num blá-blá como a reclamar a brincadeira perdida. Mudo, depositou o chapéu no cabide, ficando só com a boina preta de seda. Da língua nada havia ainda aprendido. Mas, observador, se bem que não arriscasse, conseguiu por associação gravar alguma coisa. E o "profeta" que o riso moleque lhe pespegara à entrada, ia-se tornando familiar. Seu significado não o atingia. Pouco importava, no entanto. A palavra nunca andava sem um olhar irônico, uma ruga de riso. No banheiro (lavava as mãos) recordou as inúmeras vezes em que os mesmos sons foram pronunciados à sua frente. E ligou cenas. Do fundo boiou a lembrança de coisa análoga no templo.

O engano esboçado no primeiro dia acentuava-se. A sensação de que o mundo deles era bem outro, de que não participaram em nada do que fora (para ele) a noite horrível, ia se transformando lentamente em objeto consciente. Eram-lhe enfadonhos os jantares reunidos nos quais ficava à margem. Quando as crianças dormiam e outros casais vinham conversar, apalermava-se com o tom da palestra, as piadas concupiscentes, as cifras sempre jogadas, a propósito de tudo, e, às vezes, sem nenhum. A guerra o despojara de todas as ilusões anteriores e afirmara-lhe a precariedade do que antes era sólido. Só ficara intacta sua fé em Deus e na religião, tão arraigada, que mesmo nos transes mais amargos não conseguira expulsar. (Já o tentara, reconhecia, em vão.) Nem bem se passara um ano e tinha à sua frente numa monótona repetição o que julgava terminado. A situação parasitária do genro despertou-lhe ódio, e a muito custo, dominou-o. Vira outras mãos em outros acenos. E as unhas tratadas e os anéis, e o corpo roliço e o riso estúpido e a inutilidade concentravam a revolta que era geral. Quantas vezes (meia-noite ia longe) deixava-se esquecer na varanda com o cigarro aceso a ouvir numa fala bilíngüe risadas canalhas (para ele) entre um cartear e outro.

— Então é isso?

Os outros julgariam caduquice. Ele bem sabia que não. O monólogo fora-lhe útil quando pensava endoidar. Hoje era hábito. Quando só, descarregava a tensão com uma que outra frase sem nexo senão para ele. Recordava-se que um dia (no início, logo) esboçara em meio a alguma conversa um tênue protesto, dera um sinal fraco de revolta, e talvez seu indicador cortasse o ar em acenos carregados de intenções. O mesmo na sinagoga quando a displicência da maioria tumultuara uma prece.

— Esses gordos senhores da vida e da fartura nada têm a fazer aqui — murmurara algum dia para si mesmo.

Talvez daí o *profeta.* (Descobrira, depois, o significado.)

Pensou em alterar um pouco aquela ordem e principiou a narrar o que havia negado antes. Mas agora não parecia interessar-lhes. Por condescendência (não compreendiam o que de sacrifício isso representava para ele) ouviram-no das primeiras vezes e não faltaram lágrimas nos olhos das mulheres. Depois, notou-lhes aborrecimento, enfaro, pensou descobrir censuras em alguns olhares e adivinhou frases como estas: “Que quer com tudo isso? Por que nos atormenta com coisas que não nos dizem respeito?” Havia rugas de remorso quando recordavam alguém que lhes dizia respeito, sim. Mas eram rápidas. Sumiam como um vinco em boneco de borracha. Não tardou que as manifestações se tornassem abertas, se bem que mascaradas.

— O senhor sofre com isso. Por que insiste tanto?

Calou. E mais que isso, emudeceu. Poucas vezes lhe ouviram a palavra, e não repararam que se ia colocando numa situação marginal. Só Pinkos (ele assim o chamava) continuava a trançar sua barba, esfregar o nariz, e contar histórias intermináveis com seus olhos redondos. Inutilidade.

O mar trazia lembranças tristes e lançava incógnitas. Solidão sobre solidão. Interrogava-se, às vezes, sobre sua capacidade de resistir a um meio que não era mais o seu. Chiados de ondas. Um dedo pequeno mergulhado em sua boca e um riso ao choque. Riso sacudido. Poderia condenar? Não, se fosse gozo após a tormenta. Não, não poderia nem condenar a si mesmo se por qualquer motivo aderisse, apesar da idade. Mas os outros? Cegos e surdos na insensibilidade e auto-suficência! Erguia-se então. Caminhava pelos cômodos, perscrutando no conforto um contraste que sabia de antemão não existir. Aliciava argumentos contra si mesmo, inutilmente. E do fundo um gosto amargo, decepcionante. Os dias se acumulavam na rotina e lhe era penosa a estada aos sábados na sinagoga. O livro de orações aberto (desnecessário, de cor murmurava todas as preces), fechava os olhos às intrigas e se punha de lado, sempre de lado. No caminho admirava as cores vistosas das vitrinas, os arranha-céus se perdendo na volta do pescoço, e o incessante arrastar de automóveis. E nisso tudo pesava-lhe a solidão, o estado de espírito que não encontrara afinidade.

Soube ser recente a fortuna do irmão. Numa pausa contara-lhe os anos de luta e subúrbio, e triunfante, em gestos largos, concluía pela segurança atual. Mais que as outras sensações essa ecoou fundo. Concluiu ser impossível a afinidade, pois as experiências eram opostas. A sua, amarga. A outra, vitoriosa. E no mesmo intervalo de tempo!? Deus, meu Deus! As noites de insônia sucederam-se. Tentou concluir que um sentimento de inveja carregava-lhe o ódio. Impossível. Honesto consigo mesmo entreviu sem forças essa conclusão. E suportou o oposto, mais difícil. As formas na penumbra do quarto (dormia com o neto) compunham cenas que não esperava rever. Madrugadas horríveis e ossadas. Rostos de angústia e preces evolando das cinzas humanas. As feições da mulher apertando o xale no último instante. Onde os olhos, onde os olhos que mudos traíram o grito animal? Risada canalha. Carteado. Cifras. Olha o "profeta" aí! E caras de gozo gargalhando do capote suspenso na cadeira. Impossível.

Gritos amontoados deram-lhe a notícia da saída. Olhou o cais. Lentamente a faixa dágua aumentava aos acenos finais. Retesou todas as fibras do corpo. Quando voltassem da estação de águas encontrariam a carta sobre a mesa. E seriam inúteis os protestos, porque tardios. Aproveitara as duas semanas de ausência. O passaporte de turista (depois pensavam em torná-lo permanente) facilitara-lhe o plano. O dinheiro que possuía esgotou-se à compra da passagem. Regresso. A empregada estranhou um pouco ao vê-lo sair com a mala. Mas juntou o fato à figura excêntrica que no início lhe infundira um pouco de medo. Planos? Não os tinha. Ia apenas em busca da companhia de semelhantes, semelhantes, sim. Talvez do fim. As energias que o gesto exigiu esgotaram-no, e a fraqueza trouxera hesitações. E ante o irremediável os olhos frustrados dilataram-se na ânsia de travar o pranto. Miúdas, já, as figuras acenando. O fundo montanhoso, azulando num céu de meio-dia. Blocos verdes de ilhotas e espumas nos sulcos dos lanchões. (Há sempre gaivotas. Mas não conseguiu vê-las.) Novamente os punhos cerrando e trançando, as têmporas apoiadas nos braços, e a figura negra, em forma de gancho, trepidando em lágrimas.

A prece

À entrada do pátio, muro que um caminhão arriou, ninguém mais levantou, Zico juntou a molecada.

— Aí a velha aí!

Dobrando a esquina, o xale preto envolvia o pescoço enquanto as mãos duras retesavam-se ao longo do corpo, estendidas por dois pacotes imensos. O passo apressado, pisadas firmes de sapatos sem saltos, furou os olhares dos moleques, que a susto, só lhe viam o perfil marcado e os cabelos, grisalhos, repuxados em coque. Nunca tiveram coragem de olhá-la de frente, e quando lhe atiraram a primeira pedra, raspando nos pés, na expectativa de ouvir a língua engrolada, só encontraram um olhar pálido e uma boca crispada. O gozo antevisto e frustrado deixou-os sempre à espera. Por isso a encaravam de perfil, ou então iam espioná-la pela janela. Não havia uma igual no casarão. Zico, o mais velho, garantia. Conhecia os trinta e tantos moradores do sobrado, e nunca ouvira falar de caso semelhante. A velha chegou de repente, coisa de dias, silenciosa. Ajeitou os trastes, que um preto trouxera na cabeça, no quarto dos fundos, e sem ter falado com ninguém, ia e vinha, muda, os sapatos ferindo o madeirame podre do corredor. Só lhe ouviram a voz uma vez. No segundo dia da chegada foi pedir fósforos à velha Genoveva, que sentada num banco, descansava do tanque, acendendo o pito. Genoveva abriu um olho meio fechado, livrou a boca e sorriu com a meia dúzia de dentes espalhados na gengiva. Custou a compreender o desejo da estranha. "Favor... Empresta...", os dedos riscavam a palma da mão, e nos olhos de súplica um medo dos risos que a garotada preparava. "Iô fazer...", mímica esquisita, espremida aos saltos, a palavra que falta. Genoveva estirou o braço que a velha agarrou com força e tirando a caixa apertou o passo. A zoada matraqueava-lhe as costas. Brito, o mais afoito, macaqueava os gestos e embrulhava a língua, enquanto os outros, atrás, riam, bobamente. "Tu... malandro... 'chaigatz'...". O coque virou e aos trancos uma saraivada de respostas. Pior. O riso aumentou. A chacota também. Brito coçando a barriga, gargalhava, continuando a dialogação, num estridar e ganir, latidos ao meio. Ao subir o degrau, uma pedra roçou-lhe o tornozelo. O giro do coque despejou-lhe um olhar pálido e a boca crispada. Silêncio repentino. Brito coçava a barriga em câmara lenta até parar.

Um peso imobilizou-os instantaneamente, até que se ouviram de novo os passos firmes nas tábuas do corredor, e o grito de Genoveva, temido:

— Já pra rua, safadeza!!!

Arriou-se junto com os pacotes na cama. Um alívio vinha das pontas dos dedos, percorria as espáduas, e desaparecia pela boca num suspiro. Esfregou o rosto e as faces ardentes. Não estava acostumada a um sol assim, nem a um trabalho daquele. O suor incomodava-a por dentro, e das axilas um triângulo empapado fazia vértice na cintura. Gosto de areia na boca. Os cotovelos nos joelhos, face na palma das mãos, arfava, ressecada, dura, triste. O xale preto caído nas coxas inundava-lhe os olhos. Sexta-feira! Quatro horas! Meu Deus! Girou o rosto. Pela janela fechada vinha uma quentura boiando, na cama, na mesa, no pedaço de cômoda-guarda-roupa, batendo e rebatendo nas paredes, se concentrando em sólido no corpo de Ida. Uma vontade de ficar ali pregada, fundir o cansaço e a solidão. Sexta-feira. Quatro horas. Meu Deus! Furou a inércia arrancando os sapatos. Enfiou nos pés doídos as chinelas e quebrando o mormaço foi à pia. Sexta-feira.

Levantou a tampa da panela e um vapor de carne cozida aqueceu-lhe o rosto. Remexeu o fogareiro, avivou o fogo com mais carvão e um abano, e numa caçarola de água fervendo despejou as duas postas de peixe. Da cômoda saiu uma toalha branca para a mesa. Um cheiro diferente inundava o quarto, agora limpo, varrido. Na cama desmanchava os pacotes, arrumando em caixas, as meias, lenços, pedaços de sabão, pacotes de grampos, cadarços, fitas... um mundo! Seu mundo. Na parede os olhos de Isaías, em prece, assustaram-se com o tlic da fotografia. Ida lembrou o esforço para convencê-lo a deixar o retrato, conseguido de surpresa. Agora pendia amarelado, a mancha da barba, as sobrancelhas arqueadas e uns olhos de susto. Dos outros nada mais ficara. Os olhos de Ida tremeram na lembrança. Que pesadelo! Isaías às sextas-feiras entrava mais alegre, o rosto brilhando, e um ou outro pingo dágua, da barba, denunciava o banho. Dava umas palmadas em suas costas (Ida tinha o rosto vermelho da lenha do forno), e ia orar. Agora, o retrato.

Uma algazarra no pátio. Correrias pela casa. Gritos, cantoria saindo do tanque. Um rádio no andar de cima despejava sambas. Em meio à vibração Ida parada junto à janela, perdida, sem língua, sem voz. Enfiada numa vida que nunca fora sua. O corpo todo inda doía da andança. Subir e descer ruas, escadas, bairros. Andar. E estar só. Ida sentia um cansaço inundar-lhe a alma. Filhos, já os tivera, marido também. De tudo, só o retrato ficou na parede. E ela. No rosto marcado de rugas, um sofrimento triturado. Esquecia. Morreram-lhe todos com a guerra. A tampa da panela ritmava o samba do rádio, agitada pelo vapor. Sem saber como saltou um dia no porto daqui. Deixava uma existência inteira atrás. Ave-Maria no andar de cima, e o quarto quase às escuras. A princípio receberam-na em casa de alguém, mas como novidade, bicho raro de outras terras que tem histórias para mais de um mês. As histórias cansaram. A bondade também. Veio o casarão com uma língua que não entendia, moleques e arremedar, os pacotes arriando os braços, e as pernas marcando calçadas e se esfregando em cem capachos diários. A luz de um lampião, na calçada, cortou o rosto de Ida em dois, em diagonal. Um olho truncado pelo clarão brilhava em seco. Tateando, arrastou os pés até o interruptor. De uma gaveta, desenrolando a flanela, tirou dois castiçais prateados, e acariciou-os com uma tremedeira nos dedos. Na mesa, ajustava as velas, sem ver uns olhos, miúdos, espremidos, respiração presa, agarrados à janela. Amarrou um lenço branco, enorme, na cabeça, e, acesas as velas, seus olhos se fecharam, com o corpo em balanço.

— Tu viu?

— Vi!... A gringa tinha um jeito esquisito!...

— Tu foi trouxa!... Devia dar pedra na janela.

— Não chateia! Eu estou é invocado com um troço...

— Que é?

— Esse negócio de vela... tava com a luz acesa e tinha umas velas também.

— Será que tem defunto escondido?

Uma gargalhada agitou o grupo esparramado no muro. Só Brito não ria.

— Nada!... É que... não sei não, estou com medo de falar...

— Falar o quê?

— Um troço... mas, no duro, que estou com medo.

— Tu é maricas mesmo!

— É a mãe!

— Fica aí fazendo doce!... Solta logo!

A revelação de Brito estarreceu a meninada. Uns olhos desconfiados, meio a medo, fitavam a janela no canto do sobrado. Um gosto de aventura e um pingo de lembrança de história contada, deixou-os estatelados. Negrinho João, oito anos feitos, coçando a cabeça, deu o jeito.

— O melhor é a gente dizer pro pessoal lá dentro!

Um frêmito atravessou o casarão de ponta a ponta. Aos olhos de espanto seguia-se um bater de porta, de passos atropelando os corredores. Os que chegavam do trabalho iam engrossando a onda, e do andar de cima matraqueavam passos na escada. A molecada, em três tempos, numa quase ubiqüidade, levantara o sobrado. As mulheres excitadas tomavam a frente, em meio ao choro de algum berço deixado repentinamente. Os homens, curiosos, iam atrás, assombrados com a novidade. Um ou outro céptico deitava em ar de troça:

— Isso não existe!

Um jato em dialeto estranho, lamento gritado, escapava da porta de Ida. A voz era quente e forte, ninguém a havia ouvido assim, e deu um nó no povaréu que se comprimia no corredor. As suspeitas aumentaram. Rosa, de mão pesada e carnes fortes, abateu o punho na madeira.

— Arreia a porta!

As mãos espalmadas nos olhos, e o lenço na cabeça, Ida jorrava a prece com o corpo em balanço sobre as velas. Quase sempre orava baixinho, os lábios acelerados. Hoje, do fundo, o grito da reza era uma imprecação e nunca os ombros balançaram tanto. Hoje, Ida não pedia a Deus, mas com as mesmas palavras, gritava, ofendia. Não sentiu o ruído nem as pancadas. A porta estava encostada e não foi preciso arriá-la. A voz quente, compassada, não a deixou ver a multidão que lhe ia enchendo o quarto, em atropelo. Tinha entre os olhos e a palma das mãos, plasmados no escuro, o rosto de Isaías e dos filhos, de Isaías quase um santo. Quando baixou os braços, a multidão encontrou as lágrimas fartas. Um silêncio deixou-os imóveis, e uma sensação de mal-estar, incômoda, esfriara os ânimos. Ida era um monte de nervos em relaxamento, sem força para mover os lábios. Nem um susto sofreu. Uma ligeira perturbação interna denunciada por um tremor da cabeça. O rosto marcado, lássido, percorreu o quarto. As mãos começaram a preparar a mímica, e uma ruga de súplica se esboçava na boca.

— Vamos sair, minha gente. Não é nada!

Uma voz de homem ressoou dando a retirada, e o chiar de sapatos pela porta fundiu-se, lá fora, num murmúrio crescente.

— Isso é reza lá da terra deles — a mesma voz.

Na escada para o andar de cima o mulherio fez ponto, e a mãe de Brito abriu-lhe o choro.

— Aprende a espiar janela dos outros, aprende!

* * *

Ida, parada diante das velas, os olhos nas chamas, não procurava pôr em ordem o pensamento. A multidão no quarto, assim de repente, era uma coisa vaga, e nem saberia explicá-la. Sexta-feira. A primeira sexta-feira no casarão. De dentro vinha uma sensação de rutura, de algo que se tinha perdido com a prece gritada. As quatro paredes caiadas de branco eram-lhe estranhas, e ao tentar dar término à oração as palavras sussurradas vinham-lhe mecânicas. Um estreitamento da garganta fê-la soltar com um soluço tudo que lhe boiava no interior. Sentiu-se oca. Os dedos magros se entrelaçaram e com os dois punhos fundidos esfregou a testa. Oca. Soprou as velas uma a uma, serena, calma. Sentada diante dos castiçais, os olhos de Ida miravam os tocos apagados, e seguindo a linha das gotas de cera, glóbulos amontoados em miniaturas estranhas, a cabeça tombou silenciosa na toalha branca.

Judith

Mansamente. Do mar a brisa enfunava o cortinado branco agitando as franjas das poltronas. Sentou-se. A criada pediu-lhe que esperasse alguns instantes. Em outra ocasião varreria com os olhos as paredes e os móveis pesados. Acharia engraçadas as figurinhas barrocas emolduradas em mau gosto. Sentiria os fios macios das molas que cederam ao seu peso, recolhendo-se em convexa superfície para acomodá-la. Hoje, impossível. Tinha medo que lhe ouvissem as palpitações ou que o arfar dos seios despertasse atenção. Hoje era toda hesitação, criara para si um invólucro que a obrigava a tolher os movimentos, e que, vez por outra, tentava, revoltada, romper. O dedo pressionando o botão do elevador transmitira-lhe a energia necessária para suportar a abertura da porta. Agora, cruzando os sapatos, parecia tê-la perdido por completo. Biqueiras rotas. Salpicos de lama na dobra da sola. Tremor. Recolhendo a perna do tapete pousou-a no trecho encerado. A cena fora toda imaginada. À noite, os olhos presos ao teto (ele dormira após um choro manhoso. O cortinado envolvia-lhe o berço), sufocava a lágrima em antecipação. A irmã. Seria a única a quem poderia recorrer. Os outros distanciaram-se na teimosia, na incompreensão. Só, no leito, esboçava carícias no corpo ausente sufocando o travesseiro. A irmã. Poucos anos as separavam. Por certo não esquecera os sonhos mútuos à vidraça em dia de chuva, ou ao dormir, no quarto comum, as confidências trocadas. Rodeado por dois pratos o retrato dos pais, de braço, sorrindo, surpreendeu-a com a expressão de conforto e amparo. E tê-los-ia se em troca oferecesse tudo. Hoje nada mais tinha a pedir. Soube que o luto acompanhou sua saída, e que no dia da cerimônia (civil, somente, como ambos tinham acertado) houve choros e lamúrias como que acompanhando a saída de um morto. Depois o silêncio que aterra e deprime. A solidão. A incomunicabilidade. Quando à noite ele a conduzira para o subúrbio sabia que uma rutura se tinha processado, e por mais ânimo que se tivesse imbuído não pôde conter o choro amargo, de quem, apesar de convicções, trazia em si e fazia romper todo um lastro de afeições. A irmã. Tinha a certeza. Sempre participara de suas idéias apenas com maior reserva e com certa hesitação quando acaso alguém nelas tocava. Mas participava. Os gatos, às vezes, perturbavam-lhe o sono com suas correrias e amores, e hoje mais do que nunca, após arrastões, um deles eriçara-lhe a pele com um lamento mais parecido a choro de criança. O corpo girou rapidamente apoiando-se a cabeça na mão. O berço imóvel com o cortinado. Alívio. Abraçou com as mãos os joelhos e deixou-se ficar estática com os olhos presos em nada. Depois de amanhã faz um mês que o trouxeram, já morto, da fábrica. (A bala atingira-lhe o crânio.) Tinha ao seio a criança quando a porta se abriu e alguns homens o carregaram até a cama, em vão. Depois de amanhã faz um mês. Afastou com as mãos os cabelos que lhe caíam sobre os olhos, num esfregar automático da testa. Ouvia nitidamente os zumbidos, os pequenos sons que se aglomeravam, compondo-se em estranhas dissonâncias a seus ouvidos pedindo silêncio. O pouco que os amigos puderam cotizar estava quase em exaustão. O dia que não tarda agigantava-se com a promessa dos tempos difíceis. Sobre a mesinha-de-cabeceira um recibo selado, deixando em confiança, à espera do aluguel. Os outros, amortecido o sentimento pelo tempo, davam mostras de impaciência. E em seu interior um fio entupindo a laringe, enrolando-se na língua, e prendendo-se nos interstícios dos dentes que cismavam em se pressionar mutuamente, como a medo, para que não escapem coisas não sabidas. Trabalharia. Não há dúvida. Nunca se amedrontara com tal idéia. Quando se resolvera unir com outro que não de sua raça tinha a perfeita consciência do ato, que não representava uma total renúncia à sua origem (havia arraigado em si um peso que um simples gesto ou atitude não desloca), nem ele a obrigava ou exigia a fazer tal coisa. Havia naquilo um desejo de superação, de coisa que transcende a um simples costume. Sabia difícil a compreensão. Mas, ato praticado, julgava-se pura em consciência, que sabia amadurecida. A hesitação vinha-lhe do berço. E ele? Dois meses e dois dias. Seus olhos por certo não gravaram as feições do pai, nem o timbre da voz lhe ficara nos ouvidos. Estava completamente isolado, sem raízes ainda que lhe pudessem marcar os passos. O rosto avermelhado encolhia-se sonolento o dia inteiro, ou as mãos tateavam ávidas o seio. A irmã. Sim. A irmã. Casara. Soube-o por outras fontes, já que estava à margem. Imaginou contrastes entre o quarto solitário e um hipotético apartamento. Olhos intrusos veriam a película brilhante prenunciando a lágrima. Compôs para si um ambiente de emoções de uma imaginária acolhida. O rosto magro da irmã, o jeito de sonho, colaria os lábios na face antevendo a integração. Superpunham-se as emoções criando quase uma presença concreta. O rosto magro da irmã seria um peito aberto aos soluços. É possível que um filho a preocupasse também, não sabia. Se verdade, quão fácil seria. À afinidade existente juntar-se-ia uma outra que não a palavra mas só o sentimento reproduz. Emaranhara-se. A custo dominou a hesitação, não de orgulho, mas de medo. A imagem do fícus na vidraça oscilava projetando em seu interior formas que alternavam com a respiração. A ausência do companheiro abrira-lhe vãos em sua segurança e firmeza, onde encontravam acolhida fácil elementos fugidios de dúvida, como que em tentativa de miná-la. Agora ali na sala, os sapatos cruzados, os olhos fixos na expressão dos pais, vacilava e quase se arrependia da caminhada, do berço deixado em mãos vizinhas. Não sentira no ar o cheiro de criança, um cheiro de fralda lavada e talco a que tanto se acostumara. Estaria grávida a irmã. Imaginou-a assim. Olhos grandes. Rosto magro. Mãos finas pendendo. O ventre enorme em prenúncio. Por onde entraria? Um estouro de azeite em frigideira fê-la imaginar chegando da cozinha, com o avental. Como reagiria? À empregada dissera ser apenas conhecida, amiga.

— Judith?!

Visão aterradora da inutilidade da visita. A intuição dera-lhe a certeza concreta de um gesto feito em vão, duma gratuidade de ato. Não o abraço, nem o rosto colado, o rosto magro que se perdera e arredondara em feições de fartura, o jeito de sonho perdido em balofa expressão vazia. Nem o ventre inflado mas uma adiposidade geral sem prenúncio de nada. A mão engordurada escorregara como um salsichão entre seus dedos. Defrontaram-se sentadas. Nos olhos, sim, nos olhos vislumbrava acidentalmente um brilho que era a rememoração dos sonhos. Mas, fugidio. Ou inexistente, quem sabe. Talvez pura criação de sua mente que procurava à força identificar na outra a imagem que viera recompondo a noite inteira. Um hiato. Talvez procurassem ambas um fio que as reatasse, mas era inexistente este. Ligeira ondulação sob o queixo que lhe arredondava mais o caráter inexpressivo. Onde os signos particulares que a distinguiam, onde a feição delicada, transpirando a coisa frágil, sensibilidade? Curtas as frases trocadas, de informação. Protocolo. Silêncio quanto ao resto. Silêncio em relação ao ocorrido. Como duas estranhas, quase, em sala de espera, de médico ou dentista.

Toda a carga afetiva em potencial de explosão recolhera-se, recalcada, por força de um desânimo.

Arriscou uma pergunta.

Monossilábica a resposta.

Recordou vizinhanças.

Iam bem, obrigado.

Lembrou o menino da casa ao lado.

Ambas empurravam-lhe o carrinho. Sete meses na época.

Cresceu. Mudou-se. Não sabia para onde.

As amigas da infância onde andavam.

Por aí, casadas.

E a Julieta?

Nunca mais a vira.

Lembrava-se do Maia, velho professor de francês?

Sim.

Encontrara-o noutro dia.

Sim?

Até quando agüentaria aquela estaticidade. Procurou nos olhos da irmã um quê que significasse recusa, desprezo, desgosto. Um signo que lhe indicasse a retirada, a inconveniência de sua estada ali. Houve como que um amortecimento nos sentidos da irmã. Aparadas as arestas do movimento restara uma figura parada, sem volição.

Onde morava?

Nos subúrbios.

Longe?

Sim.

Viera de trem?

Sim.

Horrível, não, apertado?

Sim.

Sentiu eriçarem-se-lhe os pêlos, e um empolamento nos poros. Percebeu nas entrelinhas um despertar vitalizante da irmã. Por certo uma inibição impedia-a de feri-la em cheio. E nesse momento responderia tudo. Tudo. A morte do marido. O filho. Queria tanto falar no filho. Descrever-lhe os gestos, o jeito. Por que isso? Rodeios. Fugas. Subterfúgios. Pelos olhos lançou um apelo para que aprofundasse as perguntas. Inútil. Poderia continuar sustentando o diálogo. Para quê? Perguntar-lhe coisas já sabidas, ou de fácil intuição. O marido estaria trabalhando. O apartamento (onde o bom gosto de outros anos?) confiava-lhe uma segurança. Que mais? Pouco importam os detalhes. A essas horas a vizinha estaria distraindo o menino. Ou mudando-lhe uma fralda. Ou agitando o chocalho para desfazer o choro arrastado. Remexeu-se na poltrona. Viu a irmã levantar-se para atender o telefone. Nem ouvira os chamados. Lá fora carro buzinando, rádio em novela e alguma empregada trauteando samba. Novamente a irmã sentada. Queria tomar alguma coisa? Não, obrigada. (Saíra apressada pela manhã. Dera o seio ao filho e esquecera de comer. Ou não se importara.) A pontada de fome já a estava sentindo subir-lhe do estômago. Lá embaixo compraria qualquer coisa, uma fruta.

— Papai?

Tivesse ido embora mais cedo e não teria a decepção da pergunta sem eco, do jeito contrafeito de quem tocara em tabu. Nenhum movimento por parte da irmã. Nem de distração aparentando não ouvir. Mas de frente. Os olhos nos seus. Via nitidamente sua imagem na pupila, apesar da distância. A ruga do queixo ondulara como quem engole em seco. Não queria odiar, mas a carga afetiva transitara de pólo. O passado, ela não o destruíra. Tinha à sua frente alguém que perdera, tinha a certeza, a vida. Errara. Entrara em local onde o tempo estava morto e onde não a compreenderiam mais. Estagnação. A porta fechou-se após uma fria despedida. Novamente, como salsichão, os dedos engordurados escorregaram entre os seus. Ao chamar o elevador pressentiu um soluço surdo de quem se arremessa. Como um letreiro luminoso os números se sucediam num acende-apaga até se fixar. A mão na tranca, esperou, estertor final, a precipitação que seria reconhecimento de erro. A cigarra soava no carro. Alguém, impaciente, esperava o elevador. Contou alguns segundos. Abismou-se com o silêncio quase simultâneo da campainha e do choro. Vazio completo. Na descida havia um rumo traçado. Impossível negar o passado. Sabia, porém, que impossível, também, é o retrocesso. Amanhã levaria o filho à circuncisão. De resto saberá conduzi-lo de modo a lembrar o pai morto e a compreendê-la. Ao ser golpeada pela brisa sentiu uma alegria infantil de quem descobre mundos novos numa velha caixa de sapatos, de quem, após luto, redescobre pequenos detalhes alegres no ambiente cinza que o cercava. Agora, o trem. O seio pronto em oferecimento onde ele mergulharia para mamar.

Gringuinho

Chorava. Não propriamente o medo da surra em perspectiva, apesar de roto o uniforme. Nem para isso teria tempo a mãe. Quando muito uns berros em meio à rotina. Tiraria a roupa; a outra, suja, encontraria no fundo do armário, para a vadiagem. Ao dobrar a esquina tinha a certeza de que nada faria hoje. Os pés, como facas alternadas, cortavam o barro de pós-chuva. A mangueira do terreno baldio onde caçavam gafanhotos, ou jogavam bola, tinha pendente a corda do balanço improvisado. Reconheceu-a. Fora sua e restara da forte embalagem que os seus trouxeram. Ninguém na rua. Os outros decerto não voltaram da escola ou já almoçavam. Ninguém percebeu-lhe o choro. A vizinha sorriu ao espantar o gato enlameado da poltrona da varanda. Conteve o soluço ao empurrar o portão. Com a manga esfregava o rosto marcando faixas de lama na face. Brilhavam ainda da chuva as folhas do fícus. Olhou a trepadeira. Novinha, mas já quase passando a janela. Na sala hesitou entre a cozinha e o quarto. A mãe de lenço à cabeça estaria descascando batatas ou moendo carne. Despertara-lhe a atenção ao lançar os livros sobre a cômoda. Que trocasse a roupa e fosse buscar cebolas no armazém. Nada mais. Nem o rosto enfiara para ver-lhe o ar de pranto e a roupa em desalinho. À entrada do quarto surpreendeu o blá-blá do caçula que, olhos no teto, tocava uma harpa invisível. Era-lhe estranha a sala, quase estranhos, apesar dos meses, os companheiros. Os olhos no quadro-negro espremiam-se como se auxiliassem a audição perturbada pela língua. Autômato, copiava nomes e algarismos (a estes compreendia), procurando intuir as frases da professora. Às vezes perdia-se em fitá-la. Dentes incisivos salientes, os cabelos lembrando chapéus de velhas múmias, os lábios grossos. Outras, rodeava os olhos pelas paredes carregadas de mapas e figurões. A janela lembrava-lhe a rua onde se sentia melhor. Podia falar pouco. Ouvir. Nem provas nem argüições. O apelido. Amolava-o a insistência dos moleques. Esfregou ante o espelho os olhos empapuçados. Ontem rolara na vala com Caetano após discussão. Atrapalhou o jogo. O negrinho cresceu em sua frente no ímpeto de derrubá-lo.

Gringuinho burro!

Ajeitou sobre a cama o uniforme. A lição não a faria. Voltar à mesma escola, sabia impossível também. Por vontade, a nenhuma. Antigamente, antes do navio, tinha seu grupo. Verão, encontravam-se na praça e atravessando o campo alcançavam o riacho, onde nus podiam mergulhar sem medo. À chatura das lições do velho barbudo (de mão farta e pesada nos tapas e beliscões) havia o bosque como recompensa. Castanheiros de frutos espinhentos e larga sombra, colinas onde o corpo podia rolar até a beira do caminho. Framboesas que se colhiam à farta. Cenoura roubada da plantação vizinha. A voz da mãe repetia o pedido de cebolas. Coçar de cabeça sem vontade. No inverno havia o trenó que carregava para montante, o rio gelado onde a botina ferrada deslizava qual patim. Em casa a sopa quente de beterrabas, ou o fumegar de repolhos. Sentava-se no colo do avô recém-chegado das orações e repetia com entusiasmo o que aprendera. Onde o avô? Gostava do roçar da barba na nuca que lhe fazia cócegas, e dos contos que lhe contava ao dormir. Sempre milagres de homens santos. Sonhava satisfeito com a eternidade. A voz do avô era rouca, mas boa de se ouvir. Mais quando cantava. Os olhos no teto de tábuas, ou acompanhando a chaminé do fogão, a melodia atravessava-lhe o sono. Hoje entrara tarde na sala. Não gostava de chamar a atenção sobre si, mas teve que ir à mesa explicar o atraso. Cinqüenta pares de olhos fixos em seus pés que tremiam. O pedido de cebolas veio mais forte. Gargalhada maciça em contraponto aos titubeios da boca, olhos e mãos. A custo conteve as lágrimas quando tomou o lugar. Chorava assim quando no primeiro sábado saiu de boné com o pai em direção à sinagoga. Caetano, Raul, Zé

Paulo, Betinho, fizeram coro ao fim da rua repetindo em estribilho o *gringuinho*. Suspenso o chocalho deparou com os olhos do irmão nos seus. Blá-blá. Sorriso mole. Sentara-se. Abrira o livro na página indicada, tenteando, como cego, para entrar no compasso da leitura. Nem às figuras se acostumara, nem às histórias estranhas para ele, que lia aos saltos. *Fala gringuinho*. Viera de trás a voz, grossa, de alguém mais velho. *Fala gringuinho*. Insistia. Ao girar o pescoço na descoberta da fonte fora surpreendido pela ordem de leitura. Olhou os dentes aguçados insinuando-se no lábio inferior como para escapar. Explicar-lhe? Como? Mudo curvou a cabeça como gato envergonhado por diabrura. Era-lhe fácil a lágrima. Lembrou um domingo. Enfiou-se pelo pátio com Raul que o chamara à sua casa. No fundo do quintal cimentado, sob coberta, dispusera os dois times de botões. Da copa o barulho, ainda, de talheres, fim do ajantarado. Chamaram. A mãe cortou o melão e separou duas fatias. Raul agradeceu pelos dois. "Ah! É o gringuinho!" Expelida pelo nariz a fumaça do cigarro, o pai soltara a exclamação. Quase o sufoca a fruta na boca. Os tios concentraram nele a atenção. Parecia um bicho encolhido, jururu, paralisado, as duas mãos prendendo nos lábios a fatia. *"Fala gringuinho!"* Coro. *Fala gringuinho*. Novamente as vozes atrás da carteira. Da outra vez correra como acuado em meio a risos. Recolhido no quarto desabafou no regaço da mãe. Blá-blá. Agitar do chocalho. Um cheiro de urina despertara-o da modorra. Um fio escorria da fralda no lençol de borracha. *Fala gringuinho*. Sentiu-se crescer e tombar para trás a cadeira. Em meio à gritaria a garra da velha suspendeu-o amarrotando a camisa. Cercado, alguns de pé sobre as mesas, recolheu-se à mudez expressiva. Da vingança intentada restara a frustração que se não explica por sabê-la impossível. Blá-blá! A poça de urina principiava a irritá-lo e após esperneios o irmão arrematou em choro arrastado. Agitou o chocalho novamente, com indiferença, olho na rua. O matraqueado aumentara o choro. Não percebeu a entrada da mãe. Sem olhá-lo recolheu o irmão no embalo. Tirou da gaveta a fralda seca, e entre o ninar e o gesto de troca passou-lhe a descompostura. Insistiu no pedido do armazém. Ele tentou surpreender-lhe o olhar, conquistar a inocência a que tinha direito. Depois gostaria de cair-lhe ao colo, beijá-la e contar tudo, na certeza de que lhe seria dada a razão. Mas nada disso. Recolhendo os níqueis procurou a porta. Traria as cebolas. E não contaria que ao ser repreendido na escola, na impotência de dar razões, quando a velha principiou a amassar-lhe a palma da mão com a régua negra e elástica, não se conteve e esmurrou-lhe o peito rasgando o vestido. Quando atravessou o portão acelerou a marcha impelido pelo desejo de ser homem já. Julgava que correndo apressaria o tempo. Seus pés saltitavam no cimento molhado, como outrora deslizavam, com as botinas ferradas, pelo rio gelado no inverno.

Réquiem para um solitário

A mão trêmula acariciou a porta da geladeira. Abriu-a automaticamente. Costume. Um halo gelado penetrou-lhe o peito aberto da camisa e os olhos se fecharam, como se as pálpebras tivessem sido empurradas pela testa relaxada. Carne na gaveta de matéria plástica. Cerveja e leite nos suportes de entrada. Travessas. Pratos de frutas. Os dedos tentaram destacar uma uva do ramo, mas o cacho se insinuou na palma da mão. Nenhuma vontade de comer. Sorriso frio. Hoje podia abandoná-lo com a certeza de que amanhã, se quisesse, obtê-lo-ia de novo. Os tempos. O ruído da fechadura nem se fez ouvir. O costume do trato carinhoso ao que lhe era caro, e a certeza das crianças dormindo nos quartos ao lado, aguçaram-lhe a cautela. A mulher permanecia na varanda. Ele a deixara estirada na espreguiçadeira, o rosto balofo satisfeito, as pernas e braços pesados, frouxos, apontando do vestido barato. (Ela pouco se acostumara à mudança. Quase não se transformara. O corpo relaxado transpirava cansaço e satisfação do trabalho. Tarefa cumprida.) Agora ali, parado em meio à sala fartamente iluminada. Os reflexos nos pingentes de cristal já o fizeram passar muito tempo num misto de absorção e divertimento. Hoje feriram-lhe a retina dolorida, como que chamuscando-a. Feriam mais que as palavras do filho do canto do escritório, após o jantar. Nunca pudera conceber que tal acontecesse. A fartura recente embotara-lhe mesmo a agilidade de pensamento anterior. Era-lhe um custo pensar muito. As idéias tinham que se lhe afigurar fixas, passando em câmara lenta. E a energia despendida há poucas horas, em que fora brutalmente sacudido (tinha o rosto do filho à frente), não o deixavam prostrado, mas, curioso, arrastaram-no desenfreadamente num caracol. Tivera a impressão de formar, em mais de vinte anos, um bloco monolítico, indestrutível. Encerrado em seu mundo, donde Deus andara um tempo afastado, mas que hoje se reintegrara, julgava encontrar-se numa estabilidade inabalável. Surdo aos ruídos de fora, vieram dizer-lhe que estava encerrado numa teia egoísta. Mas a Ordem? A ordem das coisas que lhe vinha insuflada dalém-mar, que lhe haviam incutido nos anos de privação, e pela qual atravessara um oceano nunca visto. América. Ele *fizera* a América.

O portão largo deu passagem ao carro que acelerou até a garagem. O farol tingiu largas faixas nas paredes da sala e cortou-lhe um ombro. Batida violenta. Pelos fundos os passos apressados chiavam nos degraus.

— O senhor?!

O filho parara em sua frente. Pouca coisa o assemelhava ao outro. Pequenos traços, o canto da boca, ou dos olhos, talvez, não sabia ao certo.

— Sim!... Vá!... Vá dormir!...

Estranhara a sua própria dureza quando o viu afastar-se. Seus dezesseis anos minguavam em feições de vinte. Pela porta ouviu tirar os sapatos, e um gemer de estrado cedendo ao peso do corpo.

À entrada do quarto viu o filho debruçado na mesa. Um quebra-luz limitava a área iluminada. Não o vira jantar. Mal chegado enfiou-se ali, sem falar com ninguém. Era uma oportunidade agora, podia falar-lhe. Os outros dormiam. Só um deles saíra no automóvel. As coisas que lhe boiavam no ouvido, sussurradas aos sábados, quando terminavam as orações, nos dias comuns, quando rondava a zona comercial, precipitaram-se agora. O filho olhou-o, de frente. Nunca o havia feito de tal jeito. De relance, percebeu que o desconhecia, por completo. A imagem que dele tinha era a de anos, e em sua inércia pouco ou nada viu transformar-se. A face rodeada por uma barba de dois dias, os traços firmes delineando as feições, davam-lhe uma aparência até então não revelada. A bem dizer o rosto era estranho, não tinha lembrança de tê-lo visto. E o fitava de frente, seguro. Às perguntas do pai não deu evasivas. Também a ele o rosto do velho não lembrava o mesmo modo. Era como se pela primeira vez descobrissem um no outro traços desconhecidos, ou a superposição das vezes em que normalmente se viam desse uma impressão errônea da realidade. O tom amadurecido da voz perdera o frescor da risada infantil que ainda lhe soava no ouvido. E à argumentação ponderada, concluiu, perplexo, que nada, ou quase, poderia opor. Havia a ordem das coisas. Havia a tradição que o soterrava. A solidariedade humana podia, no máximo, tomar para ele modos de caridade. E era justo. Ninguém tem coração de ferro. Tudo isso estava na Ordem. E o resto? As palavras do filho impediram-no de seguir o primeiro impulso, que era esbofeteá-lo, coisa que sempre fazia quando os pegava em falta (mas há tempos). Jamais se imaginara enredado de tal jeito, a mão tolhida pela expressão firme que o mirava. Os olhos desviaram e desenharam na parede memórias antigas. Na terceira classe amontoado com mais vinte sobre sonhos de uma terra que o esperava, remoía desejos e planos na certeza do homem de mãos vazias e cabeça tonta. A mulher atrás, grávida, acenando chorosa, amparada nos pais e tios, à saída do trem. Solitário no porto apinhado de guindastes, girafas meneando o pescoço no vaivém dos fardos. Pensamento ritmado, contraponteado à marcação das máquinas. Várias gerações se lhe antecediam naquele impulso. Depois, a sensação gigantesca de conquista, de grilhão rebitado. E a inércia que não é do cansaço, mas da fartura, da vitória, da segurança em bloco. O silêncio do filho trouxe-o de volta ao quarto e sentiu os pés agarrados aos tacos lustrosos. A luz dirigida parecia imobilizá-los num contraste branco-preto de desenho de nanquim. Cama à esquerda, armário ao fundo, cortinas abertas trazendo um vento da praia não muito distante.

No espelho do consolo, enviesado, o corpo baixo, as mãos jogadas rente, as mangas arregaçadas da camisa.

— Ainda acordado?

A mulher esfregava o rosto sonolento, passando para a cozinha. Pratos, torneira da pia, tampa de panela soando no chão, a porta da geladeira batendo.

— Quer um copo de leite?

— Não!

Sumiu no quarto atrás da pergunta solta:

— Não vai dormir?

A mesma de há alguns anos. Na mesa uma carta estendida, relato impiedoso de um mundo que foi. Duas horas. Madrugada. Zunidos de pneus no asfalto. Em algum lugar um rádio em surdina. (Céus! Como não endoidecer!...) Das casas, nada mais que ruínas. E nos bosques dos arredores há valados e valados de corações roídos pelas balas, e há galhos de castanheiros que resistem ao balanço de olhos esbugalhados. Buzina. Resto de boêmia numa voz embebedada. Badalo curto e fundo do quarto de hora. Procissão de rostos, esfumaçados uns, dolorosamente nítidos outros, avô, tio, primo, barbas ralas e majestosas num titubear de preces em Juízo Final. (Céus! Como não endoidecer?) Por que não se abalaram todos, como ele, num porão de navio? Por que, no cais, ao invés de abanar lenços, não correram pranchão acima? O canto do tio, a faca cortando o couro no desenho de uma sola, fundia-se às pancadas, em compasso, do primo e do auxiliar, nas fôrmas de botinas. Lá fora o vidro embaçado, o frio gelara os vãos do calçamento. Idéia de neve recente. Na mesa a chaleira despejando um halo quente de conforto. A tia na mesa cortando rabanetes. Uma quentura estagnada. Páscoa. Petencostes. Ano-Novo.

Irremediável.

Na parede o grupo sorria. Retrato antigo. Os menores não haviam nascido. O que se lhe revelara hoje sorria molemente. Fragmento. O cabelo arrumado pela primeira vez depois de cortados os cachos. Vida de então. Dois quartos entulhados de berços e um odor de urina escapando das fraldas ensaboadas. O fim da tarde surpreendia-o com o corpo empapado. Suor e poeira. Lama, nos sapatos, das vielas beira-de-morro. Andar. Andar. Andar. O passo chapinhando, a língua estranha. Latidos de cães em pancadas de porta. Às vezes, à mesa de algum café, sanduíche na mão, sentia desejos de arremessar dos ombros o fardo e embalar oceano afora, com o pingo amargo da América revelada. Besteira. Que diriam se o vissem, cabisbaixo, vencido, descer da carreta que o transportara para o trem? Por que saíra? Outras vezes os arremedos dos moleques despertavam-lhe as mesmas idéias. Depois se acostumara. Nem o apelido coletivo o feria mais. À noite, relaxando o corpo ao lado da mulher, amparava-se do medo de que a América o estava arrasando. Outros que vieram com ele não resistiram. Foram para o interior. Que será deles? Teriam prosperado, na certa, comprado fazendas. Mas como? Queria trabalhar em sua profissão. Desenganaram-no. Você morre de fome, não serve para isso! Em vez de um banco, um balcão, deram-lhe o bairro, as ruas, as casas, a cidade. É sua. Sirva-se! A princípio impressionara-se com a pobreza, não dele, que sabia transitória, mas dos que servia. Os barracos pungentes, imundos, o aglomerado em farrapos, favelas, pareciam-lhe soltos, prontos a ruir a um sopro maior do vento.

— Que tem você, está doente?

A mulher em camisola. Acordara de repente, mais de quatro horas, e não o vira.

— Está doente?

Cotovelos fincados na ponta da mesa, o rosto encaixado na palma das mãos, mirava-a sem perplexidade. Silêncio maciço entre os dois. Nem o ruído do relógio furava a massa de espaço que separava um do outro. Que responder? Do fundo não lhe vinha nada. Não estava embaraçado. Sentia-se como no dia em que lhe apresentaram a hipotética noiva. Nenhum embaraço, também. Apenas um vazio de palavras, um não saber a razão da fala no momento.

— Sente-se mal?

Pouco a pouco sentiu o sangue afluir-lhe à cabeça. Agora, sim, uma vergonha perturbava-o diante da companheira. Nunca lhe teve segredos. Nunca a deixara longe de suas preocupações. Mas, agora? Que dizer? Seria possível compor, pedaço a pedaço, os fluxos de idéias, desordenados, dar-lhes um fio, torná-los história que se conte em palavras? Depois, dizer o quê? O espaço diminuiu, e vê o corpo da mulher agigantar-se em sua direção, invadindo a sala. Sente-lhe as mãos caírem nos ombros; na frente, só a porta aberta; postara-se atrás dele. Seus dedos pesam-lhe em torno do pescoço. Dizer-lhe o quê? Ela fazia parte do bloco monolítico sonhado por ele, era parte do todo. Compreenderia? E ele? Havia compreendido?

— Sente-se mal?

— Não... Não tenho nada!... Estou sem sono!

— Como?... São quatro horas, mais que quatro, e você nem se deitou.

— Já disse, não tenho sono.

— Quer que lhe faça um chá?

— Não!

— Uma pílula, quer?

— Não!... Por favor, não quero!

Nunca lhe vira os olhos como dessa vez. Girara em torno da mesa, e novamente o fitava em cheio. No rosto, nenhuma expressão de sonolência, ou cansaço; uns traços de vivacidade despontaram, e os olhos, os olhos, adquiriram um vigor nunca imaginado. O que lhe ia pela mente? Meneava a cabeça como que sondando algo.

— Eu?...

— O quê?...

— Eu... nunca o vi assim... nem me tratou assim... quase estranha...

Pôde perceber — de relance — onde queria chegar. Sorriso triste.

— Não!... Não é isso...

Contar-lhe a história, simplesmente? Impossível. Tomou-lhe as mãos. Ambas frias, inseguras. Faltavam-lhe palavras, coisas que gostaria de dizer, que nunca disse, porque não sabia como, ou não lhe haviam ensinado.

— Vão mal os negócios?

A voz da mulher tornara-se grave.

— Não!... Ao contrário...

Olhos cruzados. Que turbilhão de idéias não a confundiam? E era simples desfazer-lhe a dúvida. Simples? Que lhe diria? Que não se preocupasse, que não estava doente, que os negócios iam ótimos, que mais? E o resto? Como comunicar-lhe a sensação de esboroamento? Como darlhe a idéia de insegurança que o dominara, substituindo a solidez arrogante?

— Por favor, vá dormir!... Eu irei já... não tenho nada.

Um sorriso no rosto da mulher. (Tinham ainda entrelaçadas as mãos.) Atmosfera de conforto. Tepidez de madrugada penetrando o íntimo.

— Eu devia imaginar... Deve ser alguma nova empresa que está planejando, não é isso?

A imobilidade da cabeça e um ligeiro chiado dos lábios afiguraram-selhe como afirmativa.

— Devia imaginar. Não se preocupe!... (Oh, o peso do braço que acaricia...) Deus há de nos ajudar!

Deus há de nos ajudar! Novamente a porta do quarto fechada. Nada mais! Ela não o podia conceber de outra maneira. Era a presença sólida do que se esfacelava para ele. Deus há de nos ajudar. Doíam-lhe as pernas. A língua parecia estar coberta de uma massa esponjosa de sujeira. Alguma outra empresa. Sim. Por que não? Havia outro motivo, com exceção de doença, que levasse um homem a dobrar madrugada solitário numa sala? Uma vez ficara, há anos. A carta chegara e com ela uma onda de remorsos e imagens. Depois, o amortecimento. Nunca se lhe esboçara a pergunta do por que teriam morrido. Sabia que coisas aconteciam pelo mundo, mas nunca as julgara tão importantes, a ponto de perturbar a sua Ordem, a ordem dos seus acontecimentos e problemas. Do parapeito via o pequeno jardim bem tratado, e em sua frente, o bloco de edifícios cinzentos encolhidos em sono. Uma ou outra luz borrando de amarelo o conjunto. Talvez alguém madrugasse para o trabalho, ou chegasse de farra, quem sabe. À esquerda um arcabouço em descanso. Os andaimes vazios de operários. Doze andares ocos à espera de paredes. Carros ladeando o meio-fio. Repouso. Certeza. As imagens que vieram com a carta também tinham a certeza. Aprendera com eles. Esfacelava-se. O vento que lhe penetrava a camisa secando o suor trouxe uma pausa ao atordoamento.

Poucas vezes vira o amanhecer. E mesmo assim, nunca dera importância. Agora aterrava e aliviava, alternadamente, como um êmbolo de pistão. Horizonte irisado. Gradação imperceptível até o vermelho infernal. Nada mais tinha a pensar. No íntimo a convicção de que continuaria procedendo como sempre, implacavelmente. Mas nos passos que o levaram ao quarto, titubeantes, não pelo cansaço, conduzia outra certeza, uma certeza de desequilíbrio e hesitação, de medo e fragilidade. Certeza do irremediável. A mulher dormia. Mudou de roupa. Aspirou o cheiro do linho na gaveta da cômoda de onde tirara o pijama. Olhou em redor, fixou os móveis trabalhados. E mergulhando a cabeça no travesseiro levava consigo a imagem do que viera construindo e que sentia escapar dos dedos. Tentava agarrar, como os olhos cegados pela pressão, os pedaços de sua ordem que desmoronava, mas compreendeu o inevitável. Inerte, corpo morto, prostração. Dormia.

Canto fúnebre de Estêvão Lopes Albuquerque

— E a vida?

Não soprasse o vento e a galharia, só o silêncio, e os outros lhe ouviriam o grito num sussurro. E Flávia não choraria com a cabeça em suas mãos, o corpo dobrado em grotesca figura de parto próximo. Compreendera seu grito e horrorizaram-na suas feições quando atravessou a porta. A janela ficara aberta. Pedido seu. Mangueiras dobravam galhos oscilando na visão do relógio da torre lá embaixo. Noite. E o bonde cantava na curva ao atrito dos trilhos. Embalada morro abaixo. Os mesmos livros. Mesa. Armário. O retrato de Estêvão, a óleo, feito pelo irmão, projetava um perfil sombrio interiorizado. E agora os olhos, não os mesmos, lutavam com a serenidade intentada, mas que o grito expulsara. Os dedos da irmã brotaram lágrimas nas cavas cor de cera. Sem forças para escorrer das órbitas. Apenas o mar em película difusando o rosto que se agarrara às suas mãos. Cantassem os grilos a noite inteira, viessem vaga-lumes aos bandos e não imitariam a zoada e o piscar que lhe estourava a cabeça. Sinos. Sinos. Não os ouviria. Nem coros de crianças em opas brancas. Nem avó Angélica de preto no genuflexório ou rodando o terço na varanda. Mexendo com os lábios num tremelicar maquinal. Nas últimas semanas, sem a energia de costume, arrastava a sombra pelo quarto sem as hesitações anteriores da caduquice. Olhava-o demoradamente e era preciso que a filha a viesse retirar para dormir. Quando da tenda de oxigênio, imóvel na sofreguidão da cura, encontrara muitas vezes seus olhos, agora mortiços, fixos nele, como que para se redimir. Não seria imaginação. Acrescentara o mesmo efeito ao pai, à mãe, ao irmão, sempre indiferente, que se revezavam em acompanhar-lhe o sono. Gritaria se não temesse o esforço definitivo. O chiado do balão, a capa que o recolhia em berço, como em criança, infundiram-lhe a sensação de gravidade. E a única a ler seus olhos foi Flávia. Não lhe notara um apelo de redenção. Havia em sua maneira (diariamente subia de Botafogo) mais que um apelo. Uma ruga de súplica que às vezes confundia com terror. Medo. Onde as horas de palestra, de conforto? Os olhos do irmão sempre lhe supreenderam os pensamentos, e neles havia amparo e compreensão.

Gélidas as relações de família. Morno o carinho da mãe passeando uma ternura dócil pela casa na obediência ao marido. Duro como um beijo na testa o amor de pai. Lázaro de boina e cachimbo enchia o tempo ocioso entre tintas e o piano. Sonatas frias entorpecendo os silêncios de após-jantar, enquanto avó Angélica sustentava na varanda os brasões arrancados no Império, imprecando contra a dissolução, e evocando Floriano.

— Só chicote, mesmo!

Os olhinhos brilhavam enquanto o lábio inferior projetava a gengiva. Rugas ondeando um nariz achatado. Preto o longo vestido que parecia eternamente o mesmo, em contraste com o cabelo. Avó Angélica trazia no menear constante da cabeça um ódio que nem às orações se diluía. Acompanhava o genro na leitura dos jornais (os olhos quase fechados na miopia não ousavam aventurar-se sós), acentuando com tiques os momentos de desacordo; não aceitava as conquistas dos que ela englobava em "liberais", estribilhando cada ataque à situação com um sibilante — "Só chicote mesmo!". À noite (dizia) orava por um novo dilúvio. Serenidade na ruga afetuosa com que a filha a conduzia para o sono, enquanto o genro intimamente de acordo em quase tudo chupava um charuto bonançoso, na fartura de quem curvara a vida.

— Boa noite, meu filho!

Acompanhava-a com os olhos apoiando-se no corrimão que a levaria ao andar superior. Fatigante, talvez. Já lhe haviam falado de uns elevadores pequenos, bons para casas como aquelas. Evitaria o cansaço da velha. Outro dia trataria do caso. Dobrou o "Jornal do Comércio" e abriu o "Correio da Manhã". (Só à noite encontrara tempo para os matutinos. De resto, os vespertinos desagradavam-no, ferindo-lhe o gosto pela sensatez com os títulos em espalhafato.) Sensatos os tópicos da quarta página, e o artigo de fundo do redator-chefe. Sensato o noticiário internacional, a nota de O.M.C., e o informe sobre a carestia. Na seção econômica sorriu ao ver a cotação oficial do dólar. Da sala de música ouvia os dedos de Lázaro ensaiando o teclado. Fora-lhe benéfica a viagem à Europa. Alguns quadros bem vendidos corroboraram a certeza de que valera o gasto. Lázaro não o preocupava. Flávia (passara a crise provocada por todos ao sabê-la num namoro inconveniente para os Albuquerques), vencida pelo massacre de seus sentimentos flutuantes, caíra em uma modorra que julgavam natural. Regozijava-se mesmo com o interesse que lhe despertara o homem que eles lhe queriam oferecer. A cinza era compacta e esboroou-se na poltrona. Não se mexeu. Seria a segurança para a filha e um nome. Restava o menor, Estêvão, uma incógnita, com certas liberdades justificadas em um estudante de Direito. Bocejo. Um carro freando. Flávia de capote erguido e feições neutras voltara do cinema. Alegando frio retirou-se para o quarto. Dr. Bastos aceitou o conhaque sugerido e, com o silêncio do pai, gozava a certeza de posse que um pacto lhe garantia. Repuxando os lábios na quentura da bebida, confortava-se com o benefício que a união lhe traria. (Não podia negar a presença de uma certa ternura por Flávia.)

— Seu pai sempre se candidata?

— Não sabe ainda... Está um pouco desiludido... Abalou-se muito com os últimos ataques da imprensa... são deselegantes... afinal a vida privada de um homem... não concorda?

As frases curtas, os cigarros fumados, a vista da cidade lá embaixo, inundava-os com a sensação de conforto.

Agora os dedos cerrados ansiavam por insuflar vida. Aos outros o choro de Flávia seria o choro da irmã pelo irmão. O que ia além do afeto jamais assimilariam. De novo a rigidez, a sucessão de maquinal rotina que em nada alterara com sua mudança para Botafogo. A casa dos sogros, e o ambiente era uma monótona repetição da atmosfera que a aterrava. A princípio irritara-se quando o irmão um pouco mais novo lhe fizera uma que outra advertência. Depois descobriu pouco a pouco a lucidez das observações, fora de molde, e a coragem das afirmativas. Estêvão era um ente de fora, de além-muros. E os sonhos que tinha e as frustrações, as idéias loucas (para os outros) e os vôos não feitos eram compartilhados aos domingos (quando pai, mãe e avó iam à missa. Lázaro dormia da noitada), na varanda entre o café, o cigarro e os jornais. Projetos. Amores. Futuro. Soube de Carla, italianinha miúda e morena, de cabelos em leque e pretos sobre a suéter que usava após os ensaios. Falava de Aníbal rodeando os subúrbios para encontrá-la na Saenz Peña, e do banco em que sentavam, e das crianças que lhes sorriam nas gangorras, e dos cinemas, e das despedidas na esquina da Uruguaiana para que ninguém os surpreendesse esperando juntos o bondinho Silvestre. Quando o massacre iniciado pelo pai se desencadeou não encontrara forças para ouvir o irmão. Seria deixá-los. Teve medo da solidão.

Medo do mundo. Talvez medo de ferir a trama da família. E de olhos baixos, a medo ainda, cruzou a sala de jantar em direção ao quarto. Sentia (e se virasse o rosto, a certeza) que da boca fechada de Estêvão vinha um sopro de revolta e de culpa lançada. Depois suportou o namoro e o noivado imposto. Os passeios insossos de automóvel e as banalidades de Alberto. No início reprimia a raiva. Depois acomodou-se. Os chás em Botafogo com os pais dele tolerava-os apesar do horror ante a repetição que o ambiente anunciava. Depois, na certa mudaria. Ainda Estêvão tentou dissuadi-la. E só há uma semana viera a conhecê-lo por completo, quando a ambulância juntou multidão à porta da casa (viera ver a mãe e a avó), e a maca entrando no quarto desvendou o corpo ferido do irmão. Depois os jornais. Os colegas. Impossível evitar a romaria, até que por ordem médica foram vedadas as visitas. Grávida, sentia o emparedamento total, e a perspectiva de aniquilamento.

— E a vida?

Inaudíveis os chiados e cochichos na sala contígua. Os vultos cerrados dos seus ondulavam pela casa em estranhas curvaturas. Flávia parecia boiar em algum rio com as formas oscilantes, e o rio era seu mesmo. Pressionou os dedos tentando impedir as lágrimas, dar-lhes curso. Teimavam em boiar empapando os cílios. Aos outros nada perguntaria. Apenas à irmã. E a pergunta era grito, e grito sem eco. As mangueiras continuariam oscilando como todos os galhos, e todos os cabelos. Como os cabelos de Carla descendo a escadaria do teatro para encontrá-lo, como as palmeiras do Jardim Botânico que não se cansavam de fitar (conseguira com Flávia que Carla não o visitasse. A irmã transmitia-lhe sempre notícias, de que estava melhorando, mais uma semana, mais duas). Consciência de asas cortadas. De coisa que se esgota. De vasilhame prenhe que um furo faz escoar. Seria belo erguer novamente e ir ver Carla nos fundos da loja em que o imigrante martelava solas. Conversar com Giuseppe sobre as eleições na Itália ou a guerra da Coréia. Afundar os olhos com senso de culpa no monte empoeirado de sapatos, enquanto o velho renarrava Sacco e Vanzetti. Um cheiro de gordura atravessava as prateleiras e longas tiras de espaguete se espraiariam em algum prato. Carla viria sorridente, macia, a suéter desenhando um busto precoce. O bonde para o teatro. São ágeis as pernas de Carla, rijas as coxas. Vê-la-ia em noite de gala voando e vergando como um bambuzal açoitado.

— Não tenho pecados, padre!

Cortaram-se bruscas as lágrimas dos que lhe cercavam a cama. Avó Angélica contraiu os lábios e cessou de menear a cabeça caduca. Frei Jonas acabara de entrar para a extrema-unção. A frase, um minuto antes de se retirarem, acentuou rugas e não encontrou eco. Queda surda. Estêvão abalara os fundamentos e princípios dos Albuquerques. Se fosse leve o ferimento tê-lo-ia sedimentado melhor. Por certo viria uma repreensão. E a rotina voltaria como conseqüência. E avó Angélica retomaria o estribilho: "Só chicote mesmo!" Não o era. Tinham a certeza. Nem milagres esperavam. Quando frei Jonas chegou entreolharam-se na muda compreensão do irremediável. (Flávia não chegara ainda.) Um sentimento de cumplicidade principiara a fazê-los tremer, fustigando-os como a um bêbado a quem se quer devolver a razão. A morna contemplação dos dias precipitara uma atitude apreensiva, hesitante. Entreolharam-se apenas. Frei Jonas titubeara com o inesperado, sem saber como terminaria. Acenou para que se retirassem.

As palavras mansas do frade despertaram outras, semi-roucas em prostração. Uma ternura que falava de coisas divinas e atraía coros angelicais.

A mão que afagava a testa buscava inocular calma onde não havia tortura. A obstinação do moço, apesar da crença afirmada, em negar-se à confissão, ia diminuindo o ímpeto das frases. Dois vincos paralelos, das asas do nariz ao lábio inferior, marcavam o rosto de frei Jonas, quando, em quase grito, Estêvão lançara o seu argumento:

— SOU MOÇO, PADRE!

A pausa marcou a cabeça inclinando após a exaltação. As veias dilatadas recolheram-se. Um engolir em seco, e de novo a voz, já mais rouca. Falava do que lhe iam roubando, da alegria que há no viver, de esperanças, sonhos, de amor, de amor mesmo à prostituta, porque é ainda viver. De Estêvão jorrava a ânsia do inocente condenado. E a firmeza do ser puro, ainda frente a Deus. Mãos cruzadas, frei Jonas desviou os olhos do crucifixo pendente e fixou-os no parque se desdobrando da janela. Quatro horas, talvez. Além do portão um bonde com os pingentes cheios. Canteiros com sinal de abandono, e a fonte seca. Pedaço de céu molhado. Estrias brancas e avermelhadas esbatendo em azul. Dedos ensaiavam dó-ré-mi em algum piano da vizinhança, enquanto um prefixo forte encerrava a novela. Dois pardais cortaram em diagonal a janela e sumiram na mangueira. Fechou os olhos ao ouvir os soluços vindos da cama. E com os soluços a afirmação de pureza. Seus lábios ensaiaram uma oração que se perdeu no início, quando acentos duros substituíram o lamento. Acusava. O rosto de frei Jonas tremeu na dúvida. Cansaço e tensão sumiam as palavras. Só os silêncios as tornavam audíveis. Olhos nos olhos. Mas por segundos. Frei Jonas não suportaria por muito tempo a carga brusca no olhar de Estêvão. Quando nada mais feriu o silêncio, seu corpo arrasado procurou a porta em busca de alívio.

Flávia ergueu a cabeça na redescoberta. À pergunta só respondeu lágrimas. Quando Lázaro lhe narrou a cena com frei Jonas, calara. Só a mudez daria sinal de participação no gesto, e na coragem. Ninguém ousara insistir com Estêvão. Cabisbaixos conheceram o desespero não imaginado. Lázaro era o único a falar e a receber os parentes que enfileiravam carros e se amontoavam pelas varandas e salas em cochichos e tristezas de conveniência. Impacientes marcavam os minutos para a precipitação, enquanto frases de alento cortavam suspiros. Participava dos sobressaltos de Carla quando (o automóvel ficava um pouco adiante) a procurava em sua casa; Giuseppe parava o trabalho e sorvia as palavras ouvidas. E as expressões de revolta encontravam eco nas mãos torcidas da velha que chegara da cozinha. Eram tristes as voltas dos ensaios para Carla. Só no bonde procurava repetir infinitamente a cena que os jornais narravam. E a forçar uma ilusão, temerária, de que tudo era falso. Havia porém a ausência que não permitiria dúvidas. Tristes as tardes em que cansada buscava a casa. Curto, agora, o caminho que antes se alongava em voltas e torneios até que se extinguissem as palavras. E depois das palavras havia os silêncios, pois a ninguém perturbava o linguajar dos dedos enlaçados. Nada dissera a ninguém, nem a Flávia.

Faltara à aula e tomara o bonde para Santa Teresa. Quantas vezes rondou a casa, não o saberia. Procurava, através das varandas, ou janelas entreabertas, a figura convalescente de Estêvão, apoiado em alguém. Nada. Vira uma velha de preto que devia ser avó Angélica, pelo que ele lhe havia contado. Oscilando na cadeira de balanço afastava as contas do terço. Tentou divisar no parque a mangueira pois sabia que a copa fronteava o quarto de Estêvão. Impossível distinguir qual delas. Passeou os olhos pelos canteiros, fixou a roseira, o pé de jasmim (um reflexo brilhou nas sementes dos girassóis), viu a fonte seca. Junto à varanda (onde arranjara forças para transpor o portão?), ciciou qualquer coisa que a velha compreendeu.

— Estêvão!...

Olhou-a agitando a cabeça no balbucio do nome, e nos olhos a expressão neutra a transformar-se em ódio. Rugas flutuavam em torno da boca esboçando as sílabas. Arrependida, Carla saíra em correria, com o sangue à cabeça, só parando alguns quarteirões abaixo ante os olhos assombrados dos transeuntes que a miravam.

— Estêvão?...

— Bem melhor, Carla... (a mentira obrigava Flávia a usar pausas prolongadas) o médico deu esperanças... uma semana... duas... talvez...

No automóvel chorava de manso para evitar a intervenção do chofer. Chorava por Carla, pelas mentiras, e por si mesma, pelos amores frustrados. Carla, a quem os Albuquerques jamais receberiam como familiar. Os

Albuquerques. Como desiludi-la? O carro deixara os subúrbios e tomara a via larga para o centro. Seco o pranto conservava em repetição o trecho do noticiário radiofônico, mais contundente que as dezenas de colunas dos jornais. Acadêmicos da Escola de Direito. Passeata de protesto. (Estêvão sem esperanças.) *Encontra-se gravemente ferido o acadêmico Estêvão Lopes Albuquerque. Estêvão é filho de tradicional família carioca e cursava...* Dentro em pouco Botafogo, a casa, os sogros, os objetos em que tocava sem afeto, o marido com o olhar terno e o beijo respeitoso. Os Albuquerques!

Crispações mais firmes despertaram dores nas mãos de Flávia, que se reclinou sobre a cabeceira. A pergunta feita duas vezes esboçava-se novamente, inaudível. O esforço retesara as veias da garganta afundando concavidades sob a mandíbula. Olhos de terror violentando as pálpebras. Tremores no corpo. Em desespero lançou-se sobre o irmão ao ver-lhe o meneio de quem pretende se erguer. Sabia o fim, já. Debateu as mãos ao senti-las quase furadas pelas falanges duras. Evitar a loucura. E antes da imobilidade ouviu pela última vez a pergunta que repetiu num grito. Avalanche de passos e carpideiras, gritos e murmúrios. Nossa Senhora e Jesus, e choros pela vez primeira autênticos.

No parque deserto, as mesmas mangueiras continuaram dobrando galhos na mesma visão do relógio da torre, lá embaixo, e no ar, sem ouvidos, a mesma pergunta, repetida:

— E a vida?

Noturno

Um choro de flauta. Além o esboço de varanda, sem parapeito, ainda, a inclinação de um monte, prismas deformados de concreto e um cinza pesado de céu chuvoso em quase noite. Não pensar. Pleno o pulmão, ritmado, alternar os dedos num pranto.

— E depois?

O lábio superior afrouxando do bocal, e um canto de olho no corpo estirado na rede. Mãos agredindo o vazio enquanto a cachaça girava em semicírculo (acocorados, olhavam o lume requentando café). Tijolos em montículos, algumas fileiras dispostas. Tábuas soltas. À pergunta do velho um murmúrio no silêncio. Tosse violenta, sacudida. Em pouco as brasas dos cigarros oscilariam na penumbra. Foguetes estourariam os tímpanos e pés se arrastariam dançando em quintais suburbanos. O olho fechado marcou o ritmo, sem pensar na resposta. Fosse tempo de lágrimas e algumas saltariam. Rastro vertical de balões gotejando. O corpo doído aquietara-se, mãos cruzadas sobre o cinto. Uma inundação vinha de dentro estancada pelas gengivas. O barro do rosto enrugado oscilava entre a palidez opaca e os reflexos de suor caminhando em rugas. O tempo. O tempo. Encaixado entre pisos, acima da rua. E o preto na flauta nunca daria uma solução ao desespero.

* * *

— É só uma ida! Coisa de meses!

O rosto da velha se ergueu no desânimo, em resposta. Cotovelos entre as coxas, dedos alisando a barra do vestido, não tinha mais que os olhos, enormes, na cabeça miúda. De palavras, mesmo, nunca precisara. Sol na grama, e o gato lambendo a pata magra, retesando o dorso anelado. Meninos morreram os filhos. Nem mais o ciscar de pintos nervosos ocultos no capinzal. A luz esbatida nos cabelos sem cor atenuava contrastes. Vinha com sangue a resolução. Os olhos suspensos surpreenderam os dele fixos na imagem de Cristo, e as palavras chegavam de viés, em rompantes roucos. Ausência de coragem debilitando a firmeza. Rouquidão sugerindo cansaço. Modorra a ser vencida por qualquer gesto. Não lhe conhecesse os silêncios e talvez esperasse dela um som, um sussurro. Teria oportunidade de, na busca de cúmplice, expor o porquê da decisão, apesar dos anos acumulados. Aliciaria uma vontade que temia ferir. Cedo percebeu a inutilidade de argumentos. Aos dedos intranqüilos que alisavam a barra do vestido seriam desnecessários, já que, juntos, sofriam as conseqüências. Tivesse filhos homens e poder-se-ia deixar ficando a seu lado, que não faltaria o sustento até que seus braços fossem outra vez chamados ao trabalho. Mas não. E agora (fora adiando, adiando), só o fim o reteria. O perfil endurecido comunicava à velha o esforço do homem. Poderia, falando, incutir-lhe a esperança no Crucificado, e tentar retê-lo, pois que a viagem em nada se distinguia da morte. Idéias vagas e resignação impunham-lhe o sentido pecaminoso da revolta. E a fuga, temporária, era descrença. Quando não, haveria a idade. Começar outra vez em terra estranha? E se lá também um sol duro reduzira os homens a bandos silenciosos em busca de outras terras, e outras e outras, até... A limitação do espaço em sua mente fê-la reter o pensamento, na impossibilidade de conceber essa contínua andança num mundo infinito, para ela. Havia um sentimento informe na visão dos pés da cor do barro. O ventre de tantos partos contraiu-se com a ida do homem. Pela primeira vez só. No mutismo bastava-lhe o grunhido da boca barbuda fumando à noitinha, afirmando a presença humana. Um menear de cabeça impregnou-a novamente com a visão do gato retesando o dorso anelado, em arreganhos para o ar. E as ancas pontudas indicaram-lhe o silêncio e a complacência.

— E depois?

Contínuo e triste volteio do choro abafando a exclamação. A face do negro ondulava em penumbra, dedos crescendo e baixando, tenteando, compassados, finos, contrastando. Gemeu impelindo a rede. Pensou em pedir que acendessem a luz. Desistiu. Um foguete estourou sua carga de repetição. Amanhã passaria o dia todo inerte, mas depois! A idéia do hospital atormentava-o, nunca precisou disto, depois, diziam, não era fácil. Até quando trituraria sua dor com os dentes enquanto recebia os baldes de concreto do guincho e passava-os adiante? As pálpebras caídas, esforçava-se em redescobrir as feições da imagem pregada tão longe. Gostaria de morrer com o conforto de sua imobilidade. Rabugice, quase manda parar a flauta; uma indolência o contém, e a sensação de bem-estar que lhe dá. E de evocação. Não lhe fora difícil conseguir trabalho. Apenas a ilusão se dobrou na certeza de uma realidade menos amena. E agora o peso arriando a rede fazia ranger os ganchos. Não mais as visões de retorno eufórico, mas a certeza do fim idêntico em paisagem estranha. Outros os homens, outras as mulheres, outros os galhos pejados alinhando meios-fios. Um pandeiro desperta na sombra e agita o trinado da flauta. A corda de um violão rasga os murmúrios, despertando vozes. Em outros pisos marcara compassos com os pés bem ligeiros e os olhos das moças piscavam de espanto. Antigamente. Irritava-o a luz da lâmpada, sem anteparo. Um coro ensaiava animado palavras ouvidas. Os chiados das solas davam medida da altura da cana na garrafa. Até quando? Até quando?

— É só uma ida! Coisa de meses! — dissera à mulher.

Na maleta de papelão enfiou a roupa, uma imagem de N. S., folhinha de armazém, e abraçando a velha não fez meia-volta. O gato disparara e numa moita espreitava. Na estrada um caminhão impaciente. Um grito obsceno. O estômago embrulhando nos solavancos. E quanta terra vazia, meu Deus! E a luz que não apagam? Um papel de cor, pelo menos. Pedir é incomodar. Outro foguete. S. João com flauta, pandeiro e violão. Um gole bem que afastava as idéias e, talvez, trouxesse uma lágrima. Nem bebera nem chorara após o bilhete. O negro lera com as mãos tremendo a notícia da morte da velha. Um grunhido, apenas, ninguém ouviu. "Um gole." Morta a velha o gato rondaria a casa arranhando as tábuas, exibindo as ancas duras e os anéis do corpo. Ou, quem sabe, também morto. Pisca, e diante dos olhos um gargalo escuro. Garras leves fazem cócegas na laringe, e o estômago se contrai. Com a boca cheia vai impelindo um filete lento que o reanima parcialmente. Não o incomoda mais a luz. A garrafa está só entre os dedos já que outras mãos reforçam o ritmo. O jeito é emborcá-la e repetir o vaivém até o porre.

Estranha mobilidade dos prismas no vão aberto. Uma noite densa vem do monte. E pequenos flocos pontilham as placas cinzentas. À vontade de urinar, um pé desaba para fora da rede, e a ponta inicia um balanço. Mas o corpo se ampara na força dos ganchos. Contraste na letra cantada e no jeito risonho da boca dos homens. Diabo de tijolo! Segura-se no pilar, e esfrega a testa nas rugosidades, sacudindo a perna dolorida. O piso cresce na direção dos olhos, mas as palmas abertas amortecem a queda. Grãos de areia penetram na pele endurecida, e estrias vermelhas despontam junto ao polegar. Torpor ao se erguer. Entorta-se o cano de chumbo pendente, e o pescoço recua, dolorido. Mais quente e animado o choro bem triste ressoa na laje reflexo dos pés em golpes ligeiros. Nem meia-volta. Um abraço na mulher, a estrada, e uns olhos de esperança na terra vazia. Pareciam molhadas as paredes, erguidas a meio. Mas em instantes. As gotas que ultrapassavam a boca, e se infiltravam na língua, cedo dissuadiram-no da ilusão. Um pranto acompanhou a mão que ia à braguilha. Estacou na abertura que, como poço, escondia o fundo. Tempos depois guias e contrapesos conduziriam elevadores na monotonia das ascensões. Agora, um ponto negro vinha do fundo e, se agigantando, entrava em choque com a luz da lâmpada distante. A vontade apertou. Livre o último botão, arriou a testa no hábito de infância, e, hábito ainda, dobrou o corpo.

Grito. Silêncio. Correria escadas abaixo.

Só o negro, sentado, enxugou o bocal, virou o gargalo, inspirou forte, como quem sonda o ar, o branco dos olhos bem branco, e retomando a posição dos dedos, fez soar a flauta.

Consciência do mundo

Oh! meu Deus! Não estaria ele na posse de forças que era necessário utilizar?

NIELS LYHNE
J. P. Jacobsen

Morreria. Aterradora certeza há tanto alimentada. Transparente como o frasco suspenso graduando-lhe o soro. Pasmava-se com o espanto ante o irremediável, e ele que nunca se poderia espantar já que há anos a idéia da morte bitolava-lhe os pensamentos em horas de crise. A questão é não comunicar. O instante de solidão acelera-lhe o pânico da lucidez. No quarto vizinho o cessar da cadeira de balanço indicava o cochilo da mulher, que a noite toda não largara sua cabeceira. (Só agora avalia o cansaço que representava para os outros.) O amigo descera, por certo, na busca de algum remédio. Quantos dias em modorra cansando e cansando-se? Morreria. Morreria. Um hiato na desagregação. Consciência de último instante, remanso entre vagas. Peso de incompreensão arrematando o gesto inútil. Toda uma existência. A cabeça inclinada, os membros frouxos, a mulher cochilaria exalando cansaço. Cansaço acumulado. Longe a face larga, furada por olhos grandes, da filha. Mãos firmes, engrenadas numa ordem que não o compreendia, tratariam de conduzi-la no esquecimento do pai. As últimas semanas já traziam os olhinhos de medo à beira da cama. Ausência de coragem para debruçar-se. E frieza (por que esconder a palavra, por quê?) na face tremida ao beijo. Saiote curto de tafetá sobre duas pernas socadas e morenas, corria ao outro aposento, golpeando-lhe a alma com as passadas. Quentura de verão pela janela fechada. Duas rampas com vegetação rasteira, a emoldurarem o eucalipto, encaixavam-se no vidro acima da veneziana. Cheiro de mato em amálgama com os remédios. Na convalescença ilusória enveredara com a filha no monte e maravilhados descobriram a queda. O fio dágua da grossura de um braço escorria mole entre dois pedregulhos, sem ruído quase, perdendo-se num declive manso. As mãos em concha interceptaram-no com um chiado e o riso das pupilas refletia intensamente na face líquida à borda dos dedos. Mergulhou sua boca na concavidade e beijou as palmas úmidas que estalaram em respingos. Com os joelhos à altura do nariz e as pernas suspensas sobre os ombros trouxe-a de volta, sentindo na nuca o arfar de seu peito, e nos cabelos como queimados os dedos se enrolando em cachos. Mãos firmes a imbuiriam de sua inutilidade. E em vão a solução, porque a hora é dos outros e não dele. Desnecessário um gesto a alterar-lhe o equilíbrio, acelerando o fim. Imóvel recebia já sem dor o fluir lento do soro. Estáticas as mãos impotentes, mas na ruga da boca a eterna busca do fulcro para mover o mundo.

— Jano!

Além o bambual farfalhando os galhos miúdos, à esquerda o descampado pantanoso lanhado por drenos, e entre o quintal e o córrego as quatro paralelas de topo reluzente aguardando a passagem dos trens. Os olhos inquiriam as nuvens esgarçadas sobre o turbilhão que manchavam os papéis amontoados a seu lado. O calor punha-o em estado de sonolência no fim da tarde. A tepidez envolvia-o, incubando a irritação de blenorragia recém-despontada. Chamado da mãe. A roupa no coradouro, acabara de varrer o interior, e sobre a mesa ia dispondo os pratos. Jantar cedo, à luz do dia ainda, que de noite o bruxulear do lampião a querosene carregava-os para a cama e para o sonho de outros tempos. Um coaxar ininterrupto de sapos e o impacto intermitente de roda no trilho. A lucidez do raciocínio e a pureza das intenções projetavam-no diante de si mesmo como profeta a ver o dilúvio e a amaldiçoar os que pactuavam na corrupção. Filtro do mundo sentia ecoar em si as torrentes no choque absurdo. E uma ânsia de grito parido em revolta.

Longe a voz da mãe e a mútua solidão dos marginais. Filho talvez não chamado, arrastara o estigma da exceção. O aguçamento dos sentidos acentuava-lhe o ser marcado, e, sem o saber, veio ao leito com o despojamento de um santo. Ah, a tortura de sentir na carne os pecados dos outros.

— Jano!

Ergueu a face na indolência. Horas a roçar no banco em gesto vazio. Chilrear na ramagem em contraponto com a fumaça expelida. O capote de abas erguidas trazia com o chamado o rosto claro exalando uma alegria tristonha. Buzinas. Matraqueado de bonde em ladeira, e a imponência do concreto armado agasalhando fartura. Timidamente confessou-lhe nada ter conseguido. Das cartas que trouxera nenhuma restava, e dos homens a quem se dirigiam, só promessas e apertos moles de mãos apressadas. Uma semana de casados e a insegurança abençoando-lhes os passos. A solução é caminhar abraçados no conforto recíproco que vem dos silêncios. E aspirar os dezessete anos que seus braços amparavam.

— Jano!

Do nome apenas ficariam os papéis acumulados nas gavetas, e que algum dia amigos reuniriam.

Oscilações na memória. Fugas constantes aos sorrisos moles a oferecerem vantagens em troca do esquecimento. De queda em queda. Ruína física em passos hesitantes. Silêncio na cadeira de balanço do quarto vizinho, e na escada, a denunciar a ausência, ainda, do amigo. Sem alteração o frasco de soro. Os sonhos. Mãos imóveis que outras vezes expulsaram gritos de labuta inatingível. Não morrer agora, quando há tanta coisa a dizer. Tudo. Esquemas amontoando-se em gavetas. Outros gênesis intransferíveis. Irremediavelmente. No teto caiado de branco os olhos fizeram centro imóvel.

E nas duas faces as rugas da boca na eterna busca do fulcro para mover o mundo.

Salmo 151

A face negra de Gamaliel ergue-se da Bíblia para a janela. Entardecer de outono, uma brisa a farfalhar o verde das bananeiras, a asa cinzenta que risca o espaço na direção do pombal. Os olhos ressentem-se da leitura na penumbra, e as pálpebras recuam no contato com restos de luz. Esfrega as palmas calosas no rosto, acompanhando com os dedos o suspiro. Um dedo fere o violão. Velho Caetano no banco de palha sob o puxado vizinho ensaia umas notas. Num dia comum Gamaliel sairia da cadeira junto à janela, e iria ter com Caetano, na tentativa de conversão mansa.

— Lúcifer domina o mundo!

O rosto do velho não se alterava. Comprimia os lábios com mais força, oscilando o cigarro preso. Nenhum movimento. Agradava-lhe a voz grave do negro (sabia que era negro porque a filha assim o dissera) mansa, numa fala suave, com finais de frase um nada cantantes, lembrando o bordão que seu dedo alisava. Sentia-se um pouco triste, às vezes, ao perceber que os esforços do companheiro não conseguiam arrancá-lo de sua obstinação. Inteligente, aquele negro. As frases vinham com facilidade, enquanto ele moía umas idéias parcas. Ouvia com gosto a saudação de longe, e afrouxava as feições quando percebia que os passos estavam mais próximos.

— Abanque-se!

Pelo arrastar da cadeira sabia para onde dirigir sua atenção. Girava seu próprio banco, e, força do hábito, tinha a certeza de o estar encarando. Nem sempre falava logo. Na pausa ouvia-lhe a respiração perturbada por algum cacarejar ou latido, ou ainda um grito longo que descia do morro, grito de moleque soltando pipa. Nesses intervalos, quando um calor de sol se pondo aquecia-lhe o corpo, gostava de ouvir o canto da serra circular, de um madeireiro próximo. Gemido sem dor. Queixume. Lamento sem revolta. E quando o vento era favorável, vinha-lhe de vez em quando o cheiro dos troncos verdes, ou da resina esvaindo-se dos lenhos, fazendo-o esquecer os anos da respiração sufocante, dos acessos de tosse, produto das chaminés e das valas do curtume. O fedor dos poços, dos tanques, um agitar de asas agourentas.

— Um filho de Davi, porém...

"Velho sem religião", dizia-lhe a filha em certas horas, com leve nota amarga alterando o tom jocoso. Sorria antes de mergulhar num silêncio de cismas prolongadas. Havia um cansaço em seus membros e a modorra na cabeça. Nenhuma vibração. Nem desejos de zanga lhe vinham. Acreditava na sucessão dos dias, pela alternância de sonos e vigílias, e imaginava-os ora belos ora tristes. Um calor nas pálpebras dava-lhe sensações de céu azul, reminiscências de nuvens esgarçadas, que um pio de ave amontoava em flocos brancos. Amava então os ruídos, e distraía-se em individualizá-los. Localizava-os numa topografia particular, partindo dos sons planos, ascendentes ou descendentes. E tinha o morro, a ladeira, as esquinas e os quintais. Não chegava a odiar os dias de chuva, entristecia-se, apenas. Era obrigado a ficar no quarto, quase sempre na cama. A umidade tirava-lhe o ânimo, nem mesmo tocava. Saía um pouco da sonolência quando cessavam as pancadas de chuva nas telhas, e distinguia a vazão acelerada das valas, e o chiado de cascatas repentinas em alguma ribanceira. Um odor intenso de tabatinga a devolver-lhe uma infância distante, de cobras, barcos e monstros, de um amarelo sujo secando ao sol. Agitava então as pernas, expelindo alguns restos de dormência, lembrava-se do gosto do cigarro que a inanição lhe tirava, e estendendo o braço comprazia-se com os sons despertados, pelos dedos tamborilando, no oco da viola. Principiava uma cantoria monótona, sem articular palavras, grunhido de algum resto de toada. Raramente tocava mesmo. Bastava-lhe a presença do instrumento, e a possibilidade de acariciá-lo, retesar as cordas, golpear de leve uma ou outra, e mais do que isso, sua existência ali, com ele. Apego nos dias de solidão, que eram todos os seus dias.

— ... descerá da Cruz...

"Velho sem religião." Nada fizera para perdê-la, tinha a certeza. Apenas se aquietara na apatia serena que não exige maiores explicações, fruindo dos sentidos ainda vivos as alegrias que antecedem o corpo morto, a carcaça focinhando a terra. E o negro lhe falava de alguém que já vira em procissão, quando menino.

Persistem as notas no ouvido de Gamaliel, mas ele não se erguerá para a conversa do costume. Tenta fixar os olhos em algum ponto, enquanto os dedos alisam a capa de percalina do livro. Nem mesmo os hinos de que tanto gostava lhe vinham à memória. Cantava-os em voz alta, entusiasmando a sala com o acento sentido. (No quarto ao lado, Lígia dobrada sobre o berço de Isaías, chorava, às escondidas. Por quanto tempo, ainda?) Gamaliel pensa em Caetano. "Velho sem religião." Mas era difícil associar o Demônio com o velho que o ouvia em silêncio, fumando, tirando uma nota. De repente, em alguma pausa, via-lhe a cabeça girar sondando o espaço, as narinas um pouco dilatadas. Depois, sem ligação com o assunto começava uma história que raramente ia até ao fim.

— Não sei se em 1927, ou 28, eu trabalhava na colocação dos trilhos de bonde, que naquela época terminavam bem antes do bairro. Isso aqui era mato fechado, nem picada. A estação, uma pracinha suja, porca. Minha filha deve se lembrar. Morava perto do lugar onde botaram agora o curtume. Uma fedentina. Depois...

Gamaliel se acostumara. Participava dos silêncios que sucediam a essas interrupções. Via o menear insistente da cabeça do velho, como se estivesse terminando a história para si mesmo.

— Não, Gamaliel! Não pare! Continue falando... Caduquice...

— ... descerá da Cruz, iluminado por mil sóis, tendo à sua direita Salomão e o anjo Rafael, e à esquerda todos os santos gloriosos, e com a face dourada chamará os justos...

Isaías não completara um ano, ainda. E seus olhos imensos no rosto negro despertavam sorrisos largos em Gamaliel, e cantigas em Lígia, sua mulher. Seus dedos hesitantes mergulhavam nos lábios grossos, interrompendo alguma narrativa que não poderia compreender, e o que lhe contavam nada tinha a ver com o casebre de dois cômodos, os varais além da janela, ou o batuque do terreiro, no morro, durante as madrugadas. O pai costumava erguê-lo nos braços, seu corpo quase roçava o teto, bradando seu nome com um orgulho que os pés aflitos teimavam em ignorar.

— ... enquanto os anjos pairando num céu de diamantes e marfim entoarão aleluias...

Um soluço de Lígia atravessa o quarto e chega à sala. A dor não se externa em sua face, deslocando-se no interior. Esboçava constantemente uma interrogação que não tomava corpo. E a ânsia era de gritos. Um, pelo menos, gigantesco, que fizesse tremer os arredores, na mesma escala de suas emoções. Durante a guerra, enquanto os amigos da fundição acompanhavam com mapas os avanços das tropas, só lhe vinha à mente a Besta. Quando um deles o procurou com uma lista de adesões para uma greve, só encontrou como resposta um versículo de salmo.

— ... e os Arcanjos, os Principados, os Querubins, os Tronos...

Caetano gostava de ouvir aqueles nomes na voz grave do negro. Instintivamente os dedos embalados corriam as cordas numa antecipação de harpas futuras. Quase sempre provocavam uma pausa. Gamaliel, fitando-o, procurava uma justificativa para a serenidade do velho. "Velho sem religião." Mesmo quando blasfemava, não podia vislumbrar a danação que lhe aplacaria o sentimento contraditório. Via-lhe a cabeça erguida, às vezes encostava a nuca na parede, a face parada, um rosto de bronze fundido pelo sol, com malhas estriadas.

— Meu pai gostava de contar esse caso. — Falava com a fumaça saindo-lhe pelas narinas e pela boca. Um intervalo. Coçava o queixo mergulhando os dedos na gola, e parava um pouco em cima do ombro. O cigarro espetado nos lábios oscilava com a salivação automática.

— Saíra do sítio onde trabalhava, perto de Rezende, meu pai nasceu lá, com dois cavalos para um carregamento. Isso de noitinha, que era coisa de muita pressa. Com uma hora estava lá, num passo apertado. Voltou noite fechada, já, o cavalo escumando no galope, com as ventas inchadas...

Da janela Gamaliel via o anoitecer lento. Mais um pouco e Caetano deixaria o puxado, e entraria. Teria a noite dentro de sua noite, como quem sonha que está sonhando. E o filho, no quarto, findaria a ronda dos últimos meses pelos corredores de hospitais e clínicas, deixando a figura do pai projetada num muro imenso, alto, opaco, os braços erguidos, mas sem seu corpo, bradando seu nome, mas já em outra dimensão. Isaías morrendo. Voltam-lhe as frases que costumava dizer ao velho no entusiasmo para conquistá-lo. Acreditara que a insistência curvaria a serenidade de Caetano, numa repetição de fábula antiga. E agora, perplexo, sente que nada mais tem a lhe dizer. Um desespero mal definido projeta-se dos pulsos em atrito na testa. Às suas palavras, que antes traziam uma carga densa, e agora teimavam em permanecer sem sentido físico, o velho contrapunha fragmentos de histórias aparentemente banais. Quase com terror, verifica a ocorrência do inverso. As dificuldades com a doença do filho revelaram-lhe uma outra realidade, bem presente na voz rouca de Caetano. E no íntimo um atropelo, dúvidas tomando corpo, angústia lançada pelos olhos arregalados na quase noite. Lentamente se infiltravam nele as atitudes do velho, e sua apatia ganhara elementos dinâmicos. E ali estava ele, Gamaliel, perplexo diante de um mundo ignorado. Os soluços de Lígia se tornam mais intensos. Ergue-se, deixando a Bíblia caída no chão. Contorna a grade de sua casa, encaminhando-se para a cadeira do vizinho.

— Demorou hoje, Gamaliel...

Ainda a face serena. Como sempre reconhecera seus passos. Recusou a cadeira, sentando-se num tijolo junto à porta. Viu o gato apoiado nas patas dianteiras, o corpo em corcova, e a linha do salto para o muro. Um latido nervoso, de longe, e o despertar dos sapos na vala, cortando a rua. Enquanto aguardava a resposta, Caetano principiou a tocar. Era alegre a música, satisfação pela vinda do negro, que interrompia suas cismas tristes.

— Por quê, velho Caetano?

A voz mais grave, quase um lamento, fê-lo parar. Os dedos truncados nas costas. Girou o rosto na direção da frase aprofundando as estrias. Um jorro surdo subindo-lhe do estômago comunica uma vibração há muito não sentida pelo corpo velho. Há quanto tempo esperava por essa pergunta do negro! Gostaria de lhe narrar uma história bem simples, agora, mas o choro de Lígia, varando a área entre as duas casas, cortara qualquer intenção de ternura. Sobrava apenas um sarcasmo estúpido, doentio, a exigir um esforço para a frase.

— Conte, Gamaliel, conte novamente, para você mesmo, a história dos Anjos, dos Arcanjos, dos Principados, dos Querubins...

Notas soltas enchiam o espaço entre os dois. Graves. Bruscas. A prima rudemente golpeada interrompeu sua vibração aguda com um estalido na madeira. O negro chorava.

Conto de amor suburbano

O cabelo caiu-lhe sobre a testa quando estendeu o fósforo aceso. Depois, o gesto automático de arremesso em sintonia com a fumaça expelida. Sobre a mesa o cinzeiro cheio de pontas. Dez para as oito. Havia tempo ainda. O espetáculo era às nove. Meia hora é mais do que suficiente para a pintura. Chocante, um pouco, a expressão de seus lábios ovalando na passagem da fumaça. Chocante o rosto infantil de olhos grandes, arregalados (onde a ternura?), em contrafação adulta. Pediu outra tônica e a vista surpreendeu uns dedos nervosos triturando o cigarro. Não mais a voz esperada, não mais o ombro recendendo a sabonete onde afundava em silêncio. Onde a coragem de fitá-la como antes? Espelhos no café multiplicavam-lhe a imagem. Estranho o ambiente. O riso oco e alto da mesa ao lado aterrava-o. As mulheres eram diferentes. Lina falava. Um grupo ruidoso saudou da porta e integrou-se na massa que sorvia café. Lina falava. Brancas as toalhas, não como as dos bares que conhecia. A pasta branca de tão ralada deixou-a sobre o colo. Onde esconder a falta de jeito que lhe tolhia a vontade e o fazia sentir-se bugre diante dos outros? Lina falava. Nunca tão amarga a bebida. O cigarro rolava em seus dedos, mas a cabeça andava longe. Onde a coragem de se erguer e exigir num grito que silenciasse? Por que não sair sem prestar contas, sumir pelas ruas, cruzar um bonde e perder-se na solidão? Falava. De quê? Impossível. Coisas sérias, parece. Mas nada com ele. E o resto? Quando se armou de forças para penetrar nos corredores a horas e aguardá-la (por dois dias não o conseguiu) esperava a repetição de outras cenas, bobas. E se sentiria feliz. À porta da casa (nove e meia, tarde já), conhecia-lhe os sonhos e alentava-a com promessas que eram palavras. Mas belas. O quarto da tia que o recolhera e onde dormia com mais dois primos (enquanto amava era inexistente o cheiro de suor) fermentava à noite as esperanças. Quando não, percorria a rua escura chutando pedras nas valas ou riscando a canivete um que outro tronco. Mais corajoso (se o bolso o permitia) descia à praça e esfregando um níquel no mármore chamava o rapaz do bar e pedia cerveja. A roda boêmia estranhava o intruso que de vez em quando bebia absorto, alheio a eles. Depois perdia-se na conversa boba. Mulheres. Um violão. Caixa de fósforos em surdina e a voz rouca em improviso. Se ao menos tocassem alegria quando ele exultava. Hoje voltaria, como sempre, à casa da tia. Deixaria o paletó sobre a cama, e silencioso procuraria a rua. Sentia no fundo que hoje bateria também com a caixa de fósforos, e, quem sabe, repetiria em estribilho coisas tristes a noite inteira. Lina falava. O banco da praça aos domingos recebia-os em morna contemplação e quando nada havia a dizer sobravam os carrinhos de pipoca, e era gostoso afundar duas mãos à cata do mesmo milho estalado enquanto duas outras seguravam o mesmo saco. Havia o homem dos balões em ponta de linha, o algodão de açúcar, o sorvete batido à mão, as raspas de gelo com groselha, a baiana assando o milho, cocada preta e rosa, o moleque querendo engraxar ou vender amendoim, o tabuleiro de chocolate e drops, e ainda de suspiros que entravam na língua de tão frágeis. Limpas as mãos restavam aos olhos o vôo dos balanços com as cordas tesas, a gangorra em equilíbrio. Se não bastasse haveria o silêncio e mais que o silêncio a torrente que migrava dos dedos enlaçados. Lina falava. Que importa o filme, a algazarra da molecada, o baleiro, os tiros da fita em série se, lado a lado, as bocas cochichavam. Esgotada a água, pediu café. Lina também. O maço de há muito saíra do bolso para a mesa e ameaçava acabar-se. Lina fumava desesperadamente, e falava. Teria esquecido a rua preferida por sombria e arborizada, o mesmo lugar, parada de centenas de vezes? As palavras buscadas a custo, o mesmo incidente cem vezes narrado, as meias-frases. Trazia preso o cabelo e pintura leve. Não como agora. E sonhava. Quantas tardes levou esperando na esquina a saída do ginásio (a desculpa ao patrão era sempre forjada para sair mais cedo) e os quarteirões sucediam-se lentamente até a chegada em casa. Da janela a mãe debruçada aguardava numa apreensão sem motivos. Fingia reprovar o namoro, mas sentia-se-lhe uma simpatia complacente. Quando o carro funerário dobrou a rua esburacada seguido por dois outros, Lina ficara desmaiada em mãos de parentes nunca vistos. A moléstia rompera brutalmente e os meses de cama foram prenúncio. Depois, o aceno triste do carro que a transportava, os olhos imensos transbordando para ele.

— Por favor, o fósforo!

Os olhos fixaram-se e não conseguiu rever o ar de abandono. A mesma atitude mecânica da chama crestando as pontas de fumo, e dois jatos divergentes expelidos pelas narinas. Lina falava. Não teria percebido que das frases só a de fogo, ou coisa parecida, tinha compreensão.

A princípio não a deixaram atender o telefone. Prometiam dar recados, mas nunca havia respostas. A voz passou a irritar-se com a insistência. Explicou o abalo, como se houvesse necessidade de explicação para ele. Ralhos da tia que se irritava pela sua falta de apetite, zombarias dos primos. A tortura do quarto fedendo nos dias de calor. Só a rua era grande e acolhedora. Triste a praça aos domingos, tristes os bancos, os carrinhos, os balões, os balanços, a gangorra, os suspiros.

Recolhida em um parque, a casa de Laranjeiras parecia inabitável. Fechada a larga varanda da esquerda onde um cortinado branco recolhia as poltronas à intimidade dos aposentos. Desertas as alamedas bem tratadas. Solitárias trepadeiras oscilavam em finos bambus, ao longo do paredão. Só as janelas escancaradas em duas fileiras de quatro cortadas na branca fachada, permitiam, sob certo ângulo, divisar um canto de quarto. Cansara-o a ladeira. Antes de tocar a campainha recostou-se ao muro e fumou. Talvez a visse hoje. Mais de um mês já. Possível. O entusiasmo que trouxera arrefeceu na sala de espera. Encolheu nas poltronas, amedrontou-se com a idéia de sujar o tapete, queimar alguma coisa. Nem a coragem de pôr cinza num cinzeiro teve, recolhendo-a, enquanto esperava, ao envoltório de celofane do maço, e triturando-o no bolso. Lina magra surgiu em companhia de uma velha miúda, de preto, exalando um perfume forte. O incômodo não sucedeu ao espanto. Mudo e sentado esperou que chegasse a ele. A situação que agora se esboçava no café pressentiu-a ao tocar-lhe o braço. Na varanda (tremia-lhe a mão com a xícara de café — havia acabado o almoço) a voz rouca entrecortada com constância pelo pigarro quase não se fez ouvir. Lina falou pouco também. Fez apresentações. Seus olhos mediam o parque através da vidraça, trepavam nas amendoeiras ou pés de amora. No íntimo uma vontade de sacudi-la e sacudir-se também. Os olhos de Lina, grandes e fundos (como no dia em que fora no automóvel), às vezes o procuravam, mas sem revelação. Onde o embalo, o sonho, as mãos trançadas no silêncio? A velha parecia ausente com a voz decrépita, oscilante, recordando a prima que se mantivera afastada. Lembrou avó, bisavós. Ágeis as mãos recolhendo tocos de chocolate na bandeja. À entrada do quarentão grisalho (seu filho) e da nora desviou dele a atenção. Lina foi inquirida sobre a situação, e, por um acidente, apresentou-o. Protocolo.

— Que tal um passeio, Lina?

— Meu filho — a velha assustou-se com a idéia —, que é isso? A menina está fraca, tem tempo ainda para isso. O melhor é deixá-la mesmo descansar.

— Mamãe — (persuasivo o tom). — Há um mês que não sai. Depois é um giro só com o carro!

— Você vem, Lina? — A nora ajeitou o cabelo ao fazer a pergunta. A linha do pescoço esbatia-se no colo queimado.

— E a senhora também, mamãe!

— Eu?

— Sim. Por que não?

— Ora, você bem sabe que gosto de um sono depois do almoço.

— Deixe-o para a noite, mamãe, está bem? O rapaz virá conosco.

O rapaz virá conosco!

O rapaz virá conosco!

Bolas!

Botafogo. Túnel. Av. Atlântica. O paredão de concreto furado por janelas contra o mar. Ipanema. Leblon. Niemeyer, Ponte das Canoas. Lina a seu lado na frente com o chofer. Os outros atrás. Que sairia disso tudo? No restaurante em que pararam, Lina pôs os olhos no mar e na Gávea

Pequena que se estirava em baixo. Nenhuma oportunidade (ou vontade?) em tocar no *assunto*. Às vezes solicitavam-lhe uma palavra em meio à fala despreocupada. Dele ninguém parecia tomar conhecimento. Mãos cruzadas entre o copo, e o cigarro nos lábios, maldizia a vinda. Sentia-se intruso. Ajeitava desculpas. O choque de Lina. Sinal positivo de rutura não houvera nenhum. Mas o meio. A falta de desenvoltura. A vontade de arrancá-la para o banco da praça e para o cinema do bairro.

Quando ao anoitecer o carro fez o caminho inverso, um vento inundava o interior.

— Levante o vidro, rapaz, o vento pode fazer mal à Lina — autoritária a velha.

— Lina! — um velho chegou-se à mesa com exuberância. Amigo de profissão, talvez. Por instantes pôde vê-la de lado, perceber-lhe as palavras que não eram para ele. O perfil era o mesmo ainda. A curva da testa. O nariz. Só a boca mudara. Pediu licença para sentar-se. Nenhuma objeção. O velho arrasava a crítica que ultimamente o vinha desancando.

— Que querem? Preciso ganhar a vida... no fundo são uns cretinos, bobalhões.

— Você janta conosco? — ainda a velha.

Hesitou. Seria um atordoamento completo. Faria besteira, na certa.

— Não!

O carro chegava ao Largo do Machado, e ia pegar Laranjeiras. Nenhuma insistência por parte de Lina.

— Por favor, deixem-me perto do bonde.

Despediu-se e todos lhe sorriram. A mão inerte de Lina acompanhou o sussurro inexpressivo.

— Telefone.

Simplesmente.

O café-expresso projetou-o num estado de consciência que parecia ter perdido. Renovado o maço, plantou-se a esperar um bonde observando a praça. O vestígio de Lina sumira com o carro acelerando na curva. A sensação de desgosto que outro meio que não o seu lhe provocara, desvanecia-se agora na certeza da perda. Vontade de beber, andar. Agarrado ao estribo sacudia a tristeza que insistia em crescer. Letreiros. Multidão. Filas de cinema. O trem do subúrbio vazio na subida àquela hora dava-lhe a paisagem diferente, sua e não a que vira pela tarde. Nem sequer o casarão o impressionara, apenas infundira-lhe o sentimento de pequenez, e seu modo rude, contrastando com a desenvoltura dos outros. Imaginou a princípio o eterno obstáculo. A velha. Os parentes. Nada disso, porém. No fundo, apesar da indiferença, trataram-no bem. Sem hostilidade. Apenas nos olhos de Lina não encontrou o fio a reatar. E quando a seu lado, roçando ombro com ombro, nenhum esboço de entrega, de recosto, de mão enlaçada. Também não a vira sorrir. Passearia solitária pelo parque sem ao menos lembrar-se dele? Quando à sombra da amendoeira não recordaria as caminhadas lado a lado, em silêncio? Lembrou-se da nora. Mulher nenhuma em seu subúrbio era tão bela. E sentiu-se miúdo. Lina também seria assim. Com o tempo ganharia o mesmo jeito e não se podia conceber a seu lado, caminhando em rua esburacada à procura da casa que havia imaginado. Teria quarto e sala, cozinha e banheiro. Pequena varanda, ao lado, com vasos de samambaia num degrau (haveria o degrau, fato importante), e outros pendentes em arame. Arranjaria um lugar para a trepadeira e para o fícus. Nos fundos, uma casa para o cachorro, o galinheiro, uma coberta para abrir a espreguiçadeira nos dias quentes e vadios. Ao saltar do trem nenhuma vontade de ir para o quarto. O alto-falante do mafuá chamou-o. Soldados caçando moças querendo ser caçadas mas não deixando.

— Cinco tiros por dois mil-réis.

Seu cartão voltou branco, sem furo.

Ruinzinho, hein, velho?

Barracas de jogo, comida, refrescos, café. Roda-gigante. Do alto via os telhados cinzentos se espalhando em largura, e era bom ver o subúrbio assim de cima. O cheiro que inspirava bem diferente do de hoje à tarde no automóvel lembrava-lhe a cerveja, a mãe de Lina à janela, as pedras por ele chutadas, o grupo de boêmios que a essa hora já devia ter bebido muito, o quarto com os primos, o cinema, as meninas que têm tranças e as que não têm, as que já namoram, e as que o querem, as que rondam calçadas à espera de assovios e se aborrecem quando os ouvem, as que esperam gracejos e se arrependem, as que se casaram e as que inda não, que já têm filhos e as que esperam, as que sonham e as que não sonham, as que ouvem novelas de rádio e as que as vivem, as que cantam sambas em programas de calouros, e as que ouvem.

Quando acabou o dinheiro foi para casa. A tia, acordada, remendando meias.

— Viu Lina?

— Sim.

— Como vai ela?

— Bem.

Tomando o copo de leite que lhe havia deixado (não jantara), percebeu o olhar da tia. Havia intuído pelas frases monossilábicas, e coisa rara, silenciou. Ficou-lhe grato por isso. Deitado já, os primos chegaram. Não lhe viram os olhos abertos, afundado no travesseiro. Falavam. Futebol. Mulheres. Apagada a luz em bocejo, invejou-lhes a despreocupação, e gostaria (pensava) de ser também assim.

— Mulher comigo não tem muita conversa! Gostou, vam'embora, não, vai à vida! Dou lá cartaz!

Era isso. Ele estava *dando cartaz*. Desistiu. Impossível não ser ele mesmo. Bobalhão, diriam. Bem. Bobalhão. Mas gostar é sério. Impossível conquistar Lina com um vam'embora. O suor da face já havia empastado os dois lados do travesseiro, e virando e revirando não achou modos de parar. Por fim estirou a cabeça no colchão duro e pôs os olhos na rua. Era triste a luz do poste em meio ao silêncio. Uma pipa agarrada ao fio resistira às pedradas dos moleques. Nem os sapos coaxavam, os sapos que enchiam a vala noturna e hoje não vieram. Vida besta. Que queria? O curso noturno era horrível e vontade de ser doutor mesmo, nenhuma. No escritório batia à máquina de oito às cinco e por conto e quinhentos. Agora, esfregando a cabeça no lençol, viu que era ninguém. Que podia esperar? Vinte anos lisos e amargos que principiavam a aterrá-lo. Diabo pensar na vida. E ele nunca tinha pensado. Ou quando o fizera esquecera-se das cifras. Agora as mãos se curvavam na impotência. Continuaria martelando teclas, dormindo de cansaço no curso? Venderia bananas, seria camelô, condutor de bonde? Impossível dormir. Voltou à rua sem despertar ninguém. Fumando principiou a chutar pedras até o bar. Só lá percebeu que não tinha dinheiro. Ao menos um café tomaria. Nem para isso. Catou níqueis. Nada. Um só, vinte centavos confundido com as chaves. Nem um amigo. Rondou o bar. O jeito era chegar perto, dedos na caixa de fósforos, acertar o compasso, conversar e pedir o copo como quem não quer nada. Desistiu. Não dava para isso. O dinheiro ficara na roda-gigante e vinte centavos nem para o café. O jeito é chutar pedra.

— Arruma algum p'ra cachaça, patrão.

Esse era franco. Gostaria de dar. Mas o seu era pouco. Negou. Vinte centavos por cachaça é até deboche. Negou. O velho sentou-se no meio-fio e desatou a chorar. Gostaria de fazer o mesmo se tivesse coragem. Mas faltou-lhe. As mulheres do bordel esperavam o bonde apoiadas ao muro. Passou em sua frente com a moeda girando nos dedos. Lançava-a, às vezes, para o alto, e recebia-a na palma com um estalo. Não faltou o gracejo. Ofereceu o níquel a uma delas, que de resposta só deu a gargalhada sacudida batendo com as mãos nas coxas. O final foi mesmo deixá-lo sobre o trilho, esperar o bonde e recolher a miniatura deformada e quente ainda do impacto. Depois dormir.

— Até a vista, Lina — o velho ergueu-se da cadeira após o desabafo. Curvou de leve a cabeça para ele e afastou-se.

— Coitado! Está no fim. Uma bela carreira! — a voz de Lina baixara de tom, como temendo ferir, apesar da distância. Susto. Que horas são?

Cinco minutos, ainda, para as oito e meia. Esgotado o assunto mirou-o pela primeira vez em silêncio.

À casa de Laranjeiras voltaria ainda algumas vezes, mas sem nenhum progresso. Continuava a sentir-se o mesmo apesar da repetição. Angústia na sala de espera. Tremedeira no café e a pequenez diante da velha e da nora. Esta perturbava-o com o andar silencioso, a fala e a expressão bela dos olhos quando fumava. Nunca vira alguém fumar daquele jeito. Afastava-a em pensamento. O fim era Lina. Mudo, ainda, seguira-a pelos corredores a ver a casa. A sala de jantar imensa, a biblioteca, os quadros, o relógio que fora da Baronesa de Ramos, e tinha seis anjinhos esculpidos em jacarandá em torno do pêndulo. Faltou-lhe ânimo de encostá-la a um canto e lançar à queima-roupa a pergunta. Por isso ia e vinha, numa andança sem conclusão. E ficava mudo, quando sentados, pois nada percebia da conversa.

— Que achou de "Dieu a Besoin des Hommes", meu filho?

— Um filme horrível. Não sei como não proibiram a exibição. A Igreja devia fazê-lo.

— Você viu "La Ronde"?

— Sim. Bem francês, não é? Picante, é verdade — a nora tirou da boca a piteira. — Depois o elenco fabuloso! Barrault!

— Signoret!

— Com que entusiasmo você fala em Signoret, querido!... Me dá ciúmes.

— Ciúmes!... Imagine, mamãe, quando estivemos em Paris sua nora teve a idéia de comprar uma armadura a cadeado e ficar com a chave.

Os três combinaram-se no riso só interceptado pela velha, que apiedando-se dele estendeu a bandeja.

— Tire um chocolate, rapaz!

Deixou de lá ir quando, ao se retirar com Lina que o acompanhava até o portão, ouviu nitidamente a voz da nora.

— Puxa! Esse rapaz incomoda até mesmo não falando! Que há com os dois?

Lina percebeu-o também. Olharam-se e seguiram juntos pelas alamedas. Que há com os dois. Ela se quisesse poderia responder. Mas teimava em criar uma situação ambígua, mostrando-se afetuosa e negando a expressão mais íntima.

— Você quer que eu continue vindo?

— Por que não?

— Não sei. Parece... Não quer caminhar um pouco comigo?

— Estou cansada... e a ladeira não ajuda... Por que não ficamos aqui mesmo?

— Não há incômodo?

— Não!...

Novamente o silêncio. O rosto de Lina riscado por sombras de galhos. Dentro dele o panelão fervendo mas nenhuma palavra. Quando se decidia por alguma, na hora de emitir parecia-lhe boba. Esperava outra. E esperaria a noite inteira se o chamado da velha não o despertasse.

— Boa noite!

— Boa noite!

E nunca a ladeira lhe foi tão cansativa.

— Lina, você acha que podemos continuar assim?

— Como?

Fumava outra vez com o olho no relógio.

Pelo telefone as perguntas de costume, uma ou outra vez o interesse por particularidades era julgado como um retorno que a próxima conversa anulava. Dos dois lados parecia haver um medo em tocar no assunto que, pressentiam, se achava bem abalado. Certo dia ligara-lhe para o escritório, e de há muito os dedos não corriam tão velozes no teclado. Oscilações ambíguas. Quando a notícia de sua entrada para o teatro, casualmente, foi-lhe comunicada pelo retrato nos jornais, tonteou ao imaginar a distância que se ampliava. Telefonou e não tocou no assunto. Ela também não. Dois meses vividos na rotina, sem ânimo, mas sem desespero. Quatro que de sua presença tinha apenas a voz e os retratos. Os primos o ferreteavam à noite com zombarias, só a tia não comentava. Quando muito sorria complacentemente dos ditos dos filhos, e balançava a cabeça para ele. Não ligasse. Fosse dormir.

— Há quatro meses não a vejo...

— Por que não me procurou?

— Para quê?

Responder seria tomar uma atitude. Dar uma definição. E disso queria fugir, pois no íntimo também não havia a certeza. Esperava que naturalmente o tempo solucionasse o problema como se dela independesse sem dar contas da transformação por que vinha passando. Uma palavra agora seria o pé em falso, a queda, e não queria essa responsabilidade. Sentia que o afastamento não fora provocado mas involuntário. Gradualmente a emoção que sua presença lhe causava foi se esbatendo. Às vezes tentava reagir em autocondenação. Impossível. Da janela do quarto em Laranjeiras tentava se divisar em sua companhia na praça aos domingos, mas amedrontava-a o grotesco. Tentou imaginar se a mesma coisa aconteceria após a morte da mãe caso continuasse morando lá mesmo. Insistia consigo para a afirmativa. O abalo dera-lhe uma compreensão diferente, amadurecera-a. Sentiu vontade de amar mas diferentemente e sua figura não lhe transmitia a carga suficiente para tanto. Quando percebeu que podia ficar serenamente a seu lado, numa amizade pura, teve medo em precipitar o final.

— Para conversarmos.

Não compreenderia então que buscava, desesperadamente hoje, um ponto de apoio para conjeturas? Ou estaria brincando com ele? A tortura transparecia-lhe das feições. Doía-lhe a mandíbula pela forte pressão de quem busca palavras. Os olhos angustiados como que emitiam apelos e era impossível que ela não os recebesse.

— É hora já!

Amassou o último cigarro, sorveu o resto do café. Ele chamou o garção e tirando as notas enroladas do bolso da calça deixou-as sobre a mesa. Não se preocupou em apanhar troco, apressando-se em seguir Lina.

— Quer assistir ao espetáculo?

— Não, obrigado!

Cortante. Queria acentuar a impossibilidade de subterfúgios. Na rua sentiu-se melhor, mais encorajado. Aproximaram-se do teatro. Lina tomaria a entrada especial, pelo fundo do corredor. Hesitantes os dois à espera cada qual que o outro encerrasse a dúvida. Os retratos de Lina nas vitrinas pareciam tentar a resposta.

— Devo continuar a vê-la?

Firmes os dois. Lina amarrotou a bolsa e estendeu-lhe a mão num sussurro.

— Não!

Rondara pelo cais com a negativa. Sentara-se em um banco refletindo nos olhos úmidos o pisca-pisca dos letreiros. Buzinas. Risos. As eternas filas dos cinemas. Um desejo doido de sobreviver. Tinha a consciência de sua inutilidade até o momento. O casarão de Laranjeiras nunca mais o veria. Nem Lina e a velha miúda, nem a nora. Amara e precisara amar. Tivesse compreendido antes que Lina não poderia mais andar a seu lado, e evitaria a ruptura e o grito mudo que os olhos lançavam. Sobreviver. Na fila do ônibus para o trem mais uma vez verificou estar sem dinheiro. O que possuía ficara na mesa como gorjeta. Onze horas. Poderia voltar, dizer que esquecera o troco. Mas a idéia de rever a mesa em que por fim perdera Lina fê-lo desistir. Ninguém a recorrer. Dobrou o paletó sobre o ombro e, a pasta na mão, foi caminhando. Cenas que se repetiam. Frases ocas. Vultos noturnos não lhe incomodaram a caminhada solitária. Pedir favor não pediria. E procurou o subúrbio a pé marcando calçadas e ruas com a decepção. Sabida mas não desejada. A que horas chegaria? Pouco importa. Talvez os boêmios se tivessem ido e o botequim tenha fechado. Rostos moídos de sono bateriam em direção ao trem na repetição diária, marmita sob o braço. O açougue estaria abrindo. Um galo madrugador encontraria eco. Daria com o leiteiro de porta em porta, e é possível que levasse para dentro o pão deixado na soleira. O importante não eram os pés cansados, a fome, talvez, ou Lina, que durante muito tempo não se afastaria dele, apesar da intenção. O importante era dormir. E ao acordar, já seria tempo de pensar na vida, pois é duro agüentar vinte anos dum modo besta. Agora é vencer a estrada, invejando o bonde que embala e some na curva, ou o banco, onde, paga a passagem, cochilaria.

Diálogo
(1963)

Torturado vou morrendo, a raiz de minha vida está danificada. Ai, isto vem de um pontapé que me deram no coração.

HEINE

Diálogo

Frente a frente. O apito longínquo da locomotiva e o chiado quase inaudível da caldeira em funcionamento; o palavrão vindo da esquina ressoa pela rua e desperta ecos na garotada junto ao poste; noite que mais parece dia, clara, um preto quase azul sobre a linha do morro e as arestas de telhados. A separá-los, apenas a largura de um cômodo, e o nevoeiro espesso de incontáveis cigarros. O pai, sentado junto a um armário baixo, apóia o braço em seu tampo, e acomoda a cabeça na mão espalmada. Quando o filho entrara, já ele ali estava, na mesma postura, forjando argumentos para uma expectativa, recompondo e reelaborando cismas a indicarem um movimento inadiável. Com o cigarro nos lábios furtou-se ao cumprimento que teria efeito de ruptura, suspensão momentânea da cristalização de idéias, o que seria, para ele, pouco afeito a conclusões, um desastre. Ouviria a descarga no banheiro e depois, na cozinha, o barulho de talheres. Gotejar de bica na pia, tampa com estrondo no fogão, o gosto vegetal da sopa espraiando-se com os vapores ao cair no prato. Irritou-se com a frase da empregada, na copa. Os ruídos nunca o perturbavam, as palavras, sim. Habituado a um mutismo do qual às vezes tentava livrar-se, sem resultado, compensava-se com a percepção dos pequenos desequilíbrios de seu silêncio. Não lhe alteravam as cismas, pois que nestas nunca ia ao fim, bastando-lhe o simples encadeamento, num ciclo bem limitado de constante ruminar. Com a palavra a reação era outra. Desarticulava-se. Perdia o controle. Infundia-lhe a noção vaga de um entendimento, de uma compreensão, mas que em nada o afetaria. Ininteligíveis, quase sempre, sentia-as como elementos perdidos para ele, fragmentos impossíveis de uma conversa futura. Espicaçavam-no mais as que traziam vestígios de ternura, por nunca lhes ter provado o gosto. E não foram poucas as vezes em que afugentara com seus berros casais de namorados que preferiam as grades da casa, e o quebra-luz imenso da amendoeira, com o tronco enviesado a expelir galhos que cobriam o meio-fio. Que tinha a dizer-lhe a empregada? Servisse o jantar, e pronto! De soslaio percorrera a distância à copa e estacionara, fração de segundo, no dorso recurvo sobre a mesa. O ventre contraiu-se, e apoiara a colher no fundo do prato, ao sentir-se vigiado. Sabia-se observado e a interferência tolhia-lhe os movimentos. Esfarelou o pão moldando pequenas esferas com os dedos nervosos. Desgostoso, achatava-as com brusquidão voluntariosa. Alívio. Uma noção imponderável mas segura, de que era dono de seu espaço. O movimento da colher gerara corrente na superfície verde e ouro, rompendo a transparência gorda de salpicos irisados. Por que alterar um estado de coisas com uma repentina decisão? Já o braço que estende a travessa rasa. Arroz, ovos, rodelas de tomate, fatias de assado viscosas do azeite em brasa que estalava ainda na frigideira. A pergunta sobre o apetite desvia-lhe a atenção sem desejos do contorno da anca em suave aclive para a larga cintura. Ímpetos comuns que um pudor arraigado obrigava a soterrar. Rompesse de vez com as impossibilidades, uma asneira qualquer, estardalhaço e a satisfação, ao menos, de um precedente a se agarrar em tentativas futuras! Presença enjoativa de alho na carne esfiapada pelo garfo. Quando tempo levaria para comê-la? Ao levantar-se não lhe restaria outra alternativa senão a poltrona em frente ao pai, e o resto.

Frente a frente. Precipitara-se enfim a espera de um dia, e o instante se carregava com o adensamento do fumo. A atenção no polegar, e o indicador que tritura um excesso de pele sobre a unha. Aquele preciso falar-lhe, dito pela manhã, com um acento inusitado, trazia em potencial uma sucessão de hipóteses. E o que mais temia era a decisão de que se sentia capaz em caso extremo, e o ímpeto de fazer jorrar de si uma possibilidade de ruptura. Queria evitá-la. Acumulava argumentos diante de pequenos atritos e conseguia adiá-la. Onde chegariam hoje? No ônibus para o centro pressentiu a oscilação de sentimentos que se revezariam até a noite. Irritou-se com os solavancos e com os pontapés do menino no colo da mãe, a seu lado. Pareceram-lhe feias as fachadas do casario, o comércio mesquinho e sujo de portinholas, ou ostensivo, imbecil, na exuberância de fórmica e letreiros. Canibalismo do açougueiro que, bem na parada, esmigalhava costelas no cepo, brandindo o machado de cabo curto, com o sangue a salpicar-lhe o rosto, e o avental estriado de coágulos. Manobra de caminhão, dois carros atravessados em frente ao bonde, e de longe, bandeirinha vermelha e a trepidação de um britador. E no mesmo local. Frangos pelados e empalados, quartos rasgados de bois sangrando nos ganchos, e a palidez lunar de leitões na vitrina da geladeira. Uma nesga azul de manhã insinuou calma e reconciliação, predispondo quietude e um manso fruir de paisagem. Bastava uma palavra, porém, um gesto solto, perdido, para turvar o entusiasmo. Assistiu à aula, entre torrentes de atenção e alheamentos demorados, em que se sentia inteiramente estranho ao local, representando-se nos hábitos em que o desejavam. Pela janela uma curva de praia, aconchego, representação hipotética de conforto, ausência de drama na sucessão de ondas. Também no trabalho, a intermitência de entusiasmo e cismares. Desgosto no punho da camisa que se molha no lavatório, no paletó que tem as rugosidades do ferro, e não a macieza do linho, desgosto na pele que cobre um corpo com a mesma aspereza de um algodão cru.

Frente a frente.

A cabeça do pai oscila, descola-se da mão e tomba de leve para a frente. Olhos nos olhos. Afinal, imbecil, o que queres? Esses teus livros o que te ensinaram? Gostaria de usar contigo outra linguagem, se não te desses esse ar de presunção e firmeza. Cretino, olha-me bem! Acaso te indico a perdição ou a desgraça? Olha em redor e vê a burrice de tua obstinação, raciocina, mas sem o empacamento do asno.

Os dedos tremem, aproximam da boca o cigarro sem alterar-lhe a posição.

Num gesto automático, o filho imita-o, e as pálpebras se comprimem ante o insulto. Mesmo que eu pudesse lhe falar com franqueza, de que serviria? Presunção minha saber que não me pode compreender, apesar de sua intenção? Ou que me compreenderia, se outro eu fosse, como me quer? Se às vezes exibo nas irritações, e apenas no olhar, termos como os que poderia estar ouvindo agora, não vê que me arrependo logo? E por quê? Porque me dói saber que não poderia proceder comigo de outra maneira, porque é de sua natureza, de tudo aquilo que lhe inculcaram, e que não conseguiu inculcar em mim.

Expele a fumaça. Resiste ao pigarro. Imbecil! Imbecil! Te julgas mais sábio porque soltei as rédeas. Mas repara! Em que é que eu não posso te compreender? No fato de não concordar com o modo de encarares o futuro? Com a vida que pretendes levar? Responde-me então, sábio, o que é a vida senão isso, um buscar de solidez, de segurança, um garantir-se não apenas o dia de amanhã, mas a semana, o mês, o ano? E a isso me opões vagas palavras!

O palavrão ecoa ainda lá fora, como o estardalhaço dos moleques em meio ao chiado da locomotiva. A cabeça baixa um instante naquilo que poderia ser pausa, mas de novo se apruma, e o olhar se fixa. Não vê que é impossível? Vagas palavras. Vagas palavras. Mas não vagas para mim, entende? Há entre nós a distância brutal que não se mede em anos ou parentescos, distância pela qual talvez se julgue culpado, soltou as rédeas, sim, mas implacável, agora.

As sobrancelhas se afunilam na ruga frontal. Concordo. Mas o que tem isso a ver com a vida? O que tem?

Os dentes marcam o lábio inferior na contensão. Não vê que a simples pergunta não me deixa à vontade? Que ela em si é um reconhecimento desse desligamento? Poderia compreender, acaso, que nem todos se comprazem nessa rotina de procriar e engordar, com o torpe estigma da imbecilidade a marcar feições imobilizadas numa ilusão estável? Ser-lhe-ia possível conceber (e creio que não, já que séculos lhe estratificaram a afetividade, reduzindo-a a um formulário, ao qual só resistiram os impulsos do instinto), ser-lhe-ia possível conceber o grotesco, o sublime, o sórdido que podem perpassar, em fração de segundo, a alma? E que nessa intensidade de percepção vai todo um estado preparatório, implicando renúncia, às vezes. Não vê que é exatamente o modo de reagir a esse instante que determina a opção de uma existência?

Comprimem-se as pálpebras, um pouco, para logo se distenderem. Na pupila dilatada o reflexo de quem aguarda sempre. Palavras ocas, não mudas. E são esses os argumentos para a tua loucura! Imbecis, os outros, mas tu não? Alguém te impede de pensar, te nega o direito a tudo isso que vives blasonando ser a essência das coisas? Pensa, como quiseres, mas age, com a cabeça e os pés na terra. Fosse outra a ocasião e eu te contaria uma fábula, mas tens o dom de até inverter o sentido de qualquer uma.

Perturba-se com a imagem nos olhos paternos a fitá-lo com a fixidez que não se destina a ele, bala que ricocheteia. Fosse outra a ocasião e eu lhe contaria, também, uma fábula. Mas se tivesse que falar, agora, eu lhe diria que tudo isso talvez seja revolta, e a seu favor, mesmo que não o perceba. Revolta contra aquilo que não sendo estigma, assim se tornou, e desse círculo vicioso ninguém intenta sair. Segurança. Estabilidade. De que valeram quando se arrojaram sobre nós (e esse nós ainda é um pouco daquilo que me deu) e nada houve senão morte. Para que serviram as imprecações... ou as orações? E a sua vitória, qual foi?

Recuou na poltrona ao ver o corpo do velho, de pé, ágil, como de há muito não o vira, meio inclinado para a frente, o braço em menção de bofetada. Sabia que o pavor não lhe provinha do golpe em esboço, mas da reação ao que nem fora dito. Gesto animal, erguera uma das pernas e a mão se espalmou, protegendo a face. Teve ódio de si mesmo, por não conseguir se manter calmo, e ali, pelo menos, ordenar as idéias. Mas todas. Todas. E pensá-lass, apesar da violência, apesar da possibilidade de as ver transmitidas numa outra linguagem que não a das palavras. Pensá-las sem aparas, rudes, com os contornos angulosos e as brenhas intrincadas, e as arestas mais finas do que o corte da faca. E não ficar ali, estúpido, bicho amedrontado a encolher as patas e o focinho. Que ar sustenta o peso desta mão que não cai? Que energia acumula este golpe que não vem? Mal-estar antecipando o jantar que se alteia no peito sob forma de vômito. Só a tensão consegue mantê-lo oscilante, sem desfecho, também. Caia o braço e ele terá oportunidade de reagir. A fuga para algum canto com o sabor infantil do medo. A loucura selvagem de travar o gesto com outro, participando da fúria demente e irracional. A pasta ácida assoma à boca e se molda ao contorno dos dentes. Revolve-a com a língua e, repugnado, a ingere de novo. Talvez necessite da palavra. E não quer empecilhos. Contrações no estômago. Tonteira. A lágrima rola, mas não do pranto, expulsa pela pressão dos olhos. E dera naquilo o entendimento desejado. Os membros no espaço e um ajuste de aço frio suportando o resto, a comprimir sem movimento, a distender e a relaxar músculos em anulação do equilíbrio. Estridente agora o apito da locomotiva, e mais nítido o jato expelido pelo êmbolo. Silêncio repentino após o coro obsceno da calçada. Um odor acre de amêndoa verde no retângulo da janela, e a trepidação ciciante dos galhos de folhas largas. A mesma brisa traz o cheiro barrento da água na vala, o grito de revolta do papagaio espicaçado, o choro de flauta no rádio aceso, e um gosto de pão quente, última fornada da padaria. A mão do pai desce calma e oscila lassamente junto à coxa. O corpo do filho acompanha-a na volta à posição normal. O sapato firme de novo sobre o taco, o braço em atrito com o estofo da poltrona. O velho senta-se mas tem no rosto um travo de pesar, acende um cigarro, apóia o cotovelo sobre a cômoda, e a cabeça no punho cerrado. Mas não há reflexos em suas pupilas. Baixara as pálpebras.

Frente a frente.

A fuga

Findara-se então a seqüência de desesperos e de ódios surdos? Com tanta facilidade se elimina a crosta acumulada e necessária que bem ou mal cumpriu sua missão? Como seria o cágado sem seu casco, e a ostra sem a sua concha? Ouvira falar certa vez de planta ou animal que não pode viver sem o seu parasita. Estaria nesse duelo, nesse constante despojar-se de elementos vitais a condição de sua sobrevivência, encontrando nele alento para renovar-se, para fazer fluir de um centro ignorado a carga suficiente com que continuar, e ainda? E tudo isso visando a quê? Salvar-se! Mas de quê? Que possibilidade de salvação ainda lhe restava? A solidão! Que solidão? Alguma outra maior do que a sua, mais ampla, mais densa, mais sólida, mais rarefeita? E logo nele, massa homogênea de silêncios e expectativas, não massa porém pasta, pó, triturado entre duas mós, dois olhos, dois blocos que mais assustavam quando inertes, porque de um instante a outro, acionados por energias tempestuosas, não se contentariam com moer a vontade que se lhes impusesse, mas fariam ranger os seus eixos com ímpetos de devastação, cientes, sem dúvida, de que certos aços temperados no ódio ganhavam com o uso maior tenacidade e certas espadas quanto mais feriam mais vibráteis tinham as lâminas e menos espessos os gumes. No entanto, precisou opor à engrenagem um gesto de revolta. Um cansaço momentâneo, mas só dele, fê-lo romper com um hábito: jamais conceber uma atitude drástica, nunca anular um passado, ainda que recente. Também não lhe passou pela mente a idéia de saber se essa acomodação viera determinada por um quadro rígido a emoldurar seu comportamento, ou, reação instintiva e constante, prefigurava deficiência de energias. E por mais decisivo que fosse o seu gesto no instante de lucidez, já se afrouxava aos vinte minutos da partida do ônibus. Sentado no banco da estação rodoviária, a mala a seus pés, principia a sentir asco de si mesmo, da ausência de uma firmeza que gostaria se mantivesse mesmo no erro. E ali vinha sub-reptícia, a consciência da inutilidade do gesto a corroer um passo meio dado. Ali mesmo, entre o balcão do café-em-pé e o restaurante, entre a pista dos ônibus e o toldo de lona que protegia a entrada, entre os grupos que partiam e chegavam, entre os casais e seus embrulhos, os fumantes e seus cigarros, os soldados e suas botas, os jornais, as caixas de frutas, as revistas coloridas, os frascos na prateleira, os carregadores e seu andar de macaco, quatro malas em cada corpo, duas junto às costelas, comprimidas pelos braços, duas ao longo dos dedos, quarta falange a se arrastar pelo chão, ali mesmo, ao sentir o primeiro contato com um mundo estranho vacilou. E compreendeu então que há duas solidões, a solidão do monólogo e a do diálogo. A primeira ele a começava a sentir na proximidade com os de fora, e eram sempre de fora os que não pertenciam ao seu núcleo. Esse estado lhe foi sempre penoso, trazia uma hostilidade na reserva que mantinha e provocara. Um homem é sempre um estranho diante de outro, sabia-o bem, mesmo ligado pela carne, pelo sangue, pelo instante de gozo entre duas frações de ódio. A segunda era a sua solidão de sempre. A que comprime, modela e torna estanques dois seres que se conhecem nos mínimos anseios, poro por poro, hausto por hausto, até que se cristaliza entre os dois esse fluxo de recriminações recíproco, e produto final, a pedra do silêncio. Mas cada um sabe da presença do outro. Esse conhecimento os destrói e sustenta, aniquila e traz certeza de uma continuidade. Nenhuma variante. Nenhum ímpeto de adicionar um novo elemento. O mesmo nó no mesmo ponto, a se fazer e desfazer, o mesmo intervalo de aparência para garantir uma normalidade e após o intervalo o espaço pastoso em que se caminha, o prisma de um cômodo com sua realidade rarefeita, um mastro invisível fincado no centro, e dois seres agrilhoados ao mastro giram e se perseguem sobre a mesma circunferência, sem nunca se alcançarem. Após algumas horas sabia que nada havia de fantástico nesse círculo sempre renovado e idêntico. Vinha o cansaço com a madrugada e a promessa de uma possibilidade igual para o dia seguinte. Era o signo concreto, real, de que ainda estavam vivos e participavam de certas convenções, o amanhecer, por exemplo. E sem uma palavra sequer, deitavam-se lado a lado, com o mesmo apelo, talvez, no pensamento: vem sono, e limita sobre as pálpebras a fronteira de dois pesadelos. Havia um despertar, às vezes, mas em que regiões da memória, em que estágios da consciência, em que fronteiras do espírito? Ao se virar girava o corpo da mulher, e defrontavam-se de olhos fechados, petrificados, talvez, ou com alguma forma do que seria pedra: nem de reflexos nem de hábitos se notariam vestígios. Dois troncos não se defrontariam de maneira distinta, dois matacões. As mãos se escoravam sem esforço muscular, rijas. E quando se dava o açoite dos galhos, o choque das rochas, as bocas se uniam com rancor e o ódio se completava, se complementava, num todo eriçado, estático, absoluto. E da repulsão de dois corpos após o segundo de totalidade, surgia ou um Caim ou um Abel, ambos infelizes, ambos marcados, ambos sós e sempre sós, ambos mortos por aceitar ou não aceitar uma Ordem, ambos vítimas da virtude ou do vício, ambos inocentes. As botas, ou melhor, os canos das botas, sempre o impressionaram, amedrontaram, mesmo. Signo de autoridade. Voz definida e imperiosa, sem reticências de hesitação. Dois pontos de exclamação enfáticos no bater dos saltos. As botas se deslocam e assumem o ar displicente de pernas cruzadas no banco ao lado. Um casal e dois filhos localizam-se perto dele. O marido, terno cinza, gravata azulada, trinta e oito anos, talvez, traz no rosto nervoso e na voz meio rouca um resto de sono. A mulher, da mesma idade, cabelos castanho claro, rosto regular, a boca um tanto larga, senta-se com um dos filhos, aconchegando a seus pés as duas malas, uma bolsa de lona, uma pasta de couro negro e um embrulho irregular amarrado firme com ziguezague de cordão. Mas tudo placidamente. O pai de pé com o filho mais velho, no máximo doze anos, explica a este o sentido de um termo impresso nos jornais da tarde, e diante da incompreensão, alonga um pouco mais o significado, e remata-o com outro exemplo. Um sorriso acolhe satisfeito a lição. O menino enfia as mãos nos bolsos, e jocoso repete a palavra em voz alta para o irmão que o encara com espanto no início e logo depois aperta os olhos, retesa os lábios, irônico, e balança a cabeça, condescendente com a intenção do outro. Apenas viram o velho que se ergueu, brusco, a mala nos dedos, e se dirigiu à outra ponta da estação. A mulher referiu qualquer coisa ao marido sobre a presença desagradável daquele homem estranho, silencioso, é verdade, mas estranho de qualquer modo, a seu lado. Acompanharam-lhe os passos. Estaria aí pelos sessenta anos. A roupa bem cortada, a mala quase nova, os sapatos engraxados, não seria um homem pobre. O marido observou-lhe melhor o rosto no instante em que se levantou, um rosto sem cor definida, nem queimado nem branco, os cabelos grisalhos, de um grisalho doentio, esverdeado, a testa contraída de rugas e os olhos de espanto, mas naquele espanto poder-se-ia incluir tudo. Encaixou na palma de sua mão direita os dedos da mulher e comprimiu-os. Esta não pôde deixar de repetir que a presença era estranha, perturbadora, inquietante, que mesmo sem saber de sua existência a seu lado, sentia no ar em torno de si a ação dele. Imagine em fluxo qualquer de silêncios e ódios, uma imanência apenas percebida pela respiração. O filho mais novo apoiou a cabeça em seu ombro, o mais velho aproximou-se, dobrando o joelho sobre o banco, o marido agitou cordial a mão da mulher e com o braço esquerdo pousado na cabeça do rapaz conseguiu trazer um sorriso ao rosto de todos. De longe, antes de ganhar a plataforma de saída dos ônibus, ele ainda os viu, já compactos, encerrados na trama de afetos, envolvidos na teia tecida por um fio longo e antigo, fiado no ventre de tantos tentáculos. Pequenos grupos se amontoam junto às diversas placas. Cada qual com seu caminho. Malas, sacolas, embrulhos, capas, cestas, tudo amontoado à espera da saída. Na pista, manchas de óleo e sulcos de pneu no asfalto. O relógio marca dez para as onze. Dez para as onze horas de uma noite de outono mais quente que as de verão. A brisa sopra em direção ao mar, e de lá, um apito surdo de rebocador. Ele se encosta a uma parede e deixa atenuar-se a emoção que o arrancou de seu lugar. Uma breve palpitação, acompanhada de necessidade de movimento e pequenos tremores pelo corpo. Nada de grave. Conhecia-se bem. Apesar de tudo o organismo resistiu, ou por isso mesmo. Quatro jovens, entre os vinte e os trinta anos postamse à sua frente, junto ao meio-fio, e enquanto se desembaraçam de seus objetos falam, conversam, esbravejam, julgam, recriminam, solucionam, gargalham. Nova irritação involuntária. Ele vê satisfeito a chegada de seu ônibus e após entregar a passagem ao agente da companhia procura a poltrona. A mocidade é tola em seus arrebatamentos de inexperiência, quase pronuncia ao localizar o seu número; já sentado, completa, a velhice é imbecil com sua experiência inútil. Esfrega o rosto com as mãos e comprime os olhos, gesto habitual, a ponto de senti-los doloridos. Ainda cerradas as pálpebras e os dedos varrem o nariz e convergem à altura da boca como se tivessem algo mais a oferecer à língua do que o suor carreado e de mistura alguma lágrima seca, não chorada, mas presente. Sete para as onze. Outros passageiros embarcam e se comprimem na estreita passagem central. Um a um, foram primeiro os filhos, quatro, para o Norte, para o Sul, para o Leste, para o Oeste, levando com eles a semente apodrecida de estufa, machucada pelas tentativas de afago desastrosas, corrompida pela cegueira obstinada até o último instante. Havia duas horas apenas entre a compreensão e os minutos que faltavam para a saída do ônibus. Girou no mesmo círculo, em torno do mesmo eixo, giraram, ele e a mulher. Houve uma pausa, porém. Pararam. E de relance, viu-a envelhecida, viu-a velha, como nunca chegara a supor. E compreendeu, compreendeu que se havia esquecido de muita coisa nesse intervalo de... quanto tempo? A metade útil de uma existência. Inspirou. Expirou. Sentou-se numa poltrona e sorveu com alívio o primeiro silêncio total, silêncio definição perfeita, ausência absoluta. Foi nesse estado que fez rapidamente a mala e saiu. A observação provocada pelo grupo de rapazes sugere-lhe outra. Tudo resolvido, pois chegara finalmente à compreensão? Bastava então transformar o sucedido em esquemas conscientes, e com eles resolver tudo? E os insultos, as palavras ditas, ou não ditas, os gestos, os golpes, os anos, sim, os anos, o poço envenenado em que se dessedentara e cuja água servira aos outros, com imperativos, o miasma que deixou gerar no seu cubo de ar e que impôs aos outros, o fruto dessorado que servia aos bagaços na mesa unida pelo rancor e pela contrafação de mesa? Podia com essa compreensão estender-se sobre os eixos do mundo, e com a cabeça, os pés e cada mão, arrastar para o seu centro os quatro pontos cardiais? Repete o movimento da mão, e o polegar e o anelar se encaixam sobre as órbitas.

Inútil compreensão se além da dor ainda lhe dá a consciência da dor, e não anula um esboço de gesto sequer do que foi dito ou feito. Quase cheio o ônibus. A mulher que ocupou o lugar ao lado do seu não deixa de recriminar o marido, na ponta de outra poltrona, para lá do corredor, por não ter conseguido dois números num mesmo banco. Era gorda, a cabeça trapezoidal ligada ao busto pela papada, e do busto aos pés, uma linha sinuosa de panos e rugas, os seios acomodados sobre o ventre. Falava com os braços, com o atrito dos tecidos, com o ranger das molas ainda não acomodadas, com a respiração alterada, com todo o seu peso de carne e obstinação. O motorista testou o painel de luzes. Na penumbra prosseguia o grasnar, o crocitar, o balir, o resmungar. Para onde? Para onde? Logo ali, após a curva, os armazéns do cais e a estrada. Bá-a, bá-a, bá-a; beée, beée, beée; brrke ke ke kex koax koax, brrke ke ke kex koax koax, brrke ke ke kex koax koax. Ergue-se. Passa a custo esfregando os joelhos da mulher, ainda a tempo de ouvir o agradecimento pela troca de lugares implícita no seu gesto, um minuto antes de partir. Desculpa-se com o motorista e consegue reaver a mala do depósito já fechado. O ônibus parte. Atravessa de novo a estação, recusa carregador, e no carro de praça dá o seu endereço. O automóvel contorna a ilha do estacionamento, passa ao lado do bar onde um grupo de marinheiros se embebeda. À esquerda vê o píer novo em funcionamento, e a proa de um navio iluminada. Abre a porta, deixa a mala no chão ao lado da cadeira, e senta-se de novo na poltrona, diante dos mesmos olhos na mesma posição. O ar se rarefaz um pouco. As órbitas se dilatam. As pupilas se fixam. O mastro. O nó. Os fios retesados. A circunferência. O impulso inicial. Brrke ke ke kex koax koax. Brrke ke ke kex koax koax. Brrke ke ke kex koax koax.

— Toma, devora-me o fígado, pois cometi um crime, não roubei a luz, aceitei-a quando me ofereceram.

A porta

O essencial é não transpor a porta. Não abri-la. Permanecer ali, diante dela, encarando-a de rijo com todas as suas possibilidades de porta. Fechada. A lingüeta no furo exato, encaixada. A horizontalidade da maçaneta na devida posição do equilíbrio justo. Nada que possa alterar o estado pleno de funcionamento. Nenhuma rotação desarticuladora. Nem o rangido das dobradiças, ou o oscilar dos pinos verticais com os extremos arredondados à feição de gota dágua. Porta simplesmente. Não ceder à tentação das frestas que a madeira ressequida fizera surgir junto às aduelas e ao piso, da grossura de um dedo quase. Frestas, redução de sua potencialidade de porta. Escapar-lhes ao jeito insinuante de seres contraditórios, resistir-lhes ao convite de uma penetração aguçada por curiosidade repontada ao movimento involuntário da memória. Estancar todos os ímpetos diante da superfície polida, opaca, manchada de dedos. Placa de cedro, talvez, ou de imbuia, com seus veios em cunha, ou desorientados, nervosos, às vezes, em que vestígios de nós definiam olhos demoníacos, em meio a algum rosto rajado. Focinho. A idade do tronco na recriação de hipotéticas jubas. Manter assim as mãos espalmadas sobre a almofada. Quando muito um ligeiro movimento, mas sem ruído, permitindo aos dedos um rápido contato com as molduras, ou a pressão mais enérgica nas espessas conçoeiras. Mãos dilatadas, amplitude máxima dos dedos curtos e grosseiros, broncos, de unhas moles, irregulares. Tentativa de integração naquilo que é porta. Mas o desejo de nunca ultrapassar o limite de alguns milímetros.

— Mais um prato. Alice, temos visita!

A mesma frase, as mesmas palavras, mas com outra inflexão, bastariam para arrancá-lo do torpor que o dominara ao encarar o grupo à espera do jantar. E nunca se destrói o ódio? Nunca se extirpa o sarcasmo na frase feita com intenções mal acobertadas? Sempre a carga demolidora no gesto visual, o desprezo no ato comum? A empregada, nova na casa, olhou-o também com tique aborrecido nas pálpebras e no canto dos olhos, fundindo às suas as emoções do ambiente. De que valeria uma identificação para restabelecer um princípio de autoridade, de hierarquia? Puro desgaste de energias quando na sala imensa um olhar rígido, maciço, um olhar monstruoso concentrando várias faces, conjunto de muitas lentes a convergirem raios para um só ponto. A mãe, ligeiramente dobrada para a frente, equilibrando a cadeira de balanço com os braços estendidos, o irmão mais moço esparramado no banco de palha, cigarro na boca e bochechas luzidias com os cabelos empastados, a tia solteirona, dura, ressequida, obtusa como todas as solteironas, expelindo complexos nos dedos magros ocupados com uma agulha em trabalho infinito, o irmão mais velho, pequena calva, no sofá ao lado da mulher, reproduzindo nos movimentos e na roupa os ideais paternos, a cunhada, grávida, de rosto inexpressivo, arredondado, os cabelos curtos, raspados acima da nuca, mas contagiada pelo espírito do clã. E à sua frente, do outro lado da mesa, surpreendido no instante em que abria uma gaveta, o pai. A calva reluzente no alto emendando com a testa, o cabelo meio ralo lateralmente, aparado com a precaução de não alterar o volume que sempre lhe foi grato, de modo a recompor o efeito duplamente triangular do rosto, que afilava para o queixo e para a fronte. Nada nas roupas poderia indicar um tempo irreversível. Sempre a camisa justa, sem rugas, sempre a calça com vincos nitidamente marcados, arestas de algum sólido, que nem as oscilações do joelho alteravam. Não teria outra coisa a lhe dizer? Os dedos se apóiam num espaldar e impedem o movimento de avanço já esboçado. Atingir o quarto, além do corredor, na ala esquerda, era a única idéia. Bastaria contornar a mesa, já que o alimento não o atraía, e ganhar o corredor em cotovelo, sucessão de portas para os cômodos rodeando o pátio interno. Estender-se na cama com a face encravada no travesseiro enquanto os membros retesados lhe dariam a feição de crucificado em madeiro oblongo. E dormir um sono compacto, inerte, sono de múmia temporária, sono sem vísceras nem alma, sono metálico. Mas havia a mesa a contornar, a figura junto à gaveta, e o feixe de olhos a queimar-lhe o corpo com a intensidade de ondas invisíveis. Uma palavra, apenas, dita por ele, e provocaria o tumulto propício a um reatamento, ainda que entremeado de insultos. Mas sempre haveria lugar para uma expressão mais rude, um gesto mais desenvolto, a coragem de readquirir um domínio seu, mesmo contra a vontade de todos, e a sua própria. Não um estranho introduzindo a presença intrusa, importuna, e sim *o dono de certa parcela* tomando posse apesar da hostilidade afirmada sem disfarces. E essa palavra? De onde a arrancaria? Da saraivada que lhe assomava à boca qual delas serviria? "— Dormir." Inútil, ridícula. Perceberiam, acaso, o dormir como ele o sentia? "— Imbecis." Para isso voltara, para num arremedo infantil lançar a pedrada moleque, e mostrar a língua em contrafação simiesca da face? "— Voltei." Desnecessária, pela evidência. Reconhece que qualquer uma produziria o efeito previsto, e conclui que o que desejava evitar era esse mesmo efeito. Por que viera, então? Sonhara com rompantes de ternura? Nunca! Ponto por ponto recompusera a acolhida, e não houvera a intromissão do elemento surpresa. Por que viera, então? Por que vai um homem a caminho de sua danação com a lucidez do suicida? Passo sobre passo com a intenção firme de desistência, não pôde evitar sua presença ali. Como é sólido esse espaço, como é denso o ar triturado pelo corpo lento no caminho para a varanda aberta. É necessário recorrer ao acúmulo de energias extremas disponíveis em um músculo para deslocar a perna, e duplicá-las para mover a outra. Romper com os braços uma consistência de pedra e impulsionar o peito em uma ansiedade de golpes e colisões constantes. Quase ultrapassada a figura do pai. Restam os outros. Estranha matéria precipitada pela condensação de fluxos visuais. A varanda! A varanda! Sob a sola chia o tapete resistindo à pressão sobre as fibras, que se vergam em atropelo para retornar à vertical com estalidos inaudíveis de minúsculos chicotes. Mais um pouco e a rigidez ambiente se modifica, atuando apenas nas costas, e imprimindo-lhe a celeridade suficiente com que, mais desenvolto, possa atingir a abertura. Já não os vê. Pressente-os apenas, pelo atrito dos assentos ao girar dos corpos com que lhe acompanham a trajetória. A varanda! Talvez fosse esse chão ali, três degraus abaixo, o motivo de sua vinda. O quintal profundo separado do pátio interno, para onde dão as janelas do quarto, por uma cerca de bambu cravada na terra, e cortada à altura de um homem. Seixos acumulados criam a idéia de embasamento, e pequenos reflexos faíscam em pontos brilhantes. Desce os degraus. Mamões miúdos se apertam protegidos por folhas largas. Bananeira. Tamarineiro. Pé de carambola. Mangueira velha, gigante, a copa longínqua, no alto, bem lá em cima, acima da janela do sótão, enfiada entre as duas águas do telhado. E no fundo, além do muro divisório, já em outro lote, a linha erecta de uma palmeira e seu capitel imóvel na ausência de vento. Talvez esse chão o atraísse. Sem reminiscências, sem incidentes de infância (ali nascera), sem perturbações afetivas. Chão, apenas. Um pouco seu. E no cansaço, melhor do que outro qualquer para acolhê-lo. A terra cede ao seu peso. A grama se inclina. Sob a quaresma recolhe pétalas soltas. Debruça-se no pequeno tanque e perturba o reflexo lunar da face com a agitação dos dedos na água. À profundidade de um palmo a camada tênue de um musgo quase translúcido cobrindo a laje de pedra. E os outros, lá dentro, na mesma atitude; não ouvira um só movimento ou palavra. Ficaria ali a noite toda, o dia seguinte, os meses, os anos? À beira do tanque, encarando o casal de crianças de pedra, bochechudas e felizes sob um guarda-sol de cimento e placas de esmalte coloridas? Não, não vale a pena rememorar incidentes e explosões que cavaram ou aprofundaram a distância entre ele e os outros. Nem elaborar hipóteses que possam justificá-los a seus olhos, e inverter a sua condição de vítima na de confessor todo-poderoso para absolver culpas não ouvidas. Violara as leis deles, de tranqüilidade e ordem duas vezes seculares, ao não aceitar o que fora assentado sobre a rapina, e continuava sendo, num mecanismo bem mais complexo, agora, com a vantagem de estar fixado já em algo que implicava uma determinação vinda não se sabe de onde. E foram tão duras as palavras ditas, e descobriram-se nele ímpetos tão selvagens (de onde vinham, de onde?) que a resposta foi essa de há pouco, numa incrível subversão afetiva. Pouco importam os detalhes, e ao seu feitio rebelde bastava o instante ali, irresoluto. De que sangue fora feito? Que esferas demoníacas se conjugaram no ato em que foi gerado? Longe deles, longe da cadeia de sobrenomes justapostos que lá dentro velava pela integridade desses elos, não lhe fora melhor a sorte. Olha o céu. Claro. Pontilhado. Calmo. Calmo, agora. E ele já conheceu outras noites de desespero e sordidez, impelido pela fome. A sordidez de um remanso que se olha com desprezo de si mesmo. Mas afugentar as idéias. As mãos. Essas mãos pouco hábeis em permanecer além-muros, fiéis à mente em ebulição. Contorna a cerca de bambu e pensa em atingir o parapeito da janela de um salto. Mede a distância, e desanima ao tomar consciência da solução furtiva. No centro, com a moldura da faixa cimentada a se apertar rente às paredes, o jardim cuidado. Algum tempo, oco, a estraçalhar folhas, a untar os dedos com a resina expelida, e a trincar algum talo que lhe inunda a língua de cica. Bruscamente toma distância e sôfrego, durante o salto, arqueia os braços e engancha-os no parapeito do quarto. Um esforço a mais e estaria lá dentro, mas imobiliza-se. Os pés já não tocam o chão. Pendente o corpo e o antebraço dolorido pela quina de mármore. A posição ideal do instante insolúvel. Vaga sombra colada a um muro, fantasma de si mesmo, semivivo, ainda, por ação da gravidade. Entre os olhos e o muro, a distância de uma vida. E agora? E agora? E agora?

E depois? E depois? Sabe que o essencial é não transpor a porta. Não abri-la. Permanecer ali diante dela, encarando-a de rijo com todas as suas possibilidades de porta. Fechada. Mas os dedos escorregam na madeira, e um ranger de pinos ressoa em sua indecisão.

— Mais um prato, Alice, temos visita!

O aprendizado

Renúncia! Renúncia! Renúncia! Como que um brado em uníssono, apesar do silêncio. Brado de contrações musculares, de oscilar de narizes, de ombros caídos, de faíscas visuais. Em torno da mesa havia esse elo a apertar, a constranger o quer que fosse de compreensão daquele mesmo brado. Encaram-no, apenas, na pausa, e não está ausente um leve sinal de asco. Clemente ergue a cabeça e apreende este sinal que consegue lhe despertar um esboço de sorriso, e um pensamento irônico. Asco provocado pelas mesmas causas que há vinte anos despertavam satisfações; pelas mesmas atitudes que então lhe traziam o conforto das simpatias, e mesmo a complacência por certos exageros. Simplesmente esquecera de parar no tempo adequado, deixara o impulso ir além de um determinado limite e não procurara aquele meio-termo exato, justo, em que tudo se equilibra e se nivela, em que tudo são convenções, em que tudo se resume na conquista do estável, sereno, imóvel. Aos quarenta anos exigiam dele uma reviravolta completa, um abandono desse estado que, segundo eles, feria a integridade da família com prolongamentos e conseqüências inimagináveis. Sentado em uma das cabeceiras da mesa, ele abandona por instantes o jeito vago dos lábios e a expressão serena da fronte. Sim. Imaginemos a possibilidade do fato. Mas é assim tão simples? Poderia, se o quisesse, responder num quase grito que não. Algo de que já tinha um conhecimento impreciso só há pouco tempo se formulou com nitidez: o homem se determina a todo instante, o passo livre não é tão livre, nem a decisão depende apenas de um arroubo momentâneo. O homem se engrena e é engrenado. Em um dia, ao tentar num momento de desespero o gesto que lhe parece novo e liberto, pasma ao identificar nele a mesma celeridade de um impulso anterior. E neste instante já se definiu várias vezes. Instante de loucura, porque fora de controle da razão, alheio a qualquer intenção preconcebida. Mas autêntico, dele mesmo, intransferível. Encara com o primo, à sua direita, e ocorre-lhe então pensar se ele teria também esses instantes. Conclui pela negativa. Observa-lhe o movimento preciso das mãos que produzem fogo para o cigarro. Os dedos não tremem. As unhas polidas e cortadas rente à pele são uma lição de asseio. O nó da gravata tem qualquer coisa de uma displicência estudada, do mesmo modo que as rugas na manga do paletó. As faces escanhoadas têm uma consistência cremosa e os olhos uma fixidez ideal para nunca transmitir sentimentos em desacordo com a situação, qualquer que seja. Este homem aprendeu a viver. Ensinaram-lhe a fazer mesuras, a pegar na faca e no garfo, a apoiar as mãos na mesa, ensinaram-lhe a escovar os dentes, a dormir na hora certa, ensinaram-lhe a andar na rua e a sentar-se numa poltrona, ensinaram-lhe a dizer coisas e a não dizer outras, ensinaram-lhe a gostar disto e a desgostar daquilo, ensinaram-lhe tudo, enfim, e ei-lo aspirando fumo e orientando a chama do fósforo, ei-lo íntegro e sensato, ei-lo seguro, ei-lo padrão. E ele, Clemente? O oposto, o reverso, o avesso. Mas menos homem por isso? Fosse cego, surdo, mudo, sem tato e sem gosto, menos homem, ainda assim? Cruza os braços sobre a mesa, enrugando a toalha com o vaivém dos cotovelos. Como resposta ao brado pressentido olha atento para as faces dos outros. Ao lado do primo, o tio. Na cabeceira oposta, o irmão. À direita, a cunhada e a tia. Todos em torno da mesa, dentro do único aposento que lhe servia de casa, e onde ele mesmo preparava as refeições. Paredes de um cinza desbotado. Uma pia junto à porta de entrada. Um armário espelhado, uma cama, uma pequena cômoda com livros, cigarros, cinzeiros, escova de dentes, creme de barba, lápis. A janela abria para a rua e, como o sobrado estivesse localizado no topo da ladeira, viam-se as duas descidas e os telhados das casas baixas alinhadas nas transversais. De um lado avultavam as construções maciças de fábricas com os longos painéis de alvenaria, algumas chaminés, trilhos elevados de pontes-rolantes, aberturas com grades logo abaixo das cornijas, de outro o entrecortado de pequenas residências com jardins apertados entre o calçamento e diversos tipos de varandas, umas em arco, outras de trave e colunas redondas, algumas elevadas com peitoris de ferro e linha de vasos pendentes, ou ainda destacadas, mais alpendres, e cercadas de parapeitos de madeira e toldo de lona. Estava um ano já naquele quarto, e quando saiu a procurar moradia só se decidira por esta depois de muitas andanças. Reduzido ao mínimo, limitado a uma existência adstrita ao essencial, só se permitira este último requinte: um pouco de espaço comum para as suas cismas, uma visão fora e acima dos horizontes de um corredor ou de um pátio interno, uma nesga de céu e uns fiapos de verdes. E pediam-lhe renúncia! Como se no gesto de alguém que se nega a alguma coisa, anulação de gesto, houvesse menos violência do que naquele que com arroubo esbraveja e se satisfaz, como se o olho seco valesse menos que o lacrimoso, como se o que se nega ao prazer fizesse menos esforço do que o que a ele se lança. À ira de outros tempos Clemente soube opor uma feição apática, espécie de desinteresse que lhe carregava o rosto de traços abobalhados. E talvez essa inércia, a ausência de vestígios de oposição violenta, servisse de incentivo às investidas dos ali presentes. Sobre a mesa havia uma bandeja de lata, redonda, com o fundo polido, já sem as xícaras de café, que ainda tivera tempo de oferecer antes do silêncio de agora. Puxou-a para si, e inclinando-a um pouco reviu seu rosto deformado, composto de fatias sinuosas de testa, olhos e sobrancelhas, faixa de nariz, boca, queixo ligado aos lóbulos das orelhas. Apesar de tudo, identificava-se. O mesmo rosto em que às vezes se descobria estúpido, outras, sem marca particular. Na verdade os cabelos esbranquiçados junto às têmporas reduziam a testa a um pequeno intervalo, perturbado ainda pelas sobrancelhas. Estas davam a impressão de estarem recobertas por tênues jatos de cinzas. Os olhos não tinham forma definida, envoltos em cavidades bem acentuadas e cobertos de pálpebras pregueadas. Alongavam-se quando trincava os dentes, prendendo alguma palavra; arredondavam-se com a feição de abúlico; tornavam-se lâminas quando, cigarro nos lábios e só, procurava na paisagem um derivativo para a febre interior. Via-os bem arredondados agora, apesar de se desdobrarem sobre uma imagem curva. Mas não pôde desviar por muito tempo a atenção dos que insistiam na exigência. Observa o tio, um homem de sessenta anos vigorosos, transpirando energia e decisão, sem esconder, no entanto, a pupila sagaz e ágil. Os cabelos brancos e fartos bem dispostos e repuxados para a nuca recendiam a brilhantina ou loção perfumada, e contrastavam com o rosto queimado de sol, enrugado, mas saudável. O dorso das mãos era recoberto de pêlos abundantes assim como de pequenos tufos o centro da falange. Os dedos, curtos e roliços, nada tinham de indolência ou de nédias apatias. Também este lhe cravava os olhos com possíveis acenos de fartura e de repreensão. E como manejava bem os cordéis de seus títeres, ou ele mesmo, títere voluntário e consciente, como entregava o braço, as pernas, a cabeça, o tronco, como se desfazia de suas articulações e de seus reflexos quando achava nisso conveniência. Também ele soubera apoderar-se dessa arte, mais artifício, toda feita de sutilezas e grosserias, de expectativa e oportunidade, de insolência e submissão, de silêncios e rompantes, de anulação e prepotência. Conhecia a palavra exata para o momento preciso, a frase picante ou obscena no ambiente adequado, o tom humilde diante do superior útil, o grosseiro diante do inferior, o arrogante quando o poderoso em nada o podia prejudicar. Sabia desfazer situações equívocas e armar intrigas das quais se saía sempre bem, e sabia, por experiência própria, que a fortuna se ganha com uma frase, num dado momento, que este momento único, irrecuperável, irreversível exige um estado de alerta para a sua apropriação. Um estado idêntico a outro, de conseqüências opostas. Um estado que é a realização do ato não mais esquecido, do ato definição de uma existência, à maneira de um crime e seu complexo de culpa permanente. E então este adere ao corpo, introduz-se nos poros, domina os centros nervosos e dita a feição do rosto, e insufla as palavras já com outra entonação. E tudo o que se lhe segue, água a tombar de uma calha impura, vem com esse gosto de azinhavre nunca mais perdido. Clemente tem diante dele a janela e acompanha o passeio de um pai e seu filho numa das transversais à sua rua. O bairro guardava certa quietude comum aos domingos entre as quatro e seis horas da tarde. O homem de calça escura e blusão branco aberto no peito arrastava meio sorrindo um corpinho minúsculo vestido de uma só peça de lã, desengonçado sobre passos mal definidos.

As figuras desaparecem sob uma galhada mais espessa que se proteja, além da cerca, sobre a calçada. De uma esquina surge o automóvel esporte com viva policromia. Azul, pára-choques e acessórios niquelados, trazia dois casais exultantes. Ao freio brusco seguiu-se uma risada a quatro vozes, harmônica, contagiante. Saias vermelha e verde, blusas branca e amarelo gema-de-ovo, calções curtos de xadrez preto e branco e camisas azul e estampas ao acaso. É necessário apoiar-se nessa vibração de fora para compreender a importância dos pequenos gestos. Coisas em aparência sem interesse, nadas, suficientes para concentrar energias. E com esses nadas tecer todo um intervalo de alienação. Ultrapassada a fase das pequenas alegrias, dos momentos automáticos, Clemente aprendeu a distinguir o gesto e a reflexão do gesto. Um homem baixa a colher sobre o prato. Um outro reacomoda os nervos, reajusta a cabeça e com as pupilas na mão que envolve o cabo, acompanha a curva da concha na translação e tem a plena consciência de que está conduzindo a colher da boca para a sopa, sem a certeza, porém, de que da sopa volte para a boca. De novo com a atenção sobre a mesa, sente o apelo da tia e da cunhada. Mas delas nada tem a extrair. Neutras na ternura, neutras na sensibilidade, incapazes de compreender uma oscilação de afeto acima ou abaixo de uma certa média, reputavam-no louco, e exigiam não sabiam bem o quê, mas exigiam. Tinham uma noção vaga de que só um impulso era válido: o otimista. Mas sem exageros. Desconfiariam da exaltação sem limites, e nunca chegariam a formular o pensamento que neste instante se completa em Clemente: o que me distingue do animal é essa capacidade de me anular como homem e ter consciência disto. Se o dissesse em voz alta? Provocação. E dizer que há idéias perigosas. Palavras que ofendem. Nenhuma paulada, nenhum golpe de lâmina. Apenas o flutuante e mágico fluxo em ranhuras, o jato de ar e uma certa conformação de língua, dente e lábio. O irmão. Clemente sabia que dos cinco era o que pedia com menos ênfase. Quase da mesma idade, tinham os mesmos impulsos, até que um deles optou pela segurança. O rosto ablongo, a testa larga, a linha nítida do cabelo em arco, as orelhas um pouco repuxadas para dentro e para trás, em diagonal, os lábios finos e quase sempre cerrados, o pescoço longo ligando com um corpo à vontade na roupa bem talhada. Os olhos, porém, hesitam e o tremor de pálpebras, a contração das sobrancelhas, indicam insegurança. Impossível encararem-se os dois assim com inteira franqueza. Difícil duelo, conhecidas as armas, quando por detrás de cada palavra não pode haver a surpresa do argumento desconhecido. Clemente tem diante de si um bloco de serenidade conquistada a golpes de implacável determinação. Coluna serena de arranha-céu, vertical, tranqüila, que músculo lhe sentirá a dor do esforço envolvido por fina placa de mármore? Onde a pergunta de outros dias? No mesmo bar, diante do mesmo copo, com o mesmo entusiasmo e revolta provocados pelo que lhes parecia injusto. Clemente ouviu: "Abolidos princípios fundamentais no período de uma existência, todo o resto não será sordidez?" Uma noite, Clemente o encontrou estirado na cama, os olhos fixos no teto, a boca meio entreaberta, as mãos agarradas à cabeceira alta, qual homem suspenso na horizontal, e nada disse. Descalçou os sapatos, tirou a roupa e estendeu-se na outra cama do quarto. Pareceu-lhe ouvir um sussurro: "sobreviver... sobreviver". No dia seguinte viu o início dessa sólida construção ora à sua frente. Os outros incidentes pouco interessavam agora. O início, a origem, as suas razões de nada valiam, Ele, apenas ele, nesta hora, diante do apelo. Refreou o primeiro ímpeto que foi o de expulsá-los. Na sua serenidade às avessas, obtida por um esforço sempre em sentido oposto, só tinha de realmente seguro uma coisa. Quando um homem como ele, Clemente, aprende a viver, está à morte. Por isso baixou a cabeça, fincou os cotovelos na mesa, e desabou com a testa nos punhos cerrados. E o brado em uníssono dissolveu-se no silêncio.

O jogo de damas

A mão hesita. Os dedos convergem no gesto de apreensão, acentuando-se as veias no dorso retesado. Indicador, médio e polegar retêm no espaço a pedra negra, pequenos ímpetos se esboçam e denotam a indecisão de rumo no tremor da sombra que varre o tabuleiro. Rispidamente, a torção precipitada e o estalido seco no quadrado definitivo. Crispim recolhe as pernas sob o banco, vibra os joelhos e aplaude com as coxas o gesto preciso que o livrara da insegurança.

— Eta, jogão.

Ergue a cabeça, quase sempre apática, um brilho de vitória faísca-lhe dos olhos, os beiços se entreabrem com o sorriso, e a pele opaca do preto ganha reflexos no contorno repuxado das maçãs salientes. Enquanto Galego, o queixo preso nas mãos espalmadas, inclina a cabeça sobre a mesa, e alteia os ombros pontiagudos, indiferente ao júbilo de Crispim, este desvia a atenção para a encosta do morro que após alguns metros de declives violentos se espraia em rampa morna, alcançando o arruamento do bairro quase no plano. Alguns sulcos, logo barrados pelos trilhos infinitos à esquerda e à direita que o viaduto e a estação interrompiam. Do outro lado, novos sulcos concentrados em torno de uma praça, mais espaçados à medida que dela se distanciavam, novos descampados quase sem mata, a pedra repontando do barro, no início, e depois violenta, irregular, angulosa até um paredão a prumo onde a grama reaparecia e um caminho ondulado conduzia a moitas mais espessas, antes de atingir o trecho em que estranhamente se compactava uma dezena de troncos com as copas fundidas. O mesmo caminho percorrido todos os dias, sem grandes entusiasmos e sem grandes irritações. Pela manhã a espera de um trem denso já, a precipitação ao se abrirem as portas dos vagões como que pretendendo expelir a carga justaposta no espaço vital, e tendo que receber outros contingentes em cada parada. Flutuar, às vezes, no espaço, o ventre e as nádegas comprimidas, os pés não tocam mais o chão, os dedos ardem com o atrito nas argolas e os bíceps resistem ao movimento pendular provocado pela variação da marcha. Um ou outro relance na paisagem, sucessão de quintais, portões, grades, pastos, mulheres nas janelas, comércio miúdo. Agitação maior em Madureira, Méier. Sempre mais gente a afluir. Um peito que força caminho, um tronco mais robusto que se opõe ao fechamento da porta. Choro de criança. Jornaleiro. Trouxa de roupa impelida por entre as pernas à procura de algum vão. Vestidos. Casacos. Macacões. Camisa. Capotões. Blusas fechadas e abertas, de fecho ou de botões. Muitos verdes de praças, e a mancha vermelha do fuzileiro na arrogância de seu metro e noventa, sorvendo solitário o ar das galerias acima das cabeças. Na parada final a explosão da tropa, a descida acelerada da plataforma para a galeria subterrânea num caudal atordoante de fera que por escamas tinha nucas, a ascensão no compasso de solas que ferem vigorosamente a rampa, e a conquista da praça com a trepidação de seus bondes, ônibus, carros e britadores no trecho do asfalto em conserto.

— Jogada besta!

Duas pancadas firmes indicam o avanço de pedra branca para um canto e Galego recolhe as pretas comidas e as deixa enfileiradas junto às outras. Seu corpo recua para dar lugar à perna que elevara, e enquanto o calcanhar se apruma na ponta do banco os dedos se entrosam nos artelhos querendo aplacar alguma coceira. Crispim sente o mal-estar de quem se frustra, sem perceber no emaranhado de diagonais a razão do insucesso. Há três dias jogam damas todas as tardes, um pouco antes do escurecer. Há três dias perde todas as partidas apesar da facilidade das regras, e de achar que nada mais simples do que deslocar as rodelas da esquerda para a direita ou da direita para a esquerda, sempre para a frente, e no caso de comer, pode-se andar para trás. Era o trato com Galego. Insiste agora. Contém a irritação. Concentra-se sobre as pedras negras, bem dispersas, sete no total, mede a distância de uma a outra, contorna os vazios com um movimento de cabeça e a simpatia se fixa numa bem no meio, longe de qualquer branca, e fora do ataque do adversário. Feito. O gesto traz um sabor de alento, e uma prega alegre se acentua sob os olhos meio irônicos.

— Eta, jogão!

A mansidão um pouco transtornada volta-lhe de novo. Tira do bolso o canivete sempre afiado no esmeril da fábrica, a lâmina reluz na parte mais gorda, tornando-se opaca e estriada junto ao fio. Lasca uma ponta de unha e começa a escarafunchar a pele com o intuito de retirar um resto de verniz já grudado. Gostava mesmo de uma coisa assim. Terminado o trabalho, sentar num banco, num canto, num tronco, ver o tempo passar, com alguma coisa entre os dedos e os olhos. Beber, não bebia. No batuque deixava-se de lado, com a admiração pelos que se lançavam na roda bamboleando o corpo, ou riscando de leve a terra com passos ligeiros, como pata veloz que escarvasse a areia. Quando havia futebol os dentes de Crispim brilhavam de satisfação ao ver a defesa valente, uma pernada rija, ou a cabeçada *inteligente* a devolver ao espaço a linha do vôo, mas nunca jogava. Sentado, as mãos espalmadas sobre a grama, as pernas estendidas e abertas, contentava-se com a visão apenas. E isso enchia-lhe boa parte dos domingos e feriados, se fossem de sol. Com a chuva, permanecia ali dentro do barracão, e enquanto raspava um ou outro banco para envernizá-lo com pequenas sobras da fábrica, ouvia as histórias da avó, meio cega e empoleirada numa cama de armar, sempre com frio e com fome, e as queixas da mãe ao agitar o abano para reavivar o fogareiro. O carvão úmido estalava e a fumaça despertava tosse e lágrimas sobre as lágrimas de sempre. Galego avança com os ombros e meneia a cabeça tendo na boca o vinco desolado de esforço que não compensa. Crispim, por cima da sua cabeça, vê as ladeiras tortuosas morro acima, portas e janelas oblíquas de casebres em plano superior. Varais. Gatos. Cachorros. Moleques nus engatinhando num cercado de tela de arame, e à beira de barranco mais íngreme a mulher que despeja o conteúdo de um urinol. Galego completa o arco com a mão direita e os dedos se afunilam para interceptar alguma pedra. Crispim revê o dorso do monte que maravilhara sua infância, a linha do cume que revelara aos seus olhos espantados o lado de lá, e além da vegetação cerrada na encosta e no início do vale, outro mundo de casas, ruas, minúsculos bondes, e de novo, muito ao longe o flanco de um morro com barracos diminutos, mas bem semelhantes aos que conhecia. É nessa encosta, alguns metros antes do abismo, e com uma vereda de terra escorada pela pedra, que descobriram a gruta. O chão sempre empoçado. De uma fratura na parede dos fundos um fio dágua escorria e desaparecia pela lateral. Um fedor constante a umidade atraía-o mais ainda. Falava-se de cobras e índios. Uma idéia de onça nos já maduros. E não era estranha para os que ali moravam ainda na monarquia (quando no local do viaduto havia a porteira da fazenda, e onde agora está a praça, a casa-grande), a hipótese de que um fantasma ali fizesse pouso uma vez por ano, na Quinta-Feira da Paixão, chorando um corpo que rolara do barranco.

— Jogada besta!

Três golpes secos, duros, precisos, acompanharam a mão de Galego. Dois ao avanço e um no retrocesso. Três saltos de polegar, indicador e médio grudados à pedra branca, três corcovos felinos de algo a lembrar um focinho. Estacionada a pedra, os dedos afrouxam-lhe a pressão, recolhem as três pretas para depositá-las ao lado das outras. Crispim sente os olhos de sangue, a testa fria e dolorida, e morde o lábio inferior cortando ao meio o que poderia ser um palavrão. Enfezou, e a ponta cravada na mesa sofreu as vibrações do gesto de raiva. Encarou Galego e aparou com as feições desfeitas o esboço de ironia. Fosse ser inteligente assim no diabo que o carregue. Que tinha ele de melhor? E uma coisa dessas, ganhar sempre! Simples! Simples! O desgosto fê-lo olhar em volta e refletir sobre o seu feitio sempre apático e inerte. Nunca pensar muito alto nem muito longe, nunca a vivacidade dos outros, de Galego, em apanhar a idéia a meio caminho ainda. Lá dentro a avó estaria encarapitada na cama com frio e com fome, e a mãe dobrada com dor nas juntas abanaria o fogo. O pequeno pátio em que se achavam, nos fundos, aterrado e escorado com uma cerca de tábuas para que fosse horizontal, era varado por valas, leitos naturais e constantes das águas despejadas. Crispim olhou os caibros que alteavam um pouco a casa, e o rato que riscava com as patas dianteiras e os dentes nervosos a madeira dura. Todos os dias. Todos os dias. Com o pé disparou-lhe uns grãos de terra e viu-o sumir-se rente à cerca. A desolação instantânea permitiu-lhe uns segundos de reflexão, mas atordoaram-no. Preferiu a raiva. Que faltava a ele e sobrava no outro? Os dias de rotina na fábrica, a lustrar sempre as mesmas peças, as idas e vindas diárias, as horas em casa cheias de cismares que na verdade não eram cismares, mas um simples plantar de olhos em uma ou outra coisa. Tudo manso, liso, bom. E agora vinha Galego ganhando há três dias, uma após outra, todas as partidas. Crispim reajusta o corpo e os braços, inclina a cabeça para a frente. Sofregamente concentra a atenção no tabuleiro e procura extrair da alternância de quadrados brancos e pretos o mistério de suas derrotas. Os caminhos em diagonal, as casas vazias e as ocupadas, a formação desordenada das pedras. Se avançasse com esta sua para a direita, por exemplo. Impossível. Estaria perdida bem ali encostada a uma branca. Com a outra nenhum proveito. À sua frente nada de especial interesse. Uma vaga suposição de que nunca fizera isso antes, nunca examinara todas as possibilidades, provoca-lhe uma queda de tensão e impele-o em direção à terceira. Também para a direita o lance sem resultado, e para a esquerda, já que a intenção era comer pedra do adversário, impossível. Duas brancas não lhe deixam o intervalo necessário para o salto. A quarta, sim, a quarta e última. A satisfação súbita na quarta e última com o caminho aberto e a branca ali se oferecendo. Sorri e desloca sua pedra, retirando a outra com um gesto vitorioso.

— Eta, jogão!

Galego olha-o bem antes de se inclinar sobre o jogo. A boca entreaberta deixa escapar com mais violência a resposta irônica.

— Jogada besta!

Quatro pancadas vibradas com decisão e energia deixam o tabuleiro limpo de pedras pretas. O eme descrito com saltos vigorosos de dedos apertados, Galego recolhe o produto do saque do campo devastado. E ao enfileirá-los vagarosamente sobre a mesa, vê o brilho de uma lâmina à altura de seu peito, antes de fechar os olhos no grito de dor. Crispim dobrado sobre a mesa sustenta-lhe o corpo com a ponta de aço.

Uma velha história de maçãs

Como de hábito a mulher serviu-lhe o almoço na mesa da sala e foi comer só na cozinha. Pela porta entreaberta podia acompanhar-lhe os gestos e atender a qualquer pedido com um mínimo de palavras. Como de hábito, ele abriu o guardanapo, estendeu-o sobre as coxas, e olhou em torno antes de iniciar a refeição. A janela da sala abria para uma nesga de área interna, e a única paisagem era o retângulo visível da parede do edifício vizinho. Parede cinzenta marcada de veios enegrecidos, sulcos de chuvas sucessivas. No mesmo lugar a poltrona, bem em frente à parede, deslocada no centro da área livre além da mesa e da cômoda. Ali sentava-se um pouco de manhã, à tarde, depois do almoço, e à noite, gravando as sucessivas tonalidades de cinza e negro. Por ali recebia, refletidos, os ruídos de seu edifício, o do vizinho, e os que vinham da rua se alçando e se esgueirando por telhados e beirais. Diante de intensidade do cinza lembrou-se de que antes de entrar em casa ainda erguera os olhos para o céu, através da folhagem, e vira reflexos de azul e luz e verde: dia belo. Depois principiou o mergulho de catacumbas, até chegar à sala com a janela como respiradouro. Num movimento involuntário, já automático, apóia os cotovelos na mesa, e encaixa a face nas palmas justapostas. Depois esfrega os dedos no guardanapo, aproxima um pouco mais a cadeira, ergue a colher e antes de mergulhá-la no prato, sente os olhos da mulher presos no movimento de sua mão. Gira a cabeça, e de fato, o tronco um pouco enviesado, a cabeça meio de lado, ela tem os olhos na colher. Ergue-os, e não há neles nenhuma intenção. Bruscamente cerra as pálpebras, põe-se de pé, e desaparece do vão da porta. Ele afunda a colher no prato, e revolve a sopa, trazendo à tona a papa de verduras depositada no fundo. O jato de água na pia é forte e contínuo. Ajusta o cabo entre o polegar e o indicador e conduz na concha um pedaço de cenoura, uma tira de couve, e o caldo gorduroso, as manchas amareladas se alargam na superfície e estendem tentáculos para a borda. Lembra-se do sal, e mesmo sem provar, deposita de novo a colher no fundo, com os dedos em pinça recolhe um punhado do saleiro redondo e pequeno, e pulverizando-o descreve um círculo sobre o prato. Revolve de novo com a colher o fundo, e desta vez traz para os lábios um pedaço de batata, pasta de chuchu, e a mesma gordura, agora aderindo ao perímetro da concha. Cessa o jato na pia. Abre-se a porta da geladeira. A batata ainda quente obriga-o a mantê-la em movimento acima da língua e com isso não ingere o líquido, conservando-o agitado entre uma bochecha e outra. Finalmente, a língua suporta o calor já reduzido da batata. Achata-a de encontro ao palato e com uma sucção impele-a para trás. Fecha-se a porta da geladeira. Pelos passos e pelo arrastar da cadeira sabe que a mulher está de novo sentada. Ouve o choque de copo e garrafa e em seguida o baque de água em jorros sucessivos. Também à sua frente está uma garrafa. Serve-se e, ao tentar acertar no copo, a água cai de lado e deixa um rastro na toalha, por cima do pão, da faca, e do outro prato de carne, que deveria comer depois da sopa. Insiste, porém, enche quase meio copo, bebe-o, apesar do gosto desagradável da água gelada na boca ainda quente e recoberta de placas sedimentadas à passagem da primeira colherada. Volta à sopa. Consegue reprimir o leve desgosto que se ia esboçando pelo incidente de há pouco. Em outros tempos, talvez, seria suficiente para arruinar-lhe o resto do almoço, do dia, da noite. Tempos em que um pequeno deslize na fala ou no gesto poderia trair um desequilíbrio ou uma inadequação. Tempos em que tudo era futuro. Tempos em que lhe diziam: *Você precisa aceitar a realidade.* Como se a realidade fosse somente essa coisa sórdida e bruta. Com os dedos da mão esquerda arranca um fio comprido de repolho que se grudou no fundo da colher, por fora. Sente o gosto adocicado da rodela de cenoura. E só. Porque o gosto da sopa, nunca chegou a senti-lo. A colher transborda e salpica o guardanapo de manchas esverdeadas. Salpica também as calças, na parte desprotegida entre o cinto e a curva do tecido inflado sobre o ventre. A realidade é essa coisa sórdida e bruta. E seu presente é todo feito de passados. Portanto, que manchas foram essas que um dia se plantaram em sua cabeça, contrafação de imperativos? Arrasta-te, verme, anda de quatro, que és bem grotesco equilibrado apenas em duas patas. Sabes quando surge o real? Quando acordas pela manhã, espichas a cabeça pela janela à procura de um cheiro de paisagem, de uma árvore que sabes existe além do edifício, enches os pulmões com a fumaça do incinerador de lixo defeituoso, e ousas dizer: capaz de fazer um dia bonito hoje. As colheradas se sucedem, o nível do prato baixa e vai deixando um rastro na ramagem da louça. Não mais cenouras, não mais batatas, apenas couve, repolho e caldo. O movimento da colher é agora mais simples, mais fácil. Mergulha-a no lado oposto do prato, com a concavidade voltada para o peito, torce o cabo e eleva-o já mais pesado, não sem antes deixar gotejar o excesso, às vezes sobre a tolha. É preciso ser louco para julgar-se rei e conservar a realeza na loucura. Mas enquanto não se é louco, nem rei? A serra de pão encontra resistência na crosta, e a mulher manifesta a impaciência com um estalido da língua. Ele tem vontade de se voltar para vê-la com a mão esquerda amparando o pão no ar e a direita empunhando a faca. Mas não cede. Aqueles olhinhos apertados que um dia o fitaram com admiração e promessas, e insistiram apesar da advertência: foge de mim, foge de mim! "Por que toma esse ar desgraçado, quando as coisas são tão boas?" De fato, a noite estava estrelada, a lua se desdobrava numa fita de alumínio sobre o mar, e os canteiros da ilha do asfalto não guardavam sombras ameaçadoras. Mas o que tinha ele a ver com tudo isso? Foge pestinha, foge, porque de tudo o que me falta, me faltam ainda esses teus peitos. "Você é tão trágico." Falava aos gritinhos. Foge pestinha, foge, que sozinho, sempre terei a ilusão de um ainda possível, de um hipotético provável, foge para diminuir o rol dos que são por mim incriminados como meus malfeitores. "Você é engraçado", sucediam-se os gritinhos. Foge, por que você não sabe o que é querer respirar e descobrir um dia que não pode, porque não lhe ensinaram, foge, porque você não sabe que até aqui, eu sou clandestino, nunca me deram passaporte para ver o mar. Os gritinhos foram pouco a pouco diminuindo, a voz imprecisa tornou-se segura, os acentos suaves criaram arestas, em vez da melodia, a dissonância. A fatia de pão cai sobre a mesa da cozinha, e depois disso o silêncio. Ele aguarda a seqüência do ruído, a boca a mastigar, mas nada percebe. No fundo do prato um pouco de papa esverdeada. Deposita a colher e inclina a cabeça para o lado, quer captar de viés o motivo do silêncio. A mulher continua com o pão na mão esquerda, e na direita a faca. Seus olhos, porém, o procuram, e há neles certa avidez de espera. É quando um tremor lhe perpassa o corpo. A cabeça principia a pesar. Sente-se tonto. Os dedos tremem ante a idéia que o assalta. Acima da nuca vai-se formando uma consistência de pedra, os hemisférios se solidificam. As pálpebras se contraem doloridas. O alimento quer voltar para a boca. Não eram raras essas perturbações, antigamente. A custo conseguiu reprimi-las. Agora, diante da mulher, voltaram, mas já não com o caráter transitório. Viu a sua morte nos olhos da mulher. Sabia que naquela sopa terminavam seus dias, e por maior que fosse a certeza, não ousava levantar-se, gritar. Se era apenas ilusão? Confessar-lhe que alguma vez abrigou esse receio? Se verdade, estaria ali, agora, neste instante, nos seus últimos minutos, nestes últimos minutos tantas vezes ensaiados, neste fim, real, concreto, absurdo? Tremem-lhe as mãos espalmadas sobre a mesa. Tremem-lhe os pés mais fixos nos tacos. Eriçam-se os pêlos nos braços. Enrijecem-se os poros. O coração golpeia com violência o peito. Intumesce-se a veia sobre as têmporas. Num rasgo de lucidez apóia os olhos nos olhos da mulher, e aguarda a decisão numa palavra que espera ouvir. Contém a torrente de lembranças que assomam à superfície da memória, rude roteiro de remotas esperanças, áspera trilha de indecisões e certezas prorrogadas para não perder um murmúrio sequer. Uma palavra apenas e passaria ao prato de carne. Com o silêncio, passaria apenas. As pupilas se encontram e nada sucede além da troca de imagens. Uma palavra e poderia sorrir diante da violência da sugestão. Uma palavra, e adiaria esse minuto para um outro, definitivo. Mas não este, precisamente este, agora, no instante. As duas cabeças imóveis não conhecem o diálogo. Outrora, quando trocaram frases, eram sempre respostas ou perguntas, ao mesmo tempo. Agora, enquanto ele aguarda um som, uma articulação, um grunhido, recorda-se já meio confuso de uma velha história de maçãs. Mas a palavra não veio. Poucos instantes depois o corpo tombou sobre a mesa, e a cabeça espatifou o prato.

Natal sem Cristo

Arranque-se um homem de sua paz, de seu silêncio, de seu gesto habitual de quem corta a fatia de carne ou sorve um pouco de vinho comum num dia incomum, erga-se-lhe o rosto criminoso como estigma definido por não se sabe que hábitos, deixe-se-lhe o corpo exposto pelo avesso, numa nudez de vísceras, novo jogral acariciado pelo azorrague de afagos contundentes, perspegue-se-lhe uma cauda de símio no cóccix, decepem-se-lhe os artelhos e a golpe de risos fenda-se-lhe o casco caprino, vedem-se-lhe os olhos cintilantes e ubíquos, extirpe-se-lhe a massa geradora de idéias, conflitos, e de sentimentos, às vezes, ampute-se-lhe o sexo e ofereça-se a metade a cada uma das duas bocas que o fitam com trejeitos obscenos, e das cinzas de seus ossos consumidos em holocausto à iniqüidade não se deixem vestígios nem no ar, nem na terra, nem na água, nem no fogo que as precipitou nem na lembrança de quem daqueles ossos fez estas cinzas. Mas onde então derramá-las, onde se além do infinito há outro infinito, e bem maior? Pensamentos? Discurso proferido no entusiasmo do semi-ébrio que bruscamente recupera a lucidez? Não saberia dizê-lo. Apenas a torrente como reação ao que ouvira, e a figura de Nani à sua frente, na cabeceira oposta da mesa, o cálice amparado por mãos trêmulas e enrugadas, a cabeça de velha entroncada nos ombros negros de seda, as rugas em movimento de sôfrega decrepitude, a tez amarfanhada na penumbra de velas e de focos amortecidos de arandelas, a avidez concentrada no vinho permitido. É em Nani que Nehemias, Nehemias Goldenberg, fixa os seus olhos enquanto os outros continuam a palestrar como se nada ali fora alterado, é em Nani que tenta surpreender a centelha de amparo, algum apoio, se há apoio, resposta, se a houver. É em Nani, alheia, caduca, estranha a qualquer lógica, absorta no vinho, buscando inconsciente reavivar emoções, aquecer nervos de sonhos sepultos, mas ainda assim com o domínio inteiriço da mesa, é em Nani que deseja surpreender o ódio total, sem subterfúgios, na integridade de sua demência. Do que se diz agora, e do que será dito em breve não guardará palavra. Seu intento é oposto. Retroceder. Recolocar as frases ouvidas no instante em que foram pronunciadas, e repesá-las dentro do contexto estacionário, sem os elementos de encadeamento, sem o impulso de comunicação. É em Nani que busca estancar o tempo, estancá-lo até a imobilidade, para vencida a inércia, inverter o movimento. Nunca bracejar contra a correnteza, mas conter-lhe o ímpeto, domá-la, e derivar para montante. Falava-se de judeus naquela ceia de Natal quando Nehemias, a princípio contrafeito, foi dominado pela repentina consciência do intruso para ali conduzido pelo amigo, e mais brusca ainda a outra conclusão: estava ali o universo, os outros e ele, com os mesmos lugares-comuns, e a mesma contradição insolúvel. Só Nani pedira mais vinho. Nani, Ana Castanheira de Miranda Campos, com seus setenta e cinco anos de energia física regendo os seus dez súditos nesse extremo de sala de jantar de residência moderna, com seus cinzas e azuis pelas paredes, suas poltronas variegadas, seus bancos anatômicos, seus vasos amebiformes, seu janelão imenso de parapeito baixo a dominar a enseada da Urca, as arestas montanhosas e o reflexo nas águas calmas da baía, e o contraste do pinheiro de metro e meio já despojado dos presentes e de um Cristo barroco crucificado à meia altura do painel da parede que se estendia à frente de Nehemias, atrás de Nani. Falava-se de judeus naquela ceia de Natal, ao lado do pinheiro multicor e diante do Cristo eternizado no espasmo da última dor terrena. E ali estavam, à esquerda de Nehemias: Albino Fontoura, genro de Nani, importador e representante de várias indústrias dos Estados; Lenita, dezessete anos morenos, esportivos, olhos verdes e inconseqüentes, filha de Albino; outro filho, casado já, Luís (político de primeira eleição ganha, colete ajustando um corpo roliço, entradas e testa reluzentes de eterna calma mental), e sua esposa, Vera, filha de senador vitalício, rosto magro, anguloso, melancólico, cabelos de palha, pescoço esguio encaixado em duas cavas no pequeno decote; Sílvio, irmão de Lenita e Luís, seu amigo, e professor do mesmo ginásio, rosto neutro, cabelos castanhos sempre bem assentados, tímido, ensimesmado. À direita: Sra. Miranda Campos Fontoura, filha de Nani, cinqüenta e cinco anos de calma na apatia de um rosto não muito envelhecido, de partos felizes, de afeições serenas, com um vago brilho de quem sempre desejou estar do lado de fora, mas nunca pensou em dar um passo para a porta; Enéas, seu filho também, e Albino, filho mais velho, trinta e cinco anos vivos e vitoriosos de bacharel afortunado, de banca rendosa de demandas opulentas, e a mulher, Malu, Marta Cavalcante Fontoura, pacata expressão doméstica no reclinar a cabeça, como quem pede apenas uma almofada e um beijo para dormir um sono indiferente; Labieno de Miranda Campos, outro filho de Nani, quarentão equívoco, de voz pausada, grave, mas algo acetinada, inçada de modulações enfáticas, critico de artes plásticas e secretário de revista especializada, quase calvo, manifestação de adiposidades no queixo arredondado, e gestos de quem passa o dia sobre tapetes espessos; Vânia Fontoura, irmã de Albino, quarenta anos, cabelos de um castanho meio alourado, pele de indolência ao sol na praia, desquitada, bonita, movimentos desenvoltos. À sua frente, Nani, com o copo entre os dedos e os lábios repuxados na antevisão do gozo. E ele, Nehemias Goldenberg, trinta anos complexos, atribulados, professor de História, inconformado, inquieto, trazendo nos atos o desespero das causas ignoradas, e a serenidade das já perdidas; cabelos nem claros, nem escuros, dois olhos, uma testa, um nariz (ilusão a linha reta e clássica do encontro das sobrancelhas descendo para o lábio?), uma boca, um rosto, duas mãos, duas pernas, um tronco e um abdômen, e um membro entre as virilhas. Nehemias à força de abstrações constantes já os tinha imobilizados apesar de nada refletir sobre a mesa o processo de captação do estágio anterior. Entre as mãos que se estendem, que cruzam facas e garfos, que erguem os copos esverdeados, ou perpassam de leve o guardanapo, nos lábios, o grupo estático de suas intenções. O próprio organismo se ressente um pouco do esforço dispendido, já que não ficara alheio à bebida, mas a determinação injeta-lhe sucos vitais e excitantes internos reanimando as artérias e os músculos, equilibrando duas tensões. A mão esquerda conserva o garfo, a mão direita estacionou o corte da faca, e deixou-lhe a lâmina encravada na fatia de leitão assado. E com o impulso recebido está prestes a prosseguir na inversão dos fatos, na captação de fluxos perdidos, na reconquista de um instante, apenas, que lhe possibilite sopesar argumentos estratificados.

— São muito simpáticos os judeus, muito simpáticos. E um senso político extraordinário. Marx e Rotschild, Disraeli e Bernard Baruch... Senso político extraordinário. Têm o mundo nas mãos. — Na boca que agora mastiga, nos lábios apenas justapostos e oscilando com o período de contato dos molares, Nehemias revê a primitiva articulação e renova o gesto bem falante de Luís. O cerimonioso do tom, a frase claramente articulada, a vacuidade dos recursos habituais (governam-se assim os povos?), o empolamento dos nomes arrevezados, eis a compreensão. O afago com o sabor de irônica palmada, mas que em hora de definições, ou de posição em perigo, tombará como rija paulada.

— Grandes financistas, empreendedores! — Em que lucros te foram úteis, ou em que trapaças conseguiste ludibriá-los. Se porventura, Albino, se porventura sofreres algum dia o golpe nesse jogo que é o mesmo para ti e para eles, e se porventura um deles se beneficiar de tua perda, alguém sempre se beneficia, dirás tu a mesma coisa? Ou buscarás lá no fundo, ou nem tanto, a expressão mais rude, a invectiva sem aparas, decisiva, com o implícito do julgamento definitivo, sem apelação.

— E que argúcia! Admiráveis! — A que argúcia te referes, Enéas, à que te é usual, à que empregas diariamente, numa eterna subversão de fatos, idéias, conceitos, provas, a que consegue sob o impacto de uma oratória bem planejada ofuscar a verdade de um deslize, sem que seja necessária qualquer especulação metafísica para estabelecer esta verdade, à que com ardilosos recursos subtrai a evidência, à que te traz lágrimas aos olhos, em abundância proporcional à renda ou ao renome, à que estabelece a dúvida, e dessa dúvida extrai o sim ou o não, segundo o interesse, à que retira desses tratados maçudos que te ornamentam as estantes sutilezas suficientes, à que em nome de uma ética e de uma lógica, representa a negação destas mesmas; é a essa argúcia, Enéas, que te referes?

— Mas não foram os judeus que mataram Cristo, papai?

Lenita não pôde conter a pergunta que lhe exterioriza o desagrado daquela presença, põe de manifesto a reação de antipatia provocada por não sabe bem o quê. Qualquer coisa nos olhos, na boca, nos movimentos das mãos, na pouca habilidade em se servir, na falta de desenvoltura com que soergue a travessa ou enche o copo. Já o vira algumas vezes discutindo com Sílvio, e repugnava-lhe a subserviência do irmão, concordando sempre, incapaz de opor argumentos que não fossem desmantelados por quatro ou cinco frases ríspidas, cortantes; revolve os pensamentos à procura de algum que lhe pareça decisivo. E veio à tona a suma de milênios, a cristalização grosseira mas eficaz de tantas escolásticas. O constrangimento provoca ligeiro hiato. Todos como que se dobram à espera de um aparte, de um movimento que sirva de pretexto para escamotear a resposta. E o sim ou o não poderia ser dito por qualquer um, mesmo por ele, Nehemias. Valeria a pena? Sobrevêm-lhe reminiscências atávicas de tremores ante a procissão da Semana Santa de além-mar. O dia condensado em ódio, a idéia feita verbo, sim, e ação. Alquimia brutal a objetivar o resgate de carne, a despertar as garras que *todos nós* já tivemos algum dia. E ali findam as querelas teológicas, ali se resume o corolário de montes de proposições deontológicas, ali se fecha o sorites gigantesco: sangue.

— E que obras geniais não inspirou sua morte. Michelangelo, Rouault...

Ironia ou evasiva? O tom macio da frase carrega o ambiente com laivos de sordidez oculta. Labieno fixa os olhos em Nehemias como à espera de um gesto de gratidão pela finura com que contornara o silêncio repentino. Risos e talheres atestam o desafogo da mesa ante a saída meio imprópria mas espirituosa. Nehemias encara Labieno e enfrenta-lhe a intenção não revelada. O vinco dos lábios mantém ainda o sorriso meio velado, cheio de subentendidos que não escaparam ao outro. Daí a repulsa maior. Nomes assim lançados, com que pretexto? Não queria generalizar, mas há tempos já irritavam-no aqueles nomes, ou semelhantes, pronunciados com arroubos nervosos. Mais do que entusiasmo via a carapaça de erudição sobre o fim sempre idêntico: sórdido e animal. Sacudidelas estabanadas diante de um fenômeno que não ultrapassava a epiderme; agitação febril sem o sentimento verdadeiro do peso na emoção, sem o golpe do drama na tentativa mais arrojada; apenas vibração externa a mascarar um plano marginal, estéril, cínico, nada equívoco. Inútil debater a tese quando a face se torna neutra, e a mão de Labieno comprime o guardanapo junto à boca.

— O sr. Nehemias nem parece judeu. Gostou tanto do leitão. — Malu sorri-lhe com a indulgência de quem socorre o necessitado, enquanto Enéas, o marido, aprova o bom senso da mulher naquilo que chamaria de ação *com tato*, captando a simpatia do estranho. Mas o sorriso se desfaz ao não perceber na feição de Nehemias acolhida para o elogio. Fosse um pouco mais polido e teria feito um gesto de agradecimento. Mas a hipótese sobre a condição dessa gente vinda lá não se sabe de onde subtrai-lhe o prazer de tal delicadeza. Outra coisa não seria de esperar.

— Oh... O sr. Nehemias é evoluído, não é verdade? O essencial é a fidelidade no espírito, na fé... na tradição.

Em outra ocasião responder-lhe-ia com outros acenos, e veria com outras emoções o belo perfil, a pele queimada, os olhos de ternura, a linha vertical do pescoço, e o arqueado regular das espáduas. Os cabelos recendendo essências tonificantes, a boca um pouco larga, mas franca, um nada agressiva, na modulação de secretas harmonias. E poderia, à meia voz sussurrar-lhe um meigo: "tolice". Sobravam-lhe ímpetos e palavras. Agora, porém? Vânia surgia na vulgaridade das frases-feitas, do afeto mecânico de bar em penumbra, de três pensamentos moídos e remoídos diariamente antes de se espojar em algum recanto. Sentia-lhe o interesse momentâneo. Havia algo de exótico nele, uma variante na monotonia de tipos idênticos. Viu seu gesto gracioso ao assentar o cabelo na nuca, e a mão pousar de leve perto da sua. Conteve-se.

— Um pouco mais de vinho, minha filha!

Nani pedia vinho. É em Nani que Nehemias fixa os seus olhos enquanto os outros continuam a palestrar como se nada ali fora alterado, é em Nani que tenta surpreender a centelha de amparo, algum apoio, se há apoio, resposta, se a houver. É em Nani, alheia, caduca, estranha a qualquer lógica, absorta no vinho, é em Nani que deseja surpreender o ódio total sem subterfúgios, na integridade de sua demência. Vê nela essa continuidade histórica que não admite frases de acomodação, essa consciência formada, inteiriça, que não possibilita revisão ou dúvidas, insensível ao sinal mais concreto de sua falência, porque tem a verdade absoluta. Há em seus dedos reminiscências de intolerância medieval e a determinação da mais rígida política contemporânea, há em seu polegar o impulso de tetrarcas ante o vencido na arena. Nehemias sabe que de nada valerão palavras quando o polegar se abater. E Nani sorve o seu vinho.

Na parede o crucifixo. Os olhos entreabertos, uma sombra serena sob as pálpebras, os lábios quase cerrados. Os braços e as pernas distendidos e encravados na cruz. O ventre, contraído, rugas na linha dos quadris, e a musculatura tesa das coxas. Nehemias observa-lhe os cabelos longos, dispersos sobre a fronte, a barba anelada, bipartida em volutas, no meio do queixo.

De ti viria a resposta? Humano ou divino, morres constantemente pela nossa vida, e nós morremos sempre a tua morte. Teu apóstolo maior vislumbrou a simbiose eterna, quando, querendo justificar-nos e salvar-nos, talvez, plantou a semente de nossa abjeção na nossa simples presença como testemunhas e penhores da remissão global. Tu e eu vivemos a perpétua morte e ressurreição pelos séculos afora. Quando teus servos mais dedicados, e dedicados ainda mais a outras inspirações, se aprimoram no zelo: morremos. Quando outros mais brandos, cuja ternura não se desvia da hiena ou do celerado, acolhem-nos com benevolência: vivemos marginais, odiados e temidos, ainda que na mão não nos reste outra arma senão a última moeda de um saque com o beneplácito de alguém que o deu em teu nome. Profeta, extraíram-te a quintessência de tua visão do mundo, e com ela forjaram a maior era do pensamento em ebulição: a Idade Média. Mas de tua vida guardaram o instante em que agora estás: de agonia. Sobre tua agonia balisaram o universo e teceram estandartes, e em nome dela, quando a ira de tantos coroados pedia um lenitivo, lá estávamos nós. E que culpa temos, se quando te procuram na feição mais primitiva, no hábito mais original, nos encontram sempre? Se o lamento de Jeremias antecedeu o Sermão da Montanha, se o libelo de Amós precedeu a resposta sobre os direitos de César? E veio o hábito depois, e mesmo aqueles que já não se lembram dessa agonia, e nos vendo, lembram-se que por ela muitas vezes morremos: e nos matam. E desse equívoco gerado em mil anos quando sairemos, tu e eu?

Sílvio serve-lhe um pouco mais de vinho. Nehemias agradece, volvendo a atenção para o prato. Impulsiona a faca, corta a fatia e trinca-a, acompanhada de um gole. À sua frente, Nani emborca o cálice e estende o braço autoritário.

— Mais um pouco de vinho! Hoje é Natal!

A luta

A princípio ainda tentou contemporizar com o outro. Primeiro utilizou argumentos, e embora não obtivesse resposta, insistiu. Argumentos neutros, pois não sabia bem a quem se dirigia. Quando abriu os olhos, perdida a memória de tudo que se referisse à sua vida anterior, percebeu o cubo em que se encontrava, e junto à quina oposta algo parecido vagamente a um homem, ou o que lhe parecia dever ser um homem. Pelo menos a palavra ainda existia para ele. Articulou algumas, e completou a frase com sentido para o entendimento. Esperou algum tempo, na esperança de se habituar à ausência de luz, mas em vão. A mesma penumbra do início. Sentia-se bem-disposto, cheio de boa vontade e um desejo de comunicação. Embora nada lhe ocorresse na mente, nenhuma lembrança, nenhum rosto, nenhuma imagem, não sofreu com o desligamento a que se via forçado. Sabia que deixara alguma coisa, ou alguém, estava lúcido, mas a ignorância não chegava a perturbá-lo. Antes sentia-se dominado por um bem-estar, e a satisfação que isso lhe trazia provocou uma vaga reflexão de que esse estado não lhe era habitual. Mas fez questão de não prosseguir com o raciocínio. Sentia-se bem. O piso devia ser atapetado, pois como estava, estirado, apenas com a cabeça um pouco soerguida, apoiada nos dois braços enlaçados que faziam de cabeceira, sentiu como que uma lã macia sob o corpo. Estava nu. Ergueu o peito e arrastou-se de costas até descansar os ombros numa parede. Foi então que dirigiu ao outro a primeira pergunta. Não obteve resposta. A segunda. A mesma imobilidade.

Forçou a vista para distinguir melhor o vulto no extremo oposto da sala, mas sem efeito. Percebia um pouco mais que uma silhueta, mas não o suficiente para localizar feições, membros ou hábitos. Havia uma condensação de sombras, porém, e concluiu que as pregas escuras forçosamente encobriam um ser semelhante ao seu, um homem, portanto. Chegou a vislumbrar uma nota alegre na terceira pergunta, mas ainda assim não ouviu resposta. Poderia calar-se, e permanecer na beatitude um tempo infinito, pois nada aguardava, e nem o assaltavam temores por essa espera, talvez nem houvesse. Sabia que esperava, apenas. Um resíduo provável entre outros que lhe ficaram de um já sucedido, o corpo, as palavras, o raciocínio. Ainda sob o impulso alegre da última pergunta, ergueu-se de um salto e maior foi a satisfação ao verificar que os membros respondiam sem cansaço ao apelo dos músculos. O corpo se aprumava flexível sobre as pernas distanciadas, e vibrava ainda do recente encontro com o chão. Jamais sentira, tinha agora a certeza sem saber por quê, o prazer do músculo distendido e relaxado, do movimento desordenado dos braços e pernas. Apesar da obscuridade via com nitidez a cor de sua pele, as suas formas, sabia que o sangue circulava ardentemente, e que não podia acumular essas energias sem participar o acontecimento a alguém. Aproximou-se do outro e mesmo estando a poucos passos do vulto, não conseguiu uma visão mais perfeita. A quantidade de sombras e penumbra era constante e independia dele estar próximo ou não. Deu alguns passos. Devia estar separado do outro por centímetros apenas. Falou-lhe da necessidade de um diálogo, e sem perceber um movimento sequer das sombras recebeu um golpe violento na altura do peito. Recuou e sentou-se no chão espantado, esquecido da dor. Antes de mais nada precisava justificar para si mesmo a atitude do outro. Pesou uma a uma as possibilidades que se lhe apresentavam em defesa do outro. E em todas chegou à conclusão de que houvera mal-entendido, talvez as palavras não fossem justas, ou corretamente pronunciadas, talvez uma ordem irregular na frase, e daí a impossibilidade de ser compreendido. Ergueu-se, já com um pouco mais de cautela, e de novo a poucos centímetros do volume de sombras, principiou clara e calmamente a emitir os seus sons bem modulados, e para seus ouvidos, pelo menos, articulou as sentenças mais simples, mais diretas, nas quais não se pudesse subentender outros caminhos, e num esforço que não lhe parecia comum, sabia-o agora também sem motivações, resumiu no fim com a maior clareza a linha mestra de sua exposição, que pura e simplesmente era de que gostaria de ouvir-lhe a voz. Também desta vez não percebeu movimentos na penumbra, mas não pôde abafar o grito de dor ao receber, no lado esquerdo, abaixo da última costela, uma espécie de lanho sem sangue, como se uma espada o tivesse atingido não com o gume, mas sim com a lâmina ao largo. Encostou-se à parede e friccionou o local atingido até que a dor se tornou suportável. Ainda desta vez não deixou de haver espanto. Rememorou ponto por ponto as suas duas investidas, à procura de uma falha, de uma irregularidade, de uma impolidez, mas nada encontrou. Estava disposto a optar pelo silêncio, quando lhe veio a vaga intuição de que talvez fosse a distância, sim, a distância. Quando fizera as perguntas estava longe demais, e agora ao tentar convencê-lo por demais perto. Calculou então uma distância ideal e postou-se novamente à frente do outro, a uns dois passos, ou dois passos e uns dedos. Olhou à sua volta para determinar o grau de penumbra. Inalterável. Com exceção de sua pele, a semi-obscuridade não variava de espaço a espaço. Apenas no vulto se tornara mais compacta, e permitia identificar gradações e relevos, focos negros e suas sombras esbatidas. Articulou, então, com mais cuidado que da vez anterior, com maior clareza, com mais exatidão, as mesmas palavras, em orações simples, e períodos curtos. Um jato subiu-lhe pelas pernas, e urrou ao sentir o impacto de aço no ventre, rodopiou acima do solo, estatelou-se contra a parede fronteira, e caiu com os braços envolvendo as pernas, e a cabeça comprimida pelos joelhos. Ficou assim postado sem dores nem pensamentos. Acumulava expectativas. Quando, desfeito o espanto, conseguiu ordenar o corpo numa posição conveniente, convenceu-se de que melhor seria optar pelo silêncio, e identificar nele mesmo as suas frases ditas e ouvidas. Mas não dominou a inquietação. Pôs-se a atribuir tudo aquilo a uma dependência entre ele e o outro, num tempo anterior, ou fora dali, uma culpa esquecida dele apenas, e irreparável. Via na própria inquietação um motivo para garantir que ele estava errado, ou já esteve. Mas à medida que tentava fazer aflorar nessa outra penumbra um vestígio de confirmação, a inquietação aumentava, o bem-estar se perturbava, e a cabeça ia-se-lhe empedrando e pesava como pesam as pedras. Antes de abandonar o que tanto mal lhe trazia ainda conseguiu captar uma frase, mas de onde? Ser o Pedro de si mesmo, negar-se três vêzes antes que o galo cante. E ele nem sabia agora o que era galo. Foi com espanto que viu a coluna de sombras erecta diante dele. Nenhum rumor. Nenhum movimento. Havia no entanto uma vibração entre os dois, um espaço mais denso, condensação de fúrias, talvez. Sentiu um golpe no pé esquerdo, como se uma pata o tivesse atingido, e recuou com a perna. O mesmo fez com a direita ao sofrer outro ataque. O vulto parecia agredi-lo, querer forçá-lo a uma defesa. Mas se esquivou. As investidas prosseguiram. Sua decisão era firme, porém, em não revidar. Também isto lhe ocorreu, repentinamente: guardar um mínimo de dignidade, não se degradar. Cada golpe respondido o rebaixaria. Fixar-se nisso. Após várias voltas no cubo, agora já mais rápidas, pois o ataque se transformara em perseguição e a recusa em fuga, viu-se acuado em uma quina. O vulto, que era bem mais alto do que ele, foi perdendo altura e ganhando largura, numa estrita compensação, até, colocado nas duas paredes impedir qualquer retirada. Fez-se um silêncio, então. Aterrador. Exasperante. Foi quando ele ergueu o braço e desferiu o primeiro murro. Um choque de aços. Olhou sua mão, seu braço. Tinha a mesma consistência do outro, e a mesma aparência. Sombras condensadas. Compreende precisamente agora que está perdido. Impossível retrocesso. Lança-se à luta com todo o corpo, e para evitar que alguma parte de si mesmo conservasse um vestígio do que fora, ou para não sofrer o desespero do que se sabe duplo, sem totalidade, prepara a cabeça para o último golpe. Desfere-o.

Parábola do filho e da fábula

E ali na cama, os olhos abertos após o delírio. Ladeando a cabeceira, o corpo magro e o rosto nervoso da mãe, e o perfil contraído do pai, ambos sentados em pequenos bancos de estofo verde, e uma das mãos sobre o lençol. Uma luz serena vinha do quintal, pela janela aberta, luz mansa de três horas da tarde de um dia de sol e céu lavado por outros dias de chuva, claridade sem ruído, impregnada de um cansaço pelas vizinhanças, densa de modorra e isenta de quaisquer ondulações de galhos ou brisas. É essa a luz que os olhos do filho, bem abertos, aspiram no teto branco, sem intenção de movimento, e adivinham, lá fora, a cor de um horizonte sem manchas, azul, ainda que não visto. O calor sob o lençol não o incomoda, ao contrário, dá-lhe uma noção de conforto e de bem-estar temporários que gostaria se prolongassem com o silêncio, sem a intromissão de palavras, embora soubesse que não tardariam, pois os outros dois ali estavam para isso, simplesmente, e daí a instantes principiariam um suposto diálogo. O amontoado de equívocos trouxera-o àquele estado, misto de loucura e lucidez, e se ali estava, na cama, com os olhos abertos após o delírio, e não em outro lugar, morto, talvez, devia-o a uma persistência ilusória em permanecer ainda, e sobretudo. Mas não lhe viessem com palavras que delas nada esperava, porque em sua teimosia ouvia-as e lia-as sempre de trás para diante, ele, um espelho, e para espanto dos outros maravilhava-se com o sentido que de modo algum percebiam. Ainda no tempo dos mitos dera sinal de desconhecimento de fronteiras. Olhou o fogo certa vez e tentou dobrar a chama com a palma da mão. Chorara. Mas passada a dor, insistiu. Castigaram-no, então. Se não repetiu o gesto não foi pela dor da chama, mas pela degradação do castigo que de modo vago intuiu. Mas nunca lhe haviam dito que na cor da chama estava a dor. Ainda no tempo das lendas desrespeitara fronteiras. Com uma vara tentou desencantar o gato da casa, e como este insistisse em conservar a feição de sempre, afastando com a pata a ponta que lhe pousava no focinho, ronronando e arregalando os beiços, pronto para a brincadeira, ele enfureceu-se e passou a fustigá-lo com violência. O bichano esquecido de outros afagos, e não se lembrando também de fugir, investiu contra o amigo de sempre e deixou-o ensanguentado. Castigaram-no então. Se não insistiu na façanha, não foi pelo sangue ou pelas lágrimas, mas pelo mesmo motivo anterior, já agora mais nítido. Mas nunca lhe haviam dito que os gatos desconheciam as lendas. E agora ali estava, na cama, com os olhos abertos após o delírio.

— Filho, vou contar-te uma fábula — era a voz da mãe, quase sumida. — Quando o inverno chegou, e tudo era neve e gelo, a cigarra que passara o verão inteiro a cantar sentiu fome. Procurou então a formiga que outra coisa não fez nos bons tempos a não ser guardar e guardar comida para os meses de frio, e pediu-lhe um pouco dessa comida para a sua fome. Pergunta-lhe a formiga, porém: "E no verão o que fizeste?!" "Cantava, cantava sempre, sempre!", respondeu a cigarra. "Pois dança agora!", diz a formiga e tranca-lhe a porta.

— Mas se a cigarra proceder como a formiga, quem cantará no verão?

— Filho, vou contar-te uma fábula — era a voz do pai, já um pouco agressiva. — Quando a peste grassava entre os animais, o leão, certo de que provinha dos pecados ali cometidos, convocou uma assembléia, para que cada um confessasse os seus, e o mais culpado morreria então. Reconheceu ele próprio as mortes injustas praticadas, mas a assembléia perdoou-lhe. O mesmo fez com o urso, com o tigre, com o leopardo e com o lobo. A todos esses a assembléia perdoou. Que não era pecado matar, roubar, estraçalhar, ferir covardemente. E veio o burro, e disse que ao passar com fome no prado de um convento, não resistiu, e provou do capim. E a assembléia em peso, horrorizada com tamanha calamidade, rugia, uivava, regougava, exigindo a punição. E o burro foi imolado.

— Pai, admiro esse burro!

— Filho, vou contar-te uma fábula — era a voz da mãe, já quase chorosa. — Um pastor dormia, sem cuidados, e ao longe os cães lhe guardavam o rebanho. Nisso uma serpente se aproxima, e está pronta para atacá-lo, quando um mosquito, que por ali estava também, só encontra um meio de salvar o pastor, o de picá-lo. Acordando, o pastor ainda pôde se apossar do cajado e esmigalhar a cabeça da serpente. Mas doía-lhe a picada na testa, e irritado com o mosquito deixa cair sobre ele a sua mão com violência.

— Mãe, eu já fui esse mosquito!

E a cabeça da mãe se dobra em soluços. E na modorra da tarde, na serenidade de um silêncio desejado, só a voz grave e rouca do pai se faz ouvir:

— Filho, se queres viver esquece as fábulas!

A chuva de há pouco

Ergueu-se sobressaltado como habitualmente, nos últimos tempos. Sentado na poltrona não levava mais de dez minutos para cair num cochilo, e no máximo meia hora depois, presa de um terror, despertava. Durante o dia isso lhe acontecia umas quinze vezes, antes de dormir o sono habitual, que era curto, mas contínuo e repousado. De raro em raro lhe vinham sonhos, e nunca nesses poucos instantes em que abria os olhos, assustado, e procurava em torno de si a disposição habitual dos objetos, a mesma cor das paredes, o mesmo globo no centro do teto. Agora de pé ia recuperando o senso da ordem e das imagens, enquanto se regularizavam as batidas do coração, e evaporavam as gotas de suor na testa, no peito e nas costas. O velho Cláudio tinha setenta e cinco anos, um metro e sessenta e cinco de altura, pesava cinqüenta e três quilos, os cabelos brancos e ralos, o rosto claro e pouco enrugado, e sua vida fora uma enfiada de surdos desesperos em que sempre se afirmara pela omissão diante de qualquer gesto, ou passo necessário para atenuar um impacto doloroso. Em resumo, inconsciência dos atos, e ignorância da conseqüência dessa inconsciência. Cruzou os braços comprimindo ainda mais o casaco de lã, devido ao frio repentino. Quinze para as quatro. A porta da sala para a varanda estava fechada, e o aposento em penumbra salientava o silêncio em torno. Triturou um pouco de saliva entre os dentes e estalou a língua à sensação de desgosto na boca. Comeria uma laranja agora, se houvesse alguém que pudesse se lembrar de seu desejo e o servisse. Mas não havia ninguém em casa. O neto, talvez, na varanda, pois, se não estava enganado, vira-o dirigir-se para lá com um maço de jornais, logo depois do almoço, e um pouco antes da saída dos outros. Encaminha-se em direção à cozinha e não esconde o desagrado ao perceber farelos de pão sobre a mesa, uma panela sem tampa no fogão, e o pó acumulado na quina da junção da almofada com a moldura da porta do armário, sob a pia. Encontra a laranja na cesta, e senta-se com a intenção de comê-la. A casca é rugosa e esverdeada junto ao botão da haste. Mantém-na entre os dedos, indeciso, e com uma rotação lenta vai observando suas faces. Por fim desiste, e deixa-a novamente no lugar de onde a retirara. No entanto não seria de todo mau se chegasse a descascá-la, ou a parti-la em quatro. Observa o dorso da mão, as veias, a pele. Então é isto? Gira os olhos em torno, e da pergunta lhe assoma uma cantilena. Espanta-se. Vem de um longe que até recentemente rememorara, relembrara, recriara a ponto de torná-lo sempre presente, próximo, atual. Houve um dia, no entanto (quando?), em que tudo se esfumou. Apenas fragmentos surgiam assim sem propósito. A cantilena se ligava a uma mesa bem posta, a toalha branca, os talhares de prata, os cálices de vinho, e um cheiro forte de peixe, sim, de peixe, um cheiro adocicado. O melhor é sair da cozinha, o vento que vem do quintal é incômodo. Olha a poltrona de onde se levantara pouco antes. Deve evitá-la se não quiser cochilar e despertar com aquele terror. Vai ao banheiro, lava as mãos, e senta-se no vaso, embora não sinta vontade. Mas talvez venha. Se não estivesse chovendo, pensaria em sair um pouco, andar até a esquina, andar por andar, já que nunca lhe ocorreu que poderia andar e ver alguma coisa. Ver, por exemplo, os outros que também andam pela calçada, uma ou outra varanda, as árvores, não todas, nem uma árvore inteira, nem mesmo o tronco, mas um galho talvez, ou um grupo de folhas, ou uma folha apenas, ou nem isso, uma face da folha. Deixa o banheiro e hesita no corredor entre a sala e o seu quarto. Está quase na porta, mas ao ver a cama recua. Sente então uma lembrança de um cheiro e de um gosto de uma sopa que há tempos, tempos, não lhe servem. Esverdeada. À base de couve e ovo. Pedirá mais tarde que a preparem. Ou não? Talvez se irritem com essa exigência. Quantas vezes verificou isto? Ou, quando, querendo ser agradável, só encontrou um resmungo e um olhar de censura. Se ao menos soubesse de onde lhe vinha tudo aquilo, ou por que motivo. Não via nenhum a não ser a sua parte na disposição geral das coisas, e que aceitava, porque não havia outra alternativa. Não, não pedirá a sopa, apesar do gosto e do cheiro. Se eles se lembrassem, porém, seria bom. É isto, em vez de pedir, dirá apenas na primeira oportunidade, que bela sopa a de couve e ovo, e o que mais, ein? Não, talvez o olhassem espantados e tudo prosseguiria como se ele nada tivesse dito. A sala. Evitar a poltrona. Na cozinha já esteve. Só resta a varanda. Está de chinelos e meias de algodão. As meias de lã seriam mais convenientes para sair. Assim não se importará tanto com o frio. Mas ir ao quarto, procurá-las na gaveta da cômoda, ou na prateleira do armário, descalçar estas, calçar as outras, tudo isso para não demorar mais de um minuto, sim, porque se estiver frio lá fora não ficará mais de um minuto na varanda, mesmo com as meias de lã. Sai. A varanda é pequena e seu peitoril dá para a calçada diretamente. A rua não era pavimentada, e diante dos terrenos baldios a vala continuava os bueiros existentes já nas partes cimentadas. À frente de quase todas as casas, árvores, grama, um pequeno jardim. Acima, um céu de nuvens brancas e distantes. Não, não está frio. Fez bem em não trocar as meias, pois as outras, as de lã, o incomodariam, já que não eram necessárias. Desabotoa até o casaco e, ao contrário do que esperava, uma onda de calor lhe vem de dentro para fora. Virá da padaria este cheiro? Não é distante. Um pouco além da esquina. Provavelmente a fornada da tarde. Já não ia mais, como antes, comprar o pão às cinco horas da tarde. Agora era entregue em casa. Gostava daquilo. Separava bem os pães na cesta à procura do bem torrado, nem muito nem pouco, e entregava-o depois ao caixeiro, um homem gordo, maduro e sempre risonho. Comprava sempre o mesmo tipo, embora admirasse os outros, açucarados, de mel, de leite. Numa outra varanda, um velho tratava de três gaiolas e de um poleiro de papagaio. Olhava-o sempre, embora nunca pudesse compreender que um homem se preocupasse com canários. Não tinha outra coisa a fazer? E no entanto, ali estava ele todos os dias com água, comida, ou então parado diante das gaiolas. Com o papagaio mantinha longos diálogos. No fundo o desprezava: um homem não sabe o que fazer da vida? Observa a terra da rua, o barro seco, os carreiros desenhados pelos veículos, e vira-se então pela primeira vez para o neto, um rapaz de seus quinze anos, com a cabeça escondida pelo jornal, e lhe diz:

— Vês, choveu há pouco, e a rua já está completamente seca.

O neto ergue os olhos dos jornais e encara-o com uma expressão de forçada naturalidade, sem mesmo lançar uma vista à rua.

— É!

Baixa os olhos e retoma a leitura.

Havia chovido na véspera.

Os sete sonhos
(1967)

Os sete sonhos

Precisamente naquele instante o seu mundo era o do sétimo sonho daquela quinta-feira de outubro. Sentado numa poltrona de vime no canto da varanda olhava para o campo atrás da casa e fixava-se particularmente no telheiro do moinho dágua. Tinha plena consciência do que se passava com ele, e mesmo na circunstância especial não perdeu o encadeamento de sonhos que o levara à cadeira de vime no canto da varanda em que olhava o campo atrás da casa e se fixava particularmente no telheiro do moinho dágua. Fazia sol e tudo indicava que acabara de almoçar. Um copo à sua frente sobre as tábuas do piso deveria ter sido utilizado por ele momentos antes de se recompor dentro da realidade maior que intuía ser a última, como se lhe faltassem forças, ou não houvesse mais necessidade de prolongar a cadeia de sonhos. Atingira uma plenitude nunca imaginada e fixava-se particularmente no telheiro do moinho dágua com a decisão implícita de retroceder o ciclo, carreando para as etapas anteriores alguma sugestão que lhe permitisse, pelo menos, formular o problema que se propusera no início. Uma temeridade, quando não se percebe repentinamente a realidade concreta de cada etapa, e se aceita a sugestão de qualquer fantasia ou símbolo. Precisamente naquele instante o seu mundo era o do sétimo sonho daquela quinta-feira de outubro. Sentado numa poltrona de vime no canto da varanda olhava para o campo atrás da casa e fixava-se particularmente no telheiro do moinho dágua. Ergueu-se, deixou a varanda, contornou as árvores da estrada e se dirigiu ao moinho.

Ao se ajoelhar junto à engrenagem que impelia a mó acordou no sexto sonho. Na mesma posição em que adormecera para sonhar o moinho. A cadeira oscilou um pouco e a torre metálica impôs-se com o seu entrançado de hastes e madrugada sutil, entre cinza e azulada. O casario baixo ainda não fora agitado por cantos de galo e os tubos que formavam o parapeito da varanda cortavam-lhe fatias de telhado. Entregou-se ao balanço da cadeira com uma volúpia que só o sonho lhe permitia. A fina armação, de cantos ligeiramente arredondados, vergava elasticamente, e a palha entrançada do assento e do encosto fazia o corpo participar de uma leveza tanto maior quanto maior a carga, ou a tensão. E enquanto a claridade invadia a sala e os galos se reconciliavam com o seu desafio, intentava naquele regresso perceber a parcela do sonho anterior à sua procura. A questão intrigava-o ainda mais porque no sexto sonho, já de volta, tinha um argumento do último e a reminiscência dos cinco anteriores. Era preciso regressar ao sonho no qual sonhava com algum resultado positivo. E de positivo apenas a impossibilidade de verificar a engrenagem da mó e o impulso, agora, que movia a cadeira de balanço. Subitamente ergueu-se como se algo de muito importante fora esquecido, e o esforço despendido agitou-lhe o sono. Regressara ao quinto sonho. E o regresso era ainda mais doloroso do que a partida que o levara ao sexto. Exatamente porque regressava. A sala em penumbra, a poltrona estofada no centro e ao longo do lado maior o tapete e o mesmo tipo à sua frente. A repugnância atingira um grau tão intenso que só o sonho, o sexto, aliviou-o das cargas de sono denso que encontrou como escape às conseqüências de uma imposição coprofílica. O tipo insistia com as mesmas manobras anteriores à sua volta. A princípio, e isto ainda antes de chegar à cadeira de balanço e ao moinho dágua, parecia ouvi-lo discretamente. Não sabia com exatidão o que lhe tinha a dizer. Sabia apenas que o outro parecia ouvi-lo discretamente, embora às vezes deixasse escapar um risinho, produto mais da ausência de controle do que propriamente motivado por qualquer coisa que dissesse. Apesar disso não se lembrava se havia dito alguma coisa. O tipo, baixo, gordo, o rosto arredondado, os cabelos ondulados para cima, escondendo por trás de umas lentes escuras os olhos ávidos e mal dissimulando uma ânsia maior do que a sua, o tipo deixou bruscamente a outra poltrona e lançou-se a seus pés. Sentiu os dedos que lhe procuravam as coxas e as mãos mergulharam avidamente na abertura da braguilha e envolveram-lhe o membro com sofreguidão. O espanto e a excitação tolheram qualquer reação. E instantes após a cabeça fazia-lhe pressão entre as virilhas, e via apenas o movimento ondeado dos cabelos enquanto uma sucção inutilizava-lhe alguma coisa, ainda não sabia exatamente o que era. Agora, via o rosto risonho à sua frente, um rosto redondo, entre infantil e imbecil, e procurava conter um ímpeto mais violento distraindo-se com a engrenagem de um moinho dágua e uma cadeira de balanço de madeira vergada e assento e encosto de palha trançada. Um impulso irresistível de movimento fê-lo deixar de lado alguns pensamentos contraditórios coexistentes e assentou-lhe um golpe violento com o joelho na boca. O movimento da articulação agitou-lhe o sono e o sonho, que era o quarto, e recostou a cabeça no peitoril de mármore do basculante que iluminava a sala à maneira de vitral simplificado. Terminara o ofício, um grupo indistinto dialogava junto à cabeceira de uma longa mesa mas nenhum ruído chegava a ele. Como se um vácuo o separasse de qualquer palavra ou ruído. O calor devia ter sido intenso. A camisa molhada, o nó da gravata incomodando, o colarinho era alto, alto demais, o suor escorrendo pelas coxas e descendo pelas pernas. A garganta seca, a língua áspera, olhou para a cimalha adornada do armário no centro da parede dos fundos. Dois arcos de círculo coroavam três linhas verticais, em perfeita concordância, e sugeriam o esboço de uma arcada. Num fundo azul, letras douradas imprimiam a seqüência de negações. Uma opressão fê-lo olhar em torno à procura dos outros que sabia estarem ali por perto. Mas não viu ninguém, a não ser o mesmo grupo indistinto. Alinhavou então, meio a contragosto, a cena coprofílica, a cadeira de balanço e a engrenagem do moinho. Entre o sonho atual e a cena coprofílica encontrou um nexo meio esfumaçado, embora nada pudesse definir. Participava de um amontoado de idéias caóticas que ultimamente lhe perturbavam o ritmo normal dos dias. Sabia apenas que entre a prece mais ou menos espontânea, mais ou menos mecânica, e o gesto do tipo que se lançara sobre suas virilhas havia uma relação um pouco mais importante do que as coisas vagas que até então lhe haviam transmitido. Pressionou a nuca na quina de mármore em busca de uma dor mais violenta que lhe sugerisse algo entre aquilo e a cadeira de balanço, entre a cadeira de balanço e o moinho dágua. Mas a dor apenas fê-lo estremecer e lançou-o no sonho anterior com a violência de quem rejeita uma intromissão excessiva. Ao se agitar sobre a espreguiçadeira, acordando já em pleno terceiro sonho, guardava funda a mágoa de quem é rejeitado por algo de fundamental, de concreto, de elementar, mas necessário, profundamente necessário. Era áspera a lona e feriam os cantos vivos da armação e rangiam os pinos das articulações originando movimentos desengonçados à mínima acomodação. Quanto mais incômoda a situação maior a necessidade de alterá-la, numa proporcionalidade de dor. No regresso a este sonho notou uma ligeira modificação. Havia à sua direita uma janela fechada com os postigos cerrados. Agora sabia da existência dessa janela, mas não a via. Não que inexistisse, que tivesse sido substituída por outro elemento, uma parede por exemplo, mas simplesmente não a via. Aconchegou-se da melhor maneira possível na lona retesada da espreguiçadeira, e conseguiu ordenar uma afinidade entre o momento coprofílico, a oração e a engrenagem do moinho dágua. Apenas ficou sobrando a cadeira de balanço. E esta sobra fê-lo agitar-se tanto que derrubou a espreguiçadeira. Ergueu-se dolorido em frente a uma janela, mas já no segundo sonho. Um janelão, para definir melhor. Um largo e alto painel de vidro verde e opaco encaixado em finas estrias de ferro negro. No centro, onde se encontrava, à semelhança de uma janela dentro da janela, uma arrumação assimétrica de pequenos vidros brancos, mas também opacos, leitosos. Da cintura para cima dois retângulos justapostos por uma linha negra. Na altura dos pés, à esquerda três retângulos verticais, e à direita dois quadrados. Cortando os tornozelos uma faixa leitosa corria de ponta a ponta. Regressava exatamente à mesma posição e às mesmas preocupações do segundo sonho. De todos os sonhos era o que mais lhe agradava. Nesse momento então, foi com certo alívio que se viu de novo à frente do janelão. Se na ida apenas uma realidade de linhas, uma paisagem sem sombras nem oscilações, uma paisagem apenas de cor, na volta, sem mesmo formular qualquer coisa com coerência, apenas justapondo reminiscências dos outros sonhos, vivia uma realidade mais densa, carregada de engrenagem de moinho dágua, cadeira de balanço, a pressão dos lábios na glande, a sugestão de arcada saturada de negativas, o tombo da espreguiçadeira, uma realidade mais plana que não chegava a exigir definições, mas apenas a presença. A única diferença era uma gradação na intensidade com que olhava. E seu olhar era mais feroz, agora. Sem definir ou procurar palavras vibrava com uma carga de afetividade até então ignorada. Por isso mesmo foi-lhe perfeitamente compreensível, já no primeiro sonho, o gesto violento da mão crispada que não chegou a estilhaçar o vidro, mas que permaneceu no centro do painel como um sol de carne e seus raios de fraturas. Ainda esfregava o pulso e os nós dos dedos da mão que no sonho do qual despertava golpeara o janelão. Remexeu-se na cadeira e só então observou com espanto que ao adormecer e participar do primeiro sonho nem mesmo chegou a perceber-lhe o aspecto. Alta, de braços trabalhados terminando em volutas sobre o assento, de espaldar alto e esculpido no topo, de pés arqueados e afilando para patas de três unhas. À sua frente uma criança de dois anos andava cheia de hesitações pela sala enquanto uma onça estirada no canto ronronava e esfregava o focinho com a pata. Uma onda de humor invadiu-o e recostou-se no espaldar, assumindo uma atitude condigna com o seu delírio, segundo uma lembrança da outra realidade, e de um vocabulário que agora lhe era bem claro. Só o humor alterava os gestos hieráticos que ensaiava para uma representação oportuna. Sentiu a aproximação de um homem por detrás e principiou a ouvir algumas palavras, no momento exato em que a criança pisou no rabo da onça, e esta deu-lhe uma patada, derrubando-a. O homem atrás insistia em qualquer coisa urgente. Procurou com esforço um laço entre a patada, o golpe no janelão, a queda da espreguiçadeira, a oração, a pressão nos lábios, a cadeira de balanço e o moinho dágua. O homem insistia. Irritou-se. Não queria ouvi-lo. Acordou. Estirado num cubículo de hotel, um pouco mais largo do que a cama, o teto pareceu-lhe mais longínquo do que na realidade. Não havia cansaço nem torpor mas lucidez. Encontrou na cadeira apertada entre a cama e a parede oposta o cigarro e o fósforo. A pêra da luz ficava por cima da porta de entrada e não queria mover-se. Fumou no que lhe parecia noite ainda. Mas ao chegar ao meio do cigarro uma claridade ligeira definiu melhor o cubículo. Ergueu-se. Vestiu-se e saiu. A cidade dormia entre ruínas e casebres. Um vento desordenado conduziu a poeira, e os sapatos avançavam com dificuldade pelas ruas sem calçamento, ora de terra esburacada, ora recoberta de um cascalho brilhante, ou de cacos de vidro, como lhe parecia. O pequeno comércio abriria suas portas dentro em pouco, e os homens que tanto sonhavam com esplendores de outrora retomariam sua tarefa de arrancar do subsolo um outro minério qualquer, maldito como o de antigamente. Lembrou-se das feições do velho que lhe fizera companhia na véspera, ao jantar. Irritou o proprietário do hotel, que ainda dormia, ao exigir sua conta. Caminhou até a estrada e pôs-se a fumar até a chegada do ônibus que o levaria de volta. No caminho perdeu inteiramente a vontade de formular algum problema, e não deu maior importância aos sonhos. Um passageiro insultava o motorista. Devia correr um pouco mais, sair daquele passo de tartaruga. Fumou e de súbito um tremor lhe deu a sensação de uma realidade invertida. Principiava talvez o primeiro sonho de outros sete, mas sonhos descendentes, negativos, impregnados de sua ação cotidiana.

O fio

Douleur, tu n'es qu'un Mot.

Paul Chauchard
Des Animaux à l'Homme

Devo seguir meu caminho como se nada pudesse perturbar o ritmo dos passos ou a pulsação no peito. Devo me habituar a não permitir que a marca de infinitas sugestões à minha direita ou esquerda me sirva de empecilho, ou me fira com a aliciante tentação de uma solidariedade. Sou um homem alienado, preciso me convencer disso, e não ceder às injunções de uma simpatia que nem sequer foi solicitada. Carrego comigo suficientes cargas de entusiasmo malbaratado e de incoerências letais. Ser alienado é uma questão de coerência, a única talvez. Por isso o destino daquele homem em nada me afeta. Está cercado agora. O outro, caído junto ao meio-fio, se ainda não morreu, tem pouco tempo de vida. Pelo menos é o que me parece. O choque foi violento. O grito também. E o sangue que pude vislumbrar antes que os curiosos me tolhessem a visão é prova suficiente de um fim próximo. Deste lado da rua durante poucos minutos acompanhei os dois e poderia afirmar quase que o resultado seria exatamente o que me foi dado presenciar. O episódio trazia em si a marca de um entardecer que me conduzia à toa, e apenas acrescentava um desequilíbrio ao movimento em torno. Quando o caminho é lento e a esperança nenhuma pode-se até encontrar um certo encanto nas vitrinas abarrotadas. Eletrolas. Faqueiros. Televisores. Liquidificadores. O corpo modelado pelo cetim de uma estrela loura no cartaz do cinema, a boca entreaberta, o rosto em diagonal como que sustentado por uma sólida coluna de cabelos descendo em ondas, os olhos semicerrados na sugestão de gozo que milhões arrastarão pelas retinas até o lençol de um quarto solitário. Pela outra calçada os dois homens seguem no mesmo passo. O da frente gordo, baixo, redondo, agitando os braços e numa voz esganiçada lançando insultos ao motorista de um automóvel que seguia lentamente ao lado do meio-fio. O de trás, magro, alto, o rosto sereno dos que se reservam uma grande dose de humor para uso próprio. Um aparelho de televisão agrupa curiosos e carreia olhares publicitários do grupo de vendedores no interior da loja. A tela exibe um documentário sobre foguetes e satélites artificiais, ao mesmo tempo em que imbrica nos olhos que se movem para além, sempre para além, a inconsciência de uma irredutível miséria humana em dimensões cósmicas. Há rostos que se cruzam numa eterna expectativa, sombras desconhecidas se entrechocam em contatos inimagináveis e às vezes indesejáveis. É um universo de identificações e repulsões alheio à vontade e a qualquer intromissão de um hipotético diálogo. Todo um mundo de comunicação que se alonga sob os pés, varre as calçadas e adere aos muros, lâmina líquida e elástica com o rigor de fantásticas perspectivas. Mas há também os espelhos nas vitrinas e nos balcões dos cafés. E neles outro tipo de sombra, um pouco mais nítida, um pouco mais à nossa imagem e semelhança, gera uma superposição de espantalhos fugazes, repetição instantânea de uma outra passagem, de um antes para depois, com o tempo reduzido ao estritamente necessário, uma centelha de luz apenas, mas o suficiente, e sem os inconvenientes de monótonas rotinas a se multiplicarem com a carga de tédio. Passagem simplesmente, fração de segundo, o tempo da eternidade. O gordo gesticula ainda. Os braços — barbatanas rechonchudas — são complemento da voz do ventre e das nádegas embutidas em um tecido lustroso à maneira de salsichas. A cabeça arredondada em qualquer posição que ofereça a um hipotético espectador tem um quê de pornográfico mesmo silenciosa. Mas agora esbraveja, esperneia, se agita, rompe o acúmulo de frustrações numa fúria a principio ridícula, mas que atravessa rapidamente a faixa grotesca, e se precipita numa zona instável de difícil arrogância. O riso irônico vai aos poucos desaparecendo da face do homem magro. As feições indulgentes se esfumam e tem-se a impressão de que comprime os maxilares. Seus passos são lentos e agora mais duros. Caminha com o equilíbrio de quem ignora os próprios movimentos, as palmas das mãos roçando intermitentemente os bolsos do paletó. Deve estar chegando a um ponto em que a estupidez da voz humana se revela em sua plenitude, momento em que se identifica com um grunhido, um latir, um choque estrondoso de minerais de uma existência remota. A linha de um vinco se desenha nervosamente entre a asa do nariz e a comissura dos lábios. Deve estar chegando a um ponto em que as palavras ferem, golpeiam, são concretas, sólidas. Deve estar chegando a um ponto em que lhes percebe a realidade maior de uma vida autêntica, autônoma. Não sei se houve intervalo entre a constatação e o gesto que impeliu o gordo para a frente do automóvel. Do outro lado da calçada vi apenas o homem magro esticar o braço e ouvi o grito do gordo. Há uma ave-maria numa vitrola e vejo com a melancolia de um hábito que não é meu, que a tarde é um cromo e há um casal de camponios ajoelhado numa planície ao lado de um monte, de feno talvez. Apenas não há camponios, nem planícies, e quanto ao feno, poderia comê-lo, por que não? Há uma tentativa de explicação esboçada por um resíduo de solidariedade ainda não eliminado. Ou pelo menos uma tentativa de compreensão, ou um sentimento vago e semelhante ao que me dominou quando cheguei à conclusão de que era um pobre-diabo. Não, o destino daquele homem em nada me afeta, absolutamente. Nada tenho a ver com tudo aquilo. Nada. Absolutamente nada. Acresce o detalhe de que no início, quando eu comecei a observar os dois no outro lado da calçada, no início, digo, no momento em que o homem magro salvou a vida do gordo ao arrancá-lo violentamente da rua e da frente do automóvel, no mesmo instante pressenti a seqüência e não posso alegar surpresa, a não ser essa outra espécie de surpresa que é conhecer o já conhecido. Não, positivamente o destino daquele homem não me afeta. Profundamente. É noite quase. Apenas acima do horizonte uns restos de azul se fundem ao cinza e negro de um céu enevoado sobre a serra além da baía. Abaixo as luzes espalham uma poeira entre os vultos que caminham pelo parque, e acentuam as sombras das amendoeiras. Caminho por um mundo calmo, realizado, além dos desesperos e das angústias. Uma dúvida apenas encrespa as águas desse mar tranqüilo por onde derivo: a morte.

O petroleiro norueguês

Era um homem estranho, dado a idéias estranhas, e naquele momento, sentado no banco do aeroporto, não conseguia saber exatamente o que desejava o tipo ruivo, baixo, de rosto retangular e farto, de rugas espaçadas por convexidades de fartura e sol. Primeiro porque olhava para as nuvens, não propriamente para ver nuvens, mas obedecendo a um impulso do pescoço que se recusava a tomar outra posição, segundo porque não eram bem as nuvens que o interessavam, terceiro porque estava em fase de treino, já bem adiantado, em não permitir que lhe turvassem o próprio egoísmo com outros egoísmos um pouco mais úteis. Custou a perceber que a língua do ruivo não era bem a sua, ou mais exatamente, a que usava diariamente, e que era mais ou menos a usada na região em que vivia. Uma reminiscência em que se fundiam o grotesco-trágico de uma situação limite e uma gargalhada retardou-lhe ainda mais a vontade de abrir uma brecha ao entendimento. Só esse fato seria suficiente para mantê-lo alheado, não existisse um outro menos importante, talvez. Nada especial nas nuvens, nenhuma forma a sugerir fantasias ou a nutrir divagações. Meia hora ainda para a saída de seu avião. A véspera chuvosa deixara na tarde um rastro de umidade, uns salpicos de brisa a acentuar a diferença entre as faixas de sombra e as ensolaradas, ao longo do corredor de espera. Seu banco, junto ao desembarque das bagagens, após a chegada do último avião, não atraía ninguém que pudesse interferir em sua estranheza. Só o ruivo como que lançado de banco em banco, de uma extremidade à outra, ali parou, e como não houvesse mais ninguém além dele parecia disposto a não desistir enquanto permanecesse sua interrogação. O esforço exigido para encarar o ruivo e desviar a atenção das nuvens seria suficiente para não acrescentar mais nada ao que dele exigiam. Doloroso demais. De relance, entreviu além dos balcões de jornais e revistas e da tabacaria o do café. A melhor solução seria levantar-se e atravessar o ruivo em direção a uma xícara quente. Como quem percorre um espaço desimpedido. Mas a solicitação do pescoço foi mais intensa e voltou às nuvens. Com a calma de mola que regressa à sua forma após os incômodos de uma deformação. Oscilava entre duas nuvens. Uma com os contornos bem definidos, outra com uma faixa tênue de rarefações entre o compacto branco do centro e o azul desbotado da periferia. Baixou a cabeça e apoiou o queixo e a testa nas mãos justapostas, como em oração. Apenas as pontas dos dedos se tocavam; mas entre os dois arcos de polegar e indicador um sorriso malicioso se esboçou, e decidiu manter uma posição ambígua. O que lhe interessava não era propriamente auxiliar o ruivo mas sim entender o que procurava dizer numa língua que não conhecia e de que nunca ouvira uma palavra. Um artifício, talvez, em não se oferecer totalmente, em preservar a sua inacessibilidade, ou um modo meio matreiro de não se recusar totalmente aos avanços do outro. O ruivo se desloca um pouco para a direita e baixa o corpo de modo a se enquadrar em seu campo visual, a impor a sua presença. A camisa limpa e a gravata oscilavam diante dele e o colarinho meio machucado sugeria uma displicência agradável. Os ruídos prosseguiam e às vezes eram sons, mas nunca além disso. A boca se ovalava e um jato expirado dava idéia de que a língua feria o palato, ou se alargava e a ponta comprimia os incisivos superiores, ou se fechava e os lábios faziam movimentos acompanhados de entonação nasal. A regularidade das emissões afastou uma primeira hipótese de que fosse um mudo tentando se comunicar. A própria mímica que o ruivo começou a utilizar desfez qualquer dúvida. Era exatamente a mímica de quem sabe falar, e por isso mesmo incapaz de utilizar apenas os gestos. Afastou as mãos do rosto e ainda obedecendo a um impulso do pescoço encostou a nuca no encosto do banco, ultrapassando as nuvens, e fixando os olhos no teto. Os movimentos do ruivo não eram desesperados ainda, havia neles uma inquietação, nervosismo contido, havia mesmo uma sugestão de amabilidade, um esboço cordial na gesticulação ainda não rígida. Para fugir ainda uma vez à imposição do ruivo que se aproximara e quase dobrara o peito sobre sua cabeça ele tateou o banco à procura da mala e apertou-a contra o corpo. Com esforço abandonou a atração do teto e ingressou no cotidiano. Abriu a mala, revirou roupas e papéis, abriu a sacola que continha o sabão, o pincel de barba, a escova de dentes (esquecera os chinelos), e encarou com o ruivo, que passou a adotar outra tática. Os ruídos eram mais estridentes, e os gestos de mão e cabeça mais nervosos e precisos. E naquele instante, associando ruídos a reminiscências fragmentárias da intuição compreendeu tudo, compreendeu perfeitamente o que o outro queria dizer. Levantou-se, fez um gesto de quem se desculpa e um sorriso pedindo indulgência, arrastou a mala pelo banco até sentir-lhe o peso nos dedos em gancho, e caminhou para o café. Como pensar em Deus se há um homem no aeroporto preocupado com um petroleiro da Noruega?

O encontro

Inútil adiar o instante. Olhou mais uma vez pela janela, viu no mesmo lugar o tipo baixo e magro, encolhido na própria espera e aparente distração, mediu-lhe o grau de ódio pelo aspecto surrado da camisa e pelas calças rotas, e apagando as luzes do banheiro e da sala, saiu. Passou rente ao tipo numa nítida sugestão de caçada. Resolvera auxiliá-lo, precipitar o intervalo necessário entre a decisão e o instante propício. Poderia até mesmo ajudá-lo a reduzir as possíveis conseqüências do ato. Pensara nisto. E o trajeto que agora percorriam era apenas uma repetição um pouco mais física do que já fora traçado e determinado em suposições e hipóteses do acaso.

Sentiu-se seguido, o que não pôde deixar de lhe provocar um sorriso não definido pelo rosto duro e inexpressivo. O primeiro passo certo numa engrenagem existente apenas em esquema, e que não teria agora outra alternativa a não ser a consecução do ato. Deixariam a rua iluminada assim que ultrapassassem os blocos dos bancos, e tomariam por um caminho à esquerda, além da praça, e dos quarteirões regulares de residências assobradadas. Ia em mangas de camisa, e não era bem uma brisa, mas ausência do calor da tarde, que lhe enxugava o corpo suado de um dia de expectativa. As barras luminosas recortavam-se nitidamente no azul enegrecido e transparente. Uma calma interna finalmente de acordo com o silêncio geral, nem mesmo perturbado pelos automóveis ou pela conversa dos outros que por ali passassem. Gastara o dia sentado na mesma cadeira e conhecera toda a gama de sentimentos que começam no medo e terminam na tranqüilidade de agora. Todas as dúvidas se esvaíram, todos os receios se mostraram infundados, porque o resultado concreto, objetivo, seria apenas uma antecipação. Ou talvez nem isso. Talvez nem antecipação. Talvez a hipótese de poder adiar alguma coisa fosse ainda um resto de ilusão a amarrá-lo na teia de que estava certo sair agora.

Como teria sido o primeiro instante? Teriam se aproximado do homem, e após alguns minutos de conversa tudo estaria claro, exato. Receberia um tanto pelo serviço, a metade ali mesmo, e o resto depois de feito. Ao receber a metade já o odiava suficientemente. Enrolando as notas no bolso da calça, seus dedos miúdos e endurecidos pelos calos alisavam a própria coxa e afagavam o membro intumescido. Não o conhecia ainda, não sabia se era magro, ou gordo, alto ou baixo, preto ou branco, sabia apenas que era um homem, e que o serviço devia ser feito. Mais do que suficiente para odiá-lo. Deitado no quarto miúdo do hotel de madeira, uma luz forte de um pátio interno ferindo-lhe os olhos, coçou a barriga, e o peito, relembrou as vezes anteriores em que fizera o mesmo serviço, e ao lhe surgir o motivo que o levara a aceitar a primeira proposta, sobreveio uma excitação que só sentiu a partir da segunda vez. O membro erecto, o corpo em tensão, a cabeça pesada e os olhos dilatados. Talvez houvesse mulheres pelas redondezas, talvez até mesmo aqueles cubículos do pátio interno do hotel, de onde às vezes sussurros e risos abafados, abrigassem algumas. Mas a tensão era forte, e a excitação não pedia propriamente afagos e beijos. Pedia apenas uma ejaculação intensa. Masturbou-se. Depois veio o sono e o sonho. Um mamoeiro, dois porcos, três galinhas, um casinholo de taipa, o descampado, imenso descampado, um vulto aninhado na soleira, os cascos apenas de um burro e duas sacolas de pele de cabra cheias de rapadura. No sonho sentiu o gosto da rapadura. Quando acordou já o esperavam na mesa do café. Deram-lhe dois retratos, e meteram-no num automóvel. Deixaram-no diante de uma casa. Sabia onde encontrá-los, hoje, ainda, amanhã, daqui a uma semana, não importa quando.

Até mesmo o ruído do motor do automóvel era já esperado. A noite passada em intervalos de insônia e sonolência de torpor traria obrigatoriamente como conseqüência um ronco de motor. Foi com alivio até, que pela janela viu o tipo magro e baixo saltar do banco de trás e despedir-se dos outros. Foi então que lhe viu pela primeira vez a face. E naquele instante principiou a amá-lo. Quanto tempo levara para concluir que o vago, o possível, o apenas idéia, se resume nisso. Um tipo que um dia salta à porta de casa e põe-se à espera. Gastara tempo demais com suposições, palavreado, ou supusera que o encanto de uma idéia se transforma no encanto de um fato. Descobrira precisamente ali o fato. Todas as coisas eram ainda possíveis enquanto ficasse sentado na cadeira olhando pela janela. No vértice superior da sala as linhas convergiam para um canto de sombra e pó. E mistério, talvez, acrescentaria antigamente, antigamente não agora. Fumou muitos cigarros, sabia que era praxe fumar muitos cigarros em situações idênticas. Andou muito pela sala, cruzando-a em todas as direções, que era lugar-comum cruzar a sala em todas as direções em momentos como este. Calçou e descalçou os sapatos, examinou os calos dos dedos deformados, trocou algumas vezes de camisa, de cueca, de calças, foi ao banheiro outras tantas. Tomou muito café, bebeu alguma coisa que não sabia definir bem. A garrafa estava sem rótulo. Foi precisamente assim que passou o dia. Os dados concretos que o levaram àquela situação não tinham no momento a menor importância. O que importava era a situação. E foi sobre a situação que armou o esquema de seu dia, abandonando inteiramente o que já nada explicava, nada acrescentava, nada sugeria, nada perdoava, nada justificava. Fixou-se alguns momentos numa estatueta que tantas vezes o empolgara. Deixou-o frio. Hábil geometria da dor. Nada mais a fazer. É noite. É descer, e transformar a surpresa no gesto cotidiano, desejado.

Já atravessaram as duas vias paralelas à principal, e deixaram para trás as luzes e as casas. No início ainda tomaram por uma pequena abertura no cerrado, que a luz da lua ainda fazia ver avermelhada e poeirenta. Folhas mais duras e brilhantes refletiam manchas esbranquiçadas. Galhos secos de algum tronco mais enfezado recortavam-se na bruma de arbustos, cigarras e grilos. Avançariam ainda mais um pouco. Daria tempo a que o ódio do outro, hesitante com certeza, se recuperasse do imprevisto diante da facilidade. Era preciso que a mão não fraquejasse, que o fio do sentimento não se enroscasse sutilmente travando o gesto prometido. Açulou-o mais um pouco. Principiou a tirar o dinheiro que pusera no bolso da camisa, e a soltar as notas uma a uma. Percebia pelas pausas dos passos que o seguiam que o tipo se abaixava para recolhê-las. Também ele principiou a fazer pausas. Soltava as notas de cinco em cinco, depois de duas em duas. Prolongava-se o instante, e cada vez mais longe iam ficando as luzes, até que delas se apercebia apenas o halo leitoso franjando o horizonte. Então voltou-se. O tipo encarou-o duro, maciçamente duro, na certeza de que além do trabalho, e além do que havia recolhido, haveria ainda mais pelos bolsos. E mais duro ainda porque era suficientemente sagaz para perceber a humilhação.

Foi então que ele deixou cair o último maço de notas no centro da pequena clareira em que se encontravam, a dois passos um do outro. E se aproximou do tipo que o esperava tendo já na mão o brilho de uma faca, lâmina larga, dois gumes, e ainda conseguiu abraçá-lo e beijá-lo antes que um reflexo de prata e sangue lhe tingisse os olhos.

Duas frases

Duas frases se revezavam com insistência desde a véspera. A segunda ouvira-a de um estrondo, enquanto aguardava a torrada no café da esquina. Chovera um pouco depois do almoço, e mesmo cessada a chuva o dia continuou penumbrento e o céu compacto de nuvens que nem nuvens se viam. A estada no centro irritava-o sempre. A sucessão de bancos e guichês, de repartições e espera, de tabeliães e formulários a preencher, a rotina necessária uma vez por mês para garantir o andamento regular da oficina. Saíra sem capa e guarda-chuva, e a roupa já seca mas deformada guardava ainda junto às axilas e nas costas uma soma de umidade e suor. Você come queijo sem pão? Brusco derramou o leite no pires ao apoiar a xícara e virou-se para a outra mesa. O tipo era baixo, meio gordo, um cabelo cor de palha, desordem de pequenas ondulações até o meio do crânio. O jeito nervoso das mãos sobre a toalha e os tiques do rosto carregaram a frase com acentos de espanto e insegurança.

A primeira frase ouvira-a há uns cinco anos, em casa do futuro sogro, numa tarde de domingo. Sentado na varanda junto à mesa baixa recusou a bebida e os bolos e pôs-se a cortar em tiras a porção de queijo do seu prato; depois partiu com golpes de faca as tiras em quadrados, e com um palito começou a mastigá-los. O pai da noiva, miúdo mas firme, de rosto nervoso e decidido, depois de observá-lo por alguns instantes pronunciou de um modo seguro a frase: você come queijo sem pão? Continuou em silêncio, transformou em sorriso uma careta, e considerou a frase uma afirmação qualquer, suficiente para reatar a conversa. Mas não era.

Respondeu com irritação ao faxineiro que reclamara as vassouras já gastas, e um novo estoque de sapólio. Pelo vidro corrido que ligava o escritório ao resto do galpão ainda ouviu os resmungos e os golpes dos tamancos no cimento. Já pela manhã, ao chegar, fora recebido pelos carpinteiros que de cócoras na calçada jogavam porrinha. Um defeito na instalação elétrica paralisara as máquinas. Meia hora depois pagava ao eletricista o conserto e podia abrir, sem interrupções, as pastas de papel da escrivaninha. Vestígios ainda de uma operação malfeita de hemorróidas incomodavam-no desde a madrugada, quando acordou com um ligeiro desarranjo intestinal. Aplicou um supositório, tomou meio comprimido de um hipnótico não barbitúrico que lhe fora receitado junto com estimulantes para após as refeições, e conseguiu dormir até as sete horas da manhã. De novo o faxineiro à sua frente, já sem tamancos, e de roupa trocada. Queria as contas. Ia-se embora, que isso não é jeito de se trabalhar. Olhou-o rapidamente, uns cabelos grisalhos em meio à gaforinha, um rosto longo e curtido, nariz comprido, mancha junto ao olho esquerdo, e uma cicatriz em diagonal do canto direito do lábio inferior ao queixo. Quanto lhe devo? Ouviu a resposta, contou o dinheiro sobre a mesa e entregou-lhe a carteira. Um ronco subiu-lhe do estômago. Ao telefone respondeu que a encomenda seguiria à tarde, não se preocupasse. Desligou e percebeu vagamente que o tom de sua voz deveria provocar preocupação. Como de hábito afastou essas sutilezas da sensibilidade, e pôs-se a ordenar os papéis que conseguira na véspera. Mas não terminou. Um empregado do botequim vizinho entrava com uma bandeja e deixa sobre o tampo do armário do canto a garrafa de soda e o sanduíche. De queijo. E a mulher do homem que trabalhava na tupia entrou com dois pratos envolvidos em um guardanapo. Era a hora do almoço.

Ainda mastigando, e com um olho fixo na mulher do homem que trabalhava na tupia (sentara-se a um canto, num ressalto do baldrame da parede), encostada numa parte do muro em que o reboco havia saltado, deixando à mostra os tijolos irregulares. Os cotovelos afastados, as mãos enlaçadas no regaço, os joelhos à mostra, os pés descalços unidos, mantinha o olhar firme no marido que forrara uma das bancas com um papel oleado e comia em silêncio. Farelos de pão se espalharam em sua mesa, e um movimento brusco derrubou a garrafa. Encostou o resto na bandeja, chamou um outro empregado para recolher os cacos e passar um pano no chão, e foi à loja de ferragem, no outro quarteirão, comprar umas ferramentas que há tempos lhe reclamavam. Comprou também vassouras e uma caixa de sapólio.

Enquanto remexia numa gaveta, já depois do almoço, encontrou algumas notas de compra em nome da mulher. Datavam de quase dois anos passados. Provavelmente as últimas compras antes do início da gravidez. Assim que teve confirmada a hipótese não tão animadora, e contra a opinião de todos, e às vezes um pouco mais do que opinião, deitou-se e reduziu seus movimentos ao mínimo. Depois de vários abortos espontâneos, os médicos praticamente lhe proibiram a gestação. Teria que enfrentar a impossibilidade física, e aceitá-la. Opôs-se. Acreditava, dizia, de um modo informe e nem sempre traduzível em palavras, numa conformação espontânea de certos fatos naturais. Foi pois num clima denso e nem sempre afável que viu escorrerem os dias na cama de casal do quarto. Este fato perturbou-lhe um pouco os hábitos, mas não tanto. Ao chegar da oficina costumava jantar quase sem palavras. Agora havia apenas uma presença a menos. Lia o jornal, ouvia o noticiário do rádio quase que para estar em dia com os assuntos que aos sábados à noite entremeavam o jogo de cartas em casa de algum parente ou conhecido. Seu mutismo já por demais conhecido não causava mais estranheza. Era um fato aceito, e mais do que elogiado em virtude da energia que desenvolvia no trabalho. Só à mesa com a mulher imóvel no aposento contíguo, irritou-se primeiro com uma abstenção forçada por um período prolongado. Há muito tempo considerava certos atos como complemento da higiene diária. A falta de algum deles era suficiente para alterar-lhe o equilíbrio. O próprio casamento fora até certo ponto um início do que lhe parecia essencial. Repugnavam-no as idas a bordéis, e seu espírito não era afeito a aventuras. Detestava ficar só fisicamente. Por isso aceitou de bom grado a série de circunstâncias que envolviam seu casamento, inclusive um sentimento de maior segurança econômica. Com exceção dos momentos em que se descontrolava, e exigia aos gritos o que lhe parecia correto, a presença da mulher não o incomodava. Seu jeito reservado permitiu-lhe também evitar atritos com os outros, principalmente com o sogro. Havia entre os dois uma hostilidade habilmente controlada e transmutada em pequenos favores recíprocos, sem comentários. Apenas no último mês de gravidez começou a perceber uma modificação no rosto da mulher. Os traços eram os mesmos, as expressões inalteradas, os olhos porém pareciam dilatados, e mais se dilatavam à medida que ia reduzindo as palavras. No último mês limitava-se a pedir simplesmente pelos nomes os objetos de que necessitava. Não chegava a emitir frases. Nos primeiros dias arrastou consigo apenas a impressão; só depois é que principiaram a se desenvolver dentro dele pensamentos inusitados. Tudo isso somado dava-lhe uma sensação de energia que jamais identificara nela, e uma vaga sugestão de que a decisão antes tomada continha algo mais do que um simples capricho. Assim o classificara no início. Sabiam ambos do perigo, mas sempre lhe pareceu que a mulher não acreditava muito nas conseqüências desastrosas. De repente julgou vislumbrar o contrário. E passou a sentar-se todos os dias meia hora antes do jantar numa banqueta ao lado da cama. Como ela nada tinha a lhe pedir permanecia silenciosa. Como ele nada tinha a lhe dizer, cruzava e descruzava as pernas. À medida que os silêncios iam ficando mais pesados, e que o dia previsto se aproximava, punha a banqueta cada vez mais perto da cabeceira, até que nos últimos dias viu seus olhos adquirirem uma dimensão e um brilho nunca vistos. Fixavam-no com energia, hostilidade e uns traços ligeiros de ironia. Ao contrário do que lhe haviam dito, e que julgava natural, nos últimos dias o rosto parecia ter afinado. As faces pareciam mais fundas. A boca era um risco horizontal de tranqüilidade inédita. No último dia, depois não o deixariam mais entrar, dobrou-se quase sobre a cabeceira. Levemente perturbado beijou-lhe a testa numa violação de seus hábitos. Nos olhos não havia mais hostilidade. Apenas energia e sarcasmo. Na manhã seguinte saiu como de costume para a oficina. Às onze horas telefonaram-lhe que o médico e a parteira já lá estavam. Às duas horas quando entrou em casa a mulher e a criança estavam mortas.

Custou a atender o telefone, e estranhou a presença de um empregado que o fitava com espanto. Era a reclamação. Pediu que esperassem um momento, foi à procura do mestre, ocupado em lixar umas tábuas, perguntou pelo que já devia estar pronto, e de novo no telefone garantiu que no dia seguinte pela manhã seria entregue. Desligou e foi ao banheiro. Na volta tomou dois comprimidos e recusou um vale que um dos homens veio lhe pedir. Novamente o telefone. O sogro a querer saber se iria jantar com ele hoje. Disse que não. Em pouco mudaram seus hábitos. Apenas estava só fisicamente em casa. O resto continuou inalterado. Os jogos de cartas, o dia na oficina.

Ao sair depois dos outros, escurecera já, ainda remoía a segunda frase ouvida na véspera enquanto aguardava a torrada. Reviu o tipo baixo, meio gordo, o cabelo cor de palha, o jeito nervoso das mãos sobre a toalha e os tiques do rosto. Qualquer coisa o impelia a perceber na segunda frase o que não havia na primeira, qualquer coisa que entrava em choque com uma idéia que lhe parecia bem razoável: devia procurar o médico e pedir que lhe trocasse os remédios. Já não faziam efeito.

A galinha de Colombo

Era um homem raro, evidentemente. E no íntimo, embora a modéstia o levasse a confessar, gostava do epíteto de pensador. Às vezes, em certas tardes primaveris, quando uma brisa do mar salpicava de umidade o céu limpo e belamente azulado, punha-se à janela a admirar a renda de uma paisagem se multiplicando em cor e sons. Do terraço de seu apartamento em que com freqüência meditava sobre a inutilidade de todos os gestos, e num lance que lhe parecia de infinita compreensão de seus gestos inclusive, passou à sala em que alguns móveis pareciam apenas empecilho para os livros. Embora detestasse visitas, e mais ainda a fama de que detestava visitas, raramente escondia o orgulho pelo desleixo e variedade de tomos e revistas. Seu corpo longo e magro, ideal também atingido de pureza e sensibilidade, encovava-se numa poltrona, e de pernas cruzadas lançava os pensamentos para o além de um cotidiano aborrecido e estéril.

Naquela manhã, aborrecido ainda com pequenos incidentes da véspera, ocorreu-lhe a idéia de uma meditação sutil e que pela raridade deveria confirmar sua existência singular. Pensava no ovo de Colombo, e lembrou-se da galinha. Que espécie de galinha seria essa? A simples formulação da pergunta e a certeza de que teria um longo trabalho de pesquisa para obter algum resultado, fê-lo pensar com asco na mediocridade de tantos historiadores, e levando mais longe suas idéias, a estreiteza e pequenez da via-láctea. Mas a serenidade era turvada pelo pequeno incidente de ontem. Não sabia ao certo se a turvação provinha do que tinha dito, ou da mossa que lhe poderia provir pelo espanto dos outros. Achava-se justo, magnânimo. Ou esforçava-se em aparentá-lo, o que para ele, já era um índice de alta compreensão. Profundamente ensimesmado em sua mesa de trabalho, preocupado com as variações de densidade dos ventos, aparecera-lhe o auxiliar pedindo autorização para uma licença de tratamento de saúde. Estava tuberculoso. Que lituano filho-da-puta!, vem de tão longe para dar trabalho! Sua voz fora clara, e houve um ligeiro silêncio na sala. Cessara o murmúrio da conversa normal. Refeito da surpresa, despachou o auxiliar quando descobriu que a licença não dependia de sua assinatura, e retirou-se com o garbo modesto dos que passeiam sua imaterialidade pela ganga de um aglomerado imperfeito.

Ergueu-se, folheou algumas revistas, foi ao dicionário ver o significado exato da palavra *galinha,* mas perdeu-se no devaneio de outras palavras que as folhas lhe sugeriam. O telefone interrompeu-o. O despachante desejava saber se poderia passar hoje à tarde pelo escritório para assinar a escritura de compra do apartamento. Irritou-se. Nada daquilo o interessava, estava muito ocupado. Não poderiam levar-lhe o livro para ser assinado em casa? Voltou aos dicionários procurando atenuar o arrepio que essas pequenas irritações sempre provocam. Uma das comparações que mais lhe agradaram foi a de um amigo, fazendeiro riquíssimo e dono de vasta indústria numa zona densa de pobreza. Chamara-o de chinês. E de fato durante muitos anos admirou a figura de um pensador chinês, que saiu pelos caminhos, abandonando tudo. Abandonou tudo também, mas logo se arrependeu. Hoje não via contradição entre seu comportamento e sua velha admiração. Inclusive essa atitude fazia parte de uma compreensão mais vasta, ele bem o sabia, uma compreensão que engloba os dois aspectos da mesma questão. Para alguns dos que o cercavam, e que o observavam com mais argúcia parecia que a falta de oportunidade ainda não permitira que suas outras características se revelassem, não tão sonhadoras. Mas esses eram espíritos maldosos, para os quais até certas ligeirezas da mocidade, sentimentos velados e atos equívocos, serviriam para empanar o brilho de uma alma pura.

Já na rua não se encaminhou diretamente para a repartição. Procurou em algumas livrarias material para dar curso à sua meditação. Mas à exceção de alguns magros volumes sobre criação vulgar de galinhas em granjas não encontrou nada. Um volume sequer sobre a história da criação de galinhas, sobre a galinha no mundo antigo, na idade média, nos primórdios da idade contemporânea. Poderia passar pela Biblioteca Nacional, mas era tão cansativo, que preferiu acreditar que nada encontraria mesmo, e que todo esforço era inútil, já que não tinha material para suas pesquisas. Com um ar de desdém atravessou a praça e foi postar-se na fila do elevador.

Um documento o aguardava. Era preciso dar uma decisão. O auxiliar sugere qualquer coisa, e ele aceita imediatamente. "Faça isso mesmo, se não servir digo que foi uma idéia sua, e depois vê-se." A galinha de Colombo ainda o intrigava. Manteve-se à margem do movimento da sala, profundamente aborrecido por ter que perder algumas horas de um modo tão estúpido. Nota a ausência de alguns, e ao perguntar por eles informam-no de que estavam de férias. Não pôde reprimir o desgosto por tanta vagabundagem.

De onde teria vindo a galinha? O episódio do ovo foi na Itália, Espanha, ou já no navio? O fato em si era secundaríssimo e não tinha maiores proporções do que o da anedota, aliás todo o feito de Colombo lhe parecia bastante mesquinho, de vez que para ele a América não precisava ser descoberta. Sempre existiu. Colombo foi apenas um dos primeiros gringos a aparecerem por aqui. Folheou um jornal, remexeu a gaveta, e ao ver que os outros trabalhavam silenciosamente, saiu sorrateiro antes que o amolassem.

Olhou para o céu azul, divertiu-se com os finos bordados de nuvens e com certo orgulho rememorou um longo artigo escrito por outro amigo sobre um pequeno trabalho seu: *Os matizes primaveris da favela.* Dizia esse amigo que ele era profundamente humano. Isso lhe agradava. Profundamente humano.

Raiz quadrada de menos um

Dois assuntos me perseguem ultimamente exigindo com quase urgência sua fusão em um conto ou novela. À maneira de dois temas musicais que estivessem aguardando uma fórmula de entrelaçamento. Acontece que por uma questão de capricho cheguei à conclusão de que só poderia utilizá-los bem como argumentos de humor. E estou longe, muito longe deste alto tablado em que a ironia e o riso sadio se fundem a uma certa graça de expressão, fruto de muito esforço e muitas desilusões. Enquanto aguardo a ferramenta aqui fica apenas o registro talvez de uma história inútil de tempos inúteis.

O primeiro assunto é a morte de Sócrates. Ainda estou na fase do encantamento biográfico. Desconheço suas idéias. Apenas a biografia me interessa, uma biografia duvidosa de um homem meio irreal. E da biografia guardo com especial carinho o último instante, ou melhor a última frase. O segundo assunto, ficção pura, pretende inverter os termos de uma situação real: os delírios paranóicos de um epiléptico. A história poderia se desenvolver mais ou menos do seguinte modo:

Há muitos anos numa cidade qualquer do Egito, e numa dinastia qualquer, se houver conveniência em localizá-la, um idiota, ou um tolo, preocupado com os excessos de sonhos e as conseqüências dolorosas de seu transbordamento onírico, procura um homem tido como sábio e altamente versado na difícil arte de interpretação desse mundo nem sempre noturno. Mas a torrente era tão intensa, que um dia não foi suficiente e o tolo voltou uma segunda, terceira e quarta vez, e o dito sábio passou a integrar também o seu mundo onírico. Fez-se intimidade entre os dois, e a título de auxílio o tolo narrou todos os episódios de sua vida, deixando assim nas mãos do outro seus hábitos noturnos e diurnos. Não desconfiou sequer que uma pitada de tolice existisse também no dito sábio, e tolice suprema, confessou tolices a um tolo. As relações começaram a piorar quando nas suas fantasias oníricas a figura do sábio apareceu em caracteres não muito lisonjeiros e em atitudes poucos dignas de tal excelência. Furioso com a franqueza inevitável bufou de raiva e deixou de lado o seu aparato oniromântico. Em bom português diríamos que saiu para a *ignorância*. O tolo deixou de procurá-lo. O sábio, mais raivoso ainda e inseguro, com medo de sua reputação, arquiteta um plano para conduzir o tolo à extrema loucura, e inutilizar-lhe qualquer argumento. Pretendo me estender bastante sobre este ponto que me parece fértil para a ficção. Resolve tornar real seu mundo onírico e seus temores, e açodadamente procura todos os indivíduos que povoavam seus sonhos de tolo. O tolo era tecelão e tinha seu cargo numa tenda junto ao mercado, habitava em um pequeno cômodo junto com um escriba fracassado, abandonado pela mulher que preferiu o ofício de meretriz pudica, isto é, exercia o oficio resguardando as aparências de uma separação austera. Os dois irmãos dessa honesta figura pertenciam à tropa de mercenários do faraó, mercenários arrebanhados em toda a Anatólia, até os últimos recantos do Ponto Euxino, e mais além ainda. Com esses elementos o ilustre oniromante cria um clima infernal para seu ex-cliente, deixando-o num estado de pura irrealidade. Acusado de ladrão na tenda do tecelão, fica mudo de espanto, e engole em silêncio os insultos da turba.

Naturalmente poderia e pretendo encaixar mais episódios, rechear os acontecimentos com uma série de detalhes do cotidiano. Principalmente no que diz respeito a vozes. Como o país estava calmo, e os mercenários recebiam seu soldo e viviam desocupados, outros resolvem se juntar à brincadeira. Minha última cena é a do tolo transformado numa espécie de espantalho, enquanto o sábio esfrega as mãos de contente com sua obra. Que aprendessem os tolos a não sonhar tolices. Mas confesso que o final não me agrada.

Os assuntos aparentemente descosidos têm sua relação com umas idéias meio vagas sobre o humor, e sobre o real. Há possibilidade de vida num clima de transição entre o real e o irreal? Optará o tolo pela irrealidade de sonhos tornados realidade? Entre as anotações que tenho surpreendo um título para um trabalho sobre um conto de Scott Fitzgerald: *O curioso caso de Benjamin Button.* Deixo de lado casos como o narrado por Cocciolli em *A cidade e o sangue,* em que um efeminado arranja umas vestes de padre e consegue num simulacro de confessionário armar a farsa com a jovem esquizofrênica do livro. O final é trágico, e esses casos não me interessam.

A figura do velho tecelão ainda me perturba um pouco, e permanece numa zona de penumbra, sem contornos definidos para uma ficção, mesmo de atmosfera imprecisa. Devasso antigo, foi levado ou pelo temor, ou pelas contingências a aparentar um modelo de pureza e renúncia, pureza e renúncia incompreensível, pois continuava administrando muito bem sua tenda, e em alguns momentos sabia fazer valer fortemente seus interesses. Desconfio que a melhor explicação sobre o caso é a crença generalizada de que com a idade os velhos devem afetar uma serenidade e dignidade às vezes inexistentes. Creio que na figura do velho tecelão se encontra a justificativa para uma reflexão sobre a morte de Sócrates. Há um episódio em sua vida que é bem sinal de renúncia e vitória: um incidente com Alcibíades. Naturalmente incompreensível para os que se preocupam excessivamente com *dignidade, pudor,* e outras grandezas morais.

Havia também na oficina um tipo muito preocupado com a *personalidade.* Julgava-se engraçado. Tinha o hábito de imitar os jumentos e sua especialidade eram os coices. Esses imitava-os à perfeição. Certos requintes de voz também devem ser observados. Sacudia-se, agitava as mãos e com uma finura perfeita soltava admiráveis palavrões. O velho dono da tenda tinha por ele uma especial inclinação. Entendiam-se. Esta figura me interessa fundamentalmente como elemento de humor e anti-humor, que procurarei definir com o tempo. Pretendo ainda, na história, abordar um lado de acaso. O tolo desconhecia o parentesco existente entre o mestre de oniromancia e essa esplêndida e saudável figura.

Procuro epígrafes:

A de Heine? "Os charlatães da modéstia são os piores de todos."

A de Talleyrand? "J'ai vu le fond de ce qu'on appelle les honnêtes gens: c'est hideux!"

O lado legal me preocupa também, e não sei se no velho Egito havia livros como *Moral e medicina,* de Frei Rafael da União dos Palmares, excelente guia para certos casos. Por exemplo, o artigo 24 (Cap. V — pág. 209):

"O médico está obrigado, pela ética e pela lei, a guardar segredo sobre os fatos de que tenha conhecimento por os ter visto, ouvido, ou deduzido, no exercício de sua atividade profissional." E fala depois no artigo 154 do Código Penal. Mas isto é muito atual, e muito chato. A não ser que resvale para a imaginação novamente. Mas esse campo já é de Italo Svevo da *Consciência de Zeno.*

O que me preocupa mesmo é o real. E talvez o real apareça na hora em que Sócrates, um minuto antes de morrer, recomenda que se pague uma dívida: o Galo de Asclépio.

O que é Galo?

Quem foi Asclépio?

A batalha de Kurukshetra

Foi só então que percebeu sua parcela de objeto. O primeiro movimento depois de muito tempo foi o de coçar o joelho, e imobilizou-se novamente fixando uma estaca fincada no canteiro defronte. Chegara à condição de calma, de fixação de olhos sem frase necessária para definir um esboço de idéia. Sua condição de objeto lhe vinha ao mesmo tempo em que o objeto se lhe fixava na retina, e do movimento não necessitava tomar consciência. Movia-se ao observar um animal, e com o mesmo impulso. Uma sensação que anteriormente qualificaria de peso, e que agora era inútil, fazia com que não tivesse necessidade de abarcar tudo o que o cercava. O espaço se resumia no espaço que tinha diante dele, nem muito acima, nem muito abaixo. Uma nesga de calçada, um meio-fio, uma linha de urina de cão, faixa de óleo, e um automóvel apenas até a altura do pára-lama. Principiou a perceber cheiros diversos e a distinguir ruídos. Fragmentos autobiográficos insistiam em se manifestar mas com a solidez e a espessura de um corpo no espaço. Longe o encanto, um certo halo de ternura a envolver necessariamente um episódio vivido. Longe também a sensação de dureza, produto de algum equívoco externo ou interno. Os fragmentos eram apenas resíduos de idéias, com a densidade de uma página de leitura, de uma emoção superada, de algum acontecimento remoto, que segundo todas as lógicas, não deveria afetá-lo em nada. Se houve algum espanto, foi a ausência da ironia costumeira, com que usualmente mantinha o desequilíbrio desejado de uma situação nunca bem definida:

ironia irresponsável a lhe garantir uma ambigüidade equívoca, nem sempre jogada a seu favor. Era exatamente isso agora, uma parcela de objeto, sem o acúmulo de ilusões impingidas por valores em desuso. Reconquistar a animalidade fora uma de suas teses, desenvolvidas como sempre, sem o lastro da experiência. Vago professor de vaga matéria, nunca ultrapassou a convenção de bom gosto e bom-tom, e ainda agora naufragava num cenário de lugares-comuns. Até mesmo a rápida percepção de sua condição de objeto evanesceu-se com o implacável choque de uma praça em movimento, e o inevitável encadeamento de palavras que não chegara a pronunciar. Ao se erguer do banco, firme e seguro, trazia na mente uma quase-idéia, um conceito informe que se poderia resumir de um modo aproximado em *queda.* Mas queda de uma aspiração, de um ideal talvez insuportável de sustentar por mais de um segundo. Uma espécie de queda na ilusão. No sonho. Mas um sonho de convenção e fantoche. Todas as particularidades de sua conformação, todos os vícios mentais, tudo regressava, tudo em suma que usualmente designavam como *personalidade neurótica,* num vocabulário que num determinado instante lhe pareceu desprovido de sentido, e que se via forçado de novo a aceitar. A ironia, a autocomplacência, a hiperemotividade, vago narcisismo, parcelas de delírio, confusão de causa e efeito. Vasta pretensão e vasta confusão de real e irreal. A única armadilha talvez de quem tenta fugir da palavra pela palavra. Poucos momentos antes violentara o cotidiano, numa subversão de normas até então aceitas, mas algo o levara a crer que, ao contrário, entrara na verdadeira dimensão do cotidiano, aquela em que existe apenas uma sucessão de acontecimentos, rigidamente amarrados por um determinismo do acaso. E vistos os acontecimentos por esse ângulo, numa apreensão de essências, em que os atos se equilibram num jogo de fatos indiferentes, certos conflitos entre dor e ideal se tornavam mais compreensíveis. E certas violações delirantes ganhavam uma contextura humilde que não as amesquinhava, ao contrário, devolvia-as à sua magnitude de fatos naturais. Como se um impulso criador se manifestasse no momento da destruição, uma afirmativa dentro da negativa, uma extrapolação da paranóia, um salto de um homem comum, sem os privilégios ou as concessões divinas, um golpe devido exclusivamente à imanência da espécie. O

resto era tudo, era o permanente cuidado com uma biografia, uma fotografia móvel numa moldura fixa, e que a alguns passos produzia efeito idêntico se colocada de cabeça para baixo, ou pelo avesso. E tudo começa com um pai, uma mãe, uma casa, uma cidade. Repensar objetos e cenas com uma nitidez de contornos e detalhes nunca foi o seu forte. Levou tempo para perceber que ao lado de uma impossibilidade orgânica, visual para certas coisas, auditiva para outras, uma intromissão de elementos marginais coalhava a identificação das coisas. Regressou a casa bem mais cedo do que de costume. Cumprimentou o proprietário que passeava o cãozinho pela calçada, e venceu com agilidade os degraus para o segundo pavimento. Novamente em seu cenário habitual, entre os objetos que se dispunham de acordo com a sua noção de espaço e uso. E novamente diante de sua maior evidência: a solidão. Atendeu ao apelo da vitrola e sob o influxo de um oboé, entre simetrias e oposições, entre a lentidão encantatória e as síncopes de uma corrida eufórica, entregou-se com avidez ao resumo de uma carreira afetiva. Mas desligada dos seres que o feriram. Guardando deles apenas as relações de posição e choque. Não precisou do equilíbrio do humor para conseguir pairar na esfera da abstração. Deu as costas à estante e a seus livros, abriu a janela. Um bonde ultrapassava a curva com estardalhaço e aos trancos e chiados freava diante do edifício cinzento. O oboé e o bonde, harmonia e dissonância, ruído e som, o direito a um mundo conquistado apenas pela emoção, e ainda a percepção de relações acima de uma técnica habilmente elaborada. Viu-se agora criança e agora, com os sentidos abertos para a totalidade, e viu-se agora criança e agora, macerado pela imposição estúpida que os outros lhe deram de fragmentos dessa totalidade. A desordem. O grito. Um outro a inclinar um arco de violino, sereno, enquanto seus nervos se abriam para a dissonância de insultos. Viu-se agora criança e agora na sucessão de danos que culminaram com o gesto de há pouco. Tirou do bolso do paletó o revólver e guardou-o na gaveta novamente. Fora difícil recuperar a espontaneidade de um gesto de ódio até o dia em que descobriu que a estupidez humana era humana. Na esfera em que pairava já não lhe interessava saber ao certo se matara ou não um homem.

Uma velha lenda chinesa

Quando Yehoshua Cohen saiu de casa na tarde do dia 25 de agosto para o seu passeio habitual, um grupo denso de nuvens cobriu o sol de fim de verão. Sabia que não ia chover apesar do céu nublado, e tomou o caminho de sempre, sem outras precauções. Atravessava a praça, tomava um café expresso na esquina de Neviim, subia a Herzl, e depois por uma das ladeiras descia até o porto ou a estação da estrada de ferro. Quando o caminho era mais ralo de casas gostava de virar-se e mirar a linha do Carmel, principalmente os renques de pequenos ciprestes. Não conhecia outras cidades. Chegara a Haifa cinco meses antes, e dois dias depois de saltar do navio já estava empregado numa mercearia. Era um homem baixo, calvo, com tendência a engordar facilmente e extremamente meticuloso em relação a seus objetos de uso. Pobre, conservava a pouca roupa com enorme cuidado, e nunca deixava de engraxar ele mesmo os sapatos. Nascera em Istambul, mas criança ainda fora levado pela família ao Egito. De lá transferiram-se para a Alemanha, mas o clima local fez com que adotassem a França. Quando a guerra começou conseguiram fugir para a Espanha. Após a morte dos pais, era filho único, e levado por um sentimento vago, sem nenhuma exaltação, resolveu emigrar. Sempre quieto, pacato, gostava de ler, mas sem especial entusiasmo também. Uma constante tristeza fluía-lhe dos olhos, e não se sabia ao certo se nada mesmo tinha a dizer, ou se nunca encontrou a oportunidade de revelar alguma face mais oculta. De qualquer modo era possí-

vel identificar em alguns momentos uns raios de medo na constante tristeza que lhe fluía dos olhos. Até mesmo os grandes sofrimentos lhe foram negados. Da guerra tomou conhecimento apenas das conseqüências e perturbações remotas. Os horrores mesmo não chegou a conhecer. Talvez guardasse algum sentimento de culpa por isso. Vivia só, não mantinha relações com mulheres, mas não havia notícias de que tivesse tendências anormais. A única nota exótica em seu quarto eram objetos disparatados arrumados em quatro prateleiras. Uma ratoeira, pedras, raízes, um pedaço de tijolo, um ralador, um velho barômetro, e alguns livros roídos pelas traças, mas que deviam ser bem velhos pela encadernação, livros em língua que não entendia. Na tarde desse dia, 25 de agosto, entrou em uma pequena livraria numa das ladeiras que iam ao porto, e começou a mexer nas estantes. Atrás de uma mesa pequena a proprietária, uma velha húngara endurecida e enrugada, mirava-o por cima dos óculos, enquanto folheava uma revista. Ele não chegou a perceber o tremor da velha ao vê-lo tirar do fundo de uma prateleira uma pequena brochura sem capa, contendo alguns desenhos chineses que pareciam bem velhos. Perguntou três vezes o preço da brochura e só na quarta obteve uma resposta tremida. Se fosse mais observador teria percebido que a velha tentava lhe dizer alguma coisa. Mas como se limitava a folhear o livro enquanto aguardava a resposta, nada lhe ocorreu. Pagou, recebeu o troco, e continuou o seu caminho em direção ao porto. Ali, ao tomar um suco de laranja num bar junto à saída do funicular encontrou um velho ajudante de trapiche, que sempre cruzava o seu caminho, e que com o tempo passou a cumprimentá-lo. Nesse dia sentou-se em sua mesa e tentou conversar. As respostas eram lacônicas. Olhou a brochura e interessou-se por ela. Yehoshua quase lhe agradeceu o interesse. Isso afastava comentários inevitáveis sobre vida pessoal. O velho exultou quando viu o romeno saltar das páginas mimeografadas e ofereceu-se para traduzir-lhe o folheto. Enquanto bebia o seu suco de laranja Yehoshua Cohen ouviu a seguinte história na voz rouca e segura do velho ajudante de trapiche:

Uma velha lenda chinesa

Naquela manhã o príncipe saiu irritado dos aposentos do imperador. Em primeiro lugar ficara chocado com a decadência física do velho, em segundo lugar a apatia e o excessivo interesse por coisas sem importância, e que se relacionavam com a poesia e a música, fizeram com que o monarca se afastasse um pouco das coisas do império. E isso lhe desagradava. Educado em outros moldes, e resistindo sempre à péssima influência de instrutores que teimavam em cultivar-lhe a emoção e a imaginação, guardando delas o suficiente para manter uma conversação agradável e conveniente dentro do ritual de cerimônias, preocupava-se com o estado das províncias: a péssima situação das colheitas, a queda na manufatura de tecidos e porcelanas, e ameaças externas, na presença de vizinhos remotos, é verdade, mas que se armavam fortemente, em silêncio. Encerrou-se em seu gabinete e pôs-se a escarafunchar as unhas com um pequeno estilete de pedra. Algumas dores que o importunavam com freqüência reapareceram naquela manhã: hemorróidas, umas pontadas acompanhando a respiração, e um fluxo desagradável na cabeça. Abriu a gaveta enorme de uma cômoda, e entre várias caixas escolheu uma pequena, com a tampa já gasta pelo manuseio. Aspirou o pó e permaneceu em transe durante uns dois minutos. Depois chamou um dos conselheiros que mais detestava, e que já dera inúmeras provas de que o sentimento era recíproco. No momento era a única pessoa que lhe poderia ser útil. Acrescia o fato de que o conselheiro era tido como homem abominável, embora nada se pudesse apresentar de concreto que lhe turvasse a dignidade do posto ocupado.

Quando o viu à sua frente percebeu que devia ser mais abominável do que supunha. Era um homem alto, forte, de expressão franca e saudável, sem nenhum dos tiques palacianos a beirar sabujice. Sentou-se com desenvoltura respeitando nos mínimos detalhes o cerimonial, mas com uma ligeireza e um à-vontade de quem não se preocupa muito com esses detalhes. Não demonstrou a mínima surpresa quando o príncipe lhe disse claramente, abrindo a conversação, que pretendia matar o imperador. Precisava apenas de uma idéia. Não queria levantes armados, não queria

revolta de tropas, nem desordem nas províncias. O conselheiro continuou mirando o pequeno estilete de pedra que o príncipe mantinha entre as unhas. Depois de um curto silêncio ergueu os olhos e disse ao príncipe que já tinha esse plano há tempos, e que estava pronto a servi-lo.

No dia seguinte foi dado início à execução do plano sugerido pelo abominável conselheiro. Muito dinheiro foi gasto pelo príncipe, muito mais do que o preço de alguns batalhões de mercenários, suas armas, e suas montarias. Praticamente dois terços de sua fortuna foram empatados na empresa. Mas o êxito justificou inteiramente o empate de capital. Durou dezoito meses a ação de setenta e sete mil agentes espalhados em todo o país, e divididos em grupos que ignoravam inteiramente o trabalho uns dos outros. Apenas o conselheiro e seu secretário mantinham o controle de todos. Seis homens foram escolhidos nos extremos das províncias, exatamente sobre os vértices de um hexágono inscrito em um círculo feito a capricho pelo conselheiro em sua banca de leitura. Seis homens débeis mentais, suficientemente humilhados, suficientemente vaidosos, e com crises freqüentes de ódio violento. O conselheiro em seu plano utilizou um velho sistema de sugestão apreciado pelos sábios de antigamente, e posto em desuso pela técnica mais apurada dos homens de ciência seus contemporâneos. Localizados os seis homens, um trabalho lento teve início. Alguns agentes postavam-se nas proximidades do escolhido e comentavam com aparente descaso episódios considerados secretos de sua vida. De todos os seis homens foi feito um levantamento minucioso, com todos os detalhes de sua existência, desde o nascimento até o dia em que os encontraram. Apenas o conselheiro e o secretário estavam de posse de todas as informações, e estas eram fornecidas aos agentes de um modo fragmentário. Seis meses depois alteraram os comentários e passaram a ridicularizar todas as palavras e todos os gestos dos seis homens. Nessa fase o terror começou a se definir em cada um dos seis rostos, mas sempre mesclado à dúvida. Com um deles puderam ainda experimentar uma outra técnica. Em certos momentos de crise compunha poemas, e envaidecia-se bastante com os elogios que alguns lhe davam. Passaram a entrar em seus aposentos enquanto dormia, copiaram-lhe os poemas e divulgaram-nos como sendo de outros. Principiaram a martirizá-lo com a pecha de plagiário.

Diga-se ainda que os agentes com o tempo foram se aprimorando na técnica, e alguns chegaram a requintes de improvisação. Decorridos outros seis meses começaram a explorar-lhes o ódio. Por intermédio de palavras bem dosadas principiaram a sugerir a cada um deles a necessidade de um crime. Finalmente decorridos dezoito meses e no dia em que o imperador resolveu comparecer a uma competição de poetas que se extremavam em superar sutilezas, um homem saiu de seu lugar e matou-o. Um segundo homem matou o primeiro. Um terceiro, o segundo; um quarto, o terceiro; um quinto, o quarto. O sexto matou o secretário do conselheiro. No mesmo dia, à tarde, enquanto passeava pelo jardim do palácio enlutado o conselheiro principiou a ouvir comentários em tom de deboche, feitos por grupos que nem o encaravam, e que revelavam o conhecimento de todos os seus atos abomináveis. Nesse mesmo dia, fechado em seu gabinete e depois de destruir todos os documentos em seu poder, suicidou-se. Poucos dias depois o príncipe foi sagrado Imperador.

O romeno despediu-se após a expressão de desgosto do velho. A história era banal, e sem nenhum interesse, sem nenhuma daquelas cenas de aventura de que tanto gostava. Sua opinião sincera era a de que achava a história ridícula. Sentia-se logrado. Yehoshua retornou ao seu quarto, jantou cordialmente com a dona da casa e os outros hóspedes, deu mais algumas voltas mas não longe de casa, e tentou dormir. Enquanto aguardava o sono, passeava os olhos pelas prateleiras, vendo os objetos na penumbra: a ratoeira, pedras, raízes, o tijolo quebrado, e os livros roídos pelas traças. Nessa noite, fato raro, sonhou bastante, e sempre se via como personagem da história que o velho lhe traduzira. Mas sempre personagem diferente. Foram quatro os sonhos. Mas sempre havia uma lacuna entre um episódio e outro. E sempre uma lacuna em cada sonho. Fato raro também, ao acordar sentiu uma necessidade violenta de procurar o velho para que lhe traduzisse de novo a história. Nunca em sua vida manifestou um ímpeto tão urgente. Para surpresa sua, ao chegar ao trapiche, disseram-lhe que o velho fora encontrado morto de madrugada, no saguão do pardieiro em que habitava, logo no início da ladeira próxima. Yehoshua regressou perturbado ao trabalho, e ouviu, fato raro, algumas recrimina-

ções do chefe pelo descaso no serviço. Durante o almoço sua perturbação aumentou, e pediu a alguém de casa para avisar a loja de que não se sentia bem. Estava doente, e ia para a cama. Deitado e atordoado sem saber exatamente por quê, não conseguiu dormir. Folheou umas duzentas vezes a brochura. À noite, quando lhe trouxeram o prato de sopa, enquanto comia, foi atraído pela ratoeira. Não sabia relacionar as coisas, nem estabelecer hipóteses. Apenas ficou encarando a ratoeira até que o sono o dominou. E sua última certeza, no sonho de febre e terror, é que desta vez não havia lacunas. Sonhou sua morte.

Fé de ofício

Tenho presentes dois esboços de personagens e um semi-esboço de cenário, e não sei por que me deva agarrar a alguma convenção de conto, não formulada aliás, e só apresentar a história depois de solver em detalhe os enigmas que personagens e cenários representam. Talvez haja nisso o desejo de fazer atuar a minha vontade sobre as figuras de ficção, e por aí, retirar-lhes a autonomia que naturalmente deveriam ter. O que suponho, é outra convenção. Receio apenas, no meu desejo de não respeitar convenções, estar caindo em uma armadilha, isto é, escrever dentro de uma outra convenção, anterior às primeiras. Se isso é verdade, reverências, já que o papel não deve ficar em branco. E isso talvez não seja propriamente convenção.

As duas figuras têm como constante a insanidade mental. A primeira não sabe se é exatamente o cavalo branco de um general famoso ou uma poça dágua; a segunda oscila permanentemente entre os dois sexos, o que talvez provoque a gula de algum psicanalista. O cenário é composto de algumas paralelas paralelas, outras convergentes, outras ainda divergentes, uns prismas mais ou menos regulares arrumados em alguns pontos de um modo caótico espontâneo, e em outros de um modo caótico organizado, e uns cilindros que se ramificam a uma certa altura. Gostaria de povoá-lo com sombras, mas receio que sua presença perturbe as duas figuras, e que cada sombra queira atuar sobre cada uma delas de modo a fazê-la figurar à sua imagem e semelhança. Não há vestígio de animais, eliminados por uma série de motivos e preceitos. A única lembrança são pequenas

estatuetas dispostas em algumas divisões dos prismas, e que têm como finalidade a distração de supostas crianças. Não há crianças. De início dois caminhos se me apresentam: ou desenvolvo a história dentro de certos esquemas muito caros aos mestres da psicologia, e evidentemente da patologia, caminho fértil e rico em suposições, esquemas, imaginações, deduções e associações oníricas, e mais rico ainda em motivações histriônicas, ou então opto pelo segundo, que é procurar compreender a personagem em sua própria gênese, envolvendo o autor, caminho pobre, às vezes estéril, e de reduzida potencialidade imaginativa. Opto pelo segundo, até o ponto em que é possível optar, até o ponto em que eu mesmo não me transformo em matéria fértil para os amantes do primeiro caminho. Como há tempos escolhi o caminho da indiferença, suponho, na verdade, que não há propriamente opção, e que ao escolher o segundo talvez obedeça a um terceiro. A título de consolo me resta a esperança de algum dia encontrar um bom ensaio sobre um tratado da superfluidade.

A primeira coisa a resolver num caso desses é o da profissão. Personagem mora, come, veste, e mesmo insano precisa de dinheiro para cultivar seus delírios. Um deles, o que não sabe se é o cavalo branco de um general famoso ou uma poça dágua poderia ser traficante de entorpecentes, de escravas brancas, contrabandista de pérolas ou diamantes, industrial, cobrador de agência funerária, ou mesmo um general famoso que pudesse ter um cavalo branco; é um pouco difícil relacionar a profissão com o delírio da poça dágua, embora me pareça possível, se houver coragem suficiente para vencer a barreira do ridículo. O segundo, por ter concentrado sua insanidade na oscilação de gêneros, me sugere prostituta ou pederasta profissional, profissões mais ou menos ajustadas a certas intemperanças e a certa abolição de dignidades fundamentais.

Depois vem o problema da ação, e me parece difícil, já que preferi o caminho mais árido, encaminhar a movimentação (para muitos ação é movimento) num sentido agradável. A face agradável é mais difícil ainda. Se encaminhar pelo cavalo branco do general famoso meu impulso é identificá-lo realmente com o cavalo branco, e desenvolvê-lo em toda a sua plenitude eqüina, escouceando e nitrindo à vontade. Só uma ilusão de ótica impediria de ver a bela crina, os cascos reluzentes, os relinchos impávidos. O primeiro caminho se insinua e me leva a tratá-lo melhor como o general famoso do cavalo branco. Visto por esse ângulo seria facílimo armar alguns episódios realmente digestivos, e contribuir assim para o tédio de algumas boas almas à procura de harmonias. Quanto à poça dágua, cadê coragem. Imaginar-lhe a condição de água e poça, ávida de reflexos e reentrâncias, de movimentos complicadíssimos e sutis ramificações, capaz de uma linguagem hiperorganizada e ultra-estruturada, imaginar-lhe essa condição é abusar da aridez admissível na ficção. A segunda personagem oferece a mesma dificuldade. O primeiro caminho, rico, o segundo pobre. O primeiro a sugerir hibridez de formas oníricas, e a erudição de velhas mitologias, o segundo limitado a uma apreensão elementar de coisas. O primeiro a oferecer material para boas risadas com todas as associações de formas, um misto de sereia e touro, uma ninfa do umbigo para baixo e um fauno do umbigo para cima. O segundo mal dá para divagar sobre o umbigo.

Suposto resolvido o problema da ação, gostaria de introduzir uma idéia apenas para cada personagem; me parece suficiente, embora desnecessário. Nesse ponto faria uma concessão à minha vaidade, pois nada me agrada mais do que a descoberta de alguma idéia no que escrevo. Embora à primeira vista pareça fácil, confesso que nada me é mais doloroso do que descobrir uma idéia. Assim, de saída, deixaria cada personagem com apenas meia idéia, ou mesmo um terço, o que me parece ocorrer com muita freqüência. Talvez o problema da personagem que delira com o cavalo e a poça dágua seja o da imortalidade; nesse caso, entre a aspiração a um modelo eterno do cavalo e o da poça dágua, eu lhe dou o da poça dágua, a eternidade dos dois, poça e água... Dou com todo o impulso de minha paranóia, e a lembrança de dois momentos: um, num hotel suspeito da Lapa vislumbrei uma centelha nos olhos de um assim dito degenerado, outro, sob o pórtico de entrada de uma mesquita em Nazaré, a caminho do Mar da Galiléia, um velho esfarrapado dobrava-se no tapete em oração. Ambos acreditavam na imortalidade.

O desenlace poderia se dar com o casco do cavalo montado por um hermafrodita dentro da poça dágua.

Um gosto recente pelas coisas ambíguas, por causalidades inúteis, pela desnecessária síntese de certas contradições me leva a aceitar o título apesar de ferir a sensibilidade olfativa de alguns, por estranha sinestesia.

Sôbolos rios que vão

All creation is the sport of my mad mother Kali.

Hindu Hymn

A cidade se desdobrava embaixo num misto de nojo e beleza. Afastou-se do paredão de pedra e terra, atravessou o caminho socado que ladeava o morro e apoiou-se em um tronco à beira do barranco. Fechou os olhos por instantes atordoado pela visão da totalidade, e pelo cansaço. As pernas tremeram ante a súbita idéia de se arremessar no abismo, e um riso histérico sacudiu-lhe o corpo na constatação da própria fraqueza. Era esse então o homem que andava com a morte nos olhos, na boca, no olfato, nos tímpanos, em todos os poros, esse o homem que tinha a morte como lema e meta. Inspirou com violência à procura de calma, e entreabriu as pálpebras já com boa dose de orgulho necessário a seu controle. Uma intensa vibração de ódio e medo levara-o a abandonar as ruas agora ao longe, e procurar o topo da montanha pela estreita faixa que coleava a encosta. Como um cão, um cão que vaga à toa. Pior do que um cão, porque trazia as pupilas tensas, e a mais leve brisa bombardeava-o com idéias que gostaria de eliminar, se fosse possível, ou pelo menos atenuar como contraponto do humor. E em certos dias buscava mesmo identificar nos cães qualquer coisa semelhante ao humor. E mesmo nos gatos. Ou nos cavalos. Por isso, porque nem o humor lhe vinha, identificou-se com o cão, mas em vez de um forte latido, um choro, uma inundação de alegria e vitalidade. O orgasmo, a ejaculação, e a tranqüilidade do corpo imerso na simples condição de existir.

— Prostitua-se!

Foi o conselho que lhe deram quando os primeiros sintomas de idiotice apareceram, mas isso há muito tempo, antes que os cabelos começassem a embranquecer e antes que a barba pouco espessa lhe contornasse a face. Não sabia explicar exatamente como se dera o primeiro incidente, lembrava-se apenas de que alguém o mandara lamber sabão, e ele tirou da despensa um pedaço de sabão de cozinha, e começou a lambê-lo, com todo o esforço necessário para afastar a repugnância. No início perturbava-se com comentários a seu respeito, a respeito do que chamavam sua loucura. Não podia perceber por quê, já que dava às palavras o significado exato, e suas ações eram coerentes com as palavras. Depois, quando eliminou a crosta que os outros representavam para ele, deu um urro e transformou-se numa experiência total. E respondia com todo o corpo às perguntas que exigiam apenas palavras.

A rápida rememoração desses episódios fez com que desistisse de procurar o alto da montanha, substituto para sua antiga necessidade de deserto e solidão. Seu deserto era a multidão. Por isso retomou o caminho da descida, e trazia em seus passos todos os ímpetos necessários para afrontar a cidade: o choro, o furto, a prece, o gesto pornográfico, o golpe mortal, e o ódio suficiente para amá-la em suas transições de ínfimo e sonho. E principalmente a grande dignidade de se humilhar em qualquer momento.

Parou junto a uma portinhola de alfaiate pobre e pediu trabalho. Enquanto atrás do balcão, com os óculos a meia altura do nariz, o dono o encarava, um tipo temperamental entrou com um embrulho, e deixou uma calça para o conserto.

— Esse tipo devia ter um fecho-éclair na bunda — comentou o alfaiate ao ver o homenzinho já longe — e você, se sabe mesmo fazer alguma coisa, toma lá e conserta essa calça.

O homem se ajeitou junto a uma estante baixa, tirou de uma caixa agulha e linha e principiou a alinhavar umas partes soltas. O alfaiate ainda o observou durante alguns minutos e continuou em silêncio a trabalhar. Foi numa ausência rápida do outro que tirou de uma gaveta um fecho-éclair, e escondendo seus movimentos com o corpo costurou-o no lugar que achou mais apropriado. Quando se ergueu e entregou o serviço perguntou se podia receber alguma coisa. O alfaiate passou os olhos pelas calças e deu um murro na mesa ao ver o fecho-éclair aplicado no lado oposto à braguilha. À pergunta sobre o motivo daquilo o homem respondeu com o máximo de candura que podia afetar. Não fora frase sua?

— Cortem os colhões desse puto!

O berro acompanhou a corrida do homem até o fim da ruela, e o eco ainda o perseguia, quando já numa transversal, deu entrada em uma praça interna, onde algumas barracas se amontoavam numa feira improvisada. Estendeu a mão diante de uma delas e recebeu duas bananas. Enquanto as descascava remoía a soma de impressões que o incidente com o alfaiate lhe causara. A gratuidade da linguagem, o choque com tudo aquilo que está um pouco fora de uma pequena faixa de hábitos, a possibilidade de suportar uma ação grotesca, a impossibilidade de suportar o que parece uma atitude ridícula, o lado elementar de paixões a ditar normas impossíveis de serem seguidas sem uma conseqüente perturbação. Não teve tempo de conhecer as possíveis aspirações do alfaiate: ferreiro, pescador de pérolas, ou príncipe de uma corte no Ceilão.

Num canto uma barraca mal ajeitada exibia um cartaz enorme: CONTE-ME SEUS SONHOS E EU LHE DAREI A CHAVE DO SUCESSO DO FUTURO E DA FELISIDADE. Sorriu complacente com o erro de ortografia, qualquer um entenderia. À porta, um quarentão baixo, de faixa vermelha na pança, batia palmas e conclamava os infelizes. O homem cofiou a barba, revolveu as algibeiras vazias, e sentou-se a uns vinte metros da barraca. Compôs uma expressão de tristeza, rasgou a manga da camisa, arregaçou as calças, e esfregou um pouco de bosta de cavalo na perna. Pouco depois algumas moedas começaram a chover, e em questão de hora e meia tinha uma quantia bem maior do que a necessária para comprar a chave milagrosa. O quarentão baixo que à distância o viu contar as moedas, quando entrou na tenda propôs-lhe logo que lhe desse todo o dinheiro, e além da chave almejada lhe daria uma frase que era um abre-te-sésamo para o que bem entendesse. Não hesitou, deu-lhe o dinheiro, e deitou-se numa esteira com a cabeça voltada para uma almofada, assento do quarentão. E narrou-lhe o único sonho que possuía: sentado a uma mesa, comia pão. O quarentão explodiu numa gargalhada e o homem se ergueu irritado. Explicou-lhe novamente que no sonho se via sentado a uma mesa e comia pão. A faixa vermelha se inflou e todo o corpo do quarentão se dobrava num riso incontrolável. O homem não se conteve e ia lhe assestar um soco quando o outro se afastou e lhe deu uma rasteira. A criançada na porta se dividiu em dois grupos, um apostava no gordo barrigudo, outro no barbado. Até que a polícia apareceu e instaurou a ordem. O gordo exibiu todos os documentos que o qualificavam como doador da *chave do sucesso do futuro e da felisidade,* e o barbado teve que sair pelo braço da autoridade. Durante dois quarteirões caminharam seguidos pela garotada. Os mais velhos às vezes se adiantavam e caminhando de costas abriam o cortejo com caretas. O polícia mesmo sem encontrar resistência parecia arrastar o barbado pelo braço. Quando atravessaram uma rua larga de tráfego mais pesado os meninos desistiram e os dois acertaram um passo sereno, já sem a violência imposta pela autoridade. O homem sentiu mesmo uma certa simpatia pelo outro, e deixou-se conduzir calmamente. Antevia em detalhes os episódios da delegacia. Depois de um longo trecho comercial, alguns terrenos baldios, um agrupamento de edifícios de quatro pavimentos bem ajardinados, um longo paredão de fábrica ou coisa parecida, novamente a larga rua movimentada, e de novo um trecho comercial. Percebeu que rodavam em círculo. Olhou o perfil do outro, e o viu sempre com a atenção voltada para a frente, sem se perturbar. Apenas a mão que o segurava parecia acariciar-lhe o antebraço com suavidade. Sorriu ao perceber o embaraço do outro, e embora as coisas lhe fossem mais ou menos indiferentes, embora não o assustasse tanto a perspectiva de passar um ou mais dias em uma cela com todas as implicações de um registro, embora não fizesse empenho especial no momento naquilo que os outros chamavam de liberdade, resolveu facilitar as coisas para o outro. Em poucas palavras, e arriscando-se a sofrer uma reação mais violenta se fosse apenas ilusão sua, deu a entender que percebia os sentimentos mudos, e que não tinha objeção alguma a que fossem a alguma parte. O corpo do polícia tremeu, caminhavam agora lado a lado, e o homem de barba pôde ver-lhe melhor o aspecto. Cheio de corpo, o ventre e as nádegas apertadas no uniforme, um rosto redondo com um quê de infantil, uma linha de suor escorria-lhe do chapéu pela face escanhoada. Com um murmúrio quase explicou que a sua posição não lhe dava oportunidade de efetivar seus impulsos, e que isso o perturbava bastante. Tinha medo. Um lampejo de ódio varreu os olhos do homem pela implícita humilhação no ato de se confessar. Já não sentia os dedos em seu braço, tinha os movimentos livres, e seu primeiro gesto foi o de apoiar sua mão no ombro do outro. Aproximaram-se de um parque, e ao se encaminharem para uma entrada lateral um bando de moleques arrastando um velho emergiu de um recanto sombrio e principiou a berrar com escândalo. Um deles, moreno alto e magro de gestos exaltados, mantinha o velho preso pela gola do paletó. Aproximaram-se do polícia, a farda era uma garantia, e o moreno explicou que o velho lhe fizera propostas indecentes. O resto do bando saltitava em volta confirmando o fato com guinchos de exaltação. O velho se debatia, e chegou mesmo a se atirar no chão arrastando consigo o rapaz. Negava num grito que era quase um choro. Alguns solitários e alguns casais se aproximaram. O barbado olhou para um caramanchão onde um gato se espreguiçava e onde um sol de quatro horas da tarde se insinuava pelas abertas de trepadeiras. Afastou-se do grupo, ninguém o perturbou. Sentou-se no segundo degrau de pedra e ao encontrar um galho fino e duro a seu lado principiou a desenhar círculos no chão. Depois quebrou o galho em pedaços iguais, do comprimento de um dedo, e lançou-os dentro dos círculos. E pôs-se a contemplá-los em sua desordem. Viu convergências e divergências, alguns mesmo superpostos. Quando ergueu os olhos o polícia conduzia o velho pelo braço e o bando de moleques seguia-o. Provavelmente para dar testemunho.

De uma vida anterior um resíduo de palavras ainda o fazia sentir o peso de certas situações, e ainda lhe provocava a dor que um ódio não desejado não aplacava. E as aspirações eram ainda palavras. E o sonho de alguma dignidade a última ilusão trazida pelo delírio de uma frase mais polida. Eternidade, sonho, glória, instantes de cintilação, saltos de crista em crista de ondas de medo e euforia, a imortalidade das estrelas, os abismos da alma, a última convenção de uma harmonia de palavras. Ergue-se à procura do movimento restaurador, do passo que rompe o cerco da frase encantatória. Um sussurro vem de um banco no outro lado do caramanchão. Aproxima-se e dobra o corpo sobre um vulto magro enrolado em um capote. Os braços cruzados, os olhos fundos e a barba de dias transmitem uma vibração de fim. Aproxima o ouvido dos lábios mas nada percebe além do esforço da respiração. Olha em redor à procura de uma sugestão de auxílio, mas vê apenas na memória um círculo com alguns pedaços de galho lançados, e vê bem um deles, junto à periferia, isolado dos outros. É então que resolve se afastar, tenso ainda pela persistência de um sentimento mal sufocado.

Ao cruzar uma alameda a caminho do chafariz central vê um paletó lançado sobre a grama; um casal de costas, ao lado do tanque dágua brinca de dar palmadas na superfície para provocar respingos. O homem está em mangas de camisa. Observa-os por alguns instantes, e arrisca-se a revolver os bolsos do paletó. De posse da carteira acelera o passo na direção contrária e procura abrigo atrás do paredão de um prédio meio em ruínas, abandonado, já junto ao muro externo do parque. Abre a carteira e conta o dinheiro, sete notas de mil e três de quinhentos. Tira duas notas de mil e guarda a carteira dentro da camisa por cima do cinto mais apertado. E pensa na loucura da loucura. Acende um fósforo e como quem cumpre um ritual incendeia lentamente as duas notas superpostas. O papel se recusa no início, mas depois aceita a chama e se retorce meio valor meio cinzas. Ele permanece um longo tempo na contemplação do monte carbonizado, e por ele toma conhecimento do crepúsculo que lentamente envolve a massa e a faz integrar-se nas sombras dos objetos do parque.

Já fora, e ao longo de uma rua estreita e suja, os postes iluminados eram manchas de cor no início da noite, uma mulher o aborda. À passagem sob uma lâmpada vê-lhe o rosto envelhecido e o pescoço enrugado, e ainda mais os olhos espantados ao mostrar-lhe a carteira aberta com as notas. Por uma arcada de velhos tijolos vão ter a um quarteirão de vielas e becos, e a mulher o conduz ofegante por uma escadaria estreita a caminho de uma aberta luminosa no que parecia ser um patamar de colina. À medida que se afastam o ruído desaparece, o grito de crianças, rádios, cães, gatos, homens em camisas de meia a esperar o jantar. No alto, à direita, enveredam por um caminho aberto em meio a um capinzal, e chegam a um casinholo de madeira. Era a casa. Por dentro a sensação era de bem-estar. A cama com uma coberta de veludo, algumas prateleiras sobre uma pia forrada de papel pintado e recortado nas bordas em figuras de bonecos simétricos. Oferece-lhe uma bebida, enquanto prepara a penumbra suave e se despe. O homem observa-lhe o corpo magro e anguloso, os seios murchos e pendentes, as coxas marcadas por fibras endurecidas, e renuncia a todos os seus modelos de perfeição e ideal ao deitar-se e apelar apenas para o funcionamento de um organismo desligado de suas ilusões. Ao apertar o cinto de novo, pronto para sair, entrega a carteira com todas as notas à mulher. Repugna-lhe a euforia que sente no corpo da velha abraçado ao seu num beijo de gratidão. Repele-a com um gesto brusco que causa espanto, e ao ver uma nota de ofensa no rosto retira-se. Regressa pelo capinzal, sentindo a dor de algumas folhas serrilhadas no rosto e o calor de uma aragem noturna a lhe banhar a pele. Caminha por entre barrancos, aglomerados de casas pobres e flancos de morro a se perder num quarteirão iluminado embaixo. Praticamente parou em cima do homem, sem perceber que estava agora longe de qualquer barraco, e que o outro saíra de uma moita em sua direção. Ao ouvir a palavra *calma* ainda não havia percebido o sorriso de malícia que se desenhara na boca do outro. Por um clarão de lua viu-lhe o rosto cheio e o bigode farto. Era mais alto do que ele, corpulento e de pele mais branca. Só quando o outro o obrigou com os olhos a encarar a mão na altura do ventre é que viu a faca encaixada entre os dedos. Pensou em dizer-lhe que nada mais tinha, pensou em gritar, pensou em que não deveria ter dado tudo à mulher e que agora alguma coisa sobraria para este, pensou também em recuar e tentar a fuga. Mas enfrentou-o. Apelou para a sua demência, e com um grito lançou-se sobre o homem. Lutou com todo o corpo e com todas as reservas de ódio. Inutilizou-lhe o braço armado, agüentou a dentada que recebeu na testa e com o joelho golpeou-lhe as virilhas. Caíram os dois numa agitação de terra, mato e roupas. Caído ainda sentiu o corte em seu ombro que um descuido permitiu. Um jorro de violência dominou-o e de posse da faca golpeou sem saber onde. Ergueu-se de um salto ao sentir a lassidão do aperto do outro. E continuou o seu caminho, à procura de uma ladeira qualquer que o levasse de novo para baixo, para o seu deserto.

A meio caminho, quando um barranco lhe deu de súbito a fusão de um mar enegrecido e de um céu estrelado a lua se impôs com o seu clarão de lenda e superstição. De um rádio longínquo veio esbatido o som de um regional. E todo o seu corpo tremeu numa fome de harmonia. Das pulsações de seu cérebro, do ritmo de sua respiração, das contrações do estômago e do ânus, da consciência de todas as suas vísceras banhadas por um sangue antigo, da lua imóvel na sua órbita celerada, dos olhos fechados finalmente para um reencontro inadiável, jorrou uma prece improvisada e a visão de um homem peludo, de longos cabelos, pupilas imensas de medo, e dois dentes apenas cilíndricos implantados nas gengivas duras. E a prece começava com a expressão *de noite,* que era a expressão que uma criança há muito tempo usara para lhe contar certas coisas. Segundos depois punha-se em marcha de novo, ladeira abaixo. E no canto de uma calçada, junto a um edifício em construção, deitou-se. Precisava dormir. Tinha sono. E só antes de adormecer, já com as pálpebras quase juntas percebeu que ele era o sonho de um outro, de um outro homem talvez.

O logro

Estranhos como as estranhas oscilações de um sentimento medido e uma explosão afetiva, estranhos como os estranhos meandros de uma expressão entre informe e cristalizada, o impulso e a frase lhe percorriam o corpo. Deitado, com a cabeça voltada para o enorme painel de vidro que separava o quarto da varanda, tinha diante dele apenas um céu noturno ralo de estrelas por uma névoa de outono, a totalidade de suas experiências nem sempre traduzida em palavras mas presente no mínimo gesto ou contração de músculo, a soma de aspirações e ideais, um impulso para fazer o poema, e a frase: *amor, amor se a tantos temo*. Assim que a frase lhe veio de jorro teve a impressão de que o resto viria com a mesma instantaneidade. Mas junto com a impressão a certeza da impossibilidade presente na agitação dos membros e no tremor dos lábios. Contou as sílabas, verificou os acentos, à espera de um impulso do impulso, e enquanto silabava sentiu o desgosto pelo clima antigo e estranho que envolvia a frase. Era isto exatamente o que pretendia exprimir? Era isto o que respondia às suas indagações? Era isto o que poderia apresentar como seu, específico, reação autêntica de uma vocação diante do espanto de uma utopia? Fundia as sensações de uma feição doentia, o enigma de um compromisso imposto por valores que se negavam uma vez realizados, a possibilidade do gesto inútil do poema, os tropeços de um aprendizado para conquistar uma sensibilidade que talvez fosse uma traição a seu contorno afetivo, e a possível mediocridade do produto depois de acabado. Um som longo e grave perturbou a neblina vindo do porto. Foi à varanda e alegrou-se com as luzes em torno da baía e o navio iluminado no cais. Mas constatou que não era bem alegria, mas um sentimento de plenitude que coexistia com o seu mal-estar, e não reduzia a percepção dolorosa de uma segunda frase exigida pela primeira e ainda desconhecida.

Regressou ao quarto e sentou-se à mesa com a dupla noção de decadência real e decadência conquistada por uma atitude e por influências de leitura. Mas como negá-la se o esforço para a conquista rendeu como prêmio uma visão tão válida como qualquer outra, talvez mais. *Amor, amor se a tantos temo, e triste e só canto meu treno.* Anotou numa folha de papel os dois versos, com certa hesitação. Desconfiou no instante do próprio impulso para fazer o poema, faltava-lhe a certeza de que não havia possibilidade de não fazer o poema. Fechou os olhos e afundou polegar e indicador da mão direita sobre as lacrimais internas à lembrança de uma busca interior. Mas o que via? Cintilações, êxtases, euforias? Talvez um processo puramente orgânico denominado memória e a vaga noção de um caos externo que sempre lhe tentaram impingir como modelo de regularidade; e as perguntas realmente elementares. Não estava desligado das chamadas lutas cotidianas, apenas agora, nesse momento, elas eram parte, talvez ínfima, do gesto que procurava. Os objetos em volta eram objetos, com a mesma densidade de uma aspiração ou de um sonho sem fantasias, um outro caos ligando memória e nervo ótico. Ensinaram-lhe a fugir das grandes palavras. Elas voltavam em rompante. Será tão difícil aceitar a vida como uma forma de violência, em que todos os valores que não são imanentes ao indivíduo são arbitrários? *E triste e só canto meu treno, não quero pois o som funesto.* Por que não soltar as palavras, as letras, ordená-las de modo aparentemente improvisado, com uma espontaneidade mais ou menos arbitrária? Fixou-se na própria respiração enquanto esperava resposta coerente para a necessidade de emoldurar-se em esquemas que ninguém mais lhe impunha. *E triste e só canto meu treno, não quero pois o som funesto, de rude flauta ou trino alegre, em cordas tensas.* A possibilidade de algo além do poema, a certeza de algo definitivo e seguro que justificasse a fuga diante do pânico da morte. Deitou-se ainda com a quase rigidez das zonas de medo e aniquilamento. Afastadas as razões do medo cotidiano sobrava-lhe um outro, feito de um imenso vazio e de um gesto de humildade, num espaço mais frio e rarefeito, num crepúsculo de visão em que a própria razão não permanece estática, se potencia. Experiências vitais que oscilam entre um sim e um não, e se amesquinham na tentativa de comunicação. *Em cordas tensas de arco ou voz.* Onde, onde encontrar um apoio para tudo aquilo que está além da possível harmonia de um som ou uma idéia? Onde a carapaça para salvar algumas ficções? *O medo a noite, dá-me a dor.* Um outro sinal de partida de navio surpreendeu-o na informe redescoberta de um lugar-comum. Percebeu uma sutil diferença. Não era bem sua descoberta, nem sua aceitação. Era a conquista.

A morte de Empédocles

Como uma pérola que nasce da lesão de uma ostra.

Jaspers depõe por instantes a caneta na mesa e passa suavemente a língua pela borda inferior do bigode. Apóia o cotovelo sobre o livro à sua esquerda e mergulha o rosto na mão espalmada. Os dedos percorrem os olhos, a testa, o nariz, descem para a boca como um garfo e se enrolam sob o queixo cerrando o punho. À sensação de prazer inicial sucede uma dúvida sobre a possível vulgaridade da frase, mas a imagem é bela e lhe convém no momento. Repele a dúvida com a consideração da existência de uma certa beleza em alguns momentos vulgares, mas não pode evitar um leve tremor de todo o corpo, tremor que faz questão de não formular em palavras, entregando-se à pura fruição de uma angústia de há muito represada em alguns esquemas conceituais e uma norma de existência rigidamente emoldurada em uma carreira que não podia deixar de reconhecer como gloriosa. Enquanto ergue os olhos para um quadro na parede a rápida percepção de uma percepção interior impede-lhe a visão completa das figuras: não deve continuar o trabalho sobre Hölderlin. Por uma questão de saúde. Por uma determinação de há muito imposta. Por uma atitude global que um dia reconheceu como sua, e que não cabia agora destruir. A própria fruição momentânea da angústia trouxe consigo todo um período de aspirações. E a palavra *fracasso* lhe vinha agora com toda a sua carga de dor, sem a aura de uma definição de compêndio. Nesse instante sua atenção se fixa em uma das folhas de anotações à sua direita: se for preciso, quebraremos nossas miseráveis liras e transformaremos em atos os sonhos dos artistas. Domina-lhe a memória um rápido incidente num hospital há muitos anos, quando ainda estudante. Era estagiário, e cabia-lhe acompanhar um grupo de doentes num dos pavilhões. Um deles, um carroceiro de província, alto, forte, alourado, trinta e dois anos na época, passava o dia todo num mutismo completo, e somente ao entardecer se punha a grunhir coisas ininteligíveis, até que na hora do crepúsculo um canto sem palavras se fazia ouvir por uns dois ou três minutos. Nunca mais ouviu trecho tão belo. Remexe os papéis à idéia de pedir notícias do homem. Provavelmente estava morto. Ou um pouco melhor voltara para a sua aldeia. Não, não era propriamente o doente que lhe interessava, mas apenas a memória do instante. Ao tentar prosseguir o trabalho foi dominado pela irritação que uma idéia muito antiga provocou. A idéia vinha do tempo escolar ainda, e repeliu-a depois. Parecia-lhe que a doença propriamente tinha outro sentido, e não o que era dado pelos tratados. Repeliu tanto a idéia que até ele compôs o seu tratado. A dificuldade momentânea de expressão, um desejo antigo de criar quase fizeram desabar sua segurança ante a rápida intuição de que por detrás de toda essa desordem havia quase que uma deposição voluntária da razão. Ergue-se, anda pela sala, folheia dois dicionários, alisa a cabeça do pequeno busto do compositor demorando com os dedos na imensa cabeleira de bronze em desordem, endireita um canto do tapete deslocado por suas passadas, pensa em chamar alguém para retirar o pó que se acumulava num canto da cômoda, mas volta à mesa. Inspira fundo, sente a contração do estômago e dos pés, movimenta por instantes os artelhos no ar, e sente com prazer o apoio no chão e na mesa. Hölderlin decide permanecer deitado, com a coberta até o queixo, certo de que estava com frio, embora nada lhe pudesse indicar que realmente fazia frio. Move a cabeça e não compreende como os Zimmer ainda não mandaram retirar os pratos com os restos do almoço, numa mesa baixa, ao lado da cama. Não podia permitir certos descuidos, e assim que lhe trouxessem o jantar ele lhes chamaria a atenção. Pediria também que trocassem a fronha, esgarçada já num dos cantos, e com o bordado da inicial inteiramente desfeito. Precisava lembrar-se também de pedir que lhe consertassem um dos bolsos do sobretudo, e os punhos de duas camisas. O sobretudo há semanas que vem pensando em pedir que lhe ajeitem o bolso, mas tem sempre medo de que lhe respondam com um grito. Há quanto tempo ouviu a Sra. Zimmer irritar-se porque alguém lhe pediu que pregasse um botão? A porta de seu quarto estava fechada, mas ouviu distintamente a voz da Sra. Zimmer. Seu estômago devia estar revoltado. Hölderlin presta atenção aos ruídos sob a coberta, e julga conveniente fazer um pequeno esforço para arrotar. Melhoraria na certa. Mas em vez disso uma necessidade urgente de urinar se manifesta, e ele joga para o lado a coberta e arrasta o urinol. Ao empurrar de novo o urinol para debaixo da cama, sente uma crispação em todo o corpo, uma centelha de ódio enrijecendo os músculos, e pela milésima vez roga uma praga a Schiller, essa grande besta. Caminha até a mesa em um canto, e tira os livros que impedem algumas folhas de esvoaçar. Precisa acabar o poema e mostrar a esses idiotas o que é poesia, e não essas baboseiras agradáveis que servem para distrair donzelas. Em vez disso, abre a gaveta e vê o que deveria ser a sua grande tragédia, *A morte de Empédocles*. Sente frio e põe o sobretudo. Senta-se em uma poltrona e folheia o original inacabado. Aprova aqui e ali, reprova outras, mas vibra ao reler o trecho em que o sacerdote Hermócrates explica a necessidade de condenar à morte Empédocles. Gostaria de sair agora, mas a certeza de que seria seguido e achincalhado pelos meninos (e ele os amava), retém-no em casa. No entanto uma vibração tão alta o envolve, que gostaria de sentir de novo em um parque essa apreensão da totalidade em um instante sem o artifício de uma palavra para traduzi-la. *Para bem longe com quem sua alma desnuda.* Sente mais frio, e levanta a gola do capote. Uma eclosão de fragmentos dispersos de um cotidiano remoto lhe transmuta o frio em medo. E encolhe na poltrona com as folhas entre as mãos. Encolhe com os olhos dilatados numa antecipação de afeto rarefeito que antecede o terror. Empédocles vê a uns duzentos passos o casebre onde poderia pedir abrigo. O sol à meia altura entre o horizonte e o zênite provoca uma sucessão de sombras e zonas luminosas entre o aclive pedregoso de uma colina e o compacto de vegetação no vale e início da encosta. Vem cansado e com a lucidez de uma exacerbação sabe que está no fim. Não havia nele a correspondência de uma suposta euforia da natureza. Um só esforço se multiplica das têmporas à articulação das pernas para atingir a casa. O caminho duro e sem pó da estrada feria-lhe a planta dos pés bem calejada. Bufava sob os bigodes provocando bruscas oscilações na barba grisalha sob o lábio mas ainda viva junto às faces. Encontra aberta a porta e um só cômodo deserto com um pouco de palha junto a uma parede; improvisação de um vagabundo na certa. Atira-se sobre a palha e no ato de se estirar tem a nítida sensação de se libertar de um esforço além dos limites suportáveis. Seu braço direito está apoiado na parede e os dedos inertes prenunciam o cansaço de estátua. Apenas os olhos entreabertos percebem o sulco no pulso e as veias como fibras retesadas entre a mão e o cotovelo. Percebe os fluxos internos, irregulares, do coração para as vísceras inferiores, e do coração para o crânio, percebe a lenta palpitação dos poros, antes do equilíbrio final. E sabe que seus olhos nesse instante brilham de ódio, e que seu rosto tem a feição de máscara de madeira entalhada a faca. Não tem forças nem material para anotar coisa alguma, nem a quem ditar. Gostaria de definir o homem como um boneco de estopa com a maldição de poder sonhar o infinito, e de dizer finalmente que o último conhecimento era impossível por uma simples questão de identidade. Duas pedras que são uma pedra só. Um vislumbre de ironia pela lembrança dos que o chamaram de charlatão, como os cavalos da escola de Cós, e dos que riram quando se afirmou deus. Sabia agora que era lenda. E como lenda sofreria a glória de uma ascensão ou de um mergulho entre as lavas. Não tinha ele mesmo sugerido isto um dia em tom de piada? Algumas moscas principiam a esvoaçar sobre a palha. Hölderlin se arrasta até à cama e se enfia sob as cobertas. Jaspers resolve modificar a frase: *como uma pérola que nasce da lesão de uma concha.*

O crime perfeito

Desceu do ônibus e hesitou entre a mercearia e a farmácia. A garrafa de conhaque e o sedativo fariam o mesmo efeito. Resolveu abandonar os dois e seguir o caminho de casa. Atravessou a praça, recuou algumas vezes evitando automóveis, seguiu pela rua principal o trecho até a terceira transversal, e antes de dobrar à direita, permaneceu alguns minutos parado observando um grupo em torno de um cão que fora atropelado. Ouviu os últimos ganidos e as expressões de piedade, resistiu ao impulso de se incorporar ao grupo, e enquanto seguia pela calçada até seu edifício tentava recompor algumas idéias sobre o ensaio que a revista lhe exigia com urgência. Maldita a hora em que adotou como tema o trágico. Entrou em casa às quatro horas e doze minutos segundo o relógio da estante, e às quatro horas e sete minutos segundo o seu de pulso. O filho ainda estava na escola, e a mulher cochilava como de hábito entre as três e as cinco. Cortou um pedaço de salame enganchado junto à geladeira, uma fatia de queijo, e ainda com o pano de pratos na mão para tirar a gordura dos dedos aproximou-se da mesa irritado com a arrumação que a mulher fizera. Abriu gavetas, alterou os objetos sobre o tampo e em poucos instantes conseguiu chegar à mesma situação em que a deixara de madrugada. Notas, livros, dicionários, o suficiente para alinhavar algumas considerações de outros, colher epígrafes e definições, não citar certas fontes porque desnecessárias, já pertenciam quase que ao uso diário e comum, procurar uma certa coerência na ordenação das frases, e terminar ou com um artifício que significasse um retorno à primeira frase, ou com qualquer expressão que abrisse a possibilidade de uma seqüência infinita de proposições. Era o caminho de sempre. Receberia os cumprimentos de uns, pela elegância da exposição, e as reservas de outros, pela facilidade com que tirava conclusões de pensamentos alheios, e por uma certa falta de densidade, de profundidade, e às vezes mesmo uma certa leviandade diante de fatos dignos de outro tratamento. Com o dedo na boca, sugando um último vestígio de gordura encravada na unha, lembrou-se da morte do amigo seis meses antes. De repente, num acesso de raiva, começou a agredir gente na rua, foi internado, operado e morreu. A mulher se movimentou no quarto e passou pela sala ainda sonolenta, cumprimentando-o em meio a um bocejo. Espantou-se com sua resposta grunhida e seu movimento em direção à porta da rua. Voltaria em quinze minutos. Enquanto seguia pela calçada remoía os detalhes finais da morte, sem nenhum acréscimo, mas com a certeza de que alguma coisa naquele conjunto de fatos ia se alterar. Parou alguns minutos junto à grade de uma casa baixa entre dois blocos de quatro pavimentos. Um carro tinha meio corpo fora da garage, sobre a grama, e num fundo de mau gosto de cerâmica e barras de ferro inclinadas, um velho lia um jornal na varanda. Tentou eliminar todas as idéias possíveis no instante e olhar seu rosto de perfil: cabelos ralos e brancos, testa ampliada pela calvície e enrugada, nariz sem forma definida, queixo um pouco saliente, orelha grande e achatada, e do crânio à gola uma linha curva seguida de uma vertical. Tentou esvaziar-se de qualquer conteúdo afetivo, e encará-lo apenas como uma forma cheia de possibilidades. Não conseguiu. Um leve tremor inesperado agitou-lhe o corpo, e seguiu em direção à casa do amigo morto. A viúva recebeu-o com espanto, há tempos não aparecia. Também ele não escondeu o espanto ao vê-la recuperada do choque e no rosto uma alegria suficiente para avivar traços jovens. O casal de velhos num canto junto ao rádio ergueu-se de mãos estendidas e comoveu-se com o calor de um afeto espontâneo. Levaram-no para o quarto onde o amigo costumava trabalhar. Abriram as gavetas fechadas a chave, trouxeram de um armário alguns embrulhos com recortes e maços de papéis, serviram-lhe um café e deixaram-no só. Nos embrulhos de recortes encontrou com todas as minúcias a história do processo que agitou a cidade havia dois anos e meio. Fotos, crônicas, reproduções de documentos, cópias de declarações de testemunhas, acusação e defesa. Tentou lembrar-se de algum momento em que o amigo lhe tivesse falado qualquer coisa a respeito. Nada. Quanto ao processo em si, nunca se interessara tanto por ele, e participava da opinião geral de que a condenação estava implícita na própria defesa do acusado. O amigo, músico, encarregado da crônica especializada da revista, aparentemente nenhuma ligação tinha com o assunto. Nas gavetas encontrou cópias de artigos publicados, algumas revistas estrangeiras, e algumas pastas com projetos de trabalhos futuros. Numa delas encontrou papéis em desordem com anotações referentes ao processo. Os trechos soltos de início não lhe deram a mínima idéia do que poderia pretender. Tentou encontrar alguma coisa ainda, mas o resto se ligava apenas à sua especialidade. Pediu permissão para levar o pacote de recortes e a pasta com anotações, e voltou para casa. Encontrou o filho já, ficou à toa até o jantar. A sogra veio cuidar do menino enquanto ia ao cinema com a mulher. Um filme japonês de guerra, com algumas cenas meio cruas, algumas de antropofagia. Voltou deprimido, e enquanto a mulher se deitava pôs-se a remexer os papéis na mesa. Algumas horas depois, havia repassado as folhas esparsas, ao encher um copo dágua no filtro, relacionou com rapidez as anotações descosidas do amigo: não tentava inocentar o culpado, via apenas uma ação contraproducente na condenação, e procurava atrás da questão individual qualquer coisa que lhe parecia um pouco mais sórdida. Numa das anotações parecia mesmo sentir um certo horror na possibilidade de descobrir alguns fatos que no momento não eram arrolados. Um pouco antes de seu ponto habitual de descida ouviu um comentário: de repente, *num acesso de raiva, começou a agredir gente na rua, foi internado, operado e morreu.* Voltou-se e viu um velho de rosto longo, encovado e inexpressivo ao lado de uma velha gorda. Ambos o encararam e pareceu-lhe ver nos olhos dos dois um rápido gesto de zombaria. No escritório, duas vezes pela manhã, e quatro à tarde, a mesma voz desejava falar com alguém que dizia trabalhar no local. Engano. À noite, ao rever os papéis novamente, constatou que o nome procurado durante o dia, era o do morto. Relia alguns trechos quando o telefone tocou. Desejavam saber se ali residia um advogado. A partir daquele dia sua sensibilidade principiou a sofrer sobressaltos contínuos. Em certos momentos parecia duvidar de uma espécie de delírio, a rápida superposição de um episódio pessoal com uma palavra dita ao acaso. Seguiu-se um período em que todos os episódios de sua vida se fragmentaram em comentários irônicos. Às vezes até entre aqueles com quem convivia lhe parecia vislumbrar qualquer acento sarcástico. O mais freqüente eram longos comentários a seu lado no ônibus, no restaurante, e telefonemas que procuravam advogados, hospitais. Um arrepio percorreu-lhe o corpo quando lhe perguntaram pelo telefone se ali não residia um indivíduo que constatou após desligar ter o mesmo nome de um santo estraçalhado pela multidão. Entre irritação, delírio provocado pela sensibilidade exacerbada, e alguns momentos de humor (ele não podia resistir ao riso de uma situação absurda), principiou a sentir o terror de ver sua família ameaçada. Alguns episódios miúdos de sua vida principiaram a aparecer nos comentários de sua mulher, mas como se se referisse a um estranho. E ele tinha a certeza de que nunca lhe contara nada. Sabia de há muito, sem ter experimentado, a dimensão que uma banalidade podia adquirir. O horror com que a mulher se referiu a uma experiência sexual de alguém que dizia ser conhecido na cidade lhe deu como reflexo o horror de uma possibilidade. A mulher ouvira o comentário no supermercado. Ele olhou para o filho que nesse instante chegava da escola. Os dias que se sucederam foram de insônias, impossibilidade de concentração na leitura, e tensão cada vez mais difícil de suportar no trabalho. As figuras humanas começaram a perder cargas afetivas e a assumir jeito de caricatura de animais. Quando um dia, num bar, viu apenas mandíbulas, narizes, olhos de pássaros fixos, e dentes a se movimentarem, deu um salto e começou a agredir os outros, ferindo alguns a dentadas. Foi internado e operado.

O primeiro café

Não se via o sol ainda, mas a luz era forte quando abriu a porta do quarto para a sala. Abotoou o vestido e desceu os degraus em direção ao banheiro, no quintal, depois do telheiro que protegia o tanque. Além do muro à esquerda, da varanda lateral que protegia em toda a extensão a casa vizinha, um canto de gaiolas se fez ouvir. Em frente o terreno cercado continha algumas árvores que desconhecia, e alguns montes de terra, lixo, cacos de vidro, latas vazias. (Lembrou-se do gosto estranho de uma fruta que lhe deram em Dacar, verde-amarelada, com um caroço enorme cheio de fibras a entrar pelos dentes.) Mal pudera ver a casa ao chegar na véspera já de noite. O tempo suficiente para abrir os caixotes, engradados, malas, ajudar a armar as camas, do casal e das crianças, estender os lençóis marcados por uma longa viagem, e improvisar uma sopa com o que lhe foi possível encontrar na cozinha. E dormir, reencontrar o homem que anos antes partira à procura de melhor sorte. Ao subir de novo os degraus para a cozinha, o sol avivou a caiação da parede lateral e a abertura da porta projetou o retângulo deformado numa promessa de paz. Pôs água na chaleira, ajeitou, encheu o fogareiro de carvão, amassou uns pedaços de jornal velho e introduziu-os na abertura da base. Enquanto a chama varria o ferro novo acinzentado por fora, olhou com mais vigor o piso e a parede recobertos de ladrilhos, a pia com a placa granulada, preto e branco, as prateleiras onde na véspera havia disposto um pouco sem ordem as panelas, frigideiras, pratos, talheres, e algumas latas de mantimentos. O mês de junho aqui diziam que era fim de outono princípio de inverno, no entanto o calor lembrava o junho de antes, fim de primavera, princípio de verão. Os grandes travesseiros de penas poderão ainda servir, estavam habituados, mas as imensas cobertas terão que ser guardadas, ou desfeitas e transformadas em pequenas almofadas, ou travesseiros de reserva. O abano de palha trançada estava ao lado e com pouco esforço o carvão começou a estalar, obrigando-a mesmo a recuar ante um jorro de fagulhas. Depois o braseiro se uniformizou e pôde então cobri-lo com a chaleira. Ouviu-se um chiado, um fumo transbordou do fogareiro, e alguém tossiu num dos quartos. Nessa mesma hora costumava abrir a loja do cunhado, enquanto estirado continha a tosse que lhe acabava com o pulmão. Raramente olhava em torno da praça, a colina à esquerda ao deixar a casa, o caminho que levava ao bosque além da loja, os altos muros do cemitério não longe da sinagoga. Um pedaço de jornal retém a cabeça e grava com insistência em sua memória vocábulos que terá de aprender. Uma folha ilustrada no pacote de ovos sobre a mesa de pinho, um retrato de mulher, revolve-lhe o corpo com a densa aspiração de um dia nem formulada, mas ligada à visão de uma varanda no solar encravado na mata de castanheiros, a caminho do riacho. A mulher de preto e gola e punhos de renda branca, numa cadeira de balanço, com o livro entre as mãos, e o olhar espantado pela intromissão dos que vinham pela estrada. Um cão rosnou num canto da varanda. A lata de café era aquela; mediu as colheradas para o coador como lhe haviam ensinado de modo que pudesse encher o bule quase até a borda. Enquanto limpava da mesa o pó de café derramado pela mão trêmula, avivou-se a lembrança de um vago anseio de uma possibilidade afetiva não imposta. Qualquer coisa com a consistência de um devaneio. Um impulso contido entre terror e obediência. Apenas um resmungo que se rumina numa noite de neve e inverno, de um inverno e uma neve perdidos de vez, um inverno e uma neve nunca amados, que nunca amou paisagens, mas assim mesmo um hábito. Ao olhar para a chaleira à espera de um ruído de ebulição é que teve o gosto dessa perda definitiva. Deviam estar todos acordados já. Alguém abrira mesmo a porta da varanda. Um resmungo numa noite de inverno. A irmã que um dia junta as coisas e parte numa carroça ao amanhecer. O irmão que nem mesmo as coisas leva. Um súbito tremor pelo pressentimento de uma beleza numa certa parte desconhecida. Houve momentos no navio, à noite, enquanto os filhos dormiam, em que o embalo do casco e o chiado das águas traziam a certeza de uma intranqüilidade necessária. Um misto de divagação e remoer de noções elementares vindas de um aprendizado oral. Uma certa ordem de coisas. O mar. O céu. Os peixes. Vida. Um halo de lenda e aspiração num momento de abandono. O vapor agita com violência a tampa da chaleira e sai espesso pelo bico. Agradável o aroma do café que principia a encher o bule. Ordena os copos, adoça-os, e vai deixá-los sobre a mesa da sala. Alguns se ajeitam nas cadeiras, os outros levam os copos para a porta da varanda. Todas as gaiolas da casa vizinha estavam em movimento. De repente uma irritação se manifestou em todos, e depositaram os copos na mesa. Só então levou o seu aos lábios e uma perturbação sacudiu-lhe o corpo. Nem conseguiu sorrir indulgente consigo mesma.

— Não conhecia esse sal tão branco e fino!

Kelevim

Kelevim não existe. É produto da pura imaginação, chamem-na assim, e da necessidade real de fuga e evasão. Uma espécie de processo de auto-alienação. O artifício de localizá-la geograficamente é tão barato que me repugna. Na verdade não sei se Kelevim é reino, república, se é democrática ou totalitária. Produto de preguiça real, porque muito mais difícil é descrever as verdadeiras razões da batalha de Salamina, da Guerra de Secessão, ou da cafetinagem histórica que se faz com Auschwitz. Se me fosse necessário localizá-la, eu o faria ali pela Armênia, por puro jogo verbal, por necessidade infantil de repetir com prazer uma palavra nova. Trebizonda foi sempre para mim uma palavra misteriosa. E depois dizem que é tão velha, que pelo que parece foi lá que o velho Noé foi dar com os costados, após a primeira circunavegação do globo, não notada aliás, porque na época a terra era chata. É em Kelevim que pretendo situar uma história à nova feição:

De repente o homem apareceu com sua carga de tragédia. Qualquer coisa inadequada para um dia de sol e paisagem luminosa. Seus olhos moviam-se entre espantados e medrosos como à procura de apoio, e nas contrações do rosto uma transição de medo e insegurança, como se ainda não tivesse conquistado a rigidez do medo autêntico, ou do ódio autêntico. Apenas pressentida uma nostalgia de serenidades inexistentes e de antigas tranqüilidades. Julgou naquele instante iniciar uma luta para conquistar o direito a um sonho. Vinha de uma das transversais e sua irrupção na avenida arborizada coincidiu com o estardalhaço dos pardais à maneira de certos instantes do crepúsculo, quando em meio a um silêncio de horror irrompe o grito alegre das copas em início de penumbra. Nesse clima era um homem mergulhado num passado irreal, um passado resumo de aspiração de apenas alguns homens, que tiveram a grandeza de se sonhar e se afirmar, um passado que é visto apenas em seu halo de lenda e euforia, despido de sua capa cotidiana. Um homem que se despe de sua biografia e conserva o espanto de relações incompreensíveis. A educação de uma sensibilidade, talvez com todas as irrupções incontroláveis de gestos, palavras, delírios. As figuras que se colhem ao acaso, um sonho desfeito em sonho, um pesadelo transformado em terror, que ainda assim se tenta romper com um grito, potenciado apenas e colhido por dentro pela necessidade de dar equilíbrio à tensão. Tropeça, descamba, alteia em gestos grotescos à simples aspiração a um mínimo de harmonia, ousa aflorar essa capa de indignação com um gesto de recusa, talvez, ou de silêncio.

Kelevim sob o ponto de vista de urbanismo participa das duas naturezas: desordem racional e espontânea; sob o ponto de vista arquitetônico já tinha conquistado a glória de ruínas passadas e futuras; sob o ponto econômico dividia-se entre agricultura e indústria, embora dissessem alguns que era essencialmente agrícola, e outros essencialmente industrial; sob o ponto de vista jurídico era considerada modelo mesmo pelos vizinhos que a detestavam, e como todos os filhos de todos os cantos, os homens de Kelevim eram profundamente orgulhosos de sua condição de, não sei como chamá-los, se Kelevistas, Kelevenses ou Hauches. Prefiro este último nome porque nada tem de semelhante com Kelevim, e dá margem a uma sugestão de raridade lingüística. Hauches, aspirado. Quanto àquilo que se costuma chamar de complexo cultural havia em Kelevim desde o mais aperfeiçoado cérebro eletrônico que fazia funcionar um grupo de cérebros eletrônicos que por sua vez se sucediam, até alguns costumes ditos bárbaros (não sei em que sistema de valores me apóio para assim classificá-los). Um deles, por exemplo, é o que obrigava, sob pena de morte, a que as relações sexuais nos momentos de raios e trovoadas fossem incompletas, isto é, que nesses momentos a ejaculação se processasse fora do órgão genital feminino, o esperma fosse recolhido em um pequeno frasco e guardado durante três dias sob o travesseiro.

Deu alguns passos e evitou o banco, preferiu o movimento. Sabia que estava condenado, que lentamente o despojariam de sua condição mínima. Uma luz intensa varava a folhagem, um azul se justapunha ao verde enegrecido de sombras. Mas resistia certo de que tudo era apenas fruição momentânea de uma energia sempre renovada, em tensão. Troncos regulares e deformados, galhos a se fundirem em túneis de folhas e cavernas de luz. A nítida sensação de uma idéia a ser contida, controlada, de duas talvez simultâneas a se dilacerarem, ou uma outra a ser reintegrada em seu campo de convenções. Os objetos oscilam entre sólida presença e puro conceito. O contorno dos canteiros adquire a consistência de uma definição. A grama. O calçamento de alamedas. O verdadeiro preço de uma afirmação individual, a fruição de dor, como acanalhamento, como covardia, a opção por valores negativos quando os outros bailam no fumo de convenções. E é então que a idéia, apenas a idéia de um grito, de um corpo em fuga, em doida corrida, um corpo maior que sua pele, com a dimensão da energia que banhava músculos e articulações, a idéia de um urro se manifesta, um urro de recusa.

No plano ainda da pura imaginação Kelevim precisava destruir um homem. No mesmo plano este homem teimava em viver para escândalo de todos. E em Kelevim levo uma grande vantagem: não sou amigo de ninguém.

O seu minuto de glória

Viveria apenas aquele minuto. Nada antes nem depois. Apenas aquele minuto. Por ele pagava o preço exigido, por ele se aviltava diante dos outros e de si mesmo. Por mais canalha que fosse o acento, por mais que afetasse um ar sobranceiro, mas nem por isso destituído de um leve reconhecimento equívoco, enfrentava com dor e enfado o ritual que antecedia e sucedia à plenitude de um instante apenas, mas suficiente para entorpecê-lo de ilusão. E era do que mais necessitava, ilusão. Sentado diante do espelho roído nas bordas e encimado por duas lâmpadas sem proteção, os cotovelos sobre uma tábua que fazia de mesa e sobre a qual se dispunham em desordem os potes de creme, as bisnagas de tinta, os frascos de vaselina, os lápis e o restante do material necessário para o seu número, deixava sumir o sorriso próprio, reflexo de um sem-fim de sorrisos, e em transição de prece iniciava a metamorfose. Atrás dele sobre alguns ganchos cravados na parede as roupas, ao lado a cabeleira postiça, e numa caixa a seus pés, encostada à maleta, os sapatos. Já não perturbavam os acordes do quarteto junto à pista de danças, além do corredor, nem o nevoeiro de ruídos que se insinuava pelas frestas amalgamando todos os diálogos da dúzia e meia de mesas do salão. Dois números antes do seu. Tinha tempo suficiente para perscrutar o vazio entre os objetos e suas sombras, as manchas da madeira e os filetes de infiltração na parede mal caiada. Entre causa e efeito o estilhaço de dor e o muro de compreensão e incompreensão inúteis, estéreis, nocivos. O valor de um gesto implícito no próprio gesto e a cadeia de deteriorações suspensa apenas por um intervalo de ilusão. Ganha impulso de malabarista para equilibrar-se nesse fio tenso.

Cumpria o gesto ditado por uma natureza equívoca e se vingava das humilhações por um conjunto de atitudes mais do que por atos. Irrompia do fundo uma antecipação de simbiose não definida, e enquadrada em rígidos preceitos. Como se o jato de dor não fosse implacável, mais implacável do que o gesto de repulsa. Ou de outra repulsa que era aceitação por alguém daquilo que na verdade não oferecia, na verdade nada oferecia, nada provava numa contrafação de afeto além do ódio expelido num beijo tenaz. Afastada a hipótese do suicídio, que outra saída lhe restava? Varrera ainda mais uma onda de impossibilidades inexistentes. Dava-se aos outros em espetáculo e humilhava-os com a simples presença. Não há caminho, quando todos os caminhos são possíveis e a prisão é o infinito e o futuro. Para onde fugir?

Seu rosto se transfigura lentamente. Os traços esmaecidos da feição cotidiana, um ou outro acento que traía dúvidas, à força de cremes e pinturas se revelam com aquele halo de beleza que não é bem das mulheres, mas que sob as luzes de holofotes ou a penumbra de um palco deixam entrever a máscara feminina por excelência, numa evocação de remotas harmonias definidas por um lápis de desenho nervoso. Há esgares, caretas, e feições transitórias de assustadora feiúra. E é no rosto que evolui a sutil trama interna, feita de caprichos, inibições, ódio, enigma, deboche, rancor e, última etapa, o nada que leva a um gesto inútil, por isso mesmo não indesejável. Era preciso ainda aclarar para alguém o longo roteiro de dor para chegar àquele ponto? Era preciso repetir uma vez mais que há sempre um gesto irreparável, um ato completamente realizado, um ato total em ação e potência? Era preciso repetir o grito. Eia, desanda, tresanda, salpica de matizes imbecis e de sussurros a imensa bondade do tipo gordo e bem instalado, devora os obséquios das pequenas maldades dos pais de família exemplares, fura a trama e tece a teia tortuosa do delírio à procura de um passo mais ou menos firme, ainda que a custo de arrogância e humilhação. Afirma a presença, pouco importa que alguém compreenda. E um dia talvez ele mesmo possa compreender que há uma infinidade de gestos implícitos no seu, ainda ignorados, e que pesam com o chumbo da revolta.

É a vez do corpo e das evocações de evocações, reminiscências de reminiscências. Ajusta a roupa de baixo com trejeitos obscenos despertando o acanalhamento implícito na fase ambígua, e estranho monstro observa os esgares pelo espelho. Toda a torrente de evocações sensoriais aflora na repetição grotesca de um cumprimento afetado, e com a torrente os temores e os ódios, a estupidez e o sarcasmo, o corpo tenso delirando em híbridas metamorfoses. E a bruta, imensa gargalhada diante do corpo esmagado pela dor, chicote tenso a chicotear-se a si mesmo, aquém, bem longe do equilíbrio agora atingido, além da fronteira equívoca.

A gota dágua que não cessa de vibrar a louça da pia no canto carrega nos intervalos regulares a composição de lembranças, e ordena, harmonicamente, golpes, promiscuidade, violência, imprecações, cantos sórdidos, noites, sonhos, vastos delírios seminais.

Está pronto e de costas para o espelho. Já lhe deram o sinal de entrada. Seus olhos brilham. Põe a mão direita sobre a clavícula esquerda, e ampara o cotovelo com a palma da outra mão. Era um homem, sabia-o naquele instante. Gira o corpo à procura da porta do camarim e de relance, imagem passageira, vê o reflexo belo de um sonho não desejado. Podia humilhar-se agora.

Crônica de um vagabundo

On dit que sa souffrance et sa mort représentent le plus grand événement que le monde ait connu, le plus significatif. Oui, peut-être, c'est possible. Mais combien ont souffert sans que leur souffrance ait la moindre valeur?

LAGERKVIST
La Mort d'Ahasvérus

Era uma vez um vagabundo, pronunciou quando ergueu a maleta e caminhou em direção à rua. Gostaria um dia de ouvir uma história que assim começasse. Sobre o asfalto ainda a umidade da lavagem noturna, e na atmosfera um azul tênue filtrava-se pelas nuvens cinzentas, como se o negrume da madrugada se transformasse em sombras azuis ao chegar o dia. À esquerda da rodoviária o píer só tinha guindastes em movimento, nenhum navio ainda. Mais ao longe pequenos barcos ainda iluminados contornavam a ponta de terra em direção à barra, ou ao outro lado da baía. Caminhou com firmeza mas sem saber para onde ia. A necessidade de movimento projetava-o como se estivesse bem determinado em seus propósitos. O corpo doía-lhe da viagem noturna, e embora trouxesse uma carga de amargura suficiente para garantir um deslumbramento momentâneo diante da paisagem, ele que normalmente não era tão amigo assim de paisagens, caminhava em passadas firmes sem desvios de atenção nem rompantes de ódio. Seu ódio deve ter adquirido a consistência das coisas permanentes. Não necessitava mais de objetos pessoais ou circunstâncias que precipitassem sua aparição. Incorporara-se-lhe, fazia parte de seus gestos e sorrisos, e não podia deixar de reconhecer que era um estimulante forte para a ação. Tomou o café no bar que abriga prostitutas, marinheiros, comprou um jornal pela manchete, e continuou a caminhada. Tinha dinheiro suficiente para almoçar, comprar mais um maço de cigarros e engraxar o sapato. À visão de um letreiro com quartos e vagas para cavalheiros, subiu de dois em dois os degraus e defrontou-se com um tipo magro, mulato, de tiques efeminados que esfregava um balcão com uma flanela úmida. Abriu a maleta, depois de dizer que não tinha dinheiro, tirou o relógio de pulso que há tempos vivia enrolado em um lenço, e pediu-lhe que arranjasse um comprador, se possível no mesmo instante. O mulato observou-o bem mas sem encará-lo. Afastou-se, abriu a primeira porta do corredor, e depois de alguns minutos voltou com setecentos cruzeiros, em duas notas. Guardou a de duzentos como pagamento da diária e conduziu-o a um quarto no andar de cima. Quando se viu só empurrou a mala para debaixo de uma mesinha ao canto e abriu a janela. Num jato apreendeu a paisagem toda em volta, não se detendo em detalhes. Na realidade nada viu. Absorveu a paisagem. Com um gesto brusco descalçou os sapatos sem cordão e estirou-se na cama, por cima da colcha branca esgarçada nas bordas, esfiapada no centro, mas limpa. O travesseiro de algodão, de uma dureza irregular, incomodava. Com um gesto de cabeça empurrou-o para o chão, e de olhos no teto permaneceu estirado, os braços abertos como um crucificado. Findara a sucessão de atordoamentos começada com a viagem de ônibus, as sucessivas paradas, os cafés, os cigarros, as conversas esboçadas aqui e ali, os cochilos deprimentes nos bancos aos solavancos, o próprio desconforto e o amargor servindo de condicionamento a uma atenção orientada, sempre em movimento. Algum dia teria que deitar-se em uma cama, teria que dormir, mas antes de dormir havia o terror de um reencontro. Não podia evitá-lo. Ali estava. Cumpria o destino que quase todos cumprem, e que a só uns poucos é evitado, esses que nunca duvidam de um único gesto ou palavra, que têm a rara felicidade de um desconhecimento absoluto. Os outros, os que ousam se conhecer realmente, adquirem o hábito do terror proporcional à intensidade da descida em si mesmo. Alguns ainda se iludem. Recebem como explicação um farrapo de idéia e uma distorção que permite uma volta à tona da tranqüilidade. Ele ousara ir mais longe, no dia em que compreendeu que o que havia de mais profundo naquilo que tentavam lhe explicar era chão e inconsistente, era uma contrafação de densidade, e no plano do autêntico, uma água de cheiro para banho de inocentes. O que lhe era ministrado como o supra-sumo dos remédios humanos lhe surgiu de repente com a sua capa de fragilidade e inconsistência. E de repente percebeu que havia uma inversão. O que era tido como aparente, secundário, era o mais importante. Mas levado a um plano inteiramente alheio à intenção dos doutos. E só encontrou um vislumbre daquilo que procurava entre os que ignoravam quase tudo e os que viviam à margem de uma estupidez estratificada em regra de comportamento. Pagou caro a sua coragem (só muito depois verificou que o que lhe parecia covardia e abjeção era o extremo de coragem e pureza). E atuava por ressentimento, e nunca por rebeldia pura. Mas deixara de acreditar em anjos humanos, principiara a se interessar pelos celestes. E como humano verificou que a abjeção, a covardia, o ressentimento, o despeito, também são armas, válidas, porque humanas. Pagou caro, porque o que era conhecimento era morte também, e porque para se conhecer precisou de um outro, e precisou de confissão e a confissão e o outro deixaram-no pior ainda. Porque ao outro haviam ensinado tudo, menos uma coisa, um pequeno detalhe, o fundamental. Algum tempo já sobre todos esses episódios. Uma enxurrada que o levou longe, mas ao mesmo tempo lhe ensinou a suportar o que era insuportável. Até mesmo aquele instante ali, tremendamente insuportável, seria apenas um incidente de mínima importância, logo ultrapassado por outro, até o dia de sua morte. Em meio à extrema dor ainda esboçava um rápido sorriso, uma intromissão da loucura no seu universo desordenado. A loucura que fez aceitar a torrente de impulsos como fato válido, e que lhe deu a consciência da nítida indiferença quando o caminho é o abandono das formas e se chega ao âmago, ou aquilo que a ele se assemelha, do fato. Ou talvez tudo fosse um delírio, um sonho; nesse caso por que não sonhá-lo? As pernas esfregam a colcha obedecendo a uma necessidade de movimento, as mãos se encontram espalmadas e quase em um gesto de prece. Recolhe-as cruzadas sobre o peito. Os olhos se fixam num canto de nuvem e o movimento da respiração é quase ritmado numa reminiscência intuitiva de controle. É a extrema angústia, canalhas, angústia tão a gosto de um efeito de rima e de uma frase musical. Nega-te ainda uma vez. Mergulha, anda, recolhe tudo aquilo que se foi empoçando em teu caminho, e nega-o como não válido, como inútil, como sombra, como abjeção voluntária. Os sonhos que não te permitiste, as ambições que recusaste, as euforias que tantas gargalhadas provocaram nos outros. Anda, nega, nega tudo, nega até a intuição que negaste, e que um dia, no início, te fez ver que tudo estava errado. E não compreendeste. Anda, recolhe, recolhe tudo, recolhe esse esboço de canção que vem de um mundo que não conheceste, trauteia a cantiga que nunca ouviste, e que um outro dentro de ti cantou algumas existências antes de ti. Espanta-te com o teu comportamento de homem das cavernas, espanta-te com o reconhecimento das coisas primitivas que em ti estão ainda em ebulição, à flor da pele. Devora um animal e alimenta-te dele, cultua os mortos que ainda estão vivos dentro de ti e manda às favas os que vêem nisso sutilezas evidentes, porque não são tão evidentes. Vamos, nega isso também, nega-te esse direito de afirmar aquilo que na verdade ninguém te pode contestar, a não ser com a suficiência e o sorriso de uma polidez fictícia. Suporta esse ar rarefeito, as imagens inexistentes, a repetição mecânica de um gesto tão antigo que é simplesmente isto, um gesto antigo. E foge às sensações físicas que daí resultam, foge porque são as que menos interessam. Embarca no delírio, alça vôo, e vai ao fundo, para cima e para baixo, e voga ao sabor das confidências que já perderam o entretom de penumbra e confessionário, e grita, se for necessário. Mas alto, bem alto. E que o grito ganhe talvez modulações antimelódicas, conservando porém a densidade, a espessura e a harmonia de uma explosão de dor. Com um tremor de corpo findou a vibração e uma quietude invadiu-lhe os membros e a cabeça. Tentou ainda ordenar a respiração, mas não era mais necessário; tornara-se regular e tranqüilizante sem que tivesse necessidade de torná-la consciente. E dormiu. Um sono como o que devem ter as crianças segundo o pensamento dos adultos. Na aparência. Pesadelos já sem efeito imediato sucederam-se prolongando-lhe o delírio, agora mais integrado, mais conseqüente. Não delirava propriamente. Sonhava o delírio. E vivia o sonho. Acordou com o quarto em penumbra e algumas fitas de luz no canto superior da parede contígua à janela. Nenhum espanto, nenhum regresso, nenhuma transição de um campo vago para os limites definidos de um quarto de hotel. Nos últimos tempos também essa necessidade desaparecera, pois os quartos de hotel passaram a integrar essa zona definida de uma vida irreal, varada tão brutalmente pelo concreto, pelo fato, pelo objeto, que atingira a consistência do sonho. E pesadelo dentro do sonho. Quando entregou a chave do quarto ao porteiro vinha mais eufórico. Tomara banho, fizera a barba, escovara os dentes, e com os quinhentos cruzeiros ainda faria alguma coisa antes de procurar outro pouso. No lugar do mulato encontrou um velho baixo, gordo, calvo, os olhos parados de feições de sonâmbulo. Deixou uma gorjeta sobre o balcão e desceu os degraus de dois em dois. Pesava pouco a maleta e dava-lhe uma segurança de propriedade, de mãos ocupadas, de quem deve chegar a alguma parte, não importa aonde, nem quando. Comprou cigarros, tomou café, e só então sentiu fome. Pediu dois ovos, arroz, uma salada. Numa esquina de bilhar engraxou os sapatos. Percorreu o trecho de avenida já deserto e com iluminação deficiente, parando às vezes em um canto, diante de uma porta ou lampião, sem o ingênuo encantamento de quem descobre coisas. Tudo lhe surgia como em um desfile permanente, ele mesmo participando, onde o máximo a atingir era a constatação do desfile. E seguir, num sentido ou noutro, o essencial era seguir. Sem se deter na fachada ou no cartaz entrou no cinema. Estava em meio o filme. Enquanto a história se arrastava na tela, a nuca no espaldar da poltrona, corria o teto e as paredes laterais, e prosseguia em seu sonho ouvindo tiroteios, pancadaria, um diálogo exaltado de que não entendia uma palavra, uma canção brejeira cantada por uma negra, canção que o fez mudar de posição, apoiar-se de braços cruzados na poltrona e sorrir contagiado com a fartura de vitalidade da negra. Estava satisfeito. Nada mais tinha a ver. Saiu do cinema. À vista de um cão um impulso induziu-o a encetar uma caminhada que se realizava em si mesma, sem destino, não porque vagasse à toa, mas porque não havia destino. Todos os incidentes passaram a funcionar como evocadores de seu mundo animal, e como evocadores de um mundo próprio que não se coaduna com as palavras, nem com as sutilezas, mas com a ação bruta, encerrada em ganga e escória de hábitos e afetos. A sola cobria calçadas e ruas e em cada passada havia uma aproximação de território e ao mesmo tempo um abandono do anterior, território seu, absolutamente seu no instante em que o cobria com o sapato, mas também de todos os que antes ou depois dele passassem pelo mesmo rastro. O que criava uma noção de propriedade comum sem interferências nem choques, pois o território era ao mesmo tempo espaço absoluto de todos sem a mínima concessão. E eram uma infinidade de territórios todos dentro do mesmo território, e cada um deles com a dimensão total. Meio-fio, água empoçada, papel amassado, pontas de cigarro, lixo, estria de veículo, árvore, folha, sombra, um braço em movimento, uma gargalhada, uma nuca, um cotovelo, sombra, meio rosto assustado. Meu universo é outro. Aceito o caminho da danação. A terrível insinuação em seu mundo particular e animal do encantamento das palavras. O único, o grande argumento, por ele me humilham e me humilharam. Nunca! Pára junto a uma entrada de edifício maldizendo a brecha aberta no seu campo de ação pura, movimento. Se for preciso nega-te uma vez mais ainda, talvez a tua afirmação seja esse destino de constante negação. Aceita os paradoxos. Em um bar, após meia cerveja consegue conversar com o garção. Explica-lhe que está de viagem, que tem pouco dinheiro e que tem alguns objetos para vender. Abre a maleta, separa a pouca roupa e os objetos estritamente necessários ao uso e oferece o resto, um amontoado de objetos mais ou menos inúteis, alguns de valor, saldo de uma existência anterior, objetos que deixam inteiramente indefinida a sua condição, uma pequena máquina de calcular, um anel de grau, um revólver, um pequeno estojo de cálices de prata, um jogo de compassos de alta precisão, a máquina de escrever ultraportátil, da espessura de uma camisa passada e dobrada, e algumas ninharias. O homem examina-as com muita desconfiança, observa-o bem do balcão enquanto cochicha com o que está na caixa, e deixa entrever uma possibilidade. Os cascos alinhados nas prateleiras evocam-lhe a noção de variedade, e dos cascos passa aos poucos rostos que se dividem entre mesas e o trecho do balcão junto à porta, rostos de uma fealdade incaracterística a sugerir uma luta inconsciente de pequenos imensos apetites. O garção se aproxima e lhe sugere que leve a maleta para junto do lavatório. Ali enquanto ensaboa as mãos recebe a proposta. Quatro mil cruzeiros por tudo. Pouco, muito pouco, mas aceita. Deixa os objetos sobre uma mesinha escondida por um anteparo, recebe o dinheiro, pergunta pelo preço da cerveja, mas uma palmada nas costas e um tique cordial dão a entender que estava tudo certo. Partisse. A mulher que o aborda é magra, de seios pequenos e o cabelo de um preto artificial. Está em condições de segui-la. Continuam andando pela mesma calçada em silêncio, sem a mínima necessidade de acrescentar alguma palavra ao que estava implícito na simples caminhada lado a lado. Um pouco de hesitação à entrada do edifício de apartamentos, constrangimento pela presença de um terceiro no elevador, e alívio na saleta onde uma loura de olheiras imensas e voz grave cochila sobre um sofá enrolada em cobertores. Queixa-se de frio. Diz que já lhe aplicaram a injeção. Que sente dores. Mas que está tudo bem. Vá, vá lá para dentro. Ele intercepta-lhe o olhar ao seguir para o corredor, e aceita um sorriso de simpatia vindo da penumbra. Era preciso redescobrir tudo, redescobrir o valor de um gesto cujo significado se perdeu há muito tempo e que sempre esteve envolvido em intenções ambíguas. Senta-se na cadeira em que deveria deixar a roupa enquanto a mulher vai ao banheiro. Acende um cigarro e observa a área interna de pequenos tanques, roupa estendida, vasos miúdos apertados sobre um peitoril de meio metro. Houve um momento em que tudo aquilo perdeu o significado, em que o ambíguo parecia se definir numa negação e outra afirmação posterior, além bem além das barreiras impostas mais por ele mesmo do que pelos outros. Por isso sua presença agora era mais ou menos indiferente, fora ao fim da negação, podia regressar se houvesse no regresso algum acréscimo à sua capacidade de afirmação. Irritada a mulher porque ao regressar do banheiro ainda o encontra sentado, vestido e fumando. Sua resposta é grosseira, pretende acabar o cigarro, e talvez desista, se achar que isso é conveniente. Não se preocupasse, ela receberia o combinado. Ainda com tiques de contrariedade a mulher senta-se na cama e observa-o com desdém. Acende um cigarro também e se entrega à espera recostada na cabeceira alta da cama. A tintura dos cabelos é agora visível com dupla iluminação (acendera a lâmpada da mesinha-de-cabeceira), o rosto magro e o queixo em ponta refletem um abatimento que não é de privações. Todo o seu corpo é anguloso, os braços finos de cotovelos pontiagudos, os seios pequenos e bem equilibrados sobre uma pele que de longe sugeria um acetinado, uma perna caída pela borda da cama e apoiada no pequeno tapete, e outra dobrada com a planta do pé sobre o lençol e o calcanhar quase roçando a nádega. Só a região das coxas e o triângulo de pêlos a ligá-las tinha um aspecto de estofo em contraste com o resto do corpo. Ambos pareciam estar ali forçados. Deitado já e entregue ao trabalho de excitação que a mulher desenvolvia com uma avidez e rapidez espantosas percebe que a seguira ainda pela necessidade de movimento, e pelo hábito adquirido de levar ao fim seus impulsos. A pele é de fato acetinada, e a angulosidade de ossos não é hostil ao contato. Irrita de novo a mulher ao reprimir uma farsa de expansão e afeto, mas contém a explosão ao segurá-la com firmeza, imobilizando-a quase. Os olhos fundos e o nariz pontiagudo adquirem uma feição de humildade antes inexistente. À irritação sucede uma quase humilhação e um amolecimento. No fundo o ato repugnava aos dois. Com as mãos ela lhe envolve o membro e afeiçoando o corpo ao dele em posição não muito cômoda tenta introduzi-lo no vértice inferior do triângulo de sombra. Nesse instante ele gira o corpo e lançando o seu peso sobre o corpo magro espremido no colchão cria um corpo duplo e complementar um ao outro. Já não era dono de si mesmo, estava entregue ao seu mundo de evocações e de hábitos nem sempre justificáveis. A miséria de um ato presente mesmo no instante de prazer, de um ato que lhe fora algumas vezes negado, e outras carregado de um acúmulo de contradições, uma carga que se desejaria eliminar não com o intuito de santidade, mas de um equilíbrio humano elementar. Qualquer palavra que trocassem agora seria supérflua. Nele uma ponta de inquietação presente já no próprio sorriso instantâneo, mecânico, nela uma irritação maior por uma entrega além dos limites impostos pela sua condição. Tem-se a impressão de que às vezes esboça um movimento, um gesto que poderia trair uma intimidade ou um desejo de maior aproximação, talvez agradecimento, mas morde o lábio inferior e acende um cigarro. A mão esquerda sobre o friso da cabeceira e sobre a mão, os cabelos em desordem. A direita apruma o cigarro nos lábios e o movimento de chupar a fumaça acentua-lhe o rosto de madeira lascada com nervosismo e marcada por algumas pinceladas de tinta negra e vermelha. À pergunta dele sobre a outra mulher da sala seus olhos se fecham um pouco, o nariz expele fumaça e os lábios se comprimem sobre a ponta do cigarro. Aborto desastrado. Hemorragia. Parece que está fora de perigo. Salta da cama, enfia com presteza a roupa de baixo e pede auxílio para abotoar os colchetes das costas do vestido. Desculpe, velho, está na hora. No banheiro, enquanto urina, ouve a conversa das duas mulheres. Ainda a febre, ainda a tonteira, não, não quer comer. Daqui a meia hora seu homem deve aparecer, não, não se preocupe. Olha em volta à procura de uma toalha e enxuga as mãos num roupão pendurado sobre um prego junto ao armário de potes e escovas. Puxa a descarga, resolve molhar o cabelo, passar o pente. Enxuga de novo as mãos. Ao deixar o corredor já encontra a mulher pronta para sair. Acena de leve para a que está deitada e segue para o elevador. Vem de viagem? A maleta ainda em sua mão, e a primeira pergunta informal, já na despedida. Até à vista. Atravessa a rua, contorna o bar, a agência de automóveis, quase escorrega nos paralelepípedos da ladeira que contorna o edifício da esquina, segue pela calçada em direção ao mar. O cais antigo que recebia as ressacas ainda se alinha fechando a calçada, mas além a faixa do aterro àquela hora é uma sucessão de dunas de mato e lixo, com alguns tubos de esgoto abandonados. Caminha com a serenidade de quem cristalizou todas as angústias. A baía está calma, as luzes do lado de lá bem nítidas, e o letreiro luminoso à sua frente no topo do edifício que costeia o morro em frente se desenha como uma sucessão de espadas flamejantes, mas já sem anjos, num céu de noite quente de outono. O inevitável fluxo da reminiscência de quem caminha, inevitável como o caminho, que pode ser qualquer um, mas que sempre indica uma direção, um sentido, um transitar de algum lugar para outro, ou de um tempo para outro. Na verdade não são bem reminiscências, mas um estado permanente de lembrança que desaparece sob o impacto da ação, e que reflui ao mínimo descuido, ao mínimo repouso, à menor pausa. Não são bem reminiscências, mas acontecimentos ainda presentes e que não esgotaram sua energia em potencial, ainda atuantes, e incrivelmente futuros. Apenas o desgosto de conceder-lhes exatamente essa condição de reminiscência, de tentar revesti-los de uma aura sentimental que se julga implícita em tudo que diga respeito a passado, se é que é passado. Até mesmo o ódio ganha em certos momentos essa pátina de um saudosismo lírico. Talvez nem seja o ódio, mas algum pequeno incidente marginal, destituído de significado, mas destituído, mesmo, não um pequeno incidente que possa iluminar num relance todo um comportamento, mas pequeno mesmo, e que com a neutralidade de sua pequenez isola um som, um cheiro, um brilho, qualquer coisa que representa uma ligação ao mundo dos objetos, e que nem sempre requer um movimento afetivo. Belos prédios alguns, outros mais feios, poucas casas espremidas entre as empenas corridas e cerradas à espera de outras que se lhes encostem. As janelas iluminadas num instante simultâneo de acontecimentos familiares conseguem dispor no fundo neutro alguns retângulos de cor sem outra intenção que a de serem surpreendidos por quem se disponha a procurar naquele amontoado de desordem um pouco de regularidade. Era dentro dessa regularidade que caminhava, no mundo dos objetos propriamente, no mundo de linhas apenas, no mundo em que um dia aguardava um nome para comunicar certo prazer, mas que agora lhe basta na sua condição concreta de quem nada exige, e se oferece com todas as possibilidades da fantasia que lhe queiram emprestar. Porque no fundo deve estar alheio a tudo isso, sereno em sua posição, de quem é o que é, sem uma consciência para indagar questões sobre a própria natureza que oferece a alguém, homem ou animal. Será rocha, luz, madeira, fio, mata, noite, estrelas, sonho. Deposita a maleta num banco e se esparrama ao lado, de pernas abertas, cigarro na boca e um jeito moleque que nunca lhe vinha sem uma sombra de dúvida sobre o próprio jeito, o que equivalia quase sempre a uma anulação. Um velho se senta a seu lado e puxa conversa. Irrita-se. Bruscamente pega de novo a maleta e segue caminho. No momento não tinha intenção de consolar ninguém, nem de ser consolado, e muito menos de ouvir lamúrias sobre solidões inexistentes. A prova é que desejava permanecer só, por uma questão elementar de coerência, tão elementar que levou muito tempo para descobri-la, tão elementar como concluir que dois homens que conversam sobre solidão não a conhecem, eles a destroem ao tentar explicá-la, e nem sequer chegam a compreender uma outra solidão que geram no mesmo instante em que iniciam o diálogo. Não tem sono, não tem fome, não tem apetites sexuais, a roupa poderá ser considerada limpa até a tarde do dia seguinte. Não tem propriamente problemas, a não ser todos aqueles que se apresentam a um homem quando acorda de manhã, sem trabalho, sem futuro, sem afeto, sem responsabilidades e sem ambições, porque as que existiam eram tão grandes que se esfarinharam ao impacto de uma engrenagem sem mistérios mas terrível. Não tem sono, não tem fome, não tem sonhos, e o mistério das coisas já não o interessava mais, naquele momento nem as coisas. Era um homem mergulhado nos fatos, ou que procurava mergulhar nos fatos, tão mergulhado que estava quase identificado com eles, anulado por eles, tão imbricado que eles se desvaneciam e o que permanecia era quase uma abstração. De que é feito um homem? De atos? De intenções? De um passado? Ou de uma ficção criada pelos outros, volúvel como uma sombra de animal a se deslocar em imprevistos. Ousou um dia pensar numa indiferença total, que seria uma espécie de comportamento sem limites, aceitas todas as conseqüências, uma indiferença a princípio como arma contra a estupidez e depois como um modo mais largo e calmo de aceitar as coisas, uma indiferença como a do objeto que se afirma com a única qualidade fundamental de objeto, uma indiferença como o único recurso para sobreviver sem temores infantis. Mas eram esses temores que traspassavam sua couraça e o envolviam no redemoinho de fantasias e horrores, e eram esses temores, quase o afirmava, o sal de uma atividade, de uma coerência apenas vislumbrada, de um recuo diante da muralha cinzenta e espessa do nada. Apenas esses temores vinham de outra infância, mais remota, desligada de lembranças mais ou menos desagradáveis que possam premoldar um futuro. Eram temores de uma infinidade de infâncias adultas coexistindo na própria formulação de seus temores, em aparência sem justificativa, porque não tinha sono, não tinha fome, não tinha problemas, e caminhava por um dos recantos mais belos do mundo. Da infância mesmo, infância infância, o que recuperar? Que valor tem a coragem de uma afirmativa na qual transborda um ódio irrecuperável e só muito depois tornado consciente? Que dizer de um homem murado em sua cela quando lhe perguntam por que insiste em permanecer ali e a sua resposta é a pergunta: haverá outra coisa além disso que vocês chamam cela? Se quiser detalhar, encontrará quintais, bananeiras, mamoeiros, mangueiras, cajazeiras que sempre estiveram presentes, mas fora daquilo que conduz a uma ligação mais íntima; frases de leitura, João tem uma bola, a bola é azul, de março a dezembro, as férias no sítio de tio Juca. Nunca teve bola azul, não conheceu sítios nem tios com o nome de Juca. E a palavra paul é uma excrescência em sua imaginação, até hoje. Como detalhar diante de uns olhos bem-pensantes o avesso de uma infância e suas infinitas conseqüências? E o desejo de recuperá-la não como foi, mas como deveria ter sido, e esse desejo em choque com uma gargalhada de conselheiro de almas. Por que escarafunchar os resíduos de uma sutil combinação química à procura de uma centelha de luz que dê uma tintura de azul no que é dor e recordação de dor? Melhorar o peso de que balança? Eia, cavalga a onda do tempo, firma o corpo na crista, e percorre as reminiscências de sonhos, como aquele em que uma deusa de uma primitiva infância, mas simultânea ao seu agora, se desmandou numa frenética dança e contorceu o corpo como se uma pedra lançasse um grito ao se ver metamorfoseada em ídolo. Saboreia os terrores de uma presença apenas de ilusão. Degusta os rostos mascarados que num subsolo se embebedavam, retém ainda a umidade de pedra de uma escada de serpente nunca vista, ou vista depois numa sineira de igreja inconclusa, liberta-te das tartarugas que fascinavam num pátio retendo a custo a cabeça sob o casco, e contorna o lago interminável, o mesmo lago de outros sonhos, e que no primeiro reverberava sob auroras sucessivas, como se nunca se permitisse uma, definitiva, epílogo de todas as madrugadas. E os gatos e os cães, este cão imenso a arreganhar presas de fera e a proteger um corpo desnudo e ctônico; a cópula sucessiva de cães, a casa sombria, o velho escritor que sai do armário como um personagem de um conto seu não lido, a sarabanda dos moleques e o espocar da pólvora, e o velho que se debruça sobre uma pedra para examinar um monte de cinzas e que nitidamente pronuncia: parecia brincadeira, mas são cinzas humanas! E este outro em que um grupo de avental e bisturis afiados se prepara para abrir-te a cabeça, e num tom de súplica pedes mais duas horas, duas horas apenas (mais tarde compreenderia o sentido bem profundo dessa referência, por estar ligado a um ato grosseiro e cotidiano, e por isso mesmo muito mais transcendental), enquanto toda a corte de seres que tinha sido num antes, bem antes, o envolvia numa roda eufórica e delirante de uma embriaguez de êxtase. Galopa teus sonhos e revive-os exatamente nessa estrada de asfalto e poeira. Ou então retém a visão de um segundo que te custou anos de trabalho e de esforço. O instante em que pela primeira vez te deslumbraste com um entardecer metálico de uma franja vermelha na crista dos montes e uma chapa rósea se esbatendo em roxo, azul, cinza e noite. Quem sabe desgraçaste tua vida apenas para conquistar esse instante, que nunca mais se repetiu, nem te interessa mais. Mas é noite e sua mão está firme sobre um banco de madeira, os joelhos apertam a maleta, e a nuca se lança sobre a travessa do encosto. O que procuras, meu rapaz? Um homem poderia estar a seu lado, se erguesse a cabeça e procurasse com os olhos divinatórios de uma prece o perfil esfumado de um velho. Teria um chapéu ao lado, também sobre o banco e os cabelos ralos e brancos pareceriam esvoaçar ao sabor de uma brisa inexistente. Seu único olho visível poderia ser irônico, e a boca ficaria entreaberta sob uma ruga alegre descendo da aba do nariz até quase o queixo. Perde-se muito tempo à procura de um passado que desejaríamos existisse, mas que nunca existiu. Perde-se muito tempo com uma biografia que não nos agrada. Por que não pensar numa biografia de um futuro que no máximo pode ser ilusória e no mínimo uma esperança? Uma biografia de possibilidades e que na pior das hipóteses pode nos devolver a nítida visão do nada apenas entrevisto. Nós, os velhos, temos o péssimo hábito de falar em experiência. Não cometerei este erro, meu rapaz. Mas talvez lhe sugira uma experiência que existe em você mesmo, que pertence ao futuro, e que basta apenas ser despertada. Não se espante, meu rapaz, velhos como eu ou prostitutas que discutem filosofia só costumam aparecer nos romances dos velhos russos. E eu não existo. Já ouviste falar de uma história de um inglês degenerado, que no último instante, ao ser condenado por uma moral que ridicularizava não teve a coragem suficiente de dar-lhe o verdadeiro nome: moral de bordel. Era brilhante, mas quase vazio. Uma história apenas me interessou, e nem mesmo sei se é dele. Um pescador ao voltar do mar alto foi cercado por curiosos que lhe pediam histórias. O que viste, meu velho? Vi uma sereia linda. Da vez seguinte, o mesmo. O que viste, meu velho? Vi uma sereia linda. Da última vez, de fato, viu uma sereia linda lhe aparecer nas ondas. Regressou. O que viste, meu velho? Nada, absolutamente nada. Hoje não vi nada. E sumiu. Um dia, meu rapaz, a sereia nos aparece, e é preciso a todo custo dizermos que nada vimos. É uma pena. Sem isto muita coisa seria conhecida, e talvez acreditássemos mais em fantasmas. O velho se ergue e ele o acompanha, mas não como quem acompanha alguém, mas como quem acompanha, apenas. Ainda o vê de perfil, um leve esvoaçar de mecha grisalha, reminiscência adolescente de impulsos, os olhos se injetam, porém. Os olhos como que se lançam a uma torrente impedida pelo corpo. Caminha, caminha, como um animal que rodopia e se projeta num espaço de ninguém. Refaz o mesmo ciclo no mesmo ponto, à espera de alguma coisa. Que nunca virá. Seja este o caminho. No quarto de um sobrado de um trecho de rua encravada entre arranha-céus ele lê no centro de uma parede nua o lema do velho: o mundo é um bordel e eu sou uma puta. Eis o meu lema, rapaz. Nada de estantes, nada de livros. Como vê, a cama, o armário, a mesa, duas cadeiras, e a minha frase, meu tema de meditação. É entre ele e a janela que divido meu tempo. Não sei se agora dá para ver bem, está meio escuro. Mas durante o dia, e mesmo ao entardecer, o que se vê bem é o pátio interno deste sobrado, ou melhor os fundos de um botequim, de um açougue, e os mictórios dos moradores do térreo. Naturalmente chego a momentos sublimes, se puderes reprimir a ironia, e me conceder o direito a um caminho que vai por baixo, bem por baixo; se me concederes um outro direito, também, o do lugar-comum, que essa coisa de ir por baixo, bem por baixo, já está meio batida; mas por isso mesmo. Não, não procure bebida, a única que posso oferecer-lhe é água. A janela e o lema, faz de conta que isto é um templo budista. Desiste de uma história que não ouvirás, história de fatos, objetos, utensílios de que nos despojamos com maior ou menor relutância. Fixa-te no lema com a idéia inicial de uma absoluta gratuidade. E tira as conclusões que mais te convierem. A quietude envolve o quarto limpo e arrumado com o rigor de uma perspectiva exata sem sombras. O pátio interno é uma mancha escura ferida por algumas linhas de luz. O mundo é um bordel e eu sou uma puta. A soma de miudezas que nos fazem esquecer o essencial, a série de transigências que nos obrigam a uma conciliação diária com o deletério, o sórdido, o mesquinho, o interesse até a própria identificação. Qualquer grito arrasta o deboche, a exigência elementar desperta o último cinismo de um dar de ombros. É o único rumo, a trilha que resta é a da absoluta indiferença. Ou da dor total, que é simplesmente a impossibilidade de dar dois passos em qualquer direção, porque o primeiro ofende e o segundo humilha. A última instância da meditação é uma torrente de palavras desconexas, uma descarga com a rigidez de uma lógica implacável que não permite entendimento algum, ligação alguma entre a primeira e a segunda palavra. Apenas a torrente, o fluxo de uma compreensão além da compreensão. E uma visão se ilumina num outro espaço dentro do espaço do pátio interno. E uma dança frenética em torno de um pequeno monte. Entrelaçadas as mãos, os pés em saltos descontrolados, as cabeças ora jogadas para trás num esgar de êxtase, ora tocando de leve um joelho alçado, eis a adoração de um monte de fezes. Chega, meu rapaz. Por hoje basta. Para uma iniciação, para um primeiro dia, já tiveste bastante. E não precisas mais de mim, nem da parede. Em qualquer canto você verá o lema. Utilize-o. Voltemos. O perfil, um leve esvoaçar de mecha grisalha e o único olho visível e irônico. Um homem poderia estar a seu lado, se erguesse a cabeça e procurasse com os olhos divinatórios de uma prece o perfil esfumado de um velho. É noite e seus joelhos apertam a maleta. É noite, e não por acaso, é preciso que haja noite, é urgente. À noite nos reencontramos com os temores autênticos, nossos, bem nossos, e à noite, só à noite um grito tem como eco outro grito. Que rumo tomar quando todos os rumos são inúteis, todos idênticos, todos excelentes. Deixa a maleta no chão, ao lado do banco, e ajeita os cotovelos no balcão do bar. A luz é suficiente para caracterizar um pianista cego e lírico, três homens a discutir negócios na mesa do canto, duas mulheres procurando disfarçar com alguns tiques femininos apetites não tão inconfessáveis, um solitário com ar de mistérios profundos. E duas mulheres que cercam um cinqüentão já bêbedo e se esforçam em manter-lhe o interesse. Três doses para o professor! Vem aqui todas as noites, embebeda-se sempre e uma mulher não lhe basta. O rapaz que lhe renova o copo não consegue prender um tique malicioso, e um vago lampejo de inveja. Ele dá uns pontapés suaves na maleta com o bico do sapato enquanto desenha no copo gelado rabiscos ao acaso. Tão ao acaso que surgem formas nítidas de um aprendizado inútil. Não, não é a conversa que importa, é o que está acima. O conjunto. O resultado. A fusão de todas as vozes numa só, indistinta, e que dê a sensação de algo distante e próximo, de um rumorejar que nada signifique para que acalme. O dedilhar suave no teclado não consegue disfarçar o golpe metálico na corda, e a própria melodia se desfaz de sua carga alambicada e surge como uma tentativa de frase não articulada. As duas mulheres estão mais próximas agora. A mais alta golpeia com freqüência a coxa da outra. O solitário passeia uns olhos distantes pelos quadros emoldurados e iluminados. E as duas mulheres e o professor descarregam uma imensa gargalhada, complemento de uma piada refinadamente pornográfica. Sai do bar e deixa-se ficar de pé na ponta da calçada, que era indiferente ficar ou seguir. Instantes depois as duas mulheres abraçadas ao professor passam diante dele e dobram a esquina seguindo a transversal. Segue-as. O velho embriagado balbucia uma ofensa que as duas procuram atenuar. Deve ter havido um mal-entendido. Cada uma explica o caso a seu modo. Mas a teimosia do velho persiste na voz pastosa e no jeito cambaio. A rua agora é mais escura, os postes espaçados, das janelas dos edifícios pouca luz, que a cidade dorme. Aproxima-se e emparelha seus passos com os do grupo. Depois ultrapassa-o. Quer me roubar a mulher! Quer me roubar a mulher! Corre! Corre! É moço! Tem dinheiro! Quer me roubar a mulher! O desgosto fez com que se virasse bruscamente e encarasse o grupo. As duas mulheres são asas disformes de um vaso grotesco. Então é isto? A boca aberta do professor estacou a meio de um palavrão e os olhos rolaram de embriaguez. Ele agora pode acelerar os passos, com a calma de uma etapa cumprida. Moço, me dê uma ajuda. Havia estacionado por momentos junto a uma vitrina apagada. Naquele instante os objetos imersos em penumbra e mal definidos pela luz difusa do posteamento espaçado lhe despertavam o interesse, como tudo o que era vago. Moço, me dê uma ajuda. Virou a cabeça. Um tipo baixo, forte, de olhos agitados, e um sotaque nordestino melodiando os acentos, agitava os braços diante dele. Tenho até vergonha, moço, mas até agora não tive coragem de pedir ajuda. O senhor de mala não deve ser daqui, por isso me animo, tenho vergonha não. Não, não é esmola, isto até me faz rir, me alegra. É uma velha, moço, irmã de meu sogro, não se assuste, é só ajudar a carregar. Não, não está morta, está viva. Me acompanhe. Embrenharam ainda mais pelas transversais à rua principal, menos iluminadas ainda, e após alguns edifícios novos, tomaram a entrada de serviço de um já bem mais velho, com a fachada meio arruinada no térreo, e mais baixo do que os outros. Havia resquícios de medo nele, mas um medo existente e ultrapassado, um medo que não faz recuar, e sim avançar. Retardava, por momentos, seus passos, para medir melhor o tipo baixo e forte, de pescoço rijo sobre um tronco magro e musculoso. Quando a meta é a morte, qualquer meta é meta. Temer o quê? O elevador rangeu, a cabina balançou um pouco, a porta automática recuou algumas vezes, borrada de óleo, graxa e incisões de canivete, e instantes depois atravessava um pátio de serviço no quinto pavimento. Os apartamentos pequenos, era enorme o número de portas, sugeriam um pardieiro um pouco menos regular e um pouco mais sufocante do que as antigas casas de cômodos. Ajudou a abrir a porta com um empurrão de ombro, a madeira empenada forçava os marcos e dificultava o giro da fechadura. Suspenso por cordas um varal gotejava os excessos de lençóis encharcados, uma bacia de alumínio fazia de ralo junto ao tanque repleto de panelas e pratos. Atravessou a cozinha de azulejos embaçados e tinta esfumaçada, a pia de mármore escalavrada e o fogão empapado de óleo e ferrugem, dobrou por um pequeno vestíbulo entulhado de bugigangas e chegou a uma peça maior dividida no teto por um trilho onde corria uma cortina de pano espesso, esverdeado, com provas de remendos num ou noutro ponto. Junto à janela, sobre uma cama de armar antiga, tipo fole, um monte vagamente humano respirava. Só então sentiu o cheiro que abafava o cômodo, e que lhe diminuía ainda mais as dimensões. Fedia. Até agora ainda não lhe expliquei o que eu quero. Não sei se já percebeu. Mas essa velha aí está fedendo como o quê, é irmã de meu sogro, já lhe disse. Minha mulher e meu sogro viajaram de manhã, coisa de família, e me deixaram o diabo da velha, que é cega, surda, muda, e que passa o dia trepada nessa sanfona, tem mais de oitenta anos, e que nem incomoda, é só levar comida, o que a gente esquece de vez em quando é levar essa peste pro banheiro, desculpa, não é bem levar, é meter o penico aí embaixo mesmo, que a velha se serve. Mas não vê que hoje, logo hoje, com os outros viajando, deu-lhe uma degringolada, e danou-se a espalhar fedor pra todo lado, que até pensei que a velha morria. Depois vi que era nada. E agora preciso só de sua ajuda. É dar banho na velha, e não tinha quem me ajudasse. Sozinho aqui já não me agüentava. Se incomoda? Afastou um prato de abacaxi de cera em cima de uma cômoda e depositou a maleta. Olhou o corpo da velha de viés em cima da cama-fole e pediu uma bacia e toalhas. Não é melhor levar pro banheiro? Não respondeu. Acendeu um cigarro, ajeitou um cinzeiro no chão, ao lado da cama, e ficou com a mão estendida, como se aguardasse o que havia pedido. Com a primeira toalha espalhou um pouco mais a sujeira e lançou-a na bacia quase da cor de mel. Tirou o vestido e deixou-o sobre a toalha. Tirou a combinação (um fio de renda ainda riscava o debrum sobre os seios e as mangas), e esfregou um pano úmido no corpo disforme. Pediu álcool e deu massagens. Nova toalha e água quente. A pele esponjosa acentuava num ou noutro ponto os ossos, e em algumas regiões se adensava em carne mais rija e esbranquiçada. Um bom defumador, agora, e isto até muda de cara. Ainda viu o tipo baixo riscar o fósforo sobre a espira, quando foi obrigado a se voltar, estava já de novo na cozinha, pronto para sair sem despedidas e agradecimentos. O tipo estendeu-lhe uma nota de mil. Pensou em recusar mas um balanço rápido em suas economias, e um desejo de evitar maiores explicações impeliram-no a aceitar imediatamente. Na rua ainda pensava no tipo baixo e forte que certamente esperava uma recusa, uma conversa, um gole, outra recusa, e que agora devia estar safado com esse tipo esquisito que nem capaz de uma caridade é. Pensou no corpo da velha, e pela primeira vez um esboço de ironia lhe sublinhou os gestos. Altos pensamentos. As neves de outrora. Toma aqui, rapaz, e um grande porre! O bêbedo não entendeu bem, aprumou-se junto à banca de jornais e ficou olhando à luz da lâmpada sob o toldo do jornaleiro a nota de mil. Ao compasso da mala, e do cigarro, constatou surpreso sua condição de profissional de outra profissão, de qualquer uma, de nenhuma. Uma gargalhada irrompeu do estômago e dobrou-se sobre a calçada sem parar. Andava agora como uma geringonça de circo, o corpo miúdo e apertado entre as duas pernas achatadas de encontro ao chão, e dois braços enormes se esgalhando no ar, e regendo os risos. Gritos de janela. Silêncio! Poucos transeuntes espantados, um gari assustado, dois moleques faíscam palavrões diante do inesperado. É ainda em gargalhada que vai aprumando de novo o corpo, e em gargalhada retoma o passo normal de quem caminha, caminha. Dois tipos cortam-lhe o caminho. O primeiro tem um jeito humilde, o segundo um aspecto sonso. Aquele fala mansamente, e nada se percebe do que diz, este espia em torno com os olhos mais postos no céu, e uma expressão de quase bem-aventurança. Vieram de longe. Não conhecem a cidade. Ele se fixa nos dentes cariados e tintos de fumo do que fala. Magro, baixo, de ombros descaindo sob um paletó um pouco mais largo, a camisa um pouco dobrada sobre as calças, a cabeça pequena e um ralo bigode junto aos cantos dos lábios. Procuravam um orfanato, e tinham um embrulho de dinheiro, oferta de uma alma caridosa do interior, mas não sabiam chegar lá. Nesse momento deixa de perceber o que dizem. Uma onda irônica percorre-o interiormente mas não assoma à face. Seu olhar fica entre dois, bissetriz de um ângulo formado pelos três. Já nada vê, nada percebe a não ser uma recôndita frustração de uma frustração. E resolve aceitar o jogo, ou melhor facilitá-lo. Sim, ele sabe onde fica o orfanato. Se quisessem até poderiam evitar esse incômodo, que ele poderia levar o pacote de dinheiro, porque o doador, numa carta que estava dentro do embrulho pedia aos dirigentes do orfanato que devolvessem certa quantia aos portadores, como reembolso pelas despesas. Sabia disso, perfeitamente. Acontece que ele só tinha dois contos no bolso. Era suficiente? Com a maleta na mão esquerda e um embrulho de papel de jornal na direita viu as duas figuras assombradas se despedirem, e de costas ainda percebeu os passos hesitantes dos dois, que não sabiam se disparavam numa corrida ou continuavam calmamente o caminho, unidos pela estupefação e desencanto. Um leve remorso lhes tornava as passadas inseguras. Mas duraria apenas alguns segundos. Seu intuito era queimar o embrulho na primeira esquina. Procurou um recanto menos iluminado, mas uma patrulha do exército estranharia seu gesto. Segue. No balcão de um café não pôde deixá-lo. Já ia saindo quando ouviu o chamado. Esquecera um embrulho sobre o tampo. E antes que se repetisse a velha história lança-o numa cesta de papéis próximo à banca de jornais. Seguir à sombra de sentimentos indefinidos com a rígida antecipação do vago, impreciso, e adensar-se na penumbra de sonhos, sem refletir nunca, nunca refletir. A seu lado um sussurro, e um esvoaçar de cabelos. Apenas. O resto completou-o a imaginação, mas sem resultado. A idéia apenas do velho o acompanhava com o seu lema avivado pelo nítido sentimento de uma recusa inútil. Ele se impunha com a necessidade das coisas primárias, à margem de qualquer especulação. Uma esquina, duas ruas que se cruzam. Qual o caminho? Este, que o passo escolhe e anula hesitações. Algumas casas não velhas envelhecidas pelos edifícios incompletos, com as casinholas de força ainda erguidas junto ao meio-fio, e a rede de fios provisórios maculando as proporções de mármores e vidros. O encontro do asfalto com os paralelepípedos das transversais. Uma quietação maior de ruas mais desertas com seus cães inevitáveis. O latido e a modulação sólida de brancos em fundo negro, o grito puro de ódio ou desejo. Acompanhando calçadas e copas o ronco de um motor gera seu fuso de ruído e se desfaz no rastro de uma rua ainda longa para ele. Mas não está só. Uma vibração se faz presente, vinda da outra calçada. Mais alguém perfazia a mesma trilha, e há tempos já que devia acompanhá-lo. Mas só agora o admitiu nas suas possibilidades. Só agora lhe concedeu o direito de invadir os domínios de sua clausura. Ao girar a cabeça já encontrou o outro à sua espera, como se nada mais fizesse a não ser aguardar o momento em que responderia ao seu apelo tenso e não formulado. A mirada parecia trazer em si um assentimento, pois foi o suficiente para que o outro atravessasse a rua e se encaminhasse diretamente para ele, sem que nenhum dos dois parasse por momentos. Continuaram ainda caminhando lado a lado numa tácita afirmação de solidariedade que poderia ser até a do crime. A palavra luta adquirira para ele, com o tempo, um significado dilatado, que incluía até mesmo o mais primitivo. Mas em poucos instantes verificou que o rumo era inteiramente diverso do que lhe ia traçando o seu temor, existente, mas nem por isso evitado. O rosto magro e tenso, os olhos dilatados, a cabeça levemente inclinada para a frente cedendo um mínimo ao esforço interno tremendo, o corpo de estatura média arrastado com uma energia só possível pela cadência enérgica de pernas apenas músculos, e as palavras enredadas numa trama anterior à articulação, imobilizadas por uma determinação desconhecida dele próprio, encerradas em um núcleo alheio a qualquer exigência moral. A dor na própria intenção do gesto. Podia acompanhá-lo agora aliviado na sua malha larga da indiferença. Em seu caminho conhecera todas as variantes de uma deformação, da face cínica ao ascetismo, cinismo e reclusão que nada tinham a ver com a deformação, exigências de outros propósitos de uma natureza um pouco mais complexa que um julgamento primário, em si complexo também. Reviu o turbilhão de faces em penumbra, em risos, em esgares, em prantos, em ásperos sarcasmos e deteriorações obscenas. Natureza equívoca? Onde o equívoco? Afasta a ironia e o sarcasmo implícitos em sua própria compreensão e na tentativa de prolongar um diálogo suspenso. Já deve ser tarde! É, é bem tarde. Um trecho de calçada em reforma obriga-os a procurarem o meio da rua. Engraçado, isto hoje até parece domingo! É, mas não é domingo. Deve ser o silêncio! É, é o silêncio. Regressam à calçada. Aquilo ali embaixo, o que é, ali naquele letreiro? É uma padaria. Ah, uma padaria! É, uma padaria, e está fechada. Uma cerca de fícus, um galho de manacá. Você gosta de pão? O primeiro sorriso no rosto tenso, um halo de infância a quebrar a dureza de maxilares comprimidos e de têmporas ondulantes. Eu trabalho numa padaria, mas não ali. Você trabalha no balcão? Não, eu faço o pão. O forno às vezes me queima as mãos, você está vendo? Ainda usam um velho forno de lenha. Essa aí não, essa aí eu acho que já deve ter uns bem modernos, elétricos. Visitei uma, uma vez. É uma limpeza que dá gosto. Mas na outra estou bem, não vou sair só por causa do forno elétrico. Um correr de casas deixa entrever num ou noutro ponto uma luz vinda bem do interior, uma sugestão apenas emitida de um possível aconchego. Também ele sente necessidade de uma pausa, e no silêncio que os distancia, novamente um feixe retesado se encordoa a seu lado e mergulha as difíceis palavras a serem pronunciadas num molde de aço e chumbo a descer cada vez mais até um centro diminuto, prenúncio de uma explosão. Até onde iria? Aceita a sugestão de procurarem um pequeno hotel, numa travessa. Conhecia o porteiro, morou algum tempo junto à padaria em que trabalhava. Conheciam-se bem. E não devia ser caro, ele podia pagar o hotel? Podia. Depois da história do pacote ainda lhe ficou algum saldo no bolso. Não sabia exatamente quanto, mas sobrou. Dobram à esquerda, casarões antigos vão aparecendo com o aspecto de cabeça-de-porco, e alguns até abandonados. Muros em ruínas, e alguns tapumes já prenunciando demolição futura. Atravessam a rua, encontram o portão de ferro apenas encostado, uma vegetação desordenada domina o que já fora jardim, e sobem os cinco degraus de ferro até uma varanda lateral. A única luz é a do pé da escada onde um porteiro cochila numa cama de armar. Os passos despertam-no, e ao avistar o amigo estende-lhe uma chave. Você pode pagar agora, eles cobram adiantado. Continuam pela varanda, descem cinco degraus, e de novo entre grama e arbustos, por uma alameda de placas de pedra vão dar num correr de portas de uma meia-água encostada ao muro dos fundos. Também ali não há luz. O quarto não tem dois metros de largura. Uma cama junto à parede longitudinal, com a cabeceira baixa a um metro de uma janela de folha única e maciça, que o outro trata logo de fechar com o trinco. Ele senta-se numa cadeira, a única, logo além da porta. O amarelo da pintura tem manchas de umidade em toda volta, e o fio da lâmpada, vindo de fora por um buraco acima da porta, está preso por um grampo ao teto. A lâmpada oscila ainda, pois o movimento da porta fez vibrar a instalação. Já vira outros piores. Alheio ainda à própria presença ali dentro prendia-o uma quietude e uma certa umidade de capim e folhas. Definir exatamente os sentimentos ao ver o outro já sem roupa, apenas de cuecas, ser-lhe-ia uma tarefa tão longa que significaria uma nova ausência ali; e queria estar presente. Precisava estar presente para vislumbrar uma pequena abertura no que era mistério, náusea, repugnância e estigma. O dorso flácido, o jeito risonho e ao mesmo tempo amedrontado, nos olhos um não levar-a-sério o próprio riso de uma satisfação em perspectiva. Encara-o e seu modo apático ainda o desequilibra mais. Aproxima-se, tenta envolvê-lo com os braços numa excitação que lhe parecia necessária. Ele se ergue e fica a olhar pela janela fechada. Fuma. Ao se virar já o outro está deitado com uma expressão de funda agonia no rosto. Não chegou a pedir explicações, e sem que fosse solicitado principiou uma história não muito diferente da de uma puta. Ele se senta novamente e acompanha a conversa com uma palavra solta, mas suficiente para garantir uma ligação. Entendiam-se. A voz do outro era funda, podia-se ouvir quase o ar fazendo esforço na garganta, e o acento melancólico inevitável. O silêncio depois foi prolongado e quando se ergueu da cadeira e apertou-lhe a mão em despedida, viu nos olhos súplica tão intensa que não se conteve. Abaixou o corpo e beijou-o. O outro nem sequer se moveu, e quando ergueu a cabeça e no instante de abrir a porta ainda se virou, viu dois olhos úmidos, apenas úmidos se deslocarem para a parede (a cama de armar estava vazia, e não havia sinal de porteiro), desceu os degraus e pouco depois viu-se na rua novamente. Foi longo o percurso até reencontrar as águas da baía. Sem rumo certo orientava-se apenas pelo vento e pelo que lhe parecia ser o rumo da água. Eram longas as ruas, quase todas mal iluminadas, e à exceção de alguns bares ainda abertos, tudo dormia. Por onde andava? A insistência que punha nos passos transmutava as casas e os aspectos em torno. Com dificuldade contornou o monte junto ao rio, e localizou uma picada em meio à vegetação. As casas escasseavam, e ainda assim, aninhavam-se nos fundos de pomares. Somente a luz da lua lhe clareava o caminho, e permitia divisar à esquerda a linha de morros, irregular, até um ponto em que bruscamente se erguia, pontão de pedra recortado num céu claro de estrelas. Os ratos de uma cerca assustaram-se e chapinharam pela encosta até se perder junto à linha de água. À direita uma colina se destacava num fundo mais denso de uma cadeia maior. Parecia mergulhado num pequeno vale, cercado de montes, com um riacho fétido a lhe correr aos pés. Evitando as moitas e as poças dágua acompanhou com cuidado a picada até divisar a praia. Viu-se só, parado junto à encosta da colina que o levaria quase ao paredão de pedra que descia para o mar. Na outra direção a água obrigara a vegetação a encurvar-se, e as telhas novas de solares reverberavam ao luar. Um cão ladrou furiosamente. O que é que está vendo, meu velho? Enfiada num capote fino, escuro, um riso irônico, firmemente desenhado no rosto magro e alongado, a mulher o desafiava com decisão. Ainda olhava bem em frente, não chegara a descer os olhos para os olhos da mulher, como o faria depois, e veria que eram grandes e castanhos, e que mesmo na penumbra, a pele era queimada e seca. Não, não se assuste, eu não sou puta nem estou interessada em trepar, pode ficar à vontade, ou se isso altera seus planos, se o decepciona, vá embora. Mas se quiser ficar eu poderei lhe falar de um Código da Solidão. Algum dia já lhe falaram nisso? Tenho a impressão que não, é uma coisa ainda não estabelecida, existe de um modo imanente em todos nós, alguns o desenvolvem bem, mas não creio que alguém lhe tenha dado a forma concreta, que alguém tenha estabelecido, aliás não é bem estabelecer, mas captar as normas existentes e implícitas, se se quer continuar; devo lhe dizer que não tenho o mínimo interesse em ser compreendida. A primeira norma é: por favor, não me ajude! A segunda, todas as coisas podem me acontecer, e o meu medo é apenas o medo da morte: se puser a morte como meta final, nada mais me amedronta. Posso resumi-lo: não aceite a opressão moral do que lhe é impingido de dentro ou de fora. Quanto ao seu dia, é uma sucessão de rituais necessários ao fluir do tempo. Claro, eu SOU uma anormal. É evidente. Mas o que quer que eu faça? Eu já lhe disse, eu sou anormal. E ainda por cima tive a felicidade, ou infelicidade, de conseguir alguma instrução, o que me permite viver razoavelmente com pouco trabalho. Tenho muito ócio à minha disposição, e ócio suficiente para saber que sou necessária, uma espécie de contrapeso à existência normal. O diabo é que é impossível falar nisso aos outros; se eles ao menos se considerassem um contrapeso de nossa existência. Ainda não formulei o Código inteiramente, há uma quarta norma que ainda não cheguei a precisar, refere-se à palavra e ao silêncio. Se fosse possível eliminar a palavra, a mentada e a falada. Seríamos objetos, viveríamos num mundo apenas de acontecimentos, e todos estritamente necessários. Reduziríamos a nossa inteligência ao fazer, e ao raciocínio destituído de vocábulos, que estaria implicitamente ligado à ação. Até logo, meu velho, já paguei o meu tributo hoje ao deus da palavra, vá andando, eu fico por aqui. Esses homens que soldam trilhos à noite me atraem, e eu gosto de ver a chama dos maçaricos. Um idiota de um psicanalista já tentou me explicar que isso é simbólico, e não sei mais o quê. Tenho a impressão de que ele nunca viu um maçarico funcionando de madrugada. Vá embora, vá andando. Ainda perturbado seguiu, atravessou a rua, e de longe, encostado a um muro, ficou observando o grupo no trabalho, e a mulher. As mãos enfiadas nos bolsos do casaco aberto, a cabeça meio baixa atenta ao trabalho, era o que conseguia ver. Quando a chama se voltava para o seu lado, e as faíscas se tornavam mais intensas, conseguiu ver-lhe o rosto endurecido e as covas da face. Talvez tivesse razão. Peso e contrapeso num halo de madrugada, entre dormentes, torqueses, e uma pura especulação. Produtos ambos de que decadências, quedas? Chegou à praia, completando o ciclo. Já passara por esse ponto. No bar da esquina os motoristas de táxi tomavam cerveja, e um grupo de cáqui entrava no galpão de bondes. Ia atravessar a pista que separa a linha de edifícios do parque fronteiro, quando um caminhão de feira o fez recuar. A freada brusca despejou dois tabuleiros e um cavalete. Já do outro lado, procurando a segunda pista, recebeu pelas costas os palavrões do ajudante que recolhia a madeira estilhaçada. Na última pista conseguiu fazer parar um ônibus. Poucos passageiros. Um mulato magro bocejava ao lado de um violão encapado. Uma velha se agarrava a um embrulho sobre os joelhos. Dois soldados riam no último banco. O trocador abriu o nó da gravata antes de lhe entregar a ficha. Equilibrou-se no corredor; ao chegar à curva o carro acelerou ainda mais. Saltou no que devia ser o centro, quando viu um tabuleiro de maçãs. A gorda se ergueu, ajeitou num caixote forrado por cima da soleira da tabacaria fechada a criança, e despejou quatro num saco de papel. Enquanto mastigava recebeu os respingos do carro-tanque que salpicava a rua. Azeda a maçã. Jogou fora as restantes e embrenhou pela transversal, na direção oposta à do bonde que vinha descendo. Parou à esquerda da estação de passageiros das lanchas que atravessavam a baía. Prendeu a maleta entre os pés, e apoiou os cotovelos sobre a amurada. A bruma ao longe não deixava ver o outro lado, e algumas nuvens iam-se compactando no fundo da baía, mancha cinza esbranquiçada na cor indefinida do céu. Uaaiii!!! A negra saltou do bar desenhando o grito. As mãos na cabeça, alta, as pernas afastadas, manchadas de estampado do colo aos joelhos, suas ancas enormes escondiam dois vultos agarrados na soleira. Outro grito, o suficiente para dar-lhe impulso e as coxas fortes se alternaram aceleradas em direção ao centro da praça. A luta era clara. Um negro e um louro, ambos magros, nervosos, se olhavam agora a pequena distância, agachados, as mãos estendidas e as pernas distanciadas em elástico equilíbrio. O louro desferiu a perna esquerda e lançou-se ao chão, rodopiando, apoiando sobre as duas palmas abertas. O bico do sapato não chegou a roçar a face do outro, que apenas movia o corpo, sem deslocar as pernas. Evitou alguns assaltos até irritar-se e assestar a sola do sapato no peito do louro derrubando-o. Quando parecia que ia revidar, já meio erguido, jogou o corpo para a esquerda e abalou corrida pela calçada ao longo da amurada. Ele não teve tempo de se esquivar, e rodopiou ao raspão violento do louro. Antes de cair ainda viu o negro correr, mas não atrás do louro; ia ao encontro da mulher que o esperava debaixo do viaduto, junto a um pilar. Está ferido? Um rosto redondo encimado por uma cabeleira grisalha e umas feições de maturidade serena se dobrou sobre sua cabeça. Sem responder moveu o corpo e ergueu-se lentamente. Sua sensação era de qualquer coisa desengonçada. A queda fora brusca e todos os músculos pareciam doer. Erguido é que percebe a manga do paletó ralada e manchada, mas de leve. Vamos até lá em casa, é melhor lavar isso. Ergueu a maleta e acompanhou o homem na mesma direção em que o louro havia corrido. Contornaram a praça e enviesaram pela rua larga depois do viaduto. Dali entraram em uma transversal estreita e comprida. Essas cenas de madrugada são freqüentes. Às vezes mais violentas. Isto até parece um porto em miniatura, com todo o movimento e a desordem que dá um gosto de aventura, e que encontramos tão bem em certos livros. O homem falava mansamente, e de um jeito pausado, como se sorvesse com delícia suas próprias observações. Àquela hora os sobrados pareciam todos iguais, e o correr de portas de aço, entremeadas por algumas de madeira, fazia pensar no movimento diurno, que devia ser intenso. Adianta-se, abre com uma chave uma dessas portas de madeira, e convida-o a acompanhá-lo pela escada já iluminada. Depois do primeiro lance um patamar, outro lance e um corredor escuro apesar da luz acesa. Viu-se no interior de pequeno apartamento, no centro de uma sala que devia ser de jantar, escritório, biblioteca, e de onde se viam a cozinha e o banheiro. Uma porta fechada devia conduzir a um outro cômodo. Minha mulher deve estar dormindo, já se habituou a meus horários. Aceitou a toalha, e lavou o braço. Apenas a pele fora arranhada e o sangue, pouco, já coagulado, principiava a despontar de novo. Encontrou no armário um vidro de álcool e um menor de iodo. Mudou de camisa, dobrando na maleta a que usara até agora. O senhor escreve? Sua atenção estava voltada para umas folhas datilografadas espalhadas pela poltrona e por uma máquina encapada sobre uma mesinha de canto. Preparo um livro, mas falta ainda muita coisa. As questões sociais me preocupam e isso que você está vendo aí são subsídios para a história da *Revolução dos Canjicas*. Já ouviu falar nela? Gostaria de fazer um romance com esse material, mas é tão difícil. Porque o romance deveria ser um retrato fiel dos acontecimentos além de conduzir o leitor para a lição da História, além de reproduzir fielmente a realidade. Já viajei por toda a região, fiz um levantamento sócio-econômico da época, alinhei os costumes, mas alguns detalhes ainda me faltam. A figura do *Canjica* está meio vaga, e você não acha que como personagem de romance deve ser bem delineado, integrado no contexto histórico? Há por aí uma ficção de fantasmas, de gente sem nome, de personagens sem passado, fantasmas mesmo, não entendo como se possa dar valor a coisas desta natureza. Me parecem vastos produtos de uma decadência, tão irreais. Ele apenas ouvia, sentado numa poltrona com um copo de água na mão. A porta do quarto se abre e o rosto estremunhado da mulher aparece. Os cabelos amarrados em papelotes, o roupão ajustado demais na pressa. O homem explica a presença do outro. A mulher atravessa a sala e vai à cozinha. Volta com uma garrafa térmica, serve café para os três e acende um cigarro. Parece ter preferência em soltar fumaça pelo nariz, sem tirar o cigarro dos lábios retesados. Não lhe ouviu uma palavra. Com um aceno de cabeça retirou-se para o quarto novamente. Se quiser dormir um pouco, tenho aí este sofá. O homem tirou de uma cômoda um lençol e uma colcha e estendeu-os por cima do estampado do estofo. Depois pediu licença, foi ao banheiro, voltou com chinelos e um roupão dobrado sobre o braço, e entrou no quarto. Estirado no sofá mirava as estrias de luz projetadas pelos postes externos. Havia improvisado uma mesa-de-cabeceira com um banco de cozinha e para ali levara o cinzeiro. Não retenhas o movimento que se esboça com uma vibração nas pernas, e que sacode o corpo antes de se instalar num gesto ofegante de boca que implora sem saber o quê. Não espantes os fiapos de sombra que te ameaçam o olhar num prenúncio de terror, mas tão antigo, que nem o reconheces. Deixa fluir o ódio como fluem as águas ou os ventos, que a sua natureza é idêntica. Aceita os objetos que te envolvem semi-iluminados e não lhes recuses a hostilidade inevitável. Retém, retém a todo custo esse grito quase formulado, e deixa-o expandir-se nos dedos crispados que amarfanham o lençol. E segue, segue após um estertor que poderia ser de morte, segue as ruas com todas as superposições do que foi e que seguem contigo à tua revelia. Aceita o ectoplasma de uma estupidez concentrada que te cinge o corpo mais tenso do que um espartilho. Acordou às sete e meia com o barulho da louça na mesa. O homem que saía do banheiro pediu-lhe desculpas pelo ruído, enquanto a mulher com um cigarro espetado nos lábios, e o mesmo roupão punha o café e o leite sobre os descansos de madeira. Deram-lhe uma toalha. Após o banho acompanhou-os no café, e não pôde fugir a algumas perguntas. Estava sem trabalho, e não era dali. Não, não tinha aptidões especiais. Desceu junto com o homem, e deixou a maleta ao lado do sofá. Depois a apanharia. Entraram na loja de baixo, com uma porta entreaberta, e o homem aproximou-se de um tipo baixo, gordo, calvo, de barriga bem avantajada. Enquanto os dois conversavam ficou a espiar pelas prateleiras as peças de tecido bem ordenadas. A loja era estreita. Compunha-se de quatro seções bem alongadas. As prateleiras, o espaço entre as prateleiras e o balcão, o balcão, e o espaço entre o balcão e a parede oposta, espaço ainda diminuído junto à entrada pela escada que ia aos dois pavimentos de cima. Você pode ficar trabalhando aqui por uns dias até que se veja coisa melhor. Há um hotel barato na outra rua, paralela a esta, deve servir também como coisa provisória. À noite conversamos, não deixe de me procurar. Viu-o sair pela porta agora já aberta de todo, no mesmo instante em que um outro empregado fazia correr com um impulso a porta de aço. Para surpresa dos demais, e considerando a nenhuma experiência no ramo, trabalhou bem até a hora do almoço. Na verdade não compreendia o espanto. As peças enroladas traziam etiquetas com todas as informações necessárias, desde as variadas larguras, a qualidade, até o preço. A reação dos outros chegou-lhe apenas pelos comentários ouvidos, já que se limitou a responder com monossílabos vagos a uma ou outra pergunta. Já iam fechar para o almoço, apenas o tipo gordo e calvo se mantinha junto à caixa, quando ele entrou vindo dos fundos, do banheiro. Aproximou-se, pediu licença, e viu que o que tinha não dava bem para uma refeição. O rosto espantado e gordo não se movia, apenas estava atento. Repetiu o pedido, com explicações sobre o quarto de hotel que deveria tomar, a refeição, e algumas miudezas urgentes a comprar. Não compreendeu bem a resposta, ou não quis compreender. O rosto principiou a denotar movimento, as órbitas se fechavam e abriam em harmonia com os lábios, e as faces se dilatavam ou retraíam enrugando e alisando a testa que adentrava pela calva até se perder no que para ele era o horizonte do crânio. Sentimento. Família. Estabilidade. Honra. Dignidade. Correção. Parecia-lhe que daquilo que o outro articulava algumas palavras se destacavam, e junto com as palavras, ou dentro das palavras, uma gradação de tons do cavo ao agudo. Naturalmente havia pausas, pequenos silêncios, em que a face se punha imóvel e os lábios se colavam desvincando as bochechas. Mas logo se entreabriam e da garganta um sopro atingia os lábios agora ovalados que deixavam entrever apenas a parte inferior dos incisivos superiores, perfeitos, artificiais. Mas logo se abrandavam e explodiam em pequenos contatos que provocavam gotas de saliva minúsculas. Houve outra pausa, e quando lhe pareceu que o rosto serenava novamente, e que havia até um ar de prazer pelos movimentos escrupulosamente desenvolvidos, pronunciou com a maior clareza possível que não queria continuar no trabalho, que chegou à conclusão de que não dava para aquilo, que além do mais tinha uma visita urgente a fazer à sua avozinha que estava à morte, e que, portanto, gostaria que lhe pagasse o que julgasse suficiente pelo seu inútil trabalho de meio dia. Certo não estava na ordem das coisas da face gorda uma resposta como a sua a tudo aquilo que acabara de ouvir. No mínimo violara alguma coisa de muito arraigado, algo de tão sólido que todos os movimentos labiais e guturais representavam apenas uma síntese esmerada. Houve um certo rubor em que não quis ver indignação, mas sim espanto, ingenuidade. Mas o controle veio logo. Recolheu numa gaveta as notas de venda assinadas por ele durante a manhã, fez uns rabiscos num bloco de rascunho ao lado da registradora, e estendeu-lhe três notas de um conto. O que até certo ponto o espantou. Não esperava tanto. Ou devia ver nisso um gesto magnânimo a lhe provar que as perspectivas eram ótimas, e que estava em tempo ainda de voltar atrás, e reconhecer a justeza do que ouvira? Ou a necessidade absoluta do calvo de mostrar a si mesmo que estava certo? Em qualquer das hipóteses agradeceu com um gesto cortês, e já de posse da maleta, e de novo na rua, pôde ver que um sol forte banhara os sobrados, e que apesar da estreiteza da pista, não havia sombras. Parou junto ao quarteirão de um mercado de flores pela umidade que existia em torno. E enquanto olhava à toa, as flores nunca o interessaram, sentiu uma presença a seu lado. Vamos em bom caminho. O velho sorria-lhe com malícia. Ao sol seu rosto enrugado tinha um aspecto mais saudável, e os tufos de cabelo esbranquecido um brilho vivo. Parece-me boa agora a oportunidade de contar-lhe mais uma história. Gosto de contar histórias. Essa não sei quem me contou, não sei se li em algum lugar, ou eu mesmo inventei em minhas horas de ócio. Um tipo foi à procura de emprego, e por indicação remota chegou a uma bela residência situada no centro de um parque. Foi bem recebido, uma velha de aspecto mais que distinto acertou com ele os detalhes. O serviço era um misto de contabilidade e secretaria, e exigia o conhecimento de duas ou três línguas, não muito profundo, mas o suficiente para uma correspondência estritamente comercial. Deveria ficar sempre em um pequeno gabinete no térreo, e sair sempre à uma da tarde. Quatro horas de trabalho, apenas. Queria referências e fez observações precisas sobre os valores a respeitar, principalmente morais. Uma semana depois o nosso amigo estava novamente desempregado. Esquecera uma pasta de documentos pessoais no gabinete e resolveu procurá-la às nove horas da noite. Nesse dia descobriu que trabalhava num hotel. A gargalhada presa do velho irritou-o um pouco e pôs-se a caminho. Mas o velho o acompanhava agora em silêncio. Desceram a rua, agora com as portas cerradas novamente e as latas de lixo à porta das escadas começaram a aparecer. Meninos cruzavam o caminho distraídos. Um cheiro forte de comida, de alho principalmente, enchia o espaço. Sentou-se à mesa de um restaurante pequeno, estava só de novo, e partiu a rodela de pão num prato à sua frente. Comeu as abóboras, e a carne moída, a berinjela e um doce enjoativo de tanto mel. Um peso nos olhos lembrou-lhe a noite maldormida, e esta lembrança despertou algumas dores do tombo. Lembrou-se da recomendação do homem que o acolhera, e foi em direção ao hotel na rua vizinha. Alguns cômodos ajeitados em cima de uma casa de ferragem. Perguntaram-lhe se queria quarto com ou sem janela. Respondeu que de preferência com janela, se a diferença não era grande. Não era. Deram-lhe um quarto pequeno com uma janela aberta para o pátio interno, cobertura do térreo, e uma cama já deformada. O estrado de molas cedera tanto que o corpo teria que se acomodar numa espécie de bacia. Encontrou junto à pia uma toalha de rosto e mergulhou a cabeça debaixo da torneira. Deitou-se embriagado pelo calor que sucedeu ao despertar da água fria. E sonhou. Se fosse possível eliminar a palavra, a mentada e a falada. Seríamos objetos, viveríamos num mundo apenas de acontecimentos, e todos estritamente necessários. Reduziríamos a nossa inteligência ao fazer, e ao raciocínio destituído de vocábulos, que estaria implicitamente ligado à ação. Até logo, meu velho, já paguei o meu tributo hoje ao deus da palavra, vá andando, eu fico por aqui. Esses homens que soldam trilhos à noite me atraem, e eu gosto de ver a chama dos maçaricos. Um idiota de um psicanalista já tentou me explicar que isso é simbólico, e não sei mais o quê. Tenho a impressão de que ele nunca viu um maçarico funcionando de madrugada. Vá embora, vá andando. Ainda perturbado seguiu, atravessou a rua, e de longe encostado a um muro ficou observando o grupo no trabalho, e a mulher. As mãos enfiadas nos bolsos do casaco aberto, a cabeça meio baixa atenta ao trabalho, era o que conseguia ver.

Quando a chama se voltava para o seu lado, e as faíscas se tornavam mais intensas, conseguiu ver-lhe o rosto endurecido e as covas da face. No bar da esquina os motoristas do ponto de táxi tomavam cerveja, e um grupo de cáqui entrava no galpão de bondes. É empurrado violentamente e fez um caminhão de feira frear bruscamente, causando a queda de dois tabuleiros e um cavalete. Voltou-se e não compreendeu as risadas de satisfação do homenzinho gordo e alourado. Batia com as mãos, dava pulinhos, e com um fiozinho de voz repetia queijo, queijo, queijo. Aproximou-se e a figurinha o deteve à distância de um braço estendido. E o fiozinho de voz ordenou. Diga: a faca e o garfo. Ele olhou sem compreender, mas tentou articular. Pronunciou: o faco e a garfa. A figurinha rechonchuda explodiu numa gargalhada cascateante, os bracinhos se agarraram à barriga e rodopiou sobre um pezinho delicado, apoio miraculoso que mais parecia ponta de pião. O faco e a garfa. O faco e a garfa. O faco e a garfa. Enquanto o pião rodopiava ele ia repetindo, repetindo, até que os lábios se imobilizaram num grunhido. Deu as costas à figurinha rechonchuda e ficou de frente para a rua. Um caminhão de feira se aproximava. O bracinho ganhou energia e empurrou-o violentamente. Ouviu a freada e o estilhaçar de madeira no asfalto. Acordou com estardalhaço no corredor. O pátio antes ensolarado coava uma penumbra crepuscular. Entreabriu a porta e viu um aglomerado diante de outro quarto com a porta arrombada, dois policiais, empregados do hotel, e alguns homens engravatados, de chapéu. Ainda viu o reflexo de uma lâmpada de fotógrafo no corredor. Flagrante de adultério, sussurrou-lhe o empregado que o atendera, e que vinha se juntar ao grupo. Fechou a porta, e deitou-se novamente. Não tinha o mínimo interesse em ver a dignidade tão bravamente defendida e documentada. Não conseguiu reatar o sono, mas teve suficiente equilíbrio para ocupar-se com uma série de coisas inúteis, e manter-se inteiramente alheado aos incidentes do corredor, até que pressentiu calma novamente. Então resolveu sonhar ainda uma vez. Junto a uma banca de jornais um agrupamento. Do interior das lojas vinha gente alinhar-se na calçada. Um policial segurava um bicheiro, enquanto outro examinava blocos e cadernos retirados de seus bolsos. Camisa de seda, calça de boca estreita, chinelos, uma imagem de São Jorge no peito à mostra, e um olhar de absoluta superioridade, o bicheiro sorriu para o círculo em torno. Uma brecha apareceu à sua frente. O policial que o segurava pelo cinto aumentou a pressão. O bicheiro abriu a fivela estreita, empurrou os chinelos livrando os pés e lançou-se para a frente. Os dois policiais ficaram com os blocos e o cinto, enquanto o círculo se fechava mais, com excitação. Uma chuva torrencial findou o sonho. Chovia mesmo quando abriu os olhos e um vento sacudia a janela. O peito nu, sentiu frio. Levantou-se e fechou-a. No pátio apenas uma luz amarelada do quarto fronteiro, e um silêncio que indicava uma hora tardia. Deitou-se novamente impelido por uma torrente de idéias, número excessivo para não provocar uma violenta dor de cabeça. Qual delas aceitar, qual desenvolver, qual afastar? O que fazer com as coisas irreais duramente materializadas em dor? O que fazer com sentimentos não tão agradáveis e que alguma conveniência algum dia condenou? Dobrar-se, dobrar-se sempre? Mas em caso contrário, fazer o quê? Aceitar hipóteses? Bitolar-se em uma direção que levaria à própria condenação, e ao absurdo de um preceito que todo o seu corpo negava, em vibração, em asco, em repulsa, em atração? Onde começa a abjeção? No ato, na negativa do ato? No sentimento em potência que leva a um ato deteriorado? Tinha o travesseiro entre os pés e deu um chute que o levou de encontro à parede, e ao chão. Ouvir sentenças ditas por outras, mais em próprio interesse, mais para tornar firme o que era hesitação, do que propriamente para comunicar alguma coisa. E estes fabulosos reinos da sensibilidade, onde estão, em que base assentá-los? E com que finalidade? Removidos os dejetos do passado, o que sobra, e não é por acaso sobre eles que se tecem esses panos mais ou menos dourados, onde por vezes alguns fios da trama se revelam soltos e não integrados? Ao homem que está escrevendo sobre a *Revolução dos Canjicas* gostaria de dizer o que lhe ocorre agora. O escritor é um cafetão de sua própria experiência, de seu próprio passado, de seus próprios sentimentos. Simplesmente não suportou mais o cômodo, detestou a cama, e espalhou pelo chão as pontas de cigarro acumuladas num pires. Havia, talvez, algo mais importante a resolver. Mas não sabia o quê. Arrumou a maleta, mais uma vez, olhou em torno, com um hábito adquirido nos últimos tempos, e gravou um cômodo idêntico a muitos outros. Pagou a conta, e aguardou sob a marquise que a chuva cessasse. Quase não havia movimento nos arredores, e assim que se afastou do hotel viu-se só caminhando no meio da rua estreita. Partir, partir, era um propósito definido, urgente, inadiável. E nessa caminhada apenas varria com os olhos as paisagens idênticas em todas as cidades, em todos os cantos, idênticas porque à exceção dos detalhes em que poderiam diferir? Ou os detalhes... Sem rumo certo, e entretanto, bem definido, bem orientado, com os passos seguros, devia estar caminhando para algum lugar. De sua estada algum saldo lhe ficara, algumas frases. Respeite o seu nojo! O que fazer com os outros cotidianos? E ainda uma dúvida, uma sombra. Como identificar o imbecil, o tolo, o idiota, sem desconfiar da própria imbecilidade, tolice, idiotice. Viu-se junto à rodoviária em que havia saltado na véspera. Aproximou-se do primeiro guichê, e verificou que o preço da passagem deixaria a reserva para um dia quase de existência. Era o suficiente. Encaminhou-se para o ônibus com a consciência nítida de quem não vive a própria vida, de personagem defeituosa de um autor sem talento ou preguiçoso. Personagem de Deus, talvez. Muito bem, meu velho, não se espante. Eu não podia faltar ao seu embarque. A mecha grisalha agitou-se com a vivacidade do rosto, e o velho parecia radiante. Exultava. Viu-lhe melhor o pescoço magro se erguendo do colarinho. Até mesmo as feições lhe pareciam mais nítidas. De uma coisa tenho a certeza, meu velho, você nunca há de esquecer a visita que me fez, nem o lema que involuntariamente lhe transmiti. Dito isto arrancou-lhe a maleta da mão, e com uma agilidade inacreditável, sem um encontrão, esgueirou-se entre os passageiros que se acumulavam junto à porta e ao depósito de bagagens. Quando alguém ao lado fez menção de gritar, de correr, ele segurou-o pelo braço, e pediu-lhe um favor. Deixe-o, é um velho conhecido meu, e a maleta só tinha coisas sem importância. Não fez caso da expressão do outro, entrou no ônibus, ocupou o seu lugar, pensando no que poderia ser um fim provisório. Não de quem chega, ou de quem parte. Mas de alguém que apenas passa.

O terreno de uma polegada quadrada
(1969)

Prefácio

Uma península a leste do país dos Rujuks

Um problema que de há algum tempo para cá vem me despertando interesse é o da burrice. Naturalmente falo de experiência própria. Já tive crises de burrice tremenda, e em meio a tudo alguma tolice, que é o sal da burrice. Dizem que quem é burro peça a Deus que o mate e ao Diabo que o carregue. Como Deus e o Diabo são dois seres muito ocupados com problemas mais importantes, e a briga entre eles ainda não acabou, prefiro transportar o assunto aqui para baixo. Aliás desconfio hoje que a briga deve ter começado por uma ninharia. Deus um dia deve ter cometido uma injustiça, que também é um atributo divino, e Lúcifer foi o atingido. Naturalmente Deus perdoou-lhe a revolta, mas Lúcifer não podia aceitar o perdão por uma falta não cometida, e o ofertante se irritou. A vaidade ofendida naturalmente impediu até hoje um acerto na situação. Sobre a burrice muita coisa pode ser dita. Ainda me lembro de uma certa noite em casa de um amigo, em que um crítico hoje famoso discutia uma tese importantíssima: a necessidade da burrice criadora. Nunca vi tanta gente chamar a si essa grande qualidade. Talvez não tenha levado a palma no caso em questão. Mas ganhei bem no que diz respeito à burrice comum, palmar, cotidiana. Paguei o preço, desconfio, ou ainda vou pagar. E é por isso que hoje me interesso por uma península a leste do país dos Rujuks.

Como ponto inicial a burrice tem uma ligação imediata, concreta, com a ficção. Ambas participam de um certo deslocamento em relação à realidade, ambas utilizam os mesmos termos para fins distintos. Se a ficção ainda tem por meta, entre outras coisas, a satisfação de uma certa vaidade do autor, a burrice ao contrário tem um aspecto doloroso quando tornado consciente. Por isso merece um pouco mais de simpatia do que a *literatura imaginada*. Um outro aspecto da burrice é o humor implícito. A observação é tão banal que dispensa exemplos. Apenas ocorre uma hipótese: a necessidade de localizar o *disparador* do riso não no que comete a burrice mas no que a observa. E colhem-se informações muito mais interessantes, muito mais reveladoras! Sem a capa da ironia ou do sarcasmo a burrice pode representar um salto no irracional, um modo de resolver certas situações dentro de uma lógica implacável que escapa aos doutores de certas leis, uma lógica implacável como a das crianças. Tudo isso faz pensar nos *cobles* de Simak, e na série de mundos coexistentes, de uma infinidade de esferas dentro da mesma esfera. Faz pensar numa mudança de plano e de espaço. Simples, como o salto para ontem, ou o coelho que sai de uma cartola que não tinha coelhos nem fundo falso.

Bem observada faz pensar num aproveitamento dos que possuem essa qualidade para certos fins específicos, além do de comer capim, naturalmente. Li em algum lugar uma notícia sobre o aproveitamento dos daltônicos na última guerra. Parece que devido ao seu defeito eram utilíssimos nos aviões de bombardeio. Certos disfarces, certas ilusões não contam para os daltônicos. Seriam interessantes testes como os de Stilling e Ishihara, mas é certo que a maioria há de preferir o de Holmgren. São todos conhecidíssimos. Para certos indivíduos, ainda, a burrice funciona como uma espécie de anjo da guarda. Desperta insultos em todos os cantos, nas esquinas, nas ruas, nos ônibus, sob a janela do quarto em que dormem, atrás da porta em que fazem as refeições. Os insultos, porém, podem se transformar em estímulos e os *cobles* de Simak entram em ação. E os *cobles* me lembram os cães de Simak, que ficariam ofendidíssimos com a frase que me ocorre: à noite todos os cães se parecem, mesmo quando é meio-dia.

Ouvi falar numa península a leste do país dos Rujuks. Dizem que a burrice humana encontra lá sua expressão máxima. Duvido. Não acredito em concentrações maciças. Prefiro certas generalizações. Por via das dúvidas é para lá que pretendo ir assim que conseguir dar o meu salto de *coble* e sair do círculo de carvão que tolhe o peru na sua barreira implacável. Aliás ir não é necessário, basta-me pensar na viagem, basta-me um pouco menos, sonhar por exemplo com uma península a leste do país dos Rujuks. Heinrich Boll me entende. E levo uma vantagem. Posso dar com os burros nágua, que o resultado é o mesmo. E há muita coisa a aprender numa península a leste do país dos Rujuks.

O terreno de uma polegada quadrada

Une fois, dans leur jeunesse, la lumière a lui pour eux, une fois ils ont été voyants et ont suivi l'étoile, mais alors sont venues la raison et la moquerie du monde, alors est venue la pusillanimité, alors sont venus les échecs apparents, la fatigue et la désillusion, et ils se sont de nouveau perdus, ils sont redevenus aveugles.

HERMANN HESSE
Le Voyage en Orient — p. 45

1

— Merda, aqui não há uma explosão metafísica, sem uma outra, psicopatológica!

O resultado de um aperitivo antes do almoço dera naquela explosão. E agora o almoço atrasado, o ponto perdido na repartição (o que não faria para evitar o pedido de que a falta fosse abonada), o atraso no jornal, e com o acúmulo de trabalho da véspera, perderia também as duas primeiras aulas no curso noturno. Duas e meia e aquele sol na Praça da República à espera do ônibus que o levasse ao Catete. Foi lançado praticamente junto ao trocador num ônibus já lotado. Defendendo-se com os cotovelos, numa das mãos a pasta, na outra dois livros, conseguiu ajeitar o corpo entre alguns dorsos e nádegas. A irritação dava lugar a um lampejo de humor ao recordar o último grito de Jano: *Quando eu estiver liberto, já, da tirania do injusto, quem me libertará da tirania do justo?* Nesse instante gostaria de beijar o rosto manchado pela flutuação de pequenos tumores. Nesse instante, simples volição, após o ódio do momento em que o amarravam à mesa do pronto-socorro e lhe davam a injeção para dormir. O tumulto na Avenida Passos, o ônibus avançando aos trancos, lança-o de costas a costas e remói desculpas ante insultos esboçados. A cara da mulher, quando entrasse, mesmo com o recado dado a Elias, na papelaria, a cara de Elias, uma delicadeza que mesmo espumando de raiva, subiria os dois enormes lances de escada para transmiti-lo. Que raio, também, desejava Guido. Nem bem pedira a Elias que avisasse a mulher e o outro lhe dissera que a mulher de Guido telefonara aflita, um desastre, mas não dissera o quê. Não podia adiar mais a reportagem especial que o diretor do suplemento dominical lhe pedira sobre a mulher que matara a menina. Imaginava já um bom trabalho. *Sartre deve estar chegando à conclusão de que o maior prêmio digno de um filósofo ainda é uma taça de cicuta.* Jano ergueu o copo de cerveja e fitou o Largo de São Francisco antes de beber. Parecia que hesitava após a frase, como se não fosse sua, não pertencesse a seu corpo, nem estivesse ligada a seu passado, uma cintilação estranha que captasse apenas, vinda de algum ponto exterior. Paulo sorriu, bebeu tranqüilamente, e não deixou transparecer o choque produzido. Na verdade pensava ainda na última aula, no erro que cometera, e um dos bons alunos, implacável, corrigira. Não estava preocupado com o erro, apenas deixava-se arrastar por outras idéias, e a sala de aula sumia. Por gosto mandaria tudo às favas e trataria de seu trabalho sobre Farias Brito. Pousou o copo e encarou o amigo que parecia não estar esperando comentário algum. Ambos se habituaram a deixar no ar uma observação que não pedia complemento. *Temos horror ao horror, Paulo, fugimos do terror autêntico... refugiamo-nos no humor.* Jano deixou o copo sobre o tampo de mármore e conteve a custo um golpe sobre a mesa. O rosto principiava a se desfigurar, os lábios se dilataram na horizontal, e um estalido de molares se fez presente na contração das faces. Paulo recusou o contágio da tensão com uma vista de olhos no paredão da Escola de Engenharia. Pensava em Lima Barreto, pensava principalmente no *Gonzaga de Sá.* Que diabo teria levado o Lima a cursar esta droga? Três horas. O engarrafamento na Praça Tiradentes não abriria caminho tão cedo. Saltar e pegar um táxi? Aguardar? Vigiava ultimamente seus impulsos que implicassem uma saída do regime de economia que se impôs. Alguns meses assim, e poderia dispensar as aulas noturnas e dedicar-se ao seu *Farias Brito*. Algum dia ainda poderia completar sua trilogia, *Farias Brito — Lima Barreto — Cruz e Sousa,* isso era tão urgente, como urgente era a saída do charco positivista à sua volta. *O Ser, Paulo, o Ser!...* Fora a última frase coerente de Jano no bar. Movimenta-se a massa de automóveis entre buzinas e apitos. O ônibus se arrasta vagarosamente entre o Teatro João Caetano e o cinema São José. Praça Tiradentes. Praça de putos. Que estará fazendo Lolô, o veadinho que lhe proporcionou a maior gargalhada dos últimos tempos, ao encará-lo na porta do café junto ao Teatro Carlos Gomes; saíam da chanchada na noite do ensaio geral, ele e o bando do jornal. Lolô dobrou a revista, enfiou-a no bolso do paletó e antes de tomar o café apontou com os olhos um grupo junto à calçada. *Pederastas de todo o mundo, uni-vos!* Na Carioca o ônibus ganhou velocidade, e em frente ao cinema Íris conseguiu ajeitar-se melhor, um pouco mais à frente, quase junto ao motorista. *O Ser, Paulo, o Ser!...* Não consegue refrear a irritação ao perceber que esquecera o principal. Antes das seis deveria voltar ao pronto-socorro. Haviam-lhe dito que era impossível mantê-lo por mais tempo na enfermaria, e que não dispunham de leitos para o pernoite. Passasse às seis horas, e se a crise fosse mais grave teriam que removê-lo para uma Casa de Saúde. Um jeito qualquer de avisar a mulher de Jano! Mas como? Nem endereço, nem telefone do vizinho, nem mesmo o lugar com exatidão. Só estivera lá uma vez, em companhia de Jano, este o levara de volta no trem até à Central. Era uma casa de fundos, atravessava-se um longo corredor que contornava o palacete da frente, e ia-se dar num pátio estreito para onde abriam quatro casas de vila. Sala, quarto, banheiro, cozinha, a roupa lavada secava mesmo em varais plantados no pátio. Mãe e filha saíram, e Jano lhe estendera sobre a mesa da sala o farto material de um trabalho ambicioso. *O terreno de uma polegada quadrada.* Droga, dizer-lhe o quê? Repetir-lhe o que Caio dissera em sua biblioteca bem envidraçada numa travessa do Jardim Botânico, com uma vista esplêndida sobre a mata do Corcovado, Caio, flor de talento e acomodação, hábil em sutilezas industriais e estéticas. *Medida, um pouco mais de medida!* Na hora em que Jano espatifou o copo no tampo, na hora em que arremessou a garrafa sobre o espelho, em que começou a girar o corpo como se fosse estraçalhar a roupa, nessa hora só um pensamento lhe ocorreu, e não era dirigido a Jano propriamente: *Enfie o Ser no cu!* Ao dobrar a Almirante Barroso um movimento intenso no corredor deixa-o meio tonto, empurraram-no de todos os lados, liberta-se à esquerda pisando nos pés de alguém, e cai quase sobre o assento junto à janela. Um olhar para fora, e vê ultrapassada a Biblioteca Nacional, a Rua Pedro Lessa, e já próxima a Santa Luzia. Imerge bruscamente num estado ambíguo contido por uma auto-ironia simultânea. O ranço de uma pseudotradição literária a tingir de proustiano um estado de consciência anterior ao reinado de um faraó qualquer. Uma brisa, o suor nas axilas e nas costas, uma agitação de folhagem diante de um balcão de segundo pavimento. Um momento na infância, ao regressar do colégio público com a satisfação do prêmio conquistado, e só encontrar a irmã tristonha com a notícia de que a mãe fora para o hospital. Um instante da adolescência, de pé no estribo de um bonde, ao meio-dia, após a conversa da esquina, e o suor a introduzir idéias equívocas num corpo hipersensibilizado. Uma fração de segundo, a troca de olhares com Sílvio, após uma ausência de dez anos, ambos sentados no último assento, junto à grade metálica, de bondes em direções opostas. Rua São Luiz Gonzaga. Os longos momentos de idiotice numa aprendizagem de contemplação que só lhe rendeu uma contemplação sem lirismo. *Como se nasce realmente para a contemplação?* Tentou fender o jorro mas foi arrancado de novo por uma torrente de palavras: essa impossibilidade de permanecer no campo das essências, mesmo as categorias da existência são visões da essência da existência — círculo vicioso; talvez o caminho da criação como mergulho na diversidade, ou a procura de essências realmente. *Medida, um pouco mais de medida!* A frase de Caio ainda, e Jano a seu lado, já na ladeira em direção ao Jardim Botânico. *O que é a América, Paulo, senão a explosão semi-analfabeta de um negro rouco através da paixão de um judeu desajustado, de um grego alucinado, ou de um descendente de irlandeses que vai tomar porres em Paris?* São Luis Gonzaga, oito anos depois, a caminho do subúrbio, nos joelhos o pacote de livros catados no sebo, e o frêmito de uma leitura a começar em casa, no silêncio, e não aos solavancos de um bonde. Os clássicos que realmente existiam, e em tradução, e não apenas em citações escolares, e nos trechos de antologia. Ao abrir a porta os olhos do irmão nas lombadas, os olhos do irmão sentado na cadeira de balanço, o jornal aberto. *Você foi tapeado, meu velho, isso ninguém mais lê, só um trouxa como você!* Como transformar a raiva em sentimento criador, e descobrir-se inútil para a criação, e ainda assim tentar conformar-se a uma sensibilidade de pura fruição? A visão cósmica do subúrbio a se perder num palavreado cujo sentido quase sempre lhe escapava, um palavreado que se punha diante dele a arrastá-lo por caminhos nem sempre controlados. E a recusa, sempre a recusa, de explorar os veios mais fundos que afloram com o gosto de lucidez e morte. Monumento aos Mortos da Segunda Guerra Mundial. 1939. Setembro. O jornal pregado na banca com letras imensas na primeira página. GUERRA. Uma idéia longínqua de soldados, tiros, canhões, tanques, aviões de caça, contratorpedeiros, encouraçados. A escultura de Ceschiatti lhe evoca as suas tentativas na criação inteiramente frustradas. O fracasso de uma imagem fermentada em quase delírio, um lance de pura transcendência em uma linguagem suburbana. As aspirações de Novalis como um desenho que se caricatura, uma Mona Lisa de bigodes de carvão e cavanhaque de giz. O isolamento de Rilke à procura de um anjo, talvez, transposto para uma rua de amendoeiras, em que se medita à beira de uma vala onde escoam em ritmo lento as sobras de um mundo ainda não definido, e ao qual um rato veloz, entre toca e toca, dá um frêmito de vida. Faltou-lhe talvez a coragem do ridículo, ou a coragem de romper a barreira do ridículo. Um dançarino que nos primeiros passos fizesse ecoar um estrondo de gargalhadas com seus trejeitos e momices, mas que tenso após o riso pudesse repuxar os músculos e coordená-los em harmonia para si mesmo. Novalis, meu irmão. O jardim novo do Aterro e as palmeiras pequenas, ainda. Onde a disciplina para vencer a própria ironia e mergulhar nos acenos de uma eternidade com seus valores de absoluto, onde a inteira seriedade de interrogar a natureza, e cavalgar as palavras a se estilhaçarem em fogos de expressão. A lucidez corta-lhe o impulso e ele próprio se destrói, esse caminho não é o seu, que é isso, *estrelas súplices,* onde é que você viu isso seu palerma, bom senso, você não vê que isso é apenas brincadeira, modo de dizer, arranjo gratuito de palavras, *senso lúdico, Paulo, senso lúdico,* e essa falta de coragem de colocar o lúdico bem alto e postar-se à margem de um rio inexistente a ver destroços de toda ordem, e de sempre, a se escoarem com o seu ritmo próprio de desordem e pequenas alternâncias de regularidade. Essa burrice total de não ver a outra face do cotidiano. O auditório da estação de rádio repleto e ele de pé junto à cortina de fundo, já havia visto as cenas de Mesquitinha, e agora era Linda Batista a cantar um samba desleixado e gostoso, Linda Batista a sacudir o corpo e a agitar as mãos com os gritos entremeados, *todo o mundo agora,* o auditório respondia como um bloco de carnaval, e era aquela fascinação. *Senso lúdico, Paulo, senso lúdico,* você um dia cometeu a tolice de achar que Linda Batista e Rilke não emparelham, você é um asno. E a destruição foi total. Mas havia Cruz e Sousa, esse negro que te lançou na cara um: *Artista?! Loucura! Loucura! Pode lá isso ser se tu vens dessa longínqua região desolada, lá do fundo exótico dessa África sugestiva, gemente, Criação dolorosa e sanguinolenta de Satãs rebelados, dessa flagelada África grotesca e triste, melancólica, gênese assombrada de gemidos, tetricamente fulminada pelo banzo mortal, dessa África dos Suplícios, sobre cuja cabeça nirvanizada pelo desprezo do mundo Deus arrojou toda a peste letal e tenebrosa das maldições eternas!* A face de Elias. Quando o ônibus dobrou em direção ao Catete surgiu a igreja aberta à paisagem por obras recentes, e mais uma vez reviu a imagem de Cruz e Sousa a voltar morto e só num vagão de cavalos. Era o regresso ao terror.

2

Não conteve a irritação quando o viu chegar. Sim, recebi o recado de Elias, e daí? A mesa foi posta com irritação, e com irritação e silêncio foi trazendo desordenadamente da cozinha para a sala o prato, os talheres, o guardanapo, ajeitava o guardanapo ao lado do prato e levava a colher. Quando já ia encher as travessas se via com a colher na mão, largava tudo, e voltava para a sala com a colher. De novo diante das panelas encontrava o garfo em suas mãos. Voltava com o garfo e em vez de procurar o fogão, abria a geladeira e retirava a garrafa de água. Deixava tudo sobre a pia e ia apagar o fogão antes que o fundo da panela torrasse. Paulo sentado de costas para a cozinha acendia um cigarro alheio ao movimento em torno, preocupado com o recado de Guido, da mulher de Guido. *Estava nervosa, Paulo, não sei lhe dizer mesmo se chorava, mas nada mais quis dizer.* Elias falava baixo atrás do balcão, continha a exaltação, baixo como de costume, mesmo quando se empolgava. Viu o braço mulato da mulher, bem mais claro do que o seu, e quando ergueu a cabeça para encará-la encontrou-lhe o rosto de perfil, contraído. Chegou a sentir mesmo a tensão, a tensão que nos últimos tempos atingia momentos quase insuportáveis. Um pano cobria-lhe os cabelos alisados, e o nó acima da testa acentuava dois tufos brilhantes de óleo. O hábito amarrava-os, ligava-os. Virou a cabeça para expelir a fumaça enquanto as travessas se dispunham com ruído, salpicando a toalha. Na véspera a exaltação atingira um ódio rarefeito. Conteve-se para não esmurrá-la. *Viver uma idéia, sua puta, você sabe o que é isso?* A gargalhada seguiu-se violenta, o corpo da mulher se dobrava, e as mãos se comprimiam entre as coxas. *Viver uma idéia, viver uma idéia, pára de escrever besteira, e vê se arranja alguma coisa decente.* Estirou-se no sofá da sala, acendeu um cigarro, e viu a mulher entrar no quarto quando o grito do vizinho se fez ouvir, reclamando o barulho. Na hora do costume encontrou o café sobre a mesa, o pão, a manteiga. Fez a barba com displicência, tomou o café, e saiu para dar as aulas da manhã. Um mergulho intenso no campo das aspirações, um equilíbrio mantido à custa de um rilhar de dentes prolongava o cotidiano. E uma compreensão de que as famosas especulações oníricas se concretizavam ali no dia-a-dia, a náusea elementar de uma frustração, no encontro com objetos que lhe impediam os passos, e que era preciso a todo custo contornar, enfrentar, vencer, ultrapassar. A dor intensa de uma renúncia a idealizações afetivas, o amor que se descobre como uma exigência além da palavra, o amor como avidez de todo o corpo, o amor que persiste na forma de uma presença ainda que odiada. Como uma lembrança obsessiva que requer uma solução de vida. Como a obsessão de Guido. *Sempre a mesma cena, Paulo. Minha mãe voltara do sanatório e as cenas de loucura se sucediam em casa mesmo. Era insuportável. E era à noite, quando estávamos juntos que os acessos tinham lugar. Até aquele dia. A idéia de que meu pai tinha uma amante transformou-se em um inferno. Os insultos se sucediam. O velho, frouxo, aquietava-se, ria, achava um despropósito, e os risos provocavam-na mais ainda. Os insultos explodiam. E nós ali assistíamos àquilo sem prever conseqüências, exasperados. Eu dormia na sala, em um divã, Paulo, eram três horas da manhã e aquilo não cessava, você compreende, Paulo, no dia seguinte havia tudo a fazer. De repente um berro se despregou de mim, agarrei minha mãe pelos braços, aos berros, e sacudi-lhe o corpo como se fosse possível forçá-la a alguma compreensão. Girei eu como um doido pela casa, despejei água em todas as camas, eu queria dormir, Paulo, compreende, eu queria dormir. Minha irmã me olhava espantada, meus irmãos indiferentes. Meu pai em um canto chorava e rezava.* A travessa de macarrão foi quase lançada em cima da mesa, e parte se espalhou pela toalha, o molho de tomate e cebola se impregnando no tecido produzia manchas móveis a se procurarem ao acaso na trama tecida e a se imobilizar numa franja disforme de linha bordada. Hesitou um instante, sem saber se lhe dirigia a palavra, mas resolveu recuar assim mesmo, em silêncio. Resistiu à tentação de contornar mais aquele incidente e procurar um motivo para reencetar uma neutralidade, quando o tom cordial era impossível. Parou alguns segundos junto à estante da parede que separava a cozinha da sala. Olhou com ódio as lombadas em desordem, e mirando-o de costas ainda teve vontade de gritar corno. Corno que ainda não era mas que seria em breve. Na cozinha revirou ao acaso panelas e copos, dobrou uma toalha, e voltou à sala, por trás dele, junto à janela, entre a estante e a porta da cozinha. Acendeu um cigarro, e procurou no pátio interno a janela do primeiro pavimento. Uma violenta necessidade de trair. De humilhar e se libertar de uma densa crosta de ilusão acumulada no início por uma torrente de palavras. Os livros que não lia lhe criaram com o tempo uma barreira sufocante. Aspirava agora de novo a uma espontaneidade perdida ao embalo das palavras desse idiota. Desejava uma simplicidade de vida e sonhos deteriorada pelo bando de inúteis e veados que lhe enchiam a casa. Queria despertá-la, foram suas palavras logo nos primeiros dias de encontro. Despertá-la para quê? De quê? Dar-lhe consciência de sua condição, dar-lhe uma compreensão mais vasta de todos os fenômenos que ocorriam à sua volta. Compreensão mais vasta de quê? As exigências eram concretas, vida melhor é o que sempre desejara. Melhor ser puta do que suportar a rotina com esse imbecil. Ser o que sempre foi, a mulatinha que deixou o ginásio no terceiro ano, aprendeu datilografia e sempre encontrava um escritório. Havia o encanto, sim, das palavras, mas antigamente. Uma espécie de irrupção na tarde morna e ordenada, uma avalanche com o sabor de aventura e promessas e perspectivas. Qualquer coisa de inabitual no caminho de bonde entre a Praça Tiradentes e a Praça da Bandeira. Uns estremecimentos. De tudo restava uma inquietação insuportável a transformar em doce uma vida anterior, um passado com todas as dificuldades surgia-lhe agora com um certo desleixo de despreocupação. Corno. Libertação de uma condição de mulher alienada, a ignorar seus próprios recursos, suas potencialidades. Corno, vê-se logo. Mais difícil de explicar a repugnância que seu contato físico lhe provocava. Nos últimos tempos refreava os ímpetos de recusa com uma indiferença conquistada. Deixava-se penetrar. Mulato besta. Crioulo metido a sebo. *A interseção do real com o irreal, Paulo, compreendeu, o ponto concreto de nosso contato entre o objeto e os nossos sonhos, eis o terreno de uma polegada quadrada.* Serviu-se de feijão, de arroz, da salada, do macarrão, e dos cinco bolinhos de carne escolheu dois. As folhas espalhadas sobre a mesa, o rosto de Jano quase vermelho de entusiasmo, uma euforia contagiante na definição de uma coisa que até certo ponto não se definia. Um gosto ligeiro de queimado no feijão desperta a fome entorpecida pelos cigarros. Fumaça à sua esquerda. A mulher devia estar na janela. Excita-se. Um artifício qualquer para reatar. Nada lhe ocorre. *O ponto concreto de nosso contato entre os objetos e os nossos sonhos.* Até que ponto uma intuição é suficiente para. O quê? Uma especulação? Talvez a intuição pela intuição, um caminho como outro qualquer, e o resultado com a mesma validade de qualquer outro, ou a mesma ausência de validade. O que pretendia Jano com esse salto além do conhecimento. Sentia nele a dor de uma formação que nem fornece os instrumentos de uma especulação coerente, e o desassossego que veda o caminho de um equilíbrio poético, a agitação por uma expressão, mas que tipo de expressão? Evitar a queda numa dessas simplificações primárias e incultas, já que encontrara barrado o caminho das outras simplificações, refinadas. *Toda a torrente envolta na apreensão de um fenômeno. O homem, por exemplo, Paulo, um modo qualquer de determinar-lhe verdadeiramente o grau de hominidade.* Corno. Lançou a ponta do cigarro no pátio interno, e acendeu outro. O problema era corneá-lo com quem? Olhou de novo a janela do primeiro pavimento. Com aquele advogado alto e alourado que morava só, e quase sempre por coincidência abria a porta de sua sala quando ela acabava de subir o lance de escada do primeiro pavimento, e atravessava o corredor para tomar o segundo lance? Olhava-a com insistência, e com o tempo foi havendo uma espécie de cumprimento que não era reconhecido por nenhum deles, um movimento de cabeça como quem mira em torno mas não se fixa em ponto algum, uma perturbação pela presença de ambos, como se lhes fosse possível evitar que a porta se abrisse quando um estivesse subindo, ou encontrar o outro no corredor no instante em que abria a porta. *O homem, por exemplo, Paulo, um modo qualquer de determinar-lhe verdadeiramente o grau de hominidade.* Sorriu ao engendrar um divertimento, sentiu-se quase criança, mastigava um bolo de carne agora, uma espécie de cadeira, uma poltrona com alguns aparelhos embutidos, e que determinaria esse grau. Far-se-ia uma escala, e de acordo com ela seria possível obter isso. Um modo atual e bem preciso de se trabalhar. Chegou a lastimar o incidente da noite passada que deixou as coisas nesse estado com a mulher. Senão poderia comunicar-lhe a idéia, agora, seria uma boa gargalhada. Corno. O gerente do supermercado, um português magro, sempre aprumado, o bigode aparado, a camisa de seda com iniciais. Cordial, sempre solícito quando a via com o carrinho entre as prateleiras. *Alguma dificuldade de encontrar qualquer coisa, minha senhora.* Vinha por trás, falava baixo, sentia às vezes o roçar da camisa de seda em suas costas. Punha-se a vistoriar as armações enquanto ela avançava pela passagem. Fingiu certa vez não perceber-lhe um gracejo, pediu desculpas e seguiu com o carrinho. No balcão, enquanto a caixa registrava as quantias ele ajudou o empregado a ensacar o que comprara. Por que é que esse desgraçado não escrevia qualquer coisa que prestasse, uma novela de rádio ou televisão, qualquer coisa como *O direito de nascer*, que ouvira em prantos pelo rádio há alguns anos, e que depois de casada teve vergonha de dizer que havia gostado. Nem televisão possuíam. *Reinventar os valores, Paulo, reinventar os valores. A relação entre o grau de hominidade e a invenção dos valores dentro de cada um. A certeza de que vivemos rodeados por homens de todas as épocas em cada bairro, em cada rua. Não o homem primitivo que existe ainda dentro de nós, isso talvez seja balela. Esse cara ao lado que acaba de ligar o rádio talvez nunca se tenha preocupado com a sua condição atual, estará de cuecas de nylon tentando captar Honolulu em ondas curtas, mas pode bem se situar no Neolítico.* O prato está limpo. Que fome! Descasca uma banana e devora-a enquanto ouve os passos da mulher que já se deslocara para a cozinha se aproximando com o café. Acende um cigarro ao ver a xícara sobre a mesa. Não dispunha de muito tempo agora, era sacudir-se. Corno. Mulato besta. Crioulo metido a sebo. Põe-se à janela de novo e fica, debruçada, o queixo nas mãos, os cotovelos sobre o parapeito.

3

A ingenuidade de Paulo amortecera um pouco a dor da ignorância e da decepção provocada. O outro fitara-o com os olhos de um espanto incompreensível ao lhe afirmar que simplesmente não podia traduzir-lhe o texto em hebraico. Não conhecia a língua. *Mas você não é judeu, Elias. E você pensa que todo judeu é rabino?* Ainda deve vagar no purgatório dos ideais, não descobriu o milagre da própria existência.

— Impossível, Elias, ninguém responde! Você tem certeza mesmo de que foi a mulher de Guido?

— Que dúvida, já lhe disse. Parecia que chorava, falava com dificuldade.

Elias afastou-se da mesinha junto à caixa registradora e deixou Paulo no telefone para uma quarta tentativa. Preferiu não levantar hipóteses sobre a situação de Guido. Ultrapassara a fase das premonições trágicas. Um outro vínculo o ligava ao cotidiano, um vínculo feito de dois pontos sem transições suaves nem gradações: o fato concreto, a morte absoluta, irreversível. *Você acha possível uma nova guerra, Elias?* Guido deixara a pasta sobre o balcão e pusera-se a folhear os livros escolares arrumados em uma prateleira acima da dos brinquedos. Paulo e Jano conversavam junto ao telefone. Isso foi há três dias. Agora Jano dormia no pronto-socorro e a mulher de Guido em prantos, ou quase, deixa um recado para Paulo. Habituara-se a vê-los ali, juntos, quando vinham da casa de Paulo, ou quando iam à casa de Paulo. Havia outros, mas as vindas eram esparsas, não lhes guardara os nomes; havia Lolô, o veadinho, que diziam ser um grande poeta, mas que ele não conseguia suportar. Os tiques, o desassombro dos comentários em tom ambíguo irritavam-no, além, naturalmente, de sua condição. Não sabia bem o que era, diziam que doença, deficiência glandular, de qualquer modo inconveniente como companhia. Todos como que gravitavam em torno de Paulo, e lhe sugeriam uma sucessão de marginalidades na qual se incluía. *Você acha possível uma nova guerra, Elias? E você acha, Guido, que a minha opinião pode alterar alguma coisa?* Fora melhor não ter dito aquilo. Guido não entendeu bem a resposta, tirou os óculos, e ficou piscando enquanto limpava as lentes com a gravata, desajeitado. Não, positivamente não simpatizava com aquele tipo baixo, gordo, de voz trêmula e gestos hesitantes. Invejara-lhe no início sua simples condição de médico, não o título propriamente, que também tinha um engavetado, mas a condição de médico, uma dose de ingenuidade, sabia, mas inevitável. Curavam doentes, isso tinha algo de fascinante. Um homem se abria diante deles, expunha fraquezas. Sorriu ante a própria ingenuidade, também ele supunha que todos os médicos estivessem necessariamente isentos de idiotice. *Você acha possível uma nova guerra, Elias? Pessoalmente acho que é impossível. Depois dos horrores da de 1939 acho impossível, ninguém mais se atreve. Ninguém mais ousa, afinal os homens aprenderam alguma coisa: todos perdem. Bella matribus detestata.* Repusera os óculos, o paletó aberto deixava entrever uma pequena barriga no corpo roliço, e manchas de suor no peito da camisa branca. Devia ser da classe dos homens de boa vontade. Ajeitou alguns brinquedos, sacudiu algumas sacolas de plástico empoeiradas para fugir ao comentário. *Gosto de rever esses livros de colégio. Quanta coisa esquecida, disso sobra pouca coisa depois dos bancos escolares.* Como quem continua arrumando os brinquedos afastara-se de Guido e aproximara-se de Paulo e Jano. Detestava gente que falava em *bancos escolares*. O telefone tocara.

— Ninguém responde, Elias.

Elias parado junto à entrada encostara-se à coluna que separava as duas portas de correr de sua loja. Paulo disca pela quinta vez. Lembra-se agora de que ele precisava falar com urgência a Guido. Tinha encontro com a mulher que o procurara no jornal anteontem. Sorriu ante a facilidade com que caíra. Elias de costas para ele. Primeira chamada. A luz da rua formava um halo branco sobre a cabeleira ruiva, e recortava a silhueta de um homem nem alto nem baixo, magro, musculoso, sempre em tensão. *Como judeu tenho apenas o terror atávico, você já ouviu falar de crime ritual, e uma mitologia. Faço Abisag. Vocês têm o ciclo da cana, do cacau, do chimarrão, do coco babaçu, do café. Eu tenho alguns sonhos.* Ele nem sabia quem era Abisag. Elias lhe explicara que fora a última mulher de David, a mulher que conheceu na velhice e que não pôde possuir. Logo após mudar para o segundo pavimento começou a freqüentar a papelaria do Elias. Gostou até da proximidade. Quando Guido, Jano e os outros o visitavam durante o dia parava um pouco junto à soleira. Com a necessidade do telefone a conversa continuava dentro da loja, em volta da mesinha dos fundos. As frases trocadas com o proprietário eram breves. Meio ano depois é que Paulo descobriu ao lado do telefone um livro emborcado, uma novela policial de Durrenmatt, *A suspeita*. Virou o livro, página 26, a leitura no início ainda. Viu sublinhadas algumas linhas: "Se existe um Deus, comissário, e nada mais deseja meu coração espezinhado, para Ele não existem povos, somente homens, e cada um será julgado na medida de seus crimes e absolvido na medida de sua eqüidade." Estranhara as duas coisas. Uma novela policial com aquele tom, e um lojista a rabiscar o livro, justamente numa frase como aquela. Esquivo a princípio, Elias acabou permitindo uma aproximação maior, e meses depois falava do drama que escrevia, como passatempo, apenas sempre à noite. E entregou-lhe uma folha. *Veja isto, é o início de uma cena.*

DAVID

(Sentado no leito, reclinado no ombro de Abisag)

Dura prova de amor, cruel idéia ainda idéia, fantasma sem corpo, criação da memória, desligado já do apetite dos membros. E no entanto tão viva. Que sonhos, que aspirações, Abisag, fermentam em meus olhos após a lembrança dos gozos anteriores. Que danação é esta, Abisag, que me turva os olhos quando o meu corpo já nada pede? Que sopro renova minha ambição de tanger teu corpo e tua juventude se nada mais tenho a oferecer que não seja reminiscência? (*Pausa.*) No entanto basta-me saber que aí estás, que posso imaginar uma posse e aplacar a idéia apenas de posse que me ferve na cabeça sem calor de baixar o ventre. (*Pausa.*) Talvez a agonia. A lenta agonia e a desconfiança de que tudo é apenas uma fruição desejada e permitida no intervalo de um sonho. Há momentos em que dou razão àquele idiota. Consolo-me com palavras.

(Preparar transição para o clima de salmo. Criar um salmo longo, cristalização de toda uma vida de criador de salmos.)
(David passará para as cenas do passado com as mesmas feições do último dia. Assim serão dois velhos na cena em que toca para Saul, e este tenta matá-lo.)

Devolveu-lhe a folha num misto de espanto e desagrado. Não gostara do tom mas havia força na fala. Apenas encontrou como comentário a pergunta, *a que idiota se refere David? A Salomão, que momentos antes lhe dissera num repente de raiva, aliás a cena é falsa historicamente, "quando já nada pode com o caralho, resta-lhe a língua"*. Uma imensa gargalhada serviu de fecho para a conversa. Segunda chamada. Terceira chamada. Precisava de Guido, precisava do consultório. O encontro com a mulher era às dez e meia, na esquina da Avenida com Almirante Barroso, em frente ao Clube Naval. Elias gira a cabeça, esboça um movimento de corpo, uma rotação que o deixaria de frente para Paulo, mas contém-se e permanece no mesmo ponto. O calor do dia era agradável. O movimento intenso de ônibus, automóveis e caminhões pela Rua do Catete contrastava com as calçadas vazias. Pouca gente àquela hora. Três e meia. Ouviu Paulo discar mais uma vez, mas pela conversa deduziu que falava com alguém da repartição, que desse um jeito, não iria lá hoje. Um amigo doente. Dois, talvez. Despediu-se de Paulo quando este se aproximou e lhe disse que ia à casa de Guido. Ligara para o consultório, mas de lá ninguém também respondeu. *E Abisag como vai?* Viu-o seguir pela calçada até depois da Santo Amaro e postar-se na fila do ônibus. Guido morava na Farani, quase junto à Praia de Botafogo. Bocejou e isso lhe aliviou um pouco a tensão criada pela lembrança de Guido. Seu filho devia estar dormindo a essa hora. Tirou do bolso a carteira de identidade enfiada em um envoltório de couro e fez cair o retratinho. Três anos no próximo dezembro. Estavam em março, fins de março. Sorria. Deu uma volta pelos balcões empilhados de cadernos, caixas de lápis, esferográficas, bolas de borracha em cestas de arame, e sentou-se na mesinha do telefone. Uma velha veio à procura de envelopes tipo ofício, mas em papel grosso, branco. Recusou ao lhe oferecer os via aérea. Uma empregada com uma menina pela mão comprou quatro balões, dois vermelhos, dois azuis. A calma, novamente. Abriu a gaveta, viu os dois blocos de faturas daquele mês, um já pago e outro a pagar. Em outra gaveta, algumas almofadas, caixas de grampos, grampeador, clips. Olhou novamente para a porta. Ninguém. Tirou de um dos livros um recorte com uma crônica de Lolô e releu-a:

CONFISSÕES DE UM SONÂMBULO

Estranho, bem estranho o caminho do paradoxo. Uma longa e acidentada viagem, prenhe de delírios, decepções e entusiasmos, me levou ao paradoxo. Uma preguiça duramente conquistada e ferozmente defendida me evitou o dissabor de cair no conto do *livro de viagens*. Só algumas notícias recentes de jornais me arrancam do torpor e me levam a essa espécie de desabafo. Perambulei pelas ruas de Paris, refiz o roteiro de Montmartre, Pigalle, Montparnasse, os cais do Sena, cansei de subir e descer as Ramblas de Barcelona, e meus pés cansados iam procurar repouso num parque no fim da

Avenida da Liberdade, em Lisboa. Ruas de Roma, de Nápoles, becos subindo a montanha, ruas de Atenas, e do Pireu, praças de Haifa, Tel-Aviv, deserto de Sodoma, e albergue da juventude, junto ao oásis de Ein-Geddi. Vi ruínas que eram realmente ruínas. Revivi meus mitos de infância e adolescência, à procura de uma infância e adolescência irreais, mas que gostaria existissem. Juntei figuras, fundi sonhos. Soutine, Modigliani, o profeta Jeremias, Gide, Istrati, Genet, Bloy, Simone Weil, Edith Stein. E intimamente vinha compondo um paradoxo necessário e suficiente para uma definição: a condição eminentemente *católica* do judeu. *Católico*, adjetivo com significado alto e imediato de *universal*. Verifiquem no dicionário. As notícias dizem respeito a um movimento nazista na Guanabara que atua com distribuição de volantes e legendas pichadas em paredes, um retorno a técnicas velhas e conhecidas. Confesso que essas notícias não me espantam. Só uma ilusão muito bem alimentada poderia levar a crer que era impossível uma repetição da boçalidade nazista. Copio numa tentativa de ordenar um fio meio elementar de raciocínio, o seguinte trecho do livro de Chauchard sobre Teilhard de Chardin:

Somos traídos pela linguagem, extremamente inadaptada para exprimir as analogias: a consciência pré-humana não é praticamente em nada a consciência humana, visto esta ser reflexão verbalizada que se situa plenamente acima da ação e permite aceder normalmente à verdadeira liberdade que é domínio e juízo.

Copio também de "El Hombre Interior" de Emílio Sosa López: *Es que con la piedad se ha perdido algo esencial: la idea del hombre como un ser entrañable y fraterno.*

Me lembro da resposta de Holga a Quentin, diante da sugestão de campo de concentração na peça *Depois da queda* de Miller:

"— Quentin... ninguém que eles não tenham matado pode ser inocente outra vez..."

Copio tudo isso e tento alinhavar o paradoxo com uma idéia de equilíbrio estático, de luta em repouso. Quanto aos sutis caminhos da memória, tão explorados, e tão desconhecidos, creio não encontrar melhor exemplo do que uma nota de Alfonso Reyes para sua *Ifigênia Cruel*. Não li a obra, copiei apenas a explicação. Arrancada pela deusa das mãos do sacrificador, em Áulide, Ifigênia ignora, em Táuride, como chegou a sacerdotisa de um culto bárbaro. Nada recorda do passado, e deseja ardentemente reencontrar sua origem. Mais tarde, quando lhe volta a memória e percebe pertencer a uma raça ensangüentada e perseguida pela maldição dos deuses, sente nojo de si mesma. E ante a alternativa de retornar à tradição de sua casa, à *vendetta* de Micenas, ou de continuar com os bárbaros, prefere continuar com os bárbaros, único meio certo e eficaz de evoluir e romper as cadeias que a prendem à fatalidade de sua raça. Copio tudo isso e sonho com uma profunda crença no homem e em suas possibilidades, para lá dos falsos otimismos pessimistas, ou pessimismos otimistas.

Quando terei a coragem de comprar o meu barril e minha vela?

Elias dobrou novamente a crônica, e deixou-a no mesmo lugar, marcando o livro. Fora publicada há um mês e meio e ele entreviu uma espécie de mensagem, ou talvez de homenagem, de Lolô. Apenas uma dúvida lhe resta: até que ponto não seria perniciosa uma simpatia tão franca e tão vasta? Ergueu-se e caminhou até a porta. O sol já atingira a soleira. Em pouco tempo se espalharia pela estante e pelos balcões. Precisava providenciar com urgência uma lona para a marquise.

4

Ainda viu Elias parado à porta, os olhos na rua. Uma freada brusca obrigou-o a amparar-se no banco da frente. Quase vazio o ônibus, mas seguia lentamente. Demorado o sinal próximo ao Palácio, e mais lento o avanço ainda com o estreitamento da rua. Deveria ter trocado de camisa. Esquecera por completo. Neste momento deu importância à sua negligência. Ou não era bem negligência, resíduos de educação em que certos confortos ou hábitos não são tão fundamentais. Nada o irritava mais do que certas sensibilidades exasperadas com miudezas. Mas percebia às vezes a importância dessas miudezas para um bem-estar momentâneo. A comparação com outros hábitos a criar frustrações, a necessidade de reconhecer justeza em comportamentos que eram a negação do seu, e ainda perceber que mesmo conquistados não representavam vitória sobre nada nem solução de problema algum. Qualquer coisa como uma fome de conhecimentos com a lucidez de que o conhecimento em si nada significava, nada resolvia. Incrível empenhar-se numa luta em que não sabe bem por que é que se luta. O que levava Elias a escrever *Abisag*, Jano a tentar *O terreno de uma polegada quadrada,* e ele mesmo o *Farias Brito*? Vocação? Vaidade? E Lolô? Esse monstro de sensibilidade, amoral, anárquico, caótico, vítima de traumas e humilhações, mergulhado numa aspiração indefinida, sempre atacado de uma diarréia verbal? Inútil embrenhar-se nessas considerações sobre criação desde que não tenham como meta declarada o ensaio, o artigo, o livro? Inútil e pedante talvez enfrentar a criação da criação, quando algumas vidas não seriam suficientes para esgotar leituras existentes em bibliotecas e livrarias? Provinciana a atitude de encarar valores eternos ante a sábia e cética prudência da modéstia mal velada? A busca da ironia, talvez, essa quintesssência florida e bem comportada de homens bem-educados? A ironia como civilidade, como atitude digna da sabedoria diante do urro selvagem de uma expressão não se sabe de quê? Talvez fosse necessária uma boa dose de ingenuidade para surpreender o fenômeno em sua pureza, em sua instantaneidade, surpreendê-lo no exato momento em que jorra do nada, criação espontânea. Surpreendê-lo e não endoidar. No Largo do Machado duas velhas sentam-se no banco ao lado do seu. Vê o Lamas à esquerda, com o toldo arriado, há mais de uma semana não ia lá. Seus primeiros intentos de criação soçobrados diante do infinitamente complexo da realidade, a opção por um caminho mais fácil para ele, em que a realidade é tomada como infinitamente complexa em bloco e os conceitos que a definem muito mais importantes como peças de um tabuleiro abstrato. Seus primeiros contos tinham um ranço didático, narravam com precisão uma história e um ambiente, até o dia em que descobriu que esse ranço era a própria negação do ato de criar e que a precisão era uma pretensa hipertrofia de um olho pouco exigente. Descrever uma árvore do largo, descrever todas as folhas da árvore, ou apenas descrever *totalmente* uma folha. Uma eternidade. Descrevê-la no ato em que se apresenta à imaginação com as deformações implícitas de uma consciência que imagina uma folha vista que se presta à descrição. Por que danar-se diante de uma folha em branco, quando há uma existência para ser fruída, por que esse colocar-se à margem de uma vida que nada pede, por que o *por quê*? Por que Elias, um comerciante, não se aquietava em seus negócios, e não deixava de lado esse rei mítico em sua agonia, e todos os problemas que lhe criavam as exigências de uma cena? Estavam na Marquês de Abrantes. As duas velhas descem diante de um edifício em construção. Uma calha de madeira conduz para o ralo a água bombeada do interior. Precisa localizar Guido. Sem o consultório dele à noite não teria onde levar a mulher. Dificilmente ela concordaria em ir com ele a um hotel qualquer da Lapa. Perdera o contato com a dona de um apartamento na Esplanada que cedia o local para algumas horas a um pequeno círculo de conhecidos. À vista de uma babá no passeio da Praia de Botafogo, com a roupa justa, seios e nádegas, sentiu-se tonto como na adolescência. A distração fê-lo perder o ponto de descida, e só conseguiu saltar no seguinte. Ao voltar pela calçada um jardim, um correr de janelas e uma varanda lateral de finas colunas envolvidas em ramagem metálica relembraram-lhe seu tempo de ódio e inveja, ódio e inveja grosseiros, hoje superados, substituídos por um ódio e desencanto entranhados em algo mais primário, mais objetivo, por isso mesmo não tão evidente. Ganhara um prêmio especial no terceiro ano do ginásio. Num exercício fizera livremente a adaptação da fábula da cigarra e da formiga para um soneto em alexandrinos. A biblioteca do professor que o convidara para um lanche em um sábado à tarde dava para um jardim numa transversal da praia. Não lembrava ao certo o local, mas devia ser perto dali. Uma cortina branca, transparente, velava um pouco a luz, e semicorrida uma outra, de pano mais espesso, de borlas douradas, hoje pareciam-lhe douradas, talvez fossem brancas. Altas estantes, envidraçadas (jacarandá?), a mesa de gavetas na mesma madeira, entalhada, flores, cachos, volutas, e os pés em garras (estaria acrescentando esses detalhes, hoje?). Guardou durante muito tempo a imagem de que cultura era qualquer coisa parecida com uma sala daquelas, atapetada, onde se falava baixo, e onde de repente uma empregada de avental e touca vem avisar em voz quase sussurrante que a mesa estava posta. Levou alguns anos para se libertar da inveja bruta por um polimento não recebido. E mais alguns para num salto repentino, cristalização de caos, chegar a um impasse consigo mesmo. Comprou cigarros em um bar no início da Farani e viu do outro lado o prédio de quatro pavimentos em que Guido morava. Terceiro andar. As janelas estavam fechadas. Quanto ócio necessário para não se enredar em palavras, para saber exatamente o ponto em que inteiros, corpo e alma, estamos de acordo com alguma coisa, ou redescobrimos para uso próprio algum lugar-comum. A tarefa de captar matizes numa convivência, de elevá-la a um nível um pouco acima da necessidade animal. *Eu não acredito no amor, Paulo, é um sentimento frágil demais para justificar uma sociedade.* Guido se erguera da cadeira de braços e fechara a janela. Paulo continuou sentado na cadeira destinada aos pacientes. *A sociedade tem exigências, tem valores e é preciso respeitá-los. Eu acredito na sociedade.* Atravessou a rua e seguiu até a entrada do edifício. Cinco degraus e um hall estreito dividiam os dois apartamentos do térreo. Uma enceradeira avançava à esquerda entre móveis desarrumados, a porta semi-aberta. *Você vai achar estranho eu lhe dizer isso, Paulo, mas você já se habituou a ouvir desabafos. Você foi ao meu noivado, e sabe que vou casar dentro de quatro meses. Não amo minha noiva, nem creio que deva amá-la. Fugimos ambos de nossas solidões, e aceitamos ambos os encargos que a sociedade nos outorga.* Segundo pavimento. Terceiro pavimento. Ao ouvir a insistência da companhia a vizinha se apressa em transmitir-lhe o recado. *Dr. Guido teve uma crise de nervos e D. Laura chamou o pai dele. Ela foi com o menino para a casa da mãe, e Dr. Guido foi levado para a Casa de Saúde Dr. Eiras.* Ganhou rapidamente a rua impulsionado por uma necessidade de movimento. Com a cabeça transformada em um bloco maciço, sem trânsito possível para qualquer idéia, voltou à Praia de Botafogo. Encostado a um muro procurou atordoar-se com a visão das árvores, o casario do Morro do Pasmado, a volta da Urca. Uma surda revolta contra nada, um sentimento de absurdo sem poder localizar em parte alguma esse absurdo; um silêncio branco envolveu-o, silêncio obtido com a fusão de tudo o que se passava à sua volta, silêncio equilíbrio entre ideal e real. Como a tentativa de apreensão de qualquer coisa que está sempre escoando entre os dedos, sempre escapando, a tentativa de limitar o objeto que se contorce e se recusa a uma

forma estável, fluido, sucedendo-se um contorno definido a outro, sempre limitado, a tentativa de limitar o que já era limitado mas informe. Caminhou até a Casa de Saúde Dr. Eiras, subindo a Marquês de Olinda. Na secretaria informaram-lhe que Guido fora internado algumas horas antes, que era coisa sem importância, mas que no momento não poderia visitá-lo. Poderia falar ao pai de Guido, se quisesse. O velho ficara fazendo companhia ao filho. Disse que sim, que falaria com o pai. A freira pediu pelo telefone que lhe dissessem que um amigo de Guido estava embaixo, na secretaria, e queria vê-lo. Esperou num banco de madeira do pátio interno que separava o pavilhão novo do casarão rosado. O velho surgiu amargurado. Sentou-se a seu lado, as longas pernas abertas, as mãos enfiadas entre as coxas, o tronco magro inclinado para a frente. O cabelo branco e farto agitava-se à medida que falava. Pensara que Guido já estivesse livre das crises. A fala cantada do napolitano, as hesitações, as mãos sempre em movimento agora, os dedos enlaçados, espalmadas, abertas ao máximo ao longo dos braços estendidos, tranqüilizaram um pouco Paulo. Julgava compreender tudo agora, *tudo*, embora ficasse apenas nisso, achasse inútil esmiuçar esse *tudo*, uma espécie de salto entre os acontecimentos banais e uma generalização extrema. *Estava certo de que com o casamento essas coisas passariam. Falávamos muito, Paulo, Guido e eu. Era obediente, era e é, nunca me contradisse. Sempre bom aluno, sempre atencioso. Por que essas coisas acontecem, Paulo? Doença? A mãe era igual. Como sofrer do coração, do estômago, dos dentes? Depois é doença que ele mesmo cura! Foi essa a única vez que me desobedeceu. Eu queria que ele estudasse medicina, compreende, ele concordou, depois abrir um consultório de clínica geral, compreende, se quisesse especializar, doença de coração, é importante, muito i m p o r t a n t e; mas não, queria doenças nervosas. Estúpido!* Paulo levantou-se, abraçou-o, e garantiu que era coisa passageira, à-toa, não desse importância, isso passa logo. Amanhã lhe telefonaria. Se precisasse de alguma coisa aí tinha o endereço novamente, e o telefone da loja de Elias, para algum recado urgente, mas só até as sete horas da noite. Contornou o sobrado e desceu a rampa até o portão em frente à Marquês de Olinda. Merda. Viver uma vida, uma cintilação, um estilhaço, aprender a viver é o quê? Uma conformação a quê? Uma súbita

inspiração de arrebentar os pulmões e o denso choque de um homem com o homem, com vários homens, com todos os homens, contra si mesmo. Percebeu que estava diante de uma oficina de Volkswagens, na rua Assunção. Voltou e desceu a Marquês de Olinda. Tomou um café na esquina da Bambina. Em poucos instantes via-se de novo na Praia de Botafogo. Especular sobre as palavras, sobre as palavras nos objetos, sobre os objetos sem palavras, sobre uma transcendência além dos objetos, e sentir um pontapé na bunda dado por esse amontoado de irrealidades. *A sociedade tem exigências, tem valores, e é preciso respeitá-los. Eu acredito na sociedade.* Vá à puta que o pariu, Guido. O que fez Guido? O que lhe fizeram? Desde quando? Desde ontem, desde anteontem, desde o ano passado, desde a chegada com o seu bando de italianos esfomeados trazendo o Vesúvio nos olhos, desde o nascimento? O que fizeram com ele mesmo, Paulo, sim, com você mesmo, o que fizeram desde antes mesmo do nascimento? Cuidado, Paulo, há sempre um fato fundamental, evidente, está na ponta do seu nariz, e esse fato o derruba, você não pode vê-lo. Ninguém vê o fato na ponta do seu nariz, e em nome de valores se fodem e fodem os outros.Você detesta os palavrões, Guido, você os suporta nos outros, e ri-se quanto há do que rir, mas você os detesta em si mesmo, você ainda não rompeu a crosta de verniz que um dia quis mais espessa para salvar o quê? É isso mesmo, o fato na ponta do nariz, e os valores em nome dos quais todos se fodem e fodem os outros. Compreender, compreender sempre, você sempre compreende os outros, todos, um por um, todo ato é compreensível, é defensável, é justificável, todos são inocentes. Mas depois de tanta compreensão, o que é que sobra, meu Deus?

5

— Gide era puto, não tinha idéias, queria era dar a bunda!

Ergueu a cabeça e fitou o responsável pelo suplemento literário em conversa com um dos colaboradores. A idéia de prosseguir com a reportagem esfumou-se. O recado de Lolô em sua mesa. Estava preso. Precisava de ajuda. Ajeitou os recortes de outros jornais com o noticiário da época,

as notas, as fotografias. O jeito era acabar em casa. Não tinha obrigações de horário com o jornal, bastava-lhe entregar a matéria a tempo, a crônica e duas reportagens mensais. Pediu a ajuda do repórter policial da redação, conhecia todos os distritos, todos os comissários, delegados, investigadores. Por sorte simpatizava com Lolô, e já uma vez conseguira livrá-lo de outra complicação. Sorria. Esses tipos não têm mesmo jeito. *Quanto ao resto, Comissário, garanto, o tipo não é mau sujeito. O senhor sabe, esses poetas!* Lolô fingiu um arrependimento, um *nunca mais, prometo*, mostrou-se consternado e saíram os três. Desta vez estava no quarto distrito, na esquina de Pedro Américo e Catete. Perto de sua casa. Deve ter sido preso na hora em que ele almoçava, ou que, na loja de Elias, tentava falar com a mulher de Guido. Desceram, tomaram um táxi e pouco depois o repórter lhe disse que era melhor que ele esperasse embaixo, ia primeiro ver como andava a coisa. Voltou cabisbaixo, nada feito. Não queriam ceder desta vez. *Aquele veadinho?* O melhor era procurar um advogado. Paulo resolveu procurar Elias. Precisava de algum dinheiro emprestado. Encontraram-no sentado na mesinha do telefone, folheando uma pasta de anotações. *Encontro aqui uma nota engraçada, Paulo, referente ao período em que Davi unificou o Reino. O ritual para fertilizar a terra e os animais. As cenas de delírio sexual e prostituição sagrada, qualquer coisa como as Festas Dionisíacas ou as Saturnais latinas. Que trabalho para levantar esse material todo, para ter pelo menos uma idéia da vida que o envolvia, e poder justificar algumas frases na hora da morte. Há uma figura, Paulo, um Velho Guerreiro que permanece a seu lado que me preocupa muito. Seria o oposto disso tudo, o representante de uma espécie de corrente esotérica que atingiu uma pureza rara.* Paulo começou a gaguejar e conseguiu interrompê-lo. Apresentou o repórter e explicou a situação. Elias repôs o maço de notas na gaveta, não fez esforço para dissimular a expressão de desgosto. Deixou os dois junto ao telefone e afastou-se. Foi até a porta de entrada, revirou alguns brinquedos, caminhou entre os dois balcões mudando a disposição de algumas pilhas de cadernos e caixas. *Não demoro, me esperem aqui, por favor. Se alguém telefonar volto em cinco ou dez minutos.* Paulo sentou-se, apoiou os cotovelos na mesinha, e o repórter começou a falar de uma série de casos intrincados ligados ao trabalho. *Pediram a você uma reportagem sobre a mulher? Pediram, mas não é assunto que interfira com a sua seção. Preparam um suplemento especial sobre a mulher nos últimos acontecimentos, e querem tudo, do mais baixo ao mais alto*. Silenciaram. O telefone tocou duas vezes. Engano. Paulo teve vontade de abrir a gaveta e folhear as anotações de Elias, mas desistiu, ergueu-se e pôs-se a brincar com uma roda-gigante de matéria plástica. Armação amarela, bancos giratórios vermelhos nos quais se encontravam minúsculos bonecos. Divertiu-se com a oscilação dos bancos à medida que a roda girava. O repórter ligou para o jornal e recebeu a notícia de que havia trabalho urgente. Estavam à sua procura. O secretário já dera ordem ao fotógrafo para sair com o carro. Esperasse na porta da loja, o crime foi no Leme. Poucos minutos depois Elias entrou com Lolô, e o carro do jornal apanhou o repórter. *Deu-se um jeito*. Paulo fitava o rosto enigmático de Elias, o sorriso sereno e despediu-se depois que Lolô agradeceu. Seguiram a pé em direção ao relógio da Glória.

— Grande sujeito, o Elias! Excelente! Apareceu com mais uns dois comerciantes da redondeza, amigos dos tiras lá do distrito, eles lhes devem favores ou coisa parecida. Não houve dificuldade. Lamento apenas o transtorno que causo a homens como Elias. O trabalho que ele vai ter para explicar, ou não explicar nada, aos amigos. Todos tipos bem enquadrados, sólidos, honestos, direitos. O que tem Elias, que aparentemente é igual a eles, com um veadinho como o Lolô? Tenho ódio dessa gente, tenho minhas revoltas, no fundo quero que se danem, mas um cara como Elias é diferente. Sinto que incomodo bastante. Lamento também o trabalho que lhe dou, Paulo, mas já me habituei a desabafar com você, e você é bastante seguro de você mesmo para não ter medo da companhia de um veadinho como o Lolô. Hoje positivamente estou me arrasando, me arraso mais do que os outros fazem comigo. Alguns me perguntam por que não me curo? Como se conhecessem cura para isso? O que você encontra apenas é o nojo quando toca no assunto, ou a piadinha, *tudo bem, minha flor, minha delicadeza?* Canalhas! Já que você está habituado a meter a mão na merda, lá vai uma. E faça todas as deduções psicanalíticas que você bem entender. Há um trauma de que eu nunca conseguirei me libertar. Não contei isso a ninguém, conto a você. Eu era criança, onze ou doze anos, não me lembro ao certo. Minha mãe e meu pai brigavam freqüentemente, e numa dessas brigas, à noite, bem tarde, minha mãe acordou e me pediu que fosse dormir com meu pai, queria deitar-se na minha cama. Quando me deitei na cama de casal o velho estava dormindo. A perturbação do sono me deu insônia e fiquei rolando na cama. Senti a mão de meu pai me procurando, me alisando o ombro, o braço, a mão, me puxando para junto dele. Estranhei um pouco, o velho não era de grandes ternuras comigo. Só quando me beijou é que percebeu o engano, e me repeliu violentamente. No dia seguinte pela manhã ouvi apenas uma pergunta, sem maiores comentários: *Quem foi que lhe mandou trocar de cama?* Hoje não percebo nitidamente a influência que isso possa ter tido na minha deformação. Sei que é deformação, não me iludo com embromações, mas sei também que é outra coisa bem diferente. É uma forma de dar bananas para patifes e canalhas, é uma forma de cagar solenemente para os hipócritas. Um dia fui desabafar com um desses esmiuçadores de doidos, foi um desastre. O tipo se apavorou comigo. Quando vi o jeito polido, reticente, um certo medo quando abordei o problema, só consegui lhe gritar na cara que todo pederasta é um *humanista*, gosta do homem, sem baboseiras nem latinórios ou outras frescuras. O resto é a aceitação dessa desordem, é o calor humano que você consegue com um contato total do corpo, com uma masturbação. Uma certa euforia na alienação, uma forma de simpatia sem palavras nem choques. Além do mais só se pode odiar o homem, Paulo, nunca amá-lo até o extremo da sexualidade, da santidade pervertida? Confesso, Paulo, que nunca vi um instante de amor entre homens como o de um negro e um velho num recanto perdido de um desses pulgueiros de tarados e degenerados. O negro enrabava o velho, envolvendo-lhe com as mãos a cintura, e enquanto o outro segurava as calças ele lhe beijava a nunca, a orelha, os cabelos. O resto é um frio, um gelo, uma náusea. Uma vontade de vomitar. Compreende o que é que significa um momento desses, absoluto, animal, sórdido, baixo, degradante, mas um momento absoluto, assim mesmo. Eu não quero tirar deduções, não quero saber de teorias, nem quero fazer literatura com isso, ao contrário, canto a flor de lótus, a folha de acanto, um certo gesto de uma gueixa no momento em que se debruça sobre a mesa para apanhar a minúscula taça de saquê, o crepúsculo, o amanhecer, a hierarquia dos anjos, um raio súbito, sem tempestade, num verão escaldante, uma lenda, uma mitologia, um maremoto, um rugido de rio na enchente, a fratura de uma pedra, um tronco apodrecido, uma carcaça de cavalo, um rato apodrecendo em praça pública, tudo isso, mas não procurarei inverter os termos, e procurar requintes onde há degradação Entre um dia nesses pulgueiros, Paulo, procure ver o inferno que se agita enquanto na tela as histórias bobocas se sucedem, e você verá uma outra face da angústia, da humilhação. Digno para vocês, desculpe mas eu uso o vocês agora, digno de vocês apenas uma chacina militar, um campo de feridos, uma calamidade inevitável, desabamentos, qualquer coisa como o lado negativo do heróico, do grandioso, do épico. Humilhem-se um pouco, canalhas, humilhem-se com essas formas mais baixas de vida, esses seres quase anaeróbios que não precisam de ar para viver, mas se contentam com detritos, humilhem-se para conhecer a náusea em sua expressão concreta, e não metafísica, humilhem-se para perceber uma fome total, porque é a renúncia a qualquer dignidade, a qualquer sentimento de valor, a qualquer intenção de grandeza ou conquista, é o eu já não fendido, já não reduzido, mas anulado entre um acento canalha e uma angústia!

6

Não o deixaram entrar logo. Deu o nome de Jano e sentou-se no banco da sala de espera. A seu lado, à esquerda, um homem magro com a blusa entreaberta e de chinelos trazia o braço ensangüentado envolto em trapo, à direita uma mulher baixa, de cabelos oxigenados denunciados pela faixa preta acima da fronte, segurava uma criança adormecida. No banco da frente, um rapaz com a testa ferida, um velho em um capotão tiritando de frio, um homem gordo com o cinto desapertado parecia reprimir contorções de cólicas. Quando o rosto de Jano apareceu na porta atrás do balcão, um preto com o pé engessado e a mão esquerda apoiada a uma muleta vinha de fora em direção ao funcionário que registrava os casos. Abraçaram-se. Jano pediu-lhe um cigarro, mirou-o sorridente enquanto mantinha o fósforo à altura da boca, e saíram em silêncio. Começava a escurecer na Praça da República. Caminharam em silêncio. Paulo segurou-lhe o braço na travessia da Moncorvo Filho. Seguiram pela calçada da Rádio do Ministério da Educação e da Casa da Moeda. *Gostaria de tomar um café.* Paulo sugeriu que seguissem até à Central. A porta do botequim quase na esquina da Presidente Vargas estava entulhada de caixas de cerveja e um anúncio de caldo de cana pendia ao lado da máquina de café imunda. Melhor atravessar. *Estive com Elias há pouco. Ele lhe manda um abraço.* Num fundo de tênue claridade a torre da Central e o Ministério da Guerra tinham todas as janelas acesas. Difícil atravessar a Presidente Vargas a essa hora. Sinal demorado. Paulo segurou Jano pelo braço e numa quase correria atingiram o outro lado. Ainda em silêncio continuaram. Ladearam barracas de frutas, de churrasquinho, de pipoca. Por baixo de um toldo a cobrir quinquilharias Jano parou e se pôs a mexer nos pentes, botões, espelhos, caixas de agulhas, rolos de linha, meias, gravatas. *A reconquista do cotidiano, essa espécie de regresso a si mesmo após uma ausência. Às vezes parece duro, um movimento como que nos transporta para um centro íntimo e nele nos perdemos. Depois é preciso lutar para reconquistar uma certa noção de presença com os outros que não tem as cintilações de uma sublimidade mas um calor de convivência, algo de fraternal, como agora sinto caminhando por essa rua, nesse crepúsculo, vendo o movimento em torno de mim. Poderia acrescentar que é uma espécie de inversão da fábula, não somos conduzidos pelas palavras, nós é que as conduzimos. A recuperação de lembranças não apenas vividas, mas a captação de uma experiência simultânea atual e antiga, e que contenha em si o germe de futuro e esperança, que no próprio instante represente uma conquista, um acréscimo de vida. Quando nos recolhemos em nossa crosta de silêncio e dor, quando despertamos de entre os mortos, e regressamos à nossa vívida solidão, de cal, areia, e um cimento molhado de lágrimas, argamassados por ofensas e humilhações, quando nos recolhemos em nossa crosta de espontaneidade de aparência necessária, sutilmente a voz se impõe e modulamos um grunhido de afeto para uma fresta que nos liga, sempre nos liga, implacavelmente nos liga. Vamos tomar um café aqui mesmo. Não, deixe que eu pago. Duas fichas. Um minuto, Pau-*

lo, vou comprar cigarros. Continental e fósforos, por favor. Não, não tenho menor. Há um lugar ali, naquele canto. Vai ser o diabo pegar o trem a essa hora. Incrível como mergulhamos constantemente na própria biografia. Cada instante vivido parece acumular toda a série de episódios que por alguma fração de aparência se ligue a uma percepção momentânea de fragmento de detalhe. Nesse instante revivo minuciosamente e numa rapidez espantosa todos os episódios ligados à minha presença na Central. Levaria uma eternidade a enumerá-los. Prefiro extrapolar. Generalizar. Cair quase na divagação. Minha fila é esta, Paulo. Olhe esta massa, é impressionante, não? Dá o que pensar. Você nunca teve uma sensação de ouvir uma espécie de rugido da história, qualquer coisa como um urro provocado pelo fluxo de acontecimentos que nos atordoamos em dissecar e submeter a uma lâmina de microscópio? Não se assuste comigo, Paulo, estou bem. Conheço minha temperatura interior, está baixa agora. A palavra alienação me tem dado muita dor de cabeça, e no fundo creio que é sempre a mesma, qualquer que seja o sentido que se lhe queira dar. É preciso pagar algum preço até mesmo pela especulação. Eu me considero um sujeito semi-analfabeto a tentar invadir um campo que exige uma longa preparação, que exige condições especiais que não tive, e no entanto insisto. Meu esforço é como o desses homens, comparo a minha atividade à deles e verifico a identidade do esforço mental e braçal, da alienação mental e braçal. Não se preocupe, Paulo, amanhã eu o procuro no jornal. Obrigado por tudo.

7

Elias mesmo abriu-lhe a porta. Sentiu que a visita não era tão conveniente. Os dedos tremeram um pouco na hora do cumprimento. A toalha da mesa de jantar já fora retirada, e papéis e livros se espalhavam em desordem. Pensou em pedir desculpas, retirar-se, mas seria desastroso, para ambos talvez. Enquanto avançava pela sala remoía irritado essas hesitações, essas miudezas de sensibilidade e ação que criavam um clima de reticências, amolecido. *Você quer um café ou uma bebida, Paulo?* Deixara Jano na Central, passara pelo curso noturno, já atrasado, e encontrara uma balbúrdia no térreo. Os alunos protestavam contra uma arbitrariedade do professor de química orgânica, e improvisavam uma greve. Pensou ainda em subir, falar com o diretor ou o secretário, mas resolveu sair de fino, como quem vai à esquina tomar qualquer coisa no boteco. Que dia! Rodara pelo centro, folheara livros no balcão do Carlos Ribeiro. Alguns tipos desconhecidos discutiam qualquer coisa junto a uma estante. Quando a primeira porta de aço desceu, saiu, subiu a São José, deu uma volta pela Praça Quinze, foi pela Presidente Antônio Carlos até às proximidades da Faculdade de Filosofia. Não sentia cansaço, apenas irritação, não definida, as idéias vagavam entre frustração e aspiração, sem ironia a sublinhá-las. *Que espécie de animal é o homem?* O tipo da pergunta dura de se fazer fora de uma finalidade didática, ou de um acento pedante. Perigosa. Em Jano tomava acentos dramáticos, identificava-se com enigmas dessa espécie, era o enigma em carne e sangue, o enigma sem aquele controle que os *cobras* lá de fora têm, aquela distância da coisa perguntada, talvez não houvesse neles o esforço primário que exige a coragem de formulá-lo, para expressá-lo. Tinha a impressão de que Jano se destruía nessa primeira etapa. Disse bem antes de tomar o trem, uma espécie de trabalho braçal, preliminar, e esse trabalho destruía energias necessárias para o resto, para a continuação. Foi o caso de Farias Brito? O único homem que pensou verdadeiramente no país não foi mais longe por quê? Danassem-se os sociólogos e economistas para explicar o fato. Os psicólogos. O outro caminho era o da conversa de sobremesa. A temperatura baixara um pouco, o relógio da Mesbla indicava oito e pouco. O encontro com a mulher era às dez e meia. Encontro inútil. Sem o consultório de Guido, nada feito. Ficar de romance não lhe apetecia. Do jeito que andava precisava mesmo era de cama. Onde encontrar um quarto agora? E aquela mania de não querer entrar em hotel. Talvez fosse melhor não ir ao encontro, dar um pulo à Rua Alice. *Revoltar-se na medida em que se é afetado, parcialmente, nunca uma revolta em bloco, nunca a idiotice de uma revolta contra a condição humana e suas ilusões de bondade e justiça: uma meta a realizar, a conquistar em cada instante, e não um dado imediato, implícito. Não o mal voluntário, mas o necessário.* Chegar à situação em que se percebe a importância do silêncio, de uma frase simples realmente dita com a finalidade de comunicação. Poucas vezes encontrara isso, poucas, muito poucas, se sentia capaz de se desembaraçar ele mesmo do labirinto de frases. A casa de Elias. Precisava de Elias, de sua presença apenas, mesmo que ficassem mudos um diante do outro. Esse judeu o intrigava. Até conhecer Elias tinha dos judeus um amontoado de idéias feitas. Judeu é isso, é aquilo, qualquer coisa parecida com o que enfrentara pessoalmente em sua condição de mulato, e mulato é negro, e negro é isso, é aquilo. Nenhuma violência, nenhum obstáculo, concreto, um estado de espírito, apenas, a criar barreiras, um incômodo feito de miudezas que moem, trituram, dilaceram e exacerbam pequenos impulsos, sonhos. Foi através de Elias que compreendeu o grito de Cruz e Sousa. *Você quer um café ou uma bebida?* Observava Elias girando em torno da mesa. Viera perturbá-lo. Às voltas com Davi e Abisag deveria andar remexendo notas. *Jano está bom, deixei-o há pouco na Central. Foi uma crise passageira. E a coisa aí como é que vai?* Elias começou a falar das dificuldades que encontrara no momento para dar expressão cênica a uma frase apenas: um reino duramente conquistado e agora entregue a um paspalhão. *A frase é dita por Davi, quase no final da peça, e provoca reação violenta de Salomão. Imagine a cena, Paulo, Davi já velho, no último instante, trajando uma simples túnica. Salomão embonecado e perfumado pronto para receber a herança. Imagine Davi magro, osso puro, osso e músculo, o cabelo e a barba formando um envoltório branco para um rosto duro e queimado, e Salomão, alto, corpulento, uma certa gordura a se equilibrar com a elegância dos gestos, e a condizer com o manto bordado, as sandálias, os cabelos perfumados e negros, as jóias nos dedos e na roupa. Dois mundos, Paulo, dois valores.* (Paulo observava-o com uma atenção exagerada e conseguiu reprimir o riso quando ouviu Elias pronunciar *valores* com o ó bem aberto.) *A lei implacável da subida e descida, da conquista e perda, o núcleo talvez do sonho de imortalidade.* Paulo teve vontade de se erguer da poltrona e sair imediatamente. Esse judeu está muito besta hoje, pensou, e irritou-se com o próprio pensamento. Remexeu-se no assento, acendeu outro cigarro. Uma súbita ânsia de rir daquele: *a lei implacável da subida e descida, da conquista e perda, o núcleo talvez do sonho de imortalidade.* Qual o limite do ridículo, a fronteira entre uma frase de peso e o grotesco de uma expressão pedante? Enquanto pronunciava a última frase Elias fazia um esforço para arrancar palavras e desviar as idéias do filho que dormia, e algumas outras palavras para despejar no outro e para se atordoar um pouco com uma verborréia que sabia desnecessária. No fundo não acreditava no que estava fazendo. No fundo achava quase insuportável a presença de Paulo naquele momento. Fora interrompido num daqueles instantes em que até a sua presença era quase intolerável. A cabeça lhe doía. O menino dormira, o sogro também, a empregada saíra logo após o jantar. Se Paulo chegasse um minuto antes talvez ouvisse sua voz afinada pela extrema rarefação afetiva, pelo instante de corda tensa que hesita entre o soluço e o silêncio; remexia seus papéis, à procura de alívio, e na verdade estava esboçando o salmo no apelo a uma idéia de Deus ou do Diabo que o arrancasse da situação miserável em que se encontrava. Quanto mais empoladas as palavras, melhor, quanto mais abstratas, mais líricas, pungentes, longe do cotidiano. De um centro obscuro em que sorvo o amargo de uma existência em sua plenitude, de um ponto inexistente em que me equilibro na dor e na ausência de dor, Senhor... Passara-a o estrangulamento e podia agora discorrer sobre a lei implacável da subida e descida, da conquista e perda, ou qualquer outra coisa, era indiferente. *Poderia desenvolver isso mais, muito mais, Paulo, se quisesse abordar pelo lado da oposição entre uma percepção primária e a complexidade de percepção. Poderia acrescentar se quisesse: o que sobra das aspirações de um homem?* Mas um certo pressentimento de um ridículo implícito fê-lo calar. Paulo nesse momento chegou a achá-lo mais besta ainda, místico e ingênuo e bobo. Elias aproveitou o silêncio, encaminhou-se para a vitrola e pôs um disco, enquanto procurava recompor o salmo. De um centro obscuro em que sorvo o amargo de uma existência em sua plenitude, de um ponto inexistente em que me equilibro na dor e na ausência de dor, Senhor, me dirijo a ti, dentro de mim, ou a mim, dentro de ti, em busca de apoio. Sombra vaga da sombra de teus pensamentos, nada diante da imensidade do mundo e do tempo, que é nada ainda perto de ti, tudo enquanto sou o que sou, me dirijo a ti em busca de apoio. Criança fui no regaço de minha mãe, pastor andei pelos campos e me extasiei com o sopro de minha flauta, guerreiro enfrentei inimigos que eram homens e a quem tive que matar para poder viver, admirei um homem que foi rei por tua vontade, admirei um homem que de tanto me admirar me odiou, amei as mulheres que foram feitas para serem amadas, conquistei um reino que é teu, fui teu instrumento portanto, e agora, diante da última paixão humana, sinto o frio de meu ciclo terminado. As belas palavras, as imagens deliciosas que encantam, tudo se perdeu. De um ponto dentro de mim, me dirijo a ti, Senhor, a ti dentro de mim, ou a mim, dentro de ti, em busca de apoio. Paulo interrompeu a música. *Chateação, Elias, tenho um encontro com uma mulher às dez e meia, e a trepada é impossível. Guido costuma me emprestar o consultório e com o negócio de hoje fodeu-se tudo.* Em meio à gargalhada Elias ainda repetiu: *Afinal, você quer um café ou uma bebida?* Enquanto esperava o outro voltar da cozinha com a xícara, Paulo lembrou-se de um episódio de Lolô. Talvez a música do italiano barroco lhe lembrasse Roma, talvez a frescura de Elias em pôr aquela música exatamente naquela hora. *Em Roma foi uma bosta. Paulo, estava naqueles meus dias de porraloquice total, quando resolvi visitar a Praça de São Pedro. Subi à cúpula, e do mirante lá de cima, acho que aquilo é zimbório, me deu uma bruta vontade de pular, me agarrei às paredes, e fui me arrastando até à escadinha outra vez. Embaixo, tomei um táxi e saltei em um parque de diversões. Direto a uma barraca de tiro ao alvo. Dei uns vinte tiros quando me deu fome. Mal acabei de comer me deu uma caganeira dos diabos. Entrei no hotel pingando merda pelos tapetes. A camareira nem quis levar a calça para a lavanderia.* Tomou o café e continuou ouvindo a música. Uma certa irritação por não ter encontrado ao lado de Elias o que esperava. Fitou-o, o outro estava de costas ajeitando a vitrola. A mulher morrera de parto, vivia com o filho e o sogro. Olhou em torno, os móveis, os quadros, o silêncio entre os dois. E remoeu o que havia lido sobre comunicação autêntica escrito por aquele filho-da-puta daquele alemão Heidegger. *Que espécie de animal é o homem, Elias?* Elias virou-se bruscamente e uma carga momentânea de ódio lhe saía das pupilas. Fração de segundo até que uma expressão irônica lhe surgisse nas pálpebras e nos lábios. *Você não acha que isso é uma pergunta boa de se fazer na zona ou num rendez-vous qualquer?* Paulo aceitou o gracejo com um riso expelido pelas narinas, e emendou: *É que eu estava pensando num método qualquer para medir o grau de hominidade. Essa idéia me veio depois da conversa com Jano, hoje. Ele anda às voltas com aquele tal trabalho dele, você sabe, "O terreno de uma polegada quadrada", uma bosta catada numas traduções de um texto chinês, assunto bom. Mas o método é que podia determinar alguma coisa. Uma cadeira ou coisa parecida, o sujeito sentava, uns aparelhinhos desses eletrônicos, o fino da cibernética e os colhões, entravam em funcionamento, e um ponteirinho marcava. O sujeito recebia logo o resultado, meu velho você é mais homem, menos homem, ainda não é homem, e vai por aí.* Elias escutava-o com um ar de espanto, e o espanto rejuvenescia-o. *Escuta uma coisa, Paulo, a medida é feita no caralho ou no cu?* Cinco minutos depois Paulo saiu da casa de Elias. *Até amanhã. Até amanhã.* De um centro obscuro em que sorvo o amargo de uma existência em sua plenitude, de um ponto inexistente em que me equilibro na dor, e na ausência de dor, Senhor, me dirijo a ti, dentro de mim, ou a mim, dentro de ti, em busca de apoio.

8

Nove horas, na porta do Lamas. Inútil passar em casa para jantar. Nunca chegava antes das onze e meia, já que deixava as aulas às dez e meia. Esperar um encontro que sabia de antemão difícil, inútil. Mandar às favas a mulher e iniciar uma longa conversa com um conhecido que entreviu além da bancada de frutas numa mesa dos fundos? A dor de cabeça principiava a irritá-lo. Foi à farmácia atrás de um comprimido e tomou-o com um café na esquina de Machado de Assis. Quantos ali poderiam dar-lhe alguma informação? Um apartamento discreto para uma hora, hora e meia. Ali mesmo defronte, quem sabe, nesse edifício cheio de cubículos. Ganhou coragem e dirigiu-se ao ponto de táxi. *Não, não conheço nenhum.* O chofer sorriu malicioso. *Antigamente havia um aí na Bento Lisboa, de uma italiana, mas sumiu.* Murchou. Perdeu o ânimo de procurar o segundo, o terceiro, na longa fila ao lado do Largo do Machado. A dor de cabeça persistia. Uma raiva súbita lhe ia dominando os passos, uma soma de frustrações passadas e futuras que se acumulam em idéias gerais, e que se tenta recusar como *idéias gerais.* Ser objetivo, especular no papel, mas no dia-a-dia evitar essa entrega total de Jano, entrega destinada ao colapso. E Guido? E Elias, a surpresa do *escuta uma coisa, Paulo, a medida é feita no caralho ou no cu,* judeu de merda metido com a tal peça *Abisag.* Que lhe interessava a história do velho rei que não podia mais trepar, e de Salomão, o diabo? E Lolô vivendo desenfreadamente uma deformação e uma revolta espantosas que não sabia definir? Subitamente percebe a timidez dos próprios pensamentos. Quantas vezes já recuara mentalmente, horrorizado com o caminho que um raciocínio poderia tomar. Tímido, eis o que sempre fora. Adiava eternamente seus ensaios, adiava não sabia por quê, e principiava a vislumbrar a timidez do que tinha a dizer. O que pretendia com seu *Farias Brito, Cruz e Sousa,* e *Lima Barreto,* um ensaiozinho simpático, inteligente, alinhavando citações daqui e dali, dando corpo ao trabalho com caminhos indicados por alemães, búlgaros, tchecos, lidos em tradução espanhola de tradução francesa? Sem perceber havia tomado a Gago Coutinho e se dirigia em direção ao Parque Guinle. Não, não era homem de meditar na penumbra noturna de um parque, entre sombras e fantasmas. Resolveu subir a Laranjeiras. Todo o seu dia se precipitou em um minuto de sola pisando firme a calçada. Velhos sobrados se sucediam a edifícios com ou sem pilotis, mas não se encontrava em condições de fruir detalhes repontando na semi-obscuridade de um balcão. Aliás, fora dos seus ensaios, fora do papel, nunca deu muita importância aos tais fenômenos da sensibilidade que transmitia em aula e esmiuçava no verso ou na prosa de um outro. Pensara acaso alguma vez na dor de Farias Brito, na dor de Cruz e Sousa, na dor de Lima Barreto? O próprio episódio da morte de Cruz não o envolvia com aquele lirismo suburbano de quem se delicia com uma seresta? O corpo de Cruz, só, abandonado, num vagão de cavalos. Que aparato próprio tinha para enfrentar os três temas, que experiência vivida, e não lida, possuía para esmiuçar-lhes as intenções veladas de uma frase? Acaso não os admirava agora por serem *Farias Brito, Cruz e Sousa, Lima Barreto,* nomes, auras, glórias, autoridades, pouco importa que negados por uns e outros? A verdade era esta, admirava a admiração pelos três. E com a admiração pretendia atrair admiração. Na verdade nunca os havia compreendido, nunca os havia *lido,* nunca amado. E percebeu também que até aquela data seus contatos com Elias haviam sido superficiais, nunca pensara na *dor* de Elias. Nunca pensara em Elias como o próprio *rei* que recriava nas horas vagas, um rei incapaz de sorver os gestos comuns sem filtrá-los por alguma experiência dolorosa. Subitamente viu-se objetivo demais, concreto, imediato, e de relance se percebeu, e a Jano, Guido, Lolô, Elias, como seres anaeróbios que por estranha mutação principiassem a ter necessidade de ar, mas desprovidos ainda de aparelho para utilizá-lo. Lolô já lhe falou certa vez de seres anaeróbios (hoje mesmo?), em outras circunstâncias. E compreendeu Jano, sua falta de média, seu jeito desordenado, pouco importam os motivos marginais, ou mesmo por causa dos motivos marginais, compreendeu *O terreno de uma polegada quadrada,* viu-o como um esforço, um aceno agitado e desesperado em direção a alguma coisa que não sabia bem o que era. Viu-se como uma besta a reprimir um grito ainda não articulado, uma dose de revolta que a princípio se julga individual, mas que se insinua com sua feição um pouco mais ampla. E teve medo. Teve Medo, com M maiúsculo. A sensação era a de quem corria desabaladamente, embora o passo fosse o mesmo. Ultrapassou a Ipiranga, atravessou a confusão de escoras na altura da Pinheiro Machado, madeirame para a construção do viaduto a ligar com o túnel Catumbi-Laranjeiras, embrenhou-se pela Pereira da Silva. Um fervilhar a desagregá-lo, um tremor a sacudi-lo, o terror não definido, mas a certeza de que não haveria crise, não seria ele também atingido naquele dia, era robusto demais, sólido, percebeu junto com o medo uma trepidação que não faz desabar, mas enrijece, um medo construtor, um medo que faz ver homens à sua volta e não uma entidade misteriosa a ser designada por um nome qualquer. Teve medo de seu Medo, medo inclusive de perder a exaltação e vê-la aquietada pela sensatez. O grito autêntico é que conta, mesmo não se sabendo o que é autêntico, o humor entrevisto após uma elaboração e um rilhar de dentes, uma expressão que se procura, uma expressão de quem nunca andou de rede atrás de borboletas, de quem nunca plantou rosas, de quem nunca teve ócio para afinar a sensibilidade reagindo a um perfume deteriorado que traz ao mesmo tempo um sabor de vida e morte, uma expressão de quem chegou duramente a pensar na expressão, e talvez maldiga a conquista, de quem confundiu alhos com bugalhos, de quem, apesar da ironia, sonhava com a Beleza, assim mesmo, tudo com maiúscula, BELEZA, e vislumbra o inferno atrás de algumas figuras de retórica mascarada em desleixo. Entre casas iluminadas e apagadas, entre jardins e portões, entre ecos de rádio e televisão, entre namorados e casais de velhos fazendo a digestão, entre cães e gatos, entre luz e sombra, viu-se no alto da ladeira e resolveu regressar, nunca andara por aqueles lados, sabia vagamente que havia uma ligação por cima com um caminho que levava ao Palácio Laranjeiras, não estava certo. De posse desse Medo regressou ao Largo do Machado. De posse do Medo e do Vazio, que desejava também com maiúscula, tudo com maiúscula, VAZIO, e não nada, uma sutileza, não sabia definir, sabia apenas que não se tratava do nada, mas de uma ausência, um vácuo feito subitamente por indagações, um vácuo que faz desabar organismo e aspiração, uma abertura para a especulação entre partícula ainda não identificada e cujo período de vida é zero e uma nebulosa em expansão, e tudo ali, no Largo do Machado, em qualquer parte do Largo, no lado da igreja, na calçada dos Correios, num banco do centro, em qualquer tipo que passasse a seu lado, nele mesmo. Onde encontrar o humor necessário para varar esse pântano, e não se atolar, o mínimo de humor implícito na atitude de quem não acredita totalmente naquilo que está dizendo, não acredita por uma necessidade absoluta de não se identificar como um demente com o objeto que fita, ou com a idéia que arrasta. Conquistar o nexo entre as coisas, perdê-lo e depois reconquistá-lo, numa flutuação de difícil equilíbrio. E o banho de reminiscências, que se faz questão de pôr de lado por meio de abstrações e frases? Fatos, acontecimentos, a cidade com sua história, os tipos com suas biografias, Independência, Abolição, República. Hermes da Fonseca, Revolução de 30, Estado Novo, golpe de 45, a guerra acabara, a Alemanha fora dividida, Mac Arthur fez o passeio prometido no cavalo branco do imperador (ou era égua?), seis milhões de judeus morreram em campos de concentração, Mao Tse Tung aparecia vitorioso na China, Gandhi continuava com seus jejuns de protesto, Freud encontrava discípulos, Einstein via sua teoria confirmada com a observação de um eclipse, e André Gide ganhava o prêmio Nobel. Estava sem cigarros e decidiu comprá-los no mesmo café da esquina de Machado de Assis. Enquanto arrancava a fita para abrir o maço reviu-se no bonde, à noite, a caminho do subúrbio, vindo da Faculdade de Filosofia, com a brochura vagabunda de Kant debaixo do braço, enquanto um velho de porre cantarolava na cozinha do carro, dobrado sobre o último banco, *coração, governador da embarcação do amor, coração, meu companheiro na alegria e na dor.* Como era mesmo o título daquele conto meio fantástico de Lima Barreto, estranho em sua obra, aquele do ministro que vira cocheiro, como era mesmo? *Sua Excelência*?

9

Não, ela nem queria ouvir falar em hotel. Nunca! Depois de uns quinze minutos de tentativa de argumentação, ele desistiu. Ficaram em silêncio junto à banca de jornais fechada entre o Cineac e o Marquês de Herval. À medida que ia verificando a impossibilidade de possuí-la naquela noite ia-lhe nascendo uma irritação e um desejo exacerbado de fêmea, fosse o que fosse. Ainda tentou uns abraços rápidos na curta caminhada do trecho penumbrento da Almirante Barroso, entre a Avenida Rio Branco e a México. Ela se esquivava, amedrontada. Na sombra de uma coluna beijou-a e roçou a braguilha em suas coxas. Havia um estremecimento por parte dela, uma ânsia de entrega, mas o medo vencia, e desvencilhava-se rapidamente com protestos de que ele não sabia se comportar. Numa outra coluna do térreo do IAPI esfregou-lhe as nádegas e os seios, ainda ouviu um murmúrio, quase um lamento, *vê se arranja algum lugar,* mas à permanente sugestão de um hotel, *única* saída no instante, havia sempre a recusa. Não, de modo algum. A simples possibilidade de escândalo a amedrontava. Havia o marido, e ela gostava do marido. Além do mais tinha que apressar-se. Para todos os efeitos ela estava em um cinema qualquer, na sessão das dez. Ele largava o trabalho à uma da manhã e queria estar em casa quando voltasse. O melhor era desistir. Paulo insistiu, implorou, agora junto à banca. Qualquer hotel ali na Gomes Freire ou Mem de Sá era mais que seguro. *Nunca, você está pensando o quê?* Se ainda fosse aquele consultório de que ele tinha falado, ou um apartamento qualquer, vá lá. Não, o melhor era desistirem. Lamentava. Mas não havia outro jeito. Tomassem alguma coisa em um bar enquanto se resolvia a situação. Concordou, desde que não fosse pela Cinelândia, onde era grande a possibilidade de encontrar conhecidos em qualquer saída de cinema. Sugeriu qualquer outro em direção contrária, ali pela Presidente Vargas ou Visconde de Inhaúma. Ela deu uns passos à sua frente, o suficiente para que a visse por trás rapidamente. Da sua altura, não era bonita, o corpo cheio, cintura larga, as nádegas pequenas apertadas no vestido, as pernas, sim, as pernas eram bonitas. Seguiram pela mesma calçada, sem uma palavra entre a Assembléia e a Buenos Aires, depois falaram por falar até que concordaram em sentar em um bar junto ao hotel do cruzamento Visconde de Inhaúma, Marechal Floriano e Rio Branco. Um resto de esperança, ainda. Quem sabe depois de duas doses de qualquer coisa ela concordaria em entrar no hotel, embora tivesse a impressão de que o hotel era caro, e talvez não fosse tão fácil subir como ele pensava. Enquanto ela retoca o rosto com o espelhinho encaixado entre os dedos da mão esquerda ele passa os olhos pelo bar. Alguns oficiais de marinha estrangeiros, outros, em camisas de nylon, de fora também, deviam ser turistas ou homens de negócios, mulheres vistosas sem características definidas, quatro tipos locais numa mesa, dois mal-encarados, um com jeito vago, cheio de corpo, terno brilhante preto e camisa azul-clara impecável, e outro com blusão de manga curta, bigode fino e bem aparado, cabeleira lustrosa penteada com aprumo. A mulher estava de costas para a rua, ele de frente. Lolô passou com um grupo de marinheiros, chegou a acenar-lhe de longe mas ele fingiu que não viu. Subitamente teve receio daquele cumprimento, não sabia por quê. Ali naquele lugar, ao lado da mulher sentiu um asco que nunca lhe ocorrera, ele admirava Lolô, mas sentiu como se o cumprimento fosse comprometê-lo, como se tivesse que dar explicações à mulher por conhecer um tipo *desses*. Ainda percebeu que o de bigode fino e cabeleira lustrosa vira o aceno e a falta de resposta e pusera-se a fitá-lo. Pediu dois martínis, um seco e outro doce. A mulher falava de qualquer coisa com relação à costureira, queixava-se do vestido. Ele olhava para o dono ou gerente, atrás da caixa. Sem dizer palavra, levantou-se e os dois cochicharam durante um minuto. Voltou, tomou a bebida, ela mal tocara no cálice. O martíni estava *horrível*. Seguiram de táxi até à Avenida Beira-Mar. Conseguira um endereço. Não havia porteiro no prédio, entraram sem problemas, e no quinto andar aguardaram dois minutos diante de uma porta com olho mágico. Uma velha magra, alta, de cabeleira azulada e modos finos recebeu-os ali mesmo. Pôde ver a mesa no centro da sala, um baralho espalhado e uma televisão ligada com volume discreto. Lamentava muito, deveria ter telefonado, mas no momento estava com todos os quartos ocupados. Tudo gente que chegou depois das dez, e não sairia antes da meia-noite. Ainda assim, insistiu, mesmo com a referência do dono do bar? Ele deveria ter telefonado, compreendesse. À meia-noite e meia se ainda quisessem poderiam tocar o telefone e veriam. Não, naquela hora não conhecia nenhum outro, aliás em hora alguma, não conhecia nada. Eles se enganavam. Irritou-se mesmo diante da sugestão dele de que poderiam esperar na sala, quem sabe, talvez alguém saísse mais cedo. Com uma delicadeza enorme, uma finura rara, a mulher quase lhes bate com a porta na cara. No elevador, enquanto desciam, ainda a abraçou, esfregou-lhe o corpo e esfregou-se nela, o que provocou um rompante de protestos e *deixa disso, o que é isso, o que é que você* está *pensando, aí vem gente,* até que na calçada, recompostos, seguiram em silêncio, cada um arrastando sua raiva. Ele ainda tentou com dois choferes de táxi, um garção, um porteiro de edifício que cochilava no banquinho de entrada. O porteiro lhe deu um telefone, mas ela se recusava a ir com ele até a Cinelândia, único lugar por perto onde encontrar um aparelho. Sugeriu a Telefônica no Marquês de Herval. Desceram a rampa, ele fez duas ligações, e só na terceira uma voz que não sabia definir se era de homem ou mulher lhe dissera *negativo, por hoje nada, meu bem.* Quinze para a meia-noite. Ela estava exausta, ajeitava com nervosismo os ombros do vestido, as mangas, torcia a cintura. *Por favor, chega por hoje. Não, não quero que me leve até o ponto do ônibus. É melhor não marcar outro encontro, eu gosto do meu marido, agora é que me deu uma coisa. Até qualquer dia. E por favor, não me acompanhe.* Ficou vendo livros na vitrina da Da Vinci enquanto ela tomava a direção da rampa. Fodeu-se. Os títulos o irritavam, as edições de luxo, também, um deles chamou a sua atenção. Era a tradução francesa de uma coletânea de Langston Hugues. Chamou a atenção e irritou. Como o outro que começava com *Prolegômenos.* À puta que os pariu. Um acúmulo de raiva, uma necessidade de fazer asneira, voltar para a Telefônica, ligar para o Paquistão ou a Nigéria, gastar o que tinha no bolso para falar com ninguém. Subiu à Avenida de novo. Por que não fora para casa, jantar, ler, deitar com a mulher, *tinha* uma mulher, rabiscar o que quisesse. Um grupo exaltado envolveu-o em frente ao Museu de Belas-Artes. *Se esses filhos-da-puta não nos concederem o que pretendemos, nós vamos à greve. Dois sindicatos nos apóiam. É fazer logo um memorial para o Presidente da República.* Atravessou a Praça Marechal Floriano. Acabara a sessão da meia-noite no Capitólio, Pathé, Império e Odeon. Foi tomar um chope no Capela. Uma sucessão de marginalidades. Idéia fixa a rodopiar, expandir, contrair, contorcer, elástica mas uniforme, idéia verbalizada de um sentimento caótico a tomar corpo e alma. Idéia. Verbalizada. Sentimento. Uma luta com a realidade em função de aspirações obscuras. Estava cheio o Capela e a definição que lhe vinha dos que ali comiam e bebiam, homens e mulheres, vinha enfaixada na crosta de lugares-comuns: putas, cafetões, malandros, tiras, veados, viciados, boêmios. Uma sucessão de marginalidades. Uma exigência corporal a se chocar em aspirações e possibilidades, uma degradação produto de um caos violento a lutar dolorosamente por uma perspectiva racional que nada tinha de lógica. Havia os fatos, é verdade, aí estavam para quem quisesse apossar-se deles, descrevê-los em sua minúcia, em sua rudeza, porque eram rudes os atos e as sensações, e nesse caos um homem mergulha e tenta se afirmar como consciência pura de uma totalidade que não consegue nem pode apreender. *Manter-se à superfície na tentativa de recuperar o aparente, o fugidio, o falso, o contraditório, o que se ignora. O esforço, inclusive para ignorar o que se percebeu num instante de extrema dor.* A lembrança de Jano e sua papelada sobre a mesa levam-no a sacudir-se e a acenar para a primeira mulher que entrou. Ofereceu-lhe um chope. Conversaram à toa. E saíram para um pequeno apartamento na Rua do Riachuelo. Era branca, os cabelos oxigenados, a pele tinha uma certa aspereza, mas na cama entregava-se com a prudência e a integridade de um corpo que se sabe absorvido.

10

— Professor Paulo?

Já estava com a chave na fechadura quando ouviu a voz e não distinguiu bem o rosto que lhe falava da penumbra. Um tipo vindo da soleira da loja ao lado de sua entrada aproximou-se.

— Tentei localizá-lo durante o dia, mas foi difícil. Telefonei para o jornal, mas o senhor já tinha saído, passei pelo colégio, mas verifiquei que havia confusão, greve de alunos, lá me deram o seu endereço. Falei com sua senhora, mas ela me disse que não sabia bem a que horas voltaria. Estou aqui desde as nove horas. Meu nome é Clóvis.

— É tão urgente, assim? Não podia deixar para amanhã, aqui em casa, ou no jornal?

— É urgente, sim, pelo menos para mim, agora.

— Vamos subir, então!

— Não, prefiro falar aqui mesmo, é rápido! Não quero incomodá-lo agora em sua casa, sua senhora também parece que anda um pouco irritada.

— Vamos lá!

— Tenho um ensaio e gostaria que o senhor o lesse, não é literário, daqui a pouco veremos. O outro assunto é Guido, é seu amigo, por isso é que o procurei.

— O que é que tem Guido com essa história?

— O senhor deve saber que ele foi internado hoje!

— Sei.

— Fui eu quem causou a crise de Guido!

Paulo sentiu uma pontada no estômago. Estava exausto.

— Em poucas palavras a coisa foi desse modo. Por indicação de um amigo procurei o Dr. Guido, psiquiatra. Tinha problemas. Entre muitos, o que eu achava o principal, o principal...

O silêncio começou a irritar Paulo, a hesitação, a pausa.

— Escuta aqui rapaz, se quer desabafar, desabafe, em caso contrário, até amanhã, estou cansado.

Clóvis acendeu um cigarro.

— O que eu achava o principal era o... homossexual. Eu não podia admitir a hipótese de ser homossexual. As depressões eram violentas, e a teoria que Guido me apresentava não me resolvia problema algum. As consultas eram verdadeiras lutas, e aterrorizado eu ia vendo a inconsistência da formação de Guido como psiquiatra. Guido me fez piorar ainda. Eu encontrei um puritano mais empedernido do que eu mesmo. Até que na sessão de hoje em meio a uma discussão violenta Guido se revelou como passivo, num impulso incontrolável. Mandei-o à merda e fui para casa alinhavar as anotações que eu tinha. É isso que eu gostaria que o senhor examinasse. Eu parti de observações diretas, brutas, sobre excitação e percepção, descobri a pólvora em algumas coisas, em outras verifiquei uma ignorância total do fenômeno por aqueles que desejavam explicá-lo. Não pretendo chegar a conclusão alguma. Pretendo apenas partir para alguma coisa, que não sei o que é. Distinguir, se possível, o comportamento homossexual como fenômeno em si, e a situação do homossexual em relação aos outros, em relação ao possível comportamento dos outros diante dele. Parti de uma observação banal e simples, que aparentemente não tem a mínima importância. O passivo que se masturba com violência durante o coito anal na tentativa de conseguir o orgasmo, a ejaculação. Outro fato observado: o medo pode provocar a cessação da ejaculação e ocasionar, por um processo de hipersensibilização, as características ditas femininas. O adulto não deixa de ser adulto, e assim não há propriamente regressão, e sim, superposição. De qualquer modo aí está o trabalho. Algumas folhas datilografadas, sem título ainda. Outro detalhe. Guido perdeu as estribeiras e mandou a ética profissional às favas. Ele contou a um parente de um tipo que eu detestava tudo aquilo que eu vinha desabafar em seu consultório. Subitamente vi minha vida privada transformada em *privada.* Agora é tocar para a frente. Eu o procuro dentro de uma semana. Gostaria de saber o que acha do trabalho. Boa noite!

Abriu a porta com irritação. Cumprimentou a mulher, estava deitada, folheando uma revista, o cigarro aceso. Na mesa-de-cabeceira ainda viu o frasco de tranqüilizantes. Trocou de roupa ainda com a imagem de Clóvis a convulsionar-lhe a memória. Um rosto jovem, menos de trinta anos, vincado pela dor, um jeito suburbano meio parecido com o seu.

— Encontrou o moço aí embaixo?

— Encontrei. Estava esperando.

— Parecia nervoso. Disse que ia ficar aí embaixo até você chegar. *Mais um?*

— *Mais um,* o quê?

— Um desses literatos aloprados, seus amigos.

— Não chateia! Quer que eu leia um trabalho, um ensaio.

Meteu-se no chuveiro e ensaboou-se com violência. Pôs apenas a calça do pijama e procurou na cozinha o café da garrafa térmica. *Conquista-se uma alma através do sofrimento. Uma soma de valores afetivos. Me lembro de uma conversa com Guido sobre doença, e o que me espantou é que embora médico ele não tem uma idéia sequer sobre o que seja doença. E o doente dá uma indicação grosseira do animal homem. O doente, qualquer que seja, contraria suas forças em potencial. Um criminoso, um psicopata, um cardíaco se diminuem ao sofrer o crime, a loucura, ou a moléstia.* Lembrou-se de como chegou a odiar Jano nesse instante, a odiar, aquele feitio pedante, sem ranço de pedantismo, um jeito sentencioso, sem dar a ilusão de sentença emitida. E era Jano, Jano que o lançava agora, após o encontro com Clóvis, o episódio de Guido, a visita a Elias, que o lançava no atordoamento, que o enredava na própria trama que tecia para ele mesmo. Jano em sua casa, Jano pela rua, no café, no ônibus, na redação de jornal. *E o cotidiano, Paulo, o que é em suma o cotidiano? Deus não pode ser o cotidiano? Deus como ambição é uma ausência total, como totalidade ansiada. Fora dos poucos minutos de culto é o Grande Ausente. Oscilar entre Cristo como homem e o homem como Cristo em potencial. E não vai nisso nenhuma renúncia a qualquer aspiração da espécie: vencer a inércia da matéria. Conquista-se a alma através do sofrimento. O encontro com o homem, esse encontro através de um fosso, de um valado, o encontro entre dois continentes, com sua espessura, sua densidade, o encontro realmente com o outro, isso é impossível, Paulo.* Era Jano, ainda Jano, a memória de Jano, as palavras de Jano.

Odiava-o.

Corno. Corno manso. Corno realizado. Achava-se tão deprimida que não tinha necessidade de esboçar o grito. Bastava-lhe remoer as palavras, a revista aberta, o cigarro nos dedos ou nos lábios. Estirada, a camisola em desleixo, não procurava esconder de si mesma a decepção com o advogado, por isso tinha mais asco de Paulo, asco por sua posição agora, na poltrona, olhando a estante, asco por uma irritação criada entre os dois, e que a levara, depois que o rapaz descera, o tal que o esperara na entrada, a procurar o advogado no primeiro andar. Pretextou o telefone, era urgente. Quando se viram na sala, fechada a porta, ele não se iludiu com o artifício. Abraçou-a. *Esperava-a, tinha a certeza de que viria.* Grande filho-da-puta. Meia hora depois subia decepcionada. Permitiram-se tudo e o que lhe sobrara fora um sentimento de repulsa pelos três, Paulo, o advogado, e ela mesma. Lançaram-se na cama com violência, ele enfiara a cabeça entre suas pernas, colou a boca na junção das coxas, beijou-lhe as nádegas, esfregou a barriga em sua cabeça, e deixou-lhe o membro a roçar os lábios. Rolaram. Caíram da cama. Deitaram-se ao largo. Caíram novamente. E ela tinha medo em confessar a si mesma que tudo fora uma grande frustração, que a euforia desejada era pura violência, e que no fundo não desejava nada daquilo. Queria apenas humilhar Paulo. *Viver uma idéia, sua puta, você sabe o que é isso?* Mulato besta, crioulo metido a sebo.

Os dois se ergueram espantados com as pancadas na porta.

— Professor Paulo!

A mulher foi dominada por uma tonteira e tremedeira quando distinguiu a voz do advogado do primeiro andar. Paulo nada percebeu e abriu a porta.

— Professor Paulo, desculpe incomodá-lo, chamam-no ao telefone. É urgente!

Quando chegou à sala ainda viu Paulo sair e o advogado sorriu-lhe com malícia antes de descer. Grande filho-da-puta!

— Vai sair novamente?

Enfiava as calças com rapidez, e enquanto abotoava a braguilha com a mão esquerda, pegava a camisa com a direita. Abriu a carteira de notas.

— Você tem algum dinheiro aí?

Ela foi ao armário e tirou de uma gaveta algumas notas.

— De quem foi o telefonema?

— A mulher de Jano, o homem está em crise violenta, precisa de ajuda. A mulher está alucinada, não sabe o que fazer. O jeito é pegar um táxi daqui à casa dele.

Já na porta, sem gravata, a remexer os bolsos para verificar se nada esquecera, chaves, identidade, cigarros, ouviu a voz da mulher com um acento de há muito esquecido, um acento grave e calmo, de um tempo remoto.

— Endireita a gola do paletó, Paulo!

O ponto concreto de nosso contato entre o objeto e os nossos sonhos. O táxi ultrapassava a Central, e subia a Presidente Vargas. No banco de trás, a cabeça derramada no encosto ele não sabia ao certo se balbuciava ou não. Era um enorme ponto de interrogação.

— O senhor falou alguma coisa? — o chofer virou o rosto rapidamente.

— Não!

— Tive a impressão.

— Você acredita em Deus?

— Não, sei lá, não penso nisso.

— Se alguém lhe dissesse que Deus não existe, ainda, o que é que você achava?

— Não existe ainda? Quer dizer que ainda pode existir?

— Pode! Se alguém lhe dissesse isso o que é que você achava?

— Que o cara é louco!

— Obrigado.

Encostou novamente a cabeça no encosto, desta vez com a certeza de que não balbuciava. Deus está no futuro.

Ainda uma vez morto

Lentamente chegou à janela gradeada da cela e viu o dia amanhecer. Dormira um pouco depois da meia-noite, um sono sereno e curto. Acordou ainda noite e sentado no catre pôs-se a mirar o reflexo da lua nas barras de ferro da abertura para o pátio. Quando a claridade principiou a definir arestas no retângulo de pedra, e o fundo negro se transmutou em massa leitosa e pequenas figuras esverdeadas, ergueu-se e permaneceu de pé ainda junto ao catre. Só quando amanheceu o dia chegou lentamente à janela gradeada da cela.

— Orai pelo nosso irmão padecente!

Nesse instante, quando a lâmina de uma voz cortou a transparência de um sólido constatou que estava pronto. Havia perdido de vez o medo do medo da morte. E à medida que a voz se afastava e compunha com a luz cada vez mais viva um diálogo de melodia, ele se ia isolando do tempo e do espaço, numa cristalização de reminiscências congeladas sob o sopro da eternidade. Mais uma vez o frade penetrou na cela, derradeira tentativa de surpreendê-lo numa fratura emotiva. À justificativa de excentricidade que no início lhe imputavam ao recusar regalias de condenado sucedeu uma onda de egoísmo reprimido, e uma vaga de temor apenas aflorada. Já não preocupava o frade a salvação do condenado, mas a sua própria. A recusa do auxílio feria o seu egoísmo que no caso trazia o capuz de despojamento. Parado na penumbra à direita da porta já fechada e tendo diante de si a silhueta do homem emoldurada pela luz de um dia de sol, o frade sentiu o ódio do que vê um gesto de ajuda recusado, e o temor cheio ainda de reminiscências infantis. Quando se aproximou e tentou apoiar a mão direita em seu ombro, recuou ao sentir a crispação de clavícula e omoplata, e a dureza de carne. Já nada tinham em comum. Viviam em esferas diferentes. O frade lhe disse que era chegada a hora. O homem encarou-o com a serenidade de um objeto, e numa voz grave e calma disse que estava pronto. E encaminhou-se para ele como quem executa um gesto habitual, comunicando uma agilidade de quem estava sempre pronto para aquilo. Parecia que nunca fizera outra coisa a não ser esperar e repetir a mesma cena.

— Orai pelo nosso irmão padecente!

Ouviu e viu ao mesmo tempo o relincho dos cavalos à frente do cortejo dos irmãos da misericórdia, a palidez dos círios ao sol, os gritos da multidão ao longo das calçadas, e as mangas dos frades que o ladeavam. Não chegou a piscar na transição da penumbra para a luz crua de um dia que prenunciava calor. Vinham insultos às vezes da esquerda ou da direita, uma voz de ódio com acentos de boçalidade. O grosso mesmo eram ditos alusivos à corda que trazia pendente, ditos pornográficos. Ao descer uma ladeira tropeçou numa pedra do calçamento e os frades irritados ampararam-no. Estavam repletos os balcões à sua passagem. Uma velha acenou-lhe medrosamente de uma janela. Três vezes os frades seguraram-no pelos braços impedindo o avanço. O povo não se continha e perturbava o cortejo. Aos insultos respondia com uma contração irônica de pálpebras numa coincidência de compreensão e desprezo. Um cansaço a jorrar de uma monótona repetição de atos, de uma estupidez irremovível, porque ligada a um estado de vitalidade e sobrevivência. Quando os efeitos do calor se tornaram visíveis no seu rosto indiferente, uma mulher estendeu-lhe um pano. Enxugou o rosto e devolveu-lhe o trapo. Uma troca de olhares identificou a renovação de um gesto antigo. Ao retomar a marcha uma idéia que em outra ocasião lhe seria difícil de aceitar, por cruel, o dominava: a indiferença no cômputo geral pela existência deste ou daquele indivíduo Tantas vezes enfrentara flutuações de sentimentos, tantas vezes assistira o fluxo animal e o refluxo de piedade, que até mesmo a manifestação de certas idiotices tinham sentido. Por exemplo, dava razão agora aos que durante a tortura e interrogatório que precederam sua condenação lhe comunicaram que se algo lhe acontecesse a culpa seria exclusivamente sua. Estirado sentiu o braço quase deslocado do corpo, e compreendeu que a culpa era sua, exclusivamente sua. Evidente. Davam-lhe excessiva importância, suas palavras eram cuidadosamente anotadas, e a entonação possibilitava comentários marginais que poderiam alterar-lhes o sentido. Se no início ainda se importou com as ameaças e os aspectos sombrios que certos episódios de sua vida adquiriram sob os narizes de um bando que defendia a eternidade, em pouco recolheu-se ao silêncio e iniciou a sua própria identificação. Caminhava agora liberto da sucessão de celas, túneis, calhamaços que tinha de ouvir e assinar, gritos. Identificou-se quando o lançaram empastado de sangue sobre o lajedo de uma cela.

A praça era um só grito com um vazio para o cortejo e a plataforma da forca. Fizeram-no andar, parar, andar. O escrivão, o juiz e o carrasco cumpriram cada qual com a sua parcela do espetáculo. Quando o obrigaram a subir a escada que ia à trave superior da forca uma explosão de palmas e apupos fundiu-se ao relinchar e aos golpes de cascos dos cavalos assustados. À medida que se ia elevando, seguido pelo frade, recompunha apenas em essência todas as suas mortes, desligadas dos acessórios cotidianos, já sem a carapaça do animal a cingir um turbilhão de egoísmos. Chegara ao cimo. O carrasco amarrou a corda na trave e o frade estendeu-lhe o crucifixo. Não moveu a cabeça, olhou apenas e com um gesto duro afastou a mão que lhe roçava o rosto. Havia certas evidências que não podia mostrar aos outros. Por exemplo, a semelhança da imagem que lhe ofereciam com a sua.

Sob um belo céu de maio

O problema do choque envolve
uma série de equações de energia,
como exemplo bem simples costuma-se
apresentar o caso das bolas de bilhar.
— Impossível não te causar dano
com a minha simples presença.

Estava imobilizado pelo excesso de coisas a dizer. E naturalmente calou. O movimento na sala envolvia-lhe o espanto com um número tão grande de gestos e acontecimentos, que podia entregar-se a esse estado comum do torpor, um modo de se juntar aos ruídos e se negar a qualquer ordenação de idéia ou ato. Vira desfilar à sua frente naquela manhã todos os seus amigos, conhecidos, ou aqueles que por um ou outro motivo tiveram contato com ele num encontro ocasional. A julgar pelas aparências, encarou-os com uma certa frieza, o que aumentava a suposição de uma culpa aceita, de um reconhecimento cínico, como deixou mesmo escapar um deles. O acréscimo de pequenos obséquios de que era alvo, exatamente no instante em que se deparava com um daqueles acusados, as atenções e os cuidados dos policiais e funcionários da Justiça, o cigarro que lhe acendiam no instante em que abria a caixa de fósforo, o café servido com um misto de servilismo e ironia, tudo isto criava um clima de pequenos nadas que segundo o hábito ou a tradição são produtos da convivência cordial e do entendimento mútuo. Seguisse seus ímpetos, como já o fizera algumas vezes, e sem medir conseqüências, mesmo imobilizado, explodiria numa gargalhada que no mínimo poderia atestar demência. Mas o ímpeto ainda não adquirira aquela consistência das coisas irreversíveis, e a justificativa de demência não lhe tiraria o espanto, nem o reconduziria à inocência prévia. Já certa vez, demente, optou pela demência, o que não era uma atitude tão alienada, e lhe deu condições para se libertar de certos embaraços racionais. Exigência de uma lucidez exacerbada que requeria uma turvação benéfica. Descruzou as pernas e cruzou-as novamente mudando de posição. Agora em vez de ter à sua frente a parede forrada de estantes, e repleta de pastas em desordem, recebia através da pupila um belo céu de maio. As acareações se sucediam, um questionário desenvolvido com alguma habilidade e uma astúcia primária punham-no em situação cada vez mais embaraçosa. O registro de detalhes, conversas, opiniões, a precisão de data, local e hora ligada a cada episódio, o farto material fotográfico, a atestar a autenticidade da acusação, só lhe podiam comunicar um sentimento de absoluta inutilidade. Todas as palavras eram inúteis. Todas as justificativas destituídas de significado. Pela primeira vez teve a noção exata de uma situação absurda que nada tem de absurdo. Constatação de uma vaga idéia anterior de que o absurdo era apenas ignorância e limitação do campo da consciência, de que o absurdo era um absurdo. À exceção de um, fundamental, por isso mesmo caótico e desligado do cotidiano. A parte superior do retângulo da janela era um azul lavado, limpo, bem esticado, um azul sem marca de pincel, e banhado numa luz tão intensa que comunicava à parte superior de seu rosto um efeito de carícia presente apenas pelo calor de um entusiasmo. As acusações variavam de matizes e se estendiam por uma gama desde a delação de negócios escusos, com passagens por traições de sentimentos nativos até a alta vibração das deformações sexuais. Houve mesmo referência a certas relações incestuosas a quatro, numa permutação delirante de aberrações, e feitas com tal requinte de detalhes e fotografias que eliminavam qualquer tentativa de abordar o problema da evidência. Era um bom amigo o que se defrontava com ele agora. Juntos percorreram há tempos um pedaço no caminho da dúvida. Agora nada tinha a lhe oferecer além de um olhar frio, levemente ironizado pela situação. Os policiais em torno cercavam-no amigavelmente e lhe batiam nas costas em evidente camaradagem. Outros, que entravam e saíam da sala, cumprimentavam-no com um entusiasmo que só uma amizade espontânea forja. Incidentalmente, enquanto enfrentava expressões que iam do asco ao ódio, apareciam fotografias em que ele estava sempre ao lado de um daqueles tipos que o cercavam agora. As minúcias eram tantas, e o cuidado do registro tão bem conduzido, que em outra ocasião tentaria esboçar uma pergunta. Mas percebia agora que a explicação era longa demais e inútil. E sem saber por quê, compreendeu também precisamente no instante em que um deles pronunciou a sábia sentença: quem não tem cão caça com gato, precisamente nesse instante compreendeu o sentido de outra expressão — pérolas aos porcos. As outras faces já lhe surgiram meio esfumadas, fixava-se na parte inferior da janela, onde ainda no mesmo fundo azul alguns galhos de uma amendoeira se imobilizavam com as largas folhas mordendo a luz que as sustentava. Um profundo desinteresse por tudo aquilo lhe veio com a súbita noção das infinitas possibilidades da estupidez, e uma outra confusa, a de que podia continuar só. Aceitava o Mal.

Uma tarde de abril

Poucos argumentos poderiam provar-lhe a inconseqüência da empresa. Ao transmitir a idéia aos outros responderam com uma gargalhada que deveria por uma certa lógica de reações provocar-lhe um acesso de raiva. Mas nada ocorreu. Acendeu um cigarro, olhou em torno, remirou as faces que ainda se contraíam da expansão do riso, comparou o seu relógio de pulso com o que estava em cima da cômoda, e não se deu ao trabalho de igualá-los. Encontrava-se em uma poltrona junto à janela da área interna, os outros se distribuíam pelos sofás que circundavam uma pequena mesa de centro. Copos, garrafas, pires de salgados, cinzeiros envolvendo excesso de pontas sobre o tampo. O disco na vitrola não chegava a perturbar a oscilação da fumaça que ora flutuava densa, ora se rarefazia compondo com os quadros e as paredes uma fragmentação de superfícies e realidades a que por uma certa convenção se poderia denominar também de onírica. Havia bebido mas a lucidez não lhe permitia atingir o grau de encantamento em que a fantasia se desdobrava em um certo caos de tonalidades líricas, como seria por exemplo a de um homem andando de bicicleta pelo teto com a cabeça apoiada em um fio inexistente, um velho relógio de pêndulo e asas abraçado a um anjo com cabeça de galo vermelho, enquanto um híbrido de boi e donzela se embevecia num violino sem cordas, ou se compunha de convulsões demoníacas em que a desfiguração de faces entre o vermelho e o negro tingia o que se convencionava de horrível, repugnante, luxurioso, reelaborava a negação de uma beatitude em paroxismos histéricos e ululantes. Desconhecia essas gradações, esse equilíbrio tenso de uma imaginação que se desordena, alça vôo, e reingressa no cotidiano de pijama e chinelos, de jogo de futebol e passeio de domingo à tarde. Até que ponto um homem é capaz de construir o seu passado, construí-lo em detalhes que conservem a densidade de recordação, o sabor de um episódio amargo não vivido, a alegria de uma flutuação melancólica tecida em trama ilusória que se desconhece como ilusão. Um devaneio que subitamente perdesse sua característica fluida e móvel, vaso, chuva, pensamento vinculado à ação. Essa tarde de quinta-feira, por exemplo, de uma segunda semana de abril, é possível, e o ano seja 1957 ou 1961. Não, de preferência 1959. Um esforço para se desvincular dos presentes, do qual não está ausente um certo rilhar de dentes, já que eles representavam um empecilho à elaboração dessa tarde de quinta-feira, de uma segunda semana de abril de 1961. A mulher que se dobra à procura do copo sobre a mesa, o magro alourado que põe o corpo de lado e a perna sobre a poltrona para acender o cigarro da velha que estava em meio a uma piada pornográfica, o gordo que se ergue à procura de um novo disco, o rapaz no tapete, com as pernas à hindu a trautear um refrão de sucesso. Tarde de quinta-feira, segunda semana de abril de 1961. Havia chovido pela manhã, e o sol não fora suficiente para eliminar vestígios de água no asfalto e nas calçadas. As caixas de frutas do Café e Restaurante Lamas se dispunham à sua frente, e hesitava entre pêssegos, peras, maçãs, nêsperas, ameixas e alcachofras, embora nunca tivesse visto alcachofras em sua casa, e nem desejasse incluí-las na criação de sua realidade, fragmento a fazer perceber o trabalho ciclópico da conquista de uma totalidade integrada. Mas uma totalidade desprovida da dolorosa fuga alienante, desse mergulho esquizofrênico que se identifica com o nada de uma contemplação que é pura imersão nos limites da dor, e que é já ausência de dor. O dono da casa à sua frente com um copo na mão, o que ele tinha entre os dedos estava vazio há tempos. Que silêncio era aquele? Explicou-lhe que hesitava entre pêssegos, peras, maçãs, nêsperas, ameixas e alcachofras, e não estava ainda plenamente seguro de que a tarde era de quinta-feira, segunda semana de abril de 1961, e que o mais importante era não se entregar à indiferença do ato já que era fundamental escolher entre pêssegos, peras, maçãs, nêsperas, ameixas e alcachofras. O dono da casa com um sorriso complacente tentou ajudá-lo aconselhando maçãs, ajuda à base de um pouco de negligência diante de coisas até certo ponto inúteis e mais que secundárias. Suponhamos maçãs. Até que ponto um homem é capaz de construir seu passado, compô-lo em torno da maçã não adquirida e no entanto imbricada no rol de lembranças que serão recordações despojadas de mitomania. O dono da casa senta-se no braço da poltrona, com a mão livre ergue o próprio copo e agita as pedras de gelo que flutuam à meia altura, e empresta à voz uma consistência quase de confidência. *O real só é implacável diante do sonho. Por que refugiar-se na ilusão?* Teria algum valor o esforço para desfazer o equívoco e provar que não se trata de ilusão propriamente. Suponhamos maçãs. *Eram* maçãs? Se passado é memória, qual a fronteira do arbitrário? Não, não eram maçãs, tinha agora a certeza, enquanto o dono da casa lhe falava em voz quase de confidência sobre uma realidade imediata, que existe em torno e dentro de nós, que somos nós mesmos enquanto nos conservamos na crosta que nos foi reservada, enquanto não enfrentamos a esfinge, enquanto não nos enredamos no feitiço de palavras que constroem nossos anjos e nossos demônios. Hesitava ainda entre pêssegos, peras, maçãs, nêsperas, ameixas e alcachofras. Alguns detalhes ainda marginais; um ônibus freara bruscamente no ponto de parada, um vendedor de bilhetes de loteria lhe oferecia a sorte enquanto se dobrava sobre a caixa de frutas, dois tipos a discutir junto ao balcão de cigarros, um moleque a berrar em disparada pelo Largo do Machado. E era apenas um episódio ínfimo entre a sucessão que compõe uma biografia e uma singularidade. Subitamente virou-se para o dono da casa que ainda estava a seu lado, e tinha o copo nos lábios, e lhe disse:

— Não sei por quê mas me lembrei agora com uma nitidez extraordinária de uma tarde de quinta-feira, segunda semana de abril de 1961, eu estava diante do Lamas, no Largo do Machado, hesitando entre pêssegos, peras, maçãs, nêsperas, ameixas e alcachofras, quando me decidi por pêssegos. A água ainda me vem à boca. Eram realmente gostosos, dourados, aveludados. No mesmo instante um ônibus freou bruscamente no ponto de parada, um vendedor de bilhetes de loteria me oferecia sorte, dois tipos discutiam junto ao balcão de cigarros, um moleque berrava em disparada pelo Largo do Machado. Belos pêssegos!

Reinvenção de Lázaro

Numa tentativa desesperada de libertar-se de um sentimento caótico de totalidade Yehuda Bitterman resolveu por fim dar andamento à história de Tião que o atormentava nos últimos tempos. Ou mais corretamente a sua possibilidade de narrar o episódio de Tião que havia destacado de um conjunto complexo para nele exercitar uma série de artifícios. Com que volúpia se entregaria à ironia implícita de um distanciamento dos objetos, com que prazer manipularia o humor inerente a toda situação desde que desligada dele mesmo, com que sensualidade se entregaria ao deleite de uma procura harmoniosa de palavras, uma sucessão de ritmos e encantamentos, uma incursão por um lirismo contido em sensibilidade dosada de medida e equilíbrio. Mas no exato instante em que tomou da caneta para seguir o impulso da primeira frase salvadora, ainda gostava da caneta, não esferográfica, mas de tinta comum, uma persistência de hábito que em alguns momentos lhe sugeria uma hipotética fluência vinda da tinta e não do seu entendimento, no exato instante ergueu-se da cadeira e foi à janela. Um pequeno jardim maltratado antes do muro baixo encimado por uma grade de ferro. No outro lado da rua principiavam a demolição de uma casa velha para erguer mais um edifício de apartamentos. Quando olhou, dois operários se equilibravam sem proteção sobre uma parede espessa e a golpes de marreta iam desbastando a alvenaria quase empedrada de mais de meio século. Um choque repentino de veículos seguido de gritos, vidros estilhaçados e zoada de multidão lhe chegou da rua do Catete. O quarto em que morava ficava numa transversal, não muito longe do Largo do Machado. À medida que a história ia tomando corpo dentro dele, e a personagem ia surgindo difusa, paralisava-o uma absoluta ignorância, consciente dela mesma, do termo que lhe serviria de salvação: *convenção*. Compreender uma espécie de regra de jogo, e dentro dela cumprir com humildade ou orgulho, era indiferente, o ofício que não era propriamente ofício, mas que se lhe impunha involuntariamente, contrariando outras atividades, seus gestos cotidianos, seus recursos de convivência, seus impulsos em direção a uma clara e esfuziante euforia do puro gosto de viver. Era sábado, não havia trabalho, o despertador em cima da mesa-de-cabeceira indicava dez e meia. A um canto da mesa ainda a bandeja com a xícara, os bules de café e leite, restos de pão, e a faca sobre a diminuta manteigueira, circular, de vidro. Seria melhor sair, andar um pouco, dar tempo à empregada de fazer a arrumação do quarto, procurar o amigo que morava na esquina da Bento Lisboa, estaria acordando agora. Talvez no regresso conseguisse articular alguma coisa no papel. Mas tomou a direção contrária. Antes de sair ainda atendeu o telefonema de um parente convidando-o para um almoço no dia seguinte. A timidez impediu-o de recusar, pois antevia como de outras vezes, a apatia de uma refeição que lhe era quase imposta como uma obrigação familiar. Cruzou na rua com vizinhos que iam e vinham em calções de banho ainda secos e já molhados. Dobrou a esquina sem dar atenção ao aglomerado à esquerda, quase em frente à Faculdade de Direito, e foi comprar jornal e tomar café no botequim do Largo do Machado, do outro lado da rua, antes do Lamas. O vendedor de bilhetes de loteria insistiu para que ficasse pelo menos com um décimo, ou um vigésimo, não sabia ao certo. Prosseguiu o caminho, um fugaz sentimento de alegria ao relancear o centro do largo, multicor pela presença de criadas e crianças. Antes de parar na porta do São Luís a ver os cartazes do dia, tentou entrever pelas copas o frontão da igreja no outro lado da praça. Atraído pela visão de uns pães doces ainda permaneceu alguns momentos à porta da padaria, até dobrar a Machado de Assis em direção à praia. Ao passar pela sinagoga ainda ouviu os restos de uma cantilena que lhe era familiar e que inundara a infância. Seguiu pela praia do Flamengo, ao longo da calçada do correr de edifícios até a esquina da Paissandu, e pôs-se a fixar as duas linhas altas e solenes de palmeiras, numa visão depurada e elementar de primeiras noções de perspectivas. A vitrina do antiquário fê-lo recordar-se do esforço para conquistar o gosto pela vitrina, e despertou ao mesmo tempo a idéia que poderia ser transformada em história, talvez, de um homem que tem que conquistar dolorosamente, nos mínimos detalhes, todos os episódios que compõem um cotidiano, um homem que precisaria aprender a conciliar o sono, a acordar, a comer, a andar, a pronunciar as palavras, um homem não uma criança, um homem que tudo houvesse esquecido, como um paralítico, a quem a cura exige exercícios permanentes antes do retorno à espontaneidade do movimento. Esse retorno seria uma perda ou um acréscimo? Ambas as coisas, ou uma terceira que não conteria nenhuma partícula das anteriores e que numa contabilidade utópica entraria no registro das indiferenças ou superfluidades? Como descrever tal homem? Por dentro? Que *dentro*? Vísceras, veias, artérias, hormônios, ossos, nervos? A grande aventura da respiração ou da digestão? A suprema jornada misteriosa do sexo entre hipófise e detumescência? Por fora? A cor da pele? Os movimentos? Os cabelos, os olhos? Os atos entre a esclerose de um hábito e o imperativo de uma ética normativa (pleonasmo?), entre a impossibilidade de uma anulação e a improbabilidade de uma repetição? As idéias, os pensamentos? Supondo-se que até isso houvesse perdido, que tipo de exercícios indicar-lhe e a que espontaneidade devolvê-lo? Tudo isto deixando de lado a hipótese do autor ser um idiota e além do resto ainda colocar como problema o que eram propriamente tais idéias, pensamentos? Ou colocá-lo numa perspectiva do futuro, e alimentá-lo com frases do tipo: *a mais bela criação do homem é Deus*? Ia subindo a Paissandu em direção à Senador Vergueiro. Frases. Não mais palavras. Frases. Cintilações entre depressão e euforia a encaixar num contexto oportuno. Recorda-se de uma caminhada, desatento à sinalização, depois da meia-noite pela Barata Ribeiro, quando recua e avança aturdido pelo farol de um automóvel. *O que me ameaça me ilumina*. Um banco de espera na agência de ônibus de Belo Horizonte. A velha que devora a maçã. *Uma velha que morde seu pedaço de eternidade*. Ah, a gramática, a lógica, uma certa concisão ou uma concisa prolixidade. Eis um objeto, transforma-o em palavras, precisas, adequadas, de preferência agradáveis, cuidado em não chocar sensibilidades ou valores, controla a imaginação, esconde os andaimes, revela apenas o resultado e ficaremos todos contentes com a oferta e a aceitação do ilusório. Regressa pela Senador Vergueiro, cisma alguns minutos diante da estátua sedestre de José de Alencar, cisma na verdade mais na palavra *sedestre* do que na estátua, de novo na Catete, no Largo do Machado, em seu quarto. O quarto já arrumado. A folha em branco, a história de Tião, o título pronto. *Reinvenção de Lázaro*. Tião, preto alto e musculoso, ajudante de caminhão, e que junto com outros estaria descarregando um bloco de mármore diante do galpão em que se esculpiam imagens para os túmulos do cemitério São João Batista, bem em frente. Olha as notas. O que não deveria aparecer na história, apenas ser sugerido. *Situação do operário e a intuição de uma transcendência. Aspiração a condições melhores de vida mas ao mesmo tempo aspiração a alguma coisa que não sabia definir e que na tinha a ver com a condição católica difusa e inconsciente de sua infância*. Quem ou o que era na realidade Tião para ele, Yehuda Bitterman? Que forma de simpatia, simpatia-afinidade, simpatia-identificação, poderia encontrar para dar-lhe a exata dimensão? Novamente as anotações. *Ajudante de caminhão que transporta blocos de mármore do local onde é extraído até o galpão junto ao cemitério São João Batista onde o bloco é esculpido. Enquanto com os outros ajuda o transporte para o local indicado pelo proprietário observa o trabalho dos escultores. Procurar transmitir todos os sentimentos confusos, as idéias contraditórias, difusas, a expressão inarticulada, a impossibilidade de verbalização, a inconsciência de certos problemas que apenas se distinguem da consciência dos mesmos por uma capacidade de racionalização, mas que sob o ponto de vista de solução traz a mesma incerteza e a mesma dúvida do que se ousa considerar como não definitivo*. Bestialógico? Pousa os olhos simultaneamente sobre duas reproduções que poderiam estar na parede diante dele: um Velásquez e um Miró. Qual o limite para a desagregação das palavras sem a simultânea desagregação da mente, sem mergulho em nenhum êxtase, mas apenas na dolorosa ausência de nexo próprio? Até que ponto se pode abusar do ponto de interrogação? A história de Tião, seu bloco de mármore, sua roupa em farrapos, sua fome, seu espanto diante das figuras que emergem, esboçadas, de outros blocos, figuras que irão adornar uma cova, figuras trabalhadas por homens de valor, destros no manejo de suas ferramentas, homens tirando anjos de um bloco de pedra, coisa supérflua, penduricalho a ser lançado sobre sete palmos de terra, medida precisa de um fim que não pede grandes indagações, *é isso mesmo, velhinho, todos vão para lá,* o fio do cinzel a desbastar aqui e ali, a precisar o contorno de um nariz, a linha de um dedo. Yehuda amassa as folhas de anotações, rasga algumas em branco ainda, lança os dois livros à sua direita sobre a cama, chuta a cesta debaixo da mesa, e resolve contar a história de Tião no momento em que percebe que ele *era* Tião.

Reinvenção de Lázaro

Dos oito homens que se encarregaram de transportar o bloco do caminhão até aquele lugar, quatro estavam no mictório, três se revezavam na pia esfregando os braços e o rosto, apenas Tião não se moveu. Permaneceu na posição em que fora dado por findo o trabalho. Os braços cruzados sobre o bloco, o peso do corpo sobre os cotovelos, a cabeça meio caída meio de lado, os olhos desiguais, o direito quase fechado, o esquerdo mais aberto, sentira um mal-estar após a expressão de alívio que seguira o último esforço. A tremedeira passara, mas o jeito abobalhado persistia. Olhava o galpão claro dos fundos da loja. Janelões abertos ligavam-no com uma pequena área mais para trás. Distribuídas pelo piso algumas peças acabadas, outras em meio, e junto aos janelões dois homens de macacão trabalham cada qual seu pedaço de mármore. As pancadas eram fortes e curtas, não havia estilhaços voando longe, mas junto com o pó pequenas lascas caíam quase que ao pé do que trabalhava. O da esquerda já livrara a cabeça, uma parte do tronco e uma asa de anjo, o da direita talhava uma coxa, e já se via uma parte de dobra de manto sobre as partes que não se mostram. Onze e pouco. O dono do caminhão ficara na loja acertando a papelada de entrega. Almoçariam perto da Praça Quinze, já que o próximo trabalho era esperar umas caixas que viriam pela barcaça de Niterói e iriam ser entregues em Vaz Lobo. Pelo jeito nem iria com o caminhão até Madureira, onde fazia ponto. Ficaria em Vaz Lobo até encontrar uma carona que o levasse para os lados de Irajá. Morava numa transversal perto da praça. Bonita asa daquele anjo. Arredondada. As penas direitinho. Aperta mais o olho esquerdo e abre o direito. Trabalho fazer aquilo. Inteligência. Mão firme, medida na pancada. Suspira erguendo um pouco o peito. Vai ver os dois trabalhavam na mesma coisa era só montar, desgraçado, nem tinha percebido, idéia grande, talhar assim separado, cada um com seu pedaço, depois era montar, polir, e o anjo aparecia perfeito na branquidão, a mão estendida, os dedos lisinhos, a cabeça inclinada, que era anjo de choro, as asas num vôo que parecia vôo mesmo e estava ali parado, bloco, mármore, as coxas e o manto, uma perna para a frente, bem plantada, a outra dobrada, a barriga da perna aparecendo, apoiada só no dedo grande do pé. Um peso mais forte na cabeça ao lembrar que em criança amassara muito barro, fizera bonecos, com palito de fósforo furava os olhos e rasgava a boca, depois deixava no sol para endurecer, mas nunca saíam lisinhos, ficava sempre um rachado na cara, na cabeça. Trabalho era aquilo, aquela perfeição, a pancada seca e depois a nuvenzinha de pó, e a outra asa já com jeito de asa, a dobra, a ponta solta. Um trabalho que fica. Que é que ficava de seu trabalho? Em que é que estava trabalhando aquele outro do samba de Jamelão que lembrava agora, aquele da letra que mais gostava e que de porre chateava os outros de tanto repetir, *foi assim, troquei esta pessoa que eu morava, por essa criatura que eu julgava, que fosse compreender todo o meu eu, mas no fim, fiquei na mesma coisa que eu estava, porque a criatura que eu sonhava, não faz aquilo que me prometeu.* Isso era trabalho, também? E o anjo que os dois faziam? Merda, tanta perfeição para um cemitério. Inferno ou paraíso era coisa de padre, e com terreiro mesmo só queria negócio quando a mulher tinha alguma coisa que doutor não curava. Menino levara cascudo para aprender o padre-nosso, e confessar mesmo só uma vez arrastado pela madrinha. E aqueles caras do anjo deviam ganhar um dinheirão com aquilo. Era trabalho, e ganhavam um dinheirão na certa. Saíam se lavavam, punham roupa da fina, vai ver inda tinham automóvel. Mas podiam ver, dois quatro anos depois, o anjo plantado no mesmo lugar. E de seu trabalho, que é que sobrava? Preto e pobre, que se danasse, as coisas estavam certas, e filhos-da-puta já encontrara em toda parte. Rico era rico porque era rico e estava acabado, não fosse caraminholar muito, que inda acabava feito a mulher de vez em quando, dando trabalho, parada e sumida que nem coisa, e que o pai-de-santo ajeitava com umas coisas que comprava ali perto do Largo de São Francisco, e que nem queria saber o que era. No início achou que era preguiça e lhe deu uns safanões, depois viu que o caso era outro, e que o jeito era mesmo cruzar os braços, que nesse mundo tem de tudo, e cabeça da gente é coisa boa de não mexer muito, é ir levando. Prosseguem os golpes, as lascas, a asa mais nítida num deles, os riscos de penas apareciam, a perna inclinada brotando ao lado da coxa lisa, no outro, vista assim de trás, uma dobra como que de pano no meio da barriga da perna. Bosta de talento, tirar assim de um negócio feito o que tinha debaixo dos braços um Cristo, uma Virgem Maria, um Anjo, um homem qualquer, ou animal, fosse peixe ou pássaro, onça ou cavalo, imitar igualzinho ou bolar o que der na telha. Nem precisava ser parecido. Aquele negócio pendurado no Ministério da Educação, um dia fizeram a descarga de uns móveis no Ministério da Fazenda, e ficara olhando o paredão com um amontoado em cima assim de um cacete de ferro. Asa, bico, cabeça de gente, tudo misturado, bonito mesmo. E um homem fazia aquilo, um homem, como esses dois, como o que fez a outra de dois tipos nus, um homem e uma mulher, marchando, marchando mesmo, uma perna para lá, outra para cá, como o que faz as imagens de santos dos altares, as iemanjás, os exus. Seus olhos agora estão com a mesma abertura, os dois meio apertados. Preso às duas partes do anjo nem ouve a chamada para sair. Era bonita aquela droga, assim de repente. Bonito como daquela vez no meio de um porre com violão em que um tipo gordo e forte, dizem que judeu, sem mais nem menos começou a cantar umas músicas de negro americano. Um troço que sacode a gente por dentro, diabo de confusão de choro e tristeza mas que dá vontade de gritar *bonito!* E a merda duma vida que se queria melhorar. Era de boa paz, e não queria confusão. Vadico, amigo de pelada na praia de Ramos, deu para marginal, dinheiro, mulheres, encrenca com a polícia, xadrez, troca de tiros, conhecia todos os decretos e parágrafos e discutia com qualquer delegado. Zupa, que era Raimundo, foi na conversa uma vez de uns comunistas e acabou moído pela turma do DOPS, Zupa nem sabia o que queria, gostara de umas frases, que a gente tinha direito a isso, a aquilo, e o cara que apareceu com o falatório deu no pé na hora da porrada. Direito dado por quem, se a lei é lei, e quem é que mexe com a lei? Os caras dos comícios falavam bonito, os *Bíblia* também, aos domingos, na praça, com alto-falante e cantoria. *De todo canto, vinde, correi, foi posta a mesa do nosso Rei.* Isso era de igreja ou de Bíblia mesmo? Um estremecimento lhe vem da cabeça e sacode o tronco, dando voltas em torno das peças, uma pancada ali, outra lá, um deles alisa com os dedos a cara do anjo, e muda de ferramenta, uma outra menor, que vai aplicando pelo nariz e pelos cabelos, uns cabelos compridos, encaracolados. Já não consegue pensar direito. As palavras se embaralham. O anjo por cima de uma cova, a brancura no cemitério, a gente morre e depois? Tonteia. Morre de uma vez. A cabeça endurece na parte de trás, o coração parece se dobrar como uma barra de ferro torcida, a garganta quer rodar, a boca se abrir e os olhos têm um jeito de coisa que pega fogo. Novamente o grito vindo de fora. Querem sair com o caminhão. De seu trabalho que é que fica? Dele mesmo o que é que fica? Um bicho que nasce, cresce, come, trabalha, trepa e dá com os burros nágua quando menos espera? Outro berro, o ronco do motor, o pé no acelerador, mas sem soltar o freio. A cara do anjo, lisinha, os cabelos de mulher, as asas brancas, a mão esticada com os dedos assim para baixo. As pernas, uma direita, meio avançada, a outra em curva, o manto por cima da bunda dobrando na barriga da perna e encurvando pelo lado de dentro. Tudo aquilo feito por um homem que morre, para outro, que já morreu. Feito por um homem!

Madrugada seca

The heavy is of the light the root,
and rest is motion's master.

TAO THE CHING
(Transl. Paul Carus)

Greta era seu nome de guerra. Isaura, o de batismo. Greta em homenagem à Garbo que encheu sua infância precocemente, e que deixou como traço uma veneração pela beleza intemporal e distante, o ar dominador e apaixonado, da sueca. Era pois Greta e circulava pela Avenida Atlântica à uma e meia da manhã de segunda-fera, ou terça. Inútil a precisão quando as ruas estão desertas, e as horas de sono são indiferentes. Um freguês apenas às nove e meia, e que não lhe dera trabalho. Estudante de dezoito anos em menos de quinze minutos resolveu tudo. Entre a República do Peru e a Paula Freitas cumprimentou a guarnição da Rádio Patrulha que subia também lentamente a avenida. Eram todos conhecidos, bem *conhecidos*. Abordou um velho calvo e barrigudo de charuto apagado. *Mañana*. Espanhol, argentino, ou sei lá que diabo. *Mañana. Mañana*. Abordou um tipo alourado que nem lhe deu atenção, e abordou um baixo, moreno, de bigodes, que também não lhe deu atenção. Observou-os por momentos e percebeu que o baixo seguia o alourado. Caçava também. Sorriu, tirou um cigarro da bolsa e deixou-o entre os dedos. Pediu fogo a um tipo de blusa olímpica bem justa. *Vamos fazer uma brincadeira*? O tipo sorriu, acendeu-lhe o cigarro, deu-lhe uma palmada nas nádegas e continuou o seu caminho. Na esquina de Siqueira Campos cruzou com duas antigas companheiras do Bolero. Não, hoje não queria nada com o Bolero, cansou do ambiente, cansou de tudo, preferia andar. Se encontrasse um americano hoje, um desses de porre que não lhe davam trabalho. Entrava com eles em um táxi, acompanhava-os até o hotel em que estavam, e quando deitados beijavam-se um pouco e o *mister* começava a roncar que dava gosto. Os dois que vinham no volks rente à calçada insistiam no convite. Mediu-os com rapidez, o tempo de um movimento brusco de cabeça e fez que não ouviu. Velha história. Podia se enganar, mas por via das dúvidas deu uma tragada e prosseguiu. Ouviu a buzina, as frases. Uma corrida, uma volta pela Lagoa, ou pela Barra, uns sopapos, boas gargalhadas, um safanão definitivo, e lá ficava solta na estrada, sem dinheiro, um rasgão na roupa a ver ainda a fumaça do cano de descarga. Eram uns anjinhos, tão simpáticos, tão engraçados. Deu duas tragadas e lançou fora o cigarro. Não se ouvia quase o barulho das ondas, nem havia brisa pela praia. Uma névoa rala esfumava as duas pontas, o Leme e o Posto Seis. Procurar o velho sentado no banco da calçada oposta, com os cotovelos nos joelhos, e o queixo na palma das mãos. Outra companheira em direção contrária. Moreninha nova, bem-feita. Que pele! O vestido era meio besta e a bolsa não combinava. Do quinto andar, um janelão aberto de ponta a ponta do edifício, um grupo em côro lhe acenava com o fim do velho samba: *ela nasceu com o destino da lua pra todos que andam na rua, não vai viver só pra mim.* Uma garrafa se espatifou na calçada, antes do meio-fio. Uma vontade de perguntar pela mamãezinha de cada um deles. Ao subir os degraus do Luxor ouve os berros do jornaleiro com *O Dia* debaixo do braço. *Bailarina abre os pulsos.* Pôde ainda ver o rosto da mulher quando recusou a folha que o homem lhe empurrava. Nova. Não era de seu tempo do Avenida. Sorriu ao se dirigir ao sanitário, nos fundos do bar. Há quanto tempo, quinze, vinte anos, fizera o mesmo? A turma do Sousa Aguiar trabalhou bem e depressa. Uma colega apenas do dancing apareceu para visitá-la, uma das que menos conhecia, e com quem nem intimidade tinha. Como era o nome mesmo? Levara-lhe uma lata de biscoitos e meia dúzia de maçãs. Engraçado é que fizera a coisa dois dias depois de receber homenagens no salão pelo aniversário. Andava com o cantor da orquestra, e no dia, antes do número lá veio com *agora, senhoras e senhores, vou cantar em homenagem da aniversariante do dia, nossa amiga.* A orquestra surpresa atacou firme o *parabéns.* A mulher de costas para a rua, na mesa de um negro miúdo e bigodudo, onde a conhecera? Na Rua Alice? Na Taylor? Naquela rua da boca do túnel novo? *Bailarina.* Logo depois andou meio perturbada, e um desses mexe-miolos andou querendo lhe explicar um mundo de coisas complicadas. Na verdade acabou dormindo com ele e mandou palavrório à merda quando aprendeu a cantar bem baixinho, nas piores horas, com os dentes bem apertados o *ciranda, cirandinha, vamos todos cirandar, vamos dar a meia-volta, volta e meia vamos dar.* Era um santo remédio. Urinou com desgosto, sujo o vaso e o chão manchado de tudo que é cor. Enquanto lavava as mãos olhou o espelho. Greta. Se fosse loura como a outra, alta, nas fitas parecia alta, e não baixinha e rechonchuda como era, se fosse branca branca e não morena, moreno-claro é verdade, mas nunca aquela brancura, se tivesse aquele jeito de olhar por cima, às vezes tentava mas não conseguia, ria dela mesma, jeito de quem bota banca. A única coisa que conseguiu com o tempo foi se livrar de agarramento. Não queria ninguém. Doía, é verdade. Fazia falta. Tinha que se virar sozinha com a turma da polícia, mas sempre dava um jeito. O rosto machucado, as bochechas meio grandes. Se fizesse regime, talvez. Greta. Grande classe. Sorriu, ajeitou o fecho meio aberto do lado, passou o lápis pelas sobrancelhas, esfregou um pouco as pestanas, e ficou torcendo a ponta do nariz. Se aquele dente incomodar outra vez vai ser o diabo. Tratamento de canal, raios X, caro e chato. O cabelo já pedia outra pintura. Se aquele freguês certo de duas vezes por semana não tivesse sumido. Tipo engraçado, vinha de tarde, falava pouco, devia ser casado, sentava-se na cama e pedia para ela ir fazendo poses. Do que mais gostava era quando ela tirava a roupa, ficava só de meias e sapatos e punha umas luvas que tinha no armário e que nunca usava. Bom tipo. Cinqüentão. Se fosse de novo para Londrina. Fora boa a temporada há cinco anos. O dinheiro corria grosso, mas sentiu saudades do Rio. Depois o fracasso de Brasília. Deu azar. Quando chegou ao Sete Quedas o lote era tudo de gente moça. Ela era a mais velha. Um fracasso. Verdadeiro fracasso. Por pouco ainda tinha prejuízo, e complicou com uma operação de apendicite de repente. Talvez no sul, uma cidadezinha menor, a idade não contava muito, e havia o frio. Greta e o frio. Podia comprar um daqueles casacos grossos, levantar a gola e ficar alisando o pescoço com uma das mãos enquanto fumava com a outra. Devia ser uma grande mulher. Quem foi que lhe contou que ela saía sozinha dias e dias e se perdia, sem pintura, sem nada, uma capa só, e andava como quê? Disseram até que nem gostava de homem, era meio *assim*. E daí? Tirou um pouco de baton com o lenço de papel, acendeu um cigarro e ficou olhando a fumaça no rosto. Riu. Não tinha mesmo jeito. Saiu do reservado e viu um homem de paletó e gravata numa das mesas de fora. O garção bocejava nos fundos. *Me oferece uma bebida*. Suportou a expressão de asco, enfrentou a censura do garção que se aproximava e voltou à calçada. Ninguém pelo menos até à esquina de Constante Ramos. No entanto seguiu. Os passos eram lentos. Simplesmente andava. Mais densa a bruma na altura do Forte de Copacabana. Talvez quem sabe se dobrasse a Barão de Ipanema e regressasse pela N. S. de Copacabana. Na esquina de Domingos Ferreira foi cercada por dois tipos bem-vestidos. *Nem um pio, minha flor.* Sentiu a ponta de um fino estilete, furador de gelo, é possível, à esquerda, na altura da barriga, e a pressão de um cano à direita. Olhava sempre em frente, enquanto sugava as bochechas e comprimia-as com os dentes. *Ciranda, cirandinha, vamos todos cirandar, vamos dar a meia-volta, volta e meia vamos dar.* Bruscamente repeliu os dois, e de quatro disparou numa corrida até a Kombi, estacionada à frente, corrida sem olhar para trás. Ouviu apenas um *filha-da-puta,* e a carga de passos em direção contrária. Ainda encostada à Kombi, tonta, soltou os pulmões num desabafo, esfregou o rosto, recompôs a roupa, ajeitou o cabelo, acendeu um cigarro. Ninguém em volta. Continuou o caminho. Greta era seu nome de guerra. Isaura, o de batismo.

Uma carreira bem-sucedida

Sentado na mesa do canto, bocejou. Quatro e meia da manhã. O procurador da Prefeitura e a mulata ainda bebiam no outro extremo, na última mesa, junto à calçada. Os últimos fregueses. O dono do bar já se fora, ficara apenas o rapaz atrás do balcão, controlando a caixa, na parte de dentro, vazia também. Um carro vindo do Eixo fez o balão junto ao restaurante da frente, acelerou, freou bruscamente, não chegou a distinguir o homem do volante, porque pisou novamente no acelerador e deixou atrás o estrondo da descarga. Em menos de uma hora estaria clareando o céu e findaria esse frio de meados de agosto, frio leve, suportável com o paletó de brim grosso e branco e a gravata borboleta exigida pelo patrão, frio de duas às cinco da madrugada, bom de estar na cama, coberto, dormindo o sono dos outros, sono de noite, e não ao contrário, dormir com o sol já subindo, a claridade varando as frestas da janela, o calor no quarto do hotel de madeira do Núcleo Bandeirante. O procurador acena, pede um maço de cigarros e a mulata outra dose de uísque. Esforço para não bocejar novamente na hora em que equilibra a medida sobre o copo cheio de gelo. Despeja a bebida, e agita ainda a garrafa diretamente sobre o copo, hábito, era o *choro* tradicional. Volta à mesa de canto desta vez com um pouco de conhaque no cálice. Fora do regulamento, mas a esta hora, sem o patrão presente, o rapaz da caixa amigo, não tinha importância. Animada a mesa até há bem pouco ocupada, ao lado da sua, pelo delegado, pelo dono de uma loja de artigos elétricos, pelo médico do Distrital, e pelo gerente de uma agência de automóveis. Boa gente. Gorjeta de peso. Dava gosto ver as lágrimas nos olhos do gerente da agência quando em coro entoava com os outros o *ai, deixa-me chorar para suavizar o que não sei dizer mas sei sentir,* ou o médico já meio debruçado sobre o tampo, a voz rouca entoar *minha vida era um palco iluminado, eu vivia vestido de dourado, palhaço das perdidas ilusões,* o dos artigos elétricos engrolar *no forró de sá Janinha de Caruaru, meu compadre Mané Bento, só faltava tu, mataram quatro cabras, três soldados e um sargento, meu compadre Mané Bento, só faltava tu.* Riu por dentro ao se lembrar rapazote espantado com doutores, delegados cheios de bebida se igualarem a paus-dágua de madrugada. Depois conheceu tudo melhor, sumiu-se o espanto. O procurador pediu a conta, e esqueceu da gorjeta. Podia limpar o pátio coberto, ninguém mais viria agora, a não ser aí pelas seis horas a turma das obras em torno, tomar café, comer um pão de queijo ou uma broa de milho. Limpou as mesas, varreu o chão, endireitou as cadeiras. Cinco horas. Tirou o paletó de brim branco, a gravata borboleta, e vestiu o casaco esporte, duas lascas laterais, de pano grosso e riscas miúdas, verticais. Foi em direção à W-3 pelo caminho socado da área ainda não construída. O ônibus deixou-o na Rodoviária. Respondeu ao cumprimento do amigo com um aceno de mão, enquanto aguardava os ovos mexidos. Olhou em volta. Movimentado àquela hora o bar da sobreloja. Mais um pouco e sairiam os primeiros ônibus para Belo Horizonte, Anápolis, Goiânia, Cristalina. Duas mulheres tomam cerveja na mesa ao lado. Um homem emborca o copo de uísque na que ficava defronte à sua. Só percebeu quando lhe trouxeram os ovos e se endireitou na cadeira. Sentara de lado, as costas apoiadas na parede. Sentiu o olhar fixo do homem quando depôs o copo. Cansaço. Sono. Aproveitara o descanso da véspera para uma visita ao Sete Quedas. Rever amigos, as mulheres. Da época em que trabalhou lá poucos ficaram. Dormiu com uma paulista nova, menos de dois meses na casa. Agora esse tipo a fixá-lo, os olhos dilatados. Ativo, passivo? Era-lhe indiferente. Lembrou-se do dono de um cabaré em Goiânia que o deixara de lado por um funcionário de banco. Era tão bicha que foi a São Paulo se operar, cortar o que atrapalhava, e o que mais pedia é que lhe fizesse massagem nos peitos quando deitava com ele, e que dissesse que eram bonitos. Tem cada coisa engraçada nesse mundo. *O senhor se importa?* De copo na mão deixara a mesa da frente e sentara-se na sua, sem esperar resposta. *Chato beber sozinho, não é?* Engoliu os ovos. *Você não aceita uma bebida?* Esboçou um sorriso enquanto lambia nas bordas os restos de gema: de senhor para você o pulo foi rápido. Ou só hoje prestou atenção ao detalhe. Quando sentiu a pressão do joelho do outro em sua perna, por baixo da mesa, teve ímpetos de agredi-lo, mas conteve-se porque não viu motivos no momento para a violência. Ou teve ímpetos porque se lembrou da primeira vez em que fora cantado por um homem, nas mesmas circunstâncias. Fora, com raiva, mas a primeira coisa que fez quando se viram no quarto foi agredi-lo. Era um querer não querer, uma raiva por querer o que não se deve querer. Uma raiva porque logo *um,* aquele, lhe viera com a proposta, se não viesse não haveria problema. Aceitou a bebida, pediu um conhaque. E se levantou indiferente à conversa. Já na escada rolante em direção ao ônibus da cidade livre viu o clarão do céu. Vermelho denso por trás das nuvens para os lados do nascente, leitoso por cima de sua cabeça. *Por que saiu tão depressa?* O tipo a seu lado. Não sabia ainda defini-lo direito. Há muito deixou de tirar conclusões por um ou outro aspecto externo, tique, tom de voz. *É dia!* Foi a única frase que conseguiu articular. Vinha tão vazio por dentro que não queria repelir nem atrair, queria que o deixassem só, apenas, e só estava, acompanhado ou não. Resolveu relembrar episódios já sentado no ônibus com o outro a seu lado, coxa colada com a dele. A raiva com que saiu de casa aos quinze anos, farto de um pai chato e palerma e da mãe que só fazia gritar e se lamentar. Aos doze anos puseram-no como auxiliar da venda na esquina da rua em que moravam. O pai era contínuo da Secretaria de Agricultura. Fez o primário e os dois primeiros anos de ginásio, foi reprovado duas vezes, levou muita espinafração porque já rondava o mulherio de noite, até que apareceu aquele tipo, no bar, tinha quinze anos, bebia um guaraná. Com voz macia, pressão de joelho por baixo da mesa, quarentão, fala mansa, queria tomar conta dele. Olhou em volta. O que diriam os outros? O cara era de São Paulo, estava num hotel. Um dia depois, de camisa e sapatos novos seguiu de avião para São Paulo, dando uma banana para Belo Horizonte. O ônibus sai, contorna a estação, pega os lados da torre e entra pela W-3. *Você salta aonde?* Olhou-o com preguiça, sem vontade de responder. *No fim da linha.* Olhar para trás com raiva resolve alguma coisa? Com dois meses e meio de São Paulo, o tipo apresentou-o a outro, e passou a morar com o segundo. O terceiro forçou-o a fazer o que não queria, era pau de dois gumes. Com um pouco de insistência deixou, porque no fundo, bem no fundo, não via grande diferença. Nem por isso iria rebolar pelas ruas, ou afinar a voz, ou querer vestir saia. Depois a rua. O período largado com uma dormida aqui e outra ali, os cinemas de punheteiros, até que um dia se engraçou com uma mulher na esquina de Ipiranga e São João, fazia a vida e tinha um apartamentozinho junto ao largo do Paissandu. Fez amigos pelos bares, e aos dezoito anos já bebia firme. *Você mora no Núcleo Bandeirante?* Responde com um gesto da cabeça, pois neste instante percebe que em nenhum momento, estivesse com quem estivesse, homem ou mulher, conheceu uma coisa que não sabia definir, mas que devia ser parecido com uma entrega total, ou com duas palavras que lhe ficaram na memória e que não sabia exatamente o que significavam, *calor humano*. Exército, bebedeiras, carteira de trabalho como garção na época em que tomou um pileque num cabaré de Curitiba, estava sem dinheiro, e chamou o gerente para uma conversa. Foi simples. Escuta aqui, velhinho, estou sem dinheiro e sem emprego, posso fazer alguma coisa por aqui. Pode. E garção ficou. Do cabaré passou para um rendez-vous. Em seguida um dancing. Depois um restaurante. No restaurante conheceu um dono de boite que o levou para lá. Conheceu gente fina, aprumou seus modos, aprendeu delicadezas ignoradas, mas largou tudo quando o dono armou uma ciumeira porque uma grã-fina começou a cercá-lo de atenções. Não gostava de frescuras, e não queria grudações. Bebedeiras. Tempo à-toa. O dinheiro acabando. Foi trabalhar numa gafieira, ordenado baixo, o jeito era completar o orçamento passando uns pacotinhos de drogas de uns para outros. Não queria saber de quem para quem. Quando a Polícia o apertou e lhe garantiu uma quantia de vez em quando, não hesitou, não via motivos, e deu o serviço. A pressão da coxa do que vinha a seu lado começou a irritá-lo, mas o calor do dia que começava dava-lhe uma sonolência, um peso nos olhos. Ao mesmo tempo uma excitação suave que nada pedia, espalhava apenas pelo corpo uma quentura, pelo corpo, por dentro, uma quentura pelo corpo por dentro e o calor da manhã larga por cima dos barracos da Avenida Central. Saltou ainda acompanhado. Comprou o *Correio Brasiliense* e no casebre ao lado da banca de jornais, o balcão era uma prateleira de ponta à ponta, pediu café e perguntou ao outro se não queria também. Atravessaram a rua e quando a uns vinte metros do hotel em que morava estacou bruscamente. Encarou o outro pela primeira vez. Firme nos olhos. *O que é que você quer?* De onde lhe vinha aquele tom de voz, aquele timbre, aquela raiva? Viu o medo nos olhos do outro, a princípio um piscar violento, depois um brilho entre as pálpebras paradas. *Nada, não quero nada, só conversar.* Continuou na mesma posição, o mesmo tom de voz. *Já conversou?* Ainda lhe viu os passos rápidos atravessando a rua novamente e seguir em frente, pela outra calçada, sem se voltar para trás. Bocejou, cansado, e lembrou-se do terno que tinha que apanhar na tinturaria. Era seu único terno.

Identificação

— E então, meu filho, gostou do jantar? Está espantado até agora com a minha vinda, parece que nunca acreditou que eu viria de São Paulo para ver você aqui no Rio, no dia do aniversário. Nunca fiz isso, não é? Era sempre um telegrama, um presente pelo correio. Mas hoje fiz questão, e você vai saber por quê. Em primeiro lugar, vinte anos. Você está bem para a idade, forte, sadio, de boa cara. E elegante como o quê! Mais dois anos e está formado. Cardiologista. Você escolheu bem, muito bem, coração. Agora um detalhe, prepare-se que lá vem filme mexicano, você conhece, não é? Você nunca me fez perguntas, nos poucos dias em que nos víamos, você passou quase toda a sua vida em internatos aqui no Rio, e quando vinha visitá-lo passeávamos pela cidade, fazíamos compras. Nunca lhe faltou dinheiro. Depois do internato você ajeitou bem sua vida aqui, no apartamento, fez seu grupo de amigos e nunca me perguntou nada. Não, não diga nada. Não quero explicações, eu é que vou dar explicações. Você nunca me perguntou por família, parentes, pai. Um dia eu mesma lhe disse que seu pai morrera quando você era bem criança, e que nos havia deixado bem amparados. Você não fez cara de espanto, nem de tristeza. Insisto, não quero explicações, agora, nem interrupções. Não sei bem a idéia que você faz de mim, como mulher, se me julga mais ou menos vulgar. Eu também não sei até que ponto me conheço. Esses problemas complicados de sensibilidade, compreensão! Na verdade não sei explicar exatamente por que me decidi a lhe falar hoje. Uma necessidade de franqueza? Não, já aprendi que se paga muito caro por um momento de franqueza, e não sei qual é bem a distância entre franqueza e fraqueza. Não, não foi isto, foi outra coisa, e não sei o que é. Alguns detalhes. Nasci em São Paulo mesmo. Gente modesta. Fiz o primário e o ginásio. Pai e mãe eram italianos, sem parentes aqui, e eu, filha única. Você deve ter parentes em algum canto da Itália, da América, da Turquia, não sei. Primeiro morreu meu pai, de tuberculose, numa época em que já não se morre de tuberculose, depois minha mãe, do coração. Aos dezoito anos me vi só. Arranjei trabalho num escritório, tive dois ou três namorados, até que meu chefe me convidou um dia para jantar. Belo restaurante, bela comida, ótimo vinho. Depois me convidou para dançar. Tudo belo, muito belo. Às quatro horas da manhã eu estava em seu apartamento, completamente embriagada. O resto é filme mexicano, mesmo. Escorreguei, é o termo que se usa. No dia seguinte, sem um quê nem porquê fui despedida. Veio tudo, tudo o que você pode imaginar. Trauma, e o resto. Dois meses depois eu estava recuperada, e livre do temor de engravidar. Você quer uma bebida? Eu quero, chame o garção, peça um uísque para mim e o que você quiser para você. O mesmo rosto de sempre, você é um mistério, meu filho, a mesma serenidade. Por um lado acho ótimo isto, realmente acho ótimo. Você me dá a impressão de alguém que amadureceu, realmente amadureceu, cedo, muito cedo. Os anos de internato devem ter sido duros, solidão, angústia, deixa, deixa eu usar essas palavras. Nada lhe faltava, nada, você tinha casa, comida, roupa, estudos, dinheiro, nada lhe faltava, nada! Nada! Mas até o ponto em que posso julgar, tudo lhe faltou. Talvez você seja filho do meu ódio, talvez no fundo eu o tenha odiado antes mesmo de você nascer. Obrigada, mais uma pedra de gelo! Por Favor! Acabou a pedra do meu isqueiro. Obrigada, mais uma vez. Voltemos à franqueza, ou fraqueza. Uma coisa lhe garanto, sinto-me feliz por vê-lo como o vejo agora. E não sei se vou ainda ver você depois do jantar de hoje. Qualquer que seja a sua reação, eu a compreendo e aceito. Os filmes mexicanos têm um péssimo defeito, são péssimos filmes mexicanos. E vamos a eles. Sou uma puta! Bonita esta Avenida Atlântica no verão, a essa hora, e é gostoso jantar debaixo de um toldo, vendo gente. Muito bem, a mesma cara! Ótimo! Tomei essa decisão exatamente dois meses depois do episódio no escritório. Era tão firme, que consegui me equilibrar bem, fazer economias e administrar bem minha vida, até hoje. Um dia, por ódio ainda, desejei ter um filho. Você! Dizem que as putas sabem quando engravidam de quem foi a coisa. Balela! Creio que não há mais nada a dizer. Fim. Pelmex Produções!

Sem dizer uma palavra, sem um gesto, olhando a calçada, ele a amou infinitamente, e amou todos os homens que com ela dormiram.

Lisboa à noite

Só encontrou um lugar vago no balcão do bar. Entre um tipo alto, louro, robusto, e uma puta envelhecida. Ambos tomavam cerveja. Sentou-se e pediu cerveja, também. Tomou meio copo e girou o corpo apoiando as costas na quina do balcão. Cheia a pista do centro e cheias as mesas em torno. Ouviu entre o estrondo da orquestra num mambo gritos em inglês, francês e alemão. As mulheres eram quase todas portuguesas. Havia apenas uma espanhola e uma italiana. Uma delas abraçada a um marinheiro no canto da pista acenou-lhe assim mesmo, em meio ao riso, com o punho da mão esquerda fechada a balançar como cabeça de boneco. Respondeu enchendo as bochechas e soprando o ar com violência, o que provocou, como sempre, uma gargalhada na mulher.

— Não me oferece uma cerveja, Isac. — A puta envelhecida deu-lhe uma cotovelada.

— Você me conhece?

— Há quatro meses você cá vem todos os dias, minto, faltou duas vezes.

— Boa observadora!

— Tenho tempo de sobra!

Um bando alto e louro, à paisana, entrou às gargalhadas.

— Pelo jeito isto hoje fica apinhado de suecos. — A puta envelhecida, depois de virar o copo, ficou na mesma posição que a dele, encostada no balcão, de frente para a entrada, as pernas cruzadas.

— Algum navio no porto?

— Chegou à tarde.

— Engraçado, não me lembro de você.

— Azar o meu, meu brasileiro.

O mais moço do bando aproximou-se dela e pôs as duas mãos sobre suas coxas. Ela envolveu-lhe o pescoço com os braços e deu-lhe uma leve mordida na orelha.

— Viva Portiugaaal! — gritou o sueco, abraçando-a e erguendo-a bem alto antes de deixá-la no chão — Let's go dance!

Ainda rindo, torceu o corpo e encheu novamente o copo. Dos bares do Cais Sodré era o que preferia. Tinha menos espelhos, mais luzes, e era o mais largo, detalhe que lhe permitia, do balcão, observar a sala toda. Só agora deu pela coisa. Em quatro meses, faltara apenas duas vezes. Depois daquele canto o que mais lhe agradava era o Solar da Madragoa, com a baixota e rechonchuda Hilde Silva atacando um fado com o vigor e a raiva de uma minhota ou alentejana, enfezada, sabia lá. As idéias iniciais sumiram com as primeiras semanas. Levantar material para uma novela sobre a Inquisição, e ver o resto, Évora, Nazaré, Braga. Foi se entregando à cidade com o mesmo peso que carregava nas outras. Apenas mais displicente. Acordar ao meio-dia. Tomar café na Suíça do Rocio, subir a Avenida da Liberdade, passar a tarde lendo no Parque Eduardo VII, lendo ou remoendo ódios, comendo às sete da noite, voltando à pensão para um cochilo antes de sair aí pelas dez. Um cinema. Os bares. Casas de fado.

— O senhor é brasileiro, e se chama Isac? — A fala carregava nos erres, embora não muito forte. — Veio passear em Lisboa?

— Não! Coçar o saco!

O tipo alto, louro, robusto, à sua esquerda gargalhou forte, sempre a repetir, *coçar o saco, coçar o saco,* até que perguntou:

— O que é *coçar o saco*?

Aumentou a gargalhada ao receber a explicação, deu-lhe umas palmadas nas costas, apresentou-se como Johansen, holandês residente em Portugal há quase quinze anos.

— Nunca ouvi esta expressão por estes lados!

— Eu aprendi no Rio, não sei se em Portugal se usa, ainda vou perguntar.

O sueco voltou com a mulher, pediu duas bebidas e desejou *happy New Year* e *merry Christmas* a todo mundo, virou um pouco de seu uísque nos copos de cerveja de Isac e Johansen, eufórico, berrando, *it's good, it's good, Portiugaaal,* e arrastou de novo a mulher para a pista.

Um rápido silêncio enquanto bebiam a mistura, sorrindo.

— O senhor é brasileiro e se chama Isac?

— Judeu!

— Judeu?

— Brasileiro.

— Brasileiro?

Silêncio. Pausa. Johansen pede que lhe troquem o copo e tragam outra cerveja, duas, oferece uma a Isac. Ouve-se um mambo com os músicos fazendo coro. De repente um grito de mulher e uma bofetada no rapazote magricela que a espancara. Estava embriagado. O negro angolano veio da porta, e sem amarrotar a farda levantou-o pela gola e pelo cós das calças, atravessou com ele o salão, e o que se ouviu depois foi apenas o choque de um corpo com o calçamento da rua. A orquestra continuou o mambo. Isac e Johansen bebiam.

— Judeu?

— Judeu!

— Brasileiro?

Tirou do bolso do blusão o maço de cigarros, ofereceu um a Johansen e este acendeu os dois. Abriu o fecho-éclair, começava a sentir calor, embora na rua, mesmo sendo maio, ainda sentisse frio de madrugada. Passara o tempo das infinitas perguntas, das múltiplas possibilidades de quem estivesse a seu lado. Agora era Johansen, se dizia holandês, radicado em Lisboa há quase quinze anos, o mês era maio, o lugar, Cais Sodré, e fumavam e bebiam juntos. Quando subiu na Praça Mauá só pensava na Inquisição, rever os lugares, colher informações, catar livros, anotar detalhes de tortura e cortejo de execução. Uma semana depois, diante de um cálice de conhaque, em pleno inverno, percebeu que não tinha vocação para pesquisa, que a Inquisição era um assunto remoto, e até certo ponto infantil, que havia outras coisas, entre preguiça e tensão, uma vontade doida de ver a ponta de Sagres, vontade apenas. Chegou a sonhar com o Infante D. Henrique, com aquele mesmo barrete ou o que fosse das gravuras, uma tira de pano caindo, à esquerda, à direita? Mas não foi ao Algarve. Rascunhou alguma coisa e rasgou. A atualização de uma lenda tcheca. História de cangaceiro e massapê é que não podia fazer. Nunca saiu do Rio antes. Nem mesmo São Paulo conhecia. Escrever era apenas uma aspiração, um desejo meio vago, quando deixava à noite a firma de publicidade que o empregara. Tinha dois meses ainda pela frente, e a preocupação com o dinheiro que ia acabando, e que conseguira reunir para os seis meses de licença. Achou que numa história da Inquisição sentir-se-ia à vontade, poderia fundir episódios pessoais, familiares, seus pais eram romenos, histórias conhecidas apenas de ouvido, perseguições, autos-de-fé. Tinha trinta anos, alguma ambição, e não sabia muito bem o que era ser escritor. Achava no início que era ter tempo, tempo de sobra, coisa que nunca teve. Agora tinha-o demais, e era aquilo. Nada! Uma coisa pelo menos descobriu naqueles quatro meses, talvez escrever não fosse nada daquilo que ele achava que devia ser, e que vira à sua volta, talvez o melhor fosse isto mesmo, este nada, este esvaziamento. O resto se tivesse que vir, viria espontaneamente.

— Judeu?

— Judeu!

— Brasileiro?

Começou a achar Johansen engraçado. O jeito alto, corpulento, o topete louro e bem aprumado. A Holanda era uma boa terra. Tulipas. Mas não iria à Holanda. Era por demais preguiçoso. Bastava estar ali sentado conversando com um holandês. A Holanda era aquilo mesmo que diziam, os diques, os canais. Spinoza, lembrou-se agora. Por um triz e esse desgraçado era português. Foi nascer lá. Conhecia Spinoza? Sim, Johansen conhecia muita coisa. Isac permaneceu mudo, tomando cerveja, a orquestra a trocar mambos por blues, blues por valsas, valsas por xaropadas italianas, permaneceu mudo, tomando cerveja, fumando, enquanto Johansen falava! Spinoza, Kant, Bach, o último livro de Sartre, o último filme de Bergman, que não fora exibido em Lisboa, mas de que tivera conhecimento através uma revista francesa. Johansen falava, era viajado, conhecia toda a Europa, tirava suas férias na Inglaterra, França e Itália. Não, não queria voltar à Holanda. Família *kaput* com a guerra. Johansen falava, falava, falava, Isac permaneceu mudo, tomando cerveja, a orquestra a tocar, tomando cerveja e fumando, Johansen falava.

— Judeu?

— Judeu!

— Brasileiro?

Subitamente pareceu-lhe ver em Johanseu uma contração de medo. Novo silêncio. Já não falava. Fumava. Bebia. Olhava-o com um jeito de intriga bem dissimulado.

— Vou embora, vou comer alguma coisa!

Pagaram a conta, Isac ainda viu o sueco agarrado à puta envelhecida dançando e gritando *happy New Year, Portiugaaal,* foram comer camarões e bolinhos de bacalhau numa casa ao lado. Tomaram vinho branco. Johansen começou a interrogá-lo. O que fazia? Em que trabalhava? Por que estava em Portugal? De onde era? Não viu inconveniente em responder. Brasileiro, publicitário, estava de férias, e viera a Lisboa coçar o saco.

— Judeu?

— Judeu!

— Brasileiro?

Johansen tentou se despedir, queria ir para casa. Isac insistiu. Por que não continuavam a beber? Foram a um bar no Alfama, mais sombrio, menor, sentaram-se na mesa com duas mulheres e Johansen transfigurou-se. Abraçou-se às duas, beijou-as, começou a contar piadas pornográficas, bebeu sete ou oito doses de uísque, e cantou, depois de pedir num berro que a orquestra o acompanhasse, uma bela canção alemã. Bom barítono. Palmas por toda a parte. Johansen tombou sobre a mesa, parecia cochilar. As mulheres passaram para outra mesa, eles haviam deixado de pedir bebida. Isac bebera pouco. Estava lúcido. Olhava Johansen dobrado sobre o tampo, as mãos caídas, o topete desfeito. Mas enganara-se, não cochilava. Em pouco ergueu a cabeça, um rosto envelhecido, os olhos abertos, a voz rouca.

— Você não sabe o que é o ódio, Isac, nem o medo! Quem é você?

— Brasileiro!

— Judeu?
— Judeu!
— Brasileiro?
— Brasileiro!
— Tem passaporte?

Mostrou-lhe o passaporte, enquanto pedia um uísque. Fora revolvido. Voltara aos pontos de interrogação. Quem era Johansen? O *que* era Johansen? Recebeu o passaporte de volta, enfiou-o no bolso de dentro do blusão e continuou fitando um rosto que não conhecia, envelhecido, espantado, cansado.

Johansen sacudiu-se, pegou no copo de Isac e esvaziou-o em um gole. Agora estava decidido a ir embora. O cantor do conjunto veio lhe perguntar se queria cantar mais alguma coisa. Johansen sorriu, agradeceu, aprumou o corpo num bocejo violento, ajeitou o topete com os dedos, e Isac viu-o como antes, o rosto mais jovem, sem cansaço, como no Cais Sodré, apenas com uma tensão que já conhecia, e uma lucidez fácil de derrubar com meio copo apenas. Saíram. No táxi sentiu-lhe o nervosismo, concordou em continuar a beber. Foram a uma transversal da Avenida da Liberdade. Um cabaré enorme, por demais iluminado, barulhento, entraram no meio do show. Um cantor baixinho, esquelético, de cravo na lapela, sacudia com sentimento uma canção de Aznavour. Pediram cerveja. Johansen voltou a falar. Falou como antes, pletórico, exaltado, o rosto mais moço ainda, falou apenas sobre judeus, elogiou-os a valer, se desdobrava em elogios, apenas Isac entreviu lugares-comuns. Não era o Johansen de antes, não era a espontaneidade do Johansen no Cais Sodré. Era um homem que se aturdia agora, a um passo de perder o controle.

— Você é judeu, Johansen?
— Não, mas gostaria de ser.

Depois do cantor, veio uma cantora, depois um ilusionista, depois um contorcionista, depois um cômico, depois de novo o cantor com uma outra música de Aznavour. *Você não sabe o que é o ódio, Isac, nem o medo!* Johansen levantou-se e foi ao banheiro. Isac pagou a despesa e continuou sentado. Quando viu Johansen sair do banheiro e tomar a direção da porta da rua sem olhar para ele, levantou-se e seguiu-o. Desceram juntos uma ladeira, e chegaram à Avenida. Fazia frio. Três, quatro horas? Ergueu o fecho até à gola. Johansen estava em mangas de camisa e parecia não sentir nada. Procurava disfarçar uma inquietação. Fez parar um táxi e sem dizer uma palavra sentou-se no banco traseiro e tentou impedir que Isac entrasse. Com um pouco de violência segurou a porta e conseguiu entrar.

— Você está com medo de quê, Johansen?

— *Vocês* me perseguem!

— *Vocês* quem, Johansen?

Isac pediu ao chofer que os levasse a Portas de Santo Antão. O pequeno bar e restaurante deveria estar aberto ainda. Johansen apoiou os braços no encosto da frente e a cabeça nos braços, parecia soluçar. Saltaram e ocuparam a primeira mesa da única fileira que acompanhava o balcão com os tamboretes. Quando pediu camarões e uma garrafa de vinho branco Isac já tinha afastado a hipótese de paranóia.

— *Vocês* quem, Johansen?

Em poucos minutos Johansen esvaziou a garrafa. Pediu um conhaque. Dois. Outra garrafa de vinho. Um uísque.

— Você é brasileiro e se chama Isac?

— Judeu!

— Judeu?

— Brasileiro!

— Brasileiro? E os outros?

— Que outros?

— Estão aí por perto?

— Não há outros, Johansen, estou só.

— Eu o odeio, Isac, odeio os judeus! Eles me perseguem!

— Você é holandês, Johansen?

— Não! Sou alemão!

Encostou os ombros na parede, de lado, e esticou as pernas. Estava completamente embriagado, completamente, a cabeça oscilava, as mãos tremiam. Só a voz se mantinha inalterada, uma fala metálica.

— Eu sei o que é o medo, Johansen, e o ódio!

Johansen falava sozinho, baixo. Não havia ninguém no bar. O garção se retirara para os fundos, e o homem da caixa parecia alheio a tudo.

— O ódio fica, mas o medo cansa, pulveriza, e num instante de fraqueza a gente mesmo se destrói, se entrega.

Um riso dominou-lhe o corpo todo, um riso que contagiou Isac, e em meio à gargalhada dos dois, Johansen estendera as duas mãos sobre os ombros de Isac, e encaravam-se os dois, rindo, em meio à gargalhada, Johansen berrou:

— Eu sou nazista, odeio *vocês* todos, e finalmente *vocês* me localizaram.

O homem da caixa assustou-se, o garção veio dos fundos.

— Não é nada, não se preocupem, está meio de porre. A conta!

Ultrapassaram o Rocio, e se encaminharam em direção ao Chiado. Johansen passara a mão direita pelo seu ombro e seguia cambaleando. Isac reprimiu com violência um jorro de idéias vagas e nítidas, de sentimentos confusos e paixões bem definidas, toda uma torrente a girar em torno de um nome apenas.

— Onde é que *eles* estão?

Acendeu vários cigarros enquanto caminhavam em silêncio, ao acaso, cruzando ruas, retrocedendo, embicando em vielas. Na sua inocência, ou pretensa inocência, recompôs várias infâncias e fundiu tudo em um mundo que deu aquele tipo a seu lado, em um mundo que tudo permitiu e que em vez de acordar do pesadelo, trocava de pesadelos, apenas. Regressaram, ainda ao acaso, ao Rocio. Isac chamou um táxi e acomodou Johansen, dizendo ao chofer que o levasse para casa, ele lhe daria o endereço. Johansen soluçava no banco, soluçava alto.

— Vocês não vão me levar, não vão me prender? Por quê?

Bateu a porta com violência, o carro arrancou.

Tomou a rua em direção ao Largo junto ao rio e estacionou perto do cais das lanchas de Cacilhas. Amanhecia. Os morros em volta apareceram. Um grupo de operários embarcou na primeira lancha atracada. Quando tomou o caminho de regresso à pensão não estava bem certo se havia gaivotas, mas de uma coisa estava seguro. Nunca faria o trabalho sobre a Inquisição.

Johny *Golem*

Um cansaço, e uma espécie de náusea me levam a redigir a história de Johny *Golem*. Cansaço provocado por um acúmulo de miudezas, náusea provocada pelas possibilidades infinitas da estupidez humana. Que me perdoem os poucos amigos, eu não escrevo para leitores, escrevo para uns poucos amigos, que me perdoem o tom, mas ando de uns tempos para cá ensaiando lugares-comuns e descobertas de pólvora. Só esta solidão do apartamento em Ahusa, entre a vegetação do Monte Carmel e a faixa do Mediterrâneo ao longe, com sua pele tensa sob um sol de inverno, e a nostalgia de algumas coisas realmente antigas, me incitam a continuar a redação de uma história que em outro momento me pareceria banal. Uma falta de talento me impede de escolher o caminho da ficção científica, caminho que possibilitaria explorações e ampliações do episódio, com o mergulho nos extremos do horror e da pura fantasia, sem falar no outro plano das antecipações, aspirações um pouco mais naturais que as finuras de uma paixão incompreendida. O mais estranho nisso tudo é o modo caótico com que tomei conhecimento de todos os episódios, modo que me faz duvidar de certos detalhes, e ainda o fato de que os poucos indivíduos que me esclareceram, falavam em francês, inglês, espanhol, ídiche, línguas das quais só chegava a perceber algumas palavras. Há detalhes no plano do humor. Alguns dos informantes, desejando também maiores esclarecimentos me acompanhavam por vezes à residência de outros, e pude então ensaiar uma tentativa de captar um sentido em frases em búlgaro, romeno, árabe, línguas que desconheço totalmente, apenas pela vaga semelhança de um som, de algumas sílabas ilusórias. Os equívocos naturalmente foram tremendos, mas os instantes de humor muitos, e o saldo que me ficou foi a vaga idéia de que para certos estados essenciais o que está ligado à fala, exceto a palavra, é mais que suficiente.

Minha intenção era evitar esclarecimentos, mas creio que uma informação prévia sobre o *golem* embora não ajude muito a compreender o caso, e a compreensão no momento não me interessa, ajuda a composição do conto, que de outro modo me pareceria falho. Corri todas as livrarias de Haifa à procura de alguma informação e nada encontrei. Apenas o espanto de um livreiro por me interessar por assunto tão velho. Sirvo-me apenas de informações colhidas na Enciclopédia judaica, encontrada na Biblioteca Pevsner. A primeira notícia interessante é de que a palavra aparece na Bíblia só uma vez, no salmo 139, versículo 16, com o sentido de *embrião*. Mas o picante da história aparece mesmo na Idade Média, quando alguns homens acreditaram que era possível dar vida a uma figura humana feita de barro ou madeira. A essa figura dava-se o nome de *golem*. Esplêndido material para uma ficção de terror e outras incursões no campo das possibilidades angustiantes. O clima medieval, com seu jeito grosseiro e truculento, mas também com suas euforias místicas (hoje somos apenas uma axiomática), se presta a essas aventuras. A falta de habilidade porém em compor realmente uma história para deleite de alguns me leva a andar sempre por fora do caminho da autêntica criação, o que me consola porque tenho a certeza de que nunca serei tentado a criar o meu *golem*, já que criação e criação às vezes se confundem, e há certas zonas sombrias tão evidentes que escapam à observação dos que andam à procura de regiões abissais. Salomão ibn Gabirol foi acusado de ter criado o seu *golem*, mas conseguiu provar o engano. Rabi Elijah de Chelm, Rabi Elijah de Wilna, Rabi Israel Baal-Shem Tob, são tidos como criadores de figuras iguais, e o mais conhecido é Judah Löw, de Praga. O último *golem* é atribuído a Rabi Davidl Jaffe, de Grodno, Rússia, aí por volta de 1800. Era obtido com a introdução na boca ou na fronte do boneco de um pedaço de papel onde era escrita uma combinação de letras formando um *shem* (um dos infinitos nomes de Deus). Acrescente-se que no vocabulário comum de hoje, *golem* significa também idiota.

A primeira referência a Johny *Golem* eu a ouvi no Rondo, um restaurante-bar, ao lado do Dan Carmel Hotel, numa sexta-feira, um pouco antes das onze horas da noite. Confesso que não tenho a certeza se entendi bem, mas todo o caso em si é tão confuso, que creio mesmo que qualquer alteração de detalhe provocado por ignorância é desculpável, e insignificante. Paul Segall, um inglês de quarenta anos, baixo, magro, um cabelo ralo entre o alourado e o ruivo, meio embriagado, já, pronunciou a palavra, antes de começar a conversa comigo. Estava em Haifa como representante de uma companhia inglesa que desejava instalar uma fábrica junto ao Mar Morto, não propriamente de potassa, que já existia lá uma, mas de certos derivados que eram compostos com derivados de petróleo. Sua função era estudar o planejamento da instalação e a possibilidade de utilizar um ramal do oleoduto Eilat-Haifa. À meia-noite saímos do Rondo, e Segall sugeriu um bar árabe onde poderíamos continuar a beber. No táxi, enquanto deixávamos o Carmel Francês e passávamos pelo Baha-i, Segall pronunciou duas ou três vezes a palavra *golem.* A cabeça recostada no estofo parecia ter chegado à fase da embriaguez que antecede imediatamente o sono. Mas junto ao bar despertou completamente. Pediu cerveja e carne no espeto, e seu rosto claro se iluminou novamente. Quando o vi quase em estado normal, perguntei-lhe o que significava para ele o *golem.* Segall parece assustar-se mas com rapidez recupera a serenidade, e não resistindo a alguma tensão interior explode numa gargalhada. O resumo do que ouvi depois é mais ou menos o seguinte, com as já devidas desculpas por algum equívoco de tradução. Segall antes de trabalhar para a fábrica de produtos químicos pertencia ao serviço secreto do exército de Sua Majestade. Homossexual, viu-se envolvido num caso grave, e foi afastado de sua função. Sua condição se lhe permitia acesso a certos lugares, fazia-o também vítima nesse jogo de rato e ratoeira. A história do *golem* se ligava ao seu período de trabalho para o exército, e foi um dos maiores fracassos do setor de pesquisa. Segall olhou para o relógio, e com um ar meio provocante apelou para o recurso dos contadores de história do Oriente. O resto, não era propriamente segredo, poderia ser contado amanhã, num banco do pequeno jardim ao lado do Hotel Panorama. Às dez e meia em ponto Segall apareceu. Era um belo sábado de inverno, com frio e sol. E contou-me o resto da história.

"Sou humilhado como homem, e não como judeu, maometano, negro, homossexual ou paralítico", foi essa a frase dita por alguém durante o tempo em que se processava o experimento *golem* que me ficou gravada, e talvez por ela tenha me ficado um resíduo da própria palavra, que de outro modo ficaria incluída no rol das coisas que vagamente me interessam. Segall falava sem olhar para mim, a atenção presa no movimento de um galho que se inclinava suavemente ao peso de um pássaro.

Brice Account era um homem medíocre, meticuloso, desses de quem se diz cumprirem rigorosamente com o seu dever. Para mim andava sempre à espera de uma oportunidade para conseguir renome. O estalo lhe foi dado por um doente do hospital do exército. Brice chefiava um dos setores de pesquisa do serviço secreto, ligado às possibilidades da psicologia, tanto individual como coletiva, em caso de guerra. O doente, um judeu do bairro pobre, fazia parte de um grupo que havia alguns anos tinha vindo da Polônia. Não sei até hoje como foi parar no hospital do exército, talvez a proteção de algum oficial, ou coisa parecida. Era um esquizofrênico, com fortes doses paranóicas, além de epileptóide. Acho que assim o classificaram. Não me recordo de seu nome, se é que algum dia cheguei a saber realmente. O nome com que todos o conhecíamos depois de um dado instante era Johny *Golem*. Nas poucas vezes em que Brice conversou com o doente sentimentos contraditórios se formavam nele . A fala caótica, uma alternância de silêncios e loquacidade caótica. Uma eclosão pornográfica contrabalançada com êxtases místicos fornecendo um quadro impossível de olhar sem humor. O inglês do homem era péssimo, e algo do que dizia era incompreensível. Brice consultou um amigo judeu e este lhe garantiu que até o ídiche falado por Johny *Golem* era estropiado. Ainda a conselho do mesmo amigo judeu, um psiquiatra de boa clientela na classe média, Brice começou a se interessar por certos aspectos da vida dos judeus da Polônia, Rússia, etc. Ele me pediu auxílio na pesquisa, e creio que fui eu quem lhe forneceu os dados sobre Rabi Löw. Foi então que Brice elucubrou o seu plano espetacular. (Segall sorriu de leve e reassumiu a austeridade para a frase que se segue.) Não quero julgar Brice, há certos problemas ligados a interesses do Estado que estão acima do indivíduo, não quero por isso qualificar de crueldade o comportamento de meu chefe de então. Seria infantil de minha parte. Brice Account tentou transformar o doente num *golem* autêntico, utilizando para isso todos os recursos do seu setor de pesquisas. Eu assisti a uma dessas experiências e creio que numa delas é que Johny, ou alguém, gritou a frase empolada que lhe citei há pouco. Há um outro detalhe ainda. Bob Smile era um colega meu de trabalho, eficiente, inteligente embora não fosse tão estudioso. Bob Smile forneceu a Brice uma outra indicação. Chamou-lhe a atenção para as tremendas possibilidades de uma ampliação do conceito de reflexo condicionado.

Segall estendeu-se em uma série de pormenores profissionais que não cabe aqui mencionar, além de uma exposição sobre certas relações entre comportamento e profundidades da mente, exposição cansativa como todo relato puramente profissional. A história propriamente continuou quando me contou que foi dada a alta a Johny e ele voltou a viver entre os seus. Utilizando agentes, e toda a aparelhagem à mão hoje de qualquer ginasiano, rádios, aparelhos de gravação, transmissores portáteis e minúsculos, e principalmente um aparelho para produção de ruídos e sons com vibrações superiores e inferiores às captadas pelo ouvido humano. Johny circulava pela cidade como um verdadeiro idiota de aldeia. Em alguns momentos Brice vibrava com os resultados, em outros se desesperava com o que lhe parecia um grau de liberdade excessivo do *golem* em relação à sua ciência. Houve episódios grotescos, disso se lembrava Segall embora não pudesse resumi-los. Sabia apenas que algumas pessoas que conheceram Johny e Brice viviam em Haifa, agora, e ele não sabia qualificar o caso de ironia ou coincidência. Prontificou-se a acompanhar-me à casa de algum deles no mesmo instante.

O táxi nos deixou junto à entrada de um asilo de velhos, e poucos instantes depois estávamos numa grande sala de estar, em companhia de um homem baixo, magro, de calva irregular e barbicha esbranquiçada. Era Werner Huhn. Segall depois me explicou que Huhn fora discípulo de Jung, e que cansado e desgostoso, recolheu-se à vida de um velho que apenas espera a morte. Segall e Huhn conversaram longamente em alemão, riram bastante. Segall esqueceu-se de me traduzir a conversa. Disse apenas que Huhn fora consultado por Brice a propósito de certos detalhes, e pelo que tudo indica Brice não entendeu nada da explicação.

A próxima visita foi a um velho casarão junto ao porto. Uma gorda e alegre recebeu Segall com estardalhaço, mais hábito que intimidade. Falaram em húngaro. Num certo momento os dois explodiram numa gargalhada, a velha batendo nas coxas e sacudindo os seios frouxos e enormes, Segall curvando-se e contorcendo-se. À saída me explicou que Johny *Golem* certa vez resolveu apaixonar-se por uma filha inexistente de Brice. A velha, que fazia a limpeza na casa em que os parentes de Johny habitavam assistiu a toda paixão. (Segall deu a entender que também ela participara do plano de Brice, a troco de algumas libras.)

Depois da velha fomos encontrar um enfermeiro no hospital de Bat-Galim. Trabalhara no hospital do exército e lembrou-se do episódio em que Johny *Golem* tentou matar Brice com um pedaço de caibro. Brice corria amedrontado, agitando as nádegas à procura de abrigo.

Enquanto tomávamos um café já de novo no Carmel, Segall encerrou a história: Brice enlouqueceu, mas não como um feitiço que vira contra o feiticeiro; Johny nada podia fazer. Apenas Bob Smile ocupou logo depois o seu posto, e Segall supõe que Bob deve ter empregado com Brice o sistema que este empregara com Johny.

Encerro aqui a história, desinteressado já. Deixo de relatar alguns episódios ainda, episódios conhecidos depois de perder de vista Segall, como o que ocorreu num café de Nápoles enquanto distraído rabiscava o nome de Johny *Golem* num guardanapo, e o garção riu e marcou um encontro comigo para aquela mesma noite; o episódio de Nenna, uma quarentona que trabalhava na lavanderia da Stazione Termini, em Roma, e que com uma indicação do garção de Nápoles me contou mais alguns detalhes; o episódio de Schlomo, técnico de transmissão, com quem conversei na rue Caumartin, em Paris; e o episódio de Gama Silveira, brasileiro que conheceu Bob Smile, e que trabalha agora numa firma além do Largo do Chiado, em Lisboa. A náusea, o cansaço, e este fumo de cigarro se elevando sereno na varanda, me indicam que é tempo de parar. Tempo de pôr um ponto.

O pão de nossa miséria

Israel Bamberg, Vito, Zebrinha, Galo Velho, Dantas, Mauro e Castanheira, às quatro horas e doze minutos se encontravam na esquina de Almirante Barroso e Avenida Rio Branco. Israel Bamberg descera de seu escritório um pouco mais cedo do que habitualmente. Vito, Zebrinha e Galo Velho aguardavam-no desde as quinze para as duas, um junto ao Jockey Clube, o outro em frente ao Clube Naval, e o último junto à banca de jornaleiro diante do tapume que escondia os serviços do novo edifício da Caixa Econômica. Dantas, Mauro e Castanheira, num volkswagen cinza, estacionado em lugar proibido, observavam os movimentos dos três. Quando Israel saiu da rampa do edifício e tomou a esquerda em direção ao Cineac, Galo Velho fez sinal a Vito e Zebrinha e atravessou a rua. Instantes depois os três seguiam-no pela mesma calçada, e estavam a alguns passos atrás dele ao chegar à esquina de Nilo Peçanha. O Volkswagen manobrou rapidamente contra todos os regulamentos, e freou no meio da passagem de pedestres; Mauro e Castanheira saltaram e entraram pela São José, em direção à Praça Quinze, atrás dos outros, e Dantas acelerou tomando o mesmo caminho pela Assembléia. Bamberg chegou à Praça Quinze, atravessou o viaduto, dobrou à esquerda, como se fosse entrar pela Primeiro de Março, mas voltou bruscamente, e de novo entrou pela São José. Na esquina de Quitanda parecia que ia tomar a esquerda, em direção à Esplanada, mas seguiu em frente. Na Rodrigo Silva enfiou a mão no bolso em que trazia dinheiro trocado e parou junto à caixa do café. À segunda pergunta da caixa sobre o que desejava voltou para a calçada, de novo em direção à Rio Branco. No Largo da Carioca repetiu a cena da caixa do café, e atravessou a praça casualmente na passagem de pedestres e com o sinal aberto para ele. Enquanto andava em direção à Senador Dantas, a cabeça voltada para a direita, para o convento dos franciscanos e a igreja de Santo Antônio, sentiu o roçar da pasta na coxa. Olhou a sua mão esquerda dobrada na alça, olhou a pasta de couro, surrada junto ao fecho e atravessou o largo novamente em meio a insultos, buzinas, e freios bruscos. Conseguiu uma passagem através dos automóveis estacionados junto ao meio-fio, passou pela boca da passagem subterrânea, e chegou de novo à esquina de Almirante Barroso e Rio Branco, mas desta vez do outro lado da rua. Parou e ergueu a cabeça à procura de uma janela num dos pavimentos de cima. Às quinze para as duas, como de costume, subira para o escritório, depois de haver almoçado num balcão da Rua México. Tirou de sua gaveta a pasta de couro, reviu as notas de pagamento para a manhã seguinte, refez a soma, a bico de lápis e à máquina, tirou do pequeno cofre a quantia exata, ajeitou as notas na pasta, e deixou-a na gaveta novamente. Ao sair, como habitualmente, e com o peso de um costume que fazia esquecer, às vezes, a prudência, levaria a pasta para a casa. Na manhã seguinte poderia sem aborrecimentos de bancos e esperas efetuar os pagamentos anotados. Às duas e meia foi chamado pelo diretor e estranhou a presença de um secretário que o encarava com um riso de deboche. Dez minutos depois continuava sentado diante da mesa do diretor, com algumas centenas de folhas espalhadas sobre a mesa, faturas, cheques, contas, todas com a sua assinatura. Ao ver as sacudidelas do secretário em torno da mesa, e ao ouvir os guinchos que usualmente emitia em estado de grande emoção, compreendeu tudo. O secretário era um tipo baixo, o corpo de gordura recente bem moldada numa roupa brilhante, os cabelos e os bigodes negros bem aparados num rosto entre imbecil e miúdo. Enquanto mirava o diretor e o secretário, sem emitir uma palavra, e recebia pela janela o casario de início do morro de Santa Teresa, recompunha sem grandes detalhes uma cena da manhã. Ultrapassado o limite de paciência, deixara o menino com a vizinha, e ajudara os médicos a conduzirem a mulher para a ambulância. A crise da véspera fora violenta. Após alguns gritos derrubara a mesa da cozinha e avançara para ele de faca na mão. Pedindo calma ao menino conseguiu subjugá-la. Uma cena de choro, habitual, trouxe calma. Um novo acesso às quatro da madrugada, obrigou-o a chamar a ambulância. Dois enfermeiros arrebentaram a porta fechada à chave do quarto, para onde havia fugido, prevendo o que a aguardava. Pouco depois, desacordada, era levada para a ambulância. Com isso perdera a manhã de trabalho. À uma, já livre, dirigiu-se para a Rua México, almoçou no balcão, e às quinze para as duas entrou no escritório. Tirou de sua gaveta a pasta de couro, reviu as notas de pagamento para a manhã seguinte, refez a soma, a bico de lápis e à máquina, tirou do pequeno cofre a quantia exata, ajeitou as notas na pasta, e deixou-a novamente na gaveta. O secretário emitiu mais um guincho: um palavrão de virilidade ambígua. O diretor, apoiado no clima criado pelo outro, deu início a uma série de insultos. Nenhuma palavra de dúvida, nenhuma hesitação. Bamberg encarava-os em silêncio. Do fundo lhe vinha uma crispação, um ódio informulado, e no auge da náusea julgou conveniente duvidar dele mesmo. Só se levantou, ainda em silêncio, quando a acusação do diretor se transformou numa repetição monótona de palavras que já haviam perdido para ele o sentido. O secretário com requebros de súbita gentileza ofereceu-lhe um cigarro, acendeu-o, e acompanhou-o até a porta, mal prendendo um risinho estereotipado de uma situação mais que estereotipada. De novo em sua sala retirou o dinheiro da pasta, desnecessários os pagamentos do dia seguinte, e arrumou-o na gaveta do cofre. Não soube precisar exatamente a sensação que o dominava ao ver os vários montes de notas. Fechou tudo à chave, chamou o contínuo que também apareceu com uma linha de sarcasmo nos lábios, havia ouvido tudo, e suportou o jeito moleque do rapaz ao lhe entregar as chaves com o pedido de que as fizesse chegar às mãos do diretor. Às quatro horas e doze minutos, mais cedo do que habitualmente, saía da rampa do edifício em direção à Avenida Rio Branco. Parecia-lhe agora, do outro lado da rua, estar ainda vendo as duas figuras na sala. E subitamente sentiu a falta da rotina. Atravessou a Avenida e subiu em direção ao Ministério da Fazenda. Vito, Zebrinha e Galo Velho principiaram a se atordoar com os movimentos de Bamberg. As viradas bruscas, as mudanças repentinas de direção, frustravam todos os momentos em que os três tinham a posição mais favorável para arrebatar-lhe a pasta. Haviam estudado todos os seus movimentos nos dias anteriores, e o percurso dele era sempre o mesmo, até a fila do ônibus. No percurso, três momentos eram ótimos para o ataque: alguns passos mais rápidos, sincronização com o sinal luminoso, e algumas galerias comerciais ligando duas ruas. (O contínuo lhes dera a informação sobre o conteúdo da pasta.) Galo Velho seguia atrás de Bamberg na mesma calçada, e Vito e Zebrinha, na calçada fronteira guardavam a mesma distância. Mauro seguia atrás de Galo Velho e Castanheira atrás de Vito e Zebrinha. Dantas, ainda no Volkswagen, dobrava nesse instante o Largo da Carioca, e era obrigado a parar no sinal da Rio Branco pela multidão que atravessava a rua. Irritado, desapertou mais o nó da gravata, era um dia quente, e abriu os dois botões da camisa. Avisado por Galo Velho, Dantas contava com a ação daquele dia. Era a oportunidade que ele e Mauro tinham para se livrar de Castanheira, metido demais em alguns assuntos que só interessavam aos dois. Dantas sabia do descontentamento freqüente de Galo Velho com Vito e Zebrinha, e explorou-lhe bem a vaidade. (Galo Velho nunca perdeu a ilusão de poder algum dia se limpar. Dantas lhe prometeu dar sumiço na ficha.) Bamberg continuava caminhando em direção à Presidente Antônio Carlos. Tomou a direita, chegou à Beira-Mar, e entrou pelo aterro. Encostou-se à traseira de um automóvel e ficou parado aguardando o crepúsculo. As pálpebras quase fechadas apenas uma fresta para o outro lado da baía e a penumbra que lentamente se elevava dos objetos e turvava o azul de um céu de verão. Quando se afastou do automóvel era noite. Atravessou a Beira-Mar, e principiou a caminhar entre a faixa do aeroporto e o beco dos fundos da Faculdade de Filosofia. Galo Velho deu-lhe um encontrão, Vito e Zebrinha correram para apanhar a pasta. Mauro sacou do revólver e atingiu Galo Velho. Castanheira correu em direção a Vito e quando punha a mão em seu pescoço recebeu uma bala de Dantas que se aproximara acelerando o Volkswagen. Vito recuou, e sumiu pelo aterro, Zebrinha furou a passagem do prédio da Faculdade. Alguns minutos depois uma pequena multidão viu dois corpos no chão, e dois homens segurando um terceiro. Era Bamberg, a quem haviam devolvido a pasta, e que devia acompanhá-los para as devidas providências.

Que os mortos enterrem seus mortos (1981)

O riso do rato

Sua intenção era matar aquele homem hoje, de qualquer modo. Viu-o de perfil, no espelho, enquanto ensaboava as mãos, de volta do mictório. E viu seu rosto cansado, viu a própria exaustão de alguns dias nos olhos inexpressivos, nas sucessivas barbas feitas com negligência. Esfregou as palmas, as juntas dos dedos, tentou atingir a sujeira concentrada nas unhas sem sucesso. Tirou do bolso a caixa de fósforos, transformou um palito em estilete e conseguiu eliminar a linha preta da unha, ferindo-se às vezes. Ainda com o estilete empurrou um pouco de sabão em espuma e raspou o intervalo entre a unha e carne. Depois abriu a torneira. Enquanto a água escorria pelas unhas, atrás de sua barba no espelho, examinou-lhe melhor o perfil. Eliezer Kugelman era um homem baixo, o rosto balofo e luzidio, os cabelos negros bem esticados para trás, um ventre médio, os braços e dedos gordos e maneirosos agitavam-se sem necessidade. Olhava a churrascaria em torno, revirada o guardanapo, mexia nos talheres, na cesta de pão, na manteigueira. Enquanto fechava a torneira viu em fração de segundo o rosto de Eliezer de frente mas sem o aspecto de estar olhando o seu gesto de lavar as mãos. Os olhos apertados, um riso leve entre as bochechas infladas. Nem ironia, nem zombaria. Fingiu esfregar e observar a barba e as bochechas já tinham girado observando o outro lado do salão. O outro perfil lhe deu entre lábio e bochecha, na linha do riso, um tom de desprezo, não bem definido. Ao mudar um pouco a posição do corpo, um pequeno arranhão junto à orelha, não percebido, começava a inflamar, viu refletida a porta de entrada e a pequena praça em frente à churrascaria. Os dois irmãos de Eliezer Kugelman estavam sentados num banco lateral, à sombra de um grupo de troncos torcidos. Manuel Kugelman, um pouco mais moço que Eliezer, e Elias Kugelman, o mais novo, o idiota. Passou o indicador pelo arranhão e percebeu que Manuel o observava do banco, e que a mesa escolhida por Eliezer, à direita na faixa central, era vista com nitidez do canto da praça ocupada pelos irmãos. Quando os conheceu, apenas um detalhe lhe despertara a atenção no idiota. Nada falava, andava à toa, desligado, uma leve baba às vezes nos lábios, quando em companhia dos outros dois. Cercavam-no de atenções, nunca o deixavam só, ou quase nunca. As poucas vezes em que o encontrara sozinho, ao dirigir-lhe a palavra, o rosto do idiota se iluminava e o diálogo, banal, transcorria tranqüilo. Quando seu filho se tornou amigo do filho de Eliezer, tornou-se amigo também do idiota. Os três se entendiam bem, e exultou mesmo quando os viu, um dia, rolarem na grama, gargalhando. A única vez em que vira o idiota gargalhar. Enxugou as mãos e voltou à mesa. Eliezer recebeu-o com o mesmo traço entre lábios e bochechas. O garção deixara os aperitivos, e Eliezer ofereceu-lhe um cigarro, depois do brinde. E encarou-o com os olhos neutros ao estender o isqueiro com a chama um pouco exagerada. Quando recebeu o convite ontem à noite para o almoço de hoje, sabia que a intenção daquele homem era matá-lo, e isso em nada o perturbou. Nem lhe tirou o apetite. A um pequeno sinal seu alguns homens da polícia distribuídos pelo salão resolveriam o problema. Em caso de necessidade um sinal do irmão Manuel deixaria prevenidos dois outros postados na praça. Por polidez ainda o acompanhara à clínica onde o filho fora internado na véspera; não o deixaram visitá-lo. Disseram-lhe que estava em observação. Na queixa à polícia, e no pedido de proteção, alegara o desvario do pai crápula, e a ameaça que representava para ele, Eliezer, pelo simples fato de ter presenciado a cena chocante. Dissera à polícia que vira o pai tentar violentar o filho, e o menino em estado de choque, selvagem, saíra correndo pela rua, até cair exausto em convulsões. Não permitiria que esse professorzinho atrapalhasse seus planos, como o idiota atrapalhara a operação com sua filial em Haifa, através de um intermediário de Bruxelas. Terminou o aperitivo, forçado, detestava o álcool, e nunca ia além de um martíni seco antes da comida e um uísque depois, o suficiente para manter uma certa cordialidade social nos negócios. Não suportava nos outros o derrame sentimental de algumas doses, e muito menos a língua destravada do bobalhão afetivo. Trocaram algumas frases sobre a qualidade da carne enquanto eram servidos. E ao cortar a primeira fatia da maminha de alcatra, reviveu pela milionésima vez a mesma cena. Chegara às oito e meia para jantar, um pouco mais cedo, mas encontrou tudo na mesma. A aula fora encerrada com o barulho dos tanques, e desistiu de rodar com os amigos pela Praça da República. Ninguém sabia ao certo o que acontecera. Estava cansado e com sono. Estudara até tarde na véspera, a prova no colégio de manhã fora exaustiva, o trabalho à tarde, na loja do tio, enervante, e o comportamento do tio, à noitinha, levara-o ao máximo de irritação. Pagara-lhe a metade do salário combinado, ainda lhe avisou que descontaria o prejuízo do vidro quebrado nos meses seguintes. Um vidro quebrado por descuido enquanto ajudava o carregador a levar uma cômoda dos fundos para a calçada. Antes de sair, tinha outra aula à noite, ainda olhou bem a cara do tio, o rosto redondo, a calva central, os olhos matreiros, a enxugar um suor eterno com um lenço eterno nas faces eternas em gestos lentos e meneios que não sabia definir. Na esquina de Senhor dos Passos e Praça da República tomou a direita, contornou o Campo de Santana, viu o Ministério da Guerra iluminado e alguns tanques alinhados, parou um pouco na outra esquina para um cigarro, e enquanto riscava o fósforo observou algum movimento no trecho entre a Rádio do Ministério da Educação e a Casa da Moeda. Oito e meia quando abriu a porta de sua casa na Benedito Hipólito. O pai dormia, como de hábito, o que era melhor, evitava a ranzinzice. Tirou o paletó, abriu o gás para esquentar as duas panelas, e tirou pratos e talheres do armário da cozinha. Lesma na atividade de cobrador do clube do quarteirão, fera no resmungar e lamentar sua condição de vítima eterna, vaidoso na exigência dos colarinhos engomados na lavanderia da Regente Feijó, o pai não conseguia arcar com as despesas da casa. A mãe arranjara um trabalho noturno, acompanhante de uma velha doente. Chegava de manhã, quando ele e os irmãos saíam para a escola, passava o carão em todos, tomava café, e ia dormir. O feijão-branco e as batatas já tinham grudado no fundo da panela. Derramou tudo no prato fundo que deixou de lado, e despejou o bife no prato raso. Acabar de comer, tirar o resto da roupa e se atirar na cama, o maior desejo. Amanhã de manhã saberia se a notícia colhida na esquina da Rua Santana era verdadeira. Derrubaram Getúlio. Teve a impressão de que desde que a guerra acabara, há alguns meses, já ouvira esse boato algumas vezes. Não tinha cortado o primeiro pedaço do bife quando lhe trouxeram a notícia. A mãe estava presa e mandara um recado para os parentes. Na polícia viu-a no meio de um grupo de mulheres do mangue esbravejando, protestando, sacudindo as banhas e a corpulência no máximo de indignação. Nunca chegou a comprender bem o olhar do policial, os olhos fixos nos seus, quando lhe disse que podia retirar-se com a mãe, nada registraria. No caminho ela não fez outra coisa a não ser repetir que estava apenas passando pelo lugar quando foi envolvida na confusão, apenas passando, que era um abuso, um desrespeito, por aí afora. Odiou-a mais pelo falatório. Ao se deitar, sem comer, não suportou o cheiro da esporra dos irmãos que dormiam no mesmo quarto. Parecia que se masturbavam todas as noites. Odiava o mais novo, os pais haviam decidido que ele pagaria seus estudos. Ao cortar a primeira fatia do filé ainda continuava intrigado com a linha do riso entre lábio e bochecha. Espantou-se com sua própria serenidade, agora. Por várias vezes naquela manhã, e ali mesmo na churrascaria, teve a impressão de que ia desabar sobre si mesmo ou sobre o outro. A lembrança do filho na clínica provocou-lhe um tipo novo de despertar interior. Algo feito de espanto e alargamento interior. Olhou os movimentos de Eliezer Kugelman sobre a mesa e a cabeça inclinada para a frente era vista como de cima. Imaginou Manuel Kugelman e o idiota atrás dele no banco da praça. O breve relato do filho, arrancado aos pedaços, em meio a convulsões, antes do colapso, e que se resumia à sua frente em letras invisíveis, como um luminoso de noticiário: o idiota deitado nu no canto da sala, onde habitualmente dormia, e os outros dois, Eliezer e Manuel Kugelman, chamando-o alternadamente, sussurros e gritos, junto aos ouvidos, de todos os palavrões. Às vezes mantinham-no deitado de costas, outras deixavam-no de bruços, o idiota inerte, como se estivesse morto, e submetiam-no a uma permutação de possibilidades sexuais. O menino acordara e ao olhar da janela vira luz na sala dos vizinhos. A casa era um pouco afastada do muro, em frente à sua, e o acesso à varanda se dava por uma rampa de pedras que terminava na garagem. Atravessou a rua e do lado de fora da janela presenciou a cena. Eliezer Kugelman cortava mais uma fatia de maminha de alcatra e revolvia-a na farofa e no molho de cebola. Subitamente sua intenção de matar aquele homem hoje, de qualquer modo, quando Eliezer ergueu a cabeça, fundiu-se à linha dos lábios às bochechas, e percebeu que nada havia a fazer. Do fundo, quase em tom de prece, jorrou-lhe o óbvio. Teve a impressão de que a vingança só tinha sentido quando envolvia a condição humana.

O casamento de Bluma Schwartz

Ouviu os gemidos do quarto sem dar grande importância. Encontrava-se na posição que mais lhe agradava depois do casamento. Mergulhada voluptuosamente, sem volúpia alguma, na grande poltrona de veludo verde, o corpo descontraído e os mínimos gestos bem estudados, em frente o espelho grande ocupando um quarto da parede da sala, a decoração foi toda orientada, ao lado a mesinha com o cinzeiro e a campainha de prata. Ao perceber o brilho do metal em meio à fumaça, um raio de sol repentino encontrou eco em espelho e prata, sentiu a importância da campainha, sonho antigo de fartura e mando, e que nem chegara a usar há pouco, durante a rápida visita da cunhada. A feição de sofrimento, o tom de desencanto das palavras, a amargura do gesto de fechar a porta do quarto, impediram-na de usar a campainha quando a cunhada pediu água. Havia uma discordância lógica, foi ela mesma à cozinha trazer o copo e a garrafa da geladeira, e com naturalidade, por outros motivos, derramou emocionada a água no tampo da mesa. Enquanto a cunhada bebia, ela mesma trouxe um pano de pratos, limpou a mesa, aguardou um pouco e levou copo e garrafa para a cozinha. Agora, indiferente ao gemido, a imagem no espelho, a esquerda levou o cigarro aos lábios e a direita afagou a superfície polida com a intenção de fazê-la soar, gratuitamente. Os gemidos continuavam no mesmo tom, com os mesmos intervalos, na mesma monótona sucessão sonora. Procurou fixar imagens antigas, nada conseguiu. Houve épocas em que conseguia rever com nitidez rostos, ruas, objetos, mal esboçava a intenção de reexaminá-los. Com o tempo uma espécie de encantamento se desfez. Rostos, ruas, objetos, surgiam, mas não na hora e na seqüência desejadas. Agora vinham com a rala consistência de frases que em determinados instantes se tornava mais densa, quase sólida. Com quase dois meses de doença do marido, conseguia pouco a pouco controlar os gerentes das cinco filiais e assumir o comando no escritório que administrava seus próprios imóveis e outros interesses. Ouviu o som da campainha e espantou-se com a própria mão acionando o cone de prata, espantou-se com a figura súbita da empregada na porta da cozinha aguardando uma ordem qualquer. Nada programara, nada desejara, lembrou-se que poderia apenas dar um pulo no escritório, apenas para sair de casa, e pediu um suco de laranja e um café. Passou quase quinze anos tentando recuperar alguma coisa que perdera com o primeiro homem que a envolvera, alguma coisa que perdera com o aborto forçado. Um dia percebeu que era inútil, que talvez até a perda fosse uma ilusão, e se nada perdera, nada havia a recuperar. Uma secura visceral, destituída de qualquer tonalidade afetiva. Trabalhava em um pequeno escritório na zona industrial suburbana, e o mesmo ônibus que a deixava ali de manhã, recolhia-a à noite para o regresso. Rememorado entre a fumaça do cigarro e o frio da prata polida, tudo parecia contaminado pelos piores lugares-comuns. Um olhar casual para o automóvel, um sorriso, uma oferta de carona para logo mais, um semi-romance com o dono de uma pequena fábrica de colchões de molas da área, uma paródia lírico-sensual. O tipo pareceu-lhe obtuso, e era obtuso, mas as atenções, os lanches, as voltas de carro, a afetação de frases galantes, despertavam-lhe o riso e uma certa alegria de entrega. Era casado, tinha três filhos, e largaria tudo se encontrasse, se encontrasse, se *encontrasse*. Com dois meses de gravidez viu-lhe os primeiros arreganhos num quarto de hotel na estrada de Petrópolis. Entravam apenas para discutir, nenhum contato mais, nenhuma paródia mais de frases galantes. Deixasse de ser idiota, o romance acabara e não permitiria que uma vagabundazinha qualquer estragasse sua vida. As discussões se prolongavam, se ramificavam, com as mesmas frases, acentuadas pela mudança de tom. Um dia em meio à discussão, no mesmo quarto de hotel, ele se lançou na poltrona, abriu a pasta em silêncio e tirou um revólver. Ficaram sentados em silêncio durante quinze minutos, ela na beira da cama, ele alisando a arma em cima do couro. No dia seguinte ela procurou, por conta própria, a clínica. A empregada se aproximou com o carrinho. No tampo-bandeja um copo, a jarra com suco de laranja, o açucareiro, o bule de café, a xícara, uma travessa com biscoitos, um prato de sanduíches. Reclamou com rispidez a falta da colher no açucareiro. A empregada desculpou-se perturbada, gritou de dor ao bater com o ombro na porta da cozinha e quando regressou com a colher viu nos olhos da patroa uma expressão de asco. Ordenou-lhe que avisasse ao porteiro para tirar o carro da garagem. Tomou meio copo de suco, e uma xícara de café. Os gemidos do quarto vinham com a mesma monotonia. Imbecil. Sentiu o aspecto global há cinco meses quando em casa de amigos ele lhe foi apresentado. A paródia da frase galante num tom de semicafajestice empertigara-lhe o corpo e dera à voz uma segurança não conhecida. Foi meiga, dócil, mostrou-se interessada e encantada, e intuiu que uns breves laivos de boçalidade em sua própria expressão produziriam um efeito encantatório. Quando a vitrola sugeriu o grupo de dança no canto da sala, lembrou-se de uma leitura casual, um episódio, e com uma pisadela e um beliscão deixara-o completamente enfeitiçado. Em algumas semanas de encontros rotineiros conhecia-o por dentro. Quase cinqüentão, inseguro, solteiro, impotente, de uma feliz ferocidade nos negócios, e de uma infeliz necessidade de se apresentar com a com a campânula de mulher e filhos. Num dos encontros de hotel da serra, estavam nus os dois, ela cansada dos esforços em conseguir-lhe uma semi-ereção, enquanto olhava pela janela a mata densa e florida e aspirava um céu de frio e chuva recente, constatou que até como homossexual era impotente. A única visão profunda do tipo era a visão esquemática. Durante um mês manteve relações diárias com todos os homens que lhe era possível encontrar nos intervalos do trabalho, e ao constatar a gravidez sugeriu um fim de semana no mesmo hotel. Desta vez conseguiu uma semi-ereção, suficiente para uma união, e um breve orgasmo. No mês seguinte anunciou-lhe a gravidez e o casamento foi marcado. Quarenta e poucos dias de casados lhe deram tempo suficiente para reduzi-lo a um trapo entregue a um grupo de psiquiatras. Desmoralização orgânica produzida por laxantes de ação rápida, soporíferos no café da manhã e no almoço, estimulantes e anti-hipnóticos à noite. Instabilidade total, luta com insônias pela madrugada, luta com o sono durante as atividades do cotidiano, luta com as vísceras numa inversão alimentar. A ilusão, ainda, de alguma coisa perdida, ao ver a empregada aparecer ao mesmo tempo em que envolvia com os dedos a campainha. O frio da prata e da voz. A cerimônia do casamento se processara no mais perfeito esquema ritual.

A oração

Pediu-lhe que mostrasse a oração. Fez que não ouviu, cortava as folhas de alface e as rodelas de cebola. Afastou o monte de tomate picado, raspou um excesso de azeite, e com a faca dobrou uma folha até reduzi-la ao tamanho do garfo. O papel estava no bolso mas hesitava em entregá-lo. Em dois dias compusera, para espanto seu e certa alegria, a seqüência de frases. Reminiscência de seus tempos de estudante, de suas euforias, de suas leituras, de suas ambições. Telefonara para casa avisando que ia jantar com o sócio, perguntou pelos filhos, e ouviu a voz irritada da mulher dizendo que estava bem. A fábrica silenciosa em baixo, apenas os três homens no escritório, o contador e os dois sócios. O contador ainda arrumou algumas pastas antes de fechar o arquivo, e enquanto ele retirava da gaveta de sua escrivaninha o papel já dobrado e o punha no bolso do paletó, ouviu o sócio conversar animado com a mulher pelo telefone, avisando-a de que o outro ia jantar lá, que pusesse uma garrafa de vinho na geladeira, e entre duas gargalhadas de satisfação comunicou a surpresa. O sócio atendera o seu pedido. A oração estava pronta, mas não queria mostrá-la. Só depois da sobremesa. Sim, passaria pela confeitaria. Desligou e deu uma palmada em seu ombro. A mulher tinha mesmo consideração com ele, lembrou-lhe que sua sobremesa preferida era torta de maçãs. Enquanto desciam do escritório para o térreo, lembrou-se de que o outro e a mulher freqüentavam semanalmente uma confusa sociedade beneficente, nem ele nem sua mulher se interessaram por ela, e que a oração deveria ser lida amanhã, uma data especial qualquer. O contador se despediu, atravessou as quatro pistas já meio desertas àquela hora, e foi esperar o ônibus em direção contrária. Cada um dos sócios entrou no carro próprio, e antes de partir o outro lembrou-lhe que dariam uma parada rápida na confeitaria. A torta, lembrava-se. A mulher do sócio aguardou que acabasse a salada, retirou o prato, e substituiu-o por outro com rodelas de carne assada, arroz com molho de ervilhas. Não gostava que a empregada servisse. Preferia ela mesma fazê-lo e sentar-se depois para comer. Observou-a enquanto ela se dobrava sobre o próprio prato e cortava as fatias de carne. Naquele jantar os filhos estavam ausentes. Comeram cedo e foram ao clube, um torneio de pingue-pongue. Os braços balofos, o rosto redondo, um jeito de espontaneidade caseira a atenuar um pouco a vulgaridade. Nem mesmo isto encontrava em sua própria mulher, ríspida e rígida nas ocupações diárias. Interrompeu-o várias vezes nas duas noites anteriores quando tentava alinhavar as frases na mesa da sala. Queixou-se de tudo, foi ao banheiro várias vezes, puxou a descarga com força, abriu a geladeira com estrondo, bateu a porta com estardalhaço. As frases lhe vinham com dificuldade mas percebeu uma nota original, talvez. Uma intuição de que paria demônios. A impressão de que cometia um crime ao ceder alguma coisa à sua sensibilidade. A evocação de estados de adolescência com alguma forma de espontânea generosidade em relação ao que vinha do corpo. O sócio serviu-lhe o vinho, interessado em sua opinião, importado, marca nova para ele. Provou, achou ótimo, cortou a fatia de carne, ajeitou com a faca no garfo um pouco de arroz equilibrando as ervilhas, esvaziou o copo. Antes de levar à boca a segunda fatia de carne o copo estava cheio outra vez. Algumas risadas sobre complicações dos filhos de ambos, algumas gargalhadas sobre infantilidades deles mesmos, achou as feições da mulher um pouco mais vulgares e atribuiu uma centelha de sordidez nos olhos à sua própria imaginação. Repetiu o prato de carne e o copo de vinho. Quando a mulher lhe serviu o pedaço de torta de maçã exigiu o papel com a oração. Respondeu bem-humorado que só depois de repetir. Quando o segundo pedaço de torta lhe foi servido tirou o papel do bolso. Corou ainda como adolescente. O casal à sua frente fora dos lugares habituais lia quase de rostos colados, espaçando bem as palavras, entre maravilhados e sorridentes. *Como quem desperta de um sonho...* Sentiu um calor no rosto e uma certa timidez fê-lo baixar os olhos. Como na adolescência. O café e a conversa na sala foram rápidos. Uma sugestão sobre compra de relógio levou o grupo a constatar que já era tarde. No carro, após a indecisão inicial sobre se tomaria direto o caminho de casa ou daria uma volta, pareceu-lhe que o jantar fora bruscamente terminado. Tomou o caminho da praia. Uma perturbação crescente fez com que conduzisse a baixa velocidade, observando os bares do calçadão. Nunca a perspectiva de rever a mulher lhe foi tão insuportável, e o mal-estar aumentou. Estacionou o carro, exibiu a identidade ao recepcionista do hotel que lhe estendia uma ficha para preencher, e lhe dizia que não tendo bagagem teria que pagar a diária adiantada. Na varanda, após o vômito, e enquanto estremecia de frio e ouvia o som dos próprios dentes, relacionou rapidamente tudo, e compreendeu a oração.

Moira

Que sombra recrudesce à sua volta? Que áspera revolta se acumula em instantes desfigurados e anula qualquer percepção de objetos como objetos? Subitamente se identifica como receptor de imagens adulteradas, incapaz de um encontro concreto, singular, imediato com o outro. Havia homens à sua volta, o seu cotidiano era o cotidiano de todos, em aparência, tinha suas exaltações e fúrias, mas havia o tempo solidificado, estratificado, e era com dor que uma vaga impulsão de fluxos se estabelecia. Abriu a janela para o pequeno pátio lateral. Chovia. E como todo dia de chuva é cinza, e cinza seu sentimento ao despertar, recolheu mais uma vez em bloco sólido o passado. Amanhecera há pouco. Do Largo do Machado ruídos de veículos. No sobrado ainda o silêncio da noite. Tomou café e acendeu o cigarro. Sabia que um jeito amargo compunha suas feições, ou deveria compor. Vacilava ainda em reconhecer expressões que nada traíam ou pensamentos que não se articulavam em figura e significado. Representava o quê? Foi ao banheiro, urinou, lavou as mãos, no espelho do armário viu marcas de maquilagem ainda. Poderia dormir. Que procurava no sono? Que procurava no palco? Um modo de ser no mundo, um modo de estar diante da morte? MUNDO. MORTE. PALAVRAS? Aparou demais as unhas, apertou o cinto do roupão, acendeu outro cigarro. Que espécie de consolo ou libertação procurava na idéia do suicídio. Uma chantagem que fazia consigo mesmo? Uma irrupção do famoso instinto da morte? Existia mesmo? Instinto oscilando entre criação e destruição, vinculando ao fundo mais fundo de sua condição, ou *da* condição? Cruzou várias vezes o quarto, olhou o armário, a cama, os tapetes. Abriu o armário, revirou a roupa. De novo no banheiro. A pia. O chuveiro. A toalha. O sabonete. Um cotidiano. O eterno cotidiano. Uma frase. A eterna frase. O tempo. O fluxo do tempo. Um instante. Fração de quê? Entre passado e futuro o presente estrangulado, compacto, quase ausente. A infância. O que havia de belo na infância? Por que imaginar agora o que nem chegou a ser? A comparação. Um sonho que se poderia ter sonhado, e que vem através do que é visto? Ou a nostalgia da simples abertura, a saudade de uma forma prenhe de possibilidades. Se... se... se... A irresponsabilidade? O senso lúdico puro? Ou a infinita responsabilidade de ser no mundo que se oferece a uma angústia em perpétua ampliação? Seria possível captar o desespero de uma criança diante da saturação e opacidade das coisas? Seria possível imaginar a crispação de sentidos diante da pura fruição de um organismo que se afirma em sua gênese? De um organismo maior do que a pele? Da pele insatisfeita à procura de sua forma? Irrita-se de novo com a perturbação no espetáculo da véspera. O cansaço com o papel começava a pesar-lhe. Quatro meses no mesmo tipo de Albee, quatro meses de marido de mulher de reitor, quatro meses de ouvir a mesma canção. *Quem tem medo de Virginia Woolf?* Em meio à fala silenciara e se pôs a mirar a platéia. Queria ver a platéia. Queria ser a platéia. Ator e um homem do público ao mesmo tempo. Uma simbiose. Uma irrealidade produzida por duas em choque. Ironia. O caminho do humor. O caminho de quê? Ser o que se é, o que se quer ser, e o que se deve ser. Duas realidades? Três. O álbum de fotografias atualizado. Um gosto pela ordem, pela regularidade, um prazer em de vez em quando acompanhar sua trajetória. Rever uma ascensão, ou uma queda. E a diferença? Percebeu que começava a perceber uma situação ambígua forjada pela observação. E teve medo. Para distrair-se procurou refúgio no seu dia-a-dia. E constatou ser ali o lugar de sua vocação. Não no palco. Ao representar era espontâneo. Ao ser esmerava-se sempre em artifícios. A simulação da convivência. E o diretor? O autor? O cenógrafro? O iluminador? O maquilador? O figurinista? O contra-regra? *Um* destino? O Destino? Deus? Um nome, uma realidade, uma possibilidade, um ser concreto à sua imagem e semelhança, ouvindo e querendo ouvir? Um Tu? Veio-lhe o horror ao se rever nas fotografias de Creon, Édipo. Um nome. A descarga atravessou-lhe o corpo, sente-se imenso, imenso em sua grandeza e horror. Ao erguer a mão percebe um leve tique hierático, uma certa pomposidade no gesto. O turbilhão se manifesta em equilíbrio. Representava, agora, para quem? Representava ou era? Quem era? Eu? Trocou de roupa. Olhou-se no espelho. Abriu a porta da rua. A rua. Personagem perfeita.

A trajetória

Primeiro o vôo do pombo. Entre um telhado e outro. Depois o deslocamento do pardal na grama, entre as palmeiras. O vôo do pombo num céu tênue sem a presença de sol. O deslocamento do pardal num verde de sombra definida por luz intensa de nascente. Entre um telhado e outro, entre tufo de grama e tufo de grama um olho aceso, um ouvido a procurar o silêncio do movimento. Das trevas em moldura de janela, da trama de galhos e troncos baixos, a nitidez de muros e folhas. O vôo do pombo, o deslocamento do pardal. Seu rosto no espelho do bar, tiques obtusos em função de outros rostos. Seu rosto no espelho da barbearia, toalha e espuma em moldura de perfumes e escovas. Seu rosto no espelho da entrada do edifício, terno, gravata, pasta na mão, rostos à esquerda, à direita, rostos atrás. O automóvel surgiu bruscamente à frente do seu. Choque. Hospital. A morte da mulher e da filha. O vôo do pombo, o deslocamento do pardal. Mastros de sonho, melodias entre água e nuvem, aglutinação de formas e cores numa criação permanente de palavras híbridas compostas de um quase e um apenas. O complemento de um cotidiano ausente num cotidiano presente. Um cotidiano presente tecido por fibras de um cotidiano ausente. A trama indistinta de cotidiano ausente e cotidiano presente. O vôo do pombo, o deslocamento do pardal. Seu rosto no espelho do banheiro, seu rosto no espelho do restaurante, seu rosto no espelho da barbearia, seu rosto no espelho da entrada do edifício. Entre um telhado e outro, a grama entre as palmeiras. Seu rosto em todos os rostos —

espelhos. Um homem se senta no banco e acende um cigarro. Duas mulheres se encaminham em direção à areia. Três crianças jogam bola no asfalto. Um ciclista une os seis e forma um grupo de sete. O pardal dá mais um salto no vôo do pombo entre os telhados. O horizonte se avermelha ainda mais sem presença de sol. O contorno das nuvens se define. Mesmo os flocos ralos são nitidamente ralos. O rosto se suaviza com a penugem de mar entre folhas que oscilam em galhos se deslocando ao sabor da lentidão. Um beijo dado por uma aura de terror. O lampejo rápido de um clarão no horizonte. Um gosto de afago e prece. Gênesis no gênesis. Imersão no que é vazio e pleno. Murmúrio, apelo, cintilação, escuridão. Todo o corpo dominado por uma serenidade tensa de terror e tranqüila espera. O tempo abolido e recriado. Entre um telhado e outro a grama entre as palmeiras. O vôo do pombo. O deslocamento do pardal. O automóvel surgiu bruscamente à frente do seu. Hospital. O rosto da mulher. O rosto da filha. O vôo do pombo. O deslocamento do pardal. Entre um telhado e outro. Entre tufo de grama e tufo de grama. Olho aceso. Ouvido a proclamar o silêncio do movimento.

O tempo abolido pela culpa — a única maneira de continuar a amá-las.

Que os mortos enterrem seus mortos

Como conciliar o sentimento de agora com o seu ódio? O que era o ódio realmente ? Fora covarde? Tinha o seu gesto que era anulação de gesto? E o que lhe parecia uma fraqueza seria prenúncio de grandeza? Entre valor perdido e conquistado, o que sobrava de sua dor, imensa, de sua dor doída e redoída? E a dor da dor, quem lha devolveria? Os dias perdidos foram realmente perdidos? Se em vez dos dias vividos como foram eles o fossem de outro modo? Comprimiu a arma no bolso da capa. Não chovia. Sentia frio apesar da camisa molhada e dos botões da gola. Tomou café na esquina de Catete e Machado de Assis. Não suportou o gracejo da mulata. Ela assustou-se quando lhe viu os olhos presentes e fixos. Abandonou a xícara. Os que entupiam as portas das Casas da Banha irritaram-no com a zoada de irritações voluntárias. O que faria de seu ódio? O que faria com seu ódio? O que faria por seu ódio? Precisava de seu ódio? Chegou à Praça José de Alencar, hesitou entre a Barão do Flamengo, a Senador Vergueiro, a Marquês de Abrantes, a Conde de Baependi. Vontade de pisar cascalho fino e areia molhada. Necessidade de opor pequenas resistências e irregularidades à solidez de idéias que se sucediam em blocos maciços. Pequenas resistências e irregularidades a despertarem uma noção de cotidiano incompatível com a irrupção solene de volições hieráticas. No banco molhado da Praça São Salvador reviveu o lugar-comum do homem tenso sob um céu cinzento em meio à vegetação úmida, do homem só, tenso, lugar-comum de uma literatura introspectiva de cordel de livrarias de luxo. Armadilha em que ele mesmo caía. Com a desvantagem de, agora, perceber a grandeza do lugar-comum. O desfecho de alguns anos de ódio não fora aquele lugar-comum de há pouco? Lugar-comum por lugar-comum, por que não o outro? Rememorar. Ruminar. Os planos traçados, ou não traçados. A vingança necessária, sim, necessária, ou nem tanto? As sutilezas imaginadas para eliminar o outro de modo indireto, por motivos que nada tivessem a ver com os motivos reais. A espera. A longa espera de uma disposição que não pertencia à sua carne. Os detalhes preparados, a hesitação entre uma cadeia de acontecimentos que encaixassem a vingança quase como um elemento natural. Ou a simples e grosseira presença de um corpo evidente que não pede explicações, e nem dá. Quando se viram pela última vez? Em meio à conversa exaltada, o telefone tocara, e pelas respostas soube que a mulher do outro tivera um filho. Quando se aproximou do edifício, hoje, e se postou junto à entrada, à espera do homem, para matá-lo simplesmente, lembrou-se disso. Lembrou-se disso. O menino tinha a idade de seu ódio. Crescera à medida de seu ódio. E tudo desabou. Rumina agora os planos sagazes, as simetrias, os tipos de vingança adequada à sua dor. Fora despojado de tudo. Pior ainda. O outro fizera com que ele mesmo se despojasse de tudo, se aniquilasse. Chora agora, só, no banco. Chora porque ao repassar tudo o que arquitetara chegou à conclusão de que seu corpo exigia a vingança, como se exigisse alimento ou sexo. Imanência de sua condição. Pensou ainda em coisas mais sutis: a não vingança. Que seria a melhor. Permanecer sempre presente, mostrar-se em condições de executá-la e não fazer nada. Até que desistiu. Desistiu porque no fundo, da soma de seu sistema de valores, da noção de macheza que o cerca, só lhe restava um caminho: matá-lo. Mas houve um pequeno detalhe no momento em que o homem atravessou o portão do edifício e se aproximou da calçada. Trazia um menino pelo braço. A criança se soltou e na corrida se enrolou em seus joelhos. O outro estava no meio da calçada. Reconheceu-o. Os olhos de medo e ódio se encontraram. Ele tirou o dedo do gatilho, e a mão do bolso. Alisou a gola da capa enquanto o menino se erguia e o olhava surpreso. Por dentro ele já chorava. O menino era belo. Como seus anos de dor.

Trio

— Sofro pelo mundo!

Pedro esperou a reação dos outros, assustado. No íntimo uma alegria nunca pressentida. Os olhos se dilataram, as luzes esparsas da estação se imobilizaram diante da ternura doída de sua voz, e ao sentir uma leveza de plenitude na cabeça, abraçou os joelhos e apoiou os pés sobre o banco. Algumas moedas recebidas caíram dos bolsos, e a corda que lhe servia de cinto, desfeito o laço, não conseguiu impedir que o farrapo de calça descesse. Não usava cuecas. A camisa ensebada, sem cor, protegeu as nádegas. Apoiou a cabeça sobre os dedos enlaçados e entregou-se ao pranto. Chorou um choro manso, silencioso, contínuo, morno, um choro de alívio, terno, chorou de alegria por conseguir chorar daquele jeito, e naquele lugar. Chorou porque esperava uma gargalhada e uma imprecação e ouviu apenas o fresco silêncio da madrugada. Cessado o pranto, não limpou os olhos, e pôs-se a mirar os trilhos, os bancos de espera, o telheiro, a penumbra das casas próximas e viu tudo através do espelho de uma lágrima.

— Quero criar o mundo!

Paulo, sentado no meio, equilibrou a garrafa de cachaça no chão e abriu os braços como se crescesse de repente. O corpo maior do que o corpo. A pele, uma jaula para o tamanho que ia tomando. Nem o vômito perturbou a amplidão das mãos estendidas. Escorreu pelo peito, ramificou-se pelas coxas, e foi se empoçar entre as pernas. E a roupa era a roupa nova do dinheiro de algumas talhas vendidas na véspera. Uma de iemanjá, uma de nossa senhora da conceição, uma de pescador de jangada, uma de cangaceiro. Nem acreditou. Na calçada defronte à feira o homem se debruçou sobre seus trabalhos. De longe o grito de carne, peixe, frutas, sabão, o cheiro de laranja pisada. O homem olhou, olhou, separou uma, separou duas, separou três, separou quatro. Quanto é? Pagou. Ia comprar umas toras enormes e começar um trabalho do tamanho das portas da igreja do Largo de São Francisco. Encolheu os braços, eufórico com o azedo da boca e o silêncio dos outros. Ninguém disse merda. Ia talhar o que vira há pouco, a rua sete escura, a praça quinze no fundo, lâmpadas e estrelas, e eles três no meio. Depois comeria todas as mulheres antes de dormir com a sua em casa.

— Penso o mundo!

Pedro Paulo um pouco afastado dos outros, no extremo do banco, esperou bem uns cinco minutos antes de falar. Afastara-se mais pelo porre de Paulo. Prezava sua roupa branca e bem engomada. Era a limpeza de seu tabuleiro, de suas cocadas brancas e pretas, era a limpeza de seu coração nas encruzilhadas da cidade em que meditava sereno. De preferência à noite. Ficava de pé, equilibrado, os braços cruzados, o turbante branco centrado na cabeça, a respiração ritmada. E o mundo lhe vinha. Os compradores não o perturbavam. Os homens, as mulheres, as crianças, os nascimentos, as mortes, os prédios, os terrenos, os gritos dos vendedores de jornais, os estudantes, os viados, as putas, os tiras, os caminhos que chegam e partem, o mar, os peixes, os céus, as estrelas, os pássaros, o mato, as palmeiras, os morros, os crimes, as esmolas, a ternura, o ódio. Mas nunca ousou dizer o que disse, era pretensão demais. Mas Pedro falou. Paulo falou. E ele? Falou também. E o mundo não desabou.

Subitamente os três se ergueram e o abraço foi tão violento que desistiram de esperar o trem. Pedro Paulo no centro, o braço esquerdo no ombro de Pedro, o esquerdo no de Paulo, unidos numa gargalhada, os corpos em permanente fusão dinâmica, as seis pernas oscilantes de um demônio tricéfalo, as vozes dissonantes, as seis pernas oscilantes, se fundiram no refrão do último samba do carnaval que passou. Foram presos à saída da estação, postos numa viatura da polícia, e aguardaram a manhã no xadrez do distrito mais próximo. Houve um incidente ao saírem. Pediram que assinassem qualquer coisa antes. Foi impossível.

Eram analfabetos.

Nem mesmo um anjo é entrevisto no terror

Nem mesmo um anjo é entrevisto no terror. Uma e dez no relógio da Mesbla. Não havia névoa, mas o mormaço da madrugada punha nos olhos, sobre o cansaço, um esfumado de percepções. Rodeou uma vez mais o Passeio Público. Por vezes, exausto, recostava-se na pedra, a aresta fina ferindo as nádegas, as verticais da grade se opondo às omoplatas. Por onde exaurir a exaustão? Um ônibus arranca para o subúrbio, sem passageiros. A calçada oposta às escuras. Fechado o Metro, o comércio, o Palácio. Só junto ao café, entre a banca de jornais e a soleira, alguns homens. Segue em direção à Lapa. Nem o lirismo, mesmo vulgar, dos moleques vendendo amendoim. Contorna, e em frente ao Banco de Sangue ajusta a coluna à grade numa simulação de equilíbrio e dignidade. Ajeita os cabelos, ralos, ajusta a roupa. Um automóvel diminui a marcha quase à sua frente e os olhos se acendem ao vislumbrar a camisa vermelha, e uma cabeça de sombras. Desloca-se para o meio-fio. Mas o carro estaciona além, junto a um negro magro e alheado. Hesita. Coça a braguilha e uma cabeça se aproxima do vidro baixado. O negro se curva, cumprimenta com a mão displicente, responde vago às perguntas, aceita um cigarro, ergue os olhos em direção ao Aterro enquanto de cotovelo na porta, curvado, ampara o corpo com uma idéia de equilíbrio. A mão lânguida, do interior, roça seus dedos e descansa no dorso, os dedos do negro se agitam, gira a palma, e os dedos se entrelaçam. O negro sorri. A feição austera se dissolve, e a expressão moleque se ilumina numa expressão inaudível. A costela pressionada às grades reprime um soluço interior, inveja de uma espontaneidade nunca vivida. O carro se afasta. A calçada regressa a uma só presença, um corpo vinculado à pedra e grade entre irritação e dor. Alterado o largo, mais belo, ganhou o pátio da igreja e a restauração do Cine Colonial inundara de branco a noite, uma face ilusória de contrastes e luz em obra medíocre, sempre uma regularidade simples de uma intenção ordenada. Mas faltava o mictório. Amônia e desinfetantes sufocando, às vezes, arrancando lágrimas, de corpos mais ou menos imóveis, acariciando membros, em contemplação e masturbação. Por ali terminava suas noites, antigamente, na expectativa de uma sucessão de acasos que lhe permitisse enfim uma presença a dois em que toda a fome afetiva se realizasse num contato sôfrego de dedos ou lábios, no intervalo de uma presença e outra presença. Os dias eram esplêndidos e terríveis entre o quarto em casa de portugueses no Bairro de Fátima e a pequena oficina de camisas, onde não encontrava condições para produzir em série os modelos sonhados. Sentiu-se vingado, um dia, quando o chefe da oficina lhe mostrou a fotografia de uma novidade francesa em lançamento; a gola era a sua, e quando a sugeriu nem lhe deram atenção. Havia a desculpa, agora, o negócio era francês, e francês quando manda para cá, já é coisa certa. O pior veio depois quando lhe pediram um novo tipo de camisa social. Foram quinze dias de deslumbramentos e desmaios na tentativa de harmonizar punhos, gola e bolsos, além do peito duplo com a intenção de esconder botões e dobras; camisa social, de abotoar, com jeito de camisa esporte, inteiriça. Dez dúzias foram feitas experimentalmente. Quinze dias depois nenhuma saíra da prateleira, apesar dos vendedores, e hoje lá estavam como estigma de seu fracasso. Quando ousava esboçar alguma coisa apontavam-lhe o canto do armário onde as dúzias amarelavam. Com isso conseguiram a tortura perfeita. Um rapazote vinha da Rua do Passeio. A barra do blusão meio por fora meio atrás do cinto. O jeito alheado na calça justa e sem vinco, as pernas mais tortas pela atitude no andar, Giuliano Gemma entrando a pé na Avenida de Tulsa sorrindo de cem homens escondidos atrás dos telhados com os fuzis engatilhados. O rapazote meio que pára não pára, olha o velho de viés e com desprezo prossegue. A lâmpada acentua o volume nas virilhas. Estaca adiante como se à espera mas ele permanece junto à grade. O desprezo vislumbrado humilhara-o. Não o seguiria. Conhecia esses artifícios de repulsa, mas sentia-se humilhado. Não o seguiria. Mas ficou-lhe a nostalgia do volume nas virilhas. Desistiu de uma caminhada até a Almirante Barroso. Pouca probabilidade. Se tivesse energia chegaria até à Praça Quinze. Junto às barcas. Ou mesmo os arredores da Praça Mauá. Era grande a concorrência agora que os da zona sul descobriram o canto. Chegavam de carro, bem vestidos, doutores, coronéis, levavam vantagem. Um homem à espera de ônibus. Atravessou a pista e sondou o tipo. Sentiu que se insistisse mais um segundo ouviria um berro com a palavra costumeira. Encostou-se na banca de jornais quando viu o mulatinho chegar ao ponto. O homem indiferente despertou e a cabeça nervosa oscilou entre o velho da banca e o mulatinho. O mulatinho enfiou as mãos nos bolsos, sorriu e se postou quase ao lado do homem. Você está querendo o quê, eu sou um homem casado, tenho mulher, tenho filhos, está pensando o quê. O velho cruzou outra vez a pista, sem deixar de sorrir diante da voz esganiçada e do corpo em desequilíbrio do homem. Conhecia esses tipos. Era casado, tinha mulher, e filhos, tudo isso arrotado com meneios de macheza duvidosa e terror. Quase gargalhou ao ouvir o vozeirão do mulatinho. E alguém lhe perguntou alguma coisa, seu idiota! O mulatinho atravessou a segunda pista e dobrou a Rua da Lapa. O homem embarcou no primeiro ônibus. O trecho de calçada tinge de sombras a visão de velhos troncos imbricados em sua dor. O chafariz, as pirâmides, degraus abaixo, o Monumento aos Mortos do outro lado. Rala a tentação de uma náusea que ainda seria um estímulo. Os gatos. Um frêmito entre detritos. O pêlo branco entre avidez de patas. Um alimento vômito sobre a pedra. Resta apenas a nítida visão do vazio e o próprio corpo para enfrentá-lo ou sucumbir à sua recusa do mundo. Quinze para as três no relógio da Mesbla. Nem mesmo um anjo é entrevisto no terror.

Marinha

A água recua e o corpo-músculo-nervo se entrega à areia. Uma visão rápida de verde em galhos e grama, de quarteirões e morros, de azul sem nuvens. Cintilação silicosa. Grãos em superfície polida pela água. A mão descreve um arco na dureza do que não se quer deformado. Puro cansaço até que a onda desfeita lhe atinja as pernas. O corpo-músculo-nervo se alteia quando o rosto se molha, e o impulso se iguala ao da água que avança. A água recua e o corpo-músculo-nervo se entrega à areia. Uma linha entre a superfície polida e os montículos fofos. Linha líquida. Ombros, palmas, barriga, coxas, o membro lasso, uma quase-inércia, uma fronteira de exaustão e vontade de exaurir-se. Um vazio que se aumenta como avidez do pleno. Puro cansaço até que a onda lhe atinja as pernas. O corpo-músculo-nervo se alteia quando o rosto se molha, e o impulso se iguala ao da água que avança. Um pouco maior: um impulso que é fome, que é criação de fome, alimento de fome a gerar fome. Um estalido de corda tensa sobre um vazio. A água recua e o corpo-músculo-nervo se entrega à areia, depois da torção de cabeça para um mar tranqüilo de faixas metálicas com rugas de luz. Outro horizonte de serras e litoral. Ruminação de cansaços. A imagem de seu retrato na mesa de canto ao lado da compoteira, as maçãs e as bananas de plástico. O retrato refletido na cristaleira, herança da tia: um gosto antigo na sala a recriar o gosto de sala antiga. Um rosto oval, magro, bigode fino bem aparado. Retrato para noivado. A penumbra da manhã sem sol, o mesmo rosto à janela da casa de vila, entre edifícios, casa de vila no centro como a outra de subúrbio, mas de centro. Na rua igual aos outros, a mesma camisa, a mulher de calças compridas, o sorvete e a cerveja de domingo à tarde no restaurante de espelhos. A perspectiva: um dia igual na mesma loja a vender geladeiras, eletrolas, ventiladores. Concorrência forte. Comissão pequena. O corpo-músculo-nervo se alteia quando o rosto se molha, e o impulso se iguala ao da água que avança. As braçadas de há pouco antes de sentir areia sob a pele. O mar de manhã. Um quase cansaço, sem horizontes interiores. E neste último impulso um rugido silencioso, uma reminiscência de anfíbio em jornal ilustrado de infância, uma euforia de antes-de-homem no corpo se revolvendo entre onda mansa e areia fofa. Ergue-se aos poucos, quadrúpede. A mão deixa escapar um jato de grãos.

Certeza

— Que mulher!

Os dois interromperam o almoço à entrada do casal no restaurante. O baixo, gordo, calvo, apoiou o garfo sobre o bife e ficou com a faca no ar. A pele clara da testa e do queixo se enrugou e filetes suavemente azuis se desenharam em fundo rosa-branco. Os olhos ágeis iam da entrada aos punhos engomados da camisa, da claridade acima dos vasos à toalha vermelha coalhada de louça e aço. Os dedos roliços tremeram e as palmas brusco ficaram úmidas. O magro, calvo, baixo, com fios ralos na horizontal, entre orelha e orelha, ficou com a esquerda à altura da boca, o garfo entre o polegar e indicador em mola, a faca plano inclinado de borda de prato à toalha, um risco metálico num fundo de cor. Após o primeiro movimento, imóveis os olhos. Na área das azeitonas, bolas de manteiga, rabanetes, ovos de codorna, sal, palito, cinzeiro, torradas. Varrido o espaço claro em que o casal se definia como silhueta procurou os olhos do gordo e calvo. Acompanhavam o casal numa lentidão composta de um movimento acelerado de pálpebras e cílios, em que reflexos de íris e pupila compunham um quase brilho, permanente e ávido. O magro tremeu em sua timidez. A mulher era bela, sim. Êxtase público e secreta fruição. Ou era o ruminar de sua incapacidade de euforia, sua imersão num encantamento que não ousava assumir a forma de uma responsabilidade. Não receasse o lugar-comum e veria nos lábios do gordo a concupiscência e a sensualidade de um gesto pornográfico. Ou seria apenas o reflexo pornográfico de sua consciência hesitante entre uma parca sexualidade e uma serena evocação sensual. O casal em silhueta: ele, tipo vulgar, corpo cheio, elegância padronizada de crediário; ela, morena, meia altura, os cabelos lisos esticados e sustentados à altura da nuca, e após torção, lançados sobre a testa com a displicência de um acordar recente, a roupa fora de moda, solta, evidenciando falta de porta-seios, e quadris e coxas saudáveis acentuados pelo tecido solto na cintura; no anelar direito dois anéis, entre indicador e médio esquerdos um cigarro; esmalte branco, pálpebras leve azuladas, uma aranha de ouro abaixo da clavícula esquerda. O baixo, gordo, calvo, e o magro, calvo, baixo, retomaram os movimentos de garfo e faca. A figura do homem se impôs entre os dois. Excitavam-se.

A linha

A calçada secara. Ajoelhado, ninguém por perto, tirou o giz do bolso, e começou a traçar a linha. Quando o braço se recusou a ir mais longe, deu um salto de cócoras e terminou o risco junto à pedra do embasamento. Uma linha do meio-fio à parede. O branco ressaltava nítido no cinza-negro de cimento e noite. Parara de chover antes das nove. Às duas da manhã o chão conserva um vestígio de umidade a reforçar com avidez a matéria branca. Céu sem estrelas. Focos de luz espaçados num fundo de gelo negro e massa vermelho-esverdeada de fachadas. Ele se ergue. Há no gesto e no ar que o acompanha um vestígio de idéia de inverno e de noite na praça diante da sinagoga e do cemitério, e enquanto limpa os dedos e se fixa na fachada de vidro do banco o que vê mesmo é a praça depois da neve. Há superposição, sem nada adulterar, de duas visões nítidas e de dois corpos que se deslocam simultaneamente. Esfrega as solas na aresta de granito e enfia as mãos nos bolsos. O café ainda presente na saliva se junta ao gosto da sopa de beterraba, gesto após a transição de sabor evocado a sabor cobrindo úmido a língua. Recua de costas, ergue a gola do blusão, constata a falta do botão por cima do cinto, e inicia os passos em direção ao risco. Um acúmulo de lembranças envolveu íris e pupila com um halo que antecede a lágrima. O halo se desfez com a constatação de que não só o acúmulo de lembranças produzira o fato, mas o acúmulo de reações de seu corpo a lhe ditarem que em tais e tais circunstâncias deveria chorar. Não chorou. E principiou a caminhada em direção ao risco de giz. Havia no corpo antecipações de ímpetos e transfigurações. Um medo congelado ainda não verbalizado nem mesmo presente, a não ser em forma de gênese rarefeita, um vislumbre feito de olhar, memória, passo, noite, som visualizado, incrustação de consoantes em amálgama de vogais. Quantas noites na noite sob a sola que se achata e arqueia. Quantas trilhas na trilha de agora, trilha imaginária e real, sempre trilha. A mesma trilha. Ao tentar erguer a cabeça teve que baixá-la. E enquanto o globo do poste não o absorvia um risco de giz se efetuou na retina. Não mais aquele que de cócoras riscara; um outro, recriado, de neurônios e enzimas, decepções e ódios, charco e súplica. Insuportável a luz do poste. Deslocamento para claro-escuro de janela, varanda, cortina, grade. Sola esquerda. Sola direita. Sucessão de quase arcos de um couro moldável. Angulosidades de joelho em recuos-avanços e avanços-recuos. Atrito de cueca deslocada na virilha. Cantilena no chiado do cimento e no ar da narina ávida. Melodia despojada de som real. Virtual entre hemisfério esquerdo e direito, descendo pelo orifício nasal até a língua encharcada. Em função de quem se deixa de fazer, ou se faz, alguma coisa? Este passo, por exemplo. Ou o risco de giz na retina há instantes que é já memória de risco de giz na retina, e de novo risco de giz na retina, à posição ideal dos cílios e pálpebras. A aventura de uma calçada com fraturas de argamassa e luz, um risco de giz na frente e vários atrás, invisíveis num espaço que é memória de espaço e se ignora. Que acúmulo de densos castigos impostos por ninguém em nenhures, no corpo de aqui? O queixo se alteia, a frente oscila, o peito acomoda torções. O corpo de aqui? Que aqui? O de antes do corpo ou depois do corpo? O de aqui caminha. O de antes caminhou? E depois, caminhou também? Há o risco de giz. Que risco de giz? A sombra de uma rua na sombra da rua. A infinita paciência da impaciência. O lento recuo que é avanço lento de um corpo de agora para um corpo de antes, de um corpo depois para um corpo de agora. A plenitude de uma aspiração, ou a minitude? A irrupção de uma folha com sua promessa de verde na penumbra, de um vínculo de árvore desfeito e lançado à revelia, ou havia no vínculo o lançado, a presença de uma ausência? O risco de giz por trás dos olhos, exatamente por trás. E os pés se aproximam de uma promessa de um ir além de, entre riscos desencontrados, não de giz, fraturas paralelas normais ao meio-fio. De uma janela iluminada o lusco-fusco de uma televisão defeituosa. Um casal colado a uma reentrância do portão. A nostalgia de um afeto futuro, a esperança de um passado que se modifique. Os olhos iluminam volutas, cachos de uvas, festões caiados. O arco se completa. Mas não lhe é possível ultrapassar o risco de giz. Apenas não sabe qual deles.

As palavras

Descruzou e cruzou as pernas, várias vezes. Vazio o salão do cinema. Chato o filme. Uma cena banal o perturbara. Levantara-se para fumar. Piso de mármore polido. Espelhos limpos. A escadaria para o balcão, fechada. Os homossexuais não se perseguiriam hoje pelos corredores, poltronas, mictório. Viu sua imagem, não sabia se com agrado ou desagrado. Sentia-se pleno e oco, excessivamente perturbado e calmo. Nos últimos meses mergulhara em clima sufocante, mantendo a custo o equilíbrio cotidiano. Trabalho, relações, alimento, sono. Embriagou-se na última festa de aniversário, ao ver subitamente irritado a sala cheia. Cinqüenta anos. Mulher. Dois filhos, vinte e três, vinte e dois anos. Os pais. Os sogros. Os amigos. O amante. Acendeu outro cigarro. Sua passividade nunca lhe fora problemática. Aceitara-a com alegria na adolescência, levemente perturbado pelas alusões do ambiente, e nunca se preocupou com as conseqüências de vida dupla ao se apaixonar por uma vizinha. Quando um colega do trabalho o surpreendeu na sauna abraçado a um homem julgou ver ameaçada qualquer coisa. Encarou-o sem hesitação, e beijou o companheiro. Sabia que contava a seu favor com um aspecto viril, e nunca se deixou iludir pelo lugar-comum do efeminado. A irritação e a embriaguez marcaram-no. No apartamento do amante tentou embriagar-se de novo no dia seguinte, mas foi impedido. Estava nu olhando o companheiro nu, adormecido. O rosto de lado, o corpo comum, a mão esquerda em seu ombro, a direita sobre a coxa, o membro tranqüilo. Ergue-se à procura da garrafa e do copo, uma dose, duas. Tem a impressão de não suportar a tranqüilidade excessiva. Deixa cair o copo. O amante impede-o de beber do gargalo. Tenta beijá-lo, mas o gesto não ressoa. Ausência de ternura nos afagos. Sentados, frente a frente, um esboço de ódio se apodera dos corpos. O membro do amante inicia uma lenta ereção. Em outra ocasião se debruçaria no tapete e lançaria a cabeça entre as coxas do outro. Como um prolongamento do corpo. Cabeça, tronco, membros — cabeça, tronco, membros. Um esboço a nanquim de acrobatas em trapézio. A persiana afastada cortava o sol da tarde e não impedia a luz crua de um dia sem nuvens. O tapete. A mesa de centro deslocada. O armário. Os discos. As revistas. A vitrola. Copo. Garrafa. Os olhos varrem os objetos. Corpo-objeto. Corpo-corpo. Eliminados os problemas, qual o problema? Um casal deixa a sala às gargalhadas. Nada na história deixava prever humor, nem risos. O filme. O casal. O riso. Ele. O espaço da imagem no espelho é virtual? O espaço do nexo entre filme e o riso, real? O espaço de seu corpo, para ele, agora? Quando ergue os olhos há uma pequena multidão à espera do novo início. Há a saída para a sessão que termina. As portas se abrem para os que aguardam. Entre silêncio e silêncio quantas vozes. Entre a imagem anterior no espelho e a atual quanta imagem. Sai. O Largo movimentado. Um tampo de vaso sanitário, felpudo, interrompe seu fluxo. Ao passar pelo restaurante à procura do café surpreende meia frase de uma conversa. UM HOMEM DEVE. Era isso? Importante o resto? Desimportante o princípio? Toma o café entre um careca, gordo, de camisa aberta, e um crioulo de calça estampada e blusa vermelha. Ao atravessar a Rua do Catete percebe um certo desligamento de coisa de fora e coisa de dentro. Olha em frente entre luzes e sons. Há.

O alquimista

Um movimento no muro à esquerda, além do pátio estreito entre a janela e a rua em nível superior, o lagarto se desloca do vão de duas pedras e se atordoa com a haste da trepadeira. Entre irônico e curioso, pensou primeiro em lagartixa-gigante. Depois optou pelo lagarto. Ergueu a cabeça. Viu a grade encimando o muro, fatias do casario da rua de cima, e uma tira de céu. Na folha de papel sobre a mesa um triângulo retângulo, letras maiúsculas nos vértices, minúsculas nos lados. A, B, C, a, b, c. Os catetos estavam bem desenhados, a hipotenusa era quase uma linha sinuosa. Rasgou a folha. Tirou outra do monte em cima dos dicionários e repetiu o desenho. Um risco horizontal, da esquerda para a direita, um vertical, de baixo para cima, um inclinado, ligando os dois extremos horizontal e vertical. Pôs A, B, C, nos cantos, e a, b, c no meio dos lados, e em letra de imprensa, letras grandes, escreveu embaixo: a soma dos quadrados dos catetos é igual ao quadrado da hipotenusa. Não pretendia repetir a demonstração, observava a folha de papel durante algum tempo, fixava os olhos na parte escrita, fumava dois cigarros, escrevia a igual a 1, b igual a 2, c igual a espaço em branco. Efetuava as contas, olhava a folha de papel, em bloco, tomando distância, encostando bem no espaldar da cadeira, e rasgava a folha para reiniciar de novo. Triângulo, letras, valores. Linhas, vogal e consoantes, números. O papel rasgado ia se amontoando sobre a mesa, à direita. A última realidade de um homem que em manhã não muito clara repete um enunciado banal e relaciona letras, números, linhas, enquanto afetivamente oscila entre amor e ódio, sem distinguir amor a si mesmo, amor a uma imagem do outro, ódio de si mesmo, ódio de uma imagem de outro, amor às pedras do muro, ódio à mesa, e procura refletir a escala possível entre amor e ódio, examiná-la, saber se é contínua, descontínua, filtrar os momentos em que algum salto brusco se efetua na escala. Entreabre o pacote de biscoitos, retira dois, desatarraxa a tampa da garrafa térmica e enche a xícara de café. Varre com os dedos os farelos da mesa e espalha-os pelo chão. Um caos afetivo relaciona linhas, letras, números, relaciona uma ignorância com outra ignorância, e exemplifica um caso concreto que é pura abstração. Procurou o lagarto e viu apenas o muro, os vãos das pedras, a haste da trepadeira, a grade encimando o muro, o céu. Sem mover a cabeça, riscou um fósforo e ergueu a chama ao nível dos olhos sem fazer esforço para observá-la. Ao notar os movimentos do fogo compreendeu vagamente algo a respeito de um movimento interior, sem necessidade de definir, porém. Um movimento em relação a um movimento que se situa num movimento relacionado com outro movimento, em sucessão. Sucessão, simultaneidade? Sopra a chama, e ao tomar outra folha em branco, ouve a voz que já ouvia desde cedo, cantarolando no tanque à direita, não visível mas nem por isso invisível. Ele a vê, não no tanque, mas servindo a mesa, enquanto desenha os dois catetos e a hipotenusa. A, B, C. a, b, c. 1, 2, c. Antes de efetuar as contas procura ver realmente a xícara, e verifica a imensa dificuldade em ver realmente a xícara que sempre fora xícara. Uma poalha entre a xícara e a vontade de vê-la. Reflexos luminosos, parcelas de forma indefinida, as contas semi-efetuadas, uma irrupção de sexualidade posterior à palavra hipotenusa, um trecho de céu noturno estrelado, de ontem, um amor antigo, rosto, cabelos, braços, ombros, a linha do perfil em repouso; um rosto adolescente, o seu, num instante de espanto, que nunca deixou de ser instante de espanto, e nunca deixou de ser rosto numa imagem atual de rosto. E a xícara? Rasgou a folha. Os lagartos reaparecem. A voz se fez ouvir. O instante de espanto deixou de causar espanto. A xícara se deixou ver.

Um homem morto, um cavalo morto, um rato morto

Quando a dor é intensa, quando o sofrimento chega ao limite de si mesmo, qual o caminho? Abre as pastas de cartolina, ordena, sem necessidade, as primeiras folhas, encontra uma anotação no canto de uma conta paga, reexamina-a, não sabe se retira a conta e a põe no bolso, ou se copia a anotação de modo a ficar à mão, em qualquer bolso, junto ao cigarro, ao dinheiro trocado. Uma frase, algumas palavras entre vírgulas. Anotação banal, como de hábito, idéia surgida ao acaso nas dobras do cotidiano. Agora se impunha, tinha outra carga. Pede outro café. Não encontra no bolso folha em branco. Pensa em pedir um pedaço de papel na charutaria. O café é servido. Forte demais. Aproveita um guardanapo. O papel absorve a tinta, mas as letras não se desfazem. Põe o guardanapo no bolso. Vinha do fundo do terror sem saber bem por quê. Subitamente a imagem do porco-espinho se impõe. A ferocidade enrodilhada em si mesma de maneira a não se ferir. E junto à imagem do porco-espinho outras se alinham: um homem morto, um cavalo morto, um rato morto. A podridão exalada de apenas imagens superpostas a outras. As faces congestionadas pela fúria ambígua e pelo dessoramento humano. Uma tênue barreira entre a demência fingida e a rude expressão de uma voracidade não mascarada. Deixa o Largo do Machado e desce pela Dois de Dezembro até a praia. Pouco mais de dez horas da manhã. Roupas coloridas junto ao antigo prédio da UNE. Sol tênue em céu ralamente enevoado. Banhistas tomam a direção da passagem subterrânea. Nenhum apelo de praia, de areia sob toalha, de corpo exposto ao sal. Um homem morto, um cavalo morto, um rato morto. A expressão amorfa do rosto se contorcendo, a baba na face esquerda enquanto as pálpebras se comprimem, a testa ondula, e os maxilares trituram os próprios lábios. Num canto em uma poltrona, um rosto redondo comprime olhos e lábios num sorriso irônico de asco. As bochechas e os dedos são luzidios. A camisa parece untada sobre o corpo. Os brados de pura abstração exasperante num receituário de altas virtudes ditado por inutilidade massificada emoldurados pela passagem do corredor. Eis o modelo, a justificativa. A ferocidade contida do porco-espinho em olhos fragmentados em múltiplos. Era urgente transformar o chiqueiro imundo em chiqueiro modelo. O guardanapo. A frase. As palavras. As sílabas. As letras. Uma idéia banal a ser desenvolvida. Fixa uma nuvem. Um corpo de mulher, ou um corpo de homem. Fixa um ônibus lotado que arranca do ponto um pouco à frente. Um esboço de desejo. Além das janelas e dos bancos os corpos amontoados no corredor. Ereção e cintilação de pupilas. Uma nostalgia de ejaculações. A pura abstração de palavras se compondo, se organizando numa teia de prisões sucessivas, em que cada pausa era convite para caminhos múltiplos se dilacerando quando um era tomado. E envolvendo tudo a justificativa de um cotidiano irrefutável. A baba, os maxilares mastigando os lábios, a camisa untada sobre o corpo, os brados, a mão da mulher sobre o ombro untado da camisa, o meio-corpo em sua retina, o meio-rosto também redondo, também luzidio, olho e lábio num meio-sorriso irônico de asco. Na padaria um pouco antes das grades do Palácio do Catete compra um brioche, e os farelos lhe escapam dos lábios sobre a camisa e as lapelas. Sobre a passagem de pedestres em frente ao Hotel Novo Mundo algumas silhuetas se movem. Um homem morto, um cavalo morto, um rato morto.

A lenda do abacate

Tinha a consistência da noite e a realidade dos mitos. Schlimazel Mensch procurou cruzar as pernas, mas o banco junto ao balcão não se prestava muito ao movimento. Duas e meia da madrugada. Do fundo, além do corredor, alguns degraus acima, a seresta ruidosa encharcada de cerveja. A loura veio da rua, varreu o bar à espera de alguma procura, e retomou a calçada. Schlimazel pediu um conhaque, e viu no outro extremo do balcão o chefe dos garções do Hotel Nacional. Perdera o ar profissional. O cabelo engomado era o mesmo. Mas a face era a de um personagem de conto de Hemingway, história passada na Espanha, em que se falava de um lugar limpo, iluminado, e também de uma cantilena, *nada nosso que estás no nada*. Não estava com fome, mas sentiu água na boca quando olhou o prato do vizinho, frango assado com farofa. O mulato magro, de barbicha, comia lingüiça com farofa. Os dois do carro da polícia, um alourado robusto de camisa aberta e correntinha de crucifixo no peito, e um moreno baixo de cara larga, enrugada e queimada de sol, escolheram risoto de frango, também com farofa. Schlimazel quase pediu farofa, sem fome, por imitação e estatística. Preferiu o conhaque puro. No balcão do outro lado, após o caixa, três efeminados, indiferentes aos outros também indiferentes, se queixavam amargamente da perversidade humana. Calças coladas às nádegas, blusões justos modelando dorso e peito, feições delicadas, gestos largos e bem modelados. Madrugada quente para o mês de julho. Ontem fizera um frio insuportável à mesma hora. Ao acender o cigarro viu um farol brusco nas arcadas da D. Bosco, o crioulo e a freada vieram juntos. Saltou com uma bolsa e despejou uma dúzia de garrafas de cerveja, vazias, sobre o tampo. Uma delas rolou e se espatifou junto à geladeira. Schlimazel cruzou os braços e ficou observando a fumaça do cigarro. Havia infinitas possibilidades de conhecimento na forma em movimento, e havia a lembrança de uma cena, ocorrida ali perto, há dias, ou semanas, era indiferente. Um carro dobrava a pista de acesso ao setor comercial, quase à mesma hora de hoje. Um pederasta ao perceber o aceno do homem no volante se aproximou lentamente, mas foi barrado pelo grito de uma das mulheres habituais no local e na hora, pelo grito e pela corrida. A mulher abriu as pernas diante dos faróis, alisou o encontro das coxas com as palmas das mãos unidas, e ritmou o movimento da língua na boca aberta. Mais alguns conhaques e principiou a vagar entre dor, ironia e lucidez. Onde a névoa da embriaguez, árvore móvel, invertida, com as raízes no infinito e a copa agitada por ventos invisíveis se arrastando por chãos? Onde a euforia de lembranças e gostos? Onde a noite interior, o eterno negrume manchado por infinitas galáxias? O lugar-comum, a vulgaridade, o eterno feminino, a dama da noite, a deusa do amor com seus filtros e feitiços, fêmea feroz de gestos polidos e armadilhas, suma concentrada de mitologias, cor de bronze lavado por chuvas e ventos, serpente de águas solitárias em selvas impenetráveis, peixe que alçou vôo transformado em pássaro e pousou como mulher em alguma praia deserta. Onde a face, consistência de noite e realidade de mito? A grande mãe parida pela noite em obscuras mesopotâmias? Viu-a pela primeira vez em torno da meia-noite. Deixara o Hotel Nacional. Quando o amigo de Porto Alegre pegou a chave do apartamento e se despediu, ficou sentado no hall. Jantara ali, bebera um pouco no bar, enquanto se processava a festa de encerramento do I Encontro Nacional de Proprietários de Bares. Antes do jantar os filhos dos proprietários dos bares uniformizados e disciplinados executaram alguns dobrados junto às portas giratórias, enquanto um grupo de turistas americanos invadia a esquerda com suas malas, suas camisas coloridas e sua algazarra, e uma comitiva diplomática alemã aguardava os carros oficiais, três homens e duas mulheres. Um deles manifestava impaciência quase sapateando com suas pontas de verniz, olhando de segundo em segundo para o relógio, enquanto uma das mulheres lhe endireitou a lapela e alisou a orelha rosada de um rosto infantil. Terminada a última peça dos filhos dos proprietários de bares, quase todos morenos peninsulares, desfilaram em ritmo marcial para o grande salão ao lado da piscina. Quase provocou escândalo quando o amigo o chamou para o restaurante e ao levantar-se brusco dera um encontrão no tipo gordo, baixo, careca. Ouviu latidos e quase gargalhou. Pensou que era o tipo, até ver a corrente do pulso amarrada a um pequeno cão peludo, branco, lindo. Não entendia de cães. Antes da meia-noite comprara cigarros na galeria, contornara a churrascaria, ultrapassara o prédio dos correios e o bar das mulheres, pensara em entrar para ouvir o saxe e a cantora, mas prosseguira. Um pouco depois da rua do Hospital, caminhando como sobre as águas no canteiro central da W-3, ela surgira. A iluminação no trecho era boa. Cabelos negros e longos sobre os ombros; rosto firme onde tudo era bem talhado, olhos, nariz, boca; colo forte, aberto em retângulo, um quarto dos seios apenas à mostra; vestido longo, solto com a imobilidade das imagens em madeira; a cor, um cruzamento talvez de negro e índio, talvez a mulher de algum diplomata búlgaro, filha de paquistanês e etíope, num momento de santidade, se prostituindo por nojo ou culpa. Um Opala vermelho freou, a porta se abriu e os cabelos cobriram o rosto antes que o corpo sumisse no assento. Esperou o retorno. Era rápido o trabalho das mulheres da W-3. Inútil a espera. Três vezes em dias diferentes a mesma frustração, e a frustração dos dias inúteis em que nem mesmo frustração havia; a mulher nem aparecia. Apareceu-lhe em sonhos completando ilusões diurnas de fragmentos femininos. Apareceu-lhe na exigência de um clima que desconhecia até então, um misto de lugar-comum sentimentalóide e a exigência da fêmea parida pela noite, mãe terrível emergindo das águas, metamorfose de serpentes, monstro marinho se oferecendo ao gozo e negaceando o corpo. A imagem cafuza mergulhada de dia em alguns dos milhares de barracos amontoados na miséria e podridão da Ceilândia, vivendo seu sonho de serpente e mãe-dágua nas noites da W-3. A imagem bíblica de cruzamento de paquistanês e etíope, prostituta sagrada convivendo uma impossibilidade de convivência à espera da tromba de um elefante que a lance no dorso e equilibre seu mundo. O policial da casa financeira já não se importa com sua passagem, e nenhum interesse tem agora a vitrina da casa de roupas de homem. As arcadas da D. Bosco parecem-lhe agora caricaturas góticas, e nunca foi tão monótona a sucessão lenta de faróis. Ao chegar à penumbra do supermercado sabe de relance que está paralisado num sonho acordado. Todos os gostos de posse física, o vigor da mão na anca da mulher, o arranhão de unhas em suas nádegas. Ao dar o primeiro passo o melado lhe escorre pelas virilhas e surge o embrião de uma possível lenda do abacate. Talvez pelo caroço.

O rato e o pombo

A dolorosa percepção do que não foi dito, talvez. Um ódio súbito a irromper do fundo e a revelar que nada mais conhecera como sentimento do que o ódio. Levantou-se da poltrona e foi ao janelão endireitar a persiana. Necessidade de movimento. O outro terminou a frase, sem grande importância para ele e acendeu um cigarro. Um silêncio mais incômodo do que a conversa. Ergueu e baixou a persiana, abriu e fechou um dos vidros. Gostaria de sentir alguma coisa diante das luzes da lagoa, algumas dessas coisas de que o outro era tão pródigo no derrame de palavras. Sentou-se novamente, cruzou e descruzou as pernas, ofereceu um caramelo que foi recusado, e principiou lentamente a descolar o papel e a desenrolá-lo. Uma pausa no ódio substituído pelo desprezo. Escultorzinho de merda, a se atrapalhar todo por não poder pagar uma dívida que nunca fora dívida. Amigo de infância. Afetou uma sisudez e acentuou as imensas dificuldades que enfrentava agora, alguns edifícios em construção, os financiadores retraídos pelas flutuações do momento, e uns restos a pagar ainda pelo apartamento que agora ocupava. O outro provavelmente vira, quando fora ao banheiro, as despesas de mármores, espelhos e armários. O outro bateu a cinza alongada no pires de café e levou o cigarro aos lábios novamente. Nada tinha a dizer. Olhou em cima de uma pequena cômoda à esquerda, e viu a figura de mulher, em bronze, um de seus primeiros trabalhos Seu presente de casamento. Gostava da figura, vinha às vezes visitar o amigo mais pelo prazer de rever seu trabalho do que pela companhia.

Apoiada em uma das mãos, a outra envolvendo um seio, a cabeça arredondada e tombada para o lado, o corpo massa a se fundir com as pernas dobradas e a pesar sobre o apoio. Um dos primeiros trabalhos, cheio de tudo aquilo que fora admiração na época, aglomerado de influências e de paixão, a mulher inclusive. A mulher do amigo regressara da cozinha com uma pequena bandeja e uma xícara de café para ele. O casal não gostava da bebida. A mulher deixou a xícara ao lado da outra e do açucareiro, e tomou sua posição ao lado do marido, de costas para o janelão. Enquanto bebia o café olhou de novo a sala, enorme, os vários grupos estofados, as mesinhas, as lâmpadas de pé, os tapetes, as porcelanas, os cristais, a figura da mulher. O amigo silenciara sobre o assunto da dívida, enquanto a mulher inventou um assunto poético. Algumas palavras ecoaram pelo salão sem nenhum sentido para nenhum dos três, sons articulados e encadeados a deixar na vertical três pescoços. Não, naquele dia não tinha a menor intenção de se deixar arrastar pelas palavras. O silêncio dissolveu o desprezo, e trouxe de novo o ódio, ódio pela mulher, ódio pelo escultorzinho de merda. Enquanto desenrolava outro caramelo as imagens do outro em outros cenários se sucediam. E era uma simples sucessão de ódios. A casa, a mãe, o pai, a irmã, o fétido sobrado onde estudavam juntos, o noivado, o dote, a briga pelo dote, os sócios, os filhos, um casal. A mulher insistiu no assunto poético, desdobrou alguns comentários e fez uma pergunta ao escultor que permaneceu em silêncio. Este apenas se lembrou do instante em que levou seu poema ao jornal, e conseguiu que o publicassem. Havia no poema um esboço, uma promessa, uma certa inquietação. O marido mordeu o caramelo quando a mulher insistiu na pergunta. Diabo de poesia em que essa vaca se meteu agora. O escultor encheu de novo a xícara, bebeu-o amargo, esquecera do açúcar. Nada redime a nossa miséria básica, se o oposto dessa miséria é um amontoado de palavras. Enquanto o amigo lhe falava do filho que pretendia embarcar para Israel, iria viver num kibutz, percebeu que foi atraído para uma luta inútil, sem o menor interesse para ele. A dívida em questão era duvidosa, estava ligada a uma escultura em aço para um edifício incorporado pelo outro. Por uma questão de firma o amigo achou melhor que o material fosse pago junto com o material de construção. Vendida a escultura ao condomínio, ele apenas o reembolsaria. Percebeu agora que como idiota aceitara a proposta. Vendida a escultura, a ser paga em parcelas, o outro simplesmente exigiu a metade, eram sócios, não? Engoliu o nojo e começou a pagar até que a doença fez com que atrasasse as parcelas. Situação abaixo de qualquer dramalhão de terceira. E era um dramalhão de terceira. Acendeu um cigarro, olhou o casal e teve uma sensação de perda de tempo. Como os volumes simples que procurava em seus últimos trabalhos, os tipos à sua frente eram realmente simples e estereotipados, qualquer acréscimo era uma espécie de psicologismo barato, um lixo de sua imaginação. Lembrou-se do trabalho interrompido no atelier, duas formas simples em oposição. Nada melhor do que voltar ao atelier, agora. Ergueu-se. Deveria inclinar um pouco para os lados cada uma das formas.

Prisioneiro da nuvem

Quelle vie! La vraie vie est absente.
Nous ne sommes pas au monde.

RIMBAUD

Vinha de um emaranhado denso de carvão e feras e não queria identificar o próprio rugido. Vinha de longe, de um grunhido entre mineral e animal, uma transição entre ruído e palavra. Vinha de um parto de pedra envolto em trapos de aço. Havia um crepúsculo negro nas retinas, e não sabia como identificar as tonalidades de preto, nem cinza ainda. Um mendigo lança-lhe uma esmola de longe, enrolada em papel de pão. Um pedaço de bolo roído na borda cortada. Encolheu as pernas, comprimiu as costas no pilar e os joelhos na porta fechada, equilibrado no pedaço de mármore da soleira da loja. O sino da igreja do Largo de São Francisco. À sua frente o beco entre o João Caetano e os fundos da Escola de Engenharia. Chovera de madrugada, e o ônibus ao dobrar a Carioca lançou-lhe uma linha de lama. O olhar ficou entre a pata do cavalo da estátua e o pardal na varanda da Constituição. A manhã de domingo prometia sol na praça quase deserta. A bruta e simultânea emergência de dor e massa de imagens num rio de frases acompanhou os passos lentos e trôpegos do travesti em direção ao poste. Tinha a impressão de estar assistindo à gênese do masculino e feminino. Do cigarro fumado com o corpo em jeito lânguido e exausto fundido ao poste evolava a náusea fundamental das distinções. Um tipo barrigudo em camisa de meia empurrando um carrinho de carga surgiu da Sete de Setembro, e hesitou antes de tomar a Avenida Passos. Encostou a cabeça na folha ondulada de metal. Percebeu que nunca poderia perceber o que estava acontecendo, porque *estava acontecendo*. Seria possível ficar numa sala de onde já se saiu? Seu corpo conheceu a rigidez da pedra ao fixar o grupo que vinha da Carioca. A velha, um bloco de rugas exalando rancor, abraçada ao adolescente, a gorda, massa de desprezo e auto-satisfação, equilibrada nas canelas finas e no gesto lânguido da mão apoiada no vazio, impondo ao menino com um berro que lhe ajeitasse as sandálias. O menino se curva, obediente e tenso, ajeita a tira no calcanhar, e recebe um empurrão proposital do adolescente. As mulheres riem e o adolescente esboça um sorriso macio de orgulho e alheamento. Com a passagem do grupo algumas imagens se tornaram fixas. Um sonho antigo, criança aterrorizada, amarrada, e um gato feroz encarando-a. Um sonho atual, um gato feroz insistindo em se grudar ao seu corpo e que consegue arremessar no abismo. Do fundo um longo uivo humano se propaga. Uma lembrança antiga, criança pela janela, no inverno, e sai para apanhar leite. Uma lembrança antiga, criança no colégio religioso aos quatro anos, o dia todo. Uma lembrança antiga, indistinta entre lembrança de fato e lembrança de sonho, casa em colina ajardinada onde só um rosto conhecido aparece. Mastiga um pedaço de bolo e recompõe todas as cenas de incitação à grande atividade em estado de paralisia. Trôpego na recuperação, atribuindo seu estado a um excesso qualquer, engolia as explicações para uma certa lerdeza de movimento e expressão. Uma transição de terror para humor ao constatar a *realidade natural da idéia*. A lembrança de um sonho: um grupo de tipos bem vestidos, de boa aparência e maneiras polidas cruza as pernas em poltronas confortáveis, cruza e descruza, em pantomima. Um deles, o mais gordo, de maneiras mais polidas, arrota e anuncia que poderiam primeiro envenená-lo. Dois outros com o mesmo aspecto introduzem um terceiro. Oferecem-lhe uma bebida. O homem cai em estado de rigidez e se move como autômato. O grupo ergue-se, forma um círculo, incita-o a toda sorte de movimentos rápidos e ridiculariza e insulta os movimentos e as dificuldades. Um deles, o mais gordo, de maneiras mais polidas, arrota e comenta, com finura, a ignorância do autômato, *nem sabe mover os braços*. O travesti na mesma posição contaminado pela umidade da manhã. Um carro freia bruscamente ao lado do Carlos Gomes, e um casal corre em direção à Pedro I. Um bêbado inicia um discurso na porta do São José. O caminhão do lixo vem da Sete de Setembro, contorna a praça, passa à sua frente, dá mais uma volta e se transforma em estrondo de descarga na Carioca. Um sonho de olhos abertos enquanto o sol inunda a praça. A casa da colina em chamas, alguns corpos massacrados, e um gato paralisado pelo terror. Ergue-se. A dolorosa claridade na retina tensa por chama interior. Vinha de um emaranhado denso de carvão e feras e identificava o próprio rugido. A morte, uma ficção.

Brrkzng: pronúncia — bah!

Um dia acordou, cuspiu na pia, escovou os dentes, cuspiu outra vez, lavou o rosto, e ao pegar a toalha, soltou um palavrão. O dedo mindinho do pé dava urros, o dedo não ele. Dera uma topada no armário do banheiro. Como vingança chutou o armário com o dedão do outro pé. Que também urrou. Aí o homem encontrou uma saída. Ensaiou bem a cara no espelho e fez de superior em relação aos dedos do pé, o mindinho e o dedão. Naquela hora resolveu levar avante um velho projeto: descobrir a palavra mágica mais poderosa do que todas as palavras mágicas que conhecia, inclusive abracadabra. Foi à varanda, mexeu nas samambaias, e estirou-se na espreguiçadeira. Que não era fácil inventar palavra mágica. Mais difícil do que palavra difícil. Começou por achar que devia ter mais de doze sílabas sem a tapeação do hífen. Fixou-se em vinte e duas sílabas, simplesmente porque dois mais dois são quatro, e dois mais dois, sem o mais, são dois dois, o que não é tão óbvio. A palavra mágica deveria anular o efeito de todas as outras e desfazer encantamentos, revirar feitiços, pau para toda obra no campo milagreiro. Julgou inútil fazer um levantamento enciclopédico de todas as palavras existentes no gênero, para não cair em repetição, ou em plágio. Inventaria a sua. Com vinte e duas sílabas e um bom arranjo de vogais e consoantes era mínima a probabilidade de obter uma já existente em qualquer língua. Primeiro porque as línguas que davam palavras mágicas não tinham lá tantas sílabas juntas, e as que tinham estavam há muito tempo desmoralizadas porque se mostraram chinfrins na matéria. Palavra mágica não se inventa com tanta facilidade, muito menos palavra mágica mais forte do que qualquer outra. Retorceu-se na espreguiçadeira, alisou com os dedos os braços de madeira manchada e disse à samambaia que a tarefa era complexa. Disse à samambaia. Quase se assusta. Não com o que disse. Coisa à-toa. Nem com a samambaia. Que nada tinha de causar espanto, samambaia comum, do tipo que gostava. Disse à samambaia que a tarefa era complexa. E esperou comentários. As hastes se agitaram de leve. Houve oscilações de folhas. Um pouco de terra veio misturada com a poeira. Ventava. Compreendeu que a combinação de vogais e consoantes tinha que ser ininteligível. Pensou em palavras simples, mesa, cadeiras, pão, folha, irmão, pai, mãe. Eram inteligíveis. A gente ouvia e sabia logo o que era. Mesa, aquilo ali, cadeira, isto aqui. Comum. Banal. Sem graça. Palavra mágica tinha que ter o encanto de dissonâncias, de ruídos, de asperezas, tinha que despertar nostalgias por exóticas complementaridades. Reinos fantásticos — o não-agora, o não-aqui. Uma consistência de sonhos, sem sono, de fusões de imagens em condensados hibridismos. Qualquer coisa como uma nuvem vista em um amanhecer sobre a baía. Claridade sobre as águas. Ondulações na superfície. Sucessão de reflexos nas dobras líquidas. Uma nuvem cinza boiando no horizonte, enorme. Gradações de cinza. Áreas compactas. Áreas ralas. Leve fumaça de nuvem nas bordas. No canto inferior, à direita, um risco horizontal ilumina o vazio. No canto superior à esquerda um círculo de luz avermelhada parodia o sol. E as dobras da água se justapõem às dobras de nuvem, articulando cinza e fogo. Uma palavra mágica para uma nuvem daquelas podia ser tudo menos nuvem. Estava então nas vinte e duas sílabas, sem saber como ordenar vogais e consoantes. Estirou o corpo, deixou boiarem as letras, e sentiu que além de ininteligível palavra mágica tinha que ser outra coisa. Copo, palavra. Copo, objeto. Copo, duas consoantes, duas vogais, um certo som fácil de adivinhar. Copo, tronco de cone invertido, quase cilindro, de vidro, um círculo de vidro no fundo, transparente, uma circunferência lapidada em cima, tonalidades de cor em função da luz e dos objetos à volta. Duas sílabas, vidro modelado pelo fogo. Laranja. Três sílabas, a mesma vogal tripartida. Circunferência rugosa, casca irregular, manchas esparsas, cor palavra de cor como revestimento de suco e bagaço, gomo e caroço. Fecha os olhos. Copo. Laranja. Som e imagem, não vistos. E entanto vistos. Uma realidade dentro da realidade. Uma crosta fixa sobre crosta fixa. Palavra mágica, espelho inverso de múltiplo espelho ilhado entre um infinito de espelhos em uma circunferência imaginária. Um gesto de mão, simultaneamente infinitos gestos de mãos, um joelho dobrado em movimento instantâneo fixado por joelhos dobrados em movimento imóvel, porque sem repouso, um rosto infinitamente devolvido pelo avesso, em permanente conflito com um rosto invisível permanentemente recriado. Palavra mágica, o inverso da palavra. Foi ao espelho do armário e moveu as duas mãos. Apoiou a esquerda sobre a imagem. Apoiou a direita sobre a imagem. Escreveu numa folha de papel COPO e LARANJA, e tentou ler as imagens do que escreveu. Achava que teria de ler o inverso do que punha diante da porta do armário. Mas ao inverter o papel observou que leria a imagem de uma inversão. Portanto OPOC era a imagem do inverso da palavra. A imagem de COPO seria COPO, se o papel não tivesse espessura, e se escrevesse no próprio espelho com o dedo ou com algum pincel. Não haveria distâncias entre palavra e imagem. Ou a distância de uma infinita ilusão. Por exemplo, uma palavra não mágica para a cena presenciada há dias. Na rodoviária, enquanto comprava a ficha do café foi atraído por um homem que observava outro homem, e percebeu que o que observava esperava ouvir qualquer coisa do outro. Ele esperou a espera do que observava a espera de qualquer coisa. O outro agitava-se, ajeitava a gola, deslocava a gravata, desabotoava o paletó, virava-se de lado, ia até a banca de jornais, passava pelos guichês de passagens, voltava ao ponto de partida em que qualquer coisa era esperada por um homem que o observava enquanto ele era observado. Uma mulher se aproximou. O que observava mostrou espanto e certa alegria. Ele procurou compreender o espanto e a alegria, e o gesticular do casal. Subitamente o que observava deu as costas e se apressou em direção à escada. Ele olhou o casal. As mãos gesticulavam em posições precisas e os dedos se ajustavam numa rápida sucessão de formas. Nenhum som. Alguma sílaba de homem, invertida, uma letra de observar sem a preocupação de eufonias, um fragmento de qualquer palavra que signifique mulher sem ser mulher, uma transcrição sonora, pseudo-onomatopéia, porque silenciosa de espanto e alegria, a escolha de algumas consoantes que as posições de mãos e dedos possam sugerir. Memsfeoapbdq. Memesofeoapobediq. Qidebopacefosemem. Quibodefopaosemem. Não, nenhuma delas servia. Excessivamente lógicas. Fácil a estrutura de composição, decomposição, nenhum mistério. E palavra mágica destituída de mistério! Palavra mágica destituída de mistério não funciona. Talvez se acrescentasse alguns gestos. Levantou-se. Tomou a posição inicial de sentido e pronunciou *memsfeoapbdq* ao mesmo tempo em que a perna esquerda recuou, a direita avançou, a barriga encolheu e as duas mãos se projetaram para a frente. Ouviu um pequeno som: do mamoeiro do canto um fruto se espatifou na terra. Ficou intrigado. Tomou posição de sentido outra vez, pronunciou *memsfeoapbdq,* e ficou à escuta. Nada, nenhum mamão. Percebeu que não se havia movido. Ficara na posição inicial. Tomou posição de sentido, pronunciou *memsfeoapbdq* e movimentou o corpo. Nenhum mamão na terra. Uma das duas, ou o que fizera não tinha nada a ver com mamão que cai de mamoeiro, ou na primeira tentativa houve alguma coisa que não chegou a perceber e que se relacionava com mamão caindo, e ainda assim, mamão caindo de mamoeiro de canto, porque o outro, um pouco mais afastado do muro dos fundos, nada! E os mamões amarelavam nos cachos. De novo a espreguiçadeira. Olhou bem suas mãos e suas pernas, e olhou bem os dois mamoeiros, o do canto e o outro. Percebeu rachaduras no reboco do muro caiado, e a ferrugem da grade pontuda. O terreno entre a varanda e o muro era irregular, e nunca tratara de acertá-lo. Montes de terra e um capim não tratado de há muito dava-lhe feição de abandono, atenuado pelos mamoeiros, bananeiras e mangueiras. Uma série de hastes verticais terminadas em ponta, e soldadas por volutas de ferro mais fino, na horizontal, compunham a grade. Alguma coisa com a grade. A grade. O mamoeiro do canto. *Memsfeoapbdq.* Procurou se lembrar da posição exata, em relação à grade, do corpo na hora em que pronunciou a palavra. Fixou-se na que lhe pareceu ideal. Ergueu-se lentamente, ficou de sentido, pronunciou a palavra, recuou a perna esquerda, avançou a direita, encolheu a barriga e projetou as duas mãos para a frente. Não teve coragem de olhar. Ficou à escuta, o canto do olho direito quase fechado e o do esquerdo aberto ao máximo à espera de som.

Um estrondoso cacarejar despencou pela esquerda, e duas galinhas em perseguição se bicavam, zanzavam, se fustigavam com as asas, e uma delas se refugiou na varanda, enquanto a outra rondava o degrau. O olho mais aberto da esquerda só encontrou o olho bem aberto na cabeça da galinha, tiritando no pescoço elástico. O homem não moveu o corpo. O olho da galinha sumiu de seu horizonte, e ouviu patas e bico se arranharem na madeira e no cimento. Depois, parece, a galinha da varanda resolveu atacar e disparou em cima da outra, ao lado do degrau. O cacarejar sumiu pela direita, caminho de entrada dos fundos da casa. Silêncio. Fechou o olho direito, abriu o esquerdo e girou com lentidão a cabeça. O mamoeiro na mesma. Resolveu repetir a cena, em outro ritmo. Retornou à espreguiçadeira e ergueu-se bruscamente. Ficou de sentido. Pronunciou a palavra. Recuou a perna esquerda. Avançou a direita. Encolheu a barriga. Projetou as duas para a frente. Tudo isso em menos de um segundo. Quase foi derrubado pela cantilena estridente do amolador, que devia estar na esquina. Recuou e estirou-se na espreguiçadeira tapando os ouvidos. Destapou os ouvidos e recomeçou a cantilena. Tapou os ouvidos. Ao mesmo tempo em que um mamão se espatifava junto ao muro, não ele, mas alguém dentro dele, ou alguma coisa, pronunciou *memsfeoapbdq*. E o mamão não era do mamoeiro do canto. A cantilena do amolador, mais forte, agora, não o incomodou. Passava do agudo para o grave com a intensidade suficiente para britar qualquer pedreira apenas com as vibrações. Levantou-se, deixou a varanda, seguiu por um caminho de terra entre as moitas baixas, e ajoelhou-se junto ao mamão. Enquanto esmagava com os dedos algumas sementes ocorreu-lhe que nunca vira antes mamão maduro cair de mamoeiro, tinha a impressão de que mamão maduro apodrecia no pé. E o primeiro mamão, e este esborrachado entre a areia e o capim? Deixou correr pela palma da mão o aglomerado de bolotinhas brilhantes envolvido por uma pasta amarelada, gelatinosa. Estava de cócoras, a cabeça à meia altura da grade. Nada de especial no casario do outro lado da rua. O longo período sem chuvas deixara a terra endurecida e a vala com um fio dágua. O mato entre as rachaduras das calçadas reduzia-se a fiapos cinzentos de pó. Introduziu dois dedos na fenda, abriu o mamão, e estirou-o em leque com fatias irregulares. Alguns filetes leitosos escorriam sobre a casca esverdeada, e empastavam-lhe os dedos como goma. Abóbora. Se chamasse aquilo de abóbora, teria algum sentido? E palavra mágica tem sentido? Mas este mamão entre os dedos, mesmo que o chamasse de abóbora, caíra ao mesmo tempo em que não ele, mas alguém dentro dele, ou alguma coisa pronunciou *memsfeoapbdq*. Então a queda nada tivera a ver com mamão, e sim com *memsfeoapbdq*. Pronunciado em silêncio, não por ele, e o mamoeiro sem ser mamoeiro, apenas raízes, tronco, galhos, frutos junto a um muro. Ergue-se bruscamente. Lembrou-se súbito de uma lembrança recente não percebida. Na hora em que não ele, mas alguém, coisa dentro, pronunciou a palavra, uma imagem complexa jorrou-lhe instantânea. Uma colherada de sementes de mamão engolida aos oito anos, e o medo de que aquelas sementes virassem mamoeiros em sua barriga com o tronco subindo pelo peito e os galhos saindo da boca. Fora rápido, simultânea ao espatifar do fruto e à pronúncia da palavra. Retornou à espreguiçadeira e ergueu-se bruscamente. Ficou de sentido. Pronunciou a palavra. Recuou a perna esquerda. Avançou a direita. Encolheu a barriga. Projetou as duas para a frente. E fixou a lembrança. Os mamões continuavam no pé. A lembrança era de uma descida de calçada de bicicleta, as mãos firmes no guidão. O corpo estirado na espreguiçadeira, os braços sobre os braços de madeira, a nuca atritando na lona, a barriga da perna pressionando os dois paus roliços do descanso para os pés. No teto os cantos sujos pedindo uma vassourada, o globo cor de leite no centro pedindo uma lavagem, uma pequena rachadura junto à verga da porta pedindo pintura. As lembranças vinham com dificuldade. A impressão era de que não tinha lembranças. Como se tudo em volta estivesse mais rígido. Ou tudo dentro dele. No entanto alguma coisa fluía, mas não lembranças. Comentários sobre os cantos sujos, vassouras, globo, cor de leite, lavagem, rachadura, verga, porta, pintura. Uma lembrança irrompeu. Do outro lado da rua, além da esquina da direita. Chegava-se à portinhola do sapateiro, cumprimentava, recebia um sorriso bom de uma cabeça calva, miúda, os óculos um pouco afastados do nariz. Apoiava-se um pouco nos rolos de couro junto à entrada, olhava as filas de sapatos engraxados prontos para a entrega e dependurados sobre os rolos, os cadarços, os saltos de borracha, e sentava-se no tamborete de tiras de couro. Enquanto trocava algumas frases banais fixava-se nas mãos do italiano. Um sapato sobre a fôrma de ferro ligada por uma haste à base. Nas bordas da sola o couro se abria e cedia ao furo da sovela e ao gesto rápido da agulha de linha grossa se deslocando em nó. Gostava de ver o amontoado de coisas sobre a banca de trabalho. Latas de cola, tubos de graxa, pregos, martelos de alguns tamanhos, tachinhas, rolos de linha, agulhas retas e curvas, pedaços de vela, fatias de couro, tiras de borracha, cera de carnaúba. Antes de enfiar a linha na agulha, passava o fio pelos lábios, enrolava-o com as duas mãos e atritava-o na massa de cera. Quando os jornais davam alguma notícia de guerra, falava de sua aldeia, de comida, de bebida, de gente, da grande cidade, dos conflitos, dos anarquistas. Perguntava pelos vizinhos, pelo filho da lavadeira, pela filha da costureira, o sobrinho do dono da venda parece que ia bem nos estudos, cabeça boa. O italiano tinha um nome, mas o nome não era a lembrança toda. Ainda assim a lembrança era lenta e não era. Vinha com dificuldade e não vinha. Pareceu-lhe despender um esforço enorme para chegar a outra lembrança. Estava ligada a uma mulher gorda da outra rua, paralela à que fazia esquina para o sapateiro. Mas a lembrança nada tinha com a mulher gorda e sim com um terreno enorme da mulher magra e miúda que tinha uma casa nos fundos, algumas casas depois da mulher gorda. Sua cara pintada de tinta de amoras brancas e pretas, seus dedos pegajosos de se agarrarem ao pé de abricó, seus joelhos arranhados dos galhos da mangueira. A velha magra e miúda e que era a dona do terreno, mas dominando a lembrança a mulher gorda que nada tinha com a história, a mulher gorda que era antipática e feia, que era ranzinza e de pouca fala, e que um dia lhe deu um presente. A mulher gorda tinha um nome. Que nada tinha com a lembrança das tintas de amoras brancas e pretas. E com facilidade, agora, em clima leve de êxtase e encantamento, a lembrança de um sonho. Em terras que nunca vira, em colinas por onde nunca andara, rolava pela grama, via o sol entre os ramos de castanheiros, rolava pela grama, via o sol entre os ramos de castanheiros, umedecia a camisa no chão enquanto catava morangos, morangos enormes, vermelhos. E ao mesmo tempo, sem saber como, caminhava por entre enormes plantações de beterrabas e cenouras, e roubava e mastigava uma cenoura enorme de casca fina, adocicada, com todo o estardalhaço que bons dentes fazem com uma cenoura. Sacudiu-se Era recomeçar a empresa. Pronunciou cinco vezes *memsfeoapbdq*. Inspirou. Expirou. E retomou o ímpeto. Apenas deixara o mamoeiro. Seria a vez da galinha, qualquer uma. Ficou de sentido, encolheu a barriga, esticou as duas mãos espalmadas para a frente, e pronunciou com um imperativo o *memsfeoapbdq*. Abriu os olhos que havia fechado em quase transe. Nada. Repetiu a cena carregando um pouco mais no imperativo. Nada. E aquele olho redondo da galinha no seu olho esquerdo bem aberto quando visava os mamões. Modificou a posição das pernas e das mãos. Levantaria a mão esquerda, na vertical, deixaria a direita na horizontal, sem espalmar os dedos, a perna esquerda e a direita fariam forquilha, uma para a frente e outra para trás. Com um pequeno artifício. Usaria, no tom da pronúncia, o imperativo negativo. Um pequeno requinte de efeito paradoxal. Ensaiou as posições despreocupadamente, a mão esquerda, a direita, o pé esquerdo, o direito, o tom, a cabeça, a posição da barriga. Estirou-se na espreguiçadeira, relaxou todos os músculos. E num relance estava de pé, no gesto total. A esquerda retesada para cima, a direita para a frente, os pés em forquilha, o tom exato, imperativo negativo. Currrupacopaco. Currrupacopaco. O papagaio da mulher do condutor, numa das casas do outro lado da rua. E a galinha? Mas se o papagaio respondera, em alguma coisa andou certo. Papagaio, galinha, galinha, papagaio, bicos, penas, olho redondo. Ensaiou novamente. Gesto total. Nem papagaio nem galinha. Alguma coisa na palavra? *Memsfeoapbdq. Memsfeoapbdq.* Afeiçoara-se à palavra. Pronunciava-a com a perfeição de um professor de fonética, distinguindo todos os sons. Relembrou a origem. *Alguma sílaba de homem, invertida, uma letra de observar sem a preocupação de eufonias, um fragmento de qualquer palavra que signifique mulher sem ser mulher, uma transcrição sonora, pseudo-onomatopéia, porque silenciosa de espanto e alegria, a escolha de algumas consoantes que as posições de mãos e dedos possam sugerir.* Será que *memsfeoapbdq* já existia em alguma língua, e por isso o efeito era nulo, nas circunstâncias? A não ser uma ou outra em histórias infantis, palavra mágica andava sempre ligada a um certo ritual, a uma disposição do corpo e do ambiente. Fumaça, cheiro, roupa, objetos, uma certa luz. E as vinte e duas sílabas? Fora uma decisão, não havia garantia nenhuma de eficácia, além do mais afeiçoara-se a *memsfeoapbdq* e isso lhe parecia mais importante do que a decisão inicial. Um vínculo afetivo com a palavra mágica era muito mais importante do que uma palavra mágica sem laço com quem a pronuncia. Não desistiu das vinte e duas sílabas, mas não desistiu também de *memsfeoapbdq*. Descobrir realmente se *memsfeoapbdq* já existia em outra língua era impossível. Depois de consultar todas as enciclopédias e todos os eruditos de línguas vivas ou mortas, ainda restaria a hipótese de língua desconhecida, mal estudada, tanto viva como morta, língua não registrada, ou de transcrição difícil e duvidosa. Algum dialeto, alguma ilha da Polinésia, alguma gíria de bas-fond de metrópole mais civilizada. Mesmo constatada a existência de *memsfeoapbdq* a coincidência não seria total. A origem. *Alguma sílaba de homem, invertida, uma letra de observar sem a preocupação de eufonias, um fragmento de qualquer palavra que signifique mulher sem ser mulher, uma transcrição sonora, pseudo-onomatopéia, porque silenciosa de espanto e alegria, a escolha de algumas consoantes que as posições de mãos e dedos possam sugerir.* Tudo isso vinculado à cena da rodoviária. Sorriu lentamente. Dentro dele *memsfeoapbdq* surgiu em clima de ternura. Balançando o corpo, pela direita, a galinha cacarejava tranqüila, em linha reta em direção ao mamão esborrachado junto ao muro. Fechou o olho esquerdo quase que totalmente, abriu o direito o mais que pôde e viu o bico da galinha estraçalhando casca, polpa, lambuzando a testa com as sementes. Currupacopaco. A cantilena do amolador naquela manhã ainda não atingira aquela intensidade de agudo. Farta, a galinha deu meia-volta, escarvou a terra com as duas patas, sacudiu o pescoço separando as penas do dorso, curvou a cabeça para trás e abriu o bico como em gargarejo, a asa esquerda horizontal, a direita abaulada tendendo para a vertical, e disparou em direção à varanda. Não subiu o degrau de cimento. Ficou embaixo, com uma das patas no capim e a outra na terra. A disposição era agressiva. Agitando as asas, marchando sem sair do lugar, balançando o corpo em grande ansiedade, oscilando o pescoço em alta freqüência, parecia que preparava um ataque. O olho da direita não conseguia mais encarar com o olho da galinha. Parecia evitá-lo com os movimentos verticais do pescoço, dando assim ao bico a dimensão da trajetória do bico. Durante toda a preparação do ataque o papagaio e a cantilena do amolador ficaram no mesmo nível sonoro. Começou a mover a cabeça imitando o movimento da cabeça da galinha, e estacou numa nuvem. A forma da nuvem era a da galinha. Sem se mover a imagem agressiva da galinha, forma de nuvem, o agride. Baixa os olhos. A galinha sumira. Ergue os olhos. A forma da nuvem o agride. Fecha os olhos. A forma da galinha o agride. Conserva os olhos fechados. Já não a forma mas *alguma coisa* o agride. Alguma coisa anterior à imagem de uma frigideira e de um ovo se partindo para deixar escapar com a clara duas gemas. Espantou-se com o próprio espanto já que não sabia se a imagem estava ligada a um fato concreto do passado, ou era simples ocorrência atual vinculada à imagem agressiva da galinha, da forma de nuvem, da imagem da forma de nuvem, ou simplesmente da galinha, ou ainda a *alguma coisa*. Ou simplesmente, à galinha. De repente lembrou-se de que ovo com duas gemas dá azar. Fora dito por alguém em algum lugar. E imagem de ovo com duas gemas dá azar? As claras pipocavam na frigideira e as gemas imóveis em sua estabilidade gelatinosa brilhavam. Sentiu cheiro de manteiga, gosto de sal, ouviu os estalidos de bolhas de clara, e insultos por queimadura de mão, e algumas noções banais de um cotidiano banal se interpuseram silenciosamente entre sensações compondo um mal-estar generalizado. Claras, gemas, manteiga, sal, bolhas, insultos, frigideira. Estirou-se de novo na espreguiçadeira. Todo o corpo parecia dominado por um cansaço doloroso, uma fadiga de sensações. Os braços caíram dos apoios, as pernas desajeitadas em torno dos calcanhares no chão. Um cansaço de hábitos. *Memsfeoapbdq*. Mas *memsfeoapbdq* fora derivado e composto de palavras em sua língua. E palavra mágica teria alguma ligação com a língua de uso, do dia-a-dia? Se isso não fosse verdade sua busca era inútil, porque desconhecia totalmente outras línguas. O búlgaro, o javanês, o finês lhe eram completamente estranhos. Ou cada língua tinha as suas próprias palavrinhas mágicas, para uso interno, palavras completamente ineficazes em outras línguas? Palavra mágica de chinês dita por um alemão dava em nada. A palavra copo em búlgaro, a palavra copo em javanês, a palavra copo em finês, a palavra copo em chinês. Juntando as quatro, invertendo, eliminando as vogais, partindo do princípio de que a seqüência era válida, e pronunciando-a teria alguma coisa a ver com *copo*. A cabeça da galinha a princípio parecia emergir de um copo, mas nem a galinha era a de há pouco, nem o copo tinha nada a ver com as palavras que desconhecia. O corredor do ônibus estufava de passageiros por entre as poltronas; os que estavam em pé junto aos assentos enfiavam a coxa ou a perna nos intervalos das poltronas, ou comprimiam o corpo nos ombros dos que sentavam nas pontas. No ponto um berro de mulher e um cacarejar. O último passageiro que subira apertara os embrulhos da mulher equilibrada junto ao degrau e revelara a galinha escondida no papel. O trocador fez parar o ônibus e queria obrigar a mulher a descer: a galinha não viajava. A mulher insistia em dizer que não havia galinha nenhuma enquanto a galinha cacarejava envolta em papel, e o passageiro que subira pedia passagem para o corredor. Os outros se impacientavam, estavam atrasados, o calor começava a incomodar. Desce a galinha e fica a mulher, desce o passageiro e fica a galinha, fica a mulher, fica o passageiro, desce o cacarejar. Uma voz estereotipada de boçal levou o episódio ao máximo de tensão. A palavra *galinha* com entonações cafajestes fez a mulher soltar um grito, e depois os soluços se mesclaram ao cacarejar. Em toda a cena do ônibus, que agora se fundia à imagem da nuvem em forma de galinha, a galinha não apareceu. A lona da espreguiçadeira cedeu um pouco à direita e o deslocamento do corpo assustou-o e excitou-o. A excitação de agora fundiu-se à lembrança de excitação e cena erótica em espreguiçadeira. Idêntica. A mesma armação de madeira, o mesmo apoio dos pés, os mesmos dentes na parte de trás para regular a altura, a mesma cor de listras, talvez. Acomodou-se melhor, abriu as pernas e firmou os calcanhares sobre a última travessa de madeira encapada pela lona. Tentou isolar uma palavra na situação em que se encontrava, mas não conseguiu. Eram torrentes de semifrases se superpondo em clima de tensão mental e contração corporal, sem deslocamentos. Mistura de rompantes líricos e palavrões em atmosfera de encantamento. A excitação composta de todas as lembranças de excitações deixou-o num estado em que começou a ser usado pelas palavras. Elas emergiam em blocos numa espécie de imperativos de movimentos. Assustou-se com a simultaneidade de imperativo e ação. Autômato perfeito. O corpo se sacudiu num transe coreografado, interrompido apenas pela nuvem em forma de cabeça de galinha. A palavra gerada, porém, foi um palavrão. Palavra mágica poderia ser palavrão? Procurou ordenar os palavrões que conhecia, e constatou que eram poucos. Pensou em incluir alguma coisa de gíria pornográfica, mas invalidou o recurso. Palavra mágica não poderia depender de flutuações locais. Ordenou de novo os palavrões habituais, válidos em todas as regiões, e de fácil identificação. Mas sempre desconfiado. Palavra mágica tem sempre vinculação com sobrenatural. Formada de palavrões? Não podia afastar a constatação de uma certa eficácia. Um palavrão bem pronunciado em hora certa não deixa de ter um certo efeito mágico. Não conseguiu afastar o constrangimento. À entrada na casa do amigo, há tempos, tropeçou numa pequena estante da sala de visitas, e quando a mãe do amigo apareceu recebeu uma frase recheada de palavrões. A pancada fora na canela e a expressão do rosto quando a velha entrou com a mão estendida para o cumprimento era de extrema dor. A velha desmaiou e ele ficou dançando numa perna só no centro da sala, uivando, segurando a canela. Cenas eróticas se sucedem entre a espreguiçadeira e a nuvem. O feminino e o masculino assumem atitudes e feições de dança frenética no início e depois resvalam para movimentos em câmara lenta. Os palavrões se sucedem, mas há entre eles um intervalo de pudor e raiva; surpreende-se mesmo com a pronúncia silenciosa de alguns deles em intimidade terna e lírica, recheada de diminutivos. As perversões se sucedem em lentidão amorosa recobertas de um halo de terror que parece paralisar as palavras. Fêmea e macho esplêndidos se desdobram e se envolvem em contrações de membros e lábios. Fêmea e macho percorrem-lhe o corpo provocando retração das pernas e intenso movimento que antecede o gozo sem permitir-lhe o gozo. Gira na lona à procura de uma posição estável de bruços, impossível no início, até que ergue os braços, os cotovelos dobrados na travessa superior, e entrega o corpo à concavidade da lona retesada; as canelas doloridas pressionam as travessas das pernas, e uma espécie de dor inversa sacode-lhe o corpo, anulação de gozo. Lentamente se ergue, os movimentos alternados, uma espécie de véu sobre os objetos, o espaço em volta com uma leve consistência sólida. Ergue a mão para coçar o queixo, os dedos como facas em massa pastosa. Ao se dirigir para os degraus da varanda seu corpo se choca com a parede atrás dele. Quanto mais se dirige para os degraus da varanda mais seu corpo comprime a parede. Desiste. Melhor regressar à sala. A porta fica à sua direita. O corpo comprime a quina da varanda à sua esquerda. Sente uma coceira ao longo da espinha e comprime as costas na parede. Por pouco não tropeça nos degraus e seu corpo só parou junto ao mamoeiro do fundo. Estendeu a mão para baixo na intenção de recolher algumas sementes, mas viu os dedos retesados acima de sua cabeça esfarelando o ar. Elevou-se um pouco mais na ponta dos pés para arrancar uma folha do mamoeiro, e viu seu corpo de cócoras e suas mãos dilacerando talos de capim. Baixou o joelho esquerdo para apoiá-lo na terra, mas foi o direito que roçou os grãos de areia e os pedruscos entre as moitas de capim ralo. Pensou que tinha acabado de jogar fora o toco do cigarro, e viu suas mãos ocupadas com o maço e os fósforos. Seus dedos lhe enfiaram um cigarro nos lábios e acenderam-no com a chama quase raspando o queixo. Decidiu sentar-se na grama mas se viu de pé. Resolveu ficar imóvel mas viu seu corpo se movendo tranqüilo pelo quintal. Sentiu fome e lembrou-se de umas bananas que comera ao acordar. Ainda havia algumas na cozinha. Vomitou com rapidez. Em meio à gosma alguns pedaços de banana mal digeridos. A galinha surgiu e começou a beliscar os pedaços a seus pés. Enxotou-a com um berro. Mas ela ergueu o pescoço, inflou, agitou as asas, um pequeno anel de sombra se formou junto às penas que ligam com o corpo, tiquetaqueou com a cabeça em todas as direções, e semicerrando as pálpebras começou a afagar suas pernas com o pescoço. Renovou o berro e sentiu o frêmito do corpo da galinha se enroscando em suas canelas. Sussurrou irônico uma frase terna. Um uivo de dor acompanhou o cacarejar. Alisou a barriga da perna vigorosamente bicada e enfrentou feroz os olhos cintilantes entre o bico. As asas abertas de penas bem separadas, o pescoço oscilando da esquerda para a direita e da direita para a esquerda como à procura de ponto de ataque, as patas se revezando no apoio e na posição de ataque, as garras enrijecidas pelo ódio. Dominado por um sentimento de pena disse apenas um *vem cá* tranqüilo. O corpo da galinha se relaxou de súbito, ficou apática por instantes, deu meia-volta e se esgueirou pela lateral. Um pouco mais senhor da situação ficou de frente para o muro dos fundos, girou a cabeça e viu a espreguiçadeira bem atrás dele e os degraus da varanda. Encarou o muro e resolveu esfregar o peito na pintura branca. Seu corpo recuou com uma tranqüilidade espantosa, sem tropeço nos degraus, e estirou-se calmo na espreguiçadeira. Olhou para o céu e onde antes vira uma forma da galinha havia apenas um amontoado de letras. Que se ordenaram em uma palavra: *nuvem*.

NOVELAS

Abama
(1964)

...et chaque homme traine après soi un enchaînement de monstres qui est fait inextricablement de ses actes et des formes successives de son corps.

VALÉRY
Eupalinos

Deu-se um dia, após longa caminhada, quando se encontrava no outeiro um pouco afastado da igreja branca, e seus olhos varreram o horizonte da esquerda para a direita. Ao fundo, a linha arroxeada de serras no outro lado da baía, o mar, o monte de pedra oferecendo às águas um dorso gracioso: à frente, o aeroporto, galpões de empresas de aviação, a linha atual das águas mal definida pelo aterro recente, obras em construção sobre a faixa de mar recém-conquistada, na continuação o cais e a amurada de pedra antiga, e em curva abrupta blocos de edifícios quase escondiam o morro encravado na avenida arborizada. Entre as duas linhas as águas calmas de um dia calmo, estriado de faixas mais escuras em um ou outro ponto, refletindo azuis e vermelhos de um céu ainda azul, claro no centro mas bordado de noite e fogo atrás dele, e à sua frente debruado de nuvens brancas, tendo já no bojo manchas cinzentas e nas dobras linhas de amarelo, reflexo talvez da outra extremidade. Deu-se um dia, em que pela primeira vez, é bem possível, sentira com toda a intensidade o impacto de um lugar-comum: o dia em sua plenitude, um instante antes de se dissolver em negrume, a evidência a um passo do mistério, a forma definida na fronteira do vago e impreciso. Deu-se pois quais todos esses elementos se juntaram e despertaram nele uma idéia de há muito incubada e que tomou forma com uma lágrima. Deu-se que resolveu descobrir seu demônio particular. Zacarias, o homem que naquele instante resolveu avivar a memória, andara o dia todo. Era um dia de verão, o calor intenso obrigava a caminhar pelas faixas de sombra ou colado aos edifícios. Era um dia belo, porém. A luz viva na atmosfera transparente acentuava cores e formas. Os galhos se projetavam nítidos, as folhas se individualizavam, os prédios ofereciam à vista suas arestas bem definidas, e nos mais novos o revestimento ganhava tonalidades novas e indefinidas. Nos homens e mulheres que atravessavam praças e ruas a pele exibia uma coloração saudável, e as roupas, principalmente as brancas, emitiam reflexos e guardavam pequenas zonas de sombra nas dobras, que comunicavam alegria a quem as contemplasse. No ônibus ou no bonde o único momento de desagrado era o da proximidade com os que vinham do banho de mar. Traziam a roupa comum sobre os calções de praia, e além da areia um cheiro de sal e suor perturbava. Ao deixar a elevação com o cansaço no corpo, e a decisão repentina, a noite progredira mais um pouco, e com ela o terror do vago, e mais ainda, da conquista a que se determinara. Sabia de antemão que chegaria ao fim, que conseguiria localizar o que lhe pertencia, mas sabia também, por uma experiência nunca vivida, que pagaria bem caro por esse reencontro, e talvez, quem sabe, saísse derrotado. Caminhou com lentidão ladeira abaixo marcando demoradamente cada paralelepípedo pisado. Um que outro detalhe despertava-lhe a atenção, uma cena de janela, um ramo mais isolado, o choro de criança junto à mesa posta, mas o habitual era caminhar sem ver precisamente as cenas. Estas como que o surpreendiam em meio à divagação e se lhe impunham com a crueza dos fatos consumados. Pequenos incidentes de compactas realidades, nenhuma delas a sua, assim desgarradas, disformes e sem proporção dentro do que viera antes e do que viria um instante após. Mas o instante era o de sua passagem, e com a descida, talvez nunca mais voltasse àquela rua, arrastava e cosia com dois olhos e dois ouvidos os fiapos que o acaso lhe lançara, e que, provavelmente, algum dia, devolveria com um grito, assim como o grito de parturiente, ou o grito de dor de quem está sendo aliviado de terrível mal, devolveria com um grito um vasto manto tecido de longas caminhadas e de noites vazias. E era noite quase ao chegar à rua principal. Os elétricos trafegavam de luzes acesas, os carros e ônibus ensaiavam os faróis, criando pontos amarelados e esbatidos, já que não havia ainda um negrume suficiente para fixar-lhes os contornos. Um homem de bicicleta ia parando ao longo do meio-fio, e diante de algumas lojas, auxiliado por uma vareta, premia um comutador e o letreiro luminoso dava início à sua função noturna, combinando azuis e vermelhos, verdes e brancos, todos eles, também, à espera da noite definitiva para recortar em um bloco de carvão linhas de fogo de um confortável colchão de molas. Para evitar a nuvem de pó e fumaça que se seguiu à passagem de três veículos pesados, Zacarias encostou-se a uma vitrina e percorreu com o pescoço todos os cortinados, os tapetes, as poltronas, os sofás, os pesados armários entalhados e as delgadas mesas de vidro a um sopro do chão, pousadas sobre varetas finas revestidas nas pontas de minúsculos dedais de borracha. Ao continuar pela calçada já o escuro era mais acentuado, e os balcões dos velhos prédios de dois e três pavimentos se fundiam às manchas de janelas e portas. Eram ainda calmos os seus passos, bem medidos, bem controlados por longos exercícios cuja única finalidade era evitar que sem mais nem menos saísse correndo, correndo como alguém que tem pressa em chegar a alguma parte, como corre um homem que não quer perder o trem, como alguém que tem um encontro definitivo, intransferível, como um homem de negócios e sua hora de assinar um contrato vantajoso. Eram pequenos seus passos, e calmos, bem calmos e medidos. Várias vezes parou por minutos ao tentar atravessar as transversais da rua principal. Certificava-se, antes, se havia ou não automóveis cruzando a via ou se, próximos à esquina, não levantavam a seta impondo a curva. Quando chegou à praça já era noite. Ainda sem saber se iria para casa ou antes comeria qualquer coisa no bar da esquina, uma mulher que o vinha seguindo havia minutos já, e não era difícil segui-lo com seu passo calmo, aproximou-se e sorriu-lhe ainda de passagem. Zacarias apenas seguiu-a com o rosto e quando, alguns metros à sua frente, ela voltou-se com o mesmo sorriso, encontrou uma expressão neutra que podia não significar recusa. A seu lado e com o convite insistente para que a acompanhasse ao hotel ali perto, ele continuou fitando-lhe a cabeça à procura de outra coisa, não ela. Entre o dia e a noite, noite mesma, havia uma pausa na praça. No bar poucos fregueses ainda, e nas copas mais altas os galhos parados por falta de brisa. Apenas sombras nos muros de pedra, sombras na curva da ladeira, nos troncos se abrindo em raízes rijas antes de mergulharem no chão, sobre as folhas do calçamento, e sob as folhas meio ressequidas e de abas erguidas, pousadas apenas entre a sombra e elas mesmas. Sombra afugentada, perseguida mas insistente e subterrânea, insinuando-se nas mínimas frestas de luz. À mesa, oito lugares, dois às cabeceiras e três de cada lado. A mesa num amplo salão bem iluminado, de janelões e cortinados, de pintura suave e tapetes espessos. Cobre-a uma toalha branca ainda com as dobras do gavetão de onde saíra, mas tem ao tato a mesma dureza da goma inicial, e ainda, talvez, a quentura do ferro de passar. E sobre a mesa há pratos dispostos e copos e facas e garfos e colheres e no centro da mesma sobre travessas de variadas formas sucedem-se saladas, assados, entre jarras de água e garrafas de vinho. E há mãos sobre esta mesa, e estas mãos se agitam e se comunicam, embora pareça estranho, e participam. sem o saberem, de um ritual antigo que persiste ainda na forma de um gesto. E tudo poderia ser verdade. Entre dois pensamentos que se anulam Zacarias não consegue mover-se. Antes que o primeiro chegue a se formular já o segundo, incompleto, retém-lhe o avanço e neutraliza-lhe o efeito. Fácil seria encontrar um terceiro que os englobasse numa negação e afirmativa simultânea, mas esse terceiro são tantos, e todos se adaptam tão bem que é quase evidente não servir nenhum deles. Pelo menos para a ação implícita. Zacarias não reconheceu o homem que o segurava pelo braço e lhe dirigia a palavra com intimidade. Tinha o cabelo farto e desordenado, um nariz fino, a boca regular, o queixo pequeno, estava em mangas de camisa, e trazia um embrulho na outra mão, pelo aspecto comestíveis. Respondeu ao cumprimento, não podia deixar de fazê-lo, já que o tom era de amigo, íntimo, talvez. Mas nada lhe trazia à memória o lugar em que provavelmente mantiveram relações. Trocaram algumas frases boas para a situação, trabalho, família, não, ele Zacarias não havia casado, e você, difícil descobrir o nome, dois filhos, à espera do terceiro, gostaria que fosse mulher. Morava ali perto, comemoravam o aniversário do mais velho, não, desta vez Zacarias não adiaria a visita para mais tarde, como fazia antigamente, há quantos anos, era perto, bem perto, gostaria que conhecesse a mulher, os meninos, e que aprendesse o caminho. Zacarias então mora também aqui, ótimo, nada de desculpas, condução, hora; um pulo. Enquanto caminhavam, o outro conduzindo-o sempre pelo braço esquerdo, Zacarias tentava descobrir um nome, um nome entre todos os que lhe vinham à memória, mas nenhum deles se adaptava ao companheiro. Este falava quase sem pausas, só exigindo um ou outro monossílabo para encadear os assuntos, e nenhum deles servia para alguma orientação. Deixaram a rua principal, bem na hora em que um bonde passou acelerado, deixando atrás o eco de golpes de aço. Na travessa, pouco iluminada, e ainda mais sombria porque as copas baixas das árvores se antepunham às lâmpadas, entraram em um edifício. Ao chamar o elevador podia-se ver no rosto do outro a satisfação em conduzir Zacarias como convidado. Zacarias encostou-se na quina enquanto o outro de costas para ele, apertado o botão de seu pavimento, aguardava a hora com a mão já no puxador da porta interna da cabine, não era automática, a hora em que voltaria para os seus com os embrulhos e o amigo. Enquanto não atingiam o oitavo, Zacarias procurava ainda com insistência lembrar-se de um nome, e mais ainda, saber o motivo daquele interesse em arrastá-lo a uma reunião estranha para ele. Habituara-se a perturbações leves em sua ronda, nunca uma assim tão longa, e tão sem propósito. O outro não silenciava. Você há de gostar de todos, da mulher, dos filhos, da sogra dos convidados, e a casa é sua, nunca esquecendo, sua para quando bem entender. A voz do outro baixa um pouco à medida que a cabine ascende com lentidão, o prédio era velho, e imundo, e podia-se ver pelas nesgas de aberta entre um piso e outro. Compreendo, Zacarias, você um homem só deve sentir falta de alguém, companhia, é triste, não é, viver só. Também já passei por isso, e sei bem quanto dói. Você vai gostar, garanto. Quantos problemas, hein, botão de camisa, café, uma gripe, paletó rasgado, dormir só, essas coisas todas. Depois, um homem é um homem, as farras cansam, não é verdade? Em outros tempos uma onda de ódio tomaria conta de Zacarias e essa onda teria que ser tragada com um certo esforço e dissimulada com uma pergunta fora de propósito, um outro assunto, umas pancadas no ombro, e um dito jocoso em que a inclusão de um palavrão serviria de descarga. Agora se o outro acaso se voltasse, encontraria apenas um olhar de piedade, e se quisesse conhecer o destinatário ficaria sabendo que eram ambos. Ali de seu canto observa-o melhor, a camisa, os embrulhos, e pressente por uma curvatura repentina da cabeça, quando a nuca se afasta do colarinho, um cansaço momentâneo, e devolve em silêncio, apenas com um leve sorriso, tudo o que ouviu, e as palavras antes murmuradas reboam pelas paredes do elevador até se amortecerem por completo, e tudo aquilo como num acordo desnecessário certamente se reflete nos dois como justificativa ou desculpa do que não foi ouvido, perguntado ou respondido. E o demônio particular se insinua. Vem com a mansidão das coisas inexoráveis, filtradas lenta e suavemente pelos pequenos acontecimentos, alçando-se como que por capilaridade aos gestos mais comuns, aos tiques, aos hábitos. Como a primeira fenda num solar antigo, a gota dágua que cai do teto, ou o primeiro som articulado pela criança. Vem como o apodrecimento que um dia se apodera das minúsculas raízes e que nunca deixaria dúvidas quanto à solidez do tronco. Principia como o primeiro minuto depois do meio-dia, hora em que só os loucos pensariam que está anoitecendo. Mansamente, como só as águas mansas de um rio se podem elevar. E um dia os homens se espantam ao ver o menino no colo proferir a primeira palavra. Pouco iluminado o corredor de entrada para onde uma dúzia de portas se poderiam abrir e atrás de cada uma o labirinto idêntico de cômodos e desesperos. Apenas uma delas está escancarada e Zacarias é impelido para uma sala cheia de mulheres e crianças contendo no espaço restante duas mesas, uma enorme, outra minúscula, pratos de doces, travessas de bolo, toalhas e guardanapos melados de creme e açúcar. envoltórios de balas espalhados ao lado de restos de tortas. Repentinamente percebeu que o silêncio de antes fora rompido, não podia dizer ao certo se todos falavam ao mesmo tempo, mas talvez gritassem, ou era impressão? Por uma brecha nascida do acaso de movimentos desordenados entreviu a nesga de sala que se afunilava em varanda e que deveria terminar por um janelão, mas a cortina fora corrida e lâmpadas em excesso caiavam um grupo de mulheres, todas sorridentes, todas entredemonstrando apenas a linha de junção dos dentes, sem a coragem de arreganhar os beiços para um riso franco. Um fotógrafo amador insistia em retocar o conjunto, agitando os braços, à procura do instante ideal, e pelas feições a teimosia maciça do conjunto deixava-o em estado de frustração. Zacarias não poderia definir exatamente a impressão que o grupo deixou, no entanto em embrião havia a idéia de solidez. Que tipo de solidez? Empurrado, pedindo desculpas com gestos, sorrindo, sorrindo sempre, recebeu um golpe acima das canelas, e alguns tentáculos tentavam se desvencilhar de suas pernas enredando-se cada vez mais. Força com os cotovelos uma clareira e de cabeça baixa vê um rosto infantil, desdentado, sardento, melado, uns braços delgados acima dos joelhos e mãos, paletas de todos os tons de confeitaria, mãos enterradas nos vincos das calças. Dos olhos vinha um rugido de ódio, tão elementar, tão desvinculado de quaisquer afrontas, um bloco de ódio, puro, imaterial, carga sem compromissos nem antecedentes, um ódio difícil de encontrar em um adulto. Na saída verificaria que o saldo disso tudo fora esse ódio, e isso o reconciliaria com alguma coisa. Apresentado à família foi alojado num quarto já cheio, também, mas onde ainda foi possível arranjar uma cadeira vaga para a visita. Sugeriram-lhe água quente ou talco para limpar as calças. Houve uma discussão rápida e todos optaram pelo talco, principalmente os dois que se encontravam a seu lado. O da esquerda, um quarentão baixo, alourado, o rosto vermelho, uma pequena barriga apertada num colete, o da direita não menos baixo, um pouco menos louro, não tão gordo, o rosto queimado mas não vermelho, apenas um pouco acima do colarinho. Com duas manchas de talco sobre os joelhos, um prato de doces na esquerda, um copo de guaraná na direita, viu-se abandonado, só entregue à contemplação de uma ilustração emoldurada e presa à parede defronte por um cordão dourado. Abaixo do quadro uma fila de cadeiras silenciou e puseram-se todos a observá-lo. Sabia que o observavam embora não tirasse os olhos de certo regato que cascateava espuma entre uma vegetação aveludada. Todos os olhos deviam estar fixos nele. Os dois a seu lado olhavam-no de perfil, impossível negá-lo pois avançavam bastante as cabeças, e mesmo com a atenção presa no outro lado tinha em seu campo visual um pouco mais que fatias de rosto. Exploravam-no. Sondavam-no. Era preciso resistir. Sua condição de estranho aguçava-lhes o apetite. O silêncio dele, uma prova evidente de descaso; um homem que se subtrai à participação. Expectativa. Um gesto e tornar-se-lhes-ia simpático. A recusa, o adensamento do corpo estranho. Nas feições ainda serenas que o circundavam adivinharia se quisesse ímpetos de garras. Criaria para si a ilusão de que ele fora sempre esperado, *ele*, um estranho qualquer, um homem que se aguarda para quebrar a monotonia ou romper o tédio, um acontecimento, um desequilíbrio. Era isso, um desequilíbrio. Concentrava-se nele a avidez por qualquer coisa fora dali, por um incidente além da rotina, por um choque feito à imagem de tudo o que desconheciam, e que depois, se incômodo, poderiam afastar com desdém, enfarados, reduzi-lo de novo à sua condição de desequilíbrio, desejando no fundo que desaparecesse o mais rapidamente possível. Não suportariam por muito tempo aquilo que por uma ação de contraste lhes revelava agudamente a própria limitação. Duvidava apenas que disso tivessem consciência. Vaga lentamente pela espuma, tropeça em algumas pedras lavadas, pressente a umidade transparente por sobre o veludo, e se fixa num casebre de porta e janela, mais precisamente um vaso sobre o peitoril da janela. No vaso há uma rosa meio lânguida pendente de uma haste, e na haste espinhos, e os espinhos são pontudos. Um som cavo lhe vem da esquerda, facílimo de identificar, e ao qual seria melhor responder com o alheamento. Gases. O homem infla as bochechas e os dedos curtos e roliços comprimem os lábios. Gases. Não queira saber que inferno. Há anos com isso e não há jeito de me livrar. Médico? Vários. Estação de águas. Compreende? Com o rosto voltado para a esquerda não se desliga do vaso e percorre a janela. Há uma sombra ao fundo, mancha ou figura. Teima em compor cabelos femininos e a imaginar olhos. Deixei por algum tempo as frituras, foi inútil. Esse bolo não lhe faz mal? Por causa do chocolate não cheguei a prová-lo. É uma pena, mas bem que gostaria de comer um pedaço. Acho que foi o guaraná. Gás demais. Não devia ter bebido tanto guaraná. Calor, aqui dentro, muita gente. Por pouco estaria composto o rosto feminino, mas desproporcionado em relação à janela. Desfaz-lhe os contornos e retorna à mancha. Ao baixar o lenço da testa o homem da direita involuntariamente lhe golpeia o braço e por pouco não deixa cair o copo. Ainda assim algumas gotas se espalham pelos dedos e umedecem o punho da camisa. Há quinze minutos espero aquela porta se abrir, a mulher que entrou não sei o que pensa. A gravata parecia de fato deslocada. Desarranjo, é sempre assim, quando menos espero lá vem a coisa. E é desagradável, não é? Uma pessoa está assim num lugar, conversando, e lá vem a coisa. Há pontos minúsculos na cascata. Qualquer coisa bóia sobre as curvas brancas de espuma. Um pouco de esforço e a revelação. Um pouco abaixo a fila de cadeiras serenara. Olhavam-no com um sorriso cúmplice. Seus gestos de prato e copo agradavam, os movimentos da cabeça, também. O pior não é o desarranjo, o pior é o contrário. Quando abuso de remédios, então é uma prisão de ventre horrível. Não, não eram fiapos de vegetal, a linha de um galho. O sr. não está gostando do bolo? Quase não comeu. Gases, também. É bom evitar. Procura sobre as pedras um indício ou um repouso para os olhos. Passo horas num aperto, e depois, com perdão da palavra, as fezes vêm duras como chumbo. Não bebe o guaraná? Medo de desarranjo, também? Foi isso. Devia ter bebido só água filtrada, e fervida. As pedras estão lavadas, lisas, sem arestas, amontoam-se segundo uma ordem precisa, as menores sobre as maiores, os contornos arredondados se acasalam. Outro som cavo. Gases, nem se pode conversar. Volta à cascata e ao que bóia sobre a espuma. Depois, quando penso que tudo está em ordem, o desarranjo. A forma um pouco mais escura que a espuma é lenticular. O sr. quer saber de uma coisa, não tem mesmo jeito, com gases e tudo vou comer um pedaço de bolo, com licença. Concentrar-se com alguma energia e vislumbrar o que talvez não existisse, era necessário, imperioso. Até que enfim, a mulher está saindo. Na hora certa. Mais um pouco e ia fazer vergonha. Com licença. Peixes, eram peixes que boiavam na espuma da cascata, minúsculos peixes escondidos nas alvas dobras. Com os flancos a descoberto, o grupo fronteiriço eleva um pouco a voz certo de o atrair. É um apenas a falar, mas tem-se a sensação de ouvir o ruído dos que escutam. Um boneco de engonço gesticula, e sublinha com os movimentos dos lábios um bigode fino e irritantemente bem aparado. Os fios da têmpora deveriam conferir-lhe alguma autoridade, a mecha acinzentada tombando em caracóis sobre a fronte, um pouco de faceirice, a voz afetada e o meneio de braços, um quê de equívoco, produto evidente de um outro equívoco. Pontificava. O homem que não desenvolve suas potencialidades é um alienado. Zacarias se ergue, finge concentrar-se na moldura, a pretexto de surpreender detalhes, se esgueira até a porta. Aproxima-se da mesa da sala onde se livra do copo e do prato, vê na correria dos meninos um motivo para atingir outra vez o corredor, troca duas palavras com um deles, afaga a cabeça de um outro, e mergulha com agilidade no elevador. Novamente apoiado na quina exala com um suspiro a revolta contida. Besteira. As potencialidades são muitas e ao se realizar numa delas o homem se frustra. Um minuto antes da morte todo homem é um frustrado, e o que deixa de realizar talvez seja o mais importante. Redescobre com alegria a rua, e na calçada vai quase cosido à parede aspirando ao máximo de sombra. Já ao se aproximar dos trilhos do bonde um pequeno detalhe se acentua. Não ficara sabendo o nome do amigo, mas tinha agora a certeza de que o outro também desconhecia o seu. Nunca o chamara pelo nome, e utilizara sempre os mesmos artifícios que ele, Zacarias, para contornar o incômodo do esquecimento. De novo se eleva a vocação interior. Antes que lhe possa opor um argumento da utilidade, irrompe ainda em embrião, mas já com a virulência de uma necessidade. Ainda não está em condições de imaginá-lo. ou de permitir que ele se ofereça com uma face e um nome. Ocorre-lhe então que ambos tinham um caminho a percorrer, ele, Zacarias, no sentido de localizá-lo com precisão, o outro de um limbo provável à forma com que seria descoberto. Inútil imaginar agora o efeito do encontro. Ou talvez houvesse na recusa da imaginação o temor, e faltasse o preparo para uma luta perdida desde o inicio. É noite já. As luzes se manifestam com toda a força do contraste, as centelhas que escapam de alguma roda acelerada nos trilhos evocam possíveis vaga-lumes de aço. Há algumas janelas acesas, e vultos se debruçam sobre a rua. E a rua se oferece com toda a atração da monotonia. Principiando numa praça e desembocando em outra, a rua vai sendo ferozmente conquistada pelos arranha-céus. Em alguns quarteirões a resistência oferecida pelo casario é fruto talvez de complicados processos de partilha, em outros é possível que seja oriunda de uma espécie de esquecimento benéfico. Por ali gerações de estudantes se consumiram nessa doença infantil que é o entusiasmo, soldados calaram baionetas e artilheiros assestaram metralhas, multidões aplaudiram entusiasmadas os mesmos homens que depois detestariam, por ali passaram marinheiros e empregadas, fuzileiros e operários, prostitutas e pederastas, e numa certa madrugada um leiteiro atrelado ao seu carro, pinoteou e deixou-se enlevar pelo bailado dos impulsos. Enquanto caminha, Zacarias redescobre o sabor de outras caminhadas, e ao superpor passadas antigas às de agora, ele que pouco lia, entrevê em si mesmo uma personagem lugar-comum de romance moderno, personagem que nunca seria, porque a pouca gente interessava o seu pensamento, porque a ninguém o comunicou, e porque o seu ramo era outro, vendia geladeiras, ferros elétricos, liquidificadores, enceradeiras, batedeiras de bolos, secadores de cabelo, e ultimamente começava a se interessar por máquinas de lavar roupa. Deixara a mala na capital e por ser domingo procurou a uma hora de ônibus as ruínas de um período voraz. As belas igrejas, os solares, os pátios silenciosos onde outrora sussurraram damas, o calçamento das ruas estreitas oferecendo ainda a um bom ouvido o golpe de cascos e o chocalhar de carretas, os anjos bochechudos, os atlantes musculosos, as rendas de ouro, os frontões de pedra importada, tudo isso não sufocava os gritos que por ali ecoaram, o sangue rendido à ganância, a pirataria viril, tudo isso não se escondia nos volteios de modinhas e nos suspiros melancólicos por um tempo que tinha tudo, menos o que tem hoje, ruínas. Então, como agora, diante das quatro muralhas sem cobertura de um templo inacabado, olhando pela fresta de um portão que protegia a pequena capela circundada de capim e abandono, ruína dentro de ruína, apenas um pensamento a ser repetido, contrito, em oração: não propriamente esta tradição morta, essa busca de raízes num passado alheio, mas o acondicionamento no presente de tudo o que vem de um antes, ligado à terra e ao espírito, aos dois e não a um só. Claro que depois de uma frase tão longa gostaria de ouvir uma palavra bem curta, um palavrão. E ouviu. A alguns passos da rua principal, numa travessa pouco iluminada o palavrão acompanhou um gesto de violência. Partia do café situado no pavimento térreo de um sobrado envelhecido mais pelo abandono do que pelo tempo. Os poucos freqüentadores mantiveram-se calados, atentos, nos lugares em que se encontravam, alguns nas mesas, outros junto ao balcão. Ao se aproximar Zacarias percebeu que normalmente o incidente se prestaria a ditos picantes, e naquele momento ninguém ousava perturbar o diálogo. O palavrão viera da calçada onde um tipo miúdo e franzino fora parar após o estalo violento do tapa que o outro, um homem robusto e maduro lhe assestara na cabeça. O primeiro ainda esperneou quando o outro o agarrou pelo cinto e o arrastou de novo para dentro do café. Como se soltasse uma trouxa de roupa largou-o sobre a cadeira. Que não se metesse a besta. Que isso de ameaças não era com ele. Zacarias entrou no café quase sem fazer ruído e como se estivesse alheio a tudo aquilo sentou-se em uma mesa do canto de onde lhe era fácil acompanhar a discussão. O miúdo ajeitou-se com nervosismo, enroscou as pernas na cadeira, com as mãos ágeis e finas recompôs a gola da camisa e introduziu nas calças as partes que se haviam destacado durante a violência. Por último com um nervosismo acentuadamente feminino alisou os cabelos, com pequenos golpes assentou-os não sem antes lançar um olhar soberbo em torno de si, em que havia algo de desdém e muito de ódio. O outro acompanhou seus movimentos com raiva, respirando forte e não se preocupando com o suor que lhe escorria pelo rosto. Uma medalha de prata refulgia no peito descoberto. Contraída a testa, as sobrancelhas apenas separadas por uma ruga vertical, o nariz largo e bem conformado por várias mestiçagens, a boca se mantinha entreaberta, e na boca várias expressões a exigir não uma descrição de sutilezas, mas a apreensão imediata de uma vontade contrariada. Ao ouvir o início de uma frase, em que o tom de lamento evoluía com rapidez ao de agressão, e numa voz fina e anasalada, varreu o espaço com a mão espalmada, e a trajetória da palma apenas se alterou quando encontrou a face do miúdo, completando-se ao repousar novamente sobre o tampo da mesa. O miúdo engoliu um soluço. Zacarias observou os que se achavam no café ainda em silêncio, imóveis. Junto à caixa o proprietário e um caixeiro escondiam a apreensão espantando moscas com panos de pratos, mas sem barulho. Atrás, as garrafas nas prateleiras. Na mais alta, Zacarias identificou um rótulo antigo e empoeirado que só desceria quando vendessem o negócio. Vinha, na certa, da inauguração. Em nenhum dos presentes havia ameaça de riso ou interferência. De repente o miúdo soltou com a voz ainda fina, mas igual, sem ambigüidades, tudo o que provavelmente vinha represado há muito tempo, e vinha com tanta energia que o outro não moveu um dedo. Uma ponta de assombro refletiu-se nos olhos e daí para a admiração o caminho seria bem curto. Nenhuma barreira impedia o avanço. Todas as possíveis obscenidades, todas palavras na aparência comuns, mas ali expelidas com os acentos pornográficos, todas as partes do corpo humano saturadas de carga erótica, todas as inversões possíveis, todas as aproximações apenas imagináveis, todos os apêndices, todos os orifícios, numa sarabanda de sugestões de cópula. E os lábios se contorciam de ódio e a língua produzia uma grotesca contrafação de membro. Zacarias tentou uma explicação para a ausência de nojo. Não a encontrando fixou-se com mais atenção no miúdo. De sua mesa podia ver-lhe bem as feições sem demonstrar interesse evidente. Nem precisava recorrer à bebida para justificar-se ali. Ninguém o serviria. O rosto oval, os cabelos levemente alourados, o nariz pequeno, e a boca infantil, prosseguia em seu jorro. Nos olhos havia ódio. Ódio como nos olhos da criança ainda há pouco, mas acrescentado. Elementar também, mas de outro extremo, desvinculado de afrontas, mas não afrontas desconhecidas, e sim ultrapassadas, puro, como as águas do esgoto tratadas e filtradas, imaterial como a face de um santo após a flagelação, ódio trazendo a nostalgia de outro ódio, elementar, desvinculado de afrontas, puro, imaterial, sem compromissos nem antecedentes, um ódio difícil de encontrar em um adulto. Pasto de ódios, o corpo franzino se agita e transpira a negação de tudo que lhe foi negado. Maré de ódios, despeja espuma e detritos do acaso. Zodíaco de ódios, oferece em cada morada uma chaga, e em todas o mesmo ódio adaptado às circunstâncias. Talvez isso explique a falta de risos, a ausência de gracejos. Montado no ódio, o animal híbrido de potro e corça se apruma. Atrelado ao ódio, o desequilíbrio do que participa de duas formas se mantém instável em novo equilíbrio, e dura apenas o que dura o ódio. E nesse equilíbrio enfrenta com vigor instantâneo a manifestação equívoca de sentimentos velados. Os dois se contemplam por um instante em pausa. O avesso se desdobra com nitidez naquilo que ainda é humano e nem por isso menos degradado. Toda a gama de contradições, toda a fúria de afetos primários incidindo sobre um prisma de cristal e enegrecendo-o. Fui criado sobre fezes e de fezes me nutro. Quando se tornarão esterco, quando adubo? Zacarias poderia ter ouvido essa frase se a linguagem utilizada fosse crua e não essa outra, figurada, mascarada de pornografia, e pretensamente objetiva. Dos dois se desprende uma ânsia que já não é de náuseas, um ímpeto de frustrações elementares. Nos olhos do outro há um reflexo de desejos indiferentes, um potencial de virilidade duvidosa, misto de rinoceronte e porco. Nem mesmo o brilho ávido de uma baixeza encoberta. Apenas o faiscar noturno de apetites concretos. E Zacarias percebe que se estivesse em condições de aprofundar um pouco um germe de sentimento ainda não formado, chegaria a vislumbrar uma face decadente, de uma decadência total, sem rebuscamentos nem mitologias, sem artifícios ou motivações que lhe pudessem oferecer uma outra imagem que não a única e verdadeira. E se por um acaso, ou um conjunto especial de circunstâncias, essa imagem for bela, quebre-se o espelho. Uma nova bofetada interrompe o jorro de ódio. Ao grito do miúdo, segue-se um protesto, mas na voz fina e ambígua, cheia de raiva, mas sem ódio. Restabelece-se o desequilíbrio. São palavrões, palavrões desordenados e sem nexo, sem vigor, palavrões em boca infantil, acrescidos de um acento canalha que já é do adulto, e ditos com tal insistência e desajeitadamente que irritariam mesmo numa sala onde só palavrões fossem pronunciados. Outra bofetada, e a seguir um choro fino e saracoteado. Do balcão, com os cotovelos no tampo, um homem solta uma frase. Gargalhada geral. Da caixa, o proprietário desabafa. Emenda-se a gargalhada. Um homem magro, sem os incisivos e de camisa de meia, da mesa de canto, dá numa voz esganiçada o palpite para o jogo de bicho. Prossegue a gargalhada. O outro levanta-se, agarra o miúdo pela gola e o arrasta para fora. Apesar da barulheira do café, podia-se ouvir os soluços do miúdo à medida que se iam afastando. Alguns minutos e tudo volta ao normal. Do incidente, sobra assunto para algumas piadas, e o caixeiro principia de novo a abrir garrafas de cerveja pelas mesas. Zacarias pede uma, pão e um prato de queijo. E ao partir o pão em dois, com os dedos, lamenta que um mínimo de dignidade só se possa conseguir com o ódio. A lembrança do miúdo vem associada com uma de inutilidade. E com melancolia registra que o instante de equilíbrio durou apenas o tempo do ódio. Só ao provar a cerveja percebe o tamanho de sua sede. Ao anoitecer, a temperatura baixara um pouco, e em alguns momentos, por força de contraste, chegou a senti-la agradável. A passagem pelo apartamento fez com que se sentisse novamente bem na rua. Agora a noite de verão se manifestava crua. O suor várias vezes solidificado entre a pele e a camisa principia a tomar de novo a feição líquida, numa resposta instantânea à cerveja ingerida. Da mesa, através da porta do bar, se encontra com os blocos de edifícios do quarteirão em torno. De todos esses quarteirões o sol fez uma só fornalha, suficientemente aquecida para aguardá-lo de novo ao amanhecer. Das outras mesas caem continuamente no chão as chapinhas das garrafas renovadas. Os grupos se revezam no mesmo ritual, as camisas se empapam cada vez mais, os peitos são descobertos, as mangas arregaçadas, e no mictório fedorento e mal iluminado um rio de urina escoa pela calha cimentada junto à parede. Um homem se aproxima de sua mesa. Antes mesmo que diga alguma coisa Zacarias o recebe irritado. O outro percebe e se intimida. O jeito é humilde. A roupa limpa, mas gasta. O rosto barbeado acentua as rugas e os cabelos grisalhos. Esboça um gesto, prenúncio de palavra. Zacarias o afasta com um golpe enérgico mas sem violência. O outro insiste, os dedos no ar sugerem uma palavra apenas. Percebendo a inutilidade da tentativa o homem dá as costas e sai do bar, no mesmo passo, com o mesmo jeito que entrara. Zacarias parte uma fatia de queijo, envolve-a com pão e despeja no copo o resto da garrafa. Ao mastigar sente-se sólido, de uma solidez conquistada, nunca espontânea, mas ao engolir já essa solidez se desfaz como o queijo entre os dentes, e a brecha que daí resulta faz vir de um centro ainda não cicatrizado um vestígio de inquietação. Passamos a vida inteira à espera de um homem que nos diga algo de fundamental, e quando percebemos vagamente que talvez ele já nos tenha procurado, não podemos deixar de concluir com amargura que nós não o soubemos ouvir, e muito menos identificar. Esperávamos sem estar preparados para a espera. E por acaso, esse homem foi talvez o único a quem humilhamos. Teria isso alguma coisa a ver com o homem que foi repelido? Provavelmente não. O único motivo seria o dinheiro, precisava de dinheiro. E se isso fosse fundamental? Para ambos? Termina a cerveja, pede a conta e sai. Por uma transversal vai até a avenida que costeia a baía. Pensamentos como o que lhe ocorreu há pouco deixam-no meio desiludido consigo mesmo. Não eram próprios de quem se interessava apenas por artigos elétricos. Tentara se convencer disso várias vezes, mas eles se insinuavam com a manha de uma criança amuada que alicia todos os recursos para reconquistar o interesse. Precisava de uma boa dose de paciência para não se deixar envolver por eles, e ser arrastado a um labirinto do qual, mesmo conhecido nos menores detalhes, não conseguiria se libertar. À saída um outro caminharia por ele, e não ele. O problema é não ser o outro. Amanhã terá que instruir o grupo de vendedores auxiliares na técnica da máquina de lavar roupa. Conhecia-a bem, embora nunca tivesse vendido uma sequer. Principiara na firma como vendedor auxiliar. Assistiu com interesse afetado às explicações do chefe ao grupo que então se iniciava. Os lemas, os recursos estratégicos, os artifícios de insistência, a simpatia necessária, os pequenos truques, a necessidade fê-lo engolir o riso diante da ênfase com que eram explicados. Começou a vender geladeiras e, ou porque o calor na época era bem intenso, ou porque sua vocação era de fato vender geladeiras, vendeu bastante. Vieram depois os ferros elétricos, os liquidificadores, as enceradeiras, as batedeiras de bolo, os secadores de cabelo. Passava-se muita roupa, criava-se o hábito de liqüefazer tudo, os tacos brilhavam como nunca, acabaram-se os bolos batidos a colher ou garfo, e nem podia imaginar que tantas mulheres secassem os cabelos. O certo é que atribuía o seu sucesso de vendas mais à má qualidade dos artigos, baratos e que rapidamente exigiam renovação, do que ao seu talento de convencer. De auxiliar a chefe foi um pulo, e com uma gratificação perdia três horas na semana após o expediente a explicar aos novatos o que havia aprendido. Com um certo requinte acrescentou muita coisa de pessoal. Concebeu esquemas, categorias, classificações, divisões e subdivisões, abriu chaves, criou nomenclatura, e em pouco tempo aquilo passou a ser decorado e repetido. Viu-se obrigado a sufocar ainda mais o riso, e por pouco não passa ele mesmo a acreditar também no que ensinava. Tinha mesmo um argumento que o aliviava sempre de qualquer remorso: vivia daquilo. Não era suficiente? Amanhã, dia de máquinas de lavar roupa. Não entendia bem de máquinas, mas de roupa tinha alguma experiência; e meia hora de conversa na véspera com a lavadeira que toda a semana lhe renovava a trouxa, daria bem para umas três aulas. Do mar nada vinha que amenizasse o calor e um sentimento de aridez. Aridez, produto de longas caminhadas e constantes decepções, de fachadas e janelas, de pedra e asfalto, de fumo e ruído, foco luminoso e ronco de avião, cais, água e lua. Zacarias enquanto caminha adia por instantes a convicção de uma espera inexistente, de uma esperança inexistente. Resolvida a sua fome, e agora? Adia pela milésima vez o momento em que de novo descobre que todo homem é uma ilha. O jeito é contornar o vislumbre de apoio, ilusão agradável de auxílio, e moer o grito, agora, precisamente agora. E continuar como se nada houvesse acontecido, com o mesmo passo, a mesma sola, a mesma insegurança. De novo se eleva a vocação interior. Zacarias sabe que de sua parte um trecho do caminho já foi percorrido; como saber o mesmo do outro? E se o demônio lhe aparecesse agora, imaturo como estava, saberia identificá-lo? Talvez precisasse disso, de um signo só conhecido dos dois, e que não gerasse dúvidas. Seria esse o caminho que o outro devia percorrer? O mesmo caminho de Zacarias até o instante em que esse signo se tornasse evidente? Ao mesmo tempo verifica que a resolução inicial de procurar seu demônio era um pouco mais do que uma resolução, talvez já o primeiro passo dado pelo outro. Enquanto isso poderia agora a título de passatempo, examinar a possibilidade de sua forma. Um rosto se fixa nele, e ao se cruzarem os dois não chega a haver cumprimento. Certo nenhum deles queria ceder ao impulso de identificação, e ambos tinham consciência disso. Tempos passados. Tempos. Havia entusiasmo, havia exagero, havia vibração naquela gente. Mesmo aquilo que na época lhe pareceu superficial, ganhou densidade com o tempo. A prova teve-a no preço que todos eles pagaram. Um rol de nomes, faces nem sempre possíveis de recompor, a que a proximidade e a engrenagem do dia-a-dia retirara toda visão autêntica. Nem mesmo o que havia atrás de cada um chegara a conhecer na época. Bastava o encontro, a amizade, a participação que não exige antecedentes, a simples convivência. Tudo era presente, e futuro. Hoje Jano está no cemitério, para alívio de muitos que o rodeavam. Das angústias, das moléstias, da pobreza, quase que resta o esquecimento. Erwisch meteu uma bala na cabeça em um hotel suspeito, depois de tentar trabalho nos açudes do nordeste, numa ponte fluminense, e numa companhia de mineração. O que lhe faltava? tudo. Olívia, trocando redações de jornal, compondo poemas ingênuos, arrastava uma seqüência de pensões que faziam da rua o lugar ideal. Carlos, rico, entusiasmado, sorvendo o entusiasmo dos outros, tenta o suicídio; vira-o pela última vez, ao voltar de uma de suas viagens de vendedor; ao deixar o aeroporto com a maleta na mão, dera com ele em uma esquina; trazia ainda nos olhos fiapos da experiência. Bento, eterno revoltado, que todos julgavam sem conseqüências, até o instante em que veio a notícia de seu desaparecimento no mar. Laura, viu-a pela última vez num pequeno apartamento sem móveis. Devia quatro meses de aluguel. Mal comia. Desenhava e esperava um filho. Eva, suave e sorridente entre seus livros e discos, recebera um dia um pontapé do amante; estava grávida. Rômulo. De madrugada após comemorar o primeiro livro publicado, se embebeda, e a última visão é o seu corpo de gigante no hospital do pronto-socorro a correr dos médicos e a gritar que era um homem marcado. E era. Tito vive hoje num sanatório público inteiramente esquecido dos poucos poemas que sua loucura lhe dera, e alheio a todos os episódios abomináveis que encheram a sua infância, e que num último segundo de lucidez ainda lhe pudera confiar. Alguns foram bem-sucedidos. Zacarias não sabia se por acaso, ou má vontade sua, o fato é que nada tinham a dizer. Um breve momento aproximou-o dos outros, e esse encontro não deixou um arranhão sequer. Continua a andar até que um freio brusco de ônibus reclama sua atenção. E jamais sentiu como agora o momento em que a dor, o sonho e a lágrima não são eufemismos. Estava numa fila de ônibus. Os que se encontravam à sua frente embarcam, os que esperavam atrás também, ao gesto que lhes faz, como se estivesse aguardando um outro, este não lhe servia. No instante da partida um homem e dois meninos chegam correndo, mas não conseguem subir. Fechada a porta, o ônibus arranca. Comentam o filme visto, um documentário, pelos trechos que o mais velho repete empolgado. Uma águia mata uma cobra, uma cobra come um rato, as salamandras devoram as rãs, e os ursos, os peixes. O mais novo tem nos olhos um espanto. É nele que Zacarias se concentra. Vence o mais forte, cada um precisa comer, a natureza é sábia. O pai fala com calma, pesando cada frase, a voz grave dos grandes momentos, e assume diante dos dois uma atitude de sábio. Ainda com os olhos no menor. Zacarias faz sinal para um lotação. Antes de sentar-se no banco, ainda vê os olhos de espanto, mais espantados com a explicação, os olhos de quem nunca aprenderá por meio de frases. Para onde vai o lotação? Pouco importa. Não resistira ao impulso de fugir depois do que fora dito. Por quê, em vez daquilo o homem não dava uma aula de pornografia aos meninos? Também ele aproveitaria alguma coisa, o campo é vasto. O movimento acalmava-o, o sentimento de que ia em alguma direção dava segurança. O jardim que à tarde ficara repleto de crianças, abriga sombras e alguns namorados. À direita desfaz-se a curva do antigo cais, e além dele os faróis iluminam novas pistas. Dois holofotes destacam no céu o berço de concreto do monumento aos mortos. Passara já o período em que precisava nomear o que via para ter o prazer da visão. Hoje aceitava o que havia em torno, e gozava o objeto fosse o que fosse, tivesse nome ou não. Lembra-se da dor ao procurar identificar as cores, que já foram tão importantes para ele. Um trecho de campo era apenas um quebra-cabeça onde se achava na obrigação de identificar a cor exata e todos os matizes. Chegar ao extremo de saber que um tronco era marrom porque era tronco, e uma folha folha porque verde. O que fazer com as folhas vermelhas? Placas de sombras e esqueleto de estrutura atrás do museu, e novamente blocos de edifícios no setor comercial agora despovoado. Um deles, bem situado no centro da praça, recebia as atenções com toda a fachada de luz e vidro. Deserto, silencioso, desabitado, era uma coluna iluminada por dentro a oferecer-se à visão desejosa de regularidade e harmonia. Essa mesma visão podia associar a tranqüilidade e a transparência com o período em que fora construído, e o ideal é que não concluísse nada. Entrou pela avenida larga que cruzava com o caminho dos ônibus, atravessou o canto da praça escura e deserta, colou-se à sombra da lateral do velho palácio, passou sob a pista elevada, misturou-se à multidão que aguardava a barca para atravessar a baía, parou junto à amurada observando uma lancha que se afastava. Reteve-se nas pequenas embarcações ancoradas; sobre o convés de um navio pesqueiro alguns homens trabalhavam, além um pouco manchas de mastros e cascos, um ponto de luz num torreão da ilha. Suportou bem o cheiro enjoativo da maresia. Uma proa iluminada surgiu da escuridão, e trouxe uma fagulha de fantasia ao horizonte. Deslocando-se com lentidão, rumava para a barra. Acima das três filas de pingos de luz uma tira esbranquiçada, seta de sonhos existentes nos que o viam de longe, sonhos que em verdade poderiam prescindir do navio, do mar, das terras distantes, da noite. Sonhos que se repetiriam em qualquer canto onde houvesse uma partida, onde houvesse homens querendo sempre partir. Mas até os sonhos pediam um suporte, de pedra, água, corpo. Sangue. Olha com calma, agora. Já olhou transido de aspirações, numa outra praia, seta de sonhos ele mesmo, e ele mesmo corda retesada de um arco de embriaguez. Passara o dia e a noite bebendo, e surpreendera a madrugada num banco de praia. Largara os outros, um a um fora deixando os companheiros pelos bares, pelas casas, adormecidos uns, atordoados outros. Feixe de nervos, eterna aspiração de ultrapassar os limites da resistência física, punhal de lucidez rompendo a dor com dor, diante das ondas, farrapo interior, vira ao longe um navio iluminado desenhar o horizonte entre um céu e um mar enegrecidos. E do fundo, bem do fundo, da parte mais funda de um homem em desespero, de um centro, último resíduo de uma hipotética esperança, jorrou um prenúncio de vômito. Nenhum soluço pôde contê-lo. Estirado sobre o banco, e através de um espelho de pranto, vê a única prova, o único resultado de um caminho impossível. O que fora sonho, vagido, aspiração, uma gosma informe e repugnante, alimento mal digerido envolto no que tinha de mais profundo e interior. O rosto se esborracha sobre essa gosma. Afasta-se da amurada para deslocar também do pensamento a imagem que se prolongaria numa reação física. Ao contar a sua história de náusea alguém na certa lhe perguntaria se já lera este ou aquele escritor: poderia responder que não, mas que já tinha vomitado algumas vezes. Volta pela praça, procura um café. Atrás do balcão onde lhe estendiam a xícara, mesas apertadas mal davam para abrigar os corpos que bebiam cerveja. O movimento para o reservado alternava-se com o abrir e fechar da geladeira. Havia mulheres, e uma delas explodiu numa gargalhada que silenciou o bar. Um rosto bárbaro, mulato, o cabelo pixaim alisado contornava a cabeça como uma coroa de asfalto estriado, os lábios vermelhos escancarados e sublinhados por duas tiras de dentes agressivos, os seios soltos e jovens num corpete estampado. Teve a sensação da fêmea, como poucas vezes lhe acontecia. A última vez fora num bordel e vira Urias encaminhar-se para o pavimento de cima atrás de uma mulher idêntica. Alto, abrutalhado, calvo, Urias lhe fez companhia por algum tempo, nos bares, nas pensões, nas caminhadas. Judeu como ele, que do judaísmo só sabia isso, que era judeu, atraiu-o com uma frase. Fora suficiente para revelar-lhe que por trás do gigante pornográfico e irreverente existia uma vibração, e que a frase ali não tinha nada a ver com outras tantas ouvidas. Era palavra seguida de gesto. Num momento de fraqueza, cansado, Zacarias deixou escapar uma queixa que espantou o outro. Identificaram-se. O rosto de Urias se enrugou, arrependido talvez do que ia dizer. Há uma aceitação da vida sem grande valor, resultado de inércia e não de renúncia; lamento dizer-lhe isto num rendez-vous. Zacarias termina o café mas não deixa o balcão antes de correr os olhos novamente pelo bar. As mesas. Os homens, as mulheres, a geladeira, a porta do mictório. As garrafas de cerveja. As mesmas garrafas nos mesmos bares nos mesmos homens com as mesmas mulheres. Olha-lhes as faces, e localiza uma expansão elementar que oscila de instante a instante entre a ingenuidade e o crime, uma face mista de trabalho árduo e honesto e toda a fusão do que é marginal. Tem a impressão de que por um nada há uma facada e um tiro, uma bofetada e um copo letal. Como se um imenso grito estivesse prestes a ser ouvido. De humilhação. De cansaço. De aridez. De dor. Nem sempre podia esconder um pouco de admiração diante deles. Acompanhava a sucessão dos dias como se uma parede gigantesca se erguesse à frente, tudo era ação, sem subterfúgios nem reticências, as coisas eram coisas, os objetos tinham um só nome, e encaravam o lado áspero, moeda de uma só face, com a fria e crua visão dos que precisam se iludir. Passa de novo a pista elevada, corre de um lotação que vem pela curva acelerado, e retoma a calçada ao longo do velho palácio. Os postes espaçados criam zonas amarelas no emaranhado de sombras. Passos distantes ressoam até ele na rua deserta. Caminha. Caminha. Como que lhe acenando do fundo de um túnel as luzes mais vivas da avenida central lhe sugerem que a impossibilidade também é uma possibilidade, não importa em relação a quê. Noite. Morte. Há um trecho de rua a vencer, e a nostalgia da morte sem mitos nem lendas. Morte fim. Sem frases. Sem angústias. Morte de homem que se vira no leito, dá as costas à família e diz, vou morrer. E morre. Sem remorsos, que o que está feito, fica. Sem cansaços, mistificações. Morte simples como a noite sem fantasias, porque é noite, simplesmente noite. Não há mistérios nas sombras. Há sombras. Nada é complicado, apenas difícil. O absurdo é uma ilusão acumulada. E é ao peso dessa ilusão que Zacarias avança. Seus passos são mais rápidos agora. Precisa ganhar a avenida, precisa com urgência vencer os metros que o separam da iluminação mais intensa. Seus músculos protestam vigorosos, as articulações respondem precisas, as mãos se agitam ao ritmo dos passos, e remos de carne fendem o ar. Das órbitas uma infância ainda não de todo expelida reclama uma justificativa. Aguardasse o ciclo ainda não terminado, aguardasse uma infância não repelida, aguardasse um rosto oval se desfazer em rugas antecipadas. A infância sonho nem hoje existe. Reinverta-a. E peça um seio na hora da agonia. E sugue sangue e o amargo da culpa inexistente, e sugue vidro e sucata de outras culpas confessadas, e farto desse mel, tenha ao menos a coragem de não avacalhar o tom solene que a hora exige. E morra. Enfim, a avenida. Um farol de carro ilumina-lhe meio corpo, vira-se para que o resto se limpe do pó de sombras. Precisa de mitos, de lendas, de frases, angústias, remorsos, cansaços, mistificações, fantasias, mistérios, absurdo, ilusão. Se tomasse um ônibus agora ainda encontraria Urias acordado. Procura entre as várias placas uma com a numeração que lhe sirva. Há quase dois anos não vê Urias. Talvez nem morasse na mesma casa, no mesmo subúrbio, talvez nem vivesse. Mas o rumo é indiferente, veria ao menos o que não havia visto hoje. O ônibus se aproxima. A um sinal seu, freia, e a porta se abre. Instalado no banco, o movimento principia, e o que menos importa é saber se de fato chega, existe o caminho sem nada de especial, mas caminho. À esquerda, um banco à sua frente, ao lado de uma mulher gorda, uma cabeleira de homem impressiona. Zacarias via-o de perfil, e de costas, quando se virava para falar com a mulher. Saindo de uma testa estreita recuava em ondas miúdas, e depois de um pequeno seio avançava e se projetava em ondas mais largas até formar uma aresta nítida, e daí para a nuca, após uma superfície lisa alongada, algumas menores, e de novo ondas miúdas sobre a nuca, terminando em horizontal espesso antes da gola. A concordância com as laterais era variada, e ia das arestas rígidas às curvas de difícil definição; em direção contrária às camadas que das têmporas seguiam para além do ouvido, duas costeletas vinham fincar base quase à altura da boca. A visão parcial de Zacarias não dificultava uma imagem global. Detesto sujeito que fala pelo nariz. Vem do banco de trás, rouca e arrastada. Pode ser infelicidade. Num primeiro movimento Zacarias tenta esboçar os rostos, mas as duas vozes apenas ouvidas se prestam a tantas combinações, que o resultado teria o valor de uma partida ganha em jogo. E no momento o jogo não o interessava. Mas já é marca de ruindade. O rouco não admite conciliação. Para trás a torre do relógio da estrada de ferro, a larga pista ladeada de sobrados vazios à espera de demolição, o canal malcheiroso, onde iam desembocar os esgotos de algumas fábricas, de muitas residências, e do correr de casas de mulheres da vida que a essa hora devia estar sendo procurado por todos que em toda a cidade precisavam com urgência o excesso de energia inútil. Não ser um anormal por estar exigindo muito, esse muito é pouco, um mínimo que um homem deveria exigir. Uma porta, janela. Seios. Pernas entreabertas e o constante mecanismo de farsa e aceitação de farsa, álcool, podridão, penumbra. Eternas e melancólicas risadas, os mesmos ditos, as mesmas mulheres, os mesmos homens. O cheiro da axila, o pêlo raspado, a falta de um dente. O efeminado no corredor a providenciar uma toalha. A velha gorda e loura numa cadeira de canto teria também a oportunidade. Detestar, detestar sempre. Detestar a mesa porque é mesa, a cadeira porque o encosto é alto, e o banco porque não tem encosto. Detestar sujeito alto, baixo, gordo, magro. Matar todo sujeito que usa gravata-borboleta. Fuzilar sujeito que na rua avançar primeiro o pé esquerdo. Há nesse rosto qualquer coisa de belo. Não percebeu quando a mulher sentou a seu lado, nem em que lugar subiu. No entanto já devia estar aí algum tempo. Será que esse ônibus vai até o fim da linha? Mulata clara, num vestido azul de botões até a altura dos seios e daí abrindo um colo queimado e enrugado, uma obturação de ouro na junção dos incisivos superiores, um rosto envelhecido mas alegre, cabelos lisos acima da testa e encaracolados artificialmente no regaço. Duras. Calosas. O esmalte avermelhado, mancha grotesca de unhas mal aparadas em dedos fortes. Placa de brilho irregular entre dois tons foscos de pele e calo. Bom se esse ônibus for até o fim da linha. Há qualquer coisa de belo nessa mulher. É bem capaz de ir até o fim da linha. Houve um rosto belo num quarto de pensão. Além da cama e do armário, uma tela sobre o cavalete e de lado, calma numa cadeira, uma mulher bela. Zacarias a encontrara dois dias antes num bar, meio embriagado. Nessa época pintava. Entre as muitas coisas que fez antes, e as muitas depois, fez também isto. Pintou. Começara ao acaso, quando acordou de um pileque num cômodo cheio de quadros, pincéis, tintas e molduras. Um dos beberrões de sua roda vivia daquilo, e mirava-o com sarcasmo ao vê-lo coçar a cabeça ainda tonto. Que bebedeira. O jeito foi trazê-lo até ali e arrumar-lhe o sofá. Zacarias coçou ainda um pouco a cabeça, aceitou o café, fumou o cigarro, e lembrou-se de que em menino gostava de copiar desenhos de jornais e revistas. Pegou num pincel, ajeitou a tela, olhou para os lados, e começou a pintar. Em pouco tempo, alternando as idas a bares, as longas e inúteis conversas, e o trabalho no escritório de uma fábrica de produtos plásticos, conseguiu relações e os entendidos começaram a procurar alguma coisa nas manchas de seus quadros. Encontravam, encontravam sempre, encontravam tudo, menos aquilo que havia de fato, e que nada tinha a ver com o vocabulário empolado de que se viu rodeado. Ninguém percebeu que atrás da desordem das telas havia outra desordem, e todos julgavam que também ele participava das mesmas palavras, numa espécie de jogo viciado para todos. Só que as palavras tinham para ele um outro sentido, e era inútil confessá-lo, não o compreenderiam, ou julgariam que ele estava levando a sério o que lhe diziam. Calava. Aceitava as convenções. E era inútil confessar também que desconhecia certas qualidades fundamentais das cores, e em alguns dias, até mesmo as cores. Diante da mulher e do cavalete tem o mesmo jeito empolgado do primeiro encontro. Nunca em sua vida tivera assim lado a lado uma mulher bela. No amontoado de feiúra que arrastava, de palavras, gestos e afetos, o tom sereno e o braço desenvolto da mulher despertaram tudo o que lhe havia sido negado. E tentou desenhar-lhe o rosto, os ombros, as mãos, as covas. Estava nua diante dele, e serena, e sugeria com a boca e os olhos uma confiança desconhecida. De nada lhe serviram as manchas, de nada a rapidez da pincelada, nem mesmo o impulso de sucessivas frustrações. Simplesmente não sabia desenhar. Mandou embora a mulher, arrumou as telas e as tintas, entregou-as à empregada da casa, e mudou-se para um outro quarto. Nunca mais viu os amigos. Esqueceu o vocabulário empolado e em menos de dois meses já o haviam esquecido. Trabalha, fuma e sonha. Mas não havia pausa para ele. Os sonhos eram a exata repetição de seus atos diurnos, e nem lhe davam o consolo de simbólicas aventuras. Certo dia a empregada o encontrou com um pedaço de carvão entre os dedos, parado no meio do quarto a repetir belo

belo com a voz alterada. Em todas as paredes, de alto a baixo, uma cabeça de mulher como as que desenham as crianças. Tem até hoje a impressão de que depois do espanto a empregada chegou a dizer qualquer coisa à dona da casa, enquanto o levavam para a sala, e telefonavam para um médico. Desenho tão bonito do senhor Zacarias. Depois o sanatório. Placa de brilho irregular entre dois tons foscos de pele e calo. É, esse ônibus vai até o fim da linha. Um acento de ternura e mil coisas imaginadas pela ausência de gestos. As conseqüências invalidariam o clima de suposições, e as palavras usuais lhe causaram embaraços. Preferia enfrentá-los. Bem capaz de ir até o fim da linha. Ironia e hesitação. Para trás o pontilhão sobre o canal e os armazéns do cais do porto, os gasômetros, os silos. A fumaça de veículos enevoa uma estrada clara e marginada de fábricas. Alguns edifícios escapam à sisudez padrão e ilustram com ligeireza um lugar agradável de trabalho. Ao calor junta-se um mau cheiro, bem nítido quando ultrapassam o cemitério. Recostado numa poltrona de ônibus interestadual ainda com o belo belo na memória olhara para o céu numa certa tarde cinzenta em que a estrada era um meio de conquistar mais um dia. Houvera uma palavra no pensamento: piedade; depois outra: Deus; na paisagem de sua janela dois urubus cortaram uma diagonal à procura da vala rente ao curtume. Como saldo, um brilho líquido nos olhos e um vinco mais forte no canto dos lábios. Surge da noite a poalha mágica da refinaria. Cilindros largos, tubos serpentinas, num painel de fogo e prata sobre o que fora lodo e lixo. Ainda aqui não se empolgar com a imaginação, e aceitar da paisagem a marca do presente. Virá um dia em que o olho terá de fabricar o escuro para conhecer a noite. Por enquanto é continuar suportando o cheiro e adivinhar que fábricas hão de surgir no descampado. A faixa fluorescente lá fora ondeia e um apito de locomotiva tangencia o fio de luz. Corria ao longe, os vagões enegrecidos pela crosta de carvão e escuro. Meto-lhe a mão na cara se mexer outra vez com minha mulher. O casal de pé mal se agüentava entre uma poltrona e os outros passageiros agarrados à barra do teto. Um homem magro na ponta do banco, onde às vezes, devido ao freio, iam parar as nádegas da mulher, começou a resmungar. Meto-lhe a mão na cara. Uma silhueta na penumbra o castelo da colina, e nunca chegou a visitá-lo. A massa irregular e pesada do hospital.

Subúrbio. Rua principal calçada de paralelepípedos, transversais de terra batida ou capim e valas. Entre o casario baixo, sobrados e edificações de quatro ou seis pavimentos. Vitrines. Letreiros luminosos. Acima dos telhados o mesmo adensamento de minúsculos focos amarelados dos morros. Bom, chegou ao fim da linha. Ao deixá-la junto ao meio-fio, antes de atravessar os trilhos do bonde, percebe uma irritação reprimida, como se tivesse algum bem a oferecer e a recusa fosse ofensa. No portão um casal se beija. Um homem gordo em camisa de meia leva ao ombro uma sacola com garrafas. Moleques se espraiam pela calçada. Duas mulheres de braço dado murmuram seguidas de dois soldados. De um outro quarteirão o alto-falante irrompe com o anúncio de uma sapataria. Haveria um parque, carrossel, roda-gigante, tira-teima, e barracas de jogos. A rua agora é escura. Os postes bem espaçados são zonas independentes de claridade. Calçada estreita entre os muros e a vala. O subúrbio lírico é um estado de espírito. A forma do demônio. Urgentemente a forma. A forma para enfrentá-lo. Talvez a forma da dor. Mas seria uma abstração, fantasia, nunca viria daquilo que participa da natureza essencial das coisas. Entre dois postes, identificado quase com as trevas entrevê a impossibilidade de perceber a forma antecipadamente. Se há um demônio particular, é fruto ou autor da experiência individual, incomunicável, portanto. Toda busca no passado seria vã. Fundá-lo nos lugares-comuns da tradição é mistificar-se. Precisa de sua forma, de seu demônio que o ajuda a transformar a profunda miséria num fato concreto. Não partir de palavras, mas enfrentar a baixeza, e com alguma compreensão reintegrá-la no rol melancolicamente indiferente do chamado humano. Partir da ignorância, deitar fora as fórmulas, e repetir em si mesmo todas as perguntas, todos os anseios, todos os ódios. Ter a suprema coragem de utilizar com humildade as mesmas palavras que arrastam atrás de si uma crosta milenar, as mesmas palavras às quais só têm acesso os que são considerados aptos para isso, por carregarem talvez uma imensa bagagem de deformação, as mesmas palavras, mas nuas, se possível. A coragem suprema de repensar a palavra Deus sem acreditar nele e sem nada saber do que foi escrito a respeito. A petulância infinita de encarar a palavra homem e de supor que talvez já exista nela uma pequena parcela imune à catalogação e ao mimetismo.

Imaginar um movimento desses que não significasse um acréscimo à crosta, um movimento que ao se completar se anularia e surgiria na forma com que um homem bebe um copo dágua. Seria essa a forma de seu demônio? Zacarias sente que não. Acabaria se enredando na mesma trama de que pensava sair. Um movimento de ironia coincidindo com a passagem sob a lâmpada, cada vagido com um palavrão, reintegrando-se no seu estado de desequilíbrio. Ainda aqui percebe estar repetindo o que ouvira de alguém. No parque do sanatório, num banco de pedra junto à fonte, olhava a cerca de palmeiras finas à frente do velho casarão rosado. Duas mulheres passeavam pela rampa de acesso ao bloco dos fundos, e à passagem de veículos refugiavam-se no gramado. O sol brando repartia-se entre a folhagem das copas mais altas. A manhã era calma, um céu limpo e azul destacava com nitidez e alegria a mata dos morros vizinhos e casas plantadas junto a encostas mais suaves. Feita a abstração do local e do motivo de sua presença, era um dia esplêndido e sereno, como raramente conheceu. Ismael aproximou-se com um sorriso aberto no rosto miúdo. A transparência da manhã arrancara-o de uma enfiada de dias sombrios em que moía seus ódios e depressões com a cabeça no travesseiro, irritando enfermeiros que lhe arrumavam a cama e traziam refeições, e médicos que dele se aproximavam na ronda habitual. Detestavam-no e comportavam-se com ele dentro dos limites da cordialidade mínima que lhes impunha sua condição. Ismael respondia no mesmo tom, e a respeito deles contou certa vez uma história. Até hoje Zacarias não conseguia relacionar as duas coisas. Culpa do torpor, talvez. Ou não havia relação, e fazia parte dos imprevistos de Ismael. Ou então, delírio. Um menino entra na sala onde se encontram pais, tios, avós, primos e anuncia que viu um anjo na janela de seu quarto. Riem, acham curioso, um deles arrisca mesmo que o menino seria poeta. O menino insiste. Com o ar de ironia dos adultos que concordam em acompanhar as crianças em suas fantasias foram com ele até o quarto. E de fato, sobre a janela estava um anjo. Retiraram-se, deram uma surra no menino, e em alguns, o desprezo durou muito tempo. O tipo franzino, a cabeça pequena de curva bem definida pelo pixaim compacto, a pele de um preto fosco e acentuado, Ismael tinha atrás de si uma sucessão de episódios que o mantinham numa recusa obstinada diante dos médicos; abrira exceção para duas coisas, a pensão que a autarquia lhe pagava, e a casa de saúde, encarada como abrigo. Fizeram amizade, e em uma certa manhã enevoada, depois de alguns palavrões ao enfermeiro que insistia em lhe dar conselhos, Ismael relatou alguns fatos. Zacarias ouviu calado, fumando, e no silêncio que se seguiu achou que em troca tinha ninnharias a oferecer. Ali, naquele momento, qualquer lamúria de sua parte teria o sabor de teimosia de criança mimada. E respeitou o silêncio. A história simples de Ismael. Nasceu e viveu alguns anos na favela, entre a estrada de ferro e o mar. Aos oito anos viu o pai matar a mãe e um outro homem na cama de casal. Separaram-se os irmãos, dois homens e uma mulher. Um reveza hoje cadeia e assaltos, a irmã começou o meretrício no mangue, e ainda pelo interior. Com ele as coisas foram um pouco diferentes. Pão e porrada nunca lhe faltaram. Engolia os dois. Entre parentes e amigos descobriu que os melhores são sempre os estranhos. Por infelicidade conseguiu estudar, e pagava um preço alto pela ousadia. Merecia que lhe respeitassem o silêncio. Nesse dia de sol e céu azul seu rosto brilhava de entusiasmo, contagiava, e contagiava também a nota melancólica. Utilize a doença, Zacarias, não a despreze, utilize a doença como a forma de conhecimento das coisas inúteis. A voz continuava entre pausas e o pio de aves, e havia uma funda amargura em Ismael. Amargura que não desfazia o entusiasmo, e que dava ao todo um toque de desencanto, imensa esperança recolhida e apertada nos moldes do inacessível. E não seria de estranhar um halo de encantamento nas palavras mais rudes. No tronco franzino dobrado, as mãos sobre o banco, o sapato riscando o chão, um brilho de lágrima contida acentuava o momento de fraqueza. Nunca se perdoa o desejo de viver um momento absoluto, a ousadia de mergulhar num mundo para o qual não se está preparado. Hoje sou uma linha informe, Zacarias, de um lado trago o ódio e do outro as palavras. Detesto a miséria lírica dos literatos e a pobreza humana dos que não conhecem a miséria. E tenho a vasta pretensão de anular em mim qualquer espécie de ressentimento. À minha frente havia um muro. Eu sabia que atrás do muro uma escadaria levava a um terraço. Era preciso chegar ao terraço. Pulei o muro e me esborrachei. Tudo isto é infantil. Levantou-se e parou alguns metros antes do portão. Examinou a carreta de verduras para lá da esquina, os automóveis parados, virou-se e com um gesto de cabeça observou os morros em volta. Os passos acelerados romperam a alameda, foram além da capela, e sumiram no caminho dos edifícios internos. Ficou no ar o prenúncio de uma lenta agonia. A calçada continua em curva, e rodeia o armazém fechado. Atravessa a rua e segue em frente. As cercas de fícus se sucedem, e algumas mangueiras protegem janelas entreabertas e iluminadas. O suor lhe desperta a lembrança do calor. Um vira-lata se intromete entre as pernas de Zacarias e acompanha-o com o focinho escancarado numa prova de ódio absoluto. Ultrapassa o pequeno agrupamento do portão, e ainda ouve as sobras de uma imundície temperada com risos. E sobrevém-lhe um nojo. E de dentro do nojo toda uma vaga de vida miserável e compacta azulada por um lirismo inconsciente. Seus pés calçam com violência a terra solta de beira de vala. Os olhos poderiam ver ratos se esgueirando entre o lixo e o capim, poderiam ver outras coisas se quisessem utilizar a sua parcela de responsabilidade. Como a memória. Gritos sufocados, anulação da vontade, autômatos e lágrimas se liqüefazendo ao impacto de ódios. Um gesto. Um golpe. Um rosto deformado pela estupidez acumulada e se revelando em ironia e sarcasmo e golpe. Um rosto que já fora humano e que agora nomeava as coisas de um outro modo, porque as coisas tinham um halo, traziam a dimensão da dor. Mas de uma ausência de dor, ultrapassada, máxima. A camisa adere ao peito e às costas; em torno da cintura um banho empapa as cuecas e escorre sobre as coxas. Ainda a secura na língua e sobre o rosto filetes escorrem nos intervalos já secos de anteriores, e renovam o gosto de aridez. Após o longo miado e a luta entre telhas enegrecidas pela chuva e pela noite, uma necessidade de respostas urgentes a reminiscências, tão urgentes como a espera de uma palavra. Uma palavra apenas. Que não vem. Um rosto. Um gesto. Um golpe. A recusa da degradação pelo simples fato de ser degradação. Subúrbio. Um nojo aviltado pelo nojo de lembrança. A vala se alarga e um sapo salta de seu rasto. Os vários cômodos e a mesma sucessão de crueldade com a forma de afagos reprimidos. Um gesto. Um golpe. Uma vocação feita de ausências. Uma forma humana degradada. Posso lhe dizer uma palavra? O cheiro da cachaça barra-lhe o caminho e as idéias. À direita havia a vala, pela esquerda estaria livre. Muito simples desvencilhar-se do corpo disforme e embriagado e do rosto monstruoso e parto irrompido como da vala e do avesso da noite. Muito simples, talvez, mas não agora. Os dois se defrontam mudos, e não há sinal de luta, mas luta. Respeitá-lo era respeitar o nojo, o que sobra de uma humilhação, o saldo de uma culpa da qual não estava ausente. O golpe dado pelo outro não tinha expressão porque informulado, mais doloroso. Que venha a palavra. A boca expele um jato de náusea e a palavra tão prometida. Protosofia. Agradecido, Zacarias oferece-lhe dinheiro e retoma o caminho. Na ausência de outras, esta serviria de tema para um regresso a seus passos de agora, e adiaria a resposta urgente a reminiscências. O corpo avança impelido por vários ímpetos. De recusa. Obstinação. Forçar um cansaço, forjar energias para romper um caudal de múltiplas ofensas e chegar à aparência daquilo que aparenta. Percorrer todo um caminho interior e chegar a justificar o que era prematuro. Como um homem que se senta em uma cadeira, e ainda não está sentado, por ele mesmo. Falta-lhe a convicção ou a confiança na cadeira. Socorrer-se nas sombras, num canteiro, num vão de janela e negar tudo, tudo o que de verdadeiramente autêntico punha à prova a sua negação. Zacarias recolhe em um olho o desgosto presente e no outro uma sombra do desgosto passado. E subitamente se apavora com a falta de humor, expressão de seu desequilíbrio, a falta de humor atestando o equilíbrio do desequilíbrio. E pisa forte, calca com teimosia a terra de beira de vala, e enumera os postes de luz à espera de uma certa ordem. O que lhe diria Urias? Mais alguns quarteirões e lá estaria, era preciso chegar. Era necessária a presença do Urias pornográfico, bem mais pornográfico do que nunca. Mas havia um outro, que lhe revelara uma face transtornada pela humilhação. Nesse dia não foram aos bordéis nem beberam cerveja. Instalaram-se num banco diante dos cinemas e preencheram durante muito tempo o silêncio com os letreiros e cartazes. A calva de lado, com a displicência de quem recusa a sobremesa a sua voz era excessivamente calma. Viver com medo. Zacarias sempre com medo. Medo de fatos impossíveis a um passo do real. O sentimento constante de luta, segundo a segundo, minuto a minuto, dia a dia, luta pela palavra, pelo pão, pelo gesto, luta contra o invisível e contra a ameaça concreta, contra a nossa imbecilidade e a dos outros, contra a nossa ignorância e a dos outros, pelo silêncio e pelo repouso, pela violência e pela recusa, luta contra o cansaço, o imenso cansaço, o cansaço doloroso da perpétua luta sem finalidade a não ser a luta em si mesma. Qualquer coisa como um nojo, a porta da sala para a varanda precedida por um trapézio de luz, e por uma voz, qualquer coisa como um nojo. O muro baixo caiado, os vasos imóveis ao calor, uma cadeira de lona na penumbra e uma voz, qualquer coisa de nojo. De um sofá, com a cabeça enfaixada, um braço na tipóia, e uma larga tira de esparadrapo no queixo, Zacarias recebe um cumprimento de olhos ausentes e de lábios apenas perceptíveis no movimento de uma frase inútil. Um rosto gordo e redondo lhe sugere uma cadeira e já sentado, enquanto procura nos olhos de Urias uma explicação, continua ouvindo a voz, qualquer coisa como um nojo, e agora com um acento de alegria, que lhe conta alguns incidentes que só mais tarde conseguirá reunir e que se referem ao estado de Urias. O corpo é todo ele gordo, as pernas mal se ajustam sobre os tacos, as coxas unidas fazem pensar em um peixe, um peixe gordo, e percebe que os olhos acentuam ainda mais a comparação. O brilho da pele não chega a ofuscar o reflexo do tecido, e é completado pelas cintilações da calva mal disfarçada por raros cabelos. Uma infelicidade, o sr. nem queira saber. Que grau de estupidez deve ter alcançado para pronunciar as palavras com um riso de satisfação na boca e na testa? Nas pausas trançava os dedos ou punha-se a mirar com delicadeza as unhas polidas, e havia então uma seqüência fulgurante de minúsculos reflexos, ampliada quando o ângulo era favorável ao fino anel coroado de brilhantes ao redor de uma pedra mais alta, avermelhada. Se a tradição é este monte de merda, é puxar a descarga. O silêncio de Zacarias provoca uma contração de desdém nas pálpebras, superada logo por um movimento de orgulho nas sobrancelhas, e de desprezo no nariz. Graças a Deus, foi apenas isso. Uma sucessão de suspiros finaliza o relato, e ao tom pungente sucede uma quietude de bem-aventurança — remate feliz de uma penosa aventura, a de falar. Calado, o peixe adquire uma consistência pastosa e o movimento do papo é a antecipação da saída, o último sinal de resistência num meio estranho, quase irrespirável. As canelas finas e os sapatos pequenos se deslocam com uma agilidade de nadadeiras. Já ausente, ainda permanece sobre a cadeira e dentro da sala uma reminiscência obtusa, enquanto se perde na memória o eco de uma voz, a lembrança de qualquer coisa como um nojo. Os olhos ausentes de Urias se escurecem e voltados para a lâmpada do teto, protegida por um globo opaco e branco, vão ganhando tonalidades de agitação, lento regresso de uma carapaça de dor ainda não revelada em ódio, em fúria. O suor escorre por dentro da roupa e transparece nos joelhos das calças. Secas as cascas das maçãs na fruteira sobre a cômoda, seco o bule sobre a mesinha de centro posta num canto, secas as paredes de um azul tímido e enrugado. Um galho iluminado pela janela aberta mantém-se imóvel e imóveis suas folhas. As duas moscas exaustas de trocarem maçãs vão à aventura. E com elas o último vestígio de movimento capaz de alterar o calor. Ele não chega a odiar-me neste instante. Ainda não, falta-lhe alguma coisa, energia talvez, ou a lucidez necessária para tanto. Mas de uma coisa estou certo, neste momento, precisamente agora, eu o odeio, pelo silêncio que pesa entre os dois, pelo que não há a dizer, pelo que lhe aconteceu e poderia me acontecer. Urias move o corpo e a cabeça se inclina um pouco para ele, com um acento mais forte de teimosia. Ambos se abstêm de recolher o suor que se avoluma no rosto e escorre sobre a pele. Ao atingir os lábios ressuscita o gosto do aviltamento pelo trabalho, e substitui a lágrima. Ou a lágrima autêntica, não chorada, expelida por todo o corpo, pois o soluço seria um grito tão intenso que uma boca só não bastaria para contê-lo. Lágrima de todas as ruas, praças, valas, morros, paralelepípedos. Lágrimas de sola roendo o calçamento ao peso de todas as frustrações. Gesto de humildade forçada a um passo da humilhação. Portas, casas, um aperto de mão com um travo de repulsa e a conivência de uma suposta caridade. Aviltamento para atingir um fio de dignidade, que nunca se atinge, mas apenas uma contrafação. Camadas de sol e chuva, banho de água e suor e lama; o fracasso, uma identificação com os próprios gestos; a vitória, um acanalhamento dos sentidos. O subúrbio quente pesa sobre os dois como resposta a uma indagação não feita. Onde a alegria, o canto do trabalho? Cantem o ferreiro, o lavrador, o carroceiro, o servente de obras. Mas cantem os outros, os que observam, os que estão de fora, sempre de fora. Permaneçam de longe. Nunca se aproximem que o perigo é certo. Perde-se o canto. Voltam as moscas para as maçãs. Vá embora, seu filho-da-puta. O corpo de Urias estremece e os ombros se erguem um pouco do travesseiro. O reflexo de luz na calva agiganta-o ainda mais, e o rancor. Zacarias encara espantado o rosto redondo e vermelho, as protuberâncias da testa, o nariz largo e escamoso, as rugas fortes, os fios de cabelo das têmporas especados, as faixas largas de esparadrapo. Frases, vocês querem frases, pois tomem: vá embora, seu filho-da-puta. Regresso à terra que margeia a vala, regresso ao caminho encharcado de insegurança, agora mais denso de ansiedades e revolta. Os primeiros passos vêm com o impulso dos malditos, dos que desconhecem o alcance de uma frase e de um gesto, porque algo de elementar lhes foi negado. Uma boa caminhada para desfazer a surpresa. Repetição agora, neste momento, de toda a carga de expulsão existente e aguardada. Uma frase longamente esperada e que apesar disso desce como lâmina e sangra. Numa tentativa de compreensão procura recompor a agressão sofrida por Urias. Cercado por um grupo de moleques enquanto aguardava à porta de um casebre o dinheiro que mensalmente lhe era pago, violentamente espancado. O corpo sobre a grama, o sangue sobre os lábios, ninguém lhe viu as lágrimas. No instante em que ficou só, antes que o socorressem, apoiou-se sobre o braço dolorido e olhou em redor. Calma de meio-dia na ladeira, acima a vegetação rala do morro, abaixo o casario irregular, a linha do bonde, o cinza-azulado de um horizonte vaporoso. Nada lhe dói, ainda não começou a doer. O contato com terra ressequida e irregular, as pedras miúdas entre o tecido e a carne, o suor dentro da carne, ainda não é sofrimento. A antecipação de um futuro na dobra de um dedo de uma mão estendida. Uma formiga percorre o polegar, desce pela palma e avança com lentidão sobre o indicador. Se esperasse um pouco vê-la-ia atingir o topo. Mas é a dor que vem e a lúcida compreensão de um desgosto definitivo, sem palavras. Qualquer auxilio não mitigaria a descrença naquilo que é do fundo, surge do fundo, e se revela em estupidez, nunca um gesto de quem socorre, mas de quem socorre um animal, de quem se revolta contra o socorro, o animal que agride em troca de um afeto e ninguém sabe por quê, o animal que se contorce e geme e teima em negar uma face humilhada àqueles que de um modo ou de outro participaram da agressão. Uma nostalgia de morte, de paz, de repouso. De novo os sapatos calcam com violência as sombras da terra, remoendo o insulto e formulando o prenúncio de uma compreensão. Zacarias resiste à tentação de negar o outro para se afirmar. Vence a noite, imagina uma brisa a atenuar o sopro quente que lhe vem de dentro. Toda a rua é uma chapa aquecida, e as portas e janelas bocas de fornalha. As casas se sucedem, a esquina, os postes de luz, e os passos com a mesma violência de antes, mas agora como que devolvendo à terra os golpes recebidos. A súbita claridade lhe infunde uma expressão serena de quem está a um passo de uma clareza duramente conquistada. Aquele que foi tão humilhado, e que inspirava compaixão, à força de humilhações se degradou, e na degradação nada mais tem que desperte compaixão. É sórdido. Confunde-se com a sordidez a que se viu obrigado pelas circunstâncias. Como compreendê-lo? Assim como uma forma humana, não bem uma forma humana, mas assim como uma forma humana. A sugestão da frase seria já a lenta caminhada do demônio? Os joelhos lhe doem, um misto de cansaço e excitação, talvez uma febre não controlada pelo termômetro. A rua principal está próxima e o movimento de veículos interrompe a definição daquilo que é ainda informe. Um homem de bicicleta percorre as calçadas e um a um apaga os letreiros luminosos. As marquises em penumbra voltam a proteger as portas de correr cerradas. Encosta-se a um muro e exercita a respiração. Fincada no muro uma grade de ferro, e além do pequeno jardim uns olhos de criança à janela. Insensíveis à súplica, assustadiços, curiosos de mínimas aventuras, ávidos de medo e destemor, cruéis na passividade dos que ignoram apelos não vindos. Zacarias rompe a atração e passa para o outro lado, quase sem ver o bonde. O estrondo metálico só depois é que se manifesta, e ainda assim vira-se para ter a certeza de que o bonde passou. Passou. De um sobrado os ecos de um alto-falante trazem a empolgada reivindicação de um orador. A platéia se comprime na sala e mantém equilibrados na varanda os retardatários. Esgotos. Calçamento. Uma praça. Escola. Hospital. Seus passos se recompõem e à melancolia sucede um desejo de se conformar às aparências, e aderir a qualquer coisa. Daqui a algumas horas a padaria começará a funcionar, e o forno a ser aquecido. O açougue terá nos ganchos sólidos e sangrentos quartos de boi. A quitanda exporá cenouras, tomates, pencas de banana, e tabuleiros de alface, agrião, pepinos e laranjas. O carvoeiro montado na bicicleta com um capuz de aniagem, terá sobre os ombros o primeiro saco a deixar um rasto de pó na rua. E sob a monotonia dos que vão à procura de um trem, de um bonde, o mesmo grito reprimido, a mesma ausência ainda não sentida, o toque de amarga renúncia inconsciente de renúncia, e por isso mesmo mais dolorosa. A limitação voluntária dos próprios sonhos. No balcão de um café, os dedos agarrados à colher e girando-a lentamente na xícara, não vê no rosto do espelho o que procura. Não é um desconhecido, é o seu próprio rosto. Identifica-se. A fronte, as sobrancelhas, o nariz, a boca, o queixo, o contorno das faces. Talvez os olhos, as pupilas. A imagem nas pupilas. Deveria estar vendo o seu avesso. Eu ainda mato essa mulher. O crioulo recua violento e derruba a cadeira. O gesto é largo e musculoso, a roupa azul-marinho retesa-se nos ombros e nos quadris, continuação da pele, os dedos se abrem e guardam meneios delicados. O copo de cerveja já sobre a mesa, a mulher responde com desprezo, apertando os lábios, cinturão vermelho e carnudo, estriado, parando as pálpebras a meio caminho, o suficiente para não se tocarem os cílios. Jesus, morri. O grito da mulher quase que antecede o tiro de revólver. O corpo tomba de lado, arrastando a cadeira. O crioulo sumira. Do canto do balcão, quase sobre a calçada, Zacarias vai lentamente, à procura de um ponto de ônibus. Já acomodado, poucos passageiros a essa hora, revê a mesma paisagem em sentido inverso. E entre solavancos e curvas bruscas arrasta o sabor de um duplo regresso. Regresso de um negrume, de um avesso. A palavra avesso insiste doloridamente e impede o aparecimento de qualquer outra. Todos os gestos. lembranças e atos vêm por ela acompanhados. A marca do que poderia ter sido, e não foi, do que foi e poderia ter sido de outro modo, ou mesmo do mesmo modo, com atenuantes, variantes. A mesma interrogação, o mesmo sentido procurado, a mesma busca num fundo comum. Um contorno de idéia ainda difuso surpreende-o na praça, após saltar da condução. Principia a caminhar lentamente sob o influxo desse contorno. De novo se agarra às portas corridas, às marquises apagadas, às tiras de pano colorido com os atrativos da publicidade. Em vez de se aclarar o contorno se esfuma, e acelera os passos numa tentativa de apreendê-lo de novo, com o auxílio da velocidade. A calma não era propícia a essa conquista informulada. Ultrapassa a ruela que desemboca no largo oposto, sem se dar conta dos outros que seguiam o mesmo caminho, ou o inverso. Costeia o paredão do convento e atravessa correndo a pista dupla a substituir o morro já arrasado. Tropeça, choca-se com os que saem dos bares ou cinemas, as frases em torno não perturbam a decisão da caminhada. Mesmo o medo existente ao atingir o parque arborizado se dissolve na necessidade de chegar, mas de chegar como queria, e não como poderia. O hotel suspeito, as esquinas duvidosas, os convites das mulheres em tom baixo e de passagem, nada o arreda dos golpes desferidos pela sola no calçamento. E era uma segurança feita de indecisões. Quando lhe surgem os degraus de pedra, sobe-os em vez de seguir pela calçada baixa. Força uma pausa involuntária, e espreita os faróis se adiantando em luz por entre as copas espessas e contínuas do passeio. À direita, nos bares, a mesma zoada dos bebedores de cerveja. De novo a aridez, a secura na boca, e um vazio nas têmporas. O corpo se desloca como um bloco de pedra que talhasse no calor da noite o caminho e a sua forma. E ao chegar ao apartamento uma lâmina de suor de alto a baixo lhe dá a certeza de que algum trabalho foi feito. Permanece longamente sob a água do chuveiro, água morna que lhe cai sobre o corpo e retira mais por dentro que por fora todo o acúmulo de contradições do dia. A roupa limpa completa o trabalho do banho. Estirado numa poltrona, sem dar importância à fome que principiava a se manifestar, e sem ter diante dos olhos mais que um bloco de papel, o resto era inexistente, dá início à espera. Os ruídos que lhe perturbavam o sono e os sonhos, o próprio tempo a avançar, implacável, estão ausentes agora. A mão avança sobre a folha de papel, e o lápis desenha com energia a primeira letra do alfabeto. E na primeira letra Zacarias procura o início do que era informe e informe ainda se revelaria às primeiras tentativas. À segunda letra uma tensão se esboça, mas negativa, feita de supressões do real. De novo a primeira letra, e ao fluxo intemporal de reminiscências não vividas, de sentimentos não experimentados, de dores e alegrias conhecidas pelo avesso, surge um nome sobre a folha de papel e um ser à sua frente. Não bem à sua frente, mas quase, um ser sobre a sua figura, envolvendo-a, integrando-a, como se recompusesse um conjunto antigo, desfeito pelo acaso ou pela necessidade. Abama. Nome e demônio surgiram ao mesmo tempo. Sua forma, a forma dupla do avesso da forma humana. E um diálogo sem palavras se iniciou, eram desnecessárias, tudo o que poderia ser dito era já sabido. Mas era essencial o diálogo. Essencial para compreender bem o avesso de sua vida, feita de impulsos em todas as direções, apenas de impulsos nunca realizados e de sonhos vividos também pelo avesso. Um signo de desordem e loucura a acompanhar todos os atos, a eliminar paisagem e objetos e o gosto pelos mesmos. Entre perguntas e respostas a mesma distância da incompreensão. Um choque de acusações e atenuantes. Entre o desejado e o vivido o mesmo intervalo de pesadelo. E numa pausa, o que poderia ser um momento de suavidade, em voz de contralto, que era a voz de Abama, veio a seqüência de fúrias e medos, de privações e excessos, de andanças e perseguições, de exaustão e cansaço, de agonia e morte. Eis o que condena, o que deforma, condiciona. E sobre isto uma frase cantarolada, um fio de frase, como se um suave tambor se introduzisse nas bocas ausentes. Tiribim. Tiribom. Tiribimbombombombom. Tiribim. Tiribom. Tiribimbombombombom. De mãos dadas, em círculo, capotões negros e cachos de cabelo encaracolados sobre a face saltitavam eufóricos num fundo de neve e noite e medo. Vivia-se um sonho para afastar o terror. E numa rápida seqüência Abama se multiplicou e para cada unidade de sua forma um duplo surgia e esse duplo gerava outros dois, e cada um dêles projetava um lamento em paisagem diversa. Desertos, dunas, sóis; vilarejos, casebres, palácios; palmeiras carvalhos, tamareiras; lágrimas, choro, pranto. Reunir tudo isso, extrair o sumo, deixar que a sucessiva marca de humilhações estiole o gesto mais espontâneo, e aceitar o que sobra como irremediável. Irremediável como as acusações que entre si faziam os vários duplos gerados pelo duplo Abama, até que o desgaste fez com que desaparecessem. E de novo a sós Zacarias e Abama, num clima de contornos definidos, em que não se distinguia bem vida e sombra de vida. Havia uma pergunta entre eles. Por que transformar em palavreado complexo o que era simples e não precisava de definição? E algo assim como uma luta principiou. Abraçados os três, Zacarias e Abama, os golpes se resumiam apenas a compressões mais ou menos violentas, às vezes imobilizados, outras em círculo, numa ciranda maciça. Não havia ruídos quando parados, mas um esforço em difícil equilíbrio, com intenções de anular qualquer diferença entre eles. E quando a tensão pareceu máxima a Zacarias, teve um vislumbre de regresso total, regresso a uma anulação completa que poderia ser o início de um destino diverso. Mas não foi. Veio um golpe, o único, e bem violento; repelido com um gesto que poderia significar horror, asco, equívoco, Zacarias tombou de novo sobre a poltrona. O rosto voltado para a janela captou a primeira claridade do dia, e ao contato dessa luz ainda sombra, o corpo de Abama se desfazia. E com as descargas dos banheiros, as torneiras de pias e lavatórios, o chocalhar das garrafas no caminhão de leite, veio o dia. Findara a busca, e talvez houvesse no rosto de Zacarias uma expressão não bem definida, mas que, com um pouco de esforço se poderia aproximar de alguma. Piedade, talvez.

Viagens de Ahasverus à terra alheia em busca de um passado que não existe porque é futuro e de um futuro que já passou porque sonhado

(1970)

Deus espera tudo de mim.
Eu nada espero de Deus.

IBN-GABICEBRON

Ahasverus bocejou, esfregou os olhos, estirou os braços, e procurou no contraste do azul com o verde, além da janela, uma identificação para seu estado. Não sabia se era real como resíduo de um sonho, se era sonho, resíduo do real. Nem mesmo sabia se podia assumir a responsabilidade de sua consciência, cansada já, exausta, sempre renovada no entanto, sempre alerta ao movimento dela mesma, um olho dentro do olho, espreitado e espreitando, incapaz, quase sempre, de assumir suas metamorfoses, ou de perceber entre o que pensava como Ahasverus enquanto Ahasverus, e o que era quando não era Ahasverus, mas ser produto de uma volição e de uma consciência. Pareceu-lhe naquele momento ter que reconquistar tudo, passado e futuro, para chegar à interseção, que era aquele instante, e aquele instante já não era porque ao sabê-lo instante, fora ultrapassado. Sorriu ao pensar em seu estado de alienação e ironia, e entristeceu ao duvidar de seu humor alienado. Iria ao Largo do Paço ver as lanchas de Cacilhas? Subiria a Avenida da Liberdade para se identificar com as árvores do Parque Eduardo VII, ou abriria mais a janela e se transformaria em Vicente, o corvo de Torga, mas um Vicente melancólico, neurastênico, porque já não há dilúvios, arcas, Noés, nem mesmo Deus a quem desafiar? Indeciso, mas ainda assim, agarrado à idéia, chegou a ver no lugar dos pés as garras de Vicente, o corpo se crispou no instante imediatamente anterior ao de surgir mirrado com sua cor e suas penas, e na cabeça sentiu algo mais do que uma idéia de bico, mas ainda não bico.

Aterrorizou-se. E no terror, a fraqueza. A voz, não ouvida, se perturbou, e quase num gemido ousou esboçar um sentimento de protesto: eu não quero ser o corvo de Torga, eu não posso ser o corvo de Torga, isto vai contra tudo aquilo que aprendi, contra tudo que me ensinaram como certo, eu não posso ser o corvo de Torga. Na fração de segundo chegou quase a sentir o prenúncio de lágrimas num olho que já não era seu, nem ainda o de Vicente, e nesse olho ainda não olho, ou já não olho, vazio de olho para olho, nesse intervalo tremeu tanto que esteve à beira de ser apenas tremor, mas nesse intervalo lembrou-se de seu nome, e reconquistou seu corpo. Reconquistou com certeza absoluta ao sentir simultaneamente a batida do coração e do centro da consciência, a pensar que sentia a simultaneidade, e não deixou que este ato se transformasse em absoluto, apoderar-se de sua fluidez, e relativo pensou-se relativo como nunca deixara de ser e por isso mesmo sempre fora. Ele. Ahasverus. Talvez fosse melhor engraxar os sapatos no térreo e sair à Rua das Portas de Santo Antão, sair da Pensão Lafonense e conversar com o homem do quiosque de jornais e revistas. Conversar em metamorfose. Ahasverus nunca teve problemas de línguas. Chegava, inspirava, expirava, lançava à cesta as gramáticas, e saía falando propositadamente errado. As consoantes e as vogais, fossem o que fossem, se coordenavam, se subordinavam, recorriam a uma lógica de faringe, cordas vocais, lábios, dentes, vegetação à volta, casario, hábitos, costumes, tradição, migrações. E conquistava o sabor das fugas às imposições normativas elaboradas de um modo arbitrário e aleatório. Viu sua biografia certa vez num balcão de livraria, e descobriu que tinha mais de mil anos, que era imortal. Sorriu. Nunca pensara em sua idade, nem na morte. Na verdade não sabia ler. Ouvira certa vez numa conversa de bar um episódio que lhe agradara. Falavam de uma peça de um irlandês sobre uma virgem santa e guerreira de França que, evidentemente, foi queimada. Contaram que no tribunal alguém perguntara à virgem se se encontrava em estado de graça, e ela respondera: se estou que Deus nele me conserve, se não estou que Deus mo conceda. Sobre esta mesma virgem ouviu em outra ocasião uma frase que lhe agradara. Ao ver sua vida em um livro dissera: tudo isto fez um livro, e eu não sei ler. Ahasverus não sabia quem era, de onde vinha, nem mesmo se havia nascido. Sabia apenas que existia. Sabia que acordava, dormia, andava, se metamorfoseava, comia, andava, e ficou surpreso ao descobrir que davam tanta importância a um sentimento que de tão familiar lhe era agradável: a *angústia*. Pobre dinamarquês a jogar água-de-colônia na lareira para aromatizar seu desespero. Era duro o colchão, em pouco viria o café que era mais chicórea do que outra coisa, mas mesmo assim gostoso. Lavou o rosto na bacia (ainda havia jarra e bacia), e lembrou-se de uma conversa com um nazareno num monte de oliveiras. Que bela conversa! Que companheiro excelente! E nem chegara a lhe dar o nome. Falavam e riam de lírios dos campos, de agulhas e camelos (como rira, quando?, ao perceber que levaram séculos pensando que camelo era camelo). Riram e falaram dos episódios do filho pródigo, e o nazareno, entre malicioso e ingênuo, contou-lhe o artifício dos pães, do leproso, e num determinado momento gargalhou tanto que Ahasverus teve medo. O nazareno contou-lhe como, para espanto próprio, havia caminhado sobre as águas do mar da Galiléia. Era uma bela tarde, e as azeitonas deliciosas. Nunca mais se viram. Num ou noutro lugar ainda ouviu falar dele, mas devia haver engano. Mostraram-lhe imagens, mas não o identificou. Devia haver um engano. E seria tão bom conversar com ele. Fora na verdade o companheiro mais alegre que encontrara. Quando vira o nazareno? Que relação tinha ele, Ahasverus, com o nazareno? Nada podia, nada sabia afirmar. No entanto sentia-se estranhamente ligado a ele, entrevia, às vezes, uma relação vital nas duas existências. Mas sabia, também, de uma distância quase infinita a separá-los. Durante muito tempo, nesta metamorfose, ou na soma de aparências fragmentárias que compunha esta metamorfose esquecera-se dele. Num momento, porém, tudo voltou. Vincularam-se. Estava num ônibus. Deixara Brasília e esperava chegar em quatro dias a Belém. Uma sacola de lona (cuecas, camisas, meias, lenços, livros (em que língua?), chinelos, aparelho de barba, sabonete, pincel, escova de dentes). Ultrapassara Taguatinga, o ônibus que saíra vazio estava cheio. Tipos esfarrapados e mulheres em frangalhos se acomodaram nos bancos, entre sacos, trouxas e ferramentas. A ponte pênsil em Ceres, as margens de Uruaçu, a noite poeirenta e em ruínas de Porangatu. Aos berros do dono da hospedaria espalharam-se pelos cubículos. Indicaram-lhe um, com duas camas. Largou a sacola no chão e sentou-se na cama. Um outro homem mal-encarado fixava-o na mesma posição. Teve medo. Tirou o revólver e com enfastio aparente arrumou-o junto ao travesseiro. Viu no outro o medo. Sentiu que ele também era mal-encarado, para o outro. E dormiu tranqüilo. No segundo dia, em meio a forte chuva, ao entardecer, o ônibus seguia com lentidão pelo lameiro, e o horizonte se estendia largo, longo, cinza, neutro. Apenas trovões e raios se desenhavam acima da linha de terra. Numa dessas descargas, com um raro sentimento de plenitude, lembrou-se do nazareno. E lembrou-se dele ao longo da estrada, quando o horizonte sumiu e seguiam entre duas espessas paredes vegetais, à espera sempre de uma onça languidamente bocejando na estrada, e revezando com garbo e silêncio as patas elásticas. Lembrou-se dele quando explodiu em risos ao ver uma galinha assustada, cacarejando, as asas desajeitadas, trocando as patas numa dança grotesca composta de diagonais que se recompunham e atravessavam a pista. Como ele compreenderia a diferença entre um fato e a expectativa do fato. Lembrou-se dele ao vagar em Belém, à noite, pelas ruelas, com o razoável medo nos ombros, nas proximidades do templo em que, segundo a lenda, ou a história, ou as duas, Vieira teria exortado os fiéis com seus floreios, volutas, a curva generosa e livre de um frontão enfestoado, a simetria perfeita de um óculo encimando a porta principal, simetria de rosáceas entrelaçadas, compondo ilusão e harmonia de retas, curvas e cores, a cornija de reentrâncias e saliências em perfeita concordância, e o garbo da cimalha, fecho ao alto de uma horizontal que era átrio e se elevava por uma simples questão de gravidade. Lembrou-se dele ao desistir da rede de um *gaiola* e optar pela cabina de ar-condicionado (havia diferença?), e com o vento aquecido no rosto, estirado num banco do convés, as pernas abertas, os pés apoiados na amurada (sempre fora mal-educado), recebia com as pupilas a folhagem dos furos de Breves, e o rio aberto, depois, sua água suja de terra e galhos. Seus bancos de areia cobertos de garças (eram apenas garças, eram garças?). Lembrou-se dele ao se equilibrar numa tábua entre dois quarteirões da cidade-flutuante, em Manaus, que não era flutuante naqueles dias, o rio estava na baixa, mas sobrevivia pousada no lodo, com os cabos metálicos inúteis e bambos a ligarem-na à terra firme. Lembrou-se dele quando as cantilenas de preces o despertaram às quatro da manhã no hotel de Porto Velho. Acendeu a luz, tomou um café da garrafa térmica e se pôs a ouvir, e a fumar. Um grupo de missionários chegara na véspera, e se preparava para seguir caminho em busca de índios. Lera a história de alguns deles, holandeses, belgas, alemães, franceses, trucidados ou glorificados pelos descendentes dos tupiniquins, largando seus hábitos fonéticos e aprendendo *língua de gente*. Seu quarto lembrava-lhe uma cela. Sua dor, um cilício, a madrugada, um convento. Os lábios sôfregos do aposento ao lado ligaram-se às feições maceradas que vira um pouco antes do jantar, e se lhes tinha certa inveja (sempre invejava a *integridade* dos outros, fossem o que fossem), se num segundo foi envolvido pelo poder encantatório da melopéia, redespertou nele sua espera, que era outra. Aguardava o dia de saída do trem que seguiria para Guajará-Mirim. Viera ver a Madeira—Mamoré. Lembrou-se dele, ao sorrir, apagar o cigarro, a luz, tentar dormir, não conseguir, e ver, por fim, a esfiapada claridade da manhã manchar os objetos à sua volta, seu corpo, as paredes, sua memória, seu ódio, seu passado, seu futuro. Tinha passado? Tinha futuro? Em que terra estava? Lembrou-se dele, depois de Abunã, ao resolver permanecer em silêncio ao lado do índio místico e asiático imóvel a seu lado no banco do vagão. Enquanto varava palmeiras e depósitos de pelas, enquanto temia mosquitos e feras no caminho do seringal (queria ver as tigelas encravadas no tronco), enquanto via os rostos imóveis dos bolivianos acima das mantas e dos ombros (e da coca, diziam), enquanto folheava *O médico e o monstro*, lembrou-se dele. Estirado na cama, a colcha no chão, o estrado meio baixo no canto superior direito, ouviu a voz da dona da pensão depois de leve batida na porta. Ergueu-se, recebeu a bandeja com o café, o leite, o pão redondo com um sulco no meio, a manteiga, o pires de mel. Lembrou-se dele agora. Esboçou uma leve metamorfose para o tempo em que o encontrara, desistiu, esboçou outra metamorfose em que ele seria os dois, naquela manhã, metamorfose menos trabalhosa, bastava atuar no objeto de sua memória e tê-lo-ia aí, à sua frente. Desistiu de tudo. Careteou ao tomar a água rala de café e chicória. Um cigarro. Contar-lhe-ia o quê? Contar-lhe-ia então o episódio do chouriço de véspera. Encontrava-se no Solar da Madragoa, ouvia Hilde Silva com vontade de saltitar pelo salão, quando lhe serviram o chouriço pedido. Um prato fundo, um pedaço de chouriço num líquido esbranquiçado. Cortou com dificuldade uma fatia. Mastigou apavorado um naco duro e já ia desistir ao sentir um gosto estranho na boca, quando a mulher que o servira, entre sorrisos, mostrou-lhe como se acendia o fogo no prato, e se deixava tostar o chouriço. Envergonhado, comeu, pagou e saiu. Como gostaria de contar ao nazareno suas visitas ao Cais Sodré entre uma e outra andança pelos arredores. Lembrou-se de Évora. E pensou em iniciar novas metamorfoses para encontrá-lo no instante que mais o perturbara, não vira, contaram-lhe. O nazareno suara sangue, após um jantar, recolhido, meditabundo, entre os troncos retorcidos e as folhas pálidas de noite de lua. Pensou em deslocar a transformação para o momento em que entrara na Capela dos Ossos. Fluidez de imagens auditivas e visuais. Ambigüidade de ressonâncias passadas e vindouras. Fragmentação de sentidos em grotesca e lírica composição de gritos e avidez de gestos. Horror. Palavras informuladas em quase esboços de mímicas em que o ódio se funde à sofreguidão do instante e o passado se torna absoluto, o futuro se torna absoluto, e o exato instante de outra metamorfose nada exige, nem mesmo metamorfose, apenas passagem, nem mesmo passagem, uma espera instantânea de ausência para si mesmo, um mergulho na irresponsabilidade total das coisas. Simplesmente. E a avidez antiga se esfuma não na noite eterna mas numa presença nem diurna nem noturna, e os gestos de imposição e passividade se anulam numa imobilidade que nem isso é, porque para si próprio nem mesmo a referência do móvel tem mais. E é o caroço. Mordê-lo! E a desnecessária estupidez de um sentimento de inutilidade total. Ahasverus reintegra-se. E compreende pela milésima vez, novecentas e noventa e nove outras esquecera, que tem tudo a reconquistar pela consciência enquanto, sabendo ou não, respira. Outra forma de saber. Respirar. E o sentido para os outros será o de uma equívoca distorção de um amálgama de aparências e verdades ilusórias. Melhor ser outra espécie de duplo, agora e no dia em que deixando de lado a vertigem caminhou lépido sobre a muralha de Óbidos. Pulava entre as irregularidades com as mãos nos bolsos, e um gosto de sopa tomada um pouco antes na pensão da velha que lhe falara da cidade. O campo trabalhado e o casario sempre renovado pela pintura. Vontade no outro, no que está sobre o muro, de se recusar a ser, de se apoderar da máxima liberdade, e recusar o máximo que lhe oferecem, alguém, quem? A responsabilidade total do segundo em que ergue a perna de uma pedra para outra, em que se liga no vazio a um deslocamento que é a sua totalidade, sua imersão na certeza informulada da própria consciência. Chegava a hora do trem para o outro. Ahasverus se viu só. Dilacerou o pão nas partes ligadas pelo sulco. Rançosa a manteiga. Saboroso o mel. Que arrogância a sua em Aljubarrota. Ao cantarolar um samba de Paulo Vanzolini, e imerso na questão de saber exatamente quando é que um homem pode ser isto ou aquilo, chegou bem no centro do piso sob a abóbada da batalha. E resolveu ser mestre Domingues. Sentou-se no chão, cruzou as pernas, tirou do bolso azeitonas que lá não estavam, mas dissolveu-as nos dedos ao se lembrar de que o mestre provavelmente jejuara. De repente, lembrando-se de que não era Domingues (o nome exato, o nome exato), julgou ouvir o estalar de pedras e desandou a correr com medo de que a abóbada lhe caísse na cabeça, como com tantos outros. Raios! Já estava novamente a imagem do nazareno... Estava onde? À sua frente? Atrás? Imagem visual? Auditiva? Dentro ou fora do cérebro, por trás dos olhos, entre a retina e a hipófise. Ao pensar em hipófise, excitou-se. Fechou os olhos. Um rosto se alongou, se diluiu, se contraiu, um rosto apenas boca, apenas rugas de lábios como a soprar o hausto primitivo ou primeiro, o que não é a mesma coisa, apenas manchas de lábios, boca, sombra entre lábios, num como que estertor e sopro inicial. Compreendeu tudo quando viu na mesa, ao lado da bandeja, a nota do hotel em que se hospedara em Nazaré. Poucos escudos para tantos sonhos! Era o mar, a atração do mar, era a água, um elemento bem ligado à luz. O nazareno apenas como possibilidade de idéia lhe sorrira irônico, malicioso. Ou era o nome, a sugestão do nome? Ahasverus deu um salto, atônito. Lavou as mãos, estarrecido com a própria estupidez. Pensara no mar, na beleza, candura, euforia, mistério, profundidade, tormenta, vagas em turbilhão, o mar fonte primeira, o mar do plâncton, pensava nas regiões abissais. Mas o evidente ali estava, provocando-lhe arrepios não sabia por quê. Talvez por ser evidente. Nazareno. Nazaré. Ahasverus deitou-se novamente, disposto a não se deixar dominar pela avalanche de sugestões que a evidência trazia em si, como pura evidência, desligada do momento, do fato do momento. Evidência como chegada àquilo que está diante do nariz. Para conseguir deslocar-se dali para ali mesmo pronunciou a palavra *v a r i n a*. E a palavra trouxe-o de novo a N A Z A R É. De novo a N A Z A R E N O. De novo à palavra. De novo a A H A S V E R U S. A H. H A S. A H A. S V E R. A H A. E R U S. E dessa vez, sim, o turbilhão. Não precisou de muito esforço para metamorfosear-se em pura consciência e ouviu, por dentro e por trás do ouvido: *L'univers — miroir d'un nombre*. Em que língua? Número. Nome. Havia uma linha abaixo da qual se formava uma cor de terror. Havia uma linha acima da qual não havia cor, portanto, nem negro. Acima da linha um pensamento puro jogava. A, 1. B, 2. C, 3. D, 4. E, 5. F, 6. G, 7. H, 8. I, 9. J, 10. Certos números tinham precedência. Zero. Três. Sete. Seis. Mas o principal era o Um. Em determinado momento o Zero e o Um começaram a brincar e do esconde-esconde brotavam objetos perfeitos, criaturas perfeitas, idéias perfeitas, esferas perfeitas. Mas entre o Zero e o Um, mantidos a certa distância, brotou uma luz total. O pensamento anulou-se, a pura consciência se desfez e Ahasverus, como prova concreta de Ahasverus, gemeu e sorriu. Pensou na palavra M A R. E depois, simplesmente em mar. Acho que o senhor deveria vir comigo a Tanganika, participar de nossa missão. Somos protestantes. Era alta, magra, loura, dizia ser finlandesa, e estava a seu lado na amurada do Enotria um pouco antes de chegarem ao Pireu. O trajeto era Nápoles—Haifa, e o comandante avisara que uma greve programada lhes daria dois dias no porto. Por que não ir a Tanganika? Por que não aprender o tanganiquês, ou coisa que o valha, e ajudar os tanganiquenses a encontrarem a verda... A lembrança do nazareno, de novo, maliciosa, irônica. Despediu-se da finlandesa e foi tomar uísque no bar. Um terço de dólar a dose era barato demais para deixar de lado. Bebeu. Foi à cabina. Dormiu. Sonhou. Deserto, areia, vento, pequena caravana de camelos. Dominando tudo um vasto albornoz agitado na cabeça. De quem? Acordou. Bebeu. Regressou ao colchão da Pensão Lafonense. Ahasverus no Mediterrâneo. Era demais. Ahasverus vagando entre Nápoles, Marselha, Barcelona, Pireu, Atenas, Limasol, Famagusta, Salamina (foi ao local ver onde numa batalha besta um grego que depois foi obrigado a tomar cicuta perdeu algum tempo em ser herói), Tel-Aviv, Haifa. Mediterrâneo dos milionários em férias, estrelas em ascensão, de vagabundos criadores e destruidores, de Cnossos e Colunas de Hércules, de fúrias e MOIRA. O que fez ele ali, Ahasverus? Como ousou? Pode um homem, qualquer homem, ousar? E Ahasverus era homem, tinha a certeza sem precisar apelar para refinamentos lógicos ou hormônicos, ou hormonais. Não, Ahasverus achou hormônicos melhor. Por que aquela insônia? O trabalho no hotel só o obrigaria a acordar às dez horas. Eram menos de seis da manhã. Vestiu-se. Desceu. Andou. Andou muito até encontrar um café aberto. Fumou. Um velho de barbas e capotão negro cruzava a rua. Ahasverus decidiu tomar o caminho de Jaffa. Entre as duas cidades, um trecho de subúrbio como em qualquer canto. Casas. Casebres. Algumas com boa pintura, outras sem reboco, o tijolo à mostra. Ouviu uma cantoria. Era a sinagoga, na prece matinal. Chorou. Um choro profundo. Bem fundo. Sentiu-se tonto. Cambaleou. Caiu. Estremeceu. Tremeu. Aterrorizou-se. Viu apenas nos seus olhos: T A T T V A A S I. יְהוה. Pobre Ahasverus! Era a voz mansa do nazareno. Delirava no delírio. Esticou o pé e deu um urro ao golpear o dedo mindinho na cabeceira baixa da cama. Terminou o café, devolveu a bandeja, lembrou-se do filme visto em Beja, numa noite limpa, ia ao banheiro, mas foi ao espelho ver o estado do bigode que nascera em Coimbra. Uma infecção, a extração de um dente, inflamação, a lâmina sem poder correr sobre o lábio superior, e aí estava o bigode, uma bigodeira mongol de seus tempos de Kuzari. Fora Kuzari, parece. E se não, dava na mesma, imaginava-se. Se não bastasse, recorreria à metamorfose. Bocejou. Com aquela bigodeira sentara-se numa das ameias do Castelo de Leiria, com um jeito visivelmente lânguido e efeminado, e cheio de terror (como tinha terrores!), lembrou-se de quando fora marrano, e se vira obrigado a fingir uma crença para mascarar outra que não tinha. Mas eram belos os cantos das procissões. Eram belas as cores das opas. Eram belos os rostos das mulheres em lágrimas. Uma última recriação disso tudo vira há poucos anos em Ouro Preto. Trabalhava como ajudante de pedreiro na reconstrução da matriz do Pilar. A parte dos fundos tombara devido a tanta coisa, e principalmente devido a uma, que não ousava dizer, para não perder o serviço. Tombara porque tentaram antes do tempo escorá-la. Feita de taipa de pilão, ruíram o porão, o consistório e a sacristia. Morava perto da matriz, mas fora à Praça da Independência ver a procissão de Sexta-Feira Santa. Postara-se bem debaixo da casa da Baronesa, e dali vira tudo, as irmandades, o lamento de Verônica, até o final, quando acompanhara de longe até o altar improvisado na praça menor. Pobre procissão, bem pobre em relação às outras que ele, só ele, como Ahasverus, vira em tanta parte; na Europa Central, em Sevilha, em Maiorca, na Sicília, em Creta. Sempre o terror, no futuro, no passado. Em Viana do Castelo, após o vinho do almoço e o sono da tarde, saíra pelos arredores. Longe, bem longe, em uma pequena praça viu uma velha. Seus olhos se aterrorizaram tanto ao vê-lo que lhe provocaram a curiosidade. Seguiu-a, e viu seu terror aumentar. Entrou por uma viela, abriu um portão, e hesitou ainda na maçaneta da porta principal. O terror era tanto que nada fez para impedir sua entrada. Atravessou a sala, entrou em um quarto, encostou-se à parede e ali ficou à espera. Ahasverus aproximou-se lentamente, medindo bem o terror alheio e o próprio que ia renascendo. A roupa desbotada quase cobria ossos, as mãos enlaçadas em súplica não ousavam separar-se do corpo. Os lábios pronunciavam algo. Mantendo a tensão, afastando dele o terror provocado pelo terror provocado, sentimento meio raro, mas que identificou nele certa vez, Ahasverus aproximou-se. Quando os rostos quase se colaram ouviu o sussurro: *Schmá Israel.* Beijou os lábios da velha para criar a situação ambígua, e não despertá-la. E enquanto sorvia a saliva senil, já de barbas e túnica postado diante de alguém, uma autoridade, recriou seu terror. A sala era escura, as paredes altas de pedra amassadas e pintadas de branco. Aqui ou ali, troncos de cone de luz varavam o aposento e permitiam identificar mesas sólidas de madeira, bancos, lampadários, um crucifixo ao fundo, no alto. Em que língua lhe falavam? Não sabia, mas compreendeu que lhe diziam que, se durante a tortura viesse a sofrer algum acidente, a culpa seria toda dele. Não fosse o tom arrogante e a solenidade obtusa de quem falava, e talvez lhe desse razão. Claro que ele era *culpado,* ele *estava* ali diante do outro, e pelo raciocínio sutil deste, cheio de filigranas lógicas e torneios labirínticos, mas apesar disso claros e sonoros, pelo raciocínio do outro um dos dois era culpado, já que pensavam de modo diverso. E é claro, deixava entrever o outro, que no caso o único a assumir a culpa seria ele, Ahasverus. Ahasverus deu-lhe razão, deu-lhe sempre razão. E subitamente precipitou-se numa avalanche de metamorfoses incompletas até assumir a forma de íncubo e depois súcubo, e nas duas formas de súcubo e íncubo exalar um cheiro de esperma e enxofre, produto de uma sexualidade desbragada, insatisfeita, permanente, ávidas sempre as duas formas de gozo, e no auge do gozo desejando mais gozo, tanto gozo que as duas formas eram insuficientes, e se multiplicaram em quatro, oito, dezesseis, trinta e duas, sessenta e quatro, fazendo sentir em toda a terra o cheiro de gozo, esperma e enxofre. Houve um pequeno conflito quando, na passagem de oito mil novecentos e dois a dezesseis mil trezentos e oitenta e quatro, deu-se a passagem a dezesseis mil trezentos e oitenta e três, e não se sabia ao certo se a forma ausente era a de súcubo ou íncubo, o que provocou ligeiro tumulto, e alterou até as relações das duas formas primitivas, relações que não se sabia ao certo se eram pró ou *contra natura*. Depois prosseguiram as metamorfoses. Apropriou-se de cascos fendidos, cornos, cauda e garras; cavalgou ratazanas de cabeça leonina, patas de grifo, ventre formado e deformado pelo acúmulo de mil demônios corpusculares. Voltou à própria forma diante da solenidade do outro que ainda lhe falava, e interrogou o crucifixo atrás das frases empoladas e dignas do outro. É o homem culpado pelo fato de viver? O crucifixo nada respondeu, e não insistiu ao perceber o rosto imóvel e sereno do crucificado. Não lhe lembrava nenhum rosto conhecido. Um rompante de ódio não chegou a perturbar a face de Ahasverus. Ao exigirem dele a responsabilidade de algo a culpa desaparecia, tanto dêle como do outro. E restava apenas a iniqüidade de um jogo de valores. Ahasverus teve vontade de gritar, vontade apenas: sou responsável pelo que vejo, ouço, aspiro, degusto, toco, penso, imagino, sou responsável pelos meus desejos ainda informes, pelas idéias que se transformaram em atos, pelos atos que se transformaram em idéias, mas enquanto meus, apenas, nada tenho com o ato dos outros que me desloca a consciência, mas tenho com a consciência. Não fosse o ódio, e com a certeza vaga de que renasceria, e lhe despejaria o sentimento de coisa relativa que foi acumulando ao longo dos anos; mas viu que era inútil, totalmente inútil. Naquele sistema de valores, o outro à sua frente não se julga responsável pelos atos, pensamentos, que estão fora desse sistema. E a inutilidade da palavra ali, naquele instante, deu-lhe a dimensão da dor, e antecipou masmorras, cordas, correntes, rodas, caçambas de chumbo em ebulição, e devolvia o mito que lhe davam com um lamento de homem forçado a ser fera, e que após lúgubre roteiro pelos onze círculos do inferno, onze pelos jogos cabalísticos que inventara em suas horas de lazer, para deduzir de um centro de fogo a sucessão de demiurgos e esferas, até chegar ao último, humilde, de minúscula esfera e pobre invenção. O nazareno talvez repetisse a imensa gargalhada do monte das oliveiras, ao ouvir seu canto engrolado de mendigo em embriaguez num fundo de noite, neve e medo. O capotão se desfazia em asa, as melenas ondulavam ao sabor da euforia, embriagadas pupilas exaltavam a dor como sinal de presença no mundo, e uma ternura se desfazia na fome de alento e no terror ultrapassado pelo entusiasmo quente de uma humildade plena. Mas a nódoa humana reduziu o momento e o transe de identificação e anulação esfumou a quentura de uma paisagem negra e branca com cintilações de azul e vermelho, e vagas formas de enterros, noivados, animais e anjos tensos. Perdoar ou ser perdoado? Que me importa isto no instante em que estou no mundo? Rabi Ahasverus recordava seus tempos de aprendizado. *Devia* ser humilde, e foi humilde até à anulação. *Devia* ser justo, e foi justo até ao desespero. E nessa sucessão de *devia,* tornou-se plasma informe nas mãos do mestre. E sobrava-lhe ainda a lição do orgulho quando descobriu o charlatanismo da humildade. Formado na tradição de que um homem deve sempre ter um mestre, Ahasverus procurou um. Ensina-me a ser justo, disse-lhe. O mestre mandou-o ficar de pés juntos, imóvel, e passou-lhe uma rasteira. Ahasverus passou longas noites em meditação, e chegou à conclusão de que havia sido uma boa aula. Não se exaltou e compreendeu que a aula fora bem mais requintada do que esperava e a sutileza do mestre, infinita. Ensina-me a ser bom. O mestre mandou-o ficar de pés juntos, imóvel e passou-lhe uma rasteira. Abasverus refletiu com o máximo de profundidade e concluiu que melhor aula de bondade não poderia ser dada, e a agudeza do mestre esplendeu. Ensina-me a ser sábio. O mestre mandou-o ficar de pés juntos, imóvel e passou-lhe uma rasteira. Ahasverus quase o agride, mas percebeu no momento de controle que havia aprendido a lição, e constatou mais uma vez o requintamento do recurso pedagógico. Acontece que um dia pediu ao mestre que lhe ensinasse a suportar as dores do mundo. Ficou de pés juntos, como de hábito, e recebeu a rasteira. Ao levantar-se teve um estalo. Olhou bem nos olhos do mestre. Este suportou bem no início o olhar, mas aos poucos se perturbou. Pediu ao mestre que ficasse de pés juntos. Este relutou um pouco mas acabou ficando. Quando Ahasverus ia-lhe passando uma rasteira, o mestre correu. Ahasverus ainda tentou alcançá-lo, mas a meio caminho desistiu. Percebeu que ao persegui-lo, ao vê-lo usar de artifícios grosseiros para se proteger, ele Ahasverus havia aprendido a melhor lição. Mas não terminara o aprendizado. Quando passaram diante de um soldado, o mestre parou e com o indicador apontou Ahasverus. O soldado conseguiu agarrá-lo pela gola, e imobilizou-o. O mestre enfurecido gesticulava e bradava: roubou o meu dinheiro, e dinheiro é trabalho, e trabalho é sangue. Ahasverus só não desabou porque a manopla do soldado não lhe permitia movimentos. O mestre enfurecido tonitruava: roubou o meu dinheiro, e dinheiro é trabalho, e trabalho é sangue. Ahasverus teve que esvaziar os bolsos e nada foi encontrado, o mestre garantiu que por certo já o gastara todo, e num repente de magnanimidade suplicou ao soldado que deixasse Ahasverus livre. Resolvera perdoar-lhe a ofensa, e esquecer o incidente. O soldado deu um safanão em Ahasverus e deixou-o caído no meio da rua, e sumiu. Enquanto Ahasverus se ergueu o mestre se afastou com lentidão, lançando-lhe de quando em quando olhares irônicos e zombeteiros. Quase de joelhos postado em meio à rua, mais parecia um mendigo. E começaram a chover esmolas. Em pouco tempo as moedas não cabiam mais em suas mãos. Atordoado não reparou que um homem esfarrapado se aproximou, lhe arrebatou em segundos o punhado de moedas, e disparou até a próxima esquina. Ia gritar, ia repetir o mestre, mas foi dominado pelo riso. Cessado o riso, lembrou-se de um velho jogo de perde-ganha, ganha-perde, teve vontade de sofrer pelo outro, mas ainda lhe veio à lembrança o nazareno. E o desejo de revê-lo foi tão grande que perturbou a metamorfose. Em vez de se encontrar no monte das oliveiras na tarde amena e doce da palestra, em vez de se deliciar com as azeitonas e com a palestra, viu o monte às escuras. Os raios lunares reverberavam nas folhas e troncos nodosos. O nazareno estava só. Ahasverus teve a impressão de que ao longe, numa casa, alguns homens aguardavam. Onde a malícia, onde o humor? O nazareno tinha o rosto grave e não chegou a perceber a figura de Ahasverus. Seus olhos pairavam no alto, além da lua, e seu corpo transmitia tal segurança que ele não ousou aproximar-se. Manteve-se sempre à distância. E viu-o dirigir-se a alguém, e ouviu a palavra *cálice*. Subitamente um pranto sem lágrimas dominou o corpo do nazareno, e o corpo foi sacudido por tal agitação, que mais parecia levitar. Ahasverus aproximou-se. De todos os poros do nazareno brotavam gotículas de sangue. Aterrorizou-se. Só uma espécie de dor era capaz de provocar aquela reação: a dor do mundo. E Ahasverus desmetamorfoseou-se, não sem antes se aproximar e beijar, sem ser pressentido, a testa do outro. Partiu com os lábios vermelhos e uma doçura a entorpecer-lhe os membros. É ainda o homem solene e digno à sua frente, no mesmo ambiente penumbrento perturbado por faixas de luz vindas do alto. A mesma fala grave a lhe dizer que era culpado. O mesmo crucifixo imóvel e impessoal, ao alto, atrás. Chateado Ahasverus deslocou-se para o futuro, um futuro bem remoto, e desinteressado pelas circunstâncias desta ou daquela forma de existência, achando secundário saber se a roupa era de um vidro fluido e aderente ao corpo, ou de um líquido que jorrava sempre de um frasco preso ao peito, e que vestia a pele com hidrotecidos, sempre renovados, de cores cambiantes com a qualidade do frasco e da luz ambiente, considerando de ínfima importância as casas flutuantes construídas segundo o princípio já esclerosado da antigravitação, bocejando diante dos vôos dos galaxonautas que transformaram em brinquedo a intuição primeira de que a velocidade da luz era tão relativa como o passo do cágado, intuição de tantas dores e tantas fogueiras, físicas e morais, sem nenhuma vontade de se entregar a divagações sobre o vago,campo das construções ideais, em que as funções hiperzeta, tendo encerrado o domínio antediluviano dos computadores neutrônicos, invadiam o campo da csiologia (substituta da pré-histórica psicologia), e da ontonomia (substituta da economia, ciência da era dos carros de boi), farto de tudo isto, e farto ainda de tentar sonhar um futuro do futuro, porque era tão alienante quanto um passado do passado, ambos perdidos quando achados, farto de tudo isto encravou-se na maior tentação: a exigência interna do ser, e o estabelecimento de um sentido pessoal de ética. Começou pelo corpo. Viu suas mãos, as pernas, as coxas, o ventre, apalpou as nádegas, respirou e teve a certeza absoluta dos pulmões e coração, apalpou a barriga, e aceitou a evidência de estômago e intestinos. Desistiu da idéia de apelar para o introvisógrafo recém-aperfeiçoado que permitia ver no início o cérebro e depois seus produtos coloridos, sonoros, aromáticos, táteis, degustativos. Queria o seu corpo, corpo imediato, dotado de apetites e capaz de se organizar em consciência ávida de mundo. Corpo que em determinado período explode em sexualidade e sempre se choca com a barreira dos costumes. Não entendia por exemplo a pecha de imoralidade lançada sobre um homem e uma mulher que vivessem mais de uma semana juntos, sob o mesmo teto, não sabia por que consideravam atentado ao pudor as relações sexuais mantidas entre quatro paredes, isoladas, e em posição horizontal. Controlou as explosões pornográficas quase que por molecagem. A califasia era considerada eminentemente subversiva e atentatória à ordem estabelecida. Era seu corpo. Alisou os cabelos, esfregou o rosto, desceu com satisfação as mãos pelo peito e ventre e segurou o membro com intensa euforia, depois sentindo uma leve irritação na região glútea afagou o ânus com o dedo médio. Os uniformizadores de temperatura, pequenas centrais mantidas de quarteirão em quarteirão, ainda não haviam conseguido eliminar certas manifestações climatéricas: a brisa, por exemplo. E Ahasverus, de pálpebras cerradas, se entregou ao gozo sensual da aragem na pele, à volúpia de aspirar o lixo aromático que os neutralizadores odoríferos também não conseguiam, apesar do esforço dos pesquisadores, afastar. Havia diferenças, é verdade, pequenas diferenças que Ahasverus conseguiu distinguir entre seu corpo de agora e o de antes, de uma forma qualquer de existência passada. As pernas eram ligeiramente mais alongadas, e os movimentos do joelho bem mais flexíveis e variáveis. A rótula se modificara aumentando os graus de liberdade. Já as mãos perderam um pouco na movimentação de braço e antebraço, e ganharam na articulação do pulso e dos dedos. Falange, falanginha e falangeta se desdobravam em possibilidades, e embora falange e falanginha conservassem mais ou menos as mesmas dimensões, falangeta alongou-se de vez e meia quase, e a sensibilidade das pontas ganhara intensidade quase que insuportável. Sensibilidade que criava graves problemas, distúrbios motores e digestivos, e criava dificuldades imensas, além de teorias, para os csiquiatras. A teoria oficial era de que a posição dos dedos no período fetal (já haviam abandonado a gestação exoplacentária por imposição do tribunal de partos), era importantíssima. Durante o parto ocorreriam traumas, e conforme os objetos em seu redor, a criança poderia acumular deformações geradoras de graves conflitos futuros. Assim foram eliminados a madeira, o vidro, a pedra natural, a água, a pele dos animais, e outras coisas, dos locais em que as crianças hibernavam. Ahasverus não se habituou logo com aquele regime em que durante dez dias todos permaneciam acordados, e durante outros dez tomavam comprimidos à base de criolium, e se metiam nas câmaras de hibernação. A agressividade era considerada como manifestação *incsiótica* da atração pela água. A csiofrenia ainda não estava bem estudada e por isso consideravam-na como forma degenerativa que não merecia maiores atenções. Todos os cuidados estavam voltados para a csirose, mais benigna e mais acessível à ação da teoria oficial dos csiquiatras. Como ser em devir, em constante ajuste e desajuste, Ahasverus não podia se exaltar com as maravilhas que lhe apresentavam, tinha consciência disso. E entre esclerose e renovação, farto de flutuação de valores, e farto de absolutos que lhe eram apresentados como entes a quem apelar para resolver todos os seus problemas, desde a falta de dinheiro até a antipatia que determinadas figuras lhe causavam, Ahasverus insistiu na exigência de uma ética. Inspira. Expira. Respira. E a presença dos outros entrevista pela cidade silenciosa, lhe devolve a possibilidade da dor, não eliminada pelos laboratórios de pesquisa hedonística. Os prédios flutuavam sobre um verde sintético e as formas variadas obedeciam às últimas regras de urbanismo baseadas no criolium, nos neutralizadores odoríferos, nos uniformizadores de temperatura, e nos cálculos baseados na regularização da população, cálculos feitos com o auxílio das funções hiperteta, hipertau e hiperzeta, mas não as reais, e sim as imaginárias, tendo como operador o polinion, em que i, j, k, l, m, n, o, p, q, r, s, t, u, v, w, eram iguais à raiz quadrada de menos um, e tendo ainda como ajuda os signos zodogaláxicos. Estava a gozar as delícias da brisa quando foi preso. Não se surpreendeu, seus pensamentos eram claros e foram registrados e sua posição indicada ao Instituto de Segurança Individual. O primeiro funcionário perguntou-lhe se sabia por que estava ali. Disse que sim. O segundo indagou se estava a par de sua responsabilidade consigo mesmo. Disse que sim. O terceiro introduziu-o em um gabinete, e o quarto, de posse de uma pasta que registrava todas as idéias que lhe ocorreram desde o instante em que fora à faixa plástica que dividia as áreas de verde sintético ofereceu-lhe um papel em branco. Não viu outra alternativa a não ser lavrar a própria sentença, de Morte Singular, o que significava a ingestão voluntária de dose maciça de criolium combinado com logolium-III (di-proton hexa-meson tri-uranato de heptaenzima V penta-logos), Morte Singular que era longa hibernação e reestruturação das células nervosas. No fundo, isto significava alteração do campo gravídico encefálico, destruindo as primitivas tensões causadas pelo paleoencéfalo residual, tensões geradas por vestígios arcaicos de campos hiperbólicos no ato de mentação. Estes campos neutralizados permanentemente pelo criolium às vezes surgem, inopinadamente, à revelia do portador, e segundo alguns teóricos estariam ligados à sensibilidade da ponta dos dedos, e teriam ligação com a origem de csiroses e csisofrenais. Enquanto aguardava em um compartimento especial do Instituto de Segurança Individual a dose de criulium e logolium III, Ahasverus, por pura distração, tentou elaborar uma teoria da responsabilidade que realmente entrava em conflito com a csiótica. Partindo do princípio de que era responsável pela respiração, digestão, defecção, pelos seus passos, pelo olhar, pelas idéias que tinha, reformulou a noção de culpabilidade e num último esforço, devido é claro a resíduos paleoencefálicos, encontrou um artifício para escapar da situação. Ainda com resíduos paleoencefálicos conseguiu adormecer, e não hibernar, e no sono conseguiu um produto bem mais arcaico chamado *sonho* (no momento ignorava até o nome desse fenômeno). No sonho achou melhor morrer, como se morria antigamente. Para regressar à Pensão Lafonense bastava-lhe despertar do sonho, o que significava uma ressurreição. Mas o regresso não foi tão fácil devido a certos problemas espaço-temporais. A ação combinada do criolium, dos neutralizadores odoríferos, dos uniformizadores de temperatura, e do campo antigravídico introduzido pelo urbanismo, provocava uma transformação na percepção espaço-temporal exatamente na passagem do neoencéfalo para o paleoencéfalo. Como o artifício encontrado por Ahasverus para fugir à ação da Morte Singular foi recorrer ao sonho, resíduo paleoencefálico, a transição se operava como numa fita de Möbius, o espaço era percebido como se tivesse recebido uma torção, e o tempo variava descontinuamente, ora condensado ora dilatado, provocando perturbações na desmetamorfose de Ahasverus. Ainda no sonho, antes de acordar, percebeu que havia o perigo de regressar pelo avesso, o que decerto lhe traria problemas graves. Problemas de orientação, fala, convivência. Havia a probabilidade de, se houvesse a inversão, ao querer falar ESCADA, pronunciar ADACSE, em vez de MAR, RAM, em vez de RISO, OSIR. Ahasverus num momento de humor do sonho deixou de levantar hipóteses sobre a ambigüidade em alguns casos de inversão, ambigüidade verbal e física. Subitamente foi envolvido por uma torrente de semi-imagens espaciais e temporais; rodopiou na entremetamorfose do sonho e arrebatado por uma concentração de espaço transformada em idéia, materializada em idéia vazia ainda de qualquer forma em condensação, idéia bruta ou nula no instante em que jorra, ouviu seu nome FINDALA, e um grito: serás maldito, viverás eternamente! Ainda tentou dirigir-se a Buda, apelar não sabia bem para quê, mas a serenidade de Sidharta dissuadiu-o. Entreolharam-se. Findala sabia que enfrentava alguém que suportara todas as dores, e o que é mais terrível, todas as dores que um mortal pode enfrentar, e sabia que um mortal que enfrentou todas as dores não teme a última, a morte, porque já não é dor, é ausência, passagem, identificação. A serenidade de Sidharta fustigou-o ainda mais com a certeza de que tinha consciência de sua presença relativa, e tinha consciência de que havia conquistado a consciência da morte. E percebeu que ele, Findala, seria imortal, porque, como para os outros, a morte era um fato, um dado que lhe vinha do mundo, e não uma conquista da consciência. E ao fixar o olhar feroz da serenidade estremeceu. Deu as costas a Buda, insultou-o, e com um berro afastou-se. Ainda aturdido, ainda pensando em Buda, encontrou a mulher numa praça. Não houve palavras. Olhou-a. Ela sentiu-se olhada. Caminharam juntos. Findala sabia que estava sendo conduzido, agora. No leito, sentiu os extremos do gozo, ao vê-la redescobrir-lhe o corpo com potencialidades nunca imaginadas. Os dedos, os lábios, as pernas, a pele, as pálpebras, o nariz da mulher, fizeram-no redescobrir poro por poro as relações superfície externa e mente, e ao se unirem ela lhe revelou ainda recursos de mucosas, e ofereceu-lhe a condição de estender a noção de superfície exterior com a de interior, contínua, e os orifícios seriam apenas singularidades de uma continuidade desconhecida para as aparências. Revigorado e maldito continuou seu caminho à procura de Deus. Alguns rios transbordaram, várias tempestades inundaram campos e se juntaram aos rios em ascensão, raios fulminaram bosques e sobre as águas as copas se incendiaram, um uivo fundiu gemidos de multidão e urros de tigre, a tromba imensa de um elefante pairou na linha divisória, serpentes alteavam-se nas vagas, e o já não Findala, semi-Ahasverus, entreviu a possibilidade de um Homem. E estirado num leito de Amsterdam, o quarto era pequeno, sobre a mesa algumas ferramentas para polir lentes, e junto à cama o xarope para os pulmões. Ahasverus reuniu todas as questões possíveis sobre a necessidade e a possibilidade da existência de um Deus, ou de um deus. O que esperava ele, afinal, de Deus? Um infinito sentimento de culpa, uma desculpa para fugir à própria responsabilidade dos atos que compunham seu cotidiano num universo que escapava à sua compreensão porque ele, ou qualquer outro, era apenas o que era, um ser dotado de consciência e responsabilidade de ser consciência, um criador permanente de realidades singularizadas em conflito com outras realidades singularizadas. Pensou no que pensaria um futuro pensador: se Deus está morto, tudo é permitido! Uma ova! A cretinice de não perceber o homem como exigência ética, o ser como devir encravado na angústia de uma exigência ética, de uma exigência que lhe permitisse fugir à maior tentação, absolutizar-se como deus, perder-se na indistinção de sua consciência se gerando ao contato com uma totalidade que sempre o ultrapassou e ultrapassará. Tossiu. O corpo todo lhe doía, mas suas dores particulares nada significavam. Outros falariam da experiência concreta da dor. O que lhe interessava era o resíduo de idéia provocado pelo sofrimento. O resto era bagaço. Nossas paixões não são tão diferentes de um corpo se movendo em elipse em torno de outro corpo. O que importa é a lei geral da trajetória, e as propriedades dos focos, eixos, raios, e ângulos. Abandonou o orgulho supremo de abrir suas chagas como modelo para os outros. A alegria de ser, mesmo na pior dor, é pessoal, intransferível, e é feita para ser sentida no momento em que é sentida. Tossiu. O corpo tremeu. O cérebro fez sentir sua presença na agitação da fronte. Morria. Dessingularizava-se. E antes de não perceber lamentou não ter visto a verdadeira relação do homem com Deus, isto é, a relação sempre vista pelo homem. Ahasverus retomou impulso. Sentia fome de formas e cores. Sentou-se num bar em Montmartre. Alguém ao lado falava num assalto de meio milhão de francos. Quando viriam os outros? Alguns chatos enchiam a praça. Garatujou besteiras no bloco sobre a mesa. O italianinho aloprado andava sumido, o espanhol, como era mesmo seu nome?, estava em fase exacerbada de priapismo. Poderia voltar ao atelier, continuar a tela; mas precisava de qualquer coisa. Entre o vermelho e o azul faltava alguma coisa, entre o horizonte inclinado e a curva da mesa, faltava uma linha, ou uma superfície, mas de quê, de quê? O preto, talvez; uma curva inversa, ou uma vertical. Por que não fundia as duas coisas com a lembrança do galo, obsessiva. A vertical, a curva oposta à curva, o preto entre o azul e o vermelho. Ou alterar o azul, passar o vermelho para cinza e pintar o galo em vermelho. E o anjo? Como se livrar do anjo? E do relógio? Talvez a solução fosse transformar o quadro em alguns quadros. Cinco. Seis. Uma série. E logo hoje estava decidido a não beber. Utrillo apareceu. Sentou-se já embriagado, e desabou sobre o tampo da mesa. Ahasverus sentiu um calor de ternura pela cabeça entre suas mãos. O único homem que conhecia bem o branco. Ainda aprenderia com ele. Utrillo levantou a testa e com a baba a escorrer-lhe da boca sussurrou. E Modi? E Picasso? Ahasverus pensou em Modi. Invejava-lhe a rapidez do traço, admirava-lhe o desenho, mas não tanto a pintura. Pensou na carga própria que a aldeia russa lhe dava, na torrente de cadeias místicas e míticas que o levavam; sempre a um passado de fé e sonho, mas um sonho-fuga, sonho-ilusão. E via com antipatia a desinibição total do italianinho, enchendo-se de drogas, e rebelde a qualquer disciplina. Como utilizar a lembrança do enterro do Justo quando tinha seus quatro anos. O corpo em uma armação de madeira carregada pelos homens, a cidade enlutada, os cânticos fúnebres, o cemitério em alvoroço. Era primavera. Para seu quadro preferia que fosse inverno. Precisava da neve. Pequena mancha branca. No inverno também o contraste do azul com o vermelho era mais intenso. Obsessão. As palavras das preces em língua sagrada a serem desenhadas. Chamou o garção, pediu uma garrafa de vinho, e deixou-a ao lado da cabeça inclinada. Desceria a Pigalle. Correria o Sena. Precisava de caminhadas para recriar o passado na soma de cores que a rua lhe dava. E subitamente a rua eram apenas linhas e cores, e sua memória lembranças e paleta. Ahasverus andou pelo quarto, hesitando entre a caminhada ao sol de Lisboa e o sonho que talvez lhe devolvesse o futuro perdido. Ou era melhor, quem sabe, aprender a conquistar o presente, um presente dinâmico, sempre alterado pelo que vem depois e pela recordação do que veio antes, um presente soma de instantes descontínuos, um presente lúcido em que sempre se reconquista a totalidade, com a morte não como barreira, fato a lamentar, mas o horizonte que justifica o *aqui* e o *agora*. Descer. Sair. A rua. Caminhar. Repetir no passo a mobilidade do todo. Ver o Rossio novamente. Tomar um conhaque na Suíça, rever a Praça da Figueira e pela Alegrete chegar à Mouraria. A pé. De bonde. Ou pela do Carmo ao Chiado. Chorai, chorai, poetas da minha terra. Reveria hoje o fadista baixo, gordo, simpático, da Nau Catarineta. Restauradores? E o livro de Graciliano que vira ontem na vitrina e deixara para comprar hoje. Como andava de dinheiro? Gastara demais ontem no Cais Sodré. Se fosse ao Portinho da Arrábida? Gostava do nome. Arrábida. Ressonâncias. E Cascais? Andar entre os copos, ou covos, com que apanhavam lagostas, e da mesa ver ingleses e alemães passearem boxers e dinamarqueses, e sentir-se como Aschenbach em Veneza à espera de Tadzio. Remexe na mala. Precisa lavar as cuecas e as meias, jogar alguns livros fora para aliviar o peso. Fica-lhe na mão o livro de Tondrau e relê com doçura, encantamento e certa frescura o verbete sobre o deus hermafrodita de Demian. Senta-se e numa folha branca com a mina 6B na lapiseira copia.

A transição para a forma dupla fora imediata. Cumprimentaram-se à entrada do palco, vindos do camarim, prontos para a cena. Ator e Atriz. Ingleses. Temporada curta. Ahasverus eram ambos. Quarentões os dois. Estrelas da companhia oficial em giro pela Península Ibérica. Neste instante, a estréia em Barcelona. A peça: *Romeu e Julieta*. Continuariam a fazer o que sempre fizeram: representar. Beijaram-se com a ternura de um ódio dosado pelo hábito e cada qual ocupou seu posto. À saída, fartos de aplausos, bocejando, lado a lado no banco de trás do automóvel, viam o mundo em que os outros representavam para eles. Excelentes atores a multidão. No hotel ocuparam os apartamentos contíguos e às vezes conjugados, jantaram com a habitual frugalidade no mesmo cenário banal, à luz de velas, e tomaram o mesmo táxi. Ela saltou nas Ramblas, ele seguiu de carro até o Parque Güell. (Sempre gostara de rodar à noite de táxi.) A Atriz entrou em alguns bares, ofereceu vinho aos artistas, dançou com as bailarinas, e numa tasca aproximou-se de um grupo. Um tipo gordo a despertara. Viu-o eufórico no meio dos outros, e a euforia excitou-a. Roçou-lhe o braço com as unhas. Riram os dois. Juntou-se ao grupo, tomou um copo, pagou por todos e saiu com o gordo. Disfarçou o bocejo quando sentiu malícia nos olhos do cabineiro, enquanto estavam no elevador. No primeiro dia dormira com o cabineiro. Já no apartamento pediu uísque pelo telefone, e enquanto lhe observava o corpo nu tatuado (uma rosa no peito, âncoras nas coxas) ouviu risadas na suíte ao lado. O Ator desistira do Parque Güell, rodeou a Sagrada Família, e resolveu-se por um bar fechado. Tomou a primeira dose no balcão. A mulher aproximou-se. Jovem. Aceitou a bebida. Para acompanhá-lo pediu cinco mil pesetas. Era muito, demais, por isso, com fastio, concordou. No hotel pediu vinho pelo telefone e pôs um disco na vitrola portátil. Comprado à tarde. Tiraram a roupa, beberam, ele recostou-se na cabeceira alta da cama e pediu-lhe que dançasse nua. Tinha um belo corpo moreno, e belas nádegas. Uma hora depois, Ator e Atriz estavam sós nos apartamentos contíguos. Ele bateu na porta que interligava os quartos. Ela correu o trinco, e se beijaram. Pediram mais vinho, sorriram do espanto do moço que servira a ambos uma hora antes, ela lhe lembrou que gostaria de ouvir um pouco de Bach, e enquanto ele ia atrás da vitrola ela hesitou entre a Chacone, da Partita, e o Ach, Herr, Erlehre uns bedenken dass wir sterben müssen. Optou pela Chacone. Ouviram-na enquanto se possuíam. O duplo de Ahasverus

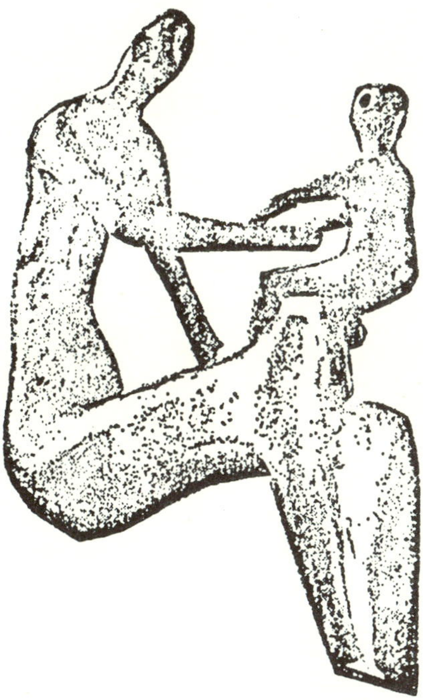

estremeceu. Integrado no instante de gozo recíproco readquiriu lentamente sua pré-forma, e fundiu o princípio masculino e feminino de sua consciência, viu uma escultura que o fascinara e projetou-a por algum tempo diante de sua avidez.

Optou por uma não especulação sobre o assunto. Ahasverus olhou para o saxofonista do dancing. Sentimentalismo barato imaginar-lhe os sonhos; imaginou que o outro imaginava que talvez o observador lhe trouxesse a chance esperada. Viu-o esmerar-se no solo. Depois com o canto do olho acenou-lhe e escondeu a aliança. Ahasverus imaginou que despertara no outro uma sexualidade dita equívoca. Imaginou tanto que se percebeu como consciência delirante, criadora permanente de realidades singulares. Onde ouvira isso? Mas entre delírios percebeu que o observavam. Imaginou-se bode expiatório. Policiais, cafetões, traficantes de drogas envolviam as mulheres. Ele era estranho ali. Pediu um bloco de papel e caneta. Pediu cigarros e deu de gorjeta o preço de cinco maços. Desenhou. Rabiscou. Escrevia em letra de imprensa e deixava o papel à mostra, enquanto ia ao mictório. Dançou duas vezes com a mesma mulher e contou-lhe uma história escabrosa. Enquanto estava na pista viu que dois tipos de pé, atrás de sua mesa, olhavam para os papéis. Na vez seguinte escreveu um palavrão, deu gorjetas a todo mundo, e cantarolando vestiu uma camisa listrada e saiu por aí, se viu na Avenida. E era três, então. Um mendigo, um entalhador, um vendedor de cocadas. O mendigo era negro, de carapinha branca; o entalhador, mulato, vigoroso e mulherengo; o vendedor, branco, vestido de branco, médio, sóbrio, controlado, pederasta. Vinha de longe o costume encontrarem-se aos sábados. Aceitavam-se como eram. Nenhum interferia no jeito do outro. O mendigo era casto, sem saber por quê. O entalhador, beberrão e mulherengo, sem saber por quê. O vendedor, controlado e pederasta, sem saber por quê. O mendigo contou um dia que sofria com o sofrimento dos outros, e que tinha prazer em mendigar, em se humilhar, não era preguiçoso, mas gostava de se ver pedindo, de despertar nos outros o sentimento do dar. O entalhador nunca ficou satisfeito com seu trabalho, achava-o banal, bobo; entalhar peças de móveis, pequenas imagens; seu sonho era entalhar uma parede inteira como a do Ministério da Educação, de alto a baixo, com o que bem entendesse, florões, bichos, folhas. O vendedor olhava e ruminava as coisas; a sensatez era produto de um longo jogo de todas as possibilidades, e de um vasto sentimento que não sabia definir, opressivo; tudo começou no dia em que principiou a imaginar que as coisas poderiam ser de um modo diferente; sua inclinação pelos rapazes vinha junto com o hábito de sugerir conselhos, nunca dá-los, e suas preferências iam para os que encontrava ao desamparo, perambulando pela cidade. Seguiam os três pela Avenida. Um carro da polícia encostou e pediu documentos. Nenhum dos três tinha. Foram recolhidos, e no Distrito verificaram que os três eram analfabetos. Ficariam na mesma cela até o amanhecer. Mas no crepúsculo matinal os três que eram um só e nenhum, trindade gerada e nutrida por uma ficção, talvez, um equívoco, no crepúsculo matinal saíram com a claridade, e na forma de um cão vaguearam pelas ruas. E Ahasverus foi cão com plenitude, e como cão sondou o mundo. E Ahasverus foi seu duplo, e como dois idênticos e distintos viveu duplamente com plenitude, e como duplo sondou o mundo. E Ahasverus foi árvore com plenitude, e como árvore sondou o mundo. E Ahasverus foi riacho com plenitude, riacho que liga dois rios, e como riacho sondou o mundo. E Ahasverus foi pedra com plenitude, e como pedra sondou o mundo. E Ahasverus foi Samuel Rawet com plenitude, escreveu VIAGENS DE AHASVERUS À TERRA ALHEIA EM BUSCA DE UM PASSADO QUE NÃO EXISTE PORQUE É FUTURO E DE UM FUTURO QUE JÁ PASSOU PORQUE SONHADO, e como Samuel Rawet sondou o mundo. E Ahasverus, farto de metamorfoses, realizou a mais dura, e mais penosa, a mais solene, a mais lúcida, a mais fácil, a mais serena. Metamorfoseou-se nele mesmo, AHASVERUS.

Obras de Samuel Rawet

CONTOS

Contos do imigrante. Rio de Janeiro: J. Olympio, 1956.

——. 2. ed. Rio de Janeiro: J. Olympio, 1972.

——. 3. ed. Prefácio de Assis Brasil. Rio de Janeiro: Tecnoprint, [1990].

Diálogo. Prefácio de Renard Perez. Rio de Janeiro: GRD, 1963.

——. 2. ed. São Paulo: Vertente, 1976.

Os sete sonhos. Rio de Janeiro: Orfeu, 1967. (Prêmio Guimarães Rosa no II Concurso de Contos da Fundepar, Curitiba, 1968)

——. 2. ed. Rio de Janeiro: Arquivo/INL, 1971.

O terreno de uma polegada quadrada. Rio de Janeiro: Orfeu, 1969.

Que os mortos enterrem seus mortos. São Paulo: Vertente, 1981.

10 contos escolhidos. Prefácio de Danilo Gomes. Brasília: Horizonte/Pró-Memória/INL, 1982.

The prophet and other stories. Tradução e prefácio de Nelson H. Vieira. Albuquerque: University Press of New Mexico, 1998.

NOVELAS

Abama. Rio de Janeiro: GRD, 1964.

Viagens de Ahasverus à terra alheia em busca de um passado que não existe porque é futuro e de um futuro que já passou porque sonhado. Prefácio de Assis Brasil. Rio de Janeiro: Olivé, [1970].

ENSAIOS

"Teatro no Modernismo (Oswald de Andrade)." In: COELHO, Saldanha (Org.). *Modernismo:* estudos críticos. Rio de Janeiro: Revista Branca, 1954. p. 101-111.

Consciência e valor. Rio de Janeiro: Orfeu, 1969. (Posteriormente incluído em *Alienação e realidade*)

Homossexualismo: sexualidade e valor. Rio de Janeiro: Olivé, 1970.

Devaneios de um solitário aprendiz da ironia. Rio de Janeiro: Puta que o Pariu, 1970. (Edição do autor, artesanal)

Alienação e realidade. Rio de Janeiro: Olivé, [1970].

Eu-tu-ele. Separata da revista *Vozes*, Petrópolis, ano 65, n. 5, jun./jul. 1971.

Eu-tu-ele: análise eidética. Rio de Janeiro: J. Olympio, 1972.

Angústia e conhecimento: ética e valor. São Paulo: Vertente, 1978.

PARTICIPAÇÃO EM ANTOLOGIAS

"Uma velha história de maçãs." In: REIS, Léa; PÊCEGO, Mercedes (Orgs.). *15 contam histórias*. Rio de Janeiro: Departamento Cultural da ABBR, 1962.

"Diálogo." In: NASCIMENTO, Esdras do (Org.). *Antologia do novo conto brasileiro*. Rio de Janeiro: Júpiter, 1964. v. 2.

"O fio." In: FISCHER, Almeida (Org.). *Contistas de Brasília*. Brasília: Dom Bosco, 1965.

"O seu minuto de glória." In: DAMATA, Gasparino (Org.). *Histórias do amor maldito*. Rio de Janeiro: Record, 1967.

"Diálogo." In: CLASON, Curt-Meyer (Org.). *Die Reiher und Andere Brasilianische Erzählungen*. Herrenalb: Horst Erdmann, 1967.

"O profeta" e "A prece." In: ROSENFELD, Anatol et al. (Orgs.). *Entre dois mundos*. São Paulo: Perspectiva, 1967.

"O jogo de damas." In: RIEDEL, Dirce et al. (Org.). *Literatura brasileira em curso*. Rio de Janeiro. Bloch, 1968.

"O jogo de damas." In: SOARES, Flávio Macedo (Org.). *Nuevos cuentistas brasileños*. Caracas: Monte Avila, 1969.

"Abama" (excerto). In: PEREZ, Renard (Org.). *Antologia escolar de escritores brasileiros de hoje*. Rio de Janeiro: Tecnoprint, 1970.

"Abama" (excerto). In: LITRENTO, Oliveiros (Org.). *Apresentação da literatura brasileira*. Rio de Janeiro: Biblioteca do Exército, 1973. v. 2.

"O alquimista." In: LISPECTOR, Clarice et al. *Contos*. Rio de Janeiro: Francisco Alves, 1974.

"Gringuinho." In: BOSI, Alfredo (Org.). *O conto brasileiro contemporâneo*. São Paulo: Cultrix, 1975.

"Conto de amor suburbano." In: KLAVE, Janina Z. (Org.). *Opowiadania brazylijskie*. Cracóvia: Wydawnictwo, 1977.

"O jogo de damas." In: PEREZ, Renard (Org.). *Latin american novel*. Tóquio: Shinsekaisha, 1977.

"O pão de nossa miséria." In: MACCHI, Giuliano (Org.). *L'occhio dall'altra parte:* ventiquattro racconti brasiliani d'oggi. Milão: Scheiwiller, 1978.

"Que os mortos enterrem seus mortos." In: STEEN, Edla van (Org.). *O papel do amor*. São Paulo: Indústrias de Papel Simão, [1978]. (Edição também em inglês)

"Que os mortos enterrem seus mortos." In: STEEN, Edla van (Org.). *O papel do amor*. 2. ed. São Paulo: Cultura, 1979.

"Gringuinho." In: MORICONI, Italo (Org.). *Os cem melhores contos brasileiros do século*. Rio de Janeiro: Objetiva, 2001.

"Que os mortos enterrem seus mortos." In: COSTA, Flávio Moreira da (Org.). *Os 100 melhores contos de crime e mistério da literatura universal*. Rio de Janeiro: Ediouro, 2002.

"Gringuinho." In: CAGIANO, Ronaldo (Org.). *Antologia do conto brasiliense*. Brasília: Projecto, 2004.

Bibliografia básica sobre Samuel Rawet em livro

ABREU, Caio Fernando. *Cartas*. Organização de Italo Moriconi. Rio de Janeiro: Aeroplano, 2002. p. 361 e 369.

ATAIDE, Vicente de Paula. A narrativa de Samuel Rawet. In: ——. *A narrativa de ficção*. Curitiba: Editora dos Professores, 1972. p. 131-169.

——. Conto. Contos. (Prefácio). In: OS VENCEDORES: 1978 (antologia do Concurso Nacional de Contos do Paraná). São Paulo: McGraw-Hill do Brasil, 1978. p. 4-5.

——. Samuel Rawet. In: ——. *Modernismo*. Curitiba: HDV, 1983. p. 82-83.

——. Samuel Rawet. In: MOISÉS, Massaud (Org.). *Pequeno dicionário de literatura brasileira*. 5. ed. atualizada. São Paulo: Cultrix, 1999. p. 351-352.

BARBIERI, Ivo. Situação e perspectivas. In: COUTINHO, Afrânio (Org.). *A literatura no Brasil*. Rio de Janeiro: Sul Americana, 1970. v. 5., p. 484.

BAZZO, Ezio Flavio. *Rapsódia a Samuel Rawet*. Brasília: Anti-Editor Publicadora, 1997.

BINES, Rosana Kohl. A prosa desbocada do ilustre escritor estrangeiro. In: VIEIRA, Nelson H.; GRIN, Monica (Orgs.). *Experiência cultural judaica no Brasil:* recepção, inclusão e ambivalência. Rio de Janeiro: Topbooks, 2004. p. 197-211.

BOSI, Alfredo. *História concisa da literatura brasileira*. 33. ed. São Paulo: Cultrix, 1994, p. 393, 420 e 423.

BRASIL, Assis. Samuel Rawet. *A nova literatura III:* o conto. Brasília: Americana, 1975. p. 67-72. Coleção História Crítica da Literatura Brasileira.

——. *Dicionário prático de literatura brasileira*. Rio de Janeiro: Tecnoprint, 1979. p. 286-288.

——. Samuel Rawet. In: ——. *O livro de ouro da literatura brasileira:* 400 anos de história literária. Rio de Janeiro: Tecnoprint, 1980. p. 240-242.

——. *A técnica da ficção moderna*. Rio de Janeiro: Nórdica, 1982. p. 208, 209, 211, 221 e 236.

——. *Estilos e meios de comunicação:* da língua oral à literatura e artes. Rio de Janeiro: Tecnoprint, 1983. p. 36.

——. Morreu o grande escritor. In: ——. *Teoria e prática da crítica literária*. Rio de Janeiro: Topbooks, 1995. p. 278-283.

——. *Teoria e prática da crítica literária*. Rio de Janeiro: Topbooks, 1995. p. 69, 93, 239, 246 e 293.

——. Samuel Rawet. In: CARPEAUX, Otto Maria. *Pequena bibliografia crítica da literatura brasileira*. Rio de Janeiro: Tecnoprint, [198-?]. p. 342.

COSTA, Flávio Moreira da. Metáfora e/ou metafísica: considerações a partir dos ensaios de Samuel Rawet. In: ——. *Os subúrbios da criação*. São Paulo: Polis, 1979. p. 125-149.

——. Andanças e mudanças de Samuel Rawet. In: ——. *Vida de artista:* um livro de encontros e entrevistas. Porto Alegre: Sulina, 1990. p. 141-146.

——. *Nonadas:* o livro das bobagens. Rio de Janeiro: Francisco Alves, 2000. p. 32.

COUTINHO, Afrânio; SOUSA, J. Galante de (Orgs.). *Enciclopédia de literatura brasileira*. Rio de Janeiro: Ministério da Educação/Fundação de Assistência ao Estudante, 1990. v. 2, p. 1.124-1.125.

COUTINHO, Edilberto. *Criaturas de papel*. Rio de Janeiro: Civilização Brasileira, 1980. p. 52, 54, 213 e 221.

CUNHA, Fausto. Situação do conto. In: ——. *Situações da ficção brasileira*. Rio de Janeiro: Paz e Terra, 1970. p. 73-76.

FISCHER, Almeida. Contistas. In: ——. *O áspero ofício:* primeira série. São Paulo: Conselho Estadual da Cultura, 1970. p. 33-35.

——. Contistas, muitos e bons. In: ——. *O áspero ofício:* segunda série. Brasília: Ebrasa, 1972. p. 54, 56, 57, 59 e 72.

——. *O áspero ofício:* quarta série. Rio de Janeiro: Cátedra, 1980. p. 37, 38 e 180.

——. *A literatura de Brasília*. Lisboa: Oficinas Gráficas Rádio Renascença, [1982]. p. 23 e 37.

——. *O áspero ofício:* quinta série. Rio de Janeiro: Cátedra, 1983. p. 126, 144, 158 e 173.

GOMES, Celuta Moreira. *O conto brasileiro e sua crítica:* bibliografia. Rio de Janeiro: Biblioteca Nacional, 1977. v. 2, p. 397-400.

GOMES, Danilo. *Escritores brasileiros ao vivo*. Belo Horizonte: Comunicação, 1979-1980. 2 v.

GUINSBURG, J. Os imigrantes de Samuel Rawet. In: ——. *Motivos*. São Paulo: Conselho Estadual de Cultura/Imprensa Oficial do Estado, 1964. p. 45-51.

HOHLFELDT, Antonio. O conto psicológico. In: ——. *Conto brasileiro contemporâneo*. Porto Alegre: Mercado Aberto, 1981. p. 116-119.

HORTA, Anderson Braga. *Sob o signo da poesia:* literatura em Brasília. Brasília: Thesaurus, 2003. p. 20, 38, 205, 206.

IGEL, Regina. *Imigrantes judeus/escritores brasileiros:* o componente judaico na literatura brasileira. São Paulo: Perspectiva, 1997. p. 188-192 e 203-206.

JOSEF, Bella. *A máscara e o enigma*. Rio de Janeiro: Francisco Alves, 1986. p. 215.

LINHARES, Temístocles. *22 diálogos sobre o conto brasileiro atual*. Rio de Janeiro: J. Olympio, 1973. p. 21.

LISBOA, Luiz Carlos. *Tudo que você precisa ler sem ser um rato de biblioteca:* guia do melhor da literatura brasileira. 5. ed. São Paulo: Papagaio, 2001. p. 123.

LUCAS, Fábio. *O caráter social da literatura brasileira*. Rio de Janeiro: Paz e Terra, 1970. p. 42 e 123.

——. *Fronteiras imaginárias*. Rio de Janeiro: Cátedra, 1971. p. 71.

——. *A face visível*. Rio de Janeiro: J. Olympio, 1973. p. 82.

——. *Razão e emoção literária*. São Paulo: Duas Cidades, 1982. p. 49, 51 e 68.

MAGALDI, Sábato. *Teatro da ruptura:* Oswald de Andrade. São Paulo: Global, 2004. p. 9.

MARQUES, Oswaldino. *Contos do imigrante:* encruzilhada de problemas. In: ——. *A seta e o alvo:* análise estrutural de textos e crítica literária. Rio de Janeiro: MEC/INL, 1957. p. 144-158.

MARTINS, Wilson. *O Modernismo*. São Paulo: Cultrix, 1965. p. 244. Coleção A Literatura Brasileira.

——. *História da inteligência brasileira*. São Paulo: Cultrix, 1979. v. 7, p. 368.

——. *Pontos de vista:* 1966-1967. São Paulo: T. A. Queiroz, 1994. v. 7, p. 33-35.

——. *Pontos de vista:* 1986-1990. São Paulo: T. A. Queiroz, 1996. v. 12, p. 475.

MENDONÇA, Antônio Sérgio. *Retângulo de giz*. Rio de Janeiro: Lia, 1970.

MENEZES, Raimundo de. *Dicionário literário brasileiro*. 2. ed. revista, aumentada e atualizada. São Paulo: Livros Técnicos e Científicos, 1978. p. 566.

MOISÉS, Massaud. *História da literatura brasileira:* Modernismo. São Paulo: Cultrix, 1989. p. 338, 504 e 505.

OLIVEIRA, Nelson de. O solitário caminhante do mundo. In: ——. *O século oculto e outros sonhos provocados:* crônicas passionais. São Paulo: Escrituras, 2002. p. 75-89.

PAPI, Luiz F. O terreno de uma polegada quadrada. In: ——. *Cartilha anticrítica.* Rio de Janeiro: Cátedra, 1979. p. 95-97.

PICCHIO, Luciana Stegagno. *História da literatura brasileira.* Rio de Janeiro: Nova Aguilar, 1997. p. 643 e 670.

PIRES, Ézio. Samuel Rawet. In: ——. *Depoimento literário.* Brasília: Centro de Estudos e Pesquisa da Comunicação/Senado Federal, 1978. p. 45-46.

PÓLVORA, Hélio. Samuel Rawet. In: ——. *A força da ficção.* Rio de Janeiro: Vozes, 1971. p. 33-36.

PORTELLA, Eduardo. *Dimensões II:* crítica literária. Rio de Janeiro: Agir, 1959. p. 125 e 128.

QUEIROZ, Dinah Silveira de. *Café da manhã.* Rio de Janeiro; Olivé, [1970], p. 9.

RODRIGUES, Urbano Tavares. *Ensaios de escreviver.* Lisboa: Inova, 1970.

SANTOS, Wendel. *Os três reais da ficção:* o conto brasileiro hoje. Petrópolis: Vozes, 1978. p. 118-126.

SCLIAR, Moacyr. *A condição judaica:* das tábuas da lei à mesa da cozinha. Porto Alegre: L&PM, 1985. p. 102-103.

SOUSA, Afonso Félix de. A Samuel Rawet, a propósito de *Viagens de Ahasverus...* In: ——. *Chamados e escolhidos:* reunião de poemas. Rio de Janeiro: Record/ Fundação Biblioteca Nacional, 2001. p. 391-392.

VALADARES, Napoleão. *Dicionário de escritores de Brasília.* Brasília: André Quicé, 1994. p. 147.

VIEIRA, Nelson H. Samuel Rawet, o judeu errante no Brasil: desordem e diferença. In: WEINSTEIN, Anita E. (Org). *Ensayos sobre judaismo latinoamericano.* Buenos Aires: Milá, 1990. p. 425-440.

——. Samuel Rawet: ethnic difference from *shteltl* to *subúrbio.* In: ——. *Jewish voices in brazilian literature.* Gainsville: University Press of Florida, 1995. p. 51-99.

WALDMAN, Berta. Noturno suburbano. In: ——. *Entre passos e rastros:* presença judaica na literatura brasileira contemporânea. São Paulo: Perspectiva, 2003. p. 67-100.

Nota final

Entre os inéditos de Samuel Rawet, destaca-se a extensa produção teatral: *A volta*, *A noite que volta*, *A herança*, *Quando brilham as sombras*, *Farsa da pesca do pirarucu e da caçada do jacu*, *Adeus*, *O lance de dados* (reescrita de *A noite que volta*), *Miriam* e *Os amantes*, esta última encenada em 1957 pela Companhia Nicette Bruno/Paulo Goulart, no Teatro Municipal do Rio de Janeiro. No mesmo escaninho estão alguns textos inacabados ou extraviados, como *As aventuras de Schlimazel Mensch*, *Diagrama do sonho* e *Os jogos de Marte*, e projetos de adaptações para televisão, tais como *Vestido de noiva*, de Nelson Rodrigues, *Oração para uma negra*, de Faulkner/ Camus, e *Jorge de Lima* (telepoema) etc. Samuel Rawet também publicou muito em jornais e revistas (ficção, crítica literária, peças curtas, crônicas e poemas), material ainda disperso e inédito em livro.

Quanto à fortuna crítica, além do vasto material de imprensa não coligido em livro (em parte referido no prefácio), existem trabalhos acadêmicos, igualmente inéditos em livro, entre os quais os de Maria Lucia Verdi (*Obsessões temáticas: uma leitura da obra de Samuel Rawet*, Brasília, UnB, 1989, dissertação de mestrado), Tania Fortes (*Samuel Rawet e o mito de Ahasverus*, São Paulo, USP, 1999, dissertação de mestrado), Saul Kirschbaum (*Samuel Rawet: profeta da alteridade*, São Paulo, USP, 2000, dissertação de mestrado; *Ética e literatura na obra de Samuel Rawet*, São Paulo, USP, 2004, tese de doutorado), Rosana Kohl Bines (*Post-shoah identity between languages*, Universidade de Chicago, 2001, tese de doutorado) e José Leonardo Tonus (*Samuel Rawet face à l'exclusion: représentation, poétique et éthique de la non-appartenance*, Universidade de Paris III, 2003), bem como algumas pesquisas em andamento, como as de Stefania Chiarelli, Francisco Venceslau dos Santos e Tatiana Salem Levy.

Agradecimentos

Na organização deste livro, contei com a colaboração de várias pessoas, em diferentes tempos e lugares. Agradeço especialmente a D. Clara Rawet Apelbaum e ao Dr. David Apelbaum, pelo acesso irrestrito ao arquivo de Samuel Rawet; a Vicente Ataide, que provocou minha primeira leitura da obra de Rawet, em Curitiba, 1981; a Assis Brasil, pelo muito que fez por Rawet, desde o início; a Alberto da Costa e Silva, Antonio Carlos Secchin, Antonio Carlos Villaça, Astrid Cabral, Branca Bakaj, Fausto Cunha (*in memoriam*), Flávio Moreira da Costa, José Leonardo Tonus, Lia Sampaio, ReNato Bittencourt Gomes, Rosana Kohl Bines, Saul Kirschbaum, Silvana Seffrin e Walmir Ayala (*in memoriam*), por auxílios diversos, inestimáveis. E a Luciana Villas-Boas, que acreditou no projeto e o viabilizou.

André Seffrin
Rio de Janeiro, julho de 2004.

O texto deste livro foi composto em Sabon, desenho tipográfico de Jan Tschichold de 1964, baseado nos estudos de Claude Garamond e Jacques Sabon no século XVI, em corpo 10/13,5. Para títulos e destaques, foi utilizada a tipografia Frutiger, desenhada por Adrian Frutiger em 1975.

A impressão se deu sobre papel Chamois Fine Dunas 80g/m² pelo Sistema Cameron da Divisão Gráfica da Distribuidora Record.